〖明文 中國正史 大系〗

原文 註釋 國譯

漢書(一)

後漢 班固 著
陳 起 煥 譯註

明文堂

班固畫像(반고화상)

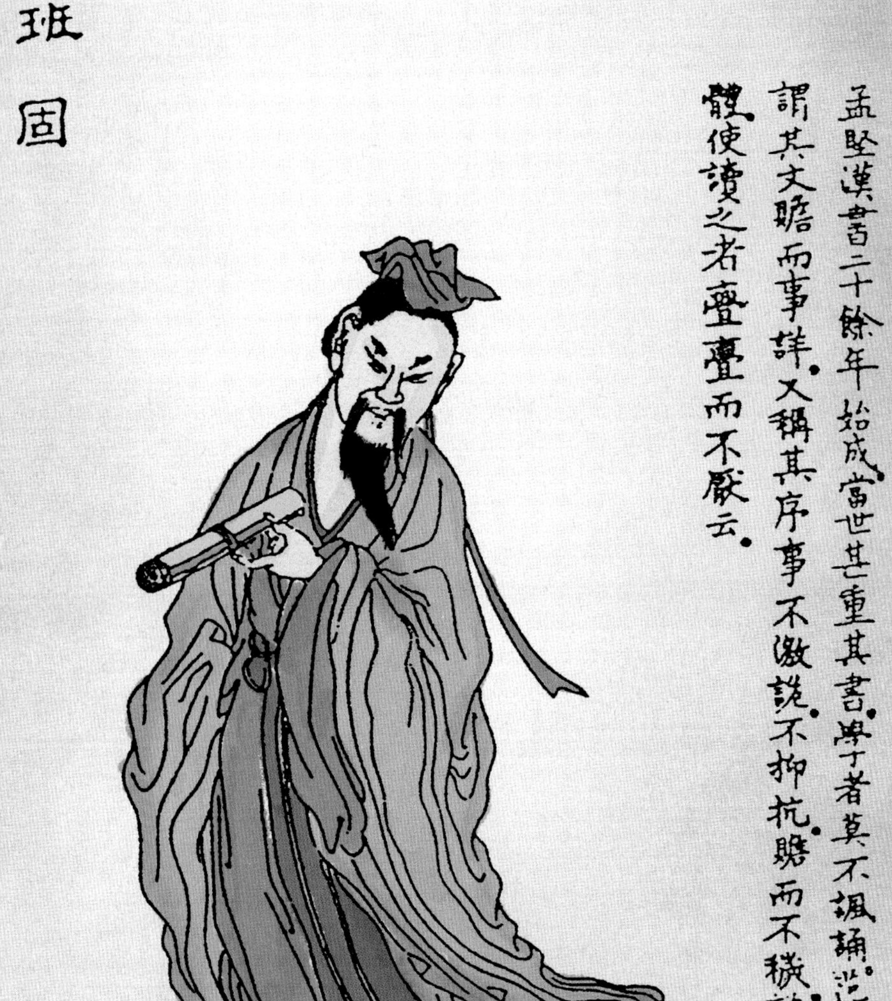

班固畫像(반고화상)
選自"明代古聖賢畫像贊"

班昭畫像(반소화상)
選自“明代古聖賢畫像贊”

〖明文 中國正史 大系〗

原文 註釋 國譯

漢書(一)

後漢 班固 著

陳 起 煥 譯註

明文堂

머리말

'史海는 망망한 8만 권인데(史海茫茫八萬卷), 일 편을 완독하면 머리가 센다(一篇讀完頭飛雪).' 고 하였다. 漢代에는 평생동안《春秋》나《尙書》한 권만을 전공하여 박사가 되었고 관리로 입신양명하였다. 지금 중국 正史書로 二十四史를 말하는데, 이 시대에 그 많은 史書의 사실과 교훈을 어찌 다 읽고 깨쳐서 내 것으로 만들 수 있겠는가? 그렇지만 아무리 시대가 변하더라도 기본적 학습과 연찬은 있어야 한다.

중국 正史의 핵심은 三史이며 三史는 五經과 똑같은 비중으로 읽혀졌다. 三史는 司馬遷의《史記》와 班固의《漢書》그리고 范曄(범엽)의《後漢書》를 지칭한다. 三史는 史實 서술이 정확 정밀하고 典雅한 名文章이기에 옛사람은 三史를 필독서로 인식하며 즐겨 읽었다.

秦漢의 제도문물은 중국 고대문화의 완성인데 그 모두는《사기》와《한서》에 들어있다. 특히《한서》의 문장이나 용어는 그대로 후세의 정치와 학문과 문학에서 사용되었다.

《한서》가 이렇듯 소중한 正史書이나 우리나라의《한서》에 대한 原文 講讀이나 연구가 크게 성하다고는 말하기 어려울 것이다. 이는《한서》에 관한 基本書가 우리나라에서 출간되지 않았기 때문이다. 이미 우리나라에《사기》전체의 번역이 나왔고 최근에는《史記列傳》의 원문을 수록하고 주석과 국역이 나온 것으로 알고 있다.

이제 중국사 연구의 기본인 《한서》의 역주가 우리나라에서 출간되면 넓고 깊은 연구와 다양한 분석이나 관심이 《사기》만큼 성행하리라고 생각한다.

역자는 이미 1993년에 《史記講讀》을 출간했었다. 이는 《史記》 원문 독해와 학습을 위한 기본 지침서이며 자습서와 같은 역할을 하였다. 역자가 집필한 《三國演義 原文註解》는 소설 《三國志》 원문을 읽고자 하는 고급 독자를 일깨워주었다. 또 《十八史略》 원문을 註解하였는데 이도 중국사를 공부하는 同學을 위한 기본서가 되었다.

'文史哲은 不分家' 라는 말은 문학과 철학, 그리고 여타의 학문과 사상이 모두 史書에 들어있기 때문이다. 역자는 그간 중국문학의 소설과 詩, 경전과 神仙 사상이나 민속, 그리고 본 영역이라 할 수 있는 史書에 걸친 공부와 번역을 계속했었는데 이 모든 것이 이번 《漢書》 原文譯註의 토대가 되었다.

역자의 희망은 우리나라에서도 《한서》에 대한 깊이있는 연구와 다양한 저술이 활발하게 이루어지는 것이다. 필자의 이번 《漢書》와 이어 간행될 明文堂의 明文 中國正史 大系의 일환으로 계속 출간될 《後漢書》가 漢代 문화 전반에 관한 탐색과 연구의 바탕이 되리라 확신한다.

2016년

陶硯 陳起煥

일러두기

1. 原文 註釋 國譯《漢書》에 이어 范曄(범엽)의《後漢書》완역도 明文堂의 계속 사업으로 추진될 예정이다.

2. 본서의 기본 텍스트는 2008년 上海古籍出版社에서 간행한《漢書補注(全 12卷)》로 이는 上海師範大學古籍整理研究所에서 교정을 본 것이다. 본서는《漢書》〈傳〉의 원문과 註釋, 國譯을 수록하였다.

3. **原文**의 문단 구분과 구두점은 모두 기본 텍스트《漢書補注》를 준용하였다. 人名과 字, 지명, 특별한 구역이나 건축물, 왕조, 연호 등은 밑줄을 그었다. 저서는《 》, 저서의 편명이나 제목을 붙일 수 있는 문장 또는 악곡 등은〈 〉로 구분하였다. 그리고 경전에서 인용된 구절의 문장 전후와 그 출처를 밝혔다.

4. **註釋**은 아래와 같이 구성되었다.
   - 어려운 한자의 독음을 첨가하였고 구절 풀이와 함께 필요한 문법적 설명을 첨가하였다.
   - 본서에 표시된 년도는 서기이고 기원 前의 경우 '前', 後는 '서기'로 표시하였다. 연호는 황제와 기간 또는 서기로 환산한 년도를 기록하였다.
   - 古地名에 대한 현재 위치나 지역을 알 수 있게 하였으니 고지명에 해당하는 현재 지명을 중국 현행 행정구역 명칭에 따라 '今 ○○省 ○○市 관할의 ○○市(縣)' 이라고 표기하여 보통의 중국 지도로도 그 위치를 파악할 수 있게 했다. 제후국과 郡의 治所를 밝혀 그 대략적인 위치를 파악할 수 있게 하였다.

● 관직명이나 제도, 역사적 인물, 도량형에 대한 상세한 주석을 달아 본문 내용에 대한 이해도를 높였다.
● 주석에 ○○권, 〈~傳〉의 권수는 《漢書》의 권수이다.

5. 〖國譯〗의 문단은 원문을 준용하였지만 우리말 번역이 너무 길어 주제 파악이 어려운 경우는 필요에 의거 마침표를 찍어 문장을 나누었다. 또 경우에 따라서 줄 바꾸기를 하였다.

6. 인명이나 지명의 우리말 표기 원칙은 아래와 같다.
● 人名이나 地名의 우리말 표기에서 《漢書辭典》과 《漢書補註》에 발음에 관한 주석이 있으면 그에 따른 우리 音을 취했다.

例 1 項羽의 부장 龍且 – 且는 '또 차', '머뭇거릴 저', '도마 조'에서 《漢書辭典》에 讀音이 (jū 居)로 표기되어 있고, '子魚切' 이라는 설명에 의거 龍且(용저)로 표기하였다. 또 番陽의 番은 '婆(pó)' 라는 독음에 의거 '파양', 番禺의 番은 '潘(pān)' 이라는 독음에 의거 '반' 으로 표기하였다.

例 2 太行山은(行 音 杭 háng)이라는 《漢書辭典》의 설명대로 '태항산' 으로 표기하였다.

例 3 人名 鼂錯(조조)에서 錯는 '섞일 착', '둘 조' 에서 錯은 '厝置의 厝' 라는 註와 '錯雜(착잡)의 錯(착)으로 읽을 수 있으나 따르지 않는다.' 는 《漢書補註》의 설명에 의거 '조조' 로 표기하였다.

● 《漢書辭典》과 《漢書補註》에 특별한 설명이 없으면 우리나라에서 일반적으로 통용되는 음을 따랐다.

例 1 人名 '樊於期' – 於는 '어조사 어', '탄식할 오' 인데 音에 관한 특별한 주가 없기에 '번어기' 로 표기하였다. 人名 淳于長을 '淳於長' 으로 표기한 國內書도 있지만 於와 于가 통용되기에 淳于로 통일하였다. 淳于(순우)는 복성.

例2 秦將 章邯 – 邯은 '고을 이름 한', '풍성할 함'의 두 가지 음이 있는데 趙나라의 수도 이름 邯鄲(한단)으로 널리 알려졌기에 章邯(장한)으로 썼다.

例3 地名 睢陽 – 睢는 '우러러볼 휴', '눈 부릅뜰 휴', '땅 이름 수'에서 '睢陽'은 지명이기에 '수양'으로 표기하였다. 《史記》의 '范睢'를 우리나라 번역본에서는 '범수'로 표기하였다. 본《漢書》에는 范睢(범저)로 기록되었다.

例4 咸宣의 咸은 '咸音, 減省之減'이라는 주석이 있지만 우리나라 옥편에서는 '성 함', '덜 감'으로 표기되기에 '함선'으로 표기하였다.

7. 漢代世系表, 漢代 年號, 漢代年表, 漢代 관직 설명,《漢書》의 立傳 인물 등을 (一卷) 말에 부록으로 정리 수록하였다.

8. 역자는 이 拙譯이《漢書》 연구를 위한 기본 자료가 되기를 희망한다. 본서를 구입하고 이후 간행될《漢書》도 연구를 위한 자료로 필요하다고 요청한다면 필자의 한글 파일을 일부라도 제공할 수 있음을 밝혀둔다.

참고도서

《漢書補注》全 12卷 ; 漢 班固 撰, 淸 王先謙 補注. 上海師範大學古籍整理硏究所 整理. 上海古籍出版社, 2008.

《漢書今注》; 漢 班固 撰. 王繼如 主編. 鳳凰出版社, 2013.

《漢書辭典》; 倉修良 主編, 山東敎育出版社, 1996.

《漢書》全 12卷 ; 漢 班固 撰, 唐 顔師古 註, 中華書局, 1992.

《秦漢書》; 田昌五 安作璋 主編, 人民出版社, 2008.

《中國歷史地圖集》2册(秦, 西漢, 後漢) ; 中國社會科學院, 譚其讓 主編, 中國地圖出版社, 1982.

《史記 漢書 比較硏究》; 朴宰雨 著, 中國文學出版社, 1994. (저자, 한국외국어대학교 교수).

필자가 이용한 기본 工具書는 아래와 같다.

《中文大辭典》; 中文大辭典編纂委 編纂. 中華學術院. 臺北, 1882.

《中韓辭典》; 高大民族文化硏究所. 高麗大學校, 서울, 1992.

《明文大玉篇》; 명문당, 2005.

《漢韓大字典》; 민중서림, 2011.

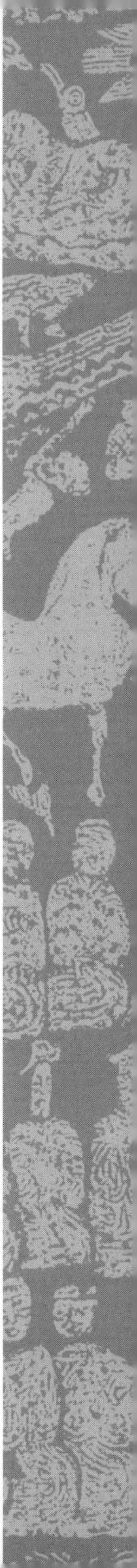

차례

부록

《漢書》概觀

1.《史記》와《漢書》

중국에서 고대의 통일제국으로 보통 秦漢을 묶어 말하는데 秦의 통일과 제도의 정비는 그대로 前漢에 이어져〔漢承秦制〕 봉건전제적 중앙집권을 이룩하였고 이를 바탕으로한 경제적, 문화적 발전을 이룩하였다.

司馬遷의《史記》는 先秦 시대와 西漢 전반기의 문화에 대한 완벽한 정리이며 종결로 그 내용과 가치에 대해서는 누구라도 최고의 찬사를 보내는 역작이다.《사기》는 12本紀와 10表 그리고 8書와 30世家에 70列傳으로 총 130편에 52萬 字의 대작으로 중국의 최초 通史이며 紀傳體 史書의 시원이 되었다. 또한 중국 역사와 문학의 기초를 다진 史書로, 이 분야의 최고 성취이면서 典範이라 할 수 있다.《사기》는 우리나라에서도 널리 알려졌으며 여러가지 출판물로 많은 사람들이 읽고 활용하기에 다른 소개가 필요 없을 것이다.

이러한《사기》와 쌍벽을 이루는 또 하나의 명저가 後漢(東漢) 班固(반고, 字 孟堅. 서기 32-92)의《漢書》이다.《한서》는 紀傳體(기전체) 斷代史의 典範이다.《한서》는《사기》의 체제를 약간 변경하였는데

〈本紀〉를《한서》에서는〈紀〉라 하였고〈書〉를〈志〉,〈列傳〉을〈傳〉으로 바꾸었으며〈世家〉는〈傳〉에 포함시켰다.

《한서》는〈12紀〉와〈8表〉, 그리고〈10志〉와〈70傳〉으로 총 100권 80만 자의 대작으로 前漢 高祖 원년(前 206)부터 王莽(왕망) 新朝의 地皇 4년(서기 23) 멸망과 光武帝 즉위(서기 25) 이전까지 230년의 역사를 서술하였다.

2.《漢書》의 成書 過程

《한서》 저술은 후한의 班彪(반표, 서기 3-54)가 시작하였다. 반표는 왕망의 몰락과 후한의 건국을 지켜보았으며〈王命論〉을 저술하여 古今의 得失과 行事의 成敗를 논하고 천명을 받은 高祖의 德을 논하였다. 반표는 오직 家學의 전통인 孔子의 聖學만을 강조하였으며《사기》이후의 역사적 사실을 기록한《史記後傳(續史記)》65권을 편찬했는데 이것이《한서》의 기초가 되었다.

반표가 죽을 때(서기 54년) 아들 班固(서기 32-92)는 23세였는데, 반고는 明帝 永平元年(서기 58)부터 부친의 유작을 수정 보완하는 작업을 계속하였다. 그러나 반고는 중간에 私的으로 國史를 개찬한다는 죄목으로 수감된다.

이에 동생인 班超(반초, 32-102, 반고와 쌍둥이 형제로 추정)는 형의 무죄를 탄원하면서 하급관리이지만 자신의 질록을 삭감하겠다고 상서하였는데 明帝는 반고의 草稿를 열람한 뒤에 반고의 재능을 인정하며 반고를 蘭臺令史(난대영사)에 임명하여 궁중의 도서와 秘記를 관리하게 하였다. 이어 다음 해에 典敎秘書(전교비서)로 임명하여

《한서》 편찬을 계속하도록 후원하였다.

章帝는 諸儒에게 조서를 내려 北宮의 白虎觀에서 五經의 同異를 토론케 하였는데 여기에 참여한 반고는 그 토론을 요약 정리하여 《白虎通義》 4권을 편찬하기도 했다.(서기 79)

반고는 明帝와 章帝 재위기간 중 20여 년의 세월을 거치면서 《한서》의 주요 부분을 탈고하였지만 완성을 보지 못했다.

和帝(재위 89 - 106) 永元 원년(89)에 반고는 대장군 竇憲(두헌)의 中護軍이 되어 흉노원정에 참여한다. 그러나 두헌은 모반했다가 자살했는데 반고도 그에 연좌되어 체포된 뒤에 和帝 永元 4년(92)에 61세로 옥사했다. 이때까지 《한서》의 八表와 〈天文志〉가 미완이었다.

이에 和帝는 반고의 누이 동생인 班昭(반소, 45? - 117?, 一名 姬, 字 惠姬)에게 《한서》의 완성을 명했다. 반소는 扶風人 馬續(마속)과 함께 〈八表〉와 〈天文志〉를 완성하였다.

이처럼 《한서》는 班氏 一家의 2代 3人과 마속의 노력으로 전후 40여 년의 세월을 거치면서 완성되었다.

3. 《漢書》의 價値

《한서》는 《사기》의 체제를 보다 발전시켜 斷代史의 서술 체제를 완성하였다. 《한서》는 풍부한 사료를 바탕으로, 사회, 문화적 사실을 기록하여 후세 문학과 사학 발전에 지대한 공헌을 하였다.

《한서》는 《사기》와 함께 중국문학사의 걸작이며 漢代 인물과 사상 및 역사를 파악하는 가장 효과적인 지름길이 되었다. 《한서》는 중국 정치와 사상과 학술면에서도 아주 중요한 저술이며 다방면에 대단한 성취를 이룩했다고 평가받고 있다.

《한서》는 《사기》의 체제를 답습 발전시키면서 더 좋은 성취를 이루었는데 체제가 엄정하면서도 〈刑法志〉, 〈五行志〉, 〈地理志〉, 〈藝文志〉 등 여러 보완 자료를 수록하고 있어 내용이 충실하며, 보다 객관적인 서술과 공정한 평가로 후세 역사서술의 모범이 되었다.

《한서》 이후의 모든 正史(二十四史)는 모두 《한서》에 체제를 따라 저술되었으며 후세 단대사의 모범이 되었기에 《사기》보다도 더 큰 영향을 끼쳤다. 또한 《한서》를 통해서 그 시대인은 그 시대사를 편찬하지 않는다는 원칙도 수립되었다. 전체적으로 《한서》가 후세에 끼친 영향이나 고대 문화와 학문 전반에 걸친 사료로서의 가치는 《사기》보다 훨씬 크다.

《한서》의 내용에서 武帝 이전의 紀나 傳에는 《사기》의 문장을 일부 인용하였지만 무제 이후의 내용은 모두 반고가 새로 엮은 것이었다. 또 무제 이전의 내용이라도 거기에는 詔令(조령) 등 여러 문헌을 추가 보충하여 基本史料로서의 가치를 크게 높였다.

《한서》는 그 사상 바탕에서 공자의 학문을 聖學으로 강조하였는데 《사기 유림열전》의董仲舒(동중서)를 단독 입전하여 동중서의 '獨尊儒術'과 '春秋大一統' 사상을 바탕으로 군주권의 강화를 역설하였다. 《한서》에서는 〈儒林傳〉을 별도로 입전하여 유학 여러 학파의 연원과 발전을 상세히 기록하였다.

《한서》가 儒學만을 학문의 정통으로 인정하고 타 학문에 대한 서술이 적은 것도 단점으로 지적하기도 하지만 이는 반씨 일가의 '聖人의 학문만을 우선' 한다는 家學의 전통이며 동시에 漢代 학문의 일반적 조류와 합치한다고 볼 수 있다. 《한서》에 인용된 수많은 儒

家 經典은 그만큼 반씨 家學의 깊이를 반증하고 있다.

또한 당시 사상의 주류를 형성하고 있던 五行思想을 상세히 소개하고 있는데 〈五行志〉를 독립서술하였고, 동중서의 〈天人三策〉 전문을 수록하여 天人感應과 五行災異說에 상당한 기록을 할애하였다. 뿐만 아니라 당시의 眭弘(휴홍), 夏侯始昌, 夏侯勝, 京房, 翼奉, 李尋 등 五行家를 별도로 입전(75권, 〈眭兩夏侯京翼李傳〉)하였으며 〈初元王傳〉을 통해 劉向과 劉歆(유흠)의 오행사상을 소개하였고 〈翟方進傳〉, 〈蕭望之傳〉에도 災異之變에 대하여 상세히 서술하였다.

《漢書》 여러 文士의 〈傳〉에는 그와 관련한 저술이나 문장뿐만 아니라 정치적 견해를 볼 수 있는 자료를 포함하고 있다.

예를 들어 〈賈誼傳〉에는 〈過秦論〉, 〈吊屈原賦〉, 〈鵩鳥賦〉, 〈治安策〉, 〈請封建子弟疏〉, 〈諫立淮南諸子疏〉 등 전문을 수록하였는데 〈治安策〉은 그 원문만 7천여 자에 달하는 방대한 글이다. 이 全文을 수록한 것은 반고가 가의의 주장에 동조했으며 후세에 전해져 오래도록 참고가 되어야 한다는 의미를 담고 있다.

또 〈司馬相如傳〉에는 사마상여의 〈子虛賦〉, 〈上林賦〉, 〈諭巴蜀檄文〉, 〈難蜀父老文〉, 〈大人賦〉, 〈上疏諫獵文〉, 〈哀秦二世賦〉, 〈封禪文〉의 全文을 모두 수록하였다.

또 揚雄(양웅)의 경우 그의 〈反離騷〉, 〈甘泉賦〉, 〈河東賦〉, 〈校獵賦〉, 〈長楊賦〉, 〈解嘲〉, 〈解難〉의 난해한 원문 전부와 《法言》의 〈序目〉을 모두 수록하였다.

그리고 〈公孫弘卜式兒寬傳〉에는 公孫弘의 〈賢良策〉을 수록하고 있는데, 이는 《漢書》가 입전한 인물의 名文을 수록하여 후세에 도움을 주어야 한다는 반고의 志向이라고 볼 수 있다.

《한서》는 그 문장이 莊重典雅(장중전아)하고 簡明精確(간명정확)하며 排偶(배우)를 많이 사용하여 《史記》의 평이한 口語體 서술과 대조가 된다. 《한서》에는 황제의 詔書와 그에 대한 여러 사람의 對策이나 上書 원문을 곳곳에 수록하였다.

필자의 조사에 의하면 85권, 〈谷永杜鄴傳〉에서 谷永에 관한 기록은 모두 7,400자(문장부호 포함)인데 이중에서 곡영이 成帝에게 상서한 對策 4건의 글자 수가 5,570자(문장부호 포함)이다. 곧 전체 내용의 75%가 상서한 대책이었다. 물론 文, 武臣이나 행적에 따라 큰 차이가 나지만 班固가 개인을 입전하면서 얼마나 기본 사료 수록에 치중했는가를 확실히 알 수 있다.

사실 황제의 조서나 황제에게 올리는 상서는 당대 최고의 문장이며 사상의 精華라 아니할 수 없다. 또 수시로 인용되는 《春秋》, 《書經》, 《詩經》, 《易經》, 《論語》의 원문은 그때의 정치가 학문을 바탕으로한 정치였음을 확실하게 보여주고 있다.

혹자는 《한서》가 사실 기록의 측면에서 뛰어나지만 역사적 사실 이외의 일화나 서술이 많지 않다는 말도 있는데 이는 작은 결점을 전체로 확대한 말이라 생각된다.

4. 《漢書》의 傳

《漢書》의 〈傳〉은 모두 70편이다. 《漢書 傳》은 《사기》의 예를 따라 公卿이나 將相, 그리고 前漢 역사 전개와 관련이 있는 인물이나 부류의 업적을 서술했는데 시대 순으로 엮었다. 〈傳〉은 그 수록 대상에 따라 아래와 같이 3종류로 대별할 수 있다.

우선 專傳은 개개인 인물에 대한 전기이니 31권, 〈陳勝項籍傳〉 같은 경우이다. 《漢書 傳》은 1人 1傳에서부터 여러 사람의 合傳이 있는데 합전의 경우 성이나 이름으로 그 제목을 삼았다. 입전한 인물의 후손에 관한 기록을 많이 추가한 것도 또 하나의 특징이라 할 수 있다.

다음으로 類傳(유전)은 비슷한 성격의 부류 인물에 대한 전기이다. 예를 들어 〈韓彭英盧吳傳〉은 회음후 韓信(한신), 팽월, 영포, 노관 등 무장으로 큰 공을 세워 제후로 王이 되었으나 반역을 꾀했던 곧 그 끝이 좋지 않은 인물들을 하나의 傳으로 엮었다. 〈儒林傳〉, 〈循吏傳〉, 〈游俠傳〉, 〈酷吏傳〉, 〈佞幸傳〉 등도 대표적인 유전이다. 그리고 〈外戚傳〉, 〈元后傳〉 같은 것은 《史記》에서 볼 수 없는 독특한 내용이다.

그리고 亂臣賊子에 대한 기록도 있으니 〈王莽傳〉이 그 본보기이다. 이 〈王莽傳〉은 上, 中, 下 3권으로 왕망의 집권 과정에서부터 新朝의 건립과 托古改制의 실상 그리고 그에 따른 혼란과 멸망의 과정을 상세히 수록하였는데 입전의 내용 자체가 실록이라 할 수 있다. 왕망에 관하여 이렇듯 대분량을 할애하고 상술한 것은 前漢 멸망의 교훈을 후세에 전해야 한다는 반고의 뜻이라고 볼 수 있다.

그리고 세 번째로는 漢의 주변 이민족이나 국가에 대한 외국전이 있다. 예를 들어 〈匈奴傳〉, 〈西南夷兩粵朝鮮傳〉, 〈西域傳〉이 그 예이다.

班固의 《漢書七十傳》의 뚜렷한 광채 중 하나는 한 분야의 역사를 종합하면서 그 분야에 대한 史家로서 반고의 확실한 주관을 피력했다는 점이다. 예를 들어 72권, 〈王貢兩龔鮑傳〉의 경우 王吉에 대한 개인 立傳 이전에 고상한 인품을 가진 逸士들의 연원을 서문으로 서술하였다. 72권의 별칭을 〈高士傳〉이라고 하는데 이로써 반고의 편찬 의도를 알 수 있다. 또 88권, 〈儒林傳〉의 경우 앞 부분에 儒家의 연원을 체계 있고 확실하게 정리하여 그 역사적 흐름과 전통을 먼저 알고 漢代 인물들의 행적을 살피게 하였다. 이처럼 〈유림전〉 1편을 통하여 유학의 원류와 漢代 獨尊儒術에 따른 전개 과정을 체계있게 정리하여 제시했다는 큰 뜻을 찾을 수 있다. 이외에 〈循吏傳〉, 〈酷吏傳〉, 〈貨殖傳〉, 〈游俠傳〉 등에 서문을 붙여 班固 자신의 서술 이전에 역사적, 철학적 배경을 먼저 서술하고 제시한 것은 전체를 조감하고 종합해야 할 史官으로서의 직무에 충실한 저작이라고 평가할 수 있다.

이처럼 〈漢書七十傳〉은 개개인의 입전이면서 동시에 전체를 종합한 결과를 확실하게 제시하고 있는데 예를 들어 58권, 〈公孫弘卜式兒寬傳〉의 논찬을 통하여 武帝와 宣帝 시 인재 등용의 성공 사례를 통해 인재 등용의 중요성을 강조하였다.

《한서》 〈七十傳〉의 마지막은 〈敍傳〉이다. 이는 《사기》의 〈太史公自序〉와 같은 내용이다. 곧 班固 자신의 家系에 대한 설명과 함께 《한서》의 편찬 動機나 體制와 그 주요 내용을 밝히고 있다. 《史記列傳》에는 '太史公 曰' 로 시작하는 인물에 대한 저자의 평가나 견해를 수록했는데 《한서》에서도 그 체제를 이어받아 반고는 '贊曰' 이라 하였다.

5.《漢書》收錄 人物

〔숫자는《漢書》의 권수〕

1. 高帝紀(上, 下) － 高帝 劉邦.
2. 惠帝紀 － 惠帝 劉盈.
3. 高后紀 － 呂雉 少帝.
4. 文帝紀 － 文帝 劉恒.
5. 景帝紀 － 景帝 劉啓.
6. 武帝紀 － 武帝 劉徹.
7. 昭帝紀 － 昭帝 劉弗陵.
8. 宣帝紀 － 宣帝 劉詢.
9. 元帝紀 － 元帝 劉奭.
10. 成帝紀 － 成帝 劉驁.
11. 哀帝紀 － 哀帝 劉欣.
12. 平帝紀 － 平帝 劉衎.

31. 陳勝項籍傳 - 陳勝, 項籍.
32. 張耳陳餘傳 - 張耳, 陳餘.
33. 魏豹田儋韓王信傳 - 魏豹, 田儋, 韓王信.
34. 韓彭英盧吳傳 - 韓信, 彭越, 英布, 盧綰, 吳芮.
35. 荊燕吳傳 - 荊王 劉賈, 燕王 劉澤, 吳王 劉濞.
36. 楚元王傳 - 楚元王 劉交, 劉辟彊, 劉向, (子) 劉歆.
37. 季布欒布田叔傳 - 季布, 欒布, 田叔.
38. 高五王傳 - 齊悼惠王 劉肥, 趙隱王 劉如意, 趙幽王 劉友, 趙共王 劉恢, 燕靈王 劉建.

39. 蕭何曹參傳 - 蕭何, 曹參.

40. 張陳王周傳 - 張良, 陳平, 王陵, 周勃. (子) 周亞夫.

41. 樊酈滕灌傳靳周傳 - 樊噲, 酈商, 夏侯嬰, 灌嬰, 傅寬, 靳歙, 周緤.

42. 張周趙任申屠傳 - 張蒼, 周昌, 趙堯, 任敖, 申屠嘉.

43. 酈陸朱劉叔孫傳 - 酈食其, 陸賈, 朱建, 劉(婁)敬, 叔孫通.

44. 淮南衡山濟北王傳 - 淮南厲王 劉長, 劉安, 衡山王 劉賜, 濟北貞王 劉勃.

45. 蒯伍江息夫傳 - 蒯通, 伍被, 江充, 息夫躬.

46. 萬石衛直周張傳 - 石奮, 衛綰, 直不疑, 周仁, 張歐.

47. 文三王傳 - 梁孝王 劉武, 代孝王 劉參, 梁懷王 劉揖.

48. 賈誼傳 - 賈誼.

49. 爰盎鼂錯傳 - 袁盎, 鼂錯.

50. 張馮汲鄭傳 - 張釋之, 馮唐, 汲黯, 鄭當時.

51. 賈鄒枚路傳 - 賈山, 鄒陽, 枚乘, (子) 枚皐, 路溫舒.

52. 竇田灌韓傳 - 竇嬰, 田蚡, 灌夫, 韓安國.

53. 景十三王傳 - 河間獻王 劉德, 臨江哀王 劉閼, 臨江閔王 劉榮, 魯共王 劉餘, 江都易王 劉非, 膠西于王 劉端, 趙敬肅王 劉彭祖, 中山靖王 劉勝, 長沙定王 劉發, 廣川惠王 劉越, 膠東康王 劉寄, 淸河哀王 劉乘, 常山憲王 劉舜.

54. 李廣蘇建傳 - 李廣, (孫) 李陵, 蘇建. (子) 蘇武.

55. 衛靑霍去病傳 - 衛靑, 霍去病, 李息, 公孫敖, 李沮, 張次公, 趙信, 趙食其, 郭昌, 荀彘, 路博德, 趙破奴.

56. 董仲舒傳 - 董仲舒.

57. 司馬相如傳(上, 下) - 司馬相如.

58. 公孫弘卜式兒寬傳 – 公孫弘, 卜式, 兒寬.

59. 張湯傳 – 張湯. (子) 安世, (孫) 延壽.

60. 杜周傳 – 杜周. (子) 延年, (孫) 杜緩. (孫) 杜欽. (曾孫) 杜業.

61. 張騫李廣利傳 – 張騫, 李廣利.

62. 司馬遷傳 – 司馬遷.

63. 武五子傳 – 戾太子 劉據. 齊懷王 劉旦, 燕刺王 劉旦, 光陵厲王 劉胥, 昌邑哀王 劉髆.

64. 嚴朱吾丘主父徐嚴終王賈傳(上, 下) – 嚴助, 朱買臣, 吾丘壽王, 主父偃, 徐樂.(以上 上) 嚴安, 終軍, 王褒, 賈捐之.(以上 下)

65. 東方朔傳 – 東方朔.

66. 公孫劉田王楊蔡陳鄭傳 – 公孫賀, (子) 公孫敬聲, 劉屈氂, 田(車) 千秋, 王訢, 楊敞, (子) 楊惲, 蔡義, 陳萬年, (子) 陳咸, 鄭弘.

67. 楊胡朱梅云傳 – 楊王孫, 胡建, 朱雲, 梅福, 云敞.

68. 霍光金日磾傳 – 霍光, 金日磾. (子) 金安上.

69. 趙充國辛慶忌傳 – 趙充國, 辛慶忌.

70. 傅常鄭甘陳段傳 – 傅介子, 常惠, 鄭吉, 甘延壽, 陳湯, 段會宗.

71. 雋疏于薛平彭傳 – 雋不疑, 疏廣, (姪) 疏受, 于定國, 薛廣德, 平當, 彭宣.

72. 王貢兩龔鮑傳 – 王吉, (子) 王駿, (孫) 王崇, 貢禹, 龔勝, 龔舍, 鮑宣. 唐林 薛方.

73. 韋賢傳 – 韋賢. (子) 韋玄成.

74. 魏相丙吉傳 – 魏相, 丙吉.

75. 眭兩夏侯京翼李傳 – 眭弘, 夏侯始昌, 夏侯勝, 京房, 翼奉, 李尋.

76. 趙尹韓張兩王傳 - 趙廣漢, 尹翁歸, 韓延壽, 張敞, 王尊, 王章.

77. 蓋諸葛劉鄭孫毋將何傳 - 蓋寬饒, 諸葛豊, 劉輔, 鄭崇, 孫寶, 毋將隆, 何並.

78. 蕭望之傳 - 蕭望之. (子) 蕭育, 蕭咸, 蕭由.

79. 馮奉世傳 - 馮奉世. (子) 馮野王.

80. 宣元六王傳 - 淮陽憲王 劉欽, 楚孝王 劉囂, 東平思王 劉宇, 中山哀王 劉竟, 定陶共王 劉康, 中山孝王 劉興.

81. 匡張孔馬傳 - 匡衡, 張禹, 孔光, 馬宮.

82. 王商史丹傅喜傳 - 王商, 史丹, 傅喜.

83. 薛宣朱博傳 - 薛宣, 朱博.

84. 翟方進傳 - 翟方進. (子) 翟義

85. 谷永杜鄴傳 - 谷永, 杜鄴.

86. 何武王嘉師丹傳 - 何武, 王嘉, 師丹.

87. 揚雄傳(上, 下) - 揚雄.

88. 儒林傳 - 丁寬, 施讎, 孟喜, 梁丘賀, 京房, 費直, 高相, 伏生, 歐陽生, 林尊, 夏侯勝, 周堪, 張山拊, 孔安國, 申公, 王式, 轅固, 后蒼, 韓嬰, 趙子, 毛公, 孟卿, 胡母生, 嚴彭祖, 顔安樂, 瑕丘江公, 房鳳.

89. 循吏傳 - 文翁, 王成, 黃霸, 朱邑, 龔遂, 召信臣.

90. 酷吏傳 - 郅都, 甯成, 周陽由, 趙禹, 義縱, 王溫舒, 尹齊, 楊僕, 咸宣, 田廣明, 田延年, 嚴延年, 尹賞.

91. 貨殖傳 - (范蠡, 子贛), 白圭, 猗頓, 烏氏嬴, 巴寡婦淸, 蜀卓氏, 程鄭. 宛孔氏, 丙氏, 刀(刁)間, 帥史, 宣曲任氏.

92. 游俠傳 - 朱家, 田仲, 劇孟, 郭解, 萬章, 樓護, 陳遵, 原涉.

93. 佞幸傳 - 鄧通, 趙談, 韓嫣, 李延年, 石顯, 弘恭, 淳于長, 董賢.

94. 匈奴傳(上, 下) - 匈奴.

95. 西南夷兩粵朝鮮傳 - 西南夷, 南越, 閩越, 朝鮮.

96. 西域傳(上, 下) - 西域 28國(上). 22國(下)

97. 外戚傳(上, 下) - 高祖呂皇后, 孝惠張皇后, 高祖薄姬, 孝文竇皇后, 孝景薄皇后, 孝景王皇后, 孝武陳皇后, 孝武衛皇后, 孝武李夫人, 孝武鉤弋趙婕妤, 孝昭上官皇后, 衛太子史良娣, 史皇孫王夫人, 孝宣許皇后, 孝宣霍皇后, 孝宣王皇后.(以上 上)
孝元王皇后, 孝成許皇后, 孝成班婕妤, 孝成趙皇后, 孝元傅昭儀, 定陶丁姬, 孝哀傅皇后, 孝元馮昭儀, 中山衛姬, 孝平王皇后.(以上 下)

98. 元后傳 - 王政君.

99. 王莽傳(上, 中, 下) - 王莽.

100. 敍傳(上, 下) - 班家 來歷(上), 班固 序文(下).

6.《漢書》의 註解書

《한서》가 나온 이후 《한서》에 대한 주석이 唐과 宋代에 걸쳐 여러 교정본이 속속 출간되었다. 《한서》의 주석가로 잘 알려진 初唐의 顔師古(581-645, 顔之推의 孫)는 《漢書》의 권질이 너무 번잡하다며 분량이 방대한 편을 상, 중, 하권으로 분권하여 지금 통용되는 120권〔十二紀(13권), 八表(10권), 十志(18권), 七十傳(79권)〕 체제를 만들었다.

특히 清代에 학술진흥과 함께 《한서》 관련 저술이 91종이나 나왔는데 그중에서도 가장 잘 알려진 것이 王先謙〔왕선겸, 1842-1918, 字 益吾, 號 葵園(규원), 湖南長沙人, 著名經學家, 人稱爲 '葵園先生'.〕의 《漢書補註》이다.

《한서》의 微文奧義(미문오의)는 읽기 어려운 사료로 '能通者가 없다' 는 말이 있을 정도였다. 後漢의 名儒인 馬融(마융, 서기 79-166)은 班昭의 지도를 받으며《한서》를 배웠다고 한다. 그리하여 후한 대부터 服虔(복건)이나 應劭(응소)의《漢書音義》가 나왔으며 이후 魏晉과 東晋에서도《한서》에 대한 주해가 계속 이어졌다.

《한서》의 주석가로 잘 알려진 初唐의 顔師古(581-645, 顔之推의 孫)는 唐 太宗의 貞觀 초기의 太子이던 李承乾(이승건, 619-645)의 명을 받아 그간의 모든 주해서와 숙부인 顔游秦(안유진)의《漢書抉疑》를 참고하여《漢書注》를 완성하였다. 그리하여《한서》에 대한 그간의 연구 성과가 집대성되었기에 '班氏의 忠臣' 이라는 말을 들었다고 한다.

안사고 이후 北,南宋을 지나면서 南宋 寧宗 慶元 연간(1195-1200)에 建安人 劉之問의 건안본《漢書》가 출간되었다. 이어 명대에는 汲古閣本《漢書》가 출간되었고 清代에 급고각본을 보완한 金陵書局本《漢書》가 널리 알려졌다.

왕선겸은 30여 년간 '究心班書하며 博求其義하고' 고증학 연구의 성과를 보완하여 안사고 이후 가장 완벽한《漢書補註》를 간행하였다. 이는《한서》에 관한 그간의 연구를 집대성했다는 평가를 받고 있다. 본서는《漢書補注》를 저본으로 하였다.

※ 참고

《漢書 八表》

13권 異姓諸侯王表	14권 諸侯王表
15권 王子侯表(上,下)	16권 高惠高后文功臣表
17권 景武昭宣元成功臣表	18권 外戚恩澤侯表
19권 百官公卿表(上,下)	20권 古今人表

《漢書 十志》

21권 律歷志(上, 下)	22권 禮樂志
23권 刑法志	24권 食貨志(上, 下)
25권 郊祀志(上, 下)	26권 天文志
27권 五行志(上, 中上, 中下, 下上, 下下)	28권 地理志(上, 下)
29권 溝洫志	30권 藝文志

以下 〈表〉와 〈志〉는 차후 完譯註解 예정

원문 주석 국역

한서(一)

1 高帝紀(上)

〔고제기(상)〕

原文

高祖, 沛豐邑中陽里人也, 姓劉氏. 母媼嘗息大澤之陂, 夢與神遇. 是時雷電晦冥, 父太公往視, 則見交龍於上. 已而有娠, 遂産高祖.

| **註釋** | ○高帝紀 – 紀의 본뜻에 대하여 다양한 설명이 있다. 실(絲)의 끝. 紀는 理也. 統紀. 통치에 관한 모든 일을 年月에 맞춰 기록하다(統理衆事而繫之於年月者也). 적을 기. 紀年. 천자의 사적을 年月에 맞춰 기록한 것이 紀이다. 《史記》에서는 本紀라 하였지만, 《漢書》에서는 紀라 하였다. 〈高帝紀〉는 본래 〈高紀〉이었다. 100권, 〈敘傳〉(下)에도 〈高紀〉, 〈惠紀〉 …라 하였다. ○高祖 – 劉邦(前 256–195년, 壽 62세. / 前 247–195년 壽 53세.), 字 季, 前 206년 漢王, 漢 건국. 前 202년 칭제 후 재위 7년. ○沛豐邑 – 沛縣(今 江蘇省 徐州市 沛縣). 豐邑은 今 江蘇省 徐州市 豐縣. ○母媼 – 媼은 老婦의 통

칭. 성이나 이름이 없는 할머니. ○父太公 – 太公은 '어르신.' 그만의 이름이 없었다는 뜻. ○交龍 – 蛟龍(교룡). 蛟龍이 媼(아주머니) 위에 있었다면 겁탈 당했거나 비정상적 관계였을 것이다. ○已而有娠 – 已而(이이)는 그 뒤. 娠 아이 밸 신.

〘國譯〙

高祖는 沛縣(패현) · 豐邑(풍읍) 中陽里 사람으로 성은 劉氏(유씨)이다. 그의 모친이 언젠가 큰 물가에서 쉬다가 꿈에 神人을 보았다. 그때 천둥과 번개가 치고 날이 캄캄해졌는데 아버지 太公이 가보니 交龍이 어머니를 누르고 있었다. 그 뒤에 임신이 되어 나중에 고조를 출산했다.

原文

高祖爲人, 隆准而龍顔, 美須髯, 左股有七十二黑子. 寬仁愛人, 意豁如也. 常有大度, 不事家人生産作業. 及壯, 試吏, 爲泗上亭長, 廷中吏無所不狎侮. 好酒及色. 常從王媼, 武負貰酒, 時飮醉臥, 武負, 王媼見其上常有怪. 高祖每酤留飮, 酒讎數倍. 及見怪, 歲竟, 此兩家常折券棄責.

高祖常徭咸陽, 縱觀秦皇帝, 喟然大息, 曰, "嗟乎, 大丈夫當如此矣!"

| 註釋 | ○隆准 – 隆準(융준/융절). 오뚝한 콧대. 準은 콧마루 준(本音 절). 龍顔은 잘 생긴 이마. 顔은 額(이마 액)과 통. ○須髯 – 鬚髯(수염). ○意

豁如也 – 생각이 활달하고 컸다. 如는 형용 어미. 어떤 상태나 상황을 나타낸다. ○不事家人~ – 家人은 보통 사람. ○泗上亭長 – 泗水亭長, 41권 〈樊酈滕灌傅靳周傳〉의 夏候嬰傳에는 사수정이라 기록. 亭은 기본 행정단위로 10里(거리 단위)마다 1정을 설치, 兵器도 보관, 亭長을 두어 치안유지, 범인 수색, 소송대리 임무를 부여했다. 亭의 누각은 출장 관리의 숙소(亭은 停留行旅 宿食之館)로 쓰였다. 鄕이나 里와는 개념이 다르다. 前漢 말 哀帝때, 전국에 29,635개소의 亭이 있었다. ○廷中吏 – 廷은 郡이나 縣의 관공서. 狎侮(압모)는 농담하다. ○王媼, 武負貰酒 – 王媼은 왕씨 노파. 武負는 武氏 아내. 負는 婦와 通. 貰酒는 외상 술. 貰는 賖(세낼 사). ○每酤留飮 – 酤는 술 살 고. ○酒讎數倍 – 讎(원수 수)는 팔다. 팔리다(售와 通). 酒讎는 술 값. ○折券棄責 – 외상장부를 없애 술값을 포기하다. ○縱觀 – 縱覽, 자유롭게 구경하다. ○喟然大息 – 喟然은 탄식하는 모양. 喟는 한숨 쉴 위.

〖國譯〗

高祖의 생김새는 우뚝한 코에 훤한 이마와 멋진 수염이 났고 왼쪽 허벅지에 72개의 검은 점이 있었다. 성품이 너그럽고 남을 위해 주었으며 마음 씀씀이가 옹졸하지 않았다. 늘 큰 뜻을 품고 있어 보통 사람처럼 농사일을 하지는 않았다. 장년에 관리가 되어 泗上(사상)의 亭長(정장)이 되었는데 관청 관리들과 허물없이 지냈다. 술과 여색을 즐겼다. 늘 왕씨 노파나 武負(무부) 집에서 외상술을 마셨는데 고조가 술에 취해 누웠으면 무부나 왕노파의 눈에 괴이한 일이 보였다. 고조는 늘 외상술을 마셨는데 외상값의 몇 배나 되는 술이 더 팔렸다. 괴이한 일이 있은 뒤 연말에 술집에서는 장부를 없애 술값을 받지 않았다.

高祖는 그전에 咸陽(함양)에 요역을 갔다가 秦 황제의 행차를 보고서는 크게 탄식하며 말했다. "아하! 대장부라면 응당 저래야 할 것이다."

原文

單父人呂公善沛令, 辟仇, 從之客, 因家焉. 沛中豪傑吏聞令有重客, 皆往賀. 蕭何爲主吏, 主進, 令諸大夫曰, "進不滿千錢, 坐之堂下." 高祖爲亭長, 素易諸吏, 乃紿爲謁曰'賀錢萬', 實不持一錢. 謁入, 呂公大驚, 起, 迎之門. 呂公者, 好相人, 見高祖狀貌, 因重敬之, 引入坐上坐. 蕭何曰, "劉季固多大言, 少成事." 高祖因狎侮諸客, 遂坐上坐, 無所詘. 酒闌, 呂公因目固留高祖. 竟酒, 後. 呂公曰, "臣少好相人, 相人多矣, 無如季相, 願季自愛. 臣有息女, 願爲箕帚妾." 酒罷, 呂媼怒呂公曰, "公始常欲奇此女, 與貴人. 沛令善公, 求之不與, 何自妄許與劉季?" 呂公曰, "此非兒女子所知." 卒與高祖. 呂公女卽呂后也, 生孝惠帝,魯元公主.

| **註釋** | ○單父(선보, shàn fǔ) - 縣名. 今 山東省 荷澤市 관할 單縣. 單은 고을 이름 선. 父는 男子의 美稱 보. ○沛令 - 패현 현령. 1만 호 이상은 縣令, 미만은 縣長. ○辟仇 - 避仇. ○從之客, 因家焉 - 客은 客居. 家는 정착하다. ○蕭何爲主吏 - 蕭何(소하, 前 257-193) - 漢朝 丞相, 漢初三杰. 39권, 〈蕭何曹參傳〉에 立傳(입전). 主吏는 縣의 수석 관리. ○主進 - 主는 주관하다. 進은 현금을 내는 禮, 길 떠나는 사람에게 주는 여비나 내기에 져서 돈을

주는 일. 贐(전별할 신)과 同. ○令諸大夫曰 - 大夫는 모든 來客을 지칭. 秦漢代의 백성은 신분상 등급이 있었는데 1등급(公士)에서부터 5등급(大夫), 8등급(公乘 공승)까지는 일반 백성의 등급이다. 9등급 五大夫부터 18등급 大庶長 까지는 官吏의 등급으로 요역이 면제된다. 19등급 關內侯, 20등급 徹侯(列侯)는 작위이다. ○乃紿爲謁 - 紿는 속일 태. 謁은 名片, 일종의 名銜(명함). ○無所詘 - 꿀리지 않다. 주저하지 않다. ○酒闌 - 술좌석이 거의 파하다. 일부는 가고 일부는 남은 상태. 闌은 가로막을 난, 난간. 쇠퇴하다. 다하다. ○竟酒 - 술자리가 끝나다. ○息女 - 女息. ○願爲箕帚妾 - 아내로 주고 싶다. 箕帚妾(기추첩)은 일하고 청소하는 아내. 妻子의 謙辭. ○奇此女 - 이 딸을 기특하게 여기다. 딸을 아끼다. ○兒女子 - 女人.

〖國譯〗

單父縣(선보현) 사람 呂公(여공)은 沛縣 현령과 친했는데 원수를 피하여 客居하다가 눌러 살게 되었다. 패현의 호걸과 관리들은 현령의 귀한 손님이라고 모두 와서 축하하였다. 蕭何(소하)는 수석 관리로 축하금을 접수하면서 모두에게 말했다. "1천전이 안 되면 堂下에 앉으시오."

高祖는 정장이면서 평소에 여러 관리들과 어울렸는데 거짓으로 名片(名銜)에 '축하금 1만 전' 이라고 썼지만 사실은 한 푼도 없었다. 명편이 들어가자 여공은 크게 놀라 일어나서 대문까지 나와 고조를 맞이했다. 여공은 관상을 잘 보는 사람이었는데 고조의 모습을 보고 크게 공경하며 데리고 들어가 상좌에 앉혔다. 그러자 소하가 말했다. "劉季(高祖)는 본래 허풍이 세고 제대로 하는 일이 없습니다."

그러나 고조는 여러 손님을 무시하면서 상좌에 앉아 하나도 꿀리지 않았다. 술자리가 거의 파할 무렵 여공은 고조에게 눈짓을 했다.

술자리가 끝났고 고조는 뒤에 남았다. 이에 여공이 말했다.

"내가 젊어서부터 관상보기를 좋아하여 많은 사람을 보았지만 당신 같은 사람은 없었으니 부디 自愛하시오. 내 딸을 당신에게 아내로 주고 싶소."

술이 깨자 여공의 아내는 여공에게 화를 냈다. "당신은 늘 이 딸아이를 기특하다며 귀인에게 준다고 말했소. 현령과 친하면서 현령이 원했어도 주지 않더니 왜 당신 멋대로 劉季(劉邦)에게 준다고 하였소?" 그러자 여공이 말했다. "이런 일은 여자가 알 바 아니요."

그리고 딸을 고조에게 시집보냈다. 여공의 딸은 곧 呂后이니 孝惠帝와 魯元公主를 낳았다.

原文

高祖嘗告歸之田. 呂后與兩子居田中, 有一老父過, 請飮, 呂后因餔之. 老父相後曰, "夫人天下貴人也." 令相兩子, 見孝惠帝, 曰, "夫人所以貴者, 乃此男也." 相魯元公主, 亦皆貴. 老父已去, 高祖適從旁舍來, 呂后具言, "客有過, 相我子母皆大貴." 高祖問, 曰, "未遠." 乃追及, 問老父. 老父曰, "鄕者夫人兒子皆以君, 君相貴不可言." 高祖乃謝曰, "誠如父言, 不敢忘德." 及高祖貴, 遂不知老父處.

| **註釋** | ○嘗告~ - 告는 休暇. ○因餔之 - 餔는 먹일 포. 給食. 저녁밥 포. ○呂后具言 - 具言은 상세히 말하다. ○鄕者 - 조금 전에. 鄕은 向. 者는 일종의 語尾 역할.

〖國譯〗

高祖가 휴가를 얻어 마을에 돌아갔었다. 呂后는 두 아이와 함께 밭에 있었는데, 어떤 노인이 지나가다가 물을 달라고 하자 여후는 노인에게 물을 주었다. 노인은 여후를 본 다음에 "부인은 천하의 貴人입니다."라고 말했다. 두 아이의 관상을 보게 하자 혜제를 보고서는 말했다. "부인이 고귀한 것은 이 아들 때문입니다." 노원공주를 보고서도 모두 귀인이라고 하였다.

노인이 떠난 뒤, 고조가 마침 옆집에서 오자 여후는 이를 상세히 말했다. "지나가는 사람이 우리 모자를 보고서는 모두 아주 귀인이라고 했습니다." 고조가 묻자 "멀리 못 갔습니다."라고 했다. 고조가 따라가 노인에게 물었다.

노인은 "조금 전에 부인과 아이들은 모두 당신 때문이니 당신의 상은 이루 말할 수 없이 고귀합니다." 이에 고조가 사례하며 말했다. "정말 노인 말씀대로면 은덕을 잊지 않겠습니다." 나중에 제위에 올랐지만 끝내 노인의 거처를 알지 못했다.

原文

高祖爲亭長, 乃以竹皮爲冠, 令求盜之薛治, 時時冠之, 及貴常冠, 所謂'劉氏冠'也.

高祖以亭長爲縣送徒驪山, 徒多道亡. 自度比至皆亡之, 到豐西澤中亭, 止飮, 夜皆解縱所送徒, 曰, "公等皆去, 吾亦從此逝矣!" 徒中壯士願從者十餘人. 高祖被酒, 夜徑澤中, 令一人行前. 行前者還報曰, “前有大蛇當徑, 願還.” 高祖醉, 曰, “壯士行, 何畏!” 乃前, 拔劍斬蛇. 蛇分爲兩, 道開. 行數里, 醉困臥. 後人來至蛇所, 有一老嫗夜哭. 人問嫗何哭, 嫗曰, “人殺吾子.” 人曰, “嫗子何爲見殺?” 嫗曰, “吾子, 白帝子也, 化爲蛇, 當道, 今者赤帝子斬之, 故哭.” 人乃以嫗爲不誠, 欲苦之, 嫗因忽不見. 後人至, 高祖覺. 告高祖, 高祖乃心獨喜, 自負. 諸從者日益畏之.

| **註釋** | ○以竹皮爲冠 – 竹皮는 竹筍(죽순)이 땅에서 처음 나올 때의 얇은 껍질. ○令求盜之薛治 – 정장은 亭父(亭의 관리, 청소 등 담당)와 求盜(도적 체포나 조사 등의 업무 담당)를 두었다. 薛(설)은 縣名, 今 山東省 棗莊市 관할의 滕州市(등주시). 治는 관을 만들어 오게 하다. 주문 제작했다는 뜻. ○送徒驪山 – 驪山(여산)은 시황제 陵 공사 현장. 今 陝西省 西安市 臨潼區. ○道亡 – 도중에 도망하다. 半道逃亡. ○自度 – 度는 헤아릴 탁. ○從此逝矣 – 여기서 도망칠 것이다. ○夜徑澤中 – 徑(경)은 지나가다. ○欲苦之 – 패주려 하다. ○自負 – 自恃(자시), 마음속으로 긍지를 갖다.

〖**國譯**〗

高祖는 정장이 되자 竹皮로 만든 관을 썼는데 求盜(구도)를 薛縣(설현)에 보내 만들어 오게 하였고 늘 이를 착용했으며 고귀한 자리에 오르고서도 언제나 썼기에 ‘劉氏冠’이라 하였다.

高祖는 정장으로 현의 죄수를 驪山(여산)에 호송했는데 도중에 도망가는 자가 많았다. 고조는 여산에 도착하면 남은 자가 없을 것이라 생각하여 豊邑 서쪽 澤中亭(택중정)에서 잠시 쉬며 술을 마시다가 밤에 호송하던 모두를 풀어주며 말했다.

"당신들 모두가 가버리면 나도 여기서 도망갈 것이다!"

그 무리 중 고조를 따라가겠다는 10여 명이 있었다. 고조가 술에 취해 밤에 물가를 걸으면서 한 사람을 앞서 가게 하였다. 앞서 가던 자가 돌아와 말했다.

"앞에 큰 뱀이 길을 막고 있어 돌아가야 합니다." 그러나 고조가 취해 말했다. "사나이 가는 길에 무엇이 두려우랴!" 고조는 나아가 칼로 뱀을 두 토막 내자 길이 열렸다. 몇 리를 더 가서 취해 잠이 들었다. 따라오던 사람들이 뱀이 있던 곳에 왔는데 어떤 노파가 밤에 울고 있었다. 사람들이 노파에게 왜 우느냐고 묻자 노파가 말했다. "어떤 사람이 내 아들을 죽였소." 사람들이 "노파 아들은 왜 죽었소?"라고 묻자 노파가 말했다. "내 아들은 白帝의 아들로 뱀으로 변해 길에 있다가 조금 전에 赤帝의 아들이 죽였기에 울고 있소." 사람들은 노파가 거짓말을 한다고 생각하며 노파를 혼내주려 하자 노파는 홀연히 사라졌다. 그 사람들이 따라 오자 고조도 잠에서 깨어났다. 그런 이야기를 고조에게 말하자 고조는 마음속으로 혼자 기뻐하며 긍지를 가졌다. 따르는 사람들은 고조를 날마다 더욱 두려워했다.

原文

秦始皇帝嘗曰 "東南有天子氣", 於是東遊以厭當之. 高祖隱於芒,碭山澤間, 呂后與人俱求, 常得之. 高祖怪問之. 呂后曰, "季所居上常有雲氣, 故從往常得季." 高祖又喜.

沛中子弟或聞之, 多欲附者.

| **註釋** | ○以厭當之 – 厭은 진압할 엽. 눌릴 압(鎭, 壓과 同). 싫을 염. 편안할 염. 當은 塞(막을 색)과 通. ○芒,碭 – 현명. 芒縣은 今 河南省 직할의 永城市(安徽省 접경) 북쪽. 碭縣(탕현)은 今 河南省 商丘市 夏邑縣. ○子弟 – 젊은이.

〖**國譯**〗

秦始皇帝는 그전에 "동남방에 天子 기운이 있다."면서 동쪽을 유람하여 그 기를 눌러 막으려 하였다. 고조가 芒縣(망현)이나 碭縣(탕현)의 산택 사이에 숨어 있으면 呂后는 다른 사람과 함께 늘 찾아내었다. 고조가 이상히 여겨 물었다. 이에 여후는 "당신이 있는 곳에 늘 雲氣가 있어 따라가면 찾을 수 있다."고 말했다. 고조는 더욱 기뻤다. 이런 일을 알게 된 沛縣의 많은 젊은이들이 고조를 따랐다.

原文

秦二世元年秋七月, 陳涉起蘄. 至陳, 自立爲楚王, 遣武臣,張耳,陳餘略趙地. 八月, 武臣自立爲趙王. 郡縣多殺長吏以應涉. 九月, 沛令欲以沛應之. 掾,主吏蕭何,曹參曰, "君爲秦吏, 今欲背之, 帥沛子弟, 恐不聽. 願君召諸亡在外者, 可得數百人, 因以劫衆, 衆不敢不聽." 乃令樊噲召高祖. 高祖之衆已數百人矣.

| 註釋 | ○秦二世元年秋七月 - 秦 2세 원년은 前 209-208년에 해당한다. 秦은 10월이 歲首였다. ○陳涉 - 陳勝. 31卷, 〈陳勝項籍傳〉에 立傳. ○蘄(기) - 현명. 今 安徽省 북부의 宿州市. ○陳 - 縣名. 陳郡의 치소. 今 河南省 周口市 淮陽縣 일대 ○張耳,陳餘 - 32권, 〈張耳陳餘傳〉에 입전. ○武臣 - 인명. 姓 武. ○長吏 - 縣令. ○掾,主吏 - 당시 蕭何(소하)는 현의 主吏(功曹)이었고, 曹參(조참)은 獄椽(옥연)이었다. 椽은 한 업무 부서의 실무책임자. 吏의 우두머리. 도울 연. ○樊噲(번쾌) - 고조와 동향인, 고조의 손아래 동서. 呂后의 弟夫.

〖國譯〗

秦 二世 원년 가을 7월에 陳涉(陳勝)은 蘄縣(기현)에서 起義하였다. 陳縣에 이르러 楚王(張楚)으로 자립하면서 武臣(무신)과 張耳(장이), 陳餘(진여) 등을 보내 趙(조)의 땅을 공략케 하였다. 8월에 武臣(무신)은 자립하여 趙王이라 하였다. 각 郡縣에서는 현령을 죽이고 진승에 호응하는 자가 많았다. 9월에 패현 현령은 패현을 들어 진승에 호응하려고 하였다. (패현의) 옥연인 曹參(조참), 主吏인 蕭何(소하)가 현령에게 말했다.

"현령께서는 秦의 長吏로 지금 秦에 반기를 들고 패현의 자제를 이끌려 하지만 혹 따르지 않을 수도 있습니다. 현령께서 타 지역에 도망간 여러 사람을 불러 모으면 수백 명을 모을 수 있고 이들로 무리들을 억압하면 따르지 않을 수 없을 것입니다."

그리고서 樊噲(번쾌)를 시켜 고조를 데려오게 하였다. 고조의 무리는 이미 수백 명이었다.

原文

於是樊噲從高祖來. 沛令後悔, 恐其有變, 乃閉城城守, 欲誅蕭,曹. 蕭,曹恐, 逾城保高祖. 高祖乃書帛射城上, 與沛父老曰, "天下同苦秦久矣. 今父老雖爲沛令守, 諸侯並起, 今屠沛. 沛令共誅令, 擇可立立之, 以應諸侯, 卽室家完. 不然, 父子俱屠, 無爲也." 父老乃帥子弟共殺沛令, 開城門迎高祖, 欲以爲沛令. 高祖曰, "天下方擾, 諸侯並起, 今置將不善, 一敗塗地. 吾非敢自愛, 恐能薄, 不能完父兄子弟. 此大事, 願更擇可者." 蕭,曹皆文吏, 自愛, 恐事不就, 後秦種族其家, 盡讓高祖. 諸父老皆曰, "平生所聞劉季奇怪, 當貴, 且卜筮之, 莫如劉季最吉." 高祖數讓, 衆莫肯爲, 高祖乃立爲沛公. 祠黃帝, 祭蚩尤於沛廷, 而釁鼓. 旗幟皆赤, 由所殺蛇白帝子, 殺者赤帝子故也. 於是少年豪吏如蕭,曹,樊噲等皆爲收沛子弟, 得三千人.

| 註釋 | ○逾城保高祖 – 逾는 넘을 유. 保는 의지하다. ○無爲也 – 아무 소용도 없다. 헛일이 된다. ○一敗塗地 – 일단 패하게 되면 모두 죽게 된다. 塗地는 肝腦塗地(간뇌도지)의 뜻. ○文吏 – 문서나 만지는 관리. ○沛公 – 전국시대 楚의 현령을 公이라 호칭했다. ○黃帝 – 고대 전설상의 제왕. ○蚩尤(치우) – 黃帝를 위해 금속 병기를 만들어준 사람. 또는 치우를 그린 깃발. ○釁鼓(흔고) – 북(鼓)에 피를 바르다. 釁은 피 바를 흔. ○由所殺蛇白帝子 – 所는 衍字(연자, 쓸데없이 들어간 字)라는 주석에 따른다.

〖國譯〗

오래지 않아 樊噲(번쾌)와 고조가 돌아왔다. 패의 현령은 후회하면서 변란이 있을까 두려워 성문을 닫고 저항하며 소하와 조참을 죽이려 했다. 소하와 조참은 두려워서 성벽을 넘어 도주하여 고조에게 의지했다. 고조는 비단에 글을 써서 성안으로 쏘아 보내 父老들에게 말했다.

"천하가 진의 학정으로 고생한 지 오래되었습니다. 지금 패현의 부로들께서 패현령을 위해 성을 지키고 있지만 제후들이 각처에서 기의하며 패현을 도륙하려고 합니다. 패현에서는 모두 함께 패 현령을 죽이고 바른 사람을 세워 제후에 호응한다면 종족과 집을 지킬 수 있습니다. 그렇지 않다면 부자가 함께 죽게 될 것이니 아무 소용이 없습니다."

그러자 패현의 父老들은 젊은이들을 거느리고 함께 현령을 죽인 뒤에 성문을 열고 고조를 맞이하며 고조를 현령으로 삼고자 했다. 이에 고조가 말했다.

"천하가 지금 혼란하고 제후들이 모두 일어나는데 지금 좋지 않은 우두머리를 세우면 단 한 번의 패전에 모두가 죽게 됩니다. 내가 내 몸을 아끼는 것은 아니지만 내 능력이 부족하여 부형과 자제들을 지키지 못할까 걱정이 됩니다. 이는 중대한 일인 만큼 괜찮은 사람을 골라야 합니다."

소하와 조참은 모두 문서나 다뤘던 관리라서 몸을 아끼었고 일이 실패하면 秦이 종족을 죽일 것이 두려워 모두 고조에게 사양하였다. 또 여러 부로들도 말했다.

"그동안 劉季(유계, 고조)에게 기이한 일이 여러 번 있었으니 응당 높이 되어야 하며 또 우리가 점을 쳐 보아도 유계만큼 좋은 사람도 없습니다."

고조가 몇 번 사양했지만 사람들이 듣지를 않자 고조는 자립하여 沛公이 되었다. 패공은 패현의 마당에서 黃帝와 蚩尤(치우)에 제사한 뒤에 북에 피를 발랐다. 기치는 모두 붉은색이었는데 白帝의 아들을 죽인 赤帝의 아들이 패공이기 때문이었다. 이에 젊은이들과 소하, 조참, 번쾌 같은 호걸들이 패현의 젊은이를 모으니 3천 명이나 되었다.

原文

是月, 項梁與兄子羽起吳. 田儋與從弟榮,橫起齊, 自立爲齊王. 韓廣自立爲燕王. 魏咎自立爲魏王. 陳涉之將周章西入關, 至戲, 秦將章邯距破之.

| **註釋** | ○項梁 – 항우의 숙부. 吳는 현명. 今 江蘇省 蘇州市. ○田儋(전담) – 옛 齊의 왕족. 33권, 〈魏豹田儋韓王信傳〉에 입전. 田榮, 田橫도 그 일족. ○至戲 – 戲(희)는 지명, 今 陝西省 西安市 臨潼區. ○秦將 章邯(장한) – 뒷날 項羽에 투항.

〖**國譯**〗

같은 달에 項梁(항량)과 조카 項羽가 吳縣(오현)에서 기의하였다. 田儋(전담)은 사촌동생 田榮(전영), 田橫(전횡)과 齊에서 일어나 자립하여 齊王이라 하였다. 韓廣(한광)은 자립하여 燕王(연왕)이 되었다.

魏咎(위구)는 자립하여 魏王(위왕)이라 하였다. 진섭의 부장인 周章(주장)은 서쪽으로 진격하여 관중에 들어가 戱(희)에 이르렀으나 秦將인 章邯(장한)이 막아 주장을 격파하였다.

原文

秦二年十月, 沛公攻胡陵,方與, 還守豐. 秦泗川監平將兵圍豐. 二日, 出與戰, 破之. 令雍齒守豐. 十一月, 沛公引兵之薛. 秦泗川守壯兵敗於薛, 走至戚, 沛公左司馬得殺之. 沛公還軍亢父, 至方與. 趙王武臣爲其將所殺. 十二月, 楚王陳涉爲其御所殺. 魏人周市略地豐,沛, 使人謂雍齒曰, "豐, 故梁徙也. 今魏地已定者數十城, 齒今下魏, 魏以齒爲侯守豐, 不下, 且屠豐." 雍齒雅不欲屬沛公, 及魏招之, 卽反爲魏守豐. 沛公攻豐, 不能取. 沛公還之沛, 怨雍齒與豐子弟畔之.

| **註釋** | ○秦 二年十月 – 2세 2년은 前 208년에 해당. 단 歲首 10월은 前 209년. ○胡陵 – 현명. 今 山東省 濟寧市 魚台縣 동남. 方與는 지명. ○泗川 – 泗水郡, 漢代 沛郡(치소는 相縣, 今 安徽省 북부의 淮北市). 監平은 軍監인 平(人名). ○雍齒(옹치) – 인명. 고조 동향인. 고조를 여러 번 곤경에 빠트렸다. ○泗川守壯 – 泗水郡守인 壯(인명). 秦代 郡에는 守(행정), 尉(군사), 監(御使監郡, 감찰)을 두었다. ○走至戚 – 戚은 현명. 今 山東省 서남부 濟寧市 관할의 微山縣. ○左司馬 – 군법 집행관. 패공의 좌사마로 曹無傷, 孔聚, 陳賀 등이 있었다. ○軍亢父 – 亢父(항보)는 지명. 今 山東省 齊寧市에 해당. 軍은

군대가 주둔하다. 동사로 쓰였다. ○涉爲其御所殺 – 御는 御駕軍官. 爲~所는 피동형. ○周市(주불, ?–前 208) – 魏人. 진승이 기의한 이후 魏地를 평정하고 魏 왕족 魏咎(위구)를 위왕으로 세우고 자신은 魏相이 되었다. 市(무릎 가리개 불), 巾部 1획. 市(저자 시)는 巾部 2획. 흔히 혼동하는 글자이다. ○故梁徙也 – 옛 魏(大梁)이 秦에 멸망한 뒤 그 일족이 豊으로 遷徙(천사, 옮겨감)했었다. ○今下魏 – 이번에 魏에 투항한다면. ○畔之 – 畔은 叛.

〖國譯〗

秦 2세, 2년 10월, 패공은 胡陵縣(호릉현)과 方與(방여)를 공격하고 돌아와 풍읍에 머물렀다. 진의 泗川 郡監인 平(평)이 풍읍을 공격했다. 둘째 날에 패공은 출전하여 적을 격파하였다. 패공은 雍齒(옹치)를 시켜 풍읍을 지키게 하였다. 11월, 패공은 군사를 거느리고 薛縣(설현)을 공격했다. 秦의 사천 군수인 壯(장)의 군사는 설현에서 패배하고 戚縣(척현)으로 달아났으나 패공의 左司馬가 잡아 죽였다. 패공은 군사를 돌려 亢父(항보)에 주둔했다가 方與(방여)로 갔다.

趙王인 武臣은 그의 부장에게 피살되었다. 12월에 楚王 陳涉(陳勝)은 그의 마부에게 살해되었다. 魏나라 周市(주불)은 풍읍과 패현을 공략하면서 사람을 옹치에게 보내 말했다.

"풍읍은 예전에 大梁(魏)이 한때 옮겨간 곳이다. 지금 평정된 魏의 땅이 수십 개 성인데 옹치가 위나라에 투항한다면 위에서는 옹치를 제후로 봉해 풍읍을 다스리게 하겠지만 투항하지 않으면 즉시 풍읍을 도륙하겠다."

옹치는 평소에 패공 밑에 있기를 싫어했는데 魏에서 초빙하자 즉시 배반하여 魏를 위해 풍읍을 수비했다. 패공이 풍읍을 공격했으나 빼앗지 못했다. 패공은 패현으로 돌아갔고 배반한 옹치와 풍읍 사람을 원망했다.

原文

正月, 張耳等立趙後趙歇爲趙王. 東陽甯君,秦嘉立景駒爲楚王, 在留. 沛公往從之, 道得張良, 遂與俱見景駒, 請兵以攻豐. 時章邯從陳, 別將司馬夷將兵北定楚地, 屠相, 至碭. 東陽甯君,沛公引兵西, 與戰蕭西, 不利, 還收兵聚留.

二月, 攻碭, 三日拔之. 收碭兵, 得六千人, 與故合九千人. 三月, 攻下邑, 拔之. 還擊豐, 不下. 四月, 項梁擊殺景駒,秦嘉, 止薛, 沛公往見之. 項梁益沛公卒五千人, 五大夫將十人. 沛公還, 引兵攻豐, 拔之. 雍齒奔魏.

| **註釋** | ○東陽甯君 – 東陽은 현명. 今 安徽省 중동부 天長市. 甯(편할 녕)은 姓. 君은 號. ○秦嘉立景駒 – 景駒(경구)는 楚 귀족 후예. ○在留 – 留는 현명. 今 江蘇省 徐州市 沛縣 동남. ○張良 – 字 子房, 留侯. 40권, 〈張陳王周傳〉에 입전. ○時章邯從陳 – 章邯은 인명. 뒷날 항우가 雍王에 봉했다. 從陳은 진승의 잔류병을 토벌하다. ○相 – 현명. 今 安徽省 淮北市. ○蕭 – 현명. 今 安徽省 북부 宿州市 蕭縣. ○攻下邑 – 下邑은 현명. 今 安徽省 북부 碭山縣. ○五大夫 – 제 9등급 작위.

〖國譯〗

정월에 張耳(장이) 등은 趙의 후손인 趙歇(조헐)을 趙王으로 옹립했다. 東陽縣의 甯君(영군)과 秦嘉(진가)는 景駒(경구)를 楚王으로 옹립하고 留縣(유현)에 머물고 있었다. 패공은 초왕 경구에게 가다가 길에서 張良(장량)을 만나 함께 경구를 알현하고서 풍읍을 공략할 군사를 요청했다. 그 무렵 秦將 章邯(장한)은 진승의 잔류군을 공격했는데 別將 司馬夷(사마이)는 군사를 거느리고 초의 북쪽 지역을 공략하면서 相縣을 도륙하고 碭縣(탕현)까지 왔다. 東陽縣 甯君(영군)과 패공은 군사를 거느리고 서쪽으로 나아가 蕭縣(소현) 서쪽에서 싸웠으나 불리하자 군사를 거두어 留縣에 모여 있었다.

2월에 碭縣(탕현)을 공략하여 3일 만에 차지했다. 탕현의 군사를 6천 명을 합쳐 모두 9천 명이 되었다. 3월에 下邑縣을 공격하여 차지했다. 군사를 돌려 풍읍을 공격했으나 뺏지 못했다. 4월에 項梁(항량)은 경구와 진가를 죽이고 薛縣(설현)에 머물자 패공은 항량을 찾아가 만났다. 항량은 패공에게 병졸 5천 명과 五大夫 장군 10명을 보태주었다. 패공은 다시 풍읍을 공격하여 차지했고 옹치는 魏로 도주하였다.

原文

五月, 項羽拔襄城還. 項梁盡召別將. 六月, 沛公如薛, 與項梁共立楚懷王孫心爲楚懷王. 章邯破殺魏王咎,齊王田儋於臨濟. 七月, 大霖雨. 沛公攻亢父. 章邯圍田榮於東阿. 沛公與項梁共救田榮, 大破章邯東阿. 田榮歸, 沛公,項羽追北, 至城陽, 攻屠其城. 軍濮陽東, 復與章邯戰, 又破之.

| 註釋 | ○襄城 - 현명. 今 河南省 許昌市 襄城縣. ○沛公如薛 - 如는 가다(往). 진격하다. ○楚懷王孫心 - 秦에 가서 억류되었다가 죽은 楚 懷王의 손자. 熊心(웅심, ?-前 206). 뒷날 義帝. 조부의 시호를 그대로 사용했다. 熊은 楚 왕족 羋姓(미성) 熊氏. 名 心. 항우에 의해 義帝로 높였다가 피살. ○大霖雨 - 3일 이상 비가 내리는 것을 霖雨라 한다. 霖 장마 림. ○東阿 - 당시 東郡의 현명, 今 山東省 서부 聊城市 東阿縣. ○追北 - 北은 敗北(패배), 北은 달아날 배. ○濮陽 - 현명. 今 河南省 북동부 濮陽市.

〖國譯〗

5월에 項羽는 襄城(양성)을 점령하고 돌아왔다. 項梁은 모든 別將을 소집했다. 6월에 패공은 薛縣(설현)에 가서 항량과 함께 楚 懷王(회왕)의 손자인 心(심)을 楚 懷王으로 옹립하였다. 장한은 魏王 魏咎(위구)와 齊王 田儋(전담)을 臨濟(임제)에서 격파하여 죽였다. 7월에 큰 비가 내렸다. 패공은 亢父(항보)를 점령하였다. 장한은 田榮(전영)을 東阿縣(동아현)에서 포위했다. 패공과 항량은 함께 전영을 구원하여 동아현에서 장한을 대파하였다. 전영은 齊로 돌아갔고 패공과 항우는 패잔병을 추격하여 城陽(성양)에 이르러 성을 도륙하였다. 濮陽縣(복양현) 동쪽에 주둔했다가 다시 장한과 싸워 또 격파하였다.

原文

章邯復振, 守濮陽, 環水. 沛公,項羽去攻定陶. 八月, 田榮立田儋子市爲齊王. 定陶未下, 沛公與項羽西略地至雍丘, 與秦軍戰, 大敗之, 斬三川守李由. 還攻外黃, 外黃未下.

| 註釋 | ○環水 – 물을 끌어들여 성을 지키다. ○定陶(정도) – 현명. 今 山東省 菏澤市 관할의 定陶縣. ○雍丘(옹구) – 현명. 今 河南省 開封市 관할의 杞縣. ○三川守 李由 – 三川은 군명. 치소는 河南省 洛陽市. 李由는 秦 승상 李斯(이사)의 아들. ○外黃 – 현명. 今 河南省 開封市 관할 蘭考縣.

〖國譯〗

장한은 군사를 정돈하고 물을 끌어들여 복양현을 방어했다. 패공과 항우는 定陶縣을 공격했다. 8월에 田榮은 田儋(전담)의 아들 田市(전불)을 齊王으로 옹립하였다. 정도현을 함락하지 못하고 패공과 항우는 서쪽을 공략하여 雍丘縣(옹구현)에서 秦의 군사와 싸워 크게 이겼고 三川 군수 李由(이유)를 죽였다. 돌아와 外黃縣을 공격했으나 함락시키지 못했다.

原文

項梁再破秦軍, 有驕色. 宋義諫, 不聽. 秦益章邯兵. 九月, 章邯夜銜枚擊項梁定陶, 大破之, 殺項梁. 時連雨自七月至九月. 沛公,項羽方攻陳留, 聞梁死, 士卒恐, 乃與將軍呂臣引兵而東, 徙懷王自盱台都彭城. 呂臣軍彭城東, 項羽軍彭城西, 沛公軍碭. 魏咎弟豹自立爲魏王. 後九月, 懷王並呂臣,項羽軍自將之. 以沛公爲碭郡長, 封武安侯, 將碭郡兵. 以羽爲魯公, 封長安侯. 呂臣爲司徒, 其父呂靑爲令尹.

| 註釋 | ○宋義(?－前 207) － 秦末 楚 懷王의 대장군. 나중에 항우에게 피살. ○銜枚(함매) － 밤에 행군할 때 떠들지 못하게 병졸 입에 하무를 물리다. ○陳留(진류) － 현명. 今 河南省 開封市 동남. ○呂臣(여신) － 陳勝이 마부인 莊賈(장가)에게 피살당하자 蒼頭軍을 조직하여 장가를 죽였다. 英布와 함께 秦軍과 싸우다가 項梁에게 귀부했고 나중에 항우의 부하가 되었다. ○盱台(우이) － 현명. 台는 나 이. 기쁠 이. 별이름 태. 今 江蘇省 淮安市 盱眙縣(우이현). ○彭城(팽성) － 今 江蘇省의 北大門이라 하는 徐州市. ○後九月 － 閏9월. 秦에서는 10월이 歲首라서 윤달은 언제나 九月이었다. ○碭(탕) － 秦의 郡名. 治所는 碭縣(今 河南省 商丘市 관할 夏邑縣). ○司徒 － 교화와 賦稅 담당. ○令尹 － 楚의 승상.

〖國譯〗

항량은 다시 秦軍을 격파하자 교만해졌다. 宋義(송의)가 항량에게 충고하였으나 듣지 않았다. 秦은 장한의 군사를 증강시켰다. 9월에 장한은 하무를 물리고(銜枚) 밤에 항량을 공격하여 정도현에서 크게 격파하고 항량을 죽였다. 그 무렵 연이은 장마가 7월부터 9월까지 계속되었다. 패공과 항우는 막 陳留(진류)현을 공격하면서 항량이 죽었다는 소식을 들었고 사졸이 두려워하자 곧 장군 呂臣(여신)과 함께 군사를 이끌고 동쪽으로 가서 懷王(회왕)을 盱台(우이)에서 彭

城(팽성)으로 옮겨 도읍케 하였다. 여신은 팽성의 동쪽에, 항우는 팽성의 서쪽에 주둔하였고 패공은 碭郡(탕군)에 주둔하였다. 魏咎(위구)의 동생 魏豹(위표)는 자립하여 위왕이 되었다. 윤 9월에 회왕은 여신과 항우의 군사를 직접 통솔하였다.

회왕은 패공을 碭郡長으로 임명하며 武安侯로 봉하고 碭郡의 군사를 거느리게 하였다. 항우는 魯公으로 長安侯에 봉해졌다. 여신은 司徒(사도)가 되었고 그 부친 呂青(여청)은 令尹(영윤)이었다.

原文

章邯已破項梁, 以爲楚地兵不足憂, 乃渡河北擊趙王歇, 大破之. 歇保鉅鹿城, 秦將王離圍之. 趙數請救, 懷王乃以宋義爲上將, 項羽爲次將, 范增爲末將, 北救趙.

| **註釋** | ○趙歇(조헐, ?－前205) － 秦朝末年 趙國의 宗室. 陳勝이 세웠던 趙王 武臣이 죽은 뒤에 張耳, 陳餘 등이 趙歇을 옹립하고 信都에 도읍했다. ○鉅鹿(거록) － 秦의 군명. 치소는 거록현. 今 河北省 邢台市 平鄕縣. ○王離(왕리) － 秦 將軍 王翦(왕전)의 손자.

〖國譯〗

장한은 항량을 격파하고 楚의 군사는 걱정할 필요가 없다며 황하를 건너 북으로 趙王 趙歇(조헐)을 공격하여 크게 격파하였다. 조헐이 鉅鹿(거록) 성에 들어가자 진의 장수 王離(왕리)는 성을 포위했다. 조에서 여러 번 구원을 요청하자 회왕은 宋義를 上將, 항우를 次將,

그리고 范增(범증)을 末將으로 삼아 북으로 조를 구원케 하였다.

原文

初, 懷王與諸將約, 先入定關中者王之. 當是時, 秦兵强, 常乘勝逐北, 諸將莫利先入關. 獨羽怨秦破項梁, 奮勢, 願與沛公西入關. 懷王諸老將皆曰, "項羽爲人慓悍禍賊, 嘗攻襄城, 襄城無噍類, 所過無不殘滅. 且楚數進取, 前陳王,項梁皆敗, 不如更遣長者扶義而西, 告諭秦父兄. 秦父兄苦其主久矣, 今誠得長者往, 毋侵暴, 宜可下. 項羽不可遣, 獨沛公素寬大長者." 卒不許羽, 而遣沛公西收陳王,項梁散卒. 乃道碭至城陽與杠里, 攻秦軍壁, 破其二軍.

| 註釋 | ○關中者王之 – 關中은 동 函谷關, 남 武關, 서 散關, 북 蕭關(소관)으로 둘러싸인 땅. 沃野千里의 땅. 王之는 땅을 나누어 왕으로 봉하다. ○慓悍禍賊 – 慓悍(표한)은 날쌔고 사납다. 禍賊은 猾賊(활적), 교활하게 남을 해치다. ○無噍類 – 남은 사람이 없다. 噍는 씹을 초. 백성(生民) 초. ○今誠得~ – 誠은 가령. ○乃道~ – 道는 경유하다. 城陽은 縣名. 杠里는 지명. ○攻秦軍壁 – 壁은 방어용 보루.

〖國譯〗

전에 회왕은 먼저 관중에 들어가 평정하는 자를 왕으로 삼겠다고 여러 장수와 약속했었다. 그때 秦 군사는 강했고 늘 이기며 패한 자를 추격했기에 관중에 먼저 진격하는 것이 좋다고 생각하는 자가 없었다. 다만 항우는 항량을 죽인 秦에 원한이 있어 분발하며 패공과 함께 서쪽으로 입관하고자 했다. 그러나 회왕의 여러 노장들이 말했다.

"項羽는 사납게 남을 해치는 사람이라서 전번에 襄城(양성)을 공략할 때도 양성에 살아남은 사람이 없었으며 가는 곳마다 잔인하게 사람을 죽였습니다. 초가 여러 곳을 공격했었지만 앞서 陳王(陳勝)이나 項梁(항량)이 모두가 망하였으니 온후한 사람을 보내 인의를 내세우며 서쪽으로 나아가 秦의 백성을 회유하면 좋을 것입니다. 秦의 백성이 시달린 지 오래기에 이번에 후덕한 사람을 보내고 사납게 침탈하지만 않으면 틀림없이 평정할 수 있을 것입니다. 항우를 보낼 수 없고 다만 패공은 평소 관대 온후합니다."

회왕은 항우의 西進을 불허하고 패공에게 서쪽으로 진승과 항량의 흩어진 군졸을 모으게 하였다. 패공은 碭郡(탕군)을 거쳐 城陽(성양)과 杠里(강리)에 이르러 秦의 보루 중 2개 군영을 격파하였다.

原文

秦三年十月, 齊將田都畔田榮, 將兵助項羽救趙. 沛公攻破東郡尉於成武. 十一月, 項羽殺宋義, 並其兵渡河, 自立爲上將軍, 諸將黥布等皆屬. 十二月, 沛公引兵至栗, 遇剛武侯, 奪其軍四千餘人, 並之, 與魏將皇欣,武滿軍合. 攻秦軍, 破之. 故齊王建孫田安下濟北, 從項羽救趙. 羽大破秦軍鉅鹿下, 虜王離, 走章邯.

| **註釋** | ○秦三年十月－前 207년. ○成武－현명. 今 山東省 荷澤市 成武縣. ○黥布(경포)－뒷날 九江王 英布. 34권, 〈韓彭英盧吳傳〉에 입전. ○栗(율)－현명. 今 河南省 商丘市 夏邑縣. ○剛武侯－楚 회왕의 장수. ○魏將皇欣,武滿－皇欣(황흔)은 인명. 武滿은 武蒲(무포), 역시 인명. ○濟北－秦의 郡名. 治所는 博陽縣. 今 山東省 泰安市 동남.

〖**國譯**〗

秦 2세 3년 10월, 齊將 田都(전도)가 田榮을 배반하여 군사를 거느리고 항우를 도와 趙를 구원하였다. 패공은 秦 東郡 都尉를 成武縣에서 격파하였다. 11월, 항우는 宋義를 죽였고 그 군사를 합쳐 황하를 건넜고, 자립하여 上將軍이 되자 黥布(경포) 등 모든 장수가 예속되었다. 12월, 패공은 군사를 거느리고 栗縣(율현)에 도착하여 剛武侯를 만나 그 군사 4천여 명을 빼앗아 합쳤고, 魏將 皇欣(황흔), 武滿(무만)의 군사를 합쳤다. 패공은 진의 군사를 공격하여 격파하였다. 옛 齊王 田建의 손자인 田安은 濟北郡을 차지하고서 항우를 따라 趙를 구원하였다. 항우는 진의 군사를 격파하고 거록을 차지했으며 王離(왕리)를 사로 잡고 장한을 패주케 했다.

原文

二月, 沛公從碭北攻昌邑, 遇彭越. 越助攻昌邑, 未下. 沛公西過高陽, 酈食其爲里監門, 曰, "諸將過此者多, 吾視沛公大度." 乃求見沛公. 沛公方踞床, 使兩女子洗. 酈生不拜, 長揖曰, "足下必欲誅無道秦, 不宜踞見長者." 於是沛公起,攝衣謝之, 延上坐. 食其說沛公襲陳留. 沛公以爲廣野君, 以其弟商爲將, 將陳留兵. 三月, 攻開封, 未拔. 西與秦將楊熊會戰白馬, 又戰曲遇東, 大破之. 楊熊走之滎陽, 二世使使斬之以徇. 四月, 南攻潁川, 屠之. 因張良遂略韓地.

時趙別將司馬卬方欲渡河入關, 沛公乃北攻平陰, 絕河津. 南, 戰洛陽東, 軍不利, 從轘轅至陽城, 收軍中馬騎.

| 註釋 | ○昌邑 - 현명. 今 山東省 荷澤市 巨野縣 남. ○高陽 - 읍명. 今 河南省 開封市 杞縣 서남. ○酈食其(역이기, 前 268-204) - 별명이 高陽酒徒. 食易(yì jī, 이기)는 '배불리 먹는다'는 뜻. 食은 사람 이름 이. 한왕의 謀臣. 나중에 齊王 田廣에게 停戰토록 유세하여 성공했으나 韓信이 齊를 공격하자 역이기는 팽살되었다. 43권, 〈酈陸朱劉叔孫傳〉에 立傳. ○里監門 - 마을의 里門을 지키는 사람. ○足下 - 동년배, 또는 동료에 대한 경칭. 人君에 대한 존칭으로도 쓰였음. 여기서는 존칭. ○陳留(진류) - 현명, 今 河南省 開封市 동남. ○廣野君 - 작위, 호칭. ○以其弟商爲將 - 酈商(역상), 酈食其 동생. 41권, 〈樊酈滕灌傅靳周傳〉에 입전. ○開封 - 현명. ○白馬 - 현명. 今 河南省 安陽市 滑縣. ○曲遇 - 읍명. ○滎陽(형양) - 秦의 三川郡 소속 縣名. 今 河南省 鄭州市 관할의 滎陽市. ○徇 - 호령할 순. 죄인을 처형하여 그 수급을 돌려보게 하다(行而示衆). ○潁川(영천) - 군명. 치소는 陽翟縣(양책현). ○司馬卬(사마앙, ?-前 205) - 본래 趙의 將軍, 鉅鹿之戰 이후 항우를 따라 入關했었다. 나중에 漢王 劉邦에게 투항했다가 楚軍에 패해 죽었다. ○平陰 - 현명. 今 河南省 洛陽市 孟津縣 동쪽, ○絕河津 - 황하 나루터를 봉쇄하다. ○轘轅(환원) - 산명, 지명. 今 河南省 洛陽市 관할의 偃師市(언사시) 일대의 험로. 陽城은 읍명. 今 河南省 鄭州市 登封縣. ○馬騎 - 戰馬. 騎兵.

〖國譯〗

2월에, 패공은 碭縣(탕현) 북에서 昌邑縣(창읍현)을 공격하면서 彭越(팽월)을 만났다. 팽월도 창읍 공격을 도왔으나 차지하지 못했다. 패공이 서쪽으로 高陽邑에 들리자 酈食其(역이기)는 그곳 마을의 監門이었는데 패공을 만나고자 했다.

"이곳을 여러 장수들이 지나갔지만 내가 볼 때 패공은 도량이 큰 것 같다."

그리고 패공을 만났다. 그때 패공은 평상에 걸터앉아 두 여인을 시켜 발을 닦고 있었다. 역이기는 拜禮하지 않고 長揖(장읍)만 하고 말했다.

"足下께서 무도한 秦을 꼭 없애고자 한다면 다리를 뻗고 앉아 어른을 만나지 마시오."

그러자 패공은 일어나 옷깃을 여미며 사과하고 상석으로 안내하였다. 역이기는 패공에게 陳留縣(진류현)을 공격하라고 유세하였다. 패공은 역이기를 廣野君으로 삼았고 그 동생 酈商(역상)을 장군에 임명하고 진류의 군사를 지휘하게 하였다.

3월에, 開封縣을 공격하였으나 함락하지 못했다. 서쪽으로 나아가 진의 장수 楊熊(양웅)과 白馬縣에서 또 曲遇邑(곡우읍)에서 싸워 대파하였다. 양웅은 滎陽(형양) 현으로 도주하였는데 秦 2세는 사자를 보내 양웅을 참수한 뒤에 각지에 그 수급을 돌려보게 하였다. 4월에 패공은 남쪽으로 潁川郡(영천군)을 공격하여 함락시켰다. 이어 장량을 시켜 韓의 땅을 경략케 하였다.

그 무렵 趙의 別將인 司馬卬(사마앙)은 황하를 건너 관중으로 진격하려 했는데 패공은 바로 북쪽으로 平陰縣(평음현)을 공격하여 황하 나루를 봉쇄하였다 패공은 남으로 내려가 낙양현 동쪽에서 싸웠으나 이기지 못했고 轘轅(환원)에서 陽城(양성)으로 들어가 군대의 군마를 징발하였다.

原文

六月, 與南陽守齮戰犨東, 破之. 略南陽郡, 南陽守走, 保城守宛. 沛公引兵過宛西. 張良諫曰, "沛公雖欲急入關, 秦兵過衆, 距險. 今不下宛, 宛從後擊, 强秦在前, 此危道也." 於是沛公乃夜引軍從他道還, 偃旗幟, 遲明, 圍宛城三帀. 南陽守欲自剄, 其舍人陳恢曰, "死未晩也." 乃逾城見沛公, 曰, "臣聞足下約先入咸陽者王之, 今足下留守宛. 宛郡縣連城數十, 其吏民自以爲降必死, 故皆堅守乘城. 今足下盡日止攻, 士死傷者必多, 引兵去, 宛必隨足下. 前則失咸陽之約, 後有强宛之患. 爲足下計, 莫若約降, 封其守, 因使止守, 引其甲卒與之西. 諸城未下者, 聞聲爭開門而待足下, 足下通行無所累." 沛公曰, "善."

七月, 南陽守齮降, 封爲殷侯, 封陳恢千戶. 引兵西, 無不下者. 至丹水, 高武侯鰓,襄侯王陵降. 還攻胡陽, 遇番君別將梅鋗, 與偕攻析,酈, 皆降. 所過毋得鹵掠, 秦民喜. 遣魏人甯昌使秦. 是月, 章邯擧軍降項羽, 羽以爲雍王. 瑕丘申陽下河南.

| 註釋 | ○南陽守齮戰犨東 – 南陽 郡守. 齮는 呂齮(여의). 齮는 깨물 의. 犨(소 헐떡거릴 주)는 지명. ○保城守宛 – 保는 의지하다. 宛은 고을 이름 원. 흡사할 완. ○沛公~過宛西 – 원현을 지나 서쪽으로 가다. 西는 동사로 쓰였다. ○距險 – 험지를 차지하다. ○遲明 – 黎明. ○三帀 – 帀(두를 잡)은 匝과 同. 에워싸다. ○舍人 – 관리 신변의 일을 돕는 사람. 측근. ○堅守乘城 – 굳게 지키고 성에 올라 방어하다. ○止守 – 멈춰 지키기만 하다. ○丹水 – 현명. 今 河南省 南陽市 淅川縣. ○高武侯鰓 – 인명. 戚鰓(척새). ○襄侯王陵 – 40권에 입전한 王陵〔왕릉, ? – 前 180. 高祖 6년(前 201)에 安國侯〕이 아님. ○胡陽 – 현명. 今 河南省 南陽市 唐河縣. ○番君(파군) – 鄱陽令 吳芮(오예), 뒷날 長沙王. ○梅鋗(매현) – 인명. 鋗은 노구솥 현. ○析,酈 – 모두 현명. 今 河南省 지역. ○瑕丘(하구) – 현명. 今 山東省 濟寧市 兗州區(연주구). ○申陽 – 인명.

〖國譯〗

6월에, 패공은 南陽郡守 呂齮(여의)와 남양군 犨(주)의 동쪽에서 싸워 격파하였다. 남양군을 평정하자 남양군수는 달아나 宛(원)의 성벽에 의지하여 수비하였다. 패공은 군사를 인솔하여 원현에서 서쪽으로 나아갔다. 이에 장량이 충고하였다.

"沛公께서 빨리 관중에 들어가려 하지만 진의 군사는 아직 많고 험지에서 버티고 있습니다. 지금 완성을 점령하지 못했으니 원현 군사는 추격해올 것이고 앞에는 강한 진의 군사가 있으니 위태롭습니다." 그러자 패공은 밤에 군사를 이끌고 다른 길로 되돌아와 기치를 들지 않고 새벽에 원성을 세 겹으로 포위하였다. 남양군수가 혼자 목매려 하자 舍人(사인)인 陳恢(진회)가 말했다. "아직 죽을 때가 아닙니다." 그리고 성을 넘어와 패공을 만나 말했다.

"제가 듣기로 족하께서는 함양에 먼저 들어가는 자를 왕으로 봉한다고 약속하였지만 족하는 지금 宛縣(원현)에서 막혀 있습니다. 원의 군현은 10여 城이 이어졌고 그 관리나 백성은 투항하면 으레 죽는 줄 알고서 모두 굳게 지키며 성에서 싸우고 있습니다. 지금 족하께서 매일 여기에 머물러 공격하면 틀림없이 많은 병사가 죽을 것이고 군사를 철수하고 떠난다면 원현의 군사가 추격할 것입니다. 그러면 앞으로 나아가도 먼저 함양에 들어간다는 보장이 없고 뒤에는 원의 강한 군사를 걱정해야 합니다. 족하를 위한 방안으로는 원성에서 투항을 약속하면 군수로 봉하여 지키게 하고 족하께서는 원성의 군사와 함께 서쪽으로 진격하는 것보다 좋은 방법은 없을 것입니다. 그러면 아직 함락되지 않은 성에서는 소문을 듣고 성문을 열고 족하를 기다릴 것이니 족하께서는 통행에 아무런 장애가 없을 것입니다."

이에 패공은 "좋소!"라고 말했다.

7월에 남양군수 呂齮(여의)가 투항하자 그를 殷侯(은후)로, 陳恢(진회)에게는 千戶를 봉했다. 패공이 군사를 거느리고 서쪽으로 진군하자 투항하지 않는 자가 없었다. 丹水縣에 이르자 高武侯 戚鰓(척새), 襄侯(양후) 王陵(왕릉)이 투항했다. 군사를 돌려 胡陽(호양) 현을 공격하다가 番君(파군) 吳芮(오예)의 別將인 梅鋗(매현)을 만나 함께 析縣(석현)과 酈縣(역현)을 공격하자 모두 투항하였다. 패공은 지나가면서 노략질을 못하게 하자 秦의 백성이 좋아하였다. 魏 사람 甯昌(영창)을 진에 사자로 보냈다. 이 달에 장한은 군사를 들어 항우에 투항했고, 항우는 장한을 雍王(옹왕)에 봉했다. 瑕丘縣(하구현)의 申陽(신양)은 河南郡을 평정하였다.

原文

八月, 沛公攻武關, 入秦. 秦相趙高恐, 乃殺二世, 使人來, 欲約分王關中, 沛公不許. 九月, 趙高立二世兄子子嬰爲秦王. 子嬰誅滅趙高, 遣將將兵距嶢關. 沛公欲擊之, 張良曰, "秦兵尙彊, 未可輕. 願先遣人益張旗幟於山上爲疑兵, 使酈食其,陸賈往說秦將, 啗以利." 秦將果欲連和, 沛公欲許之. 張良曰, "此獨 其將欲叛, 恐其士卒不從, 不如因其怠懈擊之." 沛公引兵繞嶢關, 逾蕢山, 擊秦軍, 大破之藍田南. 遂至藍田, 又戰其北, 秦兵大敗.

| 註釋 | ○武關 – 今 陝西省 商洛市 丹鳳縣 동쪽. 函谷關, 蕭關, 散關과 함께 '秦의 四塞'. 關中에 들어가는 南門. ○趙高 – 환관, 秦始皇과 秦 二世, 秦王 子嬰(자영)의 三代 君主를 섬겼다. 沙丘之變(진시황 사후에 胡亥를 2세로 옹립)과 望夷宮之變(2세를 자살케 하고 子嬰을 옹립)과 指鹿爲馬(지록위마)의 주인공. 《史記》에는 趙高를 立傳하지 않았다. ○子嬰(자영) – 秦의 降王, 재위 46일. 패공에게 투항. 항우에게 피살. ○嶢關(요관) – 今 陝西省 商州市 서북쪽 嶢山의 관문. ○陸賈(육가, 前 240–170) – 《新語》를 저술하여 漢代 儒學의 기초 마련, 賈誼(가의), 董仲舒(동중서)에 영향. 43권, 〈酈陸朱劉叔孫傳〉에 입전. ○啗以利 – 利로 유인하다. 啗은 먹일 담. 속이다. 啖과 同. ○逾蕢山 – 逾는 넘을 유. 蕢山(궤산) – 陝西省 藍田縣의 산. ○藍田 – 縣名. 今 陝西省 西安市 藍田縣.

〖國譯〗

8월, 패공은 武關을 공격하고 秦에 진입하였다. 진의 승상 趙高

(조고)는 두려워 2세를 죽이고 사자를 보내 패공에게 관중을 나누어 다스리자고 제의하였으나 패공은 허락하지 않았다. 9월 趙高는 2세 형의 아들인 子嬰(자영)을 秦王으로 세웠다. 자영은 조고를 주살하고 장수를 보내 嶢關(요관)을 방어하게 했다. 패공이 이를 치려하자 張良이 말했다.

"진의 군사는 아직도 강하니 가벼이 다룰 수 없습니다. 먼저 사람을 보내 산 위에 깃발을 많이 세워 疑兵을 꾸미고 酈食其(역이기)나 陸賈(육가)를 보내 진의 장수를 利로 유세하십시오." 진의 장수는 예상대로 화해를 제의했고 패공은 허락하려고 했다. 그러나 장량은 "이는 그 장수가 배반하는 것이지 그 사졸이 따르지 않을 수도 있으니 그들이 풀어질 때를 기다려 공격하는 것이 좋을 것입니다."라고 말했다. 패공은 군사를 거느려 嶢關(요관)을 포위하고 蕢山(궤산)을 넘어 진군을 공격하여 藍田縣 남쪽에서 대파하였다. 마침내 남전현에 입성했고 그 북쪽에서 또 싸웠는데 진의 군사는 대패했다.

原文

元年冬十月, 五星聚於東井. 沛公至霸上. 秦王子嬰素車白馬, 系頸以組, 封皇帝璽, 符, 節, 降枳道旁. 諸將或言誅秦王, 沛公曰, "始懷王遣我, 固以能寬容, 且人已服降, 殺之不祥." 乃以屬吏. 遂西入咸陽. 欲止宮休舍, 樊噲,張良諫, 乃封秦重寶財物府庫, 還軍霸上. 蕭何盡收秦丞相府圖籍文書. 十一月, 召諸縣豪桀曰, "父老苦秦苛法久矣, 誹謗者族, 耦語者棄市. 吾與諸侯約, 先入關者王之, 吾當王關中. 與父老約法三章耳, 殺人者死, 傷人及盜抵罪. 餘悉除去秦法. 吏民皆按堵如故. 凡吾所以來, 爲父兄除害, 非有所侵暴, 毋恐! 且吾所以軍霸上, 待諸侯至而定要束耳." 乃使人與秦吏行至縣,鄉,邑告諭之. 秦民大喜, 爭持牛,羊,酒食獻享軍士. 沛公讓不受, 曰, "倉粟多, 不欲費民." 民又益喜, 唯恐沛公不爲秦王.

| **註釋** | ○元年冬十月 – 漢 元年은 前 206년(乙未年)으로 통한다. 秦은 10월이 歲首였기에 前 207년 10월부터 前 206년 9월이 漢 元年이다. 정월을 세수로 개정한 것은 무제 때 太初曆을 채용한 이후이다. 왕조가 바뀌면 歲首가 달라야 한다는 주장을 이해하기가 쉽지는 않다. ○五星聚於東井 – 五星은 金木水火土의 5개 행성. 東井은 井宿(정수, 보통 쌍둥이자리라고 한다)의 자리. 실제로는 이런 天象이 없었으나 神格化하였다는 주석이 있다. ○霸上(패상) – 今 陝西省 西安市 동남방 10km. 霸河(패하)의 白鹿原. 군 주둔지로 유명. ○系頸以組 – 목에 밧줄을 매다. 투항의 표시. ○枳道(지도) – 咸陽 동쪽 亭의 이름. ○乃以屬吏 – 屬은 넘기다. ○欲止宮休舍 – 宮과 幕舍에서 쉬다. ○耦語者棄市 – 耦語(우어)는 마주보고 이야기하다. 棄市(기시)는 거리에서 처형하다. ○抵罪 – 죄에 따라 처리하다. ○按堵如故 – 按은 편안하게 하다. 순서에 따라. 堵는 담장, 거처. ○軍霸上 – 軍은 동사로 쓰였다. ○定要束耳 – 要束은 約束. ○費民 – 民財를 소비하다.

〖國譯〗

漢 元年 10월 겨울에, 五星이 東井의 자리에 모였다. 패공은 霸上

(패상)에 도착했다. 秦王 子嬰(자영)은 백마가 끄는 素車를 몰아 목에 실 밧줄을 매고 황제의 國璽(국새)와 兵符(병부)와 持節(지절)을 바치며 枳道(지도)의 亭에서 투항하였다. 여러 장수가 진왕을 죽여야 한다고 말하자 패공이 말했다. "처음에 懷王(회왕)은 관용을 베풀라고 나를 보냈으며 또 이미 투항한 사람인데 죽이는 것은 좋지 않다." 그리고서는 담당 관리에게 맡겼다.

패공은 함양에 들어갔다. 궁궐에 머물며 군사를 관사에서 쉬게 하려 했으나 번쾌와 장량의 건의에 따라 바로 秦의 귀중한 보배와 재물 창고를 봉하고 패상으로 환군하였다. 蕭何(소하)는 秦 승상부의 도서와 문서를 모두 수합하였다.

11월에, 패공은 모든 현의 호걸을 불러 말했다. "여러분은 진의 가혹한 법에 오랫동안 고생하였으니, 정사를 비방하면 멸족 당했고 마주 보며 이야기만 하여도 거리에서 처형하였습니다. 나는 여러 제후와 먼저 관중에 들어간 자를 왕으로 삼는다는 약속을 하였습니다. 여러 어른들과 법 3조항만 약속하겠으니, 살인자는 죽이고 사람을 다치게 하거나 도둑질을 하면 법대로 처리하겠습니다. 나머지 진나라의 법은 모두 없애겠습니다. 관리와 백성은 모두 옛날처럼 안심하십시오. 나는 여러분을 위해 해악을 제거하려고 여기에 왔으며 뺏거나 폭행이 없을 것이니 두려워 마십시오! 또 내가 패상에 주둔한 것은 여러 제후의 도착을 기다렸다가 약속을 지키려는 뜻입니다."

그리고 사람을 보내 진의 관리와 함께 각 현이나 마을을 돌며 이를 알리게 하였다. 秦의 백성들은 아주 좋아하며 소나 양의 고기, 술이나 음식을 내어 군사를 먹게 하였다. 그러자 패공은 받지 않으며 말했다. "창고에 곡식이 많아 백성의 비용을 바라지 않습니다." 백성들은 더욱 좋아하며 패공이 秦王이 되지 않을까 걱정하였다.

原文

或說沛公曰, "秦富十倍天下, 地形彊. 今聞章邯降項羽, 羽號曰雍王, 王關中. 卽來, 沛公恐不得有此. 可急使守函谷關, 毋內諸侯軍, 稍徵關中兵以自益, 距之." 沛公然其計, 從之.

十二月, 項羽果帥諸侯兵欲西入關, 關門閉. 聞沛公已定關中, 羽大怒, 使黥布等攻破函谷關, 遂至戲下. 沛公左司馬曹毋傷聞羽怒, 欲攻沛公, 使人言羽曰, "沛公欲王關中, 令子嬰相, 珍寶盡有之." 欲以求封. 亞父范增說羽曰, "沛公居山東時, 貪財好色. 今聞其入關, 珍物無所取, 婦女無所幸, 此其志不小. 吾使人望其氣, 皆爲龍, 成五色, 此天子氣. 急擊之, 勿失." 於是饗士, 旦日合戰. 是時, 羽兵四十萬, 號百萬. 沛公兵十萬, 號二十萬, 力不敵. 會羽季父左尹項伯素善張良, 夜馳見張良, 具告其實, 欲與俱去, 毋特俱死. 良曰, "臣爲韓王送沛公, 不可不告, 亡去不義." 乃與項伯俱見沛公. 沛公與伯約爲婚姻, 曰, "吾入關, 秋毫無所敢取, 籍吏民, 封府庫, 待將軍. 所以守關者, 備他盜也. 日夜望將軍到, 豈敢反邪! 願伯明言不敢背德." 項伯許諾, 卽夜復去, 戒沛公曰, "旦日不可不早自來謝." 項伯還, 具以沛公言告羽, 因曰, “沛公不先破關中兵, 公巨能入乎? 且人有大功, 擊之不祥, 不如因善之.” 羽許諾.

| 註釋 | ○章邯(장한, ?－前 205) － 秦의 장군, 前 207년 鉅鹿(거록)에서 項羽에게 패한 뒤 秦軍 주력을 거느리고 항우에 투항. 항우에 의해 雍王(옹왕)에 피봉, 나중에 韓信에 패해 자살. 雍王 章邯, 塞王(새왕) 司馬欣(사마흔), 翟王(책왕) 董翳(동예)의 영역을 三秦이라 통칭. 邯은 고을 이름 한, 풍성할 함. ○函谷關 － 崤山(효산)의 函谷關(함곡관). 關中에 들어가는 관문이며 요새지. 효산의 동쪽을 山東, 함곡관의 동쪽을 關東이라 지칭. 函谷關은 今 河南省 三門峽市 관할의 靈寶市 동북방. ○毋內(무납) － 毋는 말 무. 금지사. 內는 들일 납(納). ○距之 － 距는 拒. ○戲下 － 지명. 今 陝西省 渭南市 潼關縣 북쪽. ○亞父范增 － 亞父는 부친 다음. 존중의 표시. 亞는 次. 范增(범증)은 項羽의 유일한 謀臣. ○於是饗士 － 전사에게 성찬을 제공하다. ○旦日 － 明日. ○號百萬 － 백만 대군이라 하다. 兵家에서는 관습적으로 實數를 말하지 않는다. ○左尹項伯 － 楚 관직, 左丞相格. 項伯의 名 纏(전). 伯은 字. ○毋特俱死 － 特은 但, 공연히. ○秋毫(추호) － 아주 미세한 것. ○籍吏民 － 籍(문서 적)은 동사로 쓰였다. ○公巨能入乎 － 巨는 詎 어찌 거. 豈와 同. 어찌. 어떻게.

〖國譯〗

어떤 사람이 패공에게 말했다.

“秦의 국부는 천하의 10배나 되며 차지한 지형도 방어에 유리합니다. 요즈음 장한은 항우에 귀항했고 항우는 장한을 雍王(옹왕)이라 하여 관중의 왕으로 삼았습니다. 만약 관중에 들어온다면 패공께서는 여기를 차지 못할 수도 있습니다. 빨리 사람을 보내 函谷關(함곡관)을 지켜 제후의 군사가 못 들어오게 하고 점차로 관중의 병력을 징발하고 증강하여 막아야 합니다." 패공은 옳게 여겨 그 말을 따랐다.

12월, 항우는 예상대로 제후의 병력을 거느리고 서쪽 관중으로 들어가려 했으나 관문이 닫혀 있었다. 항우는 패공이 이미 관중을 평정했다는 말을 듣고 대노하면서 黥布(경포) 등을 시켜 함곡관을 격파했고 마침내 戲下(희하)에 이르렀다. 패공의 좌사마인 曹毋傷(조무상)은 항우가 노하여 패공을 공격할 것을 알고 사람을 보내 항우에게 "패공은 관중의 왕이 되려고 子嬰(자영)을 승상으로 삼아 모든 보물을 차지했습니다."라고 하면서 봉작을 받으려 했다. 亞父인 范增(범증)도 항우를 설득했다.

"沛公이 山東에 있을 때는 재물과 여색을 탐했습니다. 入關한 이후 지금은 보물을 거두지 않고 여자를 가까이 하지 않는다니 그 욕심이 결코 작지 않습니다. 내가 사람을 시켜 그 기운을 살펴보았더니 운기가 용처럼 오색을 만들어내니 이는 천자의 기운입니다. 빨리 공격하되 실수하지 마십시오."

이어 군사를 배불리 먹여 다음날 싸우기로 하였다. 이 무렵 항우의 군사 40만은 100만이라 하였다. 패공의 군사는 10만인데 20만이라 했지만 상대가 되지 못했다. 그때 항우의 작은 아버지인 左尹 項伯(항백)은 평소에 장량과 친했는데 밤에 달려와 장량을 만나 사실을 말하면서 같이 떠나 공연히 죽지 말라고 하였다. 그러자 장량이 말했다.

"나는 韓王을 위해 沛公에게 왔으니 말하지 않을 수 없고 그냥 떠난다면 불의입니다." 이어 장량은 항백을 데리고 패공을 만났다. 패공은 항백과 혼인을 약속하며 말했다.

"내가 入關하고서는 추호도 내 마음대로 취하지 않았으며 관리와 백성을 등록하고 府庫를 봉한 뒤 장군을 기다렸으니 관문을 지킨 것은 다른 도적을 막기 위한 것이었소. 밤낮으로 장군을 기다렸는데 어찌 감히 배반하겠습니까! 패공은 결코 배반하지 않을 것이라고 당신이 분명히 말씀해주기 바랍니다."

항백은 수락하고 그 밤에 바로 돌아가면서 패공에게 당부하였다.

"내일 아침 일찍 와서 직접 사과하지 않을 수 없습니다."

항백은 돌아가 패공의 말을 항우에게 전하면서 이어 말했다. "沛公이 먼저 관중의 군사를 격파하지 않았다면 장군이 어찌 여기 들어왔겠는가? 또 공을 세운 사람을 공격하는 것은 상서롭지 못하니 이참에 패공을 잘 대하는 것이 좋을 것이요."

항우도 이를 수락했다.

原文

沛公旦日從百餘騎見羽鴻門, 謝曰, "臣與將軍戮力攻秦, 將軍戰河北, 臣戰河南, 不自意先入關, 能破秦, 與將軍復相見. 今者有小人言, 令將軍與臣有隙." 羽曰, "此沛公左司馬曹毋傷言之, 不然, 籍何以至此?" 羽因留沛公飮. 范增數目羽擊沛公, 羽不應. 范增起, 出謂項莊曰, "君王爲人不忍, 汝入以劍舞, 因擊沛公, 殺之. 不者, 汝屬且爲所虜." 莊入爲壽. 壽畢, 曰, "軍中無以爲樂, 請以劍舞." 因拔劍舞. 項伯亦起舞, 常以身翼蔽沛公. 樊噲聞事急, 直入, 怒甚. 羽壯之, 賜以酒. 噲因譙讓羽. 有頃, 沛公起如廁, 招樊噲出, 置車官屬, 獨騎, 樊噲,靳彊,滕公,紀成步, 從間道走軍, 使張良留謝羽. 羽問, "沛公安在?" 曰, "聞將軍有意督過之, 脫身去, 間至軍, 故使臣獻璧." 羽受之. 又獻玉斗范增. 增怒, 撞其斗, 起曰, "吾屬今爲沛公虜矣!"

| **註釋** | ○從百餘騎 – 따라오게 하다. 從은 사역의 뜻. ○鴻門 – 항우의 군영. 今 陝西省 西安市 臨潼區 新豐鎮 鴻門堡村. ○戮力(육력) – 힘을 다하다. 戮은 죽일 륙. ○數目羽~ – 目은 눈짓하다. 動詞. ○項莊 – 항우의 堂弟. ○噲因譙讓羽 – 譙讓은 책문하다. 同義復詞. ○如廁 – 厠所(측소)에 가다. 廁은 厠(뒷간 측). ○置車官屬 – 수레나 관속을 남겨두다. ○滕公 – 夏侯嬰(하후영, ?–前 172), 夏侯는 복성. 嬰 어린아이 영. 41, 〈樊酈滕灌傅靳周傳〉에 입전. 고조의 충직한 신하, 어가를 몰았다. ○間道 – 小路. 走軍은 軍陣으로 가다. ○沛公安在 – 安은 어디? 何? ○督過之 – 심히 꾸짖다. ○玉斗 – 옥으로 만든 자루 달린 국자.

〖國譯〗

패공은 다음 날 100여 기병을 거느리고 鴻門에서 항우를 만나 사과하였다.

"臣은 장군과 함께 온 힘으로 장군은 하북에서, 신은 하남에서 진과 싸웠으나 본의 아니게 신이 먼저 입관하여 진을 격파하고 장군을 다시 뵙게 되었습니다. 이번에 소인의 말 때문에 장군과 사이가 벌어진 것 같습니다." 그러자 항우가 말했다.

"이는 패공의 좌사마 조무상의 말이니, 안 그러면 내가 어찌 이렇게까지 하겠는가?"

항우는 패공을 머물게 하여 함께 술을 마셨다. 범증은 항우에게 패공을 격살하라고 여러 번 눈짓했으나 항우는 불응했다. 범증은 일어나 나가서 項莊(항장)에게 말했다.

"君王은 사람이 좋으니 자네가 들어가 검무를 추다가 패공을 쳐 죽여라, 안 그러면 자네들은 모두 잡힐 것이다." 항장이 들어와 祝壽를 하였다. 축수를 마치고 항장이 말했다.

"軍中에 즐길 거리가 없으니 검무를 춰보겠습니다." 그리고 칼을 뽑아 칼춤을 추었다. 항백도 일어나 춤을 추며 몸으로 패공을 감싸주었다. 번쾌는 일이 다급한 것을 알고 곧바로 들어가 분노하였다. 항우가 장하다며 술을 주었다. 번쾌는 항우에게 조목조목 따졌다. 잠시 후 패공은 일어나 측간에 간다며 번쾌를 불러 나가서 수레와 관속을 남겨두고 홀로 말을 타고 돌아갔으며, 번쾌와 靳彊(근강), 滕公(등공)인 하후영, 紀成(기성) 등은 걸어 샛길로 군진으로 갔고 장량을 남겨 항우에게 사례하게 하였다. 항우가 "패공은 어디에 있는가?"라고 물었다.

장량은 "장군께서 엄히 잘못을 따질 것이라는 말을 듣고 패공은 몸만 먼저 일어나 샛길로 돌아가며 신에게 둥근 옥을 드리라고 하였습니다."

항우는 예물을 받아두었다. 또 장량은 범증에게도 玉斗를 주었다. 범증은 화가 나서 옥두를 부수며 일어나 말했다. "우리들은 이제 패공에게 잡힐 것이로다!"

原文

沛公歸數日, 羽引兵西屠咸陽, 殺秦降王子嬰, 燒秦宮室, 所過殘滅, 秦民大失望. 羽使人還報懷王, 懷王曰, "如約." 羽怨懷王不肯令與沛公俱西入關而北救趙, 後天下約. 乃曰, "懷王者, 吾家所立耳, 非有功伐, 何以得專主約! 本定天下, 諸將與籍也." 春正月, 陽尊懷王爲義帝, 實不用其命.

| 註釋 | ○如約 – 약속대로 하라. 패공이 關中 왕이 되어야 한다. ○後天下約 – 천하를 건 약속에 뒤졌다. ○陽尊 – 陽은 거짓. 佯(거짓 양).

〖國譯〗

沛公이 돌아온 며칠 뒤, 항우는 군사를 거느리고 서쪽으로 가서 咸陽을 도륙하고, 秦 降王 子嬰(자영)을 살해하였으며, 秦 宮室을 태우는 등 지나는 곳을 잔인하게 쓸어버리자 진의 백성들은 크게 실망하였다. 항우가 사자를 회왕에게 보내 보고하자 회왕은 "약속대로 하라" 고 말했다.

항우는 자신이 패공과 함께 서쪽으로 入關하는 것을 회왕이 허락하지 않고 북으로 趙를 구원하게 하여 천하를 건 약속에 늦었다고 회왕을 원망하였다. 그래서 항우가 말했다.

"회왕은 우리 집안에서 옹립하였고 아무런 공도 없는데 어찌 약속을 주관하겠나! 천하를 평정한 것은 여러 장수와 나 項籍(項羽)이다."

정월 봄에, 항우는 회왕을 거짓으로 義帝라 높였지만 실제로는 그 명을 듣지 않았다.

原文

二月, 羽自立爲西楚霸王, 王梁,楚地九郡, 都彭城. 背約, 更立沛公爲漢王, 王巴,蜀,漢中四十一縣, 都南鄭. 三分關中, 立秦三將, 章邯爲雍王, 都廢丘, 司馬欣爲塞王, 都櫟陽, 董翳爲翟王, 都高奴. 楚將瑕丘申陽爲河南王, 都洛陽. 趙將司馬卬爲殷王, 都朝歌. 當陽君英布爲九江王, 都六. 懷王柱國共敖爲臨江王, 都江陵. 番君吳芮爲衡山王, 都邾. 故齊王建孫田安爲濟北王. 徙魏王豹爲西魏王, 都平陽. 徙燕王韓廣爲遼東王. 燕將臧荼爲燕王, 都薊. 徙齊王田市爲膠東王. 齊將田都爲齊王, 都臨菑. 徙趙王歇爲代王. 趙相張耳爲常山王. 漢王怨羽之背約, 欲攻之, 丞相蕭何諫, 乃止.

| 註釋 | ○西楚霸王 – 楚라는 지명이나 국명이 갖는 영역은 아주 광대하다. 江陵을 중심으로 한 長江 중상류 지역은 南楚, 춘추시대 吳의 영역은 東楚, 팽성을 중심으로 옛 楚와 梁 지역은 西楚로 구분한다. 霸王은 무력에 의한 지배자를 의미한다. ○梁,楚地九郡 – 여러 주장이 있지만, 楚郡, 泗水, 薛, 東海, 黔中, 會稽, 南陽, 碭, 東郡을 말한다. 대체로 今 河南省 동부와 山東省 남부와 安徽省, 江蘇省 전부를 포함. ○彭城(팽성) – 현명. 今 江蘇省 徐州市. ○巴,蜀,漢中 – 巴郡(치소는 江州縣, 今 重慶市)과 蜀郡(치소 成都縣, 今 四川省 成都市)도 광대한 지역이나 당시로서는 거의 미개지였다. 漢中郡의 治所는 南鄭, 今 陝西省 漢中市. 漢王의 도읍지. ○三分關中 – 한왕의 關中 진출을 막기 위한 조치로 보통 三秦이라 통칭하였다. ○廢丘(폐구) – 今 陝西省 咸陽市 興平縣. ○櫟陽(역양) – 今 陝西省 長安市 臨潼區. 高奴는 今 陝西省 延安市. ○朝歌 – 今 河南省 鶴壁市 淇縣(기현). 殷의 도읍지. ○都六

－都는 도읍하다. 六은 六縣. 今 安徽省 중서부 六安市. ○共敖(공오, ?－前204)－人名. 江陵은 今 湖北省 荊州市 근처 江陵縣. ○遼東王－項羽가 韓廣을 요동왕에 봉했으나 한광은 불복하며 가지 않았다. ○燕將臧荼爲燕王, 都薊－臧荼(장도)는 韓廣을 擊殺하고 옛 燕地를 다 차지했다. 도읍 薊(계)는 今 天津市 북부 薊縣(계현). ○臨菑(임치)－今 山東省 淄博市(치박시).

〖國譯〗

2월, 항우는 自立하여 西楚霸王이 되어, 梁과 楚 일대 九郡의 왕으로 彭城(팽성)에 도읍하였다. 항우는 약조를 어겨 패공을 漢王으로 삼아 巴郡, 蜀郡, 漢中郡의 41개 현의 왕으로 南鄭에 도읍케 하였다. 關中을 3분하여 秦의 三將을 분립하였는데, 章邯(장한)을 雍王(옹왕)으로 삼아 廢丘(폐구)에 도읍케 하고, 司馬欣(사마흔)은 塞王(새왕)으로 도읍은 櫟陽(역양) 현이고, 董翳(동예)는 翟王(책왕)으로 도읍은 高奴縣이다. 楚將인 瑕丘(하구) 사람 申陽(신양)은 河南王에 봉했는데 도읍은 洛陽縣이다. 趙將인 司馬卬(사마앙)은 殷王으로 도읍은 朝歌縣이다. 當陽君인 英布는 九江王으로 도읍은 六縣이다. 懷王의 柱國인 共敖(공오)는 臨江王으로 도읍은 江陵縣이다. 番君(파군) 吳芮(오예)는 衡山王으로 도읍은 邾縣(주현)이다. 옛 齊王 田建의 손자인 田安을 濟北王으로 삼았다. 魏王 魏豹(위표)를 西魏王으로 봉했는데 도읍은 平陽縣이다. 燕王 韓廣을 옮겨 遼東王으로 봉했다. 燕將인 臧荼(장도)는 燕王(연왕)으로 도읍은 薊縣(계현)이다. 齊王 田市(전불)을 옮겨 膠東王(교동왕)으로 봉했다. 齊將인 田都(전도)는 齊王으로 도읍은 臨菑(임치)이다. 趙王 趙歇(조헐)을 옮겨 代王에 봉하였다. 趙相인 張耳(장이)를 常山王으로 봉했다.

漢王은 항우의 背約을 원망하며 항우를 치려했으나 승상 蕭何(소하)의 간언을 받아들여 그만두었다.

原文

夏四月, 諸侯罷戲下, 各就國. 羽使卒三萬人從漢王, 楚子,諸侯人之慕從者數萬人, 從杜南入蝕中. 張良辭歸韓, 漢王送至褒中, 因說漢王燒絕棧道, 以備諸侯盜兵, 亦視項羽無東意.

| 註釋 | ○戲下 – 지명. 麾下(휘하, 대장기 휘)로 해석할 수도 있다. ○就國 – 封國에 가서 다스리다. ○楚子 – 楚나라 사람. 楚왕실의 支屬. ○從杜南入蝕中 – 杜는 현명. 今 陝西省 西安市 서남. 蝕中(식중)은 지명. 今 陝西省 長安縣 子午鎭. ○褒中(포중) – 漢中郡의 지명. 今 陝西省 漢中市 서북. ○棧道(잔도) – 閣道, 險絕한 지역에 나무를 얽어 만든 길.

〖國譯〗

여름인 4월, 諸侯는 군사를 戲下(희하)에서 해산하고 각국으로 돌아갔다. 항우는 군졸 3만 명을 골라 漢王을 수행케 했는데, 楚나라 사람이나 다른 제후국의 사람 중에서 한왕을 흠모하여 따라간 자가 수만 명으로 杜縣(두현)에서 남진하여 蝕中(식중)으로 향했다. 張良이 漢王을 떠나 韓으로 돌아갈 때 한왕은 장량을 褒中(포중)에서 전송했는데 장량은 한왕에게 棧道(잔도)를 태워 제후의 습격에 대비하면서 항우에게 동쪽으로 나갈 뜻이 없음을 보여주라고 말했다.

原文

漢王既至南鄭, 諸將及士卒皆歌謳思東歸, 多道亡還者. 韓信爲治粟都尉, 亦亡去. 蕭何追還之, 因薦於漢王, 曰, "必欲爭天下, 非信無可與計事者." 於是漢王齊戒設壇場, 拜信爲大將軍, 問以計策. 信對曰, "項羽背約而王君王於南鄭, 是遷也. 吏卒皆山東之人, 日夜企而望歸, 及其鋒而用之, 可以有大功. 天下已定, 民皆自寧, 不可復用. 不如決策東向." 因陳羽可圖, 三秦易並之計. 漢王大說, 遂聽信策, 部署諸將. 留蕭何收巴, 蜀租, 給軍糧食.

| 註釋 | ○南鄭 - 縣名, 漢의 도읍. 今 陝西省 漢中市 동쪽. ○歌謳 - 歌는 노래하다. 謳는 노래할 구. 합창. 반주 없이 부르는 노래. ○韓信(前230-196) - 淮陰人, 漢初三杰(한초삼걸)의 한 사람. 胯下之辱(과하지욕), 漂母進飯(표모진반), 國士無雙, 多多益善, 鳥盡弓藏(조진궁장), '成敗一蕭何 生死兩婦人.' 成語의 주인공. 34권, 〈韓彭英盧吳傳〉에 입전. ○齊戒(재계) - 齋戒(재계). ○而王君王於南鄭 - 君王(漢王)을 남정의 왕으로 하다. 앞의 王은 동사. ○是遷也 - 이는 左遷이다. 漢代에는 右를 높였다. ○日夜企而望歸 - 企 바랄 기. 뒤꿈치를 들고 기다리다. ○因陳羽可圖 - 그러면서 項羽를 칠 수 있다고(可圖) 설명하다(陳). 陳은 진술하다. 陳은 다음의 ~之計까지 걸침. ○三秦 - 雍王(옹왕) 章邯(장한), 塞王(새왕) 司馬欣(사마흔), 翟王(책왕) 董翳(동예)의 영역.

〖國譯〗

漢王이 도읍 南鄭에 왔지만, 장수나 사졸은 모두 노래하듯 동쪽으로 돌아가자 했으며 길에서 도망하여 돌아가는 자들도 많았다. 治粟都尉(치속도위)인 韓信(한신)도 도망쳤다. 蕭何(소하)가 따라가 한신을 데리고 돌아와 한왕에게 천거하였다.

"꼭 천하를 놓고 다투려면 한신이 아니면 같이 일을 꾸밀 자가 없습니다."

이에 한왕은 齊戒(재계)하고 단을 쌓아 한신에게 대장군을 제수하고서 계책을 물었다. 그러자 한신이 대답하였다.

"항우는 약속을 어겨 君王을 南鄭의 왕에 봉했는데 이는 좌천입니다. 그리고 군리나 사졸은 모두 山東 출신이라서 밤낮으로 발을 딛고 서서 돌아가기를 바라고 있으니 그 예봉을 활용하면 큰일을 해낼 수 있습니다. 천하가 안정되고 백성이 모두 평안하다면 다시 동원할 수 없습니다. 그러니 동쪽 진출을 빨리 결정해야 합니다."

그러면서 한신은 항우를 칠 수 있으며 三秦을 쉽게 병합할 계책을 설명하였다. 한왕은 크게 기뻐하며 한신의 방책에 따라 여러 장수의 부서를 조직하였다. 蕭何(소하)를 漢中에 남겨 파군과 촉군의 조세로 군량을 공급케 하였다.

原文

五月, 漢王引兵從故道出襲雍. 雍王邯迎擊漢陳倉, 雍兵敗, 還走, 戰好畤, 又大敗, 走廢丘. 漢王遂定雍地. 東如咸陽, 引兵圍雍王廢丘, 而遣諸將略地.

| **註釋** | ○從故道出~ – 故道는 일명 陳倉道. 故道는 秦 武都郡의 縣名,

이민족의 땅에 있는 縣을 道라 하였다. 故道는 今 陝西省 渭河(위하) 평원 서부의 寶鷄市 서남. ○雍(옹) – 縣名. 今 陝西省 寶鷄市 동북의 鳳翔市(봉상시). ○好畤(호치) – 현명. 今 陝西省 咸陽市 乾縣(咸陽 서북).

〖國譯〗

五月에, 한왕은 군사를 거느리고 故道縣을 나와 雍縣을 습격하였다. 雍王(옹왕)인 章邯(장한)은 한군을 陳倉에서 맞아 싸웠으나 雍兵은 패해 도주하고, 好畤(호치)에서 다시 싸웠으나 또 대패하자 廢丘(폐구, 옹왕의 도읍)로 달아났다. 한왕은 마침내 雍을 평정하였다. 동쪽 咸陽으로 진격하여 군사를 거느리고 옹왕을 폐구에서 포위하였고 다른 장수를 시켜 각지를 평정케 하였다.

原文

田榮聞羽徙齊王市於膠東而立田都爲齊王, 大怒, 以齊兵迎擊田都. 都走降楚. 六月, 田榮殺田市, 自立爲齊王. 時彭越在鉅野, 衆萬餘人, 無所屬. 榮與越將軍印, 因令反梁地. 越擊殺濟北王安, 榮遂並三齊之地. 燕王韓廣亦不肯徙遼東. 秋八月, 臧荼殺韓廣, 並其地. 塞王欣,翟王翳皆降漢.

| 註釋 | ○田榮 – 秦에 멸망한 齊의 왕족. ○鉅野 – 縣名. 今 山東省 荷澤市 鉅野縣. ○三齊之地 – 항우에 의해 봉해진 齊, 齊北, 膠東王의 땅. ○臧荼(장도, ?–前 202) – 燕王 韓廣의 部將. 前 206年에 項羽가 分封할 때 장도를 燕王에 봉하고 韓廣을 遼東王에 봉하자 한광은 불복하여 요동에 가지 않

았다. 이에 장도가 한광을 죽이고 연과 요동의 땅을 모두 차지했다. 나중에 漢에 반기를 들었으나 고조에게 패망하였다.

〖國譯〗

田榮(전영)은 항우가 齊王 田市(전불)을 膠東(교동)으로 옮기고 田都(전도)를 齊王으로 봉한 것을 알고 대노하면서 齊兵을 거느리고 田都를 맞아 싸웠다. 전도는 도주하여 楚에 투항하였다. 6월에 田榮은 전불을 죽이고 齊王으로 자립하였다. 그때 彭越(팽월)은 鉅野(거야)현에 무리 1만여 명을 거느렸지만 소속이 없었다. 전영은 팽월에게 장군 인수를 주고 楚에서 반기를 들게 했다. 팽월이 濟北王 田安을 공격하여 죽이자 전영은 마침내 三齊의 영역을 모두 차지하였다. 燕王 韓廣(한광) 역시 遼東(요동)으로 옮겨 가려 하지 않았다. 가을인 8월에 臧荼(장도)는 韓廣(한광)을 죽이고 그 땅을 병합하였다. 塞王(새왕)인 司馬欣(사마흔), 翟王(책왕)인 董翳(동예)는 모두 한에 항복했다.

原文

初, 項梁立韓後公子成爲韓王, 張良爲韓司徒. 羽以良從漢王, 韓王成又無功, 故不遣就國, 與俱至彭城, 殺之. 及聞漢王並關中, 而齊,梁畔之, 羽大怒, 乃以故吳令鄭昌爲韓王, 距漢. 令蕭公角擊彭越, 越敗角兵. 時張良徇韓地, 遺羽書曰, "漢欲得關中, 如約卽止, 不敢復東." 羽以故無西意, 而北擊齊.

九月, 漢王遣將軍薛歐,王吸出武關, 因王陵兵, 從南陽迎太公,呂后於沛. 羽聞之, 發兵距之陽夏, 不得前.

| 註釋 | ○韓後 – 韓王의 후손. ○蕭公角 – 蕭縣의 縣令, 角은 名. 당시 현령을 公이라 호칭. ○時張良徇韓地 – 徇은 군사를 보내 땅을 차지하다. 略과 같은 뜻. ○武關 – 今 陝西省 商洛市 丹鳳縣 동쪽. 關中의 남문. ○王陵(?–前 180) – 高祖 6년(前 201)에 安國侯, 나중에 우승상 역임. 40권, 〈張陳王周傳〉에 입전. ○太公 – 漢王의 부친. ○陽夏 – 縣名. 今 河南省 周口市 관할의 太康縣.

〖國譯〗

그전에, 項梁(항량)은 韓의 후손 公子인 韓成(한성)을 韓王으로 옹립하고 張良을 韓 司徒로 삼았었다. 그러나 항우는 장량이 漢王을 따르고 韓王 韓成은 아무런 공도 세우지 못하자 韓에 보내지 않고 彭城(팽성)으로 데려갔다가 죽여 버렸다.

항우는 漢王이 關中을 병합했고 齊와 梁에서도 楚에 반기를 들었다고 하자 대노하면서 곧바로 吳의 옛 현령이던 鄭昌을 韓王으로 봉해 漢王을 막게 하였다. 또 蕭公(소공)인 角(각)에게 팽월을 공격케 하였으나 팽월은 소공각의 군사를 격퇴했다. 이 무렵 장량은 韓 각지를 經略하고 있었는데 항우에게 서신을 보내 말했다. "漢王이 關中을 차지하려는 것은 약속대로 된다면 중지하고 다시 동쪽으로 진출하지 않을 것입니다."

항우는 이에 서쪽으로 진격할 뜻을 접고 북으로 齊지역을 공격했다.

9월, 漢王은 장군인 薛歐(설구)와 王吸(왕흡)을 보내 武關을 나가 王陵(왕릉)의 군사를 이용해 南陽으로 가서 패현의 太公과 呂后를 데려오게 하였다. 항우가 이를 알고 군사를 보내 陽夏縣에서 막았기에 더 나아갈 수가 없었다.

原文

二年冬十月, 項羽使九江王布殺義帝於郴. 陳餘亦怨羽獨不王己, 從田榮借助兵, 以擊常山王張耳. 耳敗走降漢, 漢王厚遇之. 陳餘迎代王歇還趙, 歇立餘爲代王. 張良自韓間行歸漢, 漢王以爲成信侯.

| **註釋** | ○二年－前 205년. ○郴(침)－현명. 義帝의 도읍. 今 湖南省 동남부 郴州市(침주시). ○陳餘－張耳와 陳餘는 刎頸之交(문경지교)를 맺고 있었으나 결국 원수가 되었다. 張耳의 아들 張敖(장오)는 조왕으로 고조의 사위. 32권, 〈張耳陳餘傳〉 입전. ○間行－샛길로 가다.

〖**國譯**〗

한왕 2년 겨울인 10월, 항우는 九江王 英布를 시켜 義帝를 郴州(침주)에서 죽이게 했다. 陳餘(진여)는 항우가 자신만을 왕에 봉하지 않은 것을 원망하며 田榮으로부터 군사를 빌려 常山王 張耳를 공격했다. 장이는 패주하여 漢에 투항하자 한왕은 잘 대우했다. 진여는 代王인 趙歇(조헐)을 맞이해 趙로 돌려보냈고 조헐은 진여를 代王이 되게 하였다. 張良은 韓에서 샛길로 漢에 돌아왔고 漢王은 장량을

成信侯로 봉했다.

原文

漢王如陜, 鎭撫關外父老. 河南王申陽降, 置河南郡. 使韓太尉韓信擊韓, 韓王鄭昌降. 十一月, 立韓太尉信爲韓王. 漢王還歸, 都櫟陽, 使諸將略地, 拔隴西. 以萬人若一郡降者, 封萬戶. 繕治河上塞. 故秦苑囿園池, 令民得田之.

| 註釋 | ○漢王如陜 - 陜縣(섬현, 今 河南省 三門峽市 관할 陜縣). ○如는 가다(往). ○置河南郡 - 치소는 洛陽縣(今 河南省 洛陽市). ○使韓太尉韓信 - 韓 왕족의 후예. 보통 韓王信으로 표기하여 大將軍 韓信과 구분한다. 33권, 〈魏豹田儋韓王信傳〉에 입전. ○櫟陽(역양) - 현명. 今 陝西省 西安市 臨潼區에 해당. ○隴西 - 군명. 치소는 狄道縣(今 甘肅省 定西市 臨洮縣). ○繕治河上塞 - 繕治는 보수하다. 河上塞는 河上郡(치소는 長安縣, 뒤에 左馮翊으로 개명, 三輔의 하나)의 요새. 흉노가 河上郡 근처까지 출몰했다.

〖國譯〗

漢王은 陜縣(섬현)에 가서 關外(함곡관 外)의 父老들을 鎭撫(진무)했다. 河南王 申陽이 투항하자 河南郡을 설치했다. 韓 太尉인 韓信을 시켜 韓을 공격케 하자 韓王인 鄭昌이 항복했다. 11월, 韓太尉인 韓信을 韓王으로 봉했다. 漢王은 돌아와 櫟陽縣(역양현, 今 西安市)에 도읍을 정했고 여러 장수를 시켜 각지를 경략케 하였으며 隴西(농서) 군을 차지하였다. 인구 1만 명을 인솔 또는 하나의 郡을 들어 투항하는 자는 萬戶의 侯에 봉했다. 河上郡의 요새를 보수하였다. 옛 秦의 苑囿(원유)인 園이나 연못(池)을 개방하여 백성이 농사를 짓게 하였다.

原文

春正月, 羽擊田榮城陽, 榮敗走平原, 平原民殺之. 齊皆降楚, 楚焚其城郭, 齊人復畔之. 諸將拔北地, 虜雍王弟章平. 赦罪人. 二月癸未, 令民除秦社稷, 立漢社稷. 施恩德, 賜民爵. 蜀,漢民給軍事勞苦, 復勿租稅二歲. 關中卒從軍者, 復家一歲. 擧民年五十以上, 有修行, 能帥衆爲善, 置以爲三老, 鄕一人. 擇鄕三老一人爲縣三老, 與縣令,丞,尉以事相教, 復勿傜戍. 以十月賜酒肉.

| 註釋 | ○平原 - 군명. 치소는 平原縣, 今 山東省 德州市 平原縣. ○北地 - 군명. 치소는 義渠縣, 今 甘肅省 동북부 慶陽市 관할 慶城縣. ○社稷(사직) - 社는 토지신, 穀神. 제왕이 각각 단을 마련하여 제사. 새로 건국하면 다시 설치, 곧 국가의 상징. ○復 - 요역과 부세를 면해주다. ○有修行 - 有德行의 뜻. 循行(순행)의 뜻이라는 주석도 있다. ○三老 - 교화 담당의 鄕職. 50세 이상자 중에서 선임. ○傜戍 - 傜役(요역, 노동력 징발)과 防戍(방수, 軍役).

〖國譯〗

춘 정월에, 항우가 城陽에서 田榮을 격파하자 전영은 平原縣으로 도주했는데 평원 백성이 살해하였다. 齊는 모두 楚에 투항했는데 楚

가 그 성곽을 불태우자 齊 사람들은 다시 반기를 들었다. 여러 장수들이 北地郡을 정복하며 雍王(張邯)이 동생 章平을 포로로 잡았다. 죄인들을 사면했다. 2월 계미일에 백성들에게 秦의 社稷(사직)을 허물고 漢의 사직을 세우게 하였다. 은덕을 베풀어 백성에게 작위를 하사했다. 蜀과 漢中의 백성들은 군수물자를 공급하는 노고가 있어 2년 동안 조세를 면제하였다. 關中에서 사졸로 종군한 자의 집에 1년간 부세를 면제하였다. 백성 중에서 50세 이상으로 덕행이 있고 백성을 잘 이끌만한 자를 골라 三老로 삼아 鄕(향)마다 1인을 두었다. 향의 삼로 중에서 1인을 선발하여 縣의 三老로 임명하여 현령, 현승, 현위를 도와 백성을 교화하게 하였는데 요역과 방수를 면제하였다. 매년 10월에 삼로에게 술과 고기를 하사하였다.

原文

三月, 漢王自臨晉渡河. 魏王豹降, 將兵從. 下河內, 虜殷王卬, 置河內郡. 至脩武, 陳平亡楚來降. 漢王與語, 說之, 使參乘, 監諸將. 南渡平陰津, 至洛陽, 新城三老董公遮說漢王曰, "臣聞'順德者昌, 逆德者亡', '兵出無名, 事故不成'. 故曰, '明其爲賊, 敵乃可服.' 項羽爲無道, 放殺其主, 天下之賊也. 夫仁不以勇, 義不以力, 三軍之衆爲之素服, 以告之諸侯, 爲此東伐, 四海之內莫不仰德. 此三王之擧也." 漢王曰, "善. 非夫子無所聞." 於是漢王爲義帝發喪, 袒而大哭, 哀臨三日. 發使告諸侯曰, "天下共立義帝, 北面事之. 今項羽放殺義帝江南, 大逆無道. 寡人親爲發喪, 兵皆縞素. 悉發關中兵, 收三河士, 南浮江,漢以下, 願從諸侯王擊楚之殺義帝者."

| **註釋** | ○臨晋 - 현명. 황하 서쪽의 關門 이름. 三秦과 晋의 교통 요지, 蒲津關(포진관). ○魏豹(위표, ?-前 204) - 전국 말기 魏國 종실, 魏咎(위구)의 아우, 뒷날 項羽에 의해 魏王에 봉해졌다. 漢王에 귀부하는 등 叛服이 무상하여 漢將 周苛에 의해 살해되었다. 魏彪의 妻가 薄姬(박희)로 나중에 高祖를 모셨고 文帝(劉恒)의 생모이다. 33권, 〈魏豹田儋韓王信傳〉에 입전. ○河內 - 今 河南省의 황하 이북 지역. ○河內郡 - 치소는 懷縣(今 河南省 焦作市 관할의 武陟縣). 河東郡, 河南郡과 함께 三河라 통칭. ○脩武 - 현명, 今 河南省 焦作市(초작시) 관할의 修武縣. ○陳平(?-前 178) - 여러 번 奇計로 劉邦을 도왔다. '反間計', '離間計'가 그의 특기. 40권, 〈張陳王周傳〉에 입전. ○平陰津 - 平陰은 현명. 黃河의 나루 이름. 今 河南省 洛陽市 孟津縣. ○新城三老 - 新城은 읍명. 今 河南省 洛陽市 남부의 伊川縣. ○仁不以勇, 義不以力 - 有仁하면 天下가 귀의하니 不必勇하고, 有義하면 천하가 받들 것이니 用力하지 않아도 된다는 뜻. ○三王 - 夏 禹王, 商 湯王, 周 文王(武王)의 開國君主. ○袒而大哭 - 袒은 겉옷의 왼쪽 소매를 벗다. 弔喪의 禮. ○江,漢 - 長江과 장강 지류인 漢水.

〖國譯〗

3월에, 漢王은 臨晋(임진)에서 황하를 건넜다. 魏王인 魏豹(위표)는 투항하고 그 군사와 함께 한왕을 따랐다. 한왕은 河內를 평정하고 殷王(은왕)인 司馬卬(사마앙)을 포로로 잡았고 河內郡을 설치했다. 脩武(수무)현에 오자, 陳平(진평)이 楚에서 도망 나와 투항하였다. 漢王은 진평과 이야기를 나누고 기뻐하며 參乘케 하고 諸將을 감찰케 하였다. 남으로 平陰津을 건너 洛陽에 왔을 때, 新城의 三老인 董公(동공)이 길에서 한왕에게 말했다.

"臣이 알기로 '덕을 따르는 자는 번창하고 거역하는 자는 망하며, 명분 없는 擧兵은 성공하지 못한다.' 고 하였습니다. 그리고 '역적의 행위를 밝히면 적을 굴복시킬 수 있다.' 고 하였습니다. 항우는 無道하여 주군을 방축하고 살해하였으니, 이는 천하의 公賊입니다. 仁者는 용기가 없어도 되고, 義者는 무력이 필요하지 않으니, 三軍 모두에게 素服을 입히고 제후에게 알리며 이를 동쪽(항우) 정벌의 명분으로 삼는다면 四海에 그 덕을 우러러 보지 않는 자가 없을 것이니, 이는 바로 三王이 행한 義擧입니다."

漢王은 "옳소! 선생이 아니면 몰랐을 것입니다."라고 말했다. 이에 漢王은 義帝를 위해 發喪하며 웃옷 소매를 벗고 크게 곡을 하며 3일간 애통해 하였다. 그리고 여러 제후에게 사자를 보내 말했다.

"천하가 함께 義帝를 옹립하였고 의제를 모셨습니다. 이번에 항우는 의제를 강남에 방축하고 살해하였으니 大逆無道한 짓입니다. 寡人(과인)은 몸소 發喪하며 모든 군사에게 상복을 입혔습니다. 關中의 전 병력을 동원하여 三河의 영역을 수복하였고, 長江과 漢水를 따라 남하하니 모든 제후께서는 의제를 살해한 楚를 함께 토벌하기 바랍니다."

原文

夏四月, 田榮弟橫收得數萬人, 立榮子廣爲齊王. 羽雖聞漢東, 旣擊齊, 欲遂破之而後擊漢, 漢王以故得刦五諸侯兵東伐楚. 到外黃, 彭越將三萬人歸漢. 漢王拜越爲魏相國, 令定梁也. 漢王遂入彭城, 收羽美人貨賂, 置酒高會. 羽聞之, 令其將擊齊, 而自以精兵三萬人從魯出胡陵, 至蕭, 晨擊漢軍, 大戰彭城靈壁東睢水上, 大破漢軍, 多殺士卒, 睢水爲之不流. 圍漢王三匝. 大風從西北起, 折木發屋, 揚砂石, 晝晦, 楚軍大亂, 而漢王得與數十騎遁去. 過沛, 使人求室家, 室家亦已亡, 不相得. 漢王道逢孝惠,魯元, 載行. 楚騎追漢王, 漢王急, 推墮二子. 滕公下收載, 遂得脫. 審食其從太公, 呂后間行, 反遇楚軍, 羽常置軍中以爲質. 諸侯見漢敗, 皆亡去. 塞王欣,翟王翳降楚, 殷王卬死.

| 註釋 | ○五諸侯 – 전국 7雄 영역 중에서 漢은 秦의 영역을, 항우는 楚를 가졌으니 여타를 五諸侯라 지칭. ○令定梁也 – 大梁(今 開封市)으로 천도한 뒤로 魏를 梁國이라 통칭했다. 梁은 곧 魏이다. ○彭城靈壁東睢水上 – 彭城은 楚의 도읍, 今 江蘇省 徐州市. 靈壁(영벽)은 읍명. 今 安徽省 淮北市 서쪽. 睢水(수수)는 安徽省 북부와 江蘇省 西部를 흐르는 강. 睢는 눈 부릅뜰 휴, 강 이름 수. ○睢水爲之不流 – 수수가 흐르지 못하게 되다. 피동형 문장이다. 시신으로 睢水가 막힐 정도였다. ○滕公下收載 – 등공(하후영)은 그 다급한 순간에도 한왕의 아들과 딸을 챙겨 살렸다. 나중에 혜제는 가장 좋은 집 1채를 하후영에게 하사하였다. 하후영은 여후한테도 돈독한 신임을 받았다. ○審食其(심이기, ?–前 177) – 沛人. 한왕과 항우가 싸우는 동안 呂后와 태자를 지켰다. 고조 6년(前 201)에 辟陽侯가 되었고 呂后 집권 시절에 좌승상을 역임했다. ○羽常置~爲質 – 質은 人質.

〖國譯〗

여름인 4월, 田榮의 아우 田橫(전횡)은 수만 군사를 거느리고 전영의 아들 田廣(전광)을 齊王으로 세웠다. 항우는 漢이 동쪽으로 진출했다는 소식을 들었지만 齊를 토벌 중이라서 齊를 평정한 뒤에 漢을 공격하겠다고 생각하였기에 漢王은 다른 5 제후의 군사를 동원하여 동쪽으로 楚를 정벌하였다. 한왕이 外黃(외황)에 이르자 彭越(팽월)은 3만 병력을 거느리고 漢에 귀의하였다. 漢王은 팽월을 魏 相國으로 삼아 梁(魏)을 평정케 하였다. 한왕은 마침내 팽성에 입성하였고 항우의 美人과 재물을 차지하고서 큰 술잔치를 벌렸다. 항우가 이 소식을 듣자 부장에게 齊를 공격케 하고 자신이 직접 정병 3만 명을 거느리고 魯縣을 거처 胡陵을 지나 蕭縣(소현)에 와서 새벽에 漢軍을 공격하고 이어 팽성의 靈壁(영벽) 동쪽 睢水(수수) 강변에서 한군을 대파하였는데 한의 사졸이 많이 죽어 수수가 흐르질 못할 정도였다. 항우는 한왕을 3겹으로 포위하였다. 이때 큰 바람이 서북쪽에서 불어와 나무를 부러트리고 집채를 쓰러트리며 돌과 모래가 날리고 낮인데도 컴컴해져 楚軍이 큰 혼란에 빠지자 한왕은 수십 기병과 함께 도망칠 수 있었다. 패현을 지나면서 사람을 보내 가족을 구하려 했으나 가족도 이미 도망쳐 찾을 수 없었다. 한왕은 길에서 효혜제와 魯元(노원)공주를 만나 수레에 태웠다. 초의 기병이 한왕을 추격하자 한왕은 다급하여 두 자녀를 발로 차 떨어트렸다. 滕公(등공, 하후영)이 내려 다시 싣고 달려 마침내 탈출하였다. 審食其(심이기)는 太公과 呂后를 데리고 샛길로 가다가 되려 楚軍에게 잡혔는데 항우는 군중에 인질로 잡아두었다. 한왕의 패배를 본 제후는 모두 도망갔다. 塞王(새왕) 사마흔과 翟王(책왕) 동예는 초에 투항했고 殷王 사마앙은 사망했다.

原文

呂后兄周呂侯將兵居下邑, 漢王從之. 稍收士卒, 軍碭.

漢王西過梁地, 至虞, 謂謁者隨何曰, "公能說九江王布使擧兵畔楚, 項王必留擊之. 得留數月, 吾取天下必矣." 隨何往說布, 果使畔楚.

| 註釋 | ○周呂侯 – 呂澤(여택). 呂后의 오빠. ○虞(우) – 현명. 今 河南省 商丘市 虞城縣. ○謁者隨何 – 謁者는 직명. 郎中令(훗날 光祿勳)의 속관. 隨何는 人名. 儒者이면서 說客이었다. ○九江王布 – 英布, 나중에 淮南王에 피봉. 34권, 〈韓彭英盧吳傳〉에 입전.

〖國譯〗

呂后의 오빠인 周呂侯(呂澤)은 군사를 거느리고 下邑縣에 머물다가 漢王을 따랐다. 그리고 점차 사졸을 모아 碭縣(탕현)에 주둔하였다.

漢王은 서쪽 梁地를 지나 虞縣(우현)에 도착하여 謁者(알자)인 隨何(수하)에게 말했다.

"公이 九江王 英布에게 유세하여 楚에 반기를 들게 한다면, 項王은 틀림없이 초에 머물며 영포를 공격할 것이다. 몇 달간 머물게 한다면 나는 틀림없이 천하를 차지할 수 있다."

隨何가 가서 영포를 설득하자 예상대로 영포는 초를 배반하였다.

原文

五月, 漢王屯滎陽, 蕭何發關中老弱未傅者悉詣軍. 韓信亦收兵與漢王會, 兵復大振. 與楚戰滎陽南京,索間, 破之. 築甬道屬河, 以取敖倉粟. 魏王豹謁歸視親疾. 至則絶河津, 反爲楚.

| 註釋 | ○滎陽(형양) - 縣名. 今 河南省의 鄭州市 근처의 滎陽市. ○老弱未傅者 - 56세 이상을 老, 17세 미만을 弱이라 하고, 병역명부에 오르지 않은 자. ○京,索間(경, 색간) - 京은 河內縣, 索은 大索과 小索亭이라는 註가 있으나 미상. ○甬道(용도) - 마차가 다니는 馳道(치도)의 양편으로 두껍고 높은 담을 만들어 외부에서 보이지 않게 만든 길. 진시황은 甘泉宮에서 驪山까지 용도를 만들었고 漢代에도 군량 수송을 위한 용도가 있었다. 甬은 길 용. 甬道는 通道와 通. ○敖倉(오창) - 今 河南省 鄭州市 관할의 滎陽市 동북. 鴻溝(홍구)에서 黃河로 들어가는 지점.

〚國譯〛

5월, 漢王은 滎陽縣(형양현)에 주둔했는데, 蕭何는 병적부에 없는 관중의 노약자들을 징발하여 보냈다. 韓信도 군사를 모아 한왕과 합세하자 군의 사기가 크게 떨쳤다. 楚와 형양현의 京, 索(색) 사이에서 싸워 격파하였다. 甬道(용도)를 황하까지 축조하여 敖倉(오창)의 군량을 운반하였다. 魏王 魏豹(위표)는 부모를 문병한다고 돌아가서는 황하의 나루를 봉쇄하며 한을 배반하고 초에 붙었다.

原文

六月, 漢王還櫟陽. 壬午, 立太子, 赦罪人. 令諸侯子在關中者皆集櫟陽爲衛. 引水灌廢丘, 廢丘降, 章邯自殺. 雍地定, 八十餘縣, 置河上,渭南,中地,隴西,上郡. 令祠官祀天地,四方,上帝,山川, 以時祠之. 興關中卒乘邊塞. 關中大饑, 米斛萬錢, 人相食. 令民就食蜀,漢.

| 註釋 | ○壬午 – 日辰임. ○諸侯子 – 제후의 支屬. ○河上 – 군명, 함양 인근 지역을 관할. 京畿라서 內史의 관할 구역이었다가 무제 때 左馮翊(좌풍익)이 됨. ○渭南,中地,隴西,上郡 – 渭南郡 치소는 장안현, 뒷날 京兆尹으로 개명, 中地郡 치소는 장안현, 뒷날 右扶風으로 개명, 隴西郡 치소는 狄道縣(今 甘肅省 定西市 臨洮縣), 上郡 치소는 狄施縣(今 陝西省 최북단 楡林市 동남). ○祠官 – 제사 담당 관원의 총칭. ○乘邊塞 – 변새에 보내다. 변방을 지키게 하다. ○米斛 – 斛은 용량 단위. 10斗가 1斛(곡, 20리터에 해당).

〔國譯〕

6월에, 漢王은 櫟陽(역양, 장안)으로 돌아왔다. 壬午日에 太子를 책립하고 죄인을 사면하였다. 제후의 支屬 子弟로 관중에 있는 자들을 衛士(위사)에 임명했다. 물을 끌어들여 廢丘(폐구)를 공격하자 폐구현은 투항했고 章邯(장한)은 자살하였다. 雍地 81개 현이 평정되자 河上, 渭南, 中地, 隴西, 上郡을 설치하였다. 祠官에게 명하여 天地와 四方과 上帝와 山川에 계절에 따라 제사하게 하였다. 關中의 병졸을 징발하여 변새에 충원하였다. 관중 지역에 큰 흉년이 들어 곡식 1斛(곡)이 1만 전이나 되어 사람이 사람을 먹었다. 백성을 蜀郡과

漢中으로 보내 살게 했다.

原文

秋八月, 漢王如滎陽, 謂酈食其曰, "緩頰往說魏王豹, 能下之, 以魏地萬戶封生." 食其往, 豹不聽. 漢王以韓信爲左丞相, 與曹參,灌嬰俱擊魏. 食其還, 漢王問, "魏大將誰也?" 對曰, "柏直." 王曰, "是口尙乳臭, 不能當韓信. 騎將誰也?" 曰, "馮敬." 曰, "是秦將馮無擇子也. 雖賢, 不能當灌嬰. 步卒將誰也?" 曰, "項它." 曰, "不能當曹參. 吾無患矣."

九月, 信等虜豹, 傳詣滎陽. 定魏地, 置河東,太原,上黨郡. 信使人請兵三萬人, 願以北擧燕,趙, 東擊齊, 南絶楚糧道. 漢王與之.

| **註釋** | ○緩頰(완협) – 안색을 부드럽게 하여 좋은 말로 권고하다. 緩 느릴 완. 頰은 뺨 협. ○左丞相 – 직함만 하사. 좌승상의 업무를 담당하지 않음. ○灌嬰(관영, ?–前 176) – 비단장사 출신. 漢朝 開國功臣, 太尉, 丞相 역임. 41권, 〈樊酈滕灌傅靳周傳〉에 입전. ○傳詣滎陽 – 驛站(역참)의 수레인 傳車(전거)로 (한왕이 있는) 형양에 보내다. ○河東,太原,上黨郡 – 河東郡 治所는 安邑縣(今, 山西省 運城市 夏縣). 太原郡 치소는 晋陽縣(今 山西省 太原市 서남), 上黨郡의 치소는 長子縣(今 山西省 長治市 관할의 長子縣).

〖國譯〗

가을인 8월, 漢王은 滎陽(형양)에 가서 酈食其(역이기)에게 말했다.

"魏王 위표에게 좋은 말로 설득하여 투항하게 하면 魏의 1만 호로 당신을 봉하겠소."

역이기가 갔으나 위표는 따르지 않았다. 漢王은 韓信을 左丞相으로 삼아 曹參(조참), 灌嬰(관영)과 함께 魏를 공략케 했다. 역이기가 돌아오자 한왕이 물었다.

"魏 대장은 누구던가?" "柏直(백직)입니다." "그 자는 아직 젖비린내가 나니 한신을 당하지 못할 것이다. 기병장은 누구던가?" "馮敬(풍경)입니다." "그 자는 秦將 馮無擇의 아들이다. 아무리 똑똑해도 관영을 당할 수 없다. 보졸 장수는 누구던가?" "項它(항타)입니다." "조참을 당할 수 없을 것이다. 나는 아무 걱정도 없도다."

9월에, 한신 등이 위표를 포로로 잡아 전거에 실어 형양으로 보내왔다. 魏地가 평정되자 河東, 太原, 上黨郡을 설치하였다. 한신이 사람을 보내 군사 3만을 거느리고 북쪽으로 燕과 趙를 경략하고 동쪽으로 齊를 공격하면서 남으로 楚의 糧道(양도)를 끊겠다고 주청하였다. 한왕은 한신에게 군사를 보태주었다.

原文

三年冬十月, 韓信,張耳東下井陘擊趙, 斬陳餘, 獲趙王歇. 置常山,代郡. 甲戌晦, 日有食之. 十一月癸卯晦, 日有食之.

隨何旣說黥布, 布起兵攻楚. 楚使項聲,龍且攻布, 布戰不勝. 十二月, 布與隨何間行歸漢. 漢王分之兵, 與俱收兵至成皐.

| **註釋** | ○三年 - 丁酉, 前 204년. ○井陘(정형) - 縣名. 今 河北省 石家庄市 관할의 井陘市. ○常山 - 본명 恒山. 五嶽 중 北嶽. 文帝의 이름 劉恒(유항)을 피휘하여 常山이라 개칭. 河北省과 山西省의 경계. 郡國名. 치소는 元氏縣. 今 河北省 石家庄市 관할의 元氏縣. ○代郡 - 본래 戰國 시대부터 趙國이 북방 유목민족을 격파하고 설립한 郡으로 지금의 山西省 大同市 일대. 治所는 代縣(今 河北省 張家口市 관할의 蔚縣 동북). ○成皐(성고) - 縣名. 今 河南省 鄭州市 관할의 滎陽市 서북 汜水鎭(사수진).

〚國譯〛

한왕 3년, 겨울인 10월, 韓信과 張耳는 동쪽으로 井陘(정형)으로 나아가 趙를 공격하여 陳餘(진여)를 죽이고 趙王 趙歇(조헐)을 생포하였다. 常山郡과 代郡을 설치하였다. 甲戌(갑술)일 그믐에 일식이 있었다. 11월 癸卯(계묘)일 그믐에 일식이 있었다.

隨何(수하)가 黥布(경포, 英布)를 설득했고 영포는 군사를 일으켜 楚를 공격했다. 초에서는 項聲(항성)과 龍且(용저)가 영포를 공격했고 영포는 이기지 못했다.

12월 영포와 수하는 샛길로 한에 귀환했다. 한왕은 군사를 나눠주고 함께 군사를 모아가며 成皐縣(성고현)에 도착했다.

原文

項羽數侵奪漢甬道, 漢軍乏食, 與酈食其謀橈楚權. 食其欲立六國後以樹黨, 漢王刻印, 將遣食其立之. 以問張良, 良發八難. 漢王輟飯吐哺, 曰, "豎儒幾敗乃公事!" 令趣銷印. 又問陳平, 乃從其計, 與平黃金四萬斤, 以間疏楚君臣.

夏四月, 項羽圍漢滎陽, 漢王請和, 割滎陽以西者爲漢. 亞父勸項羽急攻滎陽, 漢王患之. 陳平反間旣行, 羽果疑亞父. 亞父大怒而去, 發病死.

| **註釋** | ○謀橈楚權 – 橈는 꺾을 요(뇨). ○良發八難 – 장량은 8가지 어려움(不可함)을 설명하다. 40권, 〈張陳王周傳〉 참고. ○輟飯吐哺 – 식사를 멈추고 입안의 음식을 뱉다. ○豎儒幾敗乃公事 – 豎儒(수유)는 썩은 유생. '빌어먹을 놈.' 乃公은 네 아버지. 오만한 뜻이 포함된 自稱語. 여기서는 역이기에 대한 漢王. ○與平黃金四萬斤 – 漢代 1斤은 16兩, 현행 미터법으로는 1斤 248g, 1兩은 15.5g이였다. 1萬斤이면 2,480kg. 이 무게에 해당하는 황금이 아니라 금전이라고 보아야 할 것이다. ○陳平反間旣行 – 反間은 적을 이간시키다. 진평의 반간 내용은 40권, 진평에 관한 기록 참고.

〖國譯〗

項羽가 漢軍의 용도를 자주 끊자 한군은 군량이 부족해졌고 한왕은 酈食其(역이기)와 楚의 역량을 꺾을 방법을 논의했다. 역이기는 6국의 후예를 한의 지원세력으로 만들어야 한다고 말했고, 한왕은 직인을 새겨 역이기를 보내 옹립하려고 했다. 한왕이 장량에게 묻자 장량은 (6국 후예를 세워서는 안 되는) 8가지의 불가론을 설명했다.

한왕을 식사를 멈추고 입안의 음식을 뱉으며 말했다.

"썩을 놈의 유생이 내 일을 다 망칠 뻔했다!" 그러면서 빨리 직인을 녹여 없애라고 하였다. 한왕은 진평의 계책대로 진평에게 황금 4만 근을 주어 楚의 주군과 신하를 이간시켰다.

여름인 4월, 항우는 한군을 滎陽(형양)에서 포위했고, 한왕은 강화를 요청하며 형양 서쪽을 할양하여 한의 영역으로 한다고 하였다. 아부 범증은 항우에게 형양을 빨리 공격하라고 권했고 한왕은 이를 두려워했다. 진평의 반간이 먹혀 들어가 항우는 범증을 의심하였다. 범증은 대노하며 항우를 떠났으나 도중에 병으로 죽었다.

原文

五月, 將軍紀信曰, "事急矣! 臣請誑楚, 可以間出." 於是陳平夜出女子東門二千餘人, 楚因四面擊之. 紀信乃乘王車, 黃屋左纛, 曰, "食盡, 漢王降楚." 楚皆呼萬歲, 之城東觀, 以故漢王得與數十騎出西門遁. 令御史大夫周苛,魏豹,樅公守滎陽. 羽見紀信, 問, "漢王安在?" 曰, "已出去矣." 羽燒殺信. 而周苛,樅公相謂曰, "反國之王, 難與守城." 因殺魏豹.

漢王出滎陽, 至成皐. 自成皐入關, 收兵欲復東. 轅生說漢王曰, "漢與楚相距滎陽數歲, 漢常困. 願君王出武關, 項王必引兵南走, 王深壁, 令滎陽,成皐間且得休息. 使韓信等得輯河北趙地, 連燕,齊, 君王乃復走滎陽. 如此, 則楚所備者多, 力分. 漢得休息, 復與之戰, 破之必矣." 漢王從其計, 出軍宛,葉間, 與黥布行收兵.

| 註釋 | ○紀信(기신, ?-前 204) - 신체와 얼굴이 한왕과 비슷하게 생겨 한왕으로 분장하여 楚軍을 속였다. 항우가 기신의 충성심을 갸륵하게 여겨 招降했으나 기신은 거절했고 화형을 당했다. 이후 鄭州의 백성들은 기신을 城隍神(성황신)으로 받들었다고 한다. ○誑楚 - 誑은 속일 광. ○黃屋左纛 - 천자가 타는 수레의 황색 덮개와 수레 좌측에 세우는 소꼬리를 매단 纛旗(독기). ○周苛,魏豹,樅公 - 周苛는 인명. 樅公(종공)의 樅(전나무 종)은 성씨. 從과 同. ○反國之王 - 魏豹는 叛服이 무상했었다. ○轅生 - 轅固生. 齊人, 《易》을 전공한 유생. ○得輯~ - 輯은 集. 화합하다. ○宛,葉 - 宛은 현명, 今 河南省 南陽市. 제갈량이 농사를 짓던 臥龍岡이 남양 땅이다. 고을 이름 원. 서역 나라 이름 원(大宛). 葉(섭)은 현명. 今 河南省 平頂山市 관할의 葉縣. ○行收兵 - 행군하며 군사를 모으다.

〖國譯〗

5월에, 장군 紀信(기신)이 말했다. "위급한 상황입니다! 제가 초를 속이면 그 사이에 빠져나갈 수 있습니다." 이에 진평은 밤에 여자 2천여 명을 동문으로 내보냈고 楚는 사방에서 공격하였다. 기신은 황색 덮개 왼편에 纛旗(독기)를 세운 한왕의 수레를 타고 말했다. "한군의 식량이 바닥나 한왕이 초에 투항합니다." 초의 군사는 모두 만세를 부르며 성의 동쪽에 가서 구경하자 한왕은 수십 기병을 거느리고 서문의 샛길로 달아났다. 한왕은 어사대부 周苛(주가)와 魏豹(위표), 그리고 樅公(종공)에게 형양성을 수비하라고 명했다. 항우가 기신을 만나서 물었다. "漢王은 어디에 있는가?" "한왕은 이미 떠나갔습니다.” 항우는 기신을 태워 죽였다. 한편 周苛(주가)와 樅公(종공)이 서로 의논했다. “나라를 배반한 왕과는 성을 지키기 어려울 것이다.” 그리고서는 위표를 살해했다.

한왕은 형양성을 떠나 성고현으로 왔다. 성고에서 함곡관을 지나 다시 군사를 모아 동쪽으로 진출할 계획이었다. 이때 轅生(원생)이 한왕에게 말했다.

“한과 초는 형양에서 여러 해 걸쳐 싸웠지만 한은 늘 열세였습니다. 바라건대 군왕께서 武關에서 출병하시면 항왕은 틀림없이 군사를 내어 남으로 달려갈 것이니 왕께서는 튼튼한 보루를 쌓고 싸우지 않으면 형양과 성고의 군사도 휴식할 수 있습니다. 그리고 한신 등을 시켜 河北과 趙의 땅에서 군사를 모으며 안정시키고 燕과 齊와 연합한다면 君王께서 다시 형양으로 나가 싸울 수 있을 것입니다. 이렇게 하면 초에서는 대비해야 할 지역이 많아 힘이 분산될 것입니다. 한군은 휴식 후 다시 싸우면 필히 적을 격파할 수 있습니다.”

한왕은 그 계책에 따라 宛(원)과 葉(섭)에서 출병하면서 경포와 함께 행군하며 군사를 모았다.

原文

羽聞漢王在宛, 果引兵南, 漢王堅壁不與戰. 是月, 彭越渡睢, 與項聲,薛公戰下邳, 破殺薛公. 羽使終公守成皋, 而自東擊彭越. 漢王引兵北, 擊破終公, 復軍成皋.

六月, 羽已破走彭越, 聞漢復軍成皋, 乃引兵西拔滎陽城,生得周苛. 羽謂苛, "爲我將, 以公爲上將軍, 封三萬戶." 周苛罵曰, "若不趨降漢, 今爲虜矣! 若非漢王敵也." 羽亨周苛, 並殺樅公, 而虜韓王信, 遂圍成皐. 漢王跳, 獨與滕公共車出成皐玉門, 北渡河, 宿小修武. 自稱使者, 晨馳入張耳, 韓信壁而奪之軍. 乃使張耳北收兵趙地.

| 註釋 | ○下邳(하비) - 縣名. 今 江蘇省 北部 徐州市 관할의 邳州市. ○破走彭越 - 팽월을 격파하여 도주케 하다. ○若不趨降漢 - 若(약)은 너(汝, 你) 2인칭 代詞. 不趨(불촉)은 빨리 ~하지 않으면, 趨은 재촉할 촉. 달릴 추. ○若非漢王敵也 - 너는 한왕의 상대가 되지 못한다! 敵은 맞서다. 상대하다. ○亨周苛 - 亨(팽)은 烹(팽), 형통할 형, 드릴 향, 삶을 팽. ○漢王跳 - 跳(뛸 도)는 빨리 도주하다. ○小修武 - 읍명. ○韓信壁 - 壁은 보루. 營壘.

〖國譯〗

항우는 한왕이 宛縣(원현)에 있다는 것을 알고 예상대로 군사를 이끌고 남하하였고 한왕은 보루를 튼튼히 지키며 싸우지 않았다. 이 달에 팽월은 睢水(수수)를 건너가 項聲(항성), 薛公(설공)과 下邳(하비)에서 싸워 설공을 격파하고 죽였다. 항우는 終公(종공)에게 成皐(성고)를 지키게 하고 자신이 직접 동쪽으로 가서 팽월을 공격했다. 이에 한왕은 군사를 이끌고 북으로 진격하여 終公(종공)을 격파하고 다시 성고에 주둔하였다.

6월에, 항우는 팽월을 격파하여 패주케 했는데 한군이 다시 성고를 점령한 것을 알고 바로 군사를 이끌고 서쪽으로 가서 형양성을 점령하고 周苛(주가)를 생포하였다.

항우가 주가에게 말했다. "나의 장수가 되어준다면 당신을 상장군으로 삼고 3만 호를 봉할 것이다." 그러나 주가는 욕을 하며 말했다.

"당신이 빨리 한에 투항하지 않으면 곧 사로잡힐 것이요! 당신은 한왕의 적수가 아니요." 항우는 주가를 삶아 죽였고 樅公(종공)도 함께 죽였으며 韓王信을 생포하고 성고를 포위하였다. 한왕은 빨리 도망쳐 겨우 滕公(등공, 하후영)의 수레를 타고 성고의 玉門을 나가 북으로 황하를 건너 小修武(소수무)에서 잤다. 한왕은 사자라 자칭하고 새벽에 張耳와 韓信의 영루에 들어가 한신의 군권을 빼앗았다. 그리고 장이를 시켜 북쪽 趙에서 군사를 모으게 하였다.

原文

有星孛於大角. 漢王得韓信軍, 復大振. 八月, 臨河南鄉, 軍小脩武, 欲復戰. 郎中鄭忠說止漢王, 高壘深塹勿戰. 漢王聽其計, 使盧綰,劉賈將卒二萬人, 騎數百, 渡白馬津入楚地, 佐彭越燒楚積聚, 復擊破楚軍燕郭西, 攻下睢陽,外黃十七城.

九月, 羽謂海春侯大司馬曹咎曰, "謹守成皐. 卽漢王欲挑戰, 愼勿與戰, 勿令得東而已. 我十五日必定梁地, 復從將軍." 羽引兵東擊彭越. 漢王使酈食其說齊王田廣, 罷守兵與漢和.

| **註釋** | ○有星孛於大角 – 혜성 같은 星光이 恒星(항성)의 구역을 지나가

는 것을 孛(살별 패)라 한다. 大角은 성좌 이름. 牧夫(양치기)자리의 α(알파)星인데 除舊革新의 天象이라는 주가 있다. ○臨河南鄕 - 황하의 북안에서 남안을 향하다. ○盧綰,劉賈 - 盧綰(노관)은 고조와 동향 동일 출생한 사람. 燕王에 봉했는데 고조를 배반하고 흉노에 투항했다. 34권, 〈韓彭英盧吳傳〉에 입전. 劉賈(유가, ?-前 196)는 고조의 사촌 형제. 荊王(형왕)이었다. 나중에 영포가 반란을 일으켰을 때 패전하여 피살되었다. 5권, 〈荊燕吳傳〉에 입전. ○渡白馬津 - 今 河南省 安陽市 관할 滑縣(활현)의 황하 나루. ○積聚(적취) - 비축한 군수물자. ○燕郭西 - 燕은 현명. 今 河南省 新鄕市 관할 延津縣. ○睢陽(수양) - 현명. 今 河南省 商丘市. ○曹咎(조구) - 항우의 부장. ○卽漢王~ - 卽은 가령 ~하더라도.

〖國譯〗

가을 7월에, 孛星(패성)이 大角星 자리에 나타났다.

漢王은 한신의 군사를 합쳐 전력이 강화되었다. 8월에 황하 북안에 와서 남향하며 小脩武(소수무)에 주둔하고 다시 싸우려 하였다. 郎中인 鄭忠(정충)이 한왕에게 전투를 중지하고 높은 누각에 깊은 참호를 파고 싸우지 말라고 설득하였다. 漢王은 그 계책에 따랐고 盧綰(노관)과 劉賈(유가)에게 장졸 2만 명과 수백의 기병을 거느리고 白馬津을 건너 楚地에 진격하여 팽월이 楚의 군수물자를 소각하는 것을 돕게 하였고 이어 초군을 燕縣의 성곽 서쪽에서 격파하여 睢陽(수양)과 外黃(외황)의 17개 성을 차지하였다.

9월에 항우는 海春侯인 大司馬 曹咎(조구)에게 말했다.

"成皐(성고)를 잘 지키도록 하라. 만약 漢王이 도전한다 하여도 조심하며 같이 싸우지 말고 한왕이 동쪽으로 나가지 못하게만 하라. 나는 15일이면 梁(魏)의 땅을 다 평정하고 다시 장군과 같이 있을 것이다."

항우는 군사를 인솔하여 동쪽으로 나아가 팽월을 격파하였다. 한왕은 역이기를 시켜 齊王 田廣(전광)은 방어를 해제하고 한과 화친하라고 설득하였다.

原文

四年冬十月, 韓信用蒯通計, 襲破齊. 齊王亨酈生, 東走高密. 項羽聞韓信破齊, 且欲擊楚, 使龍且救齊.

漢果數挑成皐戰, 楚軍不出. 使人辱之數日, 大司馬咎怒, 渡兵汜水. 士卒半渡, 漢擊之, 大破楚軍, 盡得楚國金玉貨賂. 大司馬咎,長史欣皆自剄汜水上. 漢王引兵渡河, 復取成皐, 軍廣武, 就敖倉食.

| **註釋** | ○四年 - 前 203년. ○蒯通(괴통) - 蒯(띠풀 괴)가 성씨. 本名 徹. 武帝의 이름을 諱하여 후세 史家들이 通으로 고쳐 썼다. 辯才無雙, 韓信의 謀士. 한신에게 삼분천하를 권했다. 한신은 죽기 전에 후회했고 고조는 괴통을 용서했다. 45권, 〈蒯伍江息夫傳〉에 입전. ○高密 - 今 山東省 濰坊市 관할의 高密市. ○汜水(사수) - 彭城(今 江蘇省 徐州)의 동북을 흐르는 강. ○廣武 - 城 이름. 형양성 광무산에 동서 2개의 성이 있는데 항왕과 한왕이 각각 대치하였다. ○敖倉(오창) - 今 河南省 鄭州市 관할 滎陽市 동북. 鴻溝(홍구)와 黃河의 합류지점.

〖國譯〗

한왕 4년 겨울인 10月, 韓信은 蒯通(괴통)의 계책에 의거 齊를 기습 격파하였고, 齊王은 역이기를 팽살하고 동쪽 高密縣으로 도주하였다. 항우는 한신이 齊를 격파하였고 이어 초를 공격하려 하자 龍且(용저)를 시켜 齊를 구원하게 하였다.

漢이 예상대로 成皐(성고)에서 도전하였으나 楚軍은 출전하지 않았다. 사람을 시켜 수일 간 욕을 해대자 대사마 조구는 화가 나서 사수를 건너게 하였다. 사졸이 절반 쯤 건넜을 때 한이 공격하여 초군을 대파하고 초의 금은과 재물을 전부 차지했다. 대사마 조구와 長史 司馬欣(사마흔)은 모두 汜水(사수)에서 자살하였다. 한왕은 군사를 거느리고 강을 건너 다시 성고를 차지하고 광무성에 주둔하면서 오창의 군량을 갖다 먹었다.

原文

羽下梁地十餘城, 聞海春侯破, 乃引兵還. 漢軍方圍鐘離昧於滎陽東, 聞羽至, 盡走險阻. 羽亦軍廣武, 與漢相守. 丁壯苦軍旅, 老弱罷轉餉. 漢王,羽相與臨廣武之間而語. 羽欲與漢王獨身挑戰, 漢王數羽曰, "吾始與羽俱受命懷王, 曰先定關中者王之. 羽負約, 王我於蜀,漢, 罪一也. 羽矯殺卿子冠軍, 自尊, 罪二也. 羽當以救趙還報, 而擅劫諸侯兵入關, 罪三也. 懷王約, 入秦無暴掠, 羽燒秦宮室, 掘始皇帝塚, 收私其財, 罪四也. 又强殺秦降王子嬰, 罪五也. 詐坑秦子弟新安二十萬, 王其將, 罪六也. 皆王諸將善地, 而徙逐故主, 令臣下爭畔逆. 罪七也. 出逐義帝彭城, 自都之, 奪韓王地,並王梁,楚, 多自與, 罪八也. 使人陰殺義帝江南, 罪九也. 夫爲人臣而殺其主, 殺其已降, 爲政不平, 主約不信, 天下所不容, 大逆無道, 罪十也. 吾以義兵從諸侯誅殘賊, 使刑餘罪人擊公, 何苦乃與公挑戰!"

羽大怒, 伏弩射中漢王. 漢王傷胸, 乃捫足曰, "虜中吾指!" 漢王病創臥, 張良强請漢王起行勞軍, 以安士卒, 毋令楚乘勝. 漢王出行軍, 疾甚, 因馳入成皐.

| 註釋 | ○鐘離昧(종리매) – 項羽의 명장. 鍾離는 複姓. 《史記 淮陰侯列傳》에는 '眛'로 표기. 항우가 죽은 뒤 韓信의 楚나라에 숨었는데 고조가 거짓으로 운몽택을 순수한다고 할 때 한신은 고조에게 잘 보이려고 종리매의 목숨을 요구하자 종리매는 한신을 원망하며 자살했다. ○丁壯苦軍旅 – 丁壯은 壯丁. 軍旅(군려)는 군대, 旅는 군사 여(려). ○罷轉餉 – 罷는 지칠 피. 그만둘 파. 轉餉은 군량(餉)을 나르다(轉運). ○廣武之間 – 동, 서 廣武城 사이의 시냇물(間은 澗이 되어야 한다는 주석). ○漢王數羽 – 數는 책망하다. 남의 잘못을 열거하며 꾸짖다(數落). 하나하나 꼽으며 따지다. ○羽矯殺卿子冠軍 – 경자관군은 초 회왕의 명을 받은 宋義의 군사. 卿子는 公子의 뜻. ○新安二十萬 – 新安은 현명. 今 河南省 三門峽市 관할의 澠池縣(민지현) 동쪽. 山西省과 연접. ○殺其已降 – 其는 그들, 이미 투항한 그들을 살해하다. ○乃捫足曰 – 捫은 어루만질 문. 문지르다. 큰 상처를 감추려는 뜻. ○虜中吾指 – 虜는 포로. 이민족을 멸시하는 말. 반역자.

〖國譯〗

항우는 梁地 10여 개 성을 공격하여 점령했는데 海春侯(趙咎)의 군사가 격파되었다는 사실을 알고 바로 군사를 거느리고 돌아왔다. 漢軍은 형양성의 동쪽에서 鐘離昧(종리매)의 군사를 막 포위하고 있었는데 항우가 도착한 줄을 알고서 모두가 험한 곳으로 옮겨갔다. 항우도 廣武城에 주둔하며 한군과 대치하였다. 이때 장정은 군역에 고통을 받았고 노약자들은 군량운반에 지쳐 있었다. 한왕과 항우는 광무성의 시냇물을 두고 함께 이야기했다. 항우는 한왕과 단신으로 겨루기를 원했으나 한왕은 항우의 죄를 열거하며 말했다.

"처음에 내가 자네와 함께 회왕의 명을 받을 때 관중을 먼저 평정하는 자를 왕으로 삼는다고 하였다. 항우 자네는 약속을 어기고 나를 蜀과 漢의 왕이 되게 하였으니 첫째 죄이다. 자네는 거짓으로 卿子冠軍을 죽이고 스스로 대장군이 되었으니 두 번째 죄이다. 자네는 趙를 구원하고 돌아가 복명해야 하는데도 멋대로 제후 병력을 거느리고 관중에 들어왔으니 세 번째 죄이다. 회왕과 약속은 秦에서 폭력과 약탈이 없어야 하는데 항우 자네는 秦 궁궐을 불태우고 시황제 무덤을 도굴하여 그 재물을 몰래 취했으니 네 번째 잘못이다. 또 투항한 진왕 子嬰(자영)을 강제로 죽인 것이 다섯째 죄이다. 투항한 진의 자제 20만을 신안현에서 속여 매장해 죽였으며 그 장수를 왕으로 봉한 것이 여섯째 죄이다. 부하 장수는 좋은 지역의 왕으로 봉하고 옛 왕을 축출하여 신하로 하여금 다투고 반역케 하였으니 일곱번째 죄이다. 義帝를 팽성에서 축출하고 스스로 팽성을 도읍으로 정하고 梁과 楚를 병합하며 혼자 많이 가진 것이 여덟 번째 죄이다. 사람을 몰래 보내 의제를 강남에서 살해하였으니 아홉 번째 죄이다. 남의 신하된 자로 주군을 살해하고 이미 투항한 사람을 죽였으며 불공평한 정치로 약속을 믿지 못하게 하는 등 천하가 용서할 수 없는 대역무도한 죄가 열 번째 죄이다. 나는 정의의 군사로 제후와 함께 잔악한 자를 주살하고 다른 죄인으로 하여금 자네를 쳐야 하거늘, 내가 어찌 자네와 힘을 겨루겠는가!"

항우는 크게 화를 내며 매복시킨 쇠뇌로 한왕을 쏘아 맞췄다. 한왕은 가슴에 상처를 입었으나 다리를 문지르며 말했다. "저 반역자가 내 다리를 쏘았다."

漢王은 상처가 심하여 누워있었는데 張良은 한왕에게 억지로라도 군사를 위로하여 사졸을 안심시키고 초로 하여금 이를 이용하지 못하게 해야 한다고 말했다. 한왕은 일어나 군영을 순시하였으나 병이 중하여 곧바로 서둘러 성고로 돌아갔다.

原文

十一月, 韓信與灌嬰擊破楚軍, 殺楚將龍且, 追至城陽, 虜齊王廣. 齊相田橫自立爲齊王, 奔彭越. 漢立張耳爲趙王.

漢王疾愈, 西入關, 至櫟陽, 存問父老, 置酒. 梟故塞王欣頭櫟陽市. 留四日, 復如軍, 軍廣武. 關中兵益出, 而彭越,田橫居梁地, 往來苦楚兵, 絶其糧食.

| 註釋 | ○存問 - 按撫하다. 慰勞하다. ○梟故~ - 梟는 올빼미 효. 목을 베어 매달다. ○而彭越, 田橫居~ - '彭越'은 衍字.

〖國譯〗

11월, 韓信과 灌嬰(관영)은 楚軍을 격파하고 楚將인 龍且(용저)를 죽이고 城陽까지 추격하여 齊王인 田廣(전광)도 사로잡았다. 그러자 齊相인 田横(전횡)은 자립하여 齊王이 되었고 彭越(팽월)을 축출하였다. 漢에서는 바로 張耳를 趙王로 삼았다.

漢王은 상처가 낫자 서쪽으로 관중에 들어가 도읍인 櫟陽(역양)에서 父老들을 위로하며 술을 대접하였다. 옛 塞王(새왕)인 司馬欣(사마흔)의 머리를 역양의 저자에 효수하였다. 한왕은 4일을 머물다가 군진으로 돌아가 廣武城에 주둔하였다. 관중에서 오는 병졸은 더욱 많아졌고 田横은 梁地를 차지하였으며 서로 왕래하면서 楚의 군사를 괴롭혔고 그 군량 보급로를 끊었다.

原文

韓信已破齊, 使人言曰, "齊邊楚, 權輕, 不爲假王, 恐不能安齊." 漢王怒, 欲攻之. 張良曰, "不如因而立之, 使自爲守." 春二月, 遣張良操印, 立韓信爲齊王.

秋七月, 立黥布爲淮南王. 八月, 初爲算賦. 北貊,燕人來致梟騎助漢. 漢王下令, 軍士不幸死者, 吏爲衣衾棺斂, 轉送其家. 四方歸心焉.

| **註釋** | ○齊邊楚 – 邊은 인접하다. ○假王 – 代理 王. ○算賦 – 戰費를 충당하는 稅制. 人頭稅(인두세)의 일종. 농민(15세~56세)은 1년 1인 120錢(1算), 상인과 노비는 2算을 납부. 한왕 4년(前 203년)부터 시행. ○北貊(북맥) – 중국 동북방의 소수 민족. ○梟騎(효기) – 용맹한 기병. ○吏爲衣衾棺斂 – 衣衾은 시신에 입히는 옷과 이불. 棺斂은 시신을 관에 넣다. ○轉送其家

- 轉送은 驛車에 운송하다.

〖國譯〗

韓信이 齊를 격파한 뒤에 사자를 보내 말했다. "齊는 楚와 연접했는데 (나의) 권한이 미약하기에 齊의 假王이 되지 않으면 齊를 안정시킬 수 없습니다."

그러자 한왕은 화를 내며 한신을 공격하려고 했다. 이에 장량이 말했다.

"이참에 왕에 봉하여 지키게 하는 것이 더 낫습니다."

봄 2월에, 한왕은 장량을 보내 직인을 갖고 가서 한신을 齊王에 책립하였다.

가을 7월에, 黥布(경포)를 淮南王에 봉하였다. 8월에 算賦(산부)를 처음 시행하였다. 北貉(북맥)과 燕에서 용감한 기병을 보내 漢을 도왔다. 漢王이 명령하여 불행히 군사가 죽으면 관리가 수의와 이불을 입히고 덮어 입관하고 역참 수레를 이용하여 본가로 보내주라 하였다. 사방의 민심이 한으로 쏠렸다.

原文

項羽自知少助食盡, 韓信又進兵擊楚, 羽患之. 漢遣陸賈說羽, 請太公, 羽弗聽. 漢復使侯公說羽, 羽乃與漢約, 中分天下, 割鴻溝以西爲漢, 以東爲楚. 九月, 歸太公,呂后, 軍皆稱萬歲. 乃封侯公爲平國君. 羽解而東歸. 漢王欲西歸, 張良,陳平諫曰, "今漢有天下太半, 而諸侯皆附, 楚兵罷食盡, 此天亡之時, 不因其幾而遂取之, 此養虎自遺患也." 漢王從之.

| 註釋 | ○侯公 - 西漢의 辯士, 失名. 鴻溝에서 中分天下를 약속. ○割鴻溝 - 鴻溝(홍구)는 戰國 魏 惠王 때(前 360) 개설한 운하. 황하와 여러 대소 지류를 연결하는 交通 겸 灌漑水路. 漢代에는 狼湯渠(낭탕거)라 하였다. ○幾而~ - 幾는 機會.

〖國譯〗

항우는 제후의 지원은 줄어들고 군량도 떨어지려는데 한신이 군사를 내어 楚를 공격한다는 것을 알고 크게 걱정하였다. 漢은 陸賈(육가)를 보내 항우에게 태공을 보내 달라 설득하였으나 항우는 듣지 않았다. 漢은 다시 侯公(후공)을 보내 항우를 설득하자 항우는 곧 한과 천하를 양분하여 鴻溝(홍구)의 서쪽은 한, 동쪽은 초의 영역으로 약정하였다.

9월에 太公과 呂后가 돌아오자 한군은 모두 만세를 불렀다. 한왕은 곧 侯公을 平國君에 봉했다. 항우는 포위를 풀고 동쪽으로 돌아갔다. 한왕도 서쪽으로 돌아가려 하자 장량과 진평이 간언을 올렸다.

"지금 한은 천하의 태반을 차지했고 제후도 모두 귀부하였지만 초의 군사는 지치고 군량도 다하였으니, 이는 하늘이 초를 멸망시키는 뜻인데 이런 기회에 차지하지 않는다면 이는 호랑이를 길러 스스로 우환을 남기는 것입니다."

한왕은 그 말에 따랐다.

1 高帝紀(下)
〔고제기(하)〕

原文

五年冬十月, 漢王追項羽至陽夏南止軍, 與齊王信,魏相國越期會擊楚, 至固陵, 不會. 楚擊漢軍, 大破之. 漢王復入壁, 深塹而守. 謂張良曰, "諸侯不從, 柰何?" 良對曰, "楚兵且破, 未有分地, 其不至固宜. 君王能與共天下, 可立致也. 齊王信之立, 非君王意, 信亦不自堅. 彭越本定梁地, 始君王以魏豹故, 拜越爲相國. 今豹死, 越亦望王, 而君王不早定. 今能取睢陽以北至穀城皆以王彭越, 從陳以東傅海與齊王信, 信家在楚, 其意欲復得故邑. 能出捐此地以許兩人, 使各自爲戰, 則楚易敗也." 於是漢王發使使韓信,彭越. 至, 皆引兵來.

| 註釋 | ○五年 – 前 202년. ○期會 – 회합할 때를 약정하다. ○固陵 – 현명. 古稱 陽夏. 今 河南省 周口市 太康縣. ○柰何(나하) – 어떻게. 어쩌지? 柰 어찌 나. 능금나무 내. ○分地 – 분봉하여 땅을 주다. ○可立致也 – 致는 불러 오다. ○穀城(곡성) – 읍명. 今 山東省 聊城市(요성시)의 東阿縣. ○傅海 – 바다까지. 傅는 附. ○漢王發使使韓信 – 發使의 使는 사자. 명사. 使韓信의 使는 사자를 보내다. 동사로 쓰였다.

〖國譯〗

한왕 5년 겨울인 10월, 한왕은 항우를 陽夏의 남쪽까지 추격하다 멈추고 齊王 韓信과 魏 상국인 彭越(팽월)과 초를 공격하기로 약속을 정하고 固陵(고릉)까지 갔으나 만나지 못했다. 초가 한군을 공격하여 크게 격파하였다. 한왕은 다시 방벽 안에 들어서 참호를 깊게 파고 수비하였다. 한왕이 장량에게 말했다.

"제후가 따르지 않으니 어찌 해야 하는가?" 장량이 대답했다.

"楚兵을 격파하였지만 땅을 나눠주지 않았으니 그들이 안 오는 것은 당연합니다. 君王께서 그들과 천하를 같이 한다면 불러올 수 있습니다. 齊王 한신을 세운 것은 군왕의 뜻이 아니었고 한신 역시 그 지위가 견고하다고 생각하지 않습니다. 팽월은 본래 梁 지역을 평정했지만 그전에 군왕께서는 魏豹(위표)가 있어 팽월을 魏 상국에 임명하였습니다. 지금 위표가 죽었기에 팽월은 왕을 바라고 있지만 군왕께서는 아직 결정하지 않았습니다. 지금 睢陽(수양) 이북부터 穀城(곡성)까지 땅을 팽월에 주어 왕으로 삼고, 陳縣 동쪽부터 바다에 이르는 땅을 齊王 한신에게 주어야 하는데 한신의 본 고향이 楚이기에 마음은 옛 고향에 있습니다. 이 땅을 두 사람에게 잘라주어 자원하여 참전케 한다면 초를 쉽게 무찌를 수 있습니다."

이에 한왕은 사자를 한신과 팽월에게 보냈다. 사자가 도착하자 모두 군사를 이끌고 왔다.

原文

十一月, 劉賈入楚地, 圍壽春. 漢亦遣人誘楚大司馬周殷. 殷畔楚, 以舒屠六, 擧九江兵迎黥布, 並行屠城父, 隨劉賈皆會.

|註釋| ○壽春 - 읍명. 今 安徽省 六安市 壽縣. 秦에서는 縣이었으나 漢에서는 邑이었다. ○以舒屠六 - 舒縣의 군사로 六縣을 도륙하다. 舒縣은 今 安徽省 合肥市 廬江縣. ○城父 - 邑名. 今 安徽省 亳州市(박주시) 관할의 渦陽縣(와양현).

〖國譯〗

11월, 劉賈(유가, 한왕의 사촌 형)가 楚地에 진격하여 壽春(수춘)을 포위하였다. 漢에서도 사자를 보내 楚 大司馬 周殷(주은)을 회유하였다. 주은은 초를 배반하면서 舒縣의 군사로 六縣(육현)을 도륙하였으며 九江의 군사를 거느리고 영포를 맞이하며 城父(성보)를 도륙한 뒤에 劉賈의 군사와 합세하였다.

原文

十二月, 圍羽垓下. 羽夜聞漢軍四面皆楚歌, 知盡得楚地, 羽與數百騎走, 是以兵大敗. 灌嬰追斬羽東城. 楚地悉定, 獨魯不下. 漢王引天下兵欲屠之, 爲其守節禮義之國, 乃持羽頭示其父兄, 魯乃降. 初, 懷王封羽爲魯公, 及死, 魯又爲之堅守, 故以魯公葬羽於穀城. 漢王爲發葬, 哭臨而去. 封項伯等四人爲列侯, 賜姓劉氏. 諸民略在楚者皆歸之. 漢王還至定陶, 馳入齊王信壁, 奪其軍. 初項羽所立臨江王共敖前死, 子尉嗣立爲王, 不降. 遣盧綰,劉賈擊虜尉.

| 註釋 | ○垓下 - 지명. 今 安徽省 宿州市 靈壁縣(영벽현). ○東城 - 당시 九江郡의 현명. 今 安徽省 중부 淮南市 관할의 定遠縣 동남. ○哭臨而去 - 臨은 곡할 임(림). 사자를 위해 哭하다. ○封項伯等四人爲列侯 - 항백은 射陽侯 劉纏(유전)이 되었다.

〖國譯〗

12월, 항우를 垓下(해하)에서 포위하였다. 항우는 야간에 한군이 사면에서 부르는 楚歌를 듣고 한이 초의 땅을 다 차지했다는 것을 알았고, 항우는 수백 기병으로 도주했으나 그 군사는 대패했다. 灌嬰(관영)은 항우를 추격하여 東城(동성)에서 죽였다. 楚地가 다 평정되었지만 오직 魯(노)만 투항하지 않았다. 한왕은 천하의 병력을 동원하여 도륙하려고 했으나 魯가 절의를 지키는 예의지국이기 때문에 곧 항우 머리를 갖고 가서 그 부형들에게 보여주자 魯는 투항하였다. 그전에 회왕이 항우를 魯王에 봉했기 때문에 항우가 죽었어도 항우를 위해 굳건히 지켰기에 항우를 魯公으로 穀城(곡성)에 장례하였다. 한왕은 항우를 위해 상복을 입고 哭(곡)을 한 뒤 떠나갔다. 항우는 項伯 등 4인을 列侯로 삼고 劉氏 성을 하사하였다. 楚에서 백성을 약탈하던 항씨들은 모두 고향으로 돌려보냈다. 漢王은 돌아와 定陶(정도) 현으로 돌아와 齊王 韓信의 보루에 달려가서 그 군권을 빼앗았다. 그전에 항우에 의해 臨江王에 봉해진 共敖(공오)는 이미 죽었고 그 아들 共尉(공위)가 뒤를 이어 왕이 되었는데 항복하지 않았다. 한왕은 盧綰(노관)과 劉賈(유가)를 보내 공격하여 공위를 생포하였다.

原文

春正月, 追尊兄伯號曰武哀侯. 下令曰, "楚地已定, 義帝亡後, 欲存恤楚衆, 以定其主. 齊王信習楚風俗, 更立爲楚王, 王淮北, 都下邳. 魏相國建成侯彭越勤勞魏民, 卑下士卒, 常以少擊衆, 數破楚軍, 其以魏故地王之, 號曰梁王, 都定陶." 又曰, "兵不得休八年, 萬民與苦甚, 今天下事畢, 其赦天下殊死以下."

| 註釋 | ○兄伯號曰~ -漢 高祖의 형 劉伯은 일찍 죽었다. 伯은 '맏이(長男)' 란 뜻이고 한왕 작은 형 '仲' 은 작은 아들이란 뜻이며, 고조의 字를 '季' 라 하지만 이는 막내란 뜻이다. 고조의 형제 伯, 仲, 季를 보면, 하층민으로 제대로 된 이름이 없었다는 뜻이다. 다만 고조의 이복동생인 劉交(?-前178)는 好讀書, 多才藝한 인물로 秦의 浮丘伯(부구백)으로 부터 《詩經》을 배

웠고 고조의 절대적 신임을 받았으며 漢 6년에 楚王에 봉해졌다. ○萬民與苦甚 – 與는 語氣助詞. 實義 없음. 本書 4권, 〈文帝紀〉 後元 7년 조 '朕之不明與嘉之' 의 與도 같은 예이다. ○殊死 – 斬首. 처형하다. 殊는 분리되다.

〖國譯〗

봄 정월, 한왕의 兄인 伯(백)을 武哀侯(무애후)로 추존하였다. 한왕이 명령하였다.

"楚地는 이미 평정되었으나 義帝의 후사가 없어, 이에 초의 백성을 위무하려 주군을 정한다. 齊王 韓信은 楚의 風俗에 익숙하기에 楚王으로 책립하여 淮北의 왕으로 삼고 도읍은 下邳(하비)이다. 魏相國인 建成侯 彭越(팽월)은 魏 백성을 위해 애썼고 몸을 낮춰 사졸을 대우했으며 소수로 다수를 공격하여 여러 번 楚軍을 격파하였으니 이에 魏 故地를 다스리게 梁王이라 하고 도읍은 定陶(정도)이다." 이어 말했다. "전쟁이 8년 동안 그치지 않아 백성의 고통이 매우 심했으나 이제 천하가 안정되었기에 사형 이하 모든 죄수를 사면한다."

原文

於是諸侯上疏曰, "楚王韓信, 韓王信, 淮南王英布, 梁王彭越, 故衡山王吳芮, 趙王張敖, 燕王臧荼昧死再拜言, 大王陛下, 先時秦爲亡道, 天下誅之. 大王先得秦王, 定關中, 於天下功最多. 存亡定危, 救敗繼絶, 以安萬民, 功盛德厚. 又加惠於諸侯王有功者, 使得立社稷. 地分已定, 而位號比儗,亡上下之分, 大王功德之著, 於後世不宣. 昧死再拜上皇帝尊號."

漢王曰, "寡人聞帝者賢者有也, 虛言亡實之名, 非所取也. 今諸侯王皆推高寡人, 將何以處之哉?" 諸侯王皆曰, "大王起於細微, 滅亂秦, 威動海內. 又以辟陋之地, 自漢中行威德, 誅不義, 立有功, 平定海內, 功臣皆受地食邑, 非私之也. 大王德施四海, 諸侯王不足以道之, 居帝位甚實宜, 願大王以幸天下." 漢王曰, "諸侯王幸以爲便於天下之民, 則可矣." 於是諸侯王及太尉長安侯臣綰等三百人, 與博士稷嗣君叔孫通謹擇良日二月甲午, 上尊號. 漢王卽皇帝位於氾水之陽. 尊王后曰皇后, 太子曰皇太子, 追尊先媼曰昭靈夫人.

| **註釋** | ○故衡山王吳芮 – 吳芮(오예)는 항우에 의해 책립되었기 때문에 故라 하였다. 오예는 한의 대표적 異姓諸侯이다. ○昧死再拜 – 사죄를 무릅쓰다. 신하가 상서할 때 쓰는 관용어. 왕망은 이를 '稽首再拜'로 고쳤다. ○陛下 – 陛는 섬돌 폐. 신하는 섬돌 아래 서 있는 사람. '섬돌 아래 있는 사람으로 말씀드립니다(在陛下者而告之)'가 곧 황제를 지칭하는 뜻으로 사용된 것임. ○地分已定 – 地分은 토지의 분할. 名詞임. ○位號比儗 – 位號가 비슷하다. 尊卑의 구분이 어렵다는 뜻. ○不宣 – 宣(선)은 이름을 날리다. 선양하다. ○聞帝者~ – 賢德之人만이 帝號를 쓸 수 있다는 뜻. ○辟陋(벽루) – 僻陋(벽루). 후미질 벽. 鄙陋(비루)의 뜻. ○幸天下 – 君臨天下면 백성이 그 은택을 입는다는 뜻. ○稷嗣君叔孫通 – 43권, 〈酈陸朱劉叔孫傳〉에 입전. 漢朝 의례를 제정. ○二月甲午 – 2월 3일이었음. ○氾水之陽 – 氾水(범

수)는 今 山東省 定陶縣을 흐르는 濟水의 지류, 汎愛(범애, 氾 넘칠 범, 氵변의 2획)의 뜻을 취해 여기서 즉위식을 했다는 주석이 있다. 氵변의 3획인 汜(사)가 아님. 水의 北쪽, 山의 南쪽을 陽이라 한다.

〖國譯〗

이에 제후들이 상소하였다.

"楚王 韓信, 韓王 信, 淮南王 英布, 梁王 彭越, 故衡山王 吳芮(오예), 趙王 張敖(장오), 燕王 臧荼(장도)는 죽음을 무릅쓰고 재배하며 아뢰오니, 대왕 폐하께서는 예전의 무도한 秦을 천하와 함께 징벌하셨습니다. 대왕께서는 먼저 진왕을 사로잡고 關中을 평정하셨으니 천하에 그 공적이 제일 컸습니다. 죽을 자를 살리시고 위기를 안정시켰으며, 패망할 자를 구하고 잇게 하여 만민을 평안케 하셨으니 그 공덕이 크고 두텁습니다. 또 여러 제후 왕과 유공자에게 혜택을 베풀어 사직을 세우게 하셨습니다. 영지 분할을 마치었으나 位號가 비슷하여 상하의 구분이 되질 않아 대왕의 현저한 공덕을 후세에 널리 선양할 수가 없습니다. 우리는 죽음을 무릅쓰고 재배하며 황제의 존호를 올립니다."

이에 한왕이 말했다. "寡人(과인)이 알기로 帝者는 賢者만이 누릴 수 있다지만 황제란 칭호는 실질이 없는 것이니 취할 바가 아니다. 이번에 諸侯 王들이 모두 과인을 높이려 하는데 내가 어찌 그런 칭호를 누릴 수 있겠는가?"

그러자 제후 왕이 모두 말했다. "대왕께서는 미세한 신분에서 起身하시어 무도한 秦을 없애 海內에 위엄을 떨치셨습니다. 또 궁벽한 땅인 漢中郡에서부터 威德을 펴시어 不義한 자를 주살하고 유공자를 옹립하시며 천하를 평정하셨고 공신들은 모두 땅과 식읍을 받았으니 혼자 차지하지 않으셨습니다. 대왕께서 천하에 덕을 베푸셨으니 이는 제후 왕들이 다 말할 수도 없으니 帝位에 오르시는 것은 아주 옳은 일이며 대왕께서 온 천하에 은택을 베풀어 주시길 바랍니다."

漢王이 말했다. "諸侯王들이 天下 백성을 위한 일이라 하니 그렇게 하도록 하라."

이에 諸侯王 및 太尉인 長安侯 臣 盧綰(노관) 등 3백 명과 박사인 稷嗣君(직사군) 叔孫通(숙손통)이 삼가 吉日인 2월 甲午日을 택하여 존호를 올렸다. 한왕은 氾水(범수) 북쪽에서 제위에 올랐다. 王后를 皇后로, 太子를 皇太子로 높이고 죽은 모친에게 昭靈夫人이라는 존호를 올렸다.

原文

詔曰, "故衡山王吳芮與子二人, 兄子一人, 從百粵之兵, 以佐諸侯, 誅暴秦, 有大功, 諸侯立以爲王. 項羽侵奪之地, 謂之番君. 其以長沙,豫章,象郡,桂林,南海立番君芮爲長沙王." 又曰, "故粵王亡諸世奉粵祀, 秦侵奪其地, 使其社稷不得血食. 諸侯伐秦, 亡諸身帥閩中兵以佐滅秦, 項羽廢而弗立. 今以爲閩粵王, 王閩中地, 勿使失職."

| 註釋 | ○詔(조) – 告하다. 秦漢 이후 천자의 명령. ○吳芮(오예) – 秦의 鄱陽縣令(파양현령)이었다. ○百粵(백월) – 모든 越人. 長江 하류 지역(今 浙

江省, 福建省) 및 五嶺 산맥 이남 越人의 총칭. ○番君 - 番音은 蒲河反(파, 婆 pó). 番陽은 鄱陽(파양)으로도 표기. 番禺(반우)는 지명으로 讀音은 潘(반). ○長沙, 豫章, 象郡, 桂林, 南海 - 모두 군명. 장사군 치소는 臨湘縣(今 湖南城 省都인 長沙市), 南海郡 치소는 番禺縣(반우현, 今 廣東省 廣州市). ○粵王亡諸 - 粵은 越. 亡諸는 人名. ○血食 - 祭祀. ○閩中地 - 閩中은 군명. 치소는 東冶縣(今 福建省 福州市). 閩(종족 이름 민)은 今 福建省 일대.

〖國譯〗

고조가 詔書로 말했다.

"옛 衡山王 吳芮(오예)와 두 아들과 조카 1인은 百粵(백월)의 군사를 거느리고 제후를 도와 흉포한 秦을 誅伐하는데 큰 공을 세웠고 제후들을 왕으로 세웠다. 項羽는 그의 땅을 탈취하고 番君(파군)이라 불렀다. 長沙郡, 豫章, 象郡, 桂林, 南海郡에 番君 오예를 長沙王에 봉한다." 또 조서로 말했다.

"옛 粵王(월왕) 亡諸(망제)는 대대로 粵(越)의 제사를 받들었는데 秦에서 그 땅을 탈취하여 그 社稷은 血食을 받지 못했다. 제후가 진을 징벌할 때 망제는 직접 閩中(민중)의 군사를 거느리고 진을 없애는 일을 도왔으나 項羽는 폐위하고 책립하지 않았다. 이에 망제를 閩粵王(민월왕)으로 閩中을 통치케 하니 그 직분을 잘 수행하라."

原文

帝乃西都洛陽. 夏五月, 兵皆罷歸家. 詔曰, "諸侯子在關中者, 復之十二歲, 其歸者半之. 民前或相聚保山澤, 不書名數, 今天下已定, 令各歸其縣, 復故爵田宅, 吏以文法敎訓辨告, 勿笞辱. 民以飢餓自賣爲人奴婢者, 皆免爲庶人. 軍吏卒會赦, 其亡罪而亡爵及不滿大夫者, 皆賜爵爲大夫. 故大夫以上賜爵各一級, 其七大夫以上, 皆令食邑, 非七大夫以下, 皆復其身及戶, 勿事." 又曰, "七大夫, 公乘以上, 皆高爵也. 諸侯子及從軍歸者, 甚多高爵, 吾數詔吏先與田宅, 及所當求於吏者, 亟與. 爵或人君, 上所尊禮, 久立吏前, 曾不爲決, 甚亡謂也. 異日秦民爵公大夫以上, 令丞與亢禮. 今吾於爵非輕也, 吏獨安取此! 且法以有功勞行田宅, 今小吏未嘗從軍者多滿, 而有功者顧不得, 背公立私, 守尉長吏敎訓甚不善. 其令諸吏善遇高爵, 稱吾意. 且廉問, 有不如吾詔者, 以重論之."

| 註釋 | ○諸侯子 – 제후 支屬의 子弟. ○復 – 徭役과 賦稅의 면제. ○不書名數 – 名數(戶籍)에 오르지 않다. ○復故爵田宅 – 復은 회복하다. 故爵은 백성의 이전 작위. ○文法 – 법률 조문. 辨告(편고)는 널리 알리다. 辨은 班. 두루 편. ○軍吏卒會赦 – 軍의 이졸로 유죄 자는 응당 사면한다. 會는 應當. 亡罪는 無罪. ○大夫 – 20작위 중 下에서부터 5번째 작위. 漢은 秦의 20작위를 계속 사용하였다. 최하 1급에서 19급이 관내 후, 20급이 諸侯(列侯)이었다. ○七大夫 – 백성의 7등급 작위. 皆令食邑은 당시에 인구가 적어 식읍을 나눠 줄 수 있었다는 주석이 있다. ○公乘 – 8등급 작위. ○爵或人君 – 작위가 높아 國邑을 소유한 자. ○上所尊禮 – 上은 天子. ○久立吏前 – 민원이 해결되지 않아 오래 기다린다는 뜻. ○甚亡謂也 – 결코 옳은 일이 아니다. ○異日 – 他日. 지난 날. ○民爵 – 公乘(8급 작위) 이하를 민작이라 하

였다. ○令丞與亢禮－縣令, 縣丞(副縣令). 亢禮(항례)는 평등한 예의. ○吏獨安取此－獨은 힐문하는 어기가 있다. 왜? 安은 어찌? ○行田宅－行은 與. 주다. 지급하다. ○多滿－많은 재산을 차지해 부유하다. ○守尉長吏－郡守나 郡尉. 長吏는 縣令 또는 縣長(민호가 1만 호 미만이면 縣長). ○廉問－시찰하고 탐문하다. ○論之－論은 죄를 확정하다. 법에 의거 처리하다.

〖國譯〗

高皇帝는 서쪽 洛陽(낙양)에 도읍하였다. 여름 5월에, 모든 군사를 해산하여 귀가 조치하였다. 이에 조서를 내려 말했다.

"제후의 후손으로 關中에서 복무한 자는 12년간 부역을 면제하고 도중에 돌아온 자는 반을 면제한다. 백성으로 전에 마을에 살다가 山澤에 숨어 호적에 오르지 못한 자는 이번에 천하가 안정되었으니 본인의 옛 현으로 돌아가 옛 작위나 전택을 복구하는데 관리들은 법 조항을 널리 알려 교화하되 매질로 욕을 보이지 말라. 백성이 기아를 견디다 못해 자신의 작위를 팔아 노비가 된 자는 모두 사면하여 평민으로 한다. 군대의 吏卒로 죄를 지은 자도 응당 사면하며 무죄나 작위를 잃은 자로 大夫 이하였던 자 모두에게 대부의 작위를 하사한다. 예전에 大夫 이상인 자들에게는 모두 작위 1급을 올려주고 그중에 七大夫 이상 자에게는 모두 食邑을 내리며 七大夫 이하가 아닌 자는 모두 그 자신과 각 호구의 부역을 면제하니 착오가 없도록 하라."

"七大夫와 公乘(공승) 이상은 모두 고급 작위다. 제후의 후손 자제나 종군하고 귀향한 자 중에는 고급 작위가 많지만 짐이 여러 조서를 내려 이미 전택을 수여했으니 관리에게 전택을 요구하는 자는 빨리 지급토록 하라. 작위가 높아 혹 人君이라면 짐도 예로써 존중하나니 관리 앞에 오래 서서 대기하거나 여태껏 처리하지 않았다면 절대로 옳지 않을 것이다. 예전에 秦에서 작위가 公大夫 이상이면 현령 현승과도 대등한 예를 취했었다. 지금 짐도 백성의 작위를 경시하지 않거늘 관리라고 어찌 그럴 수가 있겠는가! 또 법에 공로가 있는 자에게 집과 토지를 주었지만 지금 하급 관리로 종군하지도 않은 자는 재산이 많고 부자이나 유공자는 도리어 가질 수가 없다면 이는 公을 버리고 私를 취한 것이니 군수나 郡尉, 현령의 교화가 아주 잘못된 것이다. 이에 모든 관리로 하여금 백성 중 고급 작위자를 잘 대우하여 짐의 뜻에 따르도록 하라. 그리고 조사하거나 탐문하여 짐의 조서를 따르지 않는 자는 중죄로 논죄할 것이다."

原文

帝置酒洛陽南宮. 上曰, "通侯諸將毋敢隱朕, 皆言其情. 吾所以有天下者何? 項氏之所以失天下者何?" 高起,王陵對曰, "陛下嫚而侮人, 項羽仁而敬人. 然陛下使人攻城略地, 所降下者, 因以與之, 與天下同利也. 項羽妒賢嫉能, 有功者害之, 賢者疑之, 戰勝而不與人功, 得地而不與人利, 此其所以失天下也." 上曰, "公知其一, 未知其二. 夫運籌帷幄之中, 決勝千里之外, 吾不如子房, 塡國家, 撫百姓, 給餉餽, 不絶糧道, 吾不如蕭何, 連百萬之衆, 戰必勝, 攻必取, 吾不如韓信. 三者皆人傑, 吾能用之, 此吾所以取天下者也.

項羽有一范增而不能用, 此所以爲我禽也.” 群臣說服.

| **註釋** | ○洛陽南宮 – 雒은 洛. 낙양에도 南 北宮이 있었다. ○通侯 – 徹侯. 列侯. 제 20등급(최고) 작위. ○高起 – 人名. ○塡國家 – 塡은 鎭. ○給餉餽 – 餉 군량 향. 餽는 보낼 궤. ○三者皆人傑 – 보통 漢初三傑로 통칭. ○爲我禽也 – 被動文. 禽은 擒也. ○說服 – 열복. 기꺼이 따름.

〖國譯〗

高祖가 낙양의 南宮에 술자리를 마련했다. 고조가 말했다.

“通侯와 諸將은 朕(짐)에게 감추지 말고 속마음을 모두 말해보라. 내가 천하를 차지한 까닭은 무엇인가? 또 항씨는 무엇 때문에 천하를 잃었는가?”

그러자 高起와 王陵이 대답했다.

“폐하께서는 오만하고 사람을 깔보나 항우는 어질고 공경스러웠습니다. 그러나 폐하께서는 사람을 보내 성을 치고 땅을 뺏으면 그대로 부하에 내주어 천하와 이득을 공유하였습니다. 항우는 현명하거나 유능한 사람을 질투하고 유공자를 해치며 현자도 의심하여 전투에서 이겨도 부하의 공을 인정하지 않았고, 땅을 차지해도 다른 사람에게 베풀 줄을 몰랐기에 천하를 잃었습니다.”

그러자 고조가 말했다.

“공은 하나를 알지만 둘은 모른다. 帷幄(유악, 휘장) 안에서 전략을 세워 천리 밖에서 승리할 능력은 내가 子房(張良)만 못하고, 나라가 편안토록 백성을 안무하며 군량을 부족하지 않게 공급하는 능력은 내가 蕭何(소하)만 못하며, 백만 대군을 지휘하여 싸우면 이기고 공격하면 필히 쟁취하는 능력은 내가 韓信만 못하다. 이 세 사람은 모두 인걸이니 나는 이들을 등용하였기에 내가 천하를 차지할 수 있었다. 항우는 범증 한 사람뿐인데도 쓰질 못했으니 그 때문에 나에게 잡혔던 것이다."

모든 신하들이 기꺼이 복종했다.

原文

初, 田橫歸彭越. 項羽已滅, 橫懼誅, 與賓客亡入海. 上恐其久爲亂, 遣使者赦橫, 曰, "橫來, 大者王, 小者侯, 不來, 且發兵加誅." 橫懼, 乘傳詣雒陽, 未至三十里, 自殺. 上壯其節, 爲流涕, 發卒二千人, 以王禮葬焉.

| **註釋** | ○田橫(전횡, ?－前 202)은 田齊의 宗室. 秦漢 교체기에 齊國의 宰相을 역임하고 齊王으로 自立하였으나 패전하고 海島(靑島市 앞, 今 田橫島)로 숨었다. 漢高祖 劉邦의 압박에 田橫이 不屈하고 자살하니 그의 門客 500여 명이 모두 主君을 위해 섬에서 자결했다.(1980년대에 靑島市에서는 '田橫五百義士墓'를 조성했다.) 3권, 〈魏豹田儋韓王信傳〉, 《史記 · 田儋列傳》 참고. ○賓客~ －빈객은 추종자. ○乘傳 －전거를 타다. 傳은 傳車(驛站用 수레). ○雒陽 －洛陽.

〖國譯〗

그전에, 田橫(전횡)은 彭越(팽월)에 귀부했었다. 項羽가 죽은 뒤, 전횡은 주살될까 두려워 그 빈객들과 함께 海島로 도망했다. 고조는 오랜 뒤에 그들이 배반하리라 염려하여 사자를 보내 전횡을 사면하며 말했다.

"전횡이 온다면 우두머리는 왕, 그 부하는 제후에 봉하겠지만 오지 않는다면 군사를 보내 모두 죽이겠다." 전횡은 두려워하며 傳車를 타고 낙양으로 왔는데 30리를 남겨놓고 자살하였다. 고조는 그 절의를 장하다 여기며 눈물을 흘렸고 군사 2천 명을 동원하여 王의 禮로 장례하게 하였다.

原文

戍卒婁敬求見, 說上曰, "陛下取天下與周異, 而都洛陽, 不便, 不如入關, 據秦之固." 上以問張良, 良因勸上. 是日, 車駕西都長安. 拜婁敬爲奉春君, 賜姓劉氏. 六月壬辰, 大赦天下.

| 註釋 | ○婁敬(누경, 생졸년 미상) - 婁는 별 이름 누(루). 齊國의 戍卒로 前 202년에 隴西郡으로 사역하러 가다가 황제를 알현하고 關中에 定都하라고 건의한다. 그 무렵 장안의 궁궐은 이미 불탔기에 咸陽 근처 櫟陽宮에 임시 거처하다가 漢 7년(前 200) 2월에 장안으로 옮겼다. 43권, 〈酈陸朱劉叔孫傳〉에 입전.

〖國譯〗

戍卒인 婁敬(누경)은 皇上을 알현하고 황상에게 설명하였다.

"폐하께서 천하를 차지하신 것은 周와 다르며 낙양에 도읍한 것은 불편하니 관중에 들어가 秦의 험고한 지세를 이용하는 것만 못합니다."

황상이 이를 장량에게 묻자 장량도 마찬가지로 권유하였다. 그래서 즉시 수레를 몰아 서쪽으로 가 장안에 도읍하였다. 누경을 奉春君으로 봉하고 劉氏 성을 하사하였다.

6월 壬辰(임진), 천하에 대 사면령을 내렸다.

原文

秋七月, 燕王臧荼反, 上自將征之. 九月, 虜荼. 詔諸侯王視有功者立以爲燕王. 荊王臣信等十人皆曰, "太尉長安侯盧綰功最多, 請立以爲燕王." 使丞相噲將兵平代地.

利幾反, 上自擊破之. 利幾者, 項羽將. 羽敗, 利幾爲陳令, 降, 上侯之潁川. 上至洛陽, 擧通侯籍召之, 而利幾恐, 反.

後九月, 徙諸侯子關中. 治長樂宮.

| **註釋** | ○臧荼(장도, ?－前 202) － 燕王 韓廣의 部將, 項羽에 협력하여 燕王에 봉해졌다가 나중에 遼東王 韓廣을 치고 옛 燕國을 통일했다. 漢에 반기를 들었으나 高祖에게 패망하였다. ○荊王臣信 － 楚王 韓信. ○擧通侯籍 － 通侯(列侯)의 명부를 가지고(대조하며). ○長樂宮 － 前 200년에 준공. 본래 秦의 興樂宮. 長安城 동남쪽에 있어 '東宮'이라고도 한다. 둘레가 약 10km, 면적이 6km^2. 장안성 전 면적의 약 1/6을 점유했다는 기록이 있다. 장안성 서남쪽에 蕭何의 계획대로 조성한 未央宮이 주로 황제가 거주하는 궁전이었고 장락궁은 대개 황태후 거처로 이용되었다. 未央은 未盡(다함, 끝

이 없다)는 의미.

〖國譯〗

가을 7월, 燕王 臧荼(장도)가 반역하자 황상은 직접 군사를 거느리고 정벌하였다. 9월에 장도를 포로로 잡았다. 제후에게 조서를 내려 유공자 중에서 燕王이 될만한 자를 물었다. 楚王 臣 韓信 등 10인이 모두 말했다. "太尉인 長安侯 盧綰(노관)의 공이 많으니 연왕에 봉하기를 주청합니다."

승상 樊噲(번쾌)에게 군사를 거느리고 代의 땅을 평정케 하였다.

利幾(이기)가 반역하자, 황상이 직접 격파하였다. 이기란 사람은 본래 항우의 부장이었다. 항우가 패망하자 이기는 陳縣의 현령으로 투항하였고 고조는 이기를 潁川侯(영천후)로 삼았다. 황상이 낙양에 와서 通侯의 명부를 보며 소환하자 이기는 두려워 반역하였다.

윤 9월에 제후 일족의 자제를 관중으로 옮겼다. 장락궁을 보수하였다.

原文

六年冬十月, 令天下縣邑城.

人告楚王信謀反, 上問左右, 左右爭欲擊之. 用陳平計, 乃僞游雲夢. 十二月, 會諸侯於陳, 楚王信迎謁, 因執之. 詔曰, "天下旣安, 豪桀有功者封侯, 新立, 未能盡圖其功. 身居軍九年, 或未習法令, 或以其故犯法, 大者死刑, 吾甚憐之. 其赦天下."

田肯賀上曰, "甚善, 陛下得韓信, 又治秦中. 秦, 形勝之國也, 帶河阻山, 縣隔千里, 持戟百萬, 秦得百二焉. 地勢便利, 其以下兵於諸侯, 譬猶居高屋之上建瓴水也. 夫齊, 東有琅邪,卽墨之饒, 南有泰山之固, 西有濁河之限, 北有勃海之利, 地方二千里, 持戟百萬, 縣隔千里之外, 齊得十二焉. 此東西秦也. 非親子弟, 莫可使王齊者." 上曰, "善." 賜金五百斤. 上還至洛陽, 赦韓信, 封爲淮陰侯.

| **註釋** | ○六年 – 前 201. ○縣邑城 – 현과 읍에 성을 축조하다. 城은 동사로 쓰였다. 秦始皇 32년(前 215) 關東 지역 옛 제후의 성곽을 모두 허물었다 관동의 현읍에 城이 없었는데 이제 다시 축조했다. ○雲夢 – 雲夢澤. 雲夢澤은 湖北省 江漢平原에 있던 중국 최대 담수호. 지금은 거의 메워져 육지가 되었고 湖北省 남부에 洪湖(홍호)가 조금 남았다. ○陳 – 陳郡, 陳縣. 漢代의 郡은 치소가 있는 현 이름으로 통칭되었다. ○因執之 – 이때 한신이 '狡兔死, 良狗亨' 이라는 말을 했다. 兎死狗烹(토사구팽). ○新立 – 고조가 새로 즉위하다. ○圖其功 – 圖는 고려하다. ○身居軍 – 身은 고조 자신. ○其赦天下 – 其는 명령의 뜻을 표시. ~하기 바란다. ○田肯賀上 – 田肯은 인명. ○治秦中 – 關中 땅을 다스리다. 秦은 三秦, 곧 關中. ○形勝 – 지리적 형세가 다른 곳보다 좋다. ○縣隔千里 – 懸隔(현격). 제후국과 1천 리 이상 떨어졌다. ○持戟百萬 – 持戟은 군사. ○秦得百二焉 – 秦은 百의 二. 적은 수의 군사로도 관중을 지킬 수 있다는 뜻. ○建瓴水也 – 물병을 세워 쏟는 것과 같다. 막을 수 없다. 瓴은 동이 령. 암키와. 건물이 높고 클수록 기와골 경사가 급해 세차게 쏟아진다는 뜻. ○琅邪, 卽墨 – 琅邪(낭야)는 군, 현

명, 국명. 치소는 今 山東省 동남부 濰坊市 관할의 諸城市. 卽墨(즉묵)은 현명, 今 山東省 靑島市 관할의 卽墨市. 바다에 가까워 物産이 풍부했다. ○濁河 - 黃河. ○北有勃海之利 - 勃海는 군명. 今 河北省 滄州市 동남. 天津市와 山東省 중간. 바다를 말할 때는 渤海로 표기하지만 勃海도 통용되었다. 중국에서는 山東半島와 遼東半島 사이의 바다는 渤海, 山東省과 江蘇省의 앞바다를 黃海, 上海市와 福建省 앞 바다는 東海, 廣東省과 廣西省 앞 바다는 南海라고 통칭한다. ○齊得十二焉 - 열(十)에 둘(二). 齊는 군사 자원이 많다는 의미. ○金五百斤 - 오백 근 무게의 금전. 秦에서 통용되던 半兩錢. ○封爲淮陰侯 - 淮陰은 한신의 고향. 今 江蘇省 중부 淮安市 淮陰區.

〖國譯〗

漢 6년, 冬 十月, 천하의 현읍에 성을 축조하라 명했다.

어떤 사람이 楚王 韓信이 모반한다고 밀고하였는데 고조가 이를 측근에게 묻자 측근들은 빨리 토벌해야 한다고 말했다. 고조는 陳平의 계책에 따라 거짓으로 雲夢澤에 巡遊(순유)한다고 알렸다. 12월에 제후를 陳郡에 소집하였는데 楚王 韓信이 고조를 영접하고 알현하자 그대로 체포하였다. 그 뒤에 고조가 조서를 내려 말했다.

"이제 천하가 안정되었고 공을 세운 호걸을 제후로 봉했지만 새로 즉위한 이후 그 공적을 다 고려하지는 못했다. 이 몸이 軍陣에 머물기 9년에 어떤 때는 법령을 잘 몰랐고 어떤 때는 법을 잘못 적용하여 심한 경우 사형에 처했는데 짐은 이를 매우 안타깝게 생각한다. 이에 모든 죄인을 사면하노라."

田肯(전긍)이란 사람이 고조에게 하례하며 말했다.

"이는 아주 훌륭하신 조치이시며 폐하께서는 한신을 체포하셨고 關中에 도읍하셨습니다. 關中은 지리적 이점이 우수한 지역이니 산하가 험준하고 제후국과 1천 리 이상 떨어졌으며 군사 1백 만이 공격해온다면 관중에서는 2만 명으로 막을 수 있습니다. 이처럼 유리한 지세는 제후에 대하여 군사를 동원할 때 마치 높은 지붕에서 물동이 물을 쏟는 것과 같습니다. 그리고 齊의 땅은 東으로는 琅邪(낭야)와 卽墨(즉묵)의 풍요가 있고 남으로는 험고한 泰山이 있으며, 서쪽은 황하가 막아주고 북쪽으로는 바다의 이점이 있는 사방 2천 리에 백만 대군을 동원할 수 있고 1천 리 이상 떨어져 있으며 齊에서는 10에 2만으로도 막을 수 있습니다. 그러니 齊는 東方의 西秦이라 할 수 있습니다. 그래서 皇親의 자제가 아니면 齊王을 삼을 수 없습니다."

고조는 "좋은 말이로다." 하면서 금전 5백 근을 하사하였다. 고조는 낙양으로 돌아와 한신을 사면하여 淮陰侯(회음후)에 봉하였다.

原文

甲申, 始剖符封功臣曹參等爲通侯. 詔曰, "齊, 古之建國也, 今爲郡縣, 其復以爲諸侯. 將軍劉賈數有大功, 及擇寬惠脩絜者, 王齊,荊地." 春正月丙午, 韓王信等奏請以故東陽郡,鄣郡,吳郡五十三縣立劉賈爲荊王, 以碭郡,薛郡,郯郡三十六縣立弟文信君交爲楚王. 壬子, 以雲中,鴈門,代郡五十三縣立兄宜信侯喜爲代王, 以膠東,膠西,臨淄,濟北,博陽,城陽郡七十三縣立子肥爲齊王, 以太原郡三十一縣爲韓國, 徙韓王信都晋陽.

| 註釋 | ○甲申 – 12월 28일. ○剖符 – 부절을 나누다. ○通侯 – 列侯. ○劉賈(유가, ?–前 196) – 고조의 사촌 형. 荊王(형왕). 나중에 영포가 반란을 일으켰을 때 패전하여 피살. 35권, 〈荊燕吳傳〉에 입전. ○東陽郡,鄣郡,吳郡~ – 東陽郡, 鄣郡, 吳郡은 故 楚王 韓信의 영지. 지금 江蘇省, 浙江省 일대. ○碭郡,薛郡,郯郡~ – 옛 楚王 韓信의 동북부 영역. ○文信君交 – 劉交, 황상의 이복동생. 36권, 〈楚元王傳〉에 단독 입전. 유교의 후손이 전한 말 經學의 대가인 劉向이고 유향의 아들이 유명한 劉歆(유흠)이다. 36권에 附傳. ○雲中,鴈門,代郡~ – 지금의 山西省 일대, 변방에 해당. ○宜信侯喜 – 劉喜(유희, ?–前 193). 고조의 仲兄. 그저 착하고 성실한 농부였음. 代王으로 재위 중 흉노가 쳐들어오자 나라를 버리고 장안으로 도망오자 고조가 왕위를 거두고 合陽侯에 봉했다. 惠帝 2년 卒. ○膠東,膠西,臨淄,濟北,博陽,城陽郡 – 지금의 山東省 일대에 해당. ○肥爲齊王 – 齊 悼惠王(도혜왕, 前 221–189) – 高祖의 庶長子 劉肥(유비). 高祖 布衣 때 情婦 曹氏 소생. 38권, 〈高五王傳〉에 입전.

〖國譯〗

甲申(12월, 갑신일), 처음으로 符節(부절)을 나누어 功臣인 曹參(조참) 등을 通侯(徹侯, 列侯)로 봉했다. 고조가 조서를 내려 말했다. "齊(제)는 예전에 나라였으나 지금은 군현인데 제후국을 회복하여야 한다. 將軍 劉賈(유가)는 여러 번 큰 공을 세웠으나 성품이 관대 온후하고 행실이 바르고 깨끗한 사람을 골라 齊나 荊地의 왕으로 봉하고자 한다."

春 正月 丙午, 韓王 信 등이 주청하여 예전 東陽郡, 鄣郡(장군), 吳郡의 53개 현에 劉賈(유가)를 荊王으로 봉했고, 碭郡(탕군), 薛郡(설군), 郯郡(담군)의 36개 현에 동생인 文信君 劉交(유교)를 楚王으로 봉

했다. 壬子日에는 雲中, 鴈門(안문), 代郡의 53개 현에 형인 宜信侯 劉喜(유희)를 代王으로 봉했고, 膠東(교동), 膠西, 臨淄(임치), 濟北, 博陽, 城陽郡 등 73개 현에 아들인 劉肥(유비)를 齊王에 봉했으며 太原郡 31개 현을 韓國으로 바꾸어 韓王 信을 옮겨 晋陽(진양)에 도읍케 하였다.

原文

上已封大功臣三十餘人, 其餘爭功, 未得行封. 上居南宮, 從復道上見諸將往往耦語, 以問張良. 良曰, "陛下與此屬共取天下, 今已爲天子, 而所封皆故人所愛, 所誅皆平生仇怨. 今軍吏計功, 以天下爲不足用遍封, 而恐以過失及誅, 故相聚謀反耳." 上曰, "爲之奈何?" 良曰, "取上素所不快, 計群臣所共知最甚者一人, 先封以示群臣." 三月, 上置酒, 封雍齒, 因趣丞相急定功行封. 罷酒, 群臣皆喜, 曰, "雍齒且侯, 吾屬亡患矣!"

| **註釋** | ○上已封大功臣三十餘人 – 30여 명이 아니라 20여 명이어야 한다는 주석이 있다. ○往往耦語 – 군데군데 모여 마주보고 이야기하다. ○爲不足用遍封 – 두루 다 봉하기에는 부족하다. ○趣丞相~ – 趣는 재촉할 촉. ○吾屬亡患矣 – 吾屬은 우리들. 亡患은 無患. 亡은 없을 무. 망할 망.

〖國譯〗

고조가 大 功臣 30여 명을 봉했으나 그 나머지는 공을 다투느라 封賞을 진행하질 못했다. 고조가 南宮에 거처할 때 復道(복도)에서 여러 장수들이 군데군데 모여 마주 이야기하는 것을 보고 장량에게 물었다. 이에 장량이 말했다.

"폐하와 이 사람들은 함께 천하를 쟁취하였지만 지금 폐하는 천자가 되셨고 봉을 받은 사람은 모두 예전부터 총애하던 사람이고 주살된 자는 폐하가 평소에 미워한 사람이었습니다. 지금 軍吏가 공적을 심사하고 있지만 천하를 다 해도 두루 분봉하기 부족하며 또 잘못이 있으면 주살될까 두려워서 함께 모여 모반하고 있습니다."

황상이 "이를 어찌해야 하는가?" 라고 묻자 장량이 대답했다.

"폐하께서 평소에 불쾌하게 여겼고 여러 신하가 모두 아는 가장 심한 자 한 사람을 골라 그를 먼저 봉해 여러 신하에게 보여주면 됩니다."

3월에 황상은 술자리를 베풀고 雍齒(옹치)를 제후로 봉하고 아울러 승상에게 전공을 평정하여 行賞하라고 독촉하였다. 술자리를 파하면서 여러 신하들이 모두 좋아하며 말했다.

"옹치도 제후가 되었으니 우리들은 걱정 안 해도 된다!"

原文

上歸櫟陽, 五日一朝太公. 太公家令說太公曰, "天亡二日, 土亡二王. 皇帝雖子, 人主也, 太公雖父, 人臣也. 奈何令人主拜人臣! 如此, 則威重不行." 後上朝, 太公擁彗, 迎門卻行. 上大驚, 下扶太公. 太公曰, "帝, 人主, 奈何以我亂天下法!" 於是上心善家令言, 賜黃金五百斤. 夏五月丙午, 詔曰, "人之至親, 莫親於父子, 故父有天下傳歸於子, 子有天下尊歸於父, 此人道之極也. 前日天下大亂, 兵革並起, 萬民苦殃, 朕親被堅執銳, 自帥士卒, 犯危難, 平暴亂, 立諸侯, 偃兵息民, 天下大安, 此皆太公之教訓也. 諸王,通侯,將軍,群卿,大夫已尊朕爲皇帝, 而太公未有號. 今上尊太公曰太上皇."

秋九月, 匈奴圍韓王信於馬邑, 信降匈奴.

| **註釋** | ○家令 - 舍人. 湯沐邑의 수입을 관리. ○上朝 - 皇上이 朝見太公하다. ○擁彗 - 빗자루를 들다. 경의를 표시함. 彗 빗자루 혜. 帚(비 추) 同. ○迎門卻行 - 문에서 맞이하고 뒷걸음을 하다. ○自帥士卒 - 帥(거느릴 솔)은 率(거느릴 솔) 同. ○太上皇 - 진시황은 先親 莊襄王을 태상황으로 추존했었다. 황제의 생존하는 부친에게 태상황의 존호를 올린 것은 고조가 처음이다. ○馬邑 - 현명. 今 山西省 북부의 朔州市.

〖國譯〗

고조는 櫟陽(역양)의 궁궐에 돌아와 5일에 1번씩 太公을 뵈었다. 태공의 家令이 태공에게 말했다. "하늘에 두 개의 태양이 없다. 땅위에 두 명의 왕이 있지 않습니다. 황제는 아들이지만 人主이시며 태공이 비록 부친이라지만 人臣입니다. 어찌 인주가 신하에게 拜禮할 수 있습니까? 그러하다면 황제의 권위가 서질 않습니다."

그 뒤에 고조가 뵙자 태공은 빗자루를 들고 문에 나와 맞이하고 뒷걸음을 하였다. 고조가 깜짝 놀라 허리를 굽혀 태공을 부축하였다. 그러자 태공이 말했다.

"황제는 人主이시니 어찌 나 때문에 천하의 大法을 어지럽히겠습니까!"

고조는 마음속으로 家令의 말이 옳다 생각하여 5백 근의 금전을 하사하였다. 여름인 5월 丙午日에 조서를 내려 말했다.

"사람이 가장 가깝기로는 부자간보다 더 가까운 이가 없기에 부친이 천하를 가졌으면 아들에게 물려주며 아들이 천하를 다스린다면 尊貴를 부친에게 돌리니, 이는 인간의 가장 큰 도리이다. 이전에 천하가 혼란하여 전쟁이 일어났고 백성은 고통으로 죽어갔는데 짐은 갑옷에 창을 잡고 몸소 사졸을 이끌었고 위험을 이겨내며 횡폭한 자를 평정하고 제후를 세웠으며 전쟁을 끝내고 백성을 안정케 하여 이제 천하가 태평해졌으니 이 모두가 태공의 교훈일 것이다. 諸王과 열후, 장군과 공경과 대부들이 이미 짐에게 황제의 존호를 올렸지만 태공은 아직 존호가 없도다. 이제 太公께 太上皇의 존호를 올린다."

가을 9월, 匈奴(흉노)가 韓王 信을 馬邑(마읍)에 포위하자 한신은 흉노에 투항하였다.

原文

七年冬十月, 上自將擊韓王信於銅鞮, 斬其將. 信亡走匈奴, 與其將曼丘臣,王黃共立故趙後趙利爲王, 收信散兵, 與匈奴共距漢. 上從晋陽連戰, 乘勝逐北, 至樓煩, 會大寒, 士卒墮指者什二三. 遂至平城, 爲匈奴所圍, 七日, 用陳平秘計得出. 使樊噲留定代地.

十二月, 上還過趙, 不禮趙王. 是月, 匈奴攻代, 代王喜棄國, 自歸洛陽, 赦爲合陽侯. 辛卯, 立子如意爲代王.

春, 令郎中有罪耐以上, 請之. 民産子, 復勿事二歲.

| 註釋 | ○七年 - 前 200. ○銅鞮(동제) - 上黨郡의 縣名. 今 山西省 동남쪽 長治市 관할의 沁縣(심현). ○曼丘臣 - 曼丘는 複姓. ○晋陽 - 처음에는 韓王 信 韓國의 도읍, 今 山西省의 省都인 太原市. 한왕 신은 도읍을 馬邑으로 옮겼다. ○樓煩 - 今 山西省 寧武縣. ○平城 - 縣名, 今 山西省 북쪽 大同市 동북. 평성의 白登山에서 포위되었다. ○用陳平秘計 - 그 방법은 흉노 선우의 正妻(閼氏, 연지, yānzhī)에게 뇌물을 준 것이라 알려졌다. 곧 당당하지 못한 해결이기에 史書에 자세한 기록이 없다. ○不禮趙王 - 당시 조왕은 고조의 사위(魯元公主의 남편)인 張敖(장오)였다. ○代王喜棄國 - 고조의 仲兄 劉喜. ○如意 - 戚夫人 소생. 나이가 어려 봉국에 가지는 않았다. ○令郎中有罪耐以上 - 郎中은 郎中令(光祿勳)의 속관. 秩祿 3백 석. 궁중의 숙위 담당. 耐(내)는 형벌 이름. 두발을 깎는 髡刑(곤형)의 형벌보다 경미한 죄로 수염만 깍은 상태에서 2년간 노역을 하는 형벌. ○請之 - 황제에게 보고하다. ○復勿事二歲 - 復는 조세와 부역의 면제. 勿事는 사역에 동원하지 않다. 비슷한 용어를 중복해서 사용했다.

〖國譯〗

漢 7년 겨울 10월, 고조는 몸소 군사를 거느리고 韓王 信을 銅鞮(동제)에서 공격하여 그 장수를 죽였다. 한신은 흉노 땅으로 도망하여 그의 장수인 曼丘臣(만구신), 王黃(왕황)과 함께 趙의 후예 趙利를 왕으로 내세우고 한신의 패잔병을 수습하고 흉노와 연합하여 漢에 저항하였다. 고조는 晋陽(진양)에서부터 계속 싸우며 승세를 몰아 북으로 추격했는데 樓煩(누번)에 이르러 큰 추위를 만나 사졸 중에 손가락이 동상으로 잘린 자가 열에 두세 명이었다. 마침내 平城에 도착하여 흉노에게 7일간 포위되었으나 陳平의 秘計를 써서 탈출하였다. 번쾌를 남겨 代 지역을 평정케 하였다.

12월, 고조는 돌아오는 길에 趙에 들렀는데 사위인 趙王을 예로 대하지 않았다. 그때 흉노가 代國을 공격하자 代王 劉喜(유희)는 나라를 버리고 혼자 낙양으로 돌아왔는데 사면을 받아 合陽侯로 강등되었다. 辛卯(신묘), 황자 劉如意를 代王으로 삼았다.

봄에 명령을 내려 郎中으로 수염을 깎는 耐(내) 죄 이상은 황제에게 주청토록 하였다. 백성이 아들을 낳으면 2년 동안 조세와 부역을 면제하였다.

原文

二月, 至長安. 蕭何治未央宮, 立東闕,北闕,前殿,武庫,大倉. 上見其壯麗, 甚怒, 謂何曰, "天下匈匈, 勞苦數歲, 成敗未可知, 是何治宮室過度也!" 何曰, "天下方未定, 故可因以就宮室. 且夫天子以四海爲家, 非令壯麗亡以重威, 且亡令後世有以加也." 上說. 自櫟陽徙都長安. 置宗正官以序九族. 夏四月, 行如洛陽.

| **註釋** | ○未央宮 – 황제의 정궁. 蕭何(소하)가 건축한 궁궐. 未央(미앙)

은 '끝나지(盡) 않는다.' 는 뜻. 장안성의 서남쪽에 위치. 황제의 거처이며 정무처리 공간. 최근 발굴성과에 의하면 미앙궁의 규모는 동서 2,300m, 남북 약 2,000m였다. 미앙궁의 동쪽에 長樂宮이 있고 그 중간에 武庫가 있었다. 장락궁은 秦의 興樂宮을 보수한 것인데 혜제 이후 황태후의 거처. 장락궁 4방의 둘레가 10km에 달했다. 武庫는 무기제조와 보관장소인데 동서 약 900m, 남북 약 300m로 7개 건물이 있었다고 한다. 그 밖에 장안성에는 무제 때 지은 建長宮 등 많은 별궁이 있었다. ○東闕 – 궐문 양쪽으로 큰 누대를 지었는데, 이 누대는 멀리서도 보이기에 궁궐을 ○○觀이라고도 불렀다. ○匈匈 – 소란하고 불안한 모양. ○有以加也 – 가는 증축하거나 새로 짓다. ○宗正 – 九卿의 하나. 질록 中二千石. 황족으로 선임. 종실 명부 작성, 황족의 嫡庶 親疎(친소) 구분, 동성제후 世系譜 작성, 宗室親貴의 범죄 등 황족에 관한 업무 담당. ○行如洛陽 – 如는 往也.

〖國譯〗

2월, 長安에 왔다. 소하가 未央宮을 완성했는데 東闕과 北闕, 前殿과 武庫와 大倉을 세웠다. 황상이 그 장려한 모습을 보고 크게 화를 내며 소하에게 말했다.

"아직도 민심은 흉흉하고 배성은 오랫동안 고생했으며 성패도 알 수 없는데, 왜 이리 크게 궁궐을 짓는가?" 그러자 소하가 말했다.

"천하가 아직 안정되지 않았기에 이 기회에 궁궐을 지을 수 있습니다. 또 천자는 四海가 그 집이기에 궁궐이 장려하지 않으면 권위가 서지 않으며 나아가 후세에 더 증축할 필요가 없어야 합니다." 그러자 고조는 좋아하였다.

고조는 역양의 궁궐에서 장안으로 옮겨왔다. 宗正官을 설치하고 황가 九族의 서열을 정하였다. 여름 4월에 고조는 낙양에 행차했다.

原文

八年冬, 上東擊韓信餘寇於東垣. 還過趙, 趙相貫高等恥上不禮其王, 陰謀欲弑上. 上欲宿, 心動, 問 "縣名何?" 曰, "柏人." 上曰, "柏人者, 迫於人也." 去弗宿.

十一月, 令士卒從軍死者爲槥, 歸其縣, 縣給衣衾棺葬具, 祠以少牢, 長吏視葬. 十二月, 行自東垣至.

| 註釋 | ○八年 − 前 199년. ○東垣(동원) − 현명. 今 山西省 運城市 垣曲縣. ○趙相貫高 − 貫高(관고)는 당시 60이 넘은 張耳의 옛 문객이었다. 고조가 조왕에게 무례했기에 조왕을 위해 복수하려고 했다. 나중에 조왕의 무죄를 밝히고 스스로 자결했다. 32권, 〈張耳陳餘傳〉 참고. ○柏人 − 柏은 측백나무 백. 柏은 近也, 迫也(假借). ○爲槥 − 槥는 작은 관 혜. ○少牢 − 羊이나 돼지를 제물로 바침. 牛, 豚, 羊을 다 바치면 太牢. ○長吏 − 현령, 현위. ○自東垣至 − 至는 京師에 도착하다.

〖國譯〗

漢 8년 겨울, 皇上은 동쪽으로 진격하여 韓王 信의 잔당을 東垣(동원) 현에서 격퇴했다. 돌아오는 길에 趙를 지나가는데 趙相 貫高(관고) 등은 전날 황상이 조왕에게 무뢰 했던 일을 수치로 여겨 황상을 시해할 계획을 꾸몄다. 황상은 숙박하려 했는데 마음이 떨려 물었다. "현의 이름이 무엇인가?" "柏人(백인)현입니다." "柏人이란 사람을 압박한다는 뜻이다." 그러면서 고조는 유숙하지 않았다.

11월, 士卒로 從軍하다 죽은 자를 위해 작은 관(槥)을 만들어 고향 현으로 보내고 현에서는 수의와 이불로 덮어 관을 갖춰 장례하되 少

牢(소뢰)로 제사하고 현령이나 현위가 장례를 돌보라고 명령하였다.

12월, 고조는 동원현에서 장안으로 돌아왔다.

原文

春三月, 行如洛陽. 令吏卒從軍至平城及守城邑者皆復終身勿事. 爵非公乘以上毋得冠劉氏冠. 賈人毋得衣錦繡綺穀絺紵罽, 操兵, 乘騎馬. 秋八月, 吏有罪未發覺者, 赦之. 九月, 行自洛陽至, 淮南王,梁王,趙王,楚王皆從.

| **註釋** | ○公乘 – 8급 작위. ○劉氏冠 – 고조가 평민일 때부터 즐겨 착용한 죽순 껍질로 만든 관. ○賈人毋得衣錦繡綺穀絺紵罽 – 錦은 채색 무늬가 있는 비단. 繡는 수놓은 비단. 綺 흰 바탕색에 무늬가 있는 비단. 穀(곡)은 아주 가는 비단. 絺는 고운 葛布 치. 紵는 모시 저. 罽는 絨緞(융단) 계.

〖**國譯**〗

춘 3월, 낙양에 행차했다. 平城에 종군했거나 城邑을 수비한 자 모두에게 평생 동안 부역을 면제하여 동원하지 말라는 명을 내렸다. 관작이 公乘(공승) 이상이 아니라면 劉氏冠을 착용할 수 없게 하였다. 賈人(가인, 商人)은 채색 비단이나 수놓은 비단, 또는 극세사 비단이나 고운 갈포, 모시, 융단 옷을 입을 수 없으며 병기를 갖고 다니거나 말을 타고 다닐 수 없게 하였다.

가을인 8월, 발각되지 않은 죄를 지은 관리를 사면하였다. 9월에 고조는 낙양에 행차하였는데 淮南王, 梁王, 趙王, 楚王이 모두 수행하였다.

原文

九年冬十月, 淮南王,梁王,趙王,楚王朝未央宮, 置酒前殿. 上奉玉卮爲太上皇壽, 曰, "始大人常以臣亡賴, 不能治産業, 不如仲力. 今某之業所就孰與仲多?" 殿上群臣皆稱萬歲, 大笑爲樂.

十一月, 徙齊楚大族昭氏,屈氏,景氏,懷氏,田氏五姓關中, 與利田宅. 十二月, 行如洛陽.

| **註釋** | ○九年 – 前 198년. ○玉卮(옥치) – 卮(술잔 치)는 4升 짜리 큰 술잔. 漢代의 1升은 200ml, 4승이면 곧 800cc. 술 도수가 어느 정도인지는 모르지만 생맥주 1,000cc 정도. ○大人 – 太公. 아버지. ○亡賴(무뢰) – 일하는 솜씨가 없다. 不如仲力은 부지런한 작은 형만 못하다. 力은 근면하고 일을 잘하다. ○孰與仲多 – 작은 형(仲)과 어느 쪽이 더 많습니까?

〖國譯〗

漢 9년 겨울인 10월, 淮南王과 梁王, 趙王과 楚王이 미앙궁에 입조하자 前殿에 술자리를 베풀었다. 고조는 옥으로 만든 술잔으로 태상황께 축수하고서 말했다.

"전에 아버지는 제가 일 솜씨가 없어 재산을 모으지 못할 것이며 부지런한 작은 형만 못하다고 말했습니다. 지금 저와 작은 형의 재산 중 어느 쪽이 더 많습니까?"

전각의 모든 신하들은 만세를 불렀고 크게 웃으며 즐겼다.

11월, 齊와 楚의 大族인 昭氏, 屈氏, 景氏, 懷氏(회씨), 田氏의 五姓을 關中으로 이사시키고 좋은 땅과 집을 주었다. 12월에 낙양에 행차하였다.

原文

貫高等謀逆發覺, 逮捕高等, 幷捕趙王敖下獄. 詔敢有隨王, 罪三族. 郞中田叔,孟舒等十人自髡鉗爲王家奴, 從王就獄. 王實不知其謀. 春正月, 廢趙王敖爲宣平侯. 徙代王如意爲趙王, 王趙國. 丙寅, 前有罪殊死以下, 皆赦之.

| 註釋 | ○逮捕(체포) - 二字同義 連用. 32권, 〈張耳陳餘傳〉 참고. ○髡鉗(곤겸) - 髡은 머리 깎을 곤. 鉗(칼 겸)은 목에 쇠 테두리를 두르다.

〖國譯〗

貫高(관고) 등의 (황제 암살 기도) 역모가 발각되어 관고 등을 체포하고 아울러 조왕 張敖(장오)도 하옥되었다. 조서를 내려 왕을 수행하는 자는 3족을 벌하겠다고 하였다. 郞中인 田叔과 孟舒(맹서) 등 10인은 스스로 머리를 깎고 칼을 두르고 왕의 노비가 되어 조왕과 함께 옥에 갇혔다. 조왕은 실제로 관고 등의 역모를 몰랐다. 봄 정월에 조왕 장오를 폐하여 宣平侯(선평후)로 강등시켰다. 代王인 如意(여의)를 趙王으로 삼아 趙國을 다스리게 하였다. 丙寅日 그전에 사형 이하의 죄 지은 자를 사면하였다.

原文

二月, 行自洛陽至. 賢趙臣田叔,孟舒等十人, 召見與語, 漢廷臣無能出其右者. 上說, 盡拜爲郡守,諸侯相.

夏六月乙未晦, 日有食之.

| 註釋 | ○賢趙臣~ - 賢은 현명하다고 생각하다. 동사로 쓰였다. ○無能出其右者 - 능히 그 보다 나은 자가 없다. 漢代에 右를 높였다. 오른쪽에 있다는 뜻은 가장 좋다.

〖國譯〗

2월에, 고조는 낙양에서 장안으로 돌아왔다. 趙臣인 전숙과 맹서 등 10인을 현명하다 생각하여 불러 이야기를 나누어보니 한 조정에 이들보다 더 나은 자가 없었다. 고조는 기뻐하면서 그들을 모두 郡守나 諸侯의 相에 임명했다.

여름 6월 을미일 그믐에 일식이 있었다.

原文

十年冬十月, 淮南王,燕王,荊王,梁王,楚王,齊王,長沙王來朝.

夏五月, 太上皇后崩. 秋七月癸卯, 太上皇崩, 葬萬年. 赦櫟陽囚死罪以下. 八月, 令諸侯王皆立太上皇廟於國都.

| 註釋 | ○十年 – 前 197년. ○太上皇后崩 – 한 5년에 한왕에게 황제의 존호를 올리는 기사에 '追尊先媼曰昭靈夫人'이라고 하였다. 여기서 태상황후가 죽었다는 말은 衍文. 5월에 태상황이 죽어 7월에 장례했을 것이다. ○葬萬年 – 萬年은 태상황 능의 이름. 今 陝西省 西安市 臨潼區 동북.

〖國譯〗

漢 10년 겨울 10월, 淮南王, 燕王, 荊王, 梁王, 楚王, 齊王, 長沙王이 입조하였다.

여름 5월에, 太上皇이 붕어하여 秋 七月 癸卯日에 萬年陵에 묻었다. 櫟陽縣(역양현)의 사형 이하 죄수를 사면하였다. 8월에, 모든 諸侯王은 太上皇廟를 국도에 세우라고 명했다.

原文

九月, 代相國陳豨反. 上曰, "豨嘗爲吾使, 甚有信. 代地吾所急, 故封豨爲列侯, 以相國守代, 今乃與王黃等劫掠代地! 吏民非有罪也, 能去豨,黃來歸者, 皆赦之." 上自東, 至邯鄲. 上喜曰, "豨不南據邯鄲而阻漳水, 吾知其亡能爲矣." 趙相周昌奏常山二十五城亡其二十城, 請誅守尉. 上曰, "守尉反乎?" 對曰, "不." 上曰, "是力不足, 亡罪." 上令周昌選趙壯士可令將者, 白見四人. 上嫚罵曰, "豎子能爲將乎!" 四人慚, 皆伏地. 上封各千戶, 以爲將. 左右諫曰, "從入蜀漢, 伐楚, 賞未遍行, 今封此, 何功?" 上曰, "非汝所知. 陳豨反, 趙代地皆豨有. 吾以羽檄徵天下兵, 未有至者, 今計唯獨邯鄲中兵耳. 吾何愛四千戶, 不以慰趙子弟!" 皆曰, "善." 又求"樂毅有後乎?" 得其孫叔, 封之樂鄉, 號華成君. 問豨將, 皆故賈人. 上曰, "吾知與之矣." 乃多以金購豨將, 豨將多降.

ㅣ**註釋**ㅣ ○代相國陳豨反－34권, 〈韓彭英盧吳傳〉의 盧綰傳에 附傳. ○王黃－흉노인. 진희의 부장. 후일 번쾌에게 생포되었다. ○邯鄲(한단)－趙國의 수도. 北宋시대에는 北京大名府, 《水滸傳》의 무대, 今 河北省 남부 邯鄲市. 黃粱美夢, 邯鄲學步, 圍魏救趙. 完璧歸趙, 刎頸之交(문경지교), 毛遂自薦(모수자천) 등 수많은 고사성어의 고향. ○漳水(장수)－今 河北省 남부 황하의 지류. ○趙相周昌(주창, ?－前 192)－정직, 강직한 성품. 고조의 부탁으로 趙王 如意를 보호했지만 조왕은 결국 여태후에게 독살된다. 42권, 〈張周趙任申屠傳〉 입전. ○奏常山~－常山은 군명. 치소는 今 河北省 元氏縣. ○白見－보고를 올린 뒤 알현하다. ○趙代地皆豨有－趙와 代의 땅이 모두 진희의 소유이다. ○羽檄(우격)－긴급 지시 또는 보고 檄文. 목간에 깃털을 꽂아 긴급 상황임을 표시. ○吾何愛~－愛는 아끼다. 인색하다. ○樂毅(악의)－전국시대 趙의 명장. ○樂鄉－今 河北省의 지명. ○以金購豨將－購는 재물로 매수하다.

〖國譯〗

9월에, 代國의 相國인 陳豨(진희)가 모반했다. 이에 고조가 말했다.

"진희가 전에 나의 使者였을 때 매우 믿을 만 했었다. 代地는 나에게 가장 취약한 곳이라서 진희를 열후에 봉하여 相國으로 代를 지키게 한 것인데 지금 王黃(왕황) 등과 함께 代를 약탈하다니! 그 관리나 백성의 잘못이 아니니 진희와 왕황을 떠나 귀의하는 자는 모두 사면할 것이다."

황상은 직접 동쪽으로 나아가 邯鄲(한단)에 도착하였다. 그리고 기뻐하며 말했다.

"진희가 남으로 한단을 점거하고 漳水(장수)에서 방어했다면 내가 손을 쓸 수 없었을 것이다." 趙의 상국인 周昌이 常山郡 25개 성 중에서 20개 성을 잃었으니 그 군수와 郡尉를 처벌해야 한다고 아뢰었다. 그러자 황상이 물었다.

"군수나 군위가 배반했는가?" "아닙니다." "그렇다면 역부족이다. 죄가 없다."

황상은 주창에게 趙에서 장수가 될 인물을 선발케 해서 보고된 4명을 알현했다. 황상은 그들을 무시하고 욕을 했다. "이런 어린애들이 장군 노릇을 하겠는가!" 4인은 부끄러워 모두 땅에 엎드렸다. 황상은 각 자에게 1천 호 식읍을 봉하고 장수로 삼았다.

좌우 측근이 간언했다. "蜀과 漢中郡으로 진격하여 楚을 정벌했던 사람들도 아직 상을 못 주었는데, 지금 이들이 무슨 공을 세웠습니까?"

그러자 황상이 말했다. "너희들이 알 바 아니다. 진희가 반역할 때 趙와 代가 모두 진희 차지였다. 내가 羽檄(우격)을 보내 천하에 군사를 징발했는데 아직 도착한 자가 없으니 이번은 오직 한단의 병력에만 의존해야 한다. 내 어찌 4천 민호가 아까워 趙의 자제를 위로하지 못하겠는가!" 이에 모두가 옳다고 했다. 황상은 또 "樂毅(악의)

의 후손이 남아 있는가?"라고 물었다. 악의의 손자인 樂叔(악숙)을 찾아 그를 樂鄕(악향)에 봉하고 華成君(화성군)이라 칭했다. 진희의 장수에 대해 묻자 모두가 옛 장사꾼이라고 했다. 이에 황상이 말했다. "내가 어떻게 해야 할지 알겠다." 그리고서는 많은 금전으로 진희의 장수를 매수하자 진희의 장수 여러 명이 투항했다.

原文

十一年冬, 上在邯鄲. 豨將侯敞將萬餘人游行, 王黃將騎千餘軍曲逆, 張春將卒萬餘人度河攻聊城. 漢將軍郭蒙與齊將擊, 大破之. 太尉周勃道太原入定代地, 至馬邑, 馬邑不下, 攻殘之. 豨將趙利守東垣, 高祖攻之不下. 卒罵, 上怒. 城降, 卒罵者斬之. 諸縣堅守不降反寇者, 復租賦三歲.

春正月, 淮陰侯韓信謀反長安, 夷三族. 將軍柴武斬韓王信於參合.

| **註釋** | ○十一年 - 前 196년. ○侯敞~游行 - 侯敞은 진희가 임명한 대국 승상. 游行은 이동하며 출격하다. ○軍曲逆 - 軍은 동사로 쓰였다. 曲逆은 현명. 今 河北省 保定市 관할의 順平縣. ○聊城 - 今 山東省 聊城市. ○太尉 周勃(주발, ?-前 169) - 고조는 주발을 '厚重少文하나 대사를 맡길 수 있는 사람'으로 평가했다. 文帝時 右丞相 역임 40권, 〈張陳王周傳〉에 입전. 周亞夫의 부친. ○卒罵 - 罵는 욕할 매. ○柴武(시무, ?-前 163) - 棘蒲侯(극포후). ○參合 - 代郡에 속한 縣 이름. 今 山西省 大同市 관할의 陽高縣.

〖國譯〗

漢 11년 겨울, 고조는 邯鄲(한단)에 있었다. 진희의 장수 侯敞(후창)은 1만여 병력을 거느리고 이동 순시했고, 王黃(왕황)은 1천여 기병을 거느리고 曲逆(곡역)현에 주둔하였으며, 張春은 1만여 명을 거느리고 황하를 건너 聊城(요성)을 공격했다. 漢 장군 郭蒙(곽몽)은 齊의 장군과 함께 반격하여 대파하였다. 太尉 周勃(주발)은 太原을 거쳐 代의 영역에 들어가 평정하면서 馬邑에 이르렀으나 馬邑을 점령하지는 못했지만 잔적을 섬멸하였다. 진희의 장수 趙利(조리)가 東垣(동원)을 수비하였는데 고조가 공격했으나 함락하지 못했다. 동원의 병졸이 황상에게 욕을 하자 황상이 대노하였다. 동원성이 함락되고 욕을 한 병졸을 참수했다. 다른 여러 성에서 굳게 지키며 반역자에게 항복하지 않은 곳에 대해서는 3년간 조세를 면제하였다.

春 正月에 淮陰侯 韓信이 장안에서 모반하자 그 삼족을 멸했다. 장군 柴武(시무)가 韓王 信을 參合縣에서 죽였다.

原文

上還洛陽. 詔曰, "代地居常山之北, 與夷狄邊, 趙乃從山南有之, 遠, 數有胡寇, 難以爲國. 頗取山南太原之地益屬代, 代之雲中以西爲雲中郡, 則代受邊寇益少矣. 王,相國,通侯,吏二千石擇可立爲代王者." 燕王綰,相國何等三十三人皆曰, "子恒賢知溫良, 請立以爲代王, 都晉陽." 大赦天下.

| 註釋 | ○常山之北 - 常山은 본래 恒山(항산). 五嶽 중 北嶽. 文帝의 이름 劉恒(유항)을 피휘하여 常山이라 개칭. ○與夷狄邊 - 邊은 동사로 쓰였다. 접하다. ○山南有之 - 산은 太行山脈. ○則代受邊寇益少矣 - 代國에 속했던 운중군을 중앙정부가 관할하면 대국의 국경선은 크게 줄어든다. ○子恒賢知溫良 - 恒은 劉恒, 고조의 아들, 薄姬 소생. 뒷날 文帝. 恒은 늘 항. 뻗칠 긍. 知는 智.

〖國譯〗

고조는 낙양으로 돌아왔다. 그리고 조서로 말했다.

"代國의 영역은 常山의 북쪽으로 이적과 이어졌으며 趙는 太行山 남쪽을 차지하여 국경에서도 멀지만 (代國은) 자주 흉노의 침입이 있어 나라를 지키기가 어렵다. 태항산 남쪽의 太原의 땅을 代國의 영역으로 주고 代國의 雲中 서쪽을 운중군으로 설정하면(중앙정부의 직속이 됨) 代國에 적이 침입할 변방은 크게 줄어들 것이다. 王과 相國, 通侯와 二千石 관리들은 代王으로 세울만한 자를 추천하기 바란다."

이에 燕王 盧綰(노관), 상국 蕭何 등 33인이 모두 말했다.

"황자 恒(항)은 현명하고 지혜로우며 온순 선량하기에 대왕으로 옹립하고 도읍은 晋陽(진양)으로 하기를 청합니다."

천하에 대 사면령을 내렸다.

原文

二月, 詔曰, "欲省賦甚. 今獻未有程, 吏或多賦以爲獻,而諸侯王尤多, 民疾之. 令諸侯王,通侯常以十月朝獻, 及郡各以其口數率, 人歲六十三錢, 以給獻費.” 又曰, “蓋聞王者莫高於周文, 伯者莫高於齊桓, 皆待賢人而成名. 今天下賢者智能, 豈特古之人乎? 患在人主不交故也, 士奚由進? 今吾以天之靈, 賢士大夫, 定有天下, 以爲一家, 欲其長久, 世世奉宗廟亡絶也. 賢人已與我共平之矣, 而不與吾共安利之, 可乎? 賢士大夫有肯從我游者, 吾能尊顯之. 布告天下, 使明知朕意. 御史大夫昌下相國, 相國酇侯下諸侯王, 御史中執法下郡守, 其有意稱明德者, 必身勸, 爲之駕, 遣詣相國府, 署行,義,年. 有而弗言, 覺, 免. 年老癃病, 勿遣.”

| 註釋 | ○欲省賦甚 – 省은 생략. 경감. 賦는 부세. 甚은 매우. ○獻 – 헌물, 지방관서, 제후국에서 중앙에 공헌하는 재물. ○程 – 규정. 法式. ○以其口數率 – 인구수에 따라 계산하다. 率(율)은 계산. ○人歲六十三錢 – 성년(15~56세)은 년 120전(一算) 외 매년 10월에 1인 63전씩 계산하여 바치라는 뜻임. ○伯者(패자) – 霸者(패자). 伯 맏이 백. 우두머리 패. ○士奚由進 – 奚는 어찌 해. 어찌 ~하는가? 反語의 뜻을 표시. 어떤. ○御史大夫昌下相國 – 昌은 周昌. 각국의 상국에 지시하다. 당시 尙書가 없어 어사대부가 직접 지시를 했다는 주석이 있다. ○相國酇侯 – 酇侯는 蕭何. ○御史中執法 – 관직명, 御使中丞. ○意稱 – 懿稱. 懿는 美義. ○身勸 – 군수가 직접 권하라. 현인의 천거를 당부한 말. ○遣詣相國府 – 지방에서는 일단 상국부로 현자를 보내라는 뜻. ○署行,義,年 – 署는 書, 기록하다. 行은 품행. 義는 儀表. 年은 年齡. ○年老癃病 – 癃은 몸이 쇠약할 륭(융). 늙을 융. 늙어 허리가 굽다. 곱사등이.

〖國譯〗

2월, 조서를 내려 말했다.

“짐은 부세를 꼭 낮추고자 한다. 지금 부세를 바치는데 규정이 없어 관리는 부세를 많이 걷어 바치기를 공헌이라 생각하고 제후 왕은 더 많이 걷으려 하기에 백성들은 매우 괴로울 것이다. 여러 제후 왕과 通侯에게 명하나니 매년 10월 입조하며 국비를 바치고, 군에서도 인구의 비율로 실제적으로 계산하여 1인 1년 63錢을 비용으로 바치도록 하라.”

또 명령하였다. “짐이 알기로 帝王으로는 周 文王보다 더 나은 분이 없고 伯者(霸者)로는 齊 桓公(환공)보다 나은 사람이 없다고 하는데, 이들은 모두 賢人의 도움으로 명성을 얻었다. 지금 천하에 賢者나 智者가 어찌 옛날에만 있었겠는가? 그 잘못은 人主가 인재와 만날 기회가 없기 때문이니 현자인들 어떻게 군주를 만날 수 있겠는가? 지금 짐은 하늘의 신령과 현인 사대부의 도움으로 천하를 차지하고 온 천하가 一家를 이루었으니 오랫동안 世世로 종묘를 받들어 단절되지 않기를 바라노라. 賢人이 나와 함께 천하를 평안케 하였는데, 나와 함께 하지 않는다면 천하를 이롭게 할 수 있겠는가? 賢人士大夫로 나를 따라 함께 하고자 하는 자를 지위를 높여주고 명성을 널리 알릴 것이다. 천하에 포고하여 짐의 뜻을 확실히 알게 하라. 어사대부 周昌은 각국의 승상에게 알리고, 相國인 酇侯(찬후, 蕭何)는 諸侯나 왕에게 또 御史中執法은 郡守에게 널리 알리어 모두가 성심으로 훌륭한 자를 천거하되 군수가 직접 만나 권유하고 수레를 몰아 현자를 相國府에 보내서 品行과 儀表와 연령을 기록토록 하라. 현자가 있는데도 보고하지 않은 사실이 드러나면 바로 면직시킬 것이다.

나이가 많아 쇠약한 사람은 보내지 말라.”

原文

三月, 梁王彭越謀反, 夷三族. 詔曰, “擇可以爲梁王,淮陽王者.” 燕王綰,相國何等請立子恢爲梁王, 子友爲淮陽王. 罷東郡, 頗益梁, 罷潁川郡, 頗益淮陽.

夏四月, 行自洛陽至. 令豐人徙關中者皆復終身.

五月, 詔曰, “粵人之俗, 好相攻擊, 前時秦徙中縣之民南方三郡, 使與百粵雜處. 會天下誅秦, 南海尉它居南方長治之, 甚有文理, 中縣人以故不耗減, 粵人相攻擊之俗益止, 俱賴其力. 今立它爲南粵王.” 使陸賈卽授璽綬. 它稽首稱臣.

六月, 令士卒從入蜀,漢,關中者皆復終身.

| **註釋** | ○彭越(팽월, ?-前 196) - 異姓 諸侯를 없애는 정책에 희생당했다. 그 시신으로 젓을 담가 여러 제후에게 보내졌다. ○夷三族 - 夷는 平也. ○劉恢(유회, ?-前 181) - 고조의 5子. 呂后가 趙王 劉友를 餓死하게 한 뒤에 趙王으로 改封. 여인 문제로 자살. ○劉友 - 고조의 6子. 생모 미상. 여후의 미움을 받아 굶어 죽었다(前 181). 38권, 〈高五王傳〉에 입전. ○頗益梁 - 頗는 약간, 조금. 益은 보태주다. ○中縣之民 - 중국 군현의 백성. ○南方三郡 - 桂林, 象郡, 南海郡. 진시황 때(전 216) 설치. ○南海尉它 - 남해군 都尉 趙它(조타). 95권, 〈南越傳〉에 詳見. ○長治之 - 우두머리로서 장악하고 다스리다. ○甚有文理 - 사회 규범. ○陸賈(육가) - 43권, 〈酈陸朱劉叔孫傳〉

에 입전. ○稽首稱臣 – 머리를 땅에 대고 절하며 신하라고 일컫다.

〖國譯〗

3월, 梁王 彭越(팽월)이 모반하여 三族을 멸했다.

그리고 조서를 내려 말했다. "梁王과 淮陽王에 봉할 자를 선택하라."

이에 燕王 盧綰, 相國 蕭何 등이 皇子 恢(회, 5子)를 梁王에 황자 友(우, 6子)를 회양왕에 봉하라고 주청하였다. 東郡을 폐지하여 梁의 영역을 늘려주었고, 潁川郡(영천군)을 폐지하여 淮陽國의 영역을 늘려 주었다.

夏 4월, 고조는 낙양에서 장안으로 돌아왔다. 豐邑 사람으로 關中에 이사한 자 모두에게 종신토록 賦稅를 면제하였다.

5월, 조서로 말했다. "粵人(월인, 越人)의 풍속은 상대방 공격하기를 좋아하는데 예전 秦에서 중국 군현의 백성을 南方 三郡으로 이주시켜 여러 월인과 섞여 살게 하였었다. 온 천하가 秦을 없앨 때, 南海 都尉인 趙佗(조타)는 南方에 있으면서 우두머리로 잘 다스렸으며 매우 條理가 있어 중원의 백성들이 줄지 않았으며 서로 공격하는 월인의 습속이 없어진 것은 그에게 힘입었다. 이제 조타를 남월왕에 책립한다."

고조는 陸賈(육가)를 보내 국새와 인수를 수여했다. 조타는 고개 숙여 절하며 칭신했다.

6월에 사졸로 蜀郡과 漢中郡, 關中에 들어온 자 모두에게 종신토록 賦稅를 면제했다.

原文

秋七月, 淮南王布反. 上問諸將, 滕公言故楚令尹薛公有籌策. 上見公, 薛公言布形勢, 上善之, 封薛公千戶. 詔王,相國擇可立爲淮南王者, 群臣請立子長爲王. 上乃發上郡,北地,隴西車騎, 巴蜀材官及中尉卒三萬人爲皇太子衛, 軍霸上. 布果如薛公言, 東擊殺荊王劉賈, 劫其兵, 度淮擊楚, 楚王交走入薛. 上赦天下死罪以下, 皆令從軍, 徵諸侯兵, 上自將以擊布.

| **註釋** | ○淮南王布反 - 陳豨(진희), 韓信, 彭越 등이 모두 주살되자 心中不安하여 造反하였다. 34권, 〈韓彭英盧吳傳〉의 〈영포전〉 참고. ○薛公言布形勢 - 설공은 영포가 취할 수 있는 상중하책을 예언했는데 영포는 예상대로 하책을 택해 빨리 멸망했다. ○子長爲王 - 황자 劉長. 劉長은 高祖와 趙姬 사이에 출생한 제 7자인데, 呂后와 審食其(심이기)가 趙姬를 돌봐주지 않아 죽게 한 것에 대한 복수로 文帝 3년에 審食其를 직접 죽였다. 회남왕 劉長의 長子가 바로 《淮南子》의 저자인 劉安이다. ○上郡,北地,隴西車騎 - 上郡,北地,隴西는 군명. 車騎는 거병과 기병. ○巴蜀材官 - 材官은 힘이 센 보병으로 강궁을 쏠 수 있는 자. 매년 8월에 각 郡에서 선발하였다. ○中尉 - 京師의 치안담당 무관. 9卿의 하나. 질록은 中二千石. 무제 때 執金吾로 개명. ○荊王劉賈 - 고조의 사촌 형. ○楚王交 - 劉交, 고조 이복동생. 36권 〈楚元王傳〉에 입전.

〖國譯〗

가을 7월, 淮南王 英布가 반역했다. 고조가 여러 장수에 묻자 滕

公(등공, 하후영)이 옛 楚의 令尹이었던 薛公(설공)에게 방책이 있다고 말했다. 황상이 설공을 불러 묻자, 설공은 영포가 취할 형세를 설명했는데 고조는 옳다고 여겨 설공에게 식읍 1천 호를 봉했다. 조서로 각 왕과 王과 相國에게 淮南王이 될만한 자를 추천하라 했는데 여러 신하가 皇子 長을 왕으로 책립하자고 주청했다. 고조는 上郡, 北地, 隴西의 거기병을 징발하고 巴와 蜀郡의 材官, 그리고 中尉의 사졸 3만 명을 皇太子의 衛兵으로 삼아 霸上(패상)에 주둔케 하였다. 영포는 薛公의 예언대로 동쪽으로 나아가 荊王 劉賈를 죽이고 그 군사를 협박하여 淮水를 건너 楚를 공격하였다. 楚王 劉交는 薛縣(설현)으로 피신하였다. 고조는 천하의 사형 이하 죄수를 사면하여 모두 종군케 하고 제후의 군사를 징발하여 거느리고서 영포를 격파하였다.

原文

十二年冬十月, 上破布軍於會缶, 布走, 令別將追之.

上還, 過沛, 留, 置酒沛宮, 悉召故人父老子弟佐酒. 發沛中兒得百二十人, 教之歌. 酒酣, 上擊筑, 自歌曰, '大風起兮雲飛揚, 威加海內兮歸故鄉, 安得猛士兮守四方!' 令兒皆和習之. 上乃起舞, 諷慨傷懷, 泣數行下. 謂沛父兄曰, "游子悲故鄉. 吾雖都關中, 萬歲之後吾魂魄猶思樂沛. 且朕自沛公以誅暴逆, 遂有天下, 其以沛爲朕湯沐邑, 復其民, 世世無有所與." 沛父老諸母故人日樂飮極歡, 道舊故爲笑樂. 十餘日, 上欲去, 沛父兄固請. 上曰, "吾人衆多, 父兄不能給." 乃去. 沛中空縣皆之邑西獻. 上留止, 張飮三日. 沛父兄皆頓首曰, "沛幸得復, 豐未得, 唯陛下哀矜." 上曰, "豐者, 吾所生長, 極不忘耳. 吾特以其爲雍齒故反我爲魏." 沛父兄固請之, 乃并復豐, 比沛.

| **註釋** | ○十二年 – 前 195년. ○會缶(회부) – 소읍명. 今 安徽省 宿州市 남. ○佐酒 – 어른의 술자리에서 시중들다. ○筑(축) – 瑟(슬)과 같은 현악기이나 대나무로 때려 소리를 낸다. ○'大風起兮~ – 〈大風歌〉. 楚歌로 분류한다. ○泣數行下 – 泣은 눈물. 行은 名詞로 쓰였다. 다음의 下가 동사. ○游子悲故鄕 – 游子는 家鄕을 떠난 사람. 고조 자신. 悲는 늘 그리워하다. ○萬歲之後 – 죽은 뒤. ○無有所與 – 무관하다. 요역과 부세를 면제하다. ○道舊故~ – 옛일을 말하다. ○沛中空縣 – 모두가 전송을 나가 마을이 텅 비다. ○獻 – 酒食을 헌상하다. ○張飮三日 – 張은 천막을 치다. 동사. ○比沛 – 패현과 같게 하다.

〖**國譯**〗

12년 겨울 10월, 고조는 영포의 반군을 會缶(회부)에서 격파했고 영포가 도주하자 별장을 보내 추격케 했다.

고조는 돌아오면서 沛縣에 들려 유숙하며 沛宮에서 옛 친우와 父老들을 모두 부르고 자제로 하여금 술시중을 들게 했다. 패현의 아이 120명을 불러 노래를 부르게 했다. 술이 얼큰해지자 고조는 筑(축)을 치며 몸소 노래했다.

'큰 바람 일고 구름 날리네,

천하에 맹위 떨치고 고향에 왔네,

어디서 猛士 얻어다 천하를 지키나!

모든 아이들도 따라 부르게 했다. 고조는 일어나 춤을 추며 강개하고 복바쳐 눈물을 여러 줄 흘렸다. 그리고 패현의 부로들에게 말했다.

"몸은 떠났었지만 고향을 늘 그리워했도다. 내 비록 관중 땅에 도읍했지만 죽은 뒤 내 혼백은 패현에서 즐길 것이로다. 내가 패공으로 포악한 자를 징벌하여 마침내 천하를 차지하였으니 패현을 나의 湯沐邑(탕목읍)으로 삼을 것이고 부세를 면제하여 대대로 부과하지 않겠다."

패현의 父老와 부녀자와 故人들은 날마다 술을 마시며 크게 기뻐했고 옛일을 이야기하며 웃고 즐겼다. 10여 일 뒤 황상이 떠나려 하자 패현 부형들은 더 머물라고 했다. 황상이 말했다. "같이 온 사람이 많아 부형들이 다 댈 수가 없을 것입니다." 그리고서 출발하였다. 패현을 다 비우고 읍의 서쪽에 가서 또 酒食을 바쳤다. 고조는 머물러 휘장을 치고 3일을 더 마셨다. 패현의 부형들이 모두 고개 숙여 말했다. "패현은 부세를 면했지만 豐邑은 혜택이 없으니 폐하께서 가련하다 생각해 주십시오." 이에 황상이 말했다. "풍읍은 내가 낳고 자란 곳이니 절대 못 잊을 것이다. 나는 다만 그곳 사람들이 雍齒(옹치)를 따라 魏를 섬기려고 나를 배반했기 때문이다." 패현 부형들이 간청하자 풍읍도 같이 면제하여 패현과 같게 하였다.

原文

漢別將擊布軍洮水南北, 皆大破之, 追斬布番陽. 周勃定代, 斬陳豨於當城.

詔曰, "吳, 古之建國也, 日者荊王兼有其地, 今死亡後. 朕欲復立吳王, 其議可者." 長沙王臣等言, "沛侯濞重厚, 請立爲吳王." 已拜, 上召謂濞曰, "汝狀有反相." 因拊其背, 曰, "漢後五十年東南有亂, 豈汝邪? 然天下同姓一家, 汝愼毋反." 濞頓首曰, "不敢."

| 註釋 | ○洮水(조수) - 해석이 일정하지 않음. 今 江蘇省 太湖 서쪽 宜興市의 洮湖, 또는 安徽省 淮水의 지류라는 주석도 있다. ○斬布番陽 - 영포는 전에 番君(파군) 吳芮(오예)의 딸과 결혼했었다. 그래서 長沙의 哀王(吳芮의 아들)이 사람을 보내 영포에게 함께 越(월) 땅으로 도망하자고 거짓말로 꾀였는데 영포가 그 말을 믿고 파양으로 따라왔다. 파양 사람이 영포를 茲鄉(자향)에서 죽였다. ○當城 - 현명. 今 河北省 張家口市 蔚縣. ○長沙王臣 - 長沙王 吳芮의 아들 吳臣(오신). ○沛侯濞 - 劉濞(유비, 前 215-154). 고조 둘째 형의 아들이니, 고조의 조카. 35권, 〈荊燕吳傳〉에 立傳. 濞는 물소리 비.

〖國譯〗

漢의 別將이 영포의 군사를 洮水(조수) 부근에서 모두 격파하고 추격하여 영포를 番陽(파양)에서 참수하였다. 周勃(주발)이 代를 평정하면서 陳豨(진희)를 當城(당성)에서 죽였다.

조서를 내려 말했다.

"吳는 옛날에 있던 나라였는데 일전에 荊王(형왕, 劉賈)이 그 땅을 보유했으나 지금은 죽어 후손도 없다. 짐은 다시 吳王을 세우고자 하니 가한 자를 고르도록 하라."

長沙王 吳臣(오신) 등이 말했다. "沛侯 劉濞가 重厚하니 오왕 책립을 주청합니다." 유비를 오왕에 제수하고서 황상이 유비를 불러 말했다. "너에게 反相이 있구나." 그러고서는 등을 두드리며 말했다. "漢 건국 후 50년에 동남방에서 반란이 있을 거라는데, 네가 어찌 그러겠느냐? 더군다나 천하는 同姓一家이니 너는 삼가 반역을 생각지 말라."

그러자 유비가 머리를 조아리며 말했다. "그러지 않겠습니다."

原文

十一月, 行自淮南還. 過魯, 以大牢祠孔子.

十二月, 詔曰, "秦皇帝,楚隱王,魏安釐王,齊愍王,趙悼襄王皆絶亡後. 其與秦始皇帝守冢二十家, 楚,魏,齊各十家, 趙及魏公子亡忌各五家, 令視其冢, 復亡與它事."

| 註釋 | ○大牢(태뢰) - 太牢. 소, 양, 돼지 모두를 제물로 올리는 제사. ○楚隱王 - 陳勝. ○亡忌 - 魏無忌. ○冢 - 塚(무덤 총).

〖國譯〗

11월에 회남에서 돌아왔다. 魯에 들러 大牢(태뢰)로 공자를 제사했다.

12월, 조서를 내려 말했다. "秦皇帝, 楚의 隱王(은왕, 陳勝), 魏의 安釐王(안리왕), 齊의 愍王(민왕), 趙의 悼襄王(도양왕)은 모두 대가 끊어져 후손이 없다. 秦 始皇帝 塚을 지킬 민호 20호, 楚, 魏, 齊 각 10호, 趙 및 魏公子 亡忌(무기) 각 5호를 지정하여 무덤을 지키게 하며 부세를 면제하고 다른 사역을 없게 하라."

原文

陳豨降將言豨反時燕王盧綰使人之豨所陰謀. 上使辟陽侯審食其迎綰, 綰稱疾. 食其言綰反有端. 春二月, 使樊噲, 周勃將兵擊綰. 詔曰, "燕王綰與吾有故, 愛之如子, 聞與陳豨有謀, 吾以爲亡有, 故使人迎綰. 綰稱疾不來, 謀反明矣. 燕吏民非有罪也, 賜其吏六百石以上爵各一級. 與綰居, 去來歸者, 赦之, 加爵亦一級." 詔諸侯王議可立爲燕王者, 長沙王臣等請立子建爲燕王.

詔曰, "南武侯織亦粵之世也, 立以爲南海王."

| 註釋 | ○使人之豨所 - 之는 가다(往也). ○辟陽侯 審食其(심이기, ?-前 177) - 沛人. 한왕과 항우가 싸우는 동안 呂后와 태자를 보호하여 여후의 절대적인 신임을 받았다. ○有端 - 징조가 있다. ○燕王綰與吾有故 - 고조와 한 마을에서 같은 날 태어났고 어려서부터 벗이었다. ○與綰居 - 노관과 같이 지내다. ○去來歸者 - 노관 곁을 떠나 귀환하다. ○建爲燕王 - 劉建(유건, ?-前 181) - 고조의 八子. 38권, 〈高五王傳〉에 입전. ○粵之世也 - 世는 後嗣(후사), 南海王 영역은 今 福建省과 廣東省 동부. 粵(월)은 越(월).

〖國譯〗

진희가 배반할 때 연왕 노관은 사자를 진희의 거소에 보내 음모를 꾸몄다고 陳豨(진희)의 항장이 말했다. 고조는 辟陽侯 審食其(심이기)를 보내 노관을 데려오게 했으나 노관은 병을 핑계 대었다. 심이기는 노관이 반역의 징조가 있다고 보고했다.

봄 2월에 번쾌와 주발에게 군사를 거느리고 노관을 토벌케 하였다. 그러면서 조서를 내려 말했다. "燕王 노관과 나는 오랜 벗으로 자식만큼 아꼈는데 진희와 음모를 꾸몄다고 할 때 나는 그런 일이 없으리라 생각했기에 사람을 보내 노관을 데려오게 했었다. 노관이 병을 핑계로 오지 않으니 모반은 확실하도다. 燕의 관리나 백성은 죄가 없으니 그 관리로 6백석 이상은 작위를 각 1급씩 올려주겠다. 노관과 같이 거주했더라도 노관을 버리고 귀의하는 자는 모두 사면하며 작위를 마찬가지로 1급을 올려주도록 하라."

조서를 내려 제후 왕에게 연왕으로 책립할 자를 의논하라 했는데 장사왕 吳臣(오신) 등이 황자 建(유건, 8子)를 연왕으로 세우도록 주청하였다.

조서를 내려 말했다. "南武侯 織은 越의 후사이니 南海王으로 책립한다."

原文

三月, 詔曰, "吾立爲天子, 帝有天下, 十二年於今矣. 與天下之豪士賢大夫共定天下, 同安輯之. 其有功者上致之王, 次爲列侯, 下乃食邑. 而重臣之親, 或爲列侯, 皆令自置吏, 得賦斂, 女子公主. 爲列侯食邑者, 皆佩之印, 賜大第室. 吏二千石, 徙之長安, 受小第室. 入蜀漢定三秦者, 皆世世復. 吾於天下賢士功臣, 可謂亡負矣. 其有不義背天子擅起兵者, 與天下共伐誅之. 布告天下, 使明知朕意."

| **註釋** | ○帝有天下 – 황제의 신분으로 천하를 차지하다. 帝는 명사의 형용사적 용법. ○同安輯之 – 安輯은 편안케 하다. ○上致之王 – 致는 ~이 되게 하다. ○女子公主 – 여자는 모두 공주의 신분이 되다. ○皆佩之印 – 之는 간접 賓語(目的語). ○賜大第室 – 제실은 큰 집. 집에 甲乙의 次第가 있기에 저택을 第라 하였다. ○三秦 – 項羽가 봉한 雍王 章邯(장한), 塞王(새왕) 司馬欣(사마흔), 翟王(책왕) 董翳(동예)의 영역, 곧 關中 지역.

〖國譯〗

3월에, 조서를 내려 말했다.

"짐이 천자가 되어 황제로 천하를 차지하여 지금까지 12년이다. 천하의 호걸이나 賢者大夫와 함께 천하를 평정하였고 온 나라 상하를 안정 화목케 하였도다. 그 유공자 중 위로는 왕으로 올려주었고 다음은 열후에 봉했고 그 다음은 식읍을 하사하였다. 重臣으로 가까운 자는 혹 열후에 봉하여 그들 모두가 관리를 거느리고 부세를 거둬들이고 여자들은 공주라 불렀다. 열후로 식읍을 가진 자 모두에게 직인을 차게 해주었으며 큰 저택을 상으로 하사했다. 2천 석 관리가 장안으로 이주하면 작은 저택을 받았다. (짐을 따라) 촉군과 한중군에 들어왔거나 三秦을 평정한 모두에게 대대로 부세를 면제해 주었다. 나는 천하의 현사와 공신 모두를 버리지 않았다고 말할 수 있다. 不義를 따라 천자를 배반하고 멋대로 군사를 일으키는 자는 천하 모두가 함께 치고 주살할 것이다. 이를 천하에 포고하여 짐의 뜻을 분명히 알게 하라."

原文

上擊布時, 爲流矢所中, 行道疾. 疾甚, 呂后迎良醫. 醫入見, 上問醫. 曰, "疾可治不?" 醫曰 "可治." 於是上嫚罵之, 曰, "吾以布衣提三尺取天下, 此非天命乎? 乃在天, 雖扁鵲何益!" 遂不使治疾, 賜黃金五十斤, 罷之. 呂后問曰, "陛下百歲後, 蕭相國旣死, 誰令代之?" 上曰, "曹參可." 問其次, 曰, "王陵可, 然少戇, 陳平可以助之. 陳平知有餘, 然難獨任. 周勃重厚少文, 然安劉氏者必勃也, 可令爲太尉." 呂后復問其次, 上曰, "此後亦非乃所知也."

盧綰與數千人居塞下候伺, 幸上疾愈, 自入謝. 夏四月甲辰, 帝崩於長樂宮. 盧綰聞之, 遂亡入匈奴.

| **註釋** | ○爲流矢所中 – 爲~所~, 被動文이다. ○疾可治不 – 병을 고칠 수 있나? 없나? ○吾以布衣提三尺~ – 布衣는 평민. 三尺은 劍. ○扁鵲何益 – 扁鵲은 黃帝 때 名醫. ○陛下百歲後 – 폐하가 승하하신 뒤에. ○少戇 – 약간 외고집이 있다. 戇 어리석을 당. ○非乃所知也 – 乃는 너(汝. 你). ○幸上疾愈 – 幸은 희망하다. ○夏四月甲辰 – 甲辰(갑진)은 25일.

〖國譯〗

황상이 영포를 토벌할 때 流矢(유시)에 맞았고 도중에 병이 도졌다. 병환이 심하자 呂后가 良醫을 데려왔다. 의생이 들어와 알현하자 황상이 의생에게 물었다. "병을 고칠 수 있나? 없나?" "고칠 수 있습니다." 그러자 고조는 의원에게 욕을 하며 말했다.

"나는 평민으로 칼 하나로 천하를 차지하였으니 이는 천명이 아닌가? 性命은 하늘에 있으니 비록 扁鵲(편작)인들 무슨 보탬이 되겠는가!" 그리고서는 치료를 그만두게 하고 황금 50근을 주어 보냈다. 그러자 여후가 물었다.

"폐하께서 백세가 되시면 蕭(소) 상국도 죽을 것인데 누가 대신하면 좋겠습니까?" "曹參(조참)이 좋을 것이다." 그 다음을 묻자 황상이 말하였다. "王陵(왕릉)이 좋을 것이니 조금 고집스럽지만 陳平이 왕릉을 도우면 된다. 진평은 지혜가 넘치지만 혼자 감당하기는 어려울 것이다. 周勃(주발)은 重厚하고 학식이 좀 적어도 유씨를 안정시킬 자는 틀림없이 주발일 것이니 太尉로 삼을 수 있다."

여후가 그 다음을 묻자 황상이 말했다. "그 다음은 자네도 알 수 없을 것이다."

盧綰은 수천의 무리와 함께 변경에 머무르며 기회를 엿보며 황상의 병이 나으면 스스로 들어와 사죄하려고 했었다. 夏 4月 甲辰日에, 高帝가 長樂宮에서 붕어했다. 노관은 소식을 듣고 결국 흉노 땅으로 도망갔다.

原文

呂后與審食其謀曰, "諸將故與帝爲編戶民, 北面爲臣, 心常鞅鞅, 今乃事少主, 非盡族是, 天下不安." 以故不發喪. 人或聞, 以語酈商. 酈商見審食其曰, "聞帝已崩, 四日不發喪, 欲誅諸將. 誠如此, 天下危矣. 陳平,灌嬰將十萬守滎陽, 樊噲,周勃將二十萬定燕代, 此聞帝崩, 諸將皆誅, 必連兵還鄕, 以攻關中. 大臣內畔, 諸將外反, 亡可蹻足待也." 審食其入言之, 乃以丁未發喪, 大赦天下.

| 註釋 | ○"諸將故與帝爲編戶民 – 故는 본래. 編戶民은 호적부에 오른 평민. ○心常鞅鞅 – 鞅鞅은 불만스런 모양. 鞅은 가슴걸이 앙. 怏 원망할 앙과 通. ○少主 – 惠帝 ○非盡族是 – 族은 멸족. 是는 원로 老將. ○酈商(역상) – 酈食其의 아우. 41권, 〈樊酈滕灌傅靳周傳〉에 입전. ○必連兵還鄕 – 鄕은 向하다. ○亡可蹻足待也 – 蹻足(교족)은 발돋움하다. 발꿈치를 들고 서있다. 곧 망할 것이다. ○乃以丁未發喪 – 丁未는 4월 28일.

〖國譯〗

呂后와 심이기가 모의하였다. "여러 장수들은 본래 황제와 마찬가지로 호적에 오른 평민이었고 북면하는 신하로 늘 불평이 가득했었는데, 이제 어린 군주를 섬겨야 하니 그들을 모두 제거하지 않는다면 천하가 불안할 것이요." 그러면서 發喪하지 않았다. 어떤 사람이 이를 알고 酈商(역상)에게 말했다. 역상이 심이기를 만나 말했다.

"내가 알기로 황제가 벌써 붕어하셨으나 4일이 되도록 발상하지 않고 여러 노장을 제거하려 한다고 하였소. 정말 그렇다면 천하는 위태로울 것이요. 진평과 灌嬰(관영)은 10만 병력을 거느리고 滎陽(형양)을 지키고 있으며 번쾌와 周勃(주발)은 20만을 거느리고 燕과 代를 평정하고 있는데 황제가 붕어하였고 여러 장수를 제거한다는 것을 알면 군사가 연합하여 되돌아 관중을 공격할 것이요. 대신은 내부에서 반기를 들고 장수가 외부에서 반기를 든다면 망하기는 발꿈치를 들고 기다리는 것과 같을 것이요."

심이기가 들어가 여후에게 이를 말하자, 곧 丁未日(28일)에 발상하고 천하에 사면령을 내렸다.

原文

五月丙寅, 葬長陵. 已下, 皇太子群臣皆反至太上皇廟. 群臣曰, "帝起細微, 撥亂世反之正, 平定天下, 爲漢太祖, 功最高." 上尊號曰高皇帝.

初, 高祖不修文學, 而性明達, 好謀, 能聽, 自監門戍卒, 見之如舊. 初順民心作三章之約. 天下旣定, 命蕭何次律令, 韓信申軍法, 張蒼定章程, 叔孫通制禮儀, 陸賈造新語. 又與功臣剖符作誓, 丹書鐵契, 金匱石室, 藏之宗廟. 雖日不暇給, 規摹弘遠矣.

| **註釋** | ○長陵 – 高祖의 능묘. 縣名, 今 陝西省 咸陽市 동북. ○已下 – 下棺을 마치다. ○帝起細微 – 細微는 微賤. ○撥亂世反之正 – 난세를 바로잡아 正으로 돌아가게 했다. ○上尊號 – 尊號(謚號)를 올리다. ○自監門戍

卒 - 酈食其(역이기)는 마을의 감문이었고, 婁敬(누경)은 농서군에 防戍하러 가는 戍卒이었다. ○次律令 - (秦의) 율령을 재정비하다. 次는 배열하다. ○韓信申軍法 - 한신은 장량과 함께 182兵家의 병법을 정리하였다. 〈藝文志〉에는 한신의 저서 3편이 수록되었다. ○張蒼(장창, 前 253-152) - 秦漢 시기의 儒學者, 陰陽家의 대표적 인물. 장창은 《九章算術》 증보 편찬하였고, 曆法은 秦의 〈顓頊曆(전욱력)〉을 채용하였다. 뒷날 賈誼에게 영향. 文帝 때 승상 역임. 42권, 〈張周趙任申屠傳〉에 입전. ○叔孫通 - 생졸년 미상, 秦始皇에서 漢 文帝까지 섬겼다. 叔孫은 복성. 叔孫何라고도 쓴다. 유생으로 여러 국가의례를 제정했다. 43권, 〈酈陸朱劉叔孫傳〉에 입전. ○陸賈造新語 - 陸賈(前 240-170)는 《新語》를 저술하여 漢代 儒學의 기초 마련, 《新語》는 崇王黜霸(숭왕출패)와 修身과 用人을 위한 儒家사상 강조. 《春秋》와 《論語》의 문장을 많이 인용, 〈藝文志〉에는 陸賈 23편이라 하였다. 상하 2권에 〈道基〉, 〈術事〉, 〈輔政〉 등 12편만 현존. 賈誼(가의), 董仲舒(동중서)에 영향. ○丹書鐵契 - 朱砂로 쓴 문서, 鐵板에 기록한 약조. 아주 중요한 문서. 主君과 신하의 약속. ○金匱石室 - 금궤와 석실에 보관하다. 영원히 보존하다. ○規摹(규모) - 規模. 弘遠은 크고 멀리 내다보다.

〖國譯〗

5月 丙寅日에 長陵에 장례했다. 하관을 마친 뒤에 皇太子와 群臣은 모두 돌아오면서 太上皇 廟에 갔다. 여러 신하들이 말했다.

"先帝께서는 미천한 신분에서 일어나셨지만 亂世를 바로 잡아 正道로 돌아가게 하였고 천하를 평정하시어 漢의 태조가 되셨으니 그 공적이 가장 높습니다."

이에 시호를 高皇帝라 올렸다.

그전에 高祖께서는 文學을 하지는 않았지만 天性이 명철 통달하였고 책모를 잘 썼으며 즐겨 경청하였으니 마을의 문지기나 수졸일지라도 오랜 벗처럼 상견하였다. 초기에 민심에 순응하여 三章의 約法을 정하였다. 천하가 안정된 뒤로는 蕭何에게 명하여 律令을 정리케 하였고, 韓信에게는 軍法을 요약케 하였으며, 張蒼에게 명하여 법규를 정비하고 叔孫通을 시켜 의례를 제정케 하였으며, 陸賈에게는 《新語》를 편찬케 하였다. 또 공신과 부절을 나눠 서약을 하고 丹書와 鐵契(철계)를 꾸며 金匱(금궤)나 石室(석실) 또는 종묘에 보관하였다. 비록 재위 기간이 많지 않았지만 그 치적의 규모는 크고도 멀리 내다본 것이었다.

原文

贊曰, 春秋晋史蔡墨有言, 陶唐氏既衰, 其後有劉累, 學擾龍, 事孔甲, 范氏其後也. 而大夫范宣子亦曰, "祖自虞以上爲陶唐氏, 在夏爲御龍氏, 在商爲豕韋氏, 在周爲唐杜氏, 晋主夏盟爲范氏." 范氏爲晋士師, 魯文公世奔秦. 後歸於晋, 其處者爲劉氏. 劉向云戰國時劉氏自秦獲於魏. 秦滅魏, 遷大梁, 都於豐, 故周市說雍齒曰, "豐, 故梁徙也." 是以頌高祖云,

"漢帝本系, 出自唐帝. 降及於周, 在秦作劉. 涉魏而東, 遂爲豐公." 豐公, 蓋太上皇父. 其遷日淺, 墳墓在豐鮮焉. 及高祖即位, 置祠祀官, 則有秦,晋,梁,荊之巫, 世祠天地, 綴之以祀, 豈不信哉! 由是推之, 漢承堯運, 德祚已盛, 斷蛇著

符, 旗幟上赤, 協於火德, 自然之應, 得天統矣.

| 註釋 | ○贊曰 – 贊(찬)은 文體의 하나. 稱述하고 평론하는 글. 雜贊, 哀贊, 史贊으로 대별하는데 雜贊은 인물의 뜻을 褒彰(포창)한 글이고, 哀贊은 사람의 죽음을 애도하며 그 덕을 조술하고, 史贊은 역사적 인물에 대한 평론과 함께 그 행적을 褒貶(포폄)한 글이다. 여기 贊曰은 史贊이며 班固의 견해이다. 반고는 부친 班彪(반표)의 글을 그대로 옮겨 적기도 하였다. 이러한 史贊의 시작은 《左傳》의 '君子曰'이라 할 수 있다. 司馬遷은 모든 編에 '太史公曰'로 시작되는 논찬으로 자신의 견해를 피력하였다. 사실 사찬은 역사적 인물이나 사건에 대한 객관적인 평가나 의혹을 풀기 위한 서술이지만 편마다 사찬을 붙여 번잡한 史論이 생기는 단서를 열었다는 비판도 있다. ○晋史蔡墨有言 – 晋의 史官. 蔡墨(채묵)은 晋國의 太史. 《좌전》 昭公 29년 기록에 보인다. ○陶唐氏 – 堯帝는 陶에 거처하다가 唐으로 이주했기에 陶唐氏라 칭한다. ○劉累 – 인명. 學擾龍은 龍을 길들이는 기술을 배우다. 擾는 본성에 따라 양육하다. ○事孔甲 – 공갑은 夏의 君主, 黃帝의 사관인 孔甲도 있다. ○范氏(범씨) – 晋國의 大族. ○范宣子(범선자) – 《좌전》 襄公 24년 기록 참고. ○豕韋氏(시위씨) – 성씨이며 국명. ○唐杜氏 – 국명. 그 위치는 唐은 今 山西省 太原市, 杜는 今 陝西省 長安縣. ○晋主夏盟爲范氏 – 진은 패자로 중원의 맹약을 주관. 范(범)은 성씨. ○范氏爲晋士師 – 士師는 관직명. 獄訟을 담당. ○魯文公 – 재위 前 627 – 609년. ○其處者爲劉氏 – 秦에 남아 있던 사람들은 유씨 성을 되찾았다. ○劉向(유향, 前 77 - 前 6) – 原名은 更生(경생). 成帝 때 向으로 改名. 저서로는 《別錄》, 《新序》, 《說苑》, 《列女傳》이 있고 《戰國策》, 《楚辭》를 편찬. 유향의 아들이 經學家 劉歆(유흠). ○遷大梁 – 대량은 魏의 도읍. 今 河南省 開封市 ○周市(주불) – 魏人. 진승이 기의한 이후 魏地를 평정하고 魏 왕족 魏咎(위구)를 위왕으로 세우고 자신은 魏相이 되었다.

〖國譯〗

班固의 論贊 : 春秋시대 晉國의 史官인 蔡墨(채묵)이 말하기를, 陶唐氏(堯)가 衰敗한 이후로 그의 후손에 劉累(유루)가 있어, 龍을 길들이는 기술을 배워 夏王 孔甲을 섬겼는데 (晉의) 范氏(범씨)는 유루의 후손이라 하였다. 또 晉의 大夫인 范宣子(범선자)도 말하였다 "조상에서 舜의 윗대에는 陶唐氏이고 夏나라에서는 御龍氏이었으며, 商에서는 豕韋氏(시위씨)이었고, 周에서는 唐杜氏이었으며, 晉이 중원의 맹약을 주관할 때는 范氏(범씨)이었다." 范氏는 晉의 士師의 직분에 있다가 魯의 文公 때에 秦으로 옮겨갔다. 그 뒤에 다시 晉에 돌아왔지만 (秦에) 남아있던 사람들은 劉氏가 되었다. 劉向도 말하기를, 戰國時代에 劉氏는 秦이 魏를 공략할 때 포로가 되었었다. 秦이 魏를 멸망시키자 유씨는 大梁을 떠나 豐(풍)으로 옮겨갔으니, 그래서 (魏의) 周市(주불)이 雍齒(옹치)를 설득하면서 "豐邑(풍읍)은 옛 梁(양)나라가 옮겨간 곳이다"라고 말했었다."

이에 高祖를 칭송하나니,

"漢帝의 本系는 唐帝(堯)에서 나왔도다. 周代까지 이어왔고, 秦에서 劉씨라 하였다. 魏로 왔다가 東으로 옮겨 豐公이라." 하였으니, 아마 太上皇의 부친일 것이라. 이주한 것이 오래지 않아 풍읍에 있는 분묘는 많지 않았다. 高祖가 즉위한 뒤, 제사관을 두었으니 秦과 晉, 梁과 荊땅의 巫祝이 대를 이어 天地에 제사하여 끊어지지 않았으니 어찌 믿지 않을 수 있으랴! 이로써 추론하건대, 漢은 堯帝의 運을 이어 그 德祚(덕조)가 예부터 성했으니, 白蛇(백사)를 죽여 符瑞를 받았고 旗幟의 붉은색은 火德의 協應이며 自然의 상응으로 천통을 얻은 것이다.

2 惠帝紀
〔혜제기〕

原文

孝惠皇帝, 高祖太子也, 母曰呂皇后. 帝年五歲, 高祖初爲漢王. 二年, 立爲太子. 十二年四月, 高祖崩. 五月丙寅, 太子卽皇帝位, 尊皇后曰皇太后. 賜民爵一級. 中郎,郎中滿六歲爵三級, 四歲二級. 外郎滿六歲二級. 中郎不滿一歲一級. 外郎不滿二歲賜錢萬. 宦官尙食比郎中, 謁者,執楯,執戟,武士,騶比外郎. 太子御驂乘賜爵五大夫, 舍人滿五歲二級. 賜給喪事者, 二千石錢二萬, 六百石以上萬, 五百石, 二百石以下至佐史五千. 視作斥上者, 將軍四十金, 二千石二十金, 六百石以上六金, 五百石以下至佐史二金. 減田租, 復十五稅一. 爵五大夫, 吏六百石以上及宦皇帝而知名者有罪當盜械者, 皆頌繫, 上造以上及內外公孫,耳孫有罪當刑及當爲城旦舂者, 皆耐爲鬼薪,白粲, 民年七十以上若不滿十歲有罪當刑者, 皆完之. 又曰, "吏所以治民也, 能盡其治則民賴之, 故重其祿, 所以爲民也. 今吏六百石以上父母妻子與同居, 及故吏嘗佩將軍,都尉印將兵, 及佩二千石官印者, 家唯給軍賦, 他無有所與."

令郡諸侯王立高廟.

| 註釋 | ○孝惠皇帝 - 名은 盈(영), 前 210년 생. 前 195년, 16세에 고조가 붕어하자 계위. 혜제 원년은 前 194년(丁未) - 前 188년 재위. 惠帝부터 시호에 '孝'가 붙는 것은 '효자로 부친의 뜻을 잘 잇다(孝子善繼父志)'라는 의미. 諡法에 '柔質慈民曰 惠'라 하였다. ○十二年四月 - 漢 12년(前 195). ○賜民爵一級 - 백성에게 작위를 1급씩 올려주다. 漢의 작위는 秦의 20등급 작위를 그대로 사용했다. ○中郞,郞中 - 中朗(궁중 호위, 황제 시종을 담당, 질록 6백 석), 郞中(전각 수위, 질 3백 석). 郞中令(光祿勳)의 속관으로 이외에 侍郞, 議郞 등이 있었다. 황궁 수위, 황제 호위나 시종, 일반 서무 등을 담당. 질록은 6백 석에서 3백 석. 定員 없음. 현직 고관의 자제로 임용되는 任子, 일정 재산을 납부하고 선임되거나(訾選 / 訾는 資), 軍功에 의한 임용 등 등용 방법이 다양했다. ○外郞 - 中朗과는 다른 낭관. 일반적으로 員外의 散郞을 지칭. ○宦官尙食 - 尙食은 황제의 식사 담당관. ○謁者(알자) - 낭중령의 속관. 외빈 접대, 질록 比 6백 석. 謁者僕射(알자복야)의 지시 받음. ○執楯(집순), 執戟(집극) - 호위병. ○武士,騶 - 무사는 力士. 騶(추)는 기병. 본래는 말 먹이는 직분. ○太子御驂乘 - 御는 어가. 수레를 모는 직분. 驂乘은 수레 우측에 타는 사람. ○五大夫 - 20등급 중 9급 작위. 관리의 작위로서는 최저 작위. ○舍人 - 태자의 속관. ○給喪事者 - 고조의 장례에 관한 업무를 담당한 자. ○二千石 - 군의 군수급. 중앙의 고급관원. 中二千石, 二千石,

比二千石의 3등급이 있음. 9卿은 중이천석. 승상의 질록은 1만 석이었다. 漢代의 관리 녹봉은 곡식의 石(120斤)으로 정해졌지만 녹봉을 곡식으로 받지 않고 錢으로 받았다. 中二千石(월 180斛)은 매월 4만 전을 받았다. 참고로 二千石은 月 120斛, 比二千石은 月 100斛이었다. ○佐史 – 관리 최저 직위. 월봉 8곡. ○視作斥上者 – 視作은 토목건축 담당. 斥上은 斥土, 墓穴 공사 담당. ○將軍四十金 – 1금은 만 전. ○復十五稅一 – 수확의 15분의 1 징수를 회복하다. 周代의 이상이던 10분의 1세보다도 세율이 낮았다. 나중에는 더 경감하여 文帝때는 30분의 1을 징수했다. ○宦皇帝 – 황제 소속의 관리. 제후왕 소속의 관리와 구분했다. ○盜械 – 도주 방지용 형구를 착용한 죄인. ○頌繫 – 형구를 풀어주다. ○上造 – 2급 작위. ○內外公孫 – 종실 및 외척의 손자. 耳孫(잉손)은 현손의 아들. 曾孫이 되어야 문리가 통함. ○城旦舂者 – 城에 올라 성을 쌓거나 보초를 서는 남자 죄수. 여자는 방아를 찧는 노역에 종사〔舂 찧을 용. 春(춘)이 아님〕. 모두 형기는 4년. ○耐 – 수염을 깎아야 하는 형벌. 머리를 깎는 髡(곤)보다 가벼운 형벌. ○鬼薪(귀신),白粲(백찬) – 형기 3년, 남자는 종묘에서 쓸 나무를 하고(鬼薪), 여자는 곡식을 손질(白粲). ○同居 – 형제나 형제 자식이 동일 호적에 올라 재산을 공유하다. ○軍賦 – 算賦, 15세부터 56세까지 1인 1년 120전을 납부.

〖國譯〗

孝惠皇帝는 高祖의 太子로 모친은 呂皇后이다. 혜제 나이 5세에 고조가 漢王이 되었다. 한왕 2년에 태자로 책립되었다. 漢 12년 4월 고조가 붕어했다. 5월 丙寅日에 태자는 황제로 즉위하여 황후를 높여 皇太后라 하였다.

백성에게 작위 1급을 하사하였다. 中郞과 郞中으로 6년을 채운 자는 3급을 높여주었고, 4년은 2급을 높였다. 外郞으로 6년을 채운 자는 2급을 높여주었다. 中郞으로 1년이 안 된 자는 1급을 높였다. 外郞으로 2년을 근무하지 못한 자는 1만 전을 하사하였다. 宦官(환관)과 尙食(상식)은 郞中과 같게 했고 謁者(알자)와 執楯(집순), 執戟(집극), 그리고 武士와 騶(추, 기병)는 외랑과 같게 하였다. 太子의 御駕(어가)와 驂乘(참승)은 五大夫의 작위를 하사하였고, 太子舍人으로 5년을 채운 자는 二級을 높여주었다. 고조의 상례를 도운 자로, 2천 석 관리는 금전 2만 전, 6백 석 이상은 1만 전, 5백 석에서 2백 석 이하 제일 낮은 佐史까지는 5천전을 하사하였다. 視作(시작)과 斥土(척토)를 담당한 자로 장군은 40金(40만 전), 2천 석 관리는 20金, 6백 석 이상은 6金, 5백 석 이하 佐史까지는 2金을 하사했다. 田租(전조)를 감면하여 15분의 1 징수를 시행했다. 작위 五大夫부터 6백 석 이상과 황제 소속 관리 중 이름이 알려진 자로 죄를 지어 형틀을 착용한 자는 모두 형틀을 벗겨 주고, 작위 上造(상조) 이상의 내외 公孫과 耳孫(잉손)이 죄를 지어 형벌을 받아 城旦이나 방아 찧기(舂)의 노역을 하거나, 耐刑(내형)으로 종묘의 나무를 하거나, 白粲(백찬)을 하는 자나 백성 중 나이가 70 이상 또는 10세 미만으로 형을 받는 자는 모두 마친 것으로 하였다.

또 조서를 내려 말했다.

"관리는 백성을 다스리는 자이니 그 직무를 다할 때 백성은 관리를 신뢰한다. 관리의 녹봉을 후하게 지급하는 것은 백성을 위하는 뜻이다. 지금 6백 석 이상 관리로 부모처자와 동거하는 자, 이전에 장군이나 도위의 인수를 차고 군사를 거느렸던 자, 또 2천 석 관리의 인수를 가진 자에게는 집집마다 軍賦를 공급하되 기타는 공급하지 않을 것이다."

각 군과 제후 왕에게 고조를 모시는 묘당을 세우라 지시했다.

原文

元年冬十二月, 趙隱王如意薨. 民有罪, 得買爵三十級以免死罪. 賜民爵, 戶一級.

春正月, 城長安.

二年冬十月, 齊悼惠王來朝, 獻城陽郡以益魯元公主邑, 尊公主爲太后.

春正月癸酉, 有兩龍見蘭陵家人井中, 乙亥夕而不見. 隴西地震.

夏旱. 郃陽侯仲薨.

秋七月辛未, 相國何薨.

| **註釋** | ○元年 – 前 194년. ○趙隱王如意薨 – 戚부인 소생. 여후가 독살했다. 薨 죽을 훙. 제후의 죽음. ○三十級 – 民爵 1급의 가격이 2천전에 해당했다는 주석이 있다. 전한 말 성제 때는 그 가격이 1천전으로 절반까지 떨어졌다. 물론 화폐도 달랐다. ○齊悼惠王 – 名 肥(비). 고조의 庶長子. 38권, 〈高五王傳〉에 입전. 城陽郡 치소는 莒縣(거현, 今 山東省 荷澤市 동북). ○蘭陵家人 – 난릉의 평민. 蘭陵(난릉)은 縣名. 今 山東省 棗庄市(조장시) 동쪽. ○郃陽侯(합양후) 仲薨 – 고조의 작은 형. 혜제의 백부. 吳王 劉肥의 부친. 郃陽은 우부풍의 지명인데, 본래 關中 땅은 봉지로 지급하지 않았다. 그러나 고조의 형이 代王으로 있다가 흉노가 침입하자 낙양으로 도망 나왔다. 그래서 侯로 강등시켰었다. 본래 紀(本紀)에 후의 죽음을 기록하지 않지만

여기서는 예외이다. 〈高祖紀〉에는 '合陽侯'로 기록.

〖國譯〗

元年 겨울인 11월, 趙 隱王 如意가 죽었다. 백성이 죄를 지은 경우 작위를 30급을 사면 사형을 면할 수 있게 했다. 백성의 작위 1급씩을 1戶에 1급씩 하사했다.

春 정월에, 長安에 축성했다.

2년 겨울 10월에, 齊 悼惠王(劉肥)가 입조했다가 城陽郡을 魯元公主 湯沐邑으로 보태주었고, 公主를 齊 太后라고 존칭했다.

봄 정월 癸酉日에(4일), 용이 蘭陵의 평민 집 우물에 나타났는데, 乙亥日(6일)에 보이지 않았다. 여름에 날이 가물었다. 郃陽侯(합양후) 劉仲이 죽었다.

가을 7月 辛未, 相國 蕭何(소하)가 죽었다.

原文

三年春, 發長安六百里內男女十四萬六千人城長安, 三十日罷.

以宗室女爲公主, 嫁匈奴單于.

夏五月, 立閩越君搖爲東海王.

六月, 發諸侯王,列侯徒隸二萬人城長安.

秋七月, 都廐災. 南越王趙佗稱臣奉貢.

| 註釋 | ○三十日罷 – 罷는 마치다. 일부 구간의 작업을 마쳤다는 뜻. ○閩越君搖 – 越王 句踐의 후손. 繇(요)로도 표기. ○爲東海王 – 영역은 今 浙江省 남부. 국도는 東甌(동구, 今 浙江省 溫州市). ○都廏(도구) – 천자의 마필을 사육하는 곳.

〖國譯〗

3년 봄, 長安 6백 리 내의 남녀 14만6천 명을 동원하여 長安에 축성을 하여 30일에 마쳤다.

종실의 딸을 公主라 하여 匈奴의 單于(선우)에게 출가시켰다.

여름 5월, 閩越君 搖(요)를 東海王에 책립하였다.

6월, 諸侯王과 列侯의 죄수 2만 명을 동원하여 장안에 축성하였다.

가을 7월, 궁궐 마구간이 불탔다. 南越王 趙佗(조타)가 칭신하며 공물을 바쳤다.

原文

四年冬十月壬寅, 立皇后張氏.

春正月, 擧民孝弟,力田者復其身.

三月甲子, 皇帝冠, 赦天下. 省法令妨吏民者, 除挾書律. 長樂宮鴻臺災. 宜陽雨血.

秋七月乙亥, 未央宮凌室災, 丙子, 織室災.

| 註釋 | ○四年 – 前 191년. ○皇后張氏 – 張敖(장오)와 노원공주의 딸.

장씨의 입장에서는 외삼촌과 결혼했다. ○孝弟,力田者 - 孝弟는 孝悌. 力田은 모범적 농민. 둘 다 인재 추천 영역. 復其身은 본인의 身役을 면제하다. ○皇帝冠 - 冠은 관례를 치르다. 혜제 20세. 황제의 冠禮 나이가 일정하지 않았다. 武帝는 16세, 昭帝는 18세, 哀帝는 17세에 관례를 행했다. ○除挾書律 - 秦律 '敢有挾書者族'의 조항을 폐지했다. 이때 挾(낄 협)은 藏(감추다)의 뜻. ○宜陽雨血 - 宜陽은 弘農郡 宜陽縣. 今 河南省 洛陽市 관할의 宜陽縣. 雨는 내리다. 血은 붉은색 비. ○淩室(능실) - 얼음(氷) 보관시설. 織室(직실)은 옷에 수를 놓고 종묘의 제사용 복식을 만드는 곳.

〖國譯〗

4년 겨울 10월 壬寅(임인) 일에 황후 張氏를 책립했다.

봄 정월, 孝弟와 力田한 백성을 천거하여 그 身役을 면제하였다.

3월 갑자일에 황제가 관례를 행하고 천하를 사면했다. 관리나 백성의 업무를 방해하는 죄를 처벌하는 조항을 철폐하였다. 秦의 挾書律(협서율)을 폐지하였다. 長樂宮 鴻臺(홍대)가 불탔다. 宜陽(의양) 縣에 핏빛 비가 내렸다.

가을 7월 乙亥, 미앙궁 淩室(능실)에 불이 났고, 병자일에는 織室(직실)에서 불이 났다.

原文

五年冬十月, 雷, 桃李華, 棗實.

春正月, 復發長安六百里內男女十四萬五千人城長安, 三十日罷.

夏, 大旱.

秋八月己丑, 相國參薨.

九月, 長安城成. 賜民爵, 戶一級.

| 註釋 | ○長安城成 - 장안성은 높이 12m, 하부의 넓이 12-16m, 남북이 긴 장방형으로 주위 둘레가 총 25,700m라고 하며 斗城이라는 별칭도 보인다.

〖國譯〗

5년(前 190) 겨울 10월, 천둥이 쳤고 복숭아꽃이 피고 대추가 열렸다.

봄 정월에, 다시 長安 6백 리 안의 남녀 14만5천 명을 징발하여 장안 성을 축성하고 30일 만에 파했다. 여름에 크게 가물었다.

가을 8월 己丑, 相國 조참이 죽었다.

9월, 장안성 축성을 끝냈다. 백성에게 작위를 1호에 1급씩 하사했다.

原文

六年冬十月辛丑, 齊王肥薨. 令民得賣爵. 女子年十五以上至三十不嫁, 五算.

夏六月, 舞陽侯噲薨. 起長安西市, 修敖倉.

| 註釋 | ○五算 - 1算이 1인 1년 120전. 15세에게 30세까지를 5등분하여 노처녀 1인에 3년마다 1算씩 징수하는 인구증가책의 일환. ○舞陽侯噲薨

－번쾌는 呂后의 弟夫, 혜제의 이모부라는 특수한 관계가 있어 기록했을 것이다. ○敖倉－滎陽城 동북 敖山(오산)에 있는 군량 창고.

〖國譯〗

6年 겨울 11월 辛丑日, 齊王 劉肥가 죽었다. 백성이 작위를 매매할 수 있게 했다. 여자의 나이가 15세에서 30세까지 출가하지 않으면 5算을 징수했다.

여름 6월, 舞陽侯 樊噲(번쾌)가 죽었다. 長安의 西市를 개설하고 敖倉(오창)을 수리했다.

原文

七年冬十月, 發車騎,材官詣滎陽, 太尉灌嬰將.

春正月辛丑朔, 日有蝕之. 夏五月丁卯, 日有蝕之, 旣.

秋八月戊寅, 帝崩於未央宮. 九月辛丑, 葬安陵.

| 註釋 | ○七年－前 188년. ○滎陽(형양)－현명. 今 河南省의 鄭州市 근처의 滎陽市. 한과 초의 격전지. 이는 동원훈련의 일환. ○旣－皆旣日蝕(개기일식). ○安陵－今 陝西省 咸陽市 동북.

〖國譯〗

7년 겨울 10월에, 車騎兵과 材官(재관)을 동원하여 滎陽(형양) 현에 보냈다. 太尉인 灌嬰(관영)이 지휘했다.

봄 정월 신축일 초하루에 일식이 있었다. 여름 5月 정묘일에 일식이 있었는데 개기일식이었다.

가을 8월 戊寅, 황제가 미앙궁에서 붕어했다. 9월 辛丑, 安陵에 장례했다.

原文

贊曰, 孝惠內修親親, 外禮宰相, 優寵齊悼,趙隱, 恩敬篤矣. 聞叔孫通之諫則懼然, 納曹相國之對而心說, 可謂寬仁之主. 遭呂太后虧損至德, 悲夫!

| **註釋** | ○優寵齊悼,趙隱 – 이복형인 齊 도혜왕에게 家人의 예로 상좌에 앉게 하였는데, 이를 여후가 무척 미워했다. 척부인 소생 조왕 여의를 잘 지켜주었으나 결국은 여후가 독살했다. ○聞叔孫通~ – 43권, 〈酈陸朱劉叔孫傳〉 참고. ○至德 – 최고의 도덕.

〖國譯〗

班固의 論贊 : 孝惠帝는 안으로는 親族을 친애하고 밖으로는 재상을 예우하였으며, 齊 悼惠王을 우대하고 趙 隱王을 총애하였으니 형제에 대한 은애와 공경이 도타웠다. 叔孫通이 간언을 올리면 두려워했으나 상국 曹參의 대답에는 기뻐하였으니 가히 관대 인자한 주군이라 할 수 있다. 呂太后에게 至德을 훼손당하였으니 슬픈 일이다.

3 高后紀
〔고후기〕

原文

高皇后呂氏, 生惠帝. 佐高祖定天下, 父兄及高祖而侯者三人. 惠帝卽位, 尊呂后爲太后. 太后立帝姊魯元公主女爲皇后, 無子, 取後宮美人子名之以爲太子. 惠帝崩, 太子立爲皇帝, 年幼, 太后臨朝稱制, 大赦天下. 乃立兄子呂台,産,祿,台子通四人爲王, 封諸呂六人爲列侯. 語在〈外戚傳〉.

| **註釋** | ○高皇后呂氏 - 名 雉(치), 字 娥姁(아후). 諱는 夫를 따라가므로 高皇后라 했다. ○侯者三人 - 父 臨泗侯 呂公, 오빠 周呂侯 呂澤, 建成侯 呂釋之. ○魯元公主 - 趙王 張耳의 아들 張敖와 결혼. ○太子 - 후궁 소생을 황후가 낳은 아들이라 했다. ○臨朝稱制 - 조회에 임하고 황제 직권을 행사하다. 天子의 명령은 制書와 詔書가 있는데 制書는 제도에 관계되는 명령이며, 황태후는 제서를 내릴 수 없기에 제서에 상응한다는 뜻으로 稱制라 하였

다. ○呂台 – 오빠 呂澤의 아들로 呂王에 봉했다. 呂產은 呂台의 동생. 呂祿은 오빠 呂釋之의 아들. 呂通은 呂台의 아들. ○封諸呂六人 – 여씨로 왕이 된 4인 불 포함. 呂釋之의 아들 呂種 등 6인이 列侯가 되었다. ○〈外戚傳〉 – 97권, 〈外戚傳〉은 上, 下卷에 高帝后 이후 역대 황후나 비빈을 입전했다. 元帝황후(王政君)는 〈元后傳〉으로 별도 입전.

〖國譯〗

高皇后 呂氏는 惠帝를 낳았다. 高祖의 천하 평정을 도왔고, 고조를 따른 부친과 오빠 등 3인이 제후가 되었다. 혜제는 즉위하고서 呂后를 太后로 높였다. 태후는 혜제의 누나인 魯元公主의 딸을 皇后로 책립했으나 아들이 없자 후궁 美人 소생의 아들을 혜제의 아들이라 하여 태자로 정했다. 惠帝가 붕어하자 太子를 세워 황제라 하였으나 나이가 어려 태후가 조회에 임하며 稱制(칭제)하였고 천하 죄인을 대 사면하였다. 이어 태후 오빠의 아들인 呂台(여태), 呂產, 呂祿, 그리고 呂台의 아들인 呂通 4인을 왕에 봉했으며 다른 呂氏 6인도 열후가 되었다. 이는 〈外戚傳〉에 실려 있다.

原文

元年春正月, 詔曰, "前日孝惠皇帝言欲除三族罪,妖言令, 議未決而崩. 今除之."

二月, 賜民爵, 戶一級. 初置孝弟力田二千石者一人.

夏五月丙申, 趙王宮叢臺災. 立孝惠後宮子强爲淮陽王, 不疑爲恒山王, 弘爲襄城侯, 朝爲軹侯, 武爲壺關侯. 秋, 桃李華.

| 註釋 | ○元年 – 前 187년. ○妖言令 – 사실이 아닌 말을 했다고 처벌하는 법. ○初置~ – 혜제 4년에 孝弟,力田者를 二千石(군수나 제후국 相)이 각 1인씩 추천케 했었다. ○趙王宮叢臺 – 邯鄲(한단)에 있는 왕궁. 여러 누각이 연이어서 叢臺(총대)라 했다. ○立孝惠後宮子 强~, 不疑, 弘, 朝, 武 – 모두가 惠帝의 친생자가 아니라는 주석이 있다.

〖國譯〗

(高后) 원년 봄 정월에 조서로 말했다. "전날 효혜황제는 三族罪와 妖言令(요언령)을 폐지하고 싶다고 하였지만 논의를 끝내지 못하고 붕어하였는데 이번에 폐지하겠다."

2월, 백성의 작위를 호구마다 1급씩 하사하였다. 孝弟와 力田者를 2千石(군수나 제후국 相)이 1인씩 천거하는 제도를 처음 실시했다.

여름 5월 丙申日에, (邯鄲에 있는) 趙 왕궁 叢臺(총대)에 불이 났다. 효혜제 後宮의 아들을 强(강)을 淮陽王에 봉하고, 不疑(불의)를 恒山王(항산왕), 弘(홍)을 襄城侯(양성후), 朝(조)를 軹侯(지후), 武(무)를 壺關侯(호관후)에 봉했다. 가을에 桃李가 꽃을 피웠다.

原文

二年春, 詔曰, "高皇帝匡飭天下, 諸有功者皆受分地爲列侯, 萬民大安, 莫不受休德. 朕思念至於久遠而功名不著, 亡以尊大誼, 施後世. 今欲差次列侯功以定朝位, 臧於高廟,世世勿絶, 嗣子各襲其功位. 其與列侯議定奏之.” 丞相臣平言, “謹與絳侯臣勃,曲周侯臣商,潁陰侯臣嬰, 安國侯臣陵等議, 列侯幸得賜餐錢奉邑, 陛下加惠, 以功次定朝位, 臣請臧高廟.” 奏可. 春正月乙卯, 地震, 羌道,武都道山崩. 夏六月丙戌晦, 日有蝕之. 秋七月, 恒山王不疑薨. 行八銖錢.

| **註釋** | ○二年春 – 다음에 춘정월 句가 있으니 여기서는 冬이어야 한다는 주석이 있다. ○匡飭(광칙) – 바로 잡고 질서를 세우다. ○功次 – 공로의 대소에 따른 서열. ○謹與絳侯臣勃 – 황제에게 올리는 문서나 답변에서 신하는 姓을 표기하거나 말하지 못했다. 번역에서는 이해를 위해 성을 표기했다. ○羌道(강도),武都道 – 이민족이 혼거하는 縣을 道라 하여 구분했다. 둘 다 지금의 甘肅省에 해당. ○八銖錢(8수전) – 錢의 무게에 따른 이름(1兩은 15.5g, 1兩은 24銖. 1銖는 0.65g. 八銖는 1兩의 3분의 1.) 무제 때 五銖錢이 발행되었고, 隋代(수대)까지 통용되다가 唐 高祖 때 공식적으로 폐지되었다.

〖**國譯**〗

2년 봄, 조서를 내려 말했다.

“高皇帝가 천하를 바로 하고 질서를 세운 이후 모든 유공자는 땅을 나눠받아 列侯가 되었으며 萬民이 大安하니 그 은덕을 입지 않은 자가 없었다. 朕(짐)은 먼 훗날까지 유공자의 功名이 전해지지 않아 후세에도 大義가 드러나지 못하는 경우가 없어야 한다고 생각한다. 지금 열후 공적의 대소에 따라 조정의 서열을 정해 이를 고조 묘당에 보관하여 대대로 이어가며 後嗣(후사)가 공적에 따른 지위를 세습토록 하라.”

이에 丞相 臣 陳平이 말했다.

"삼가 絳侯(강후) 臣 周勃(주발)과 曲周侯 신 酈商(역상), 穎陰侯(영음후) 신 灌嬰(관영), 安國侯 신 王陵(왕릉) 등이 논의를 하여 列侯는 이미 은혜를 입어 廚膳(주선)의 餐錢(찬전)과 奉邑(봉읍)을 받았으니 이는 폐하께서 베푸신 은혜인 바, 공적에 따라 조정의 지위를 정하여 고조의 묘당에 보관할 것을 주청합니다." 상주는 그대로 인준 받았다.

봄 정월 을묘일에 地震(지진)이 발생하여 羌道(강도)와 武都道(무도도)의 산이 붕괴되었다. 여름 6월 병술일 그믐에 일식이 있었다. 가을 7月에 恒山王 不疑(불의)가 죽었다. 八銖錢(팔수전)을 발행했다.

原文

三年夏, 江水, 漢水溢, 流民四千餘家. 秋, 星晝見.

四年夏, 少帝自知非皇后子, 出怨言, 皇太后幽之永巷. 詔曰, "凡有天下治萬民者, 蓋之如天, 容之如地, 上有歡心以使百姓, 百姓欣然以事其上, 歡欣交通而天下治. 今皇帝疾久不已, 乃失惑昏亂, 不能繼嗣奉宗廟, 守祭祀, 不可屬天下. 其議代之." 群臣皆曰, "皇太后爲天下計, 所以安宗廟, 社稷甚深. 頓首奉詔." 五月丙辰, 立恒山王弘爲皇帝.

| **註釋** | ○流民 – 외지로 떠도는 백성. ○少帝 – 前 少帝(名 恭, ?–前184)이다. 여후는 이 少帝를 죽였고, 다시 혜제와 후궁의 소생인 劉弘(?–前

180, 初名 山, 常山王이 된 후에 改名 義, 즉위 후 改名 弘, 前 184－180년 9월 在位)을 황제라 하였는데, 이를 後 少帝라 한다. 後少帝 劉弘, 梁王 劉太, 淮陽王 劉武, 恒山王 劉朝 등은 惠帝의 친생자가 아니라 하여 모두 제거되었다.
○永巷－궁중의 긴 골마루(長巷). 죄 지은 궁녀를 가두는 곳. 後宮 건물을 永巷이라고도 한다.

〖國譯〗

3년 여름, 長江과 漢水가 범람하여 流民 4천여 호가 발생했다. 가을, 낮에도 별이 보였다.

4년 여름, 少帝(前 少帝, 名 恭)은 자신이 張皇后의 아들이 아니라는 것을 알고 高后를 원망하는 말을 하자 황태후는 그를 永巷(영항)에 가두었다. 그리고 조서를 내려 말했다.

"무릇 천하를 옹유하고 만민을 다스리는 자는 하늘처럼 만물을 감싸고 땅처럼 모두를 포용해야 하나니 황제는 기쁜 마음으로 백성을 부리고, 백성은 기꺼이 천자를 섬기면서 즐거이 융합해야만 천하가 태평할 것이다. 지금 황제는 오랫동안 병이 낫지를 않아 정신이 혼미하고 착란하여 제위를 이어 종묘 신령을 받들며 제사를 이어갈 수 없어 천하를 맡길 수 없도다. 황제를 대신할 방도를 논의토록 하라."

이에 群臣이 모두 말했다. "皇太后께서 천하 대계를 생각하사 종묘와 사직이 안전하며 사려가 깊고 원대하시니 저희들은 돈수하며 조서를 받들겠습니다."

5月 병진일에 恒山王 弘(홍, 後 少帝)를 皇帝로 옹립했다.

原文

五年春, 南粵王尉佗自稱南武帝. 秋八月, 淮陽王强薨. 九月, 發河東,上黨騎屯北地.

六年春, 星晝見. 夏四月, 赦天下. 秩長陵令二千石. 六月, 城長陵. 匈奴寇狄道, 攻阿陽. 行五分錢.

| 註釋 | ○南粵王尉佗自稱南武帝 - 본래 趙佗(조타)이나 관직이 秦의 都尉였기에 尉佗라 표기. 자칭 武帝. ○發河東 - 河東은 군명. 治所는 安邑縣(今 山西省 運城市 夏縣). 上黨은 군명. 관할 지역은 今 山西省 長治市, 晋城市, 晋中市 동쪽 지역에 해당. 치소는 長子縣(今 山西省 長治市 長子縣). 北地는 군명. 치소 馬嶺縣(今 甘肅省 동부의 慶陽市). ○秩長陵令二千石 - 二千石은 군수의 질록. 長陵 현령의 지위 격상과 같은 효과. ○城長陵 - 장릉 주변에 높은 담장을 축조. 그 내부에 여러 건물을 건축했다. ○寇狄道 - 寇는 외적의 침입. 狄道는 道名(縣級). 隴西郡의 치소. 今 甘肅省 定西市 臨洮縣(임조현). ○阿陽 - 현명. 今 甘肅省 平凉市 관할의 靜寧縣. ○五分錢 - 화폐 무게가 1兩의 5분의 1.

〖國譯〗

5년 봄, 남월왕 尉它(위타)가 南越 武帝라 자칭했다. 秋 8月에 淮陽王 强(강)이 죽었다. 9월, 河東郡과 上黨郡의 기병을 징발하여 北地郡에 주둔했다.

6년 봄, 별이 낮에 보였다. 여름 4월, 천하에 사면령을 내렸다. 長陵 현령의 질록을 2천 석으로 정했다. 6월, 長陵에 성을 쌓았다. 匈奴가 狄道縣(적도현)에 쳐들어 와 阿陽縣(하양현)을 공격했다. 五分錢

을 발행했다.

原文

七年冬十二月, 匈奴寇狄道, 略二千餘人. 春正月丁丑, 趙王友幽死於邸. 己丑晦, 日有蝕之, 旣. 以梁王呂產爲相國, 趙王祿爲上將軍. 立營陵侯劉澤爲琅邪王. 夏五月辛未, 詔曰, "昭靈夫人, 太上皇妃也, 武哀侯, 宣夫人, 高皇帝兄姊也. 號謚不稱, 其議尊號." 丞相臣平等請尊昭靈夫人曰昭靈后, 武哀侯曰武哀王, 宣夫人曰昭哀后, 六月, 趙王恢自殺. 秋九月, 燕王建薨. 南越侵盜長沙, 遣隆慮侯竈將兵擊之.

| 註釋 | ○七年 - 前 181년. ○趙王友 - 고조의 6子 劉友. 趙王일 때 장안으로 소환하여 여후가 굶겨 죽였다. 文帝는 劉友의 아들 劉遂(유수)를 趙王으로, 다른 아들 劉辟光(유벽광)을 河間王에 책봉. ○營陵侯劉澤 - 劉澤(유택, ? - 前 178) - 고조 종조부의 손자. 高祖의 再從(6촌) 형제. 文帝 때 燕王에 被封. ○昭靈夫人 - 太上皇妃, 高帝后의 시어머니. ○武哀侯,宣夫人 - 武哀侯는 고조의 맏형, 漢王 즉위 전에 죽었다. 宣夫人은 고조의 누나. ○趙王恢自殺 - 고조의 아들. 趙 共王 劉恢(유회). 呂產의 딸과 결혼. 여씨 일족의 감시 받음. 조왕이 사랑하는 여인을 왕비가 독살하였다. 조왕은 이에 노래 4장을 지어 樂人이 부르게 하였고 슬픔으로 6월에 자살. ○長沙 - 제후국명. 국도는 臨湘縣(今 湖南省 省都인 長沙市). ○隆慮侯竈(조) - 융려후 周竈(주조).

〖國譯〗

7년 겨울 12월, 흉노가 狄道(적도)에 침입하여 2천여 명을 잡아갔다. 봄 정월 정축일에, 趙王 友(우)가 사저에 갇혀 있다가 죽었다. 기축일 그믐에 일식이 있었는데 개기일식이었다. 梁王 呂産은 相國이 되었고, 趙王 呂祿은 上將軍이 되었다. 營陵侯 劉澤(유택)을 琅邪王(낭야왕)에 봉했다. 여름 5월 신미일에 조서를 내려 말했다.

"昭靈夫人은 太上皇妃이고 武哀侯와 宣夫人은 高皇帝의 형과 누나인데, 그 시호가 바르지 않으니 존호를 논의하기 바란다." 이에 승상 신 진평 등이 昭靈夫人은 昭靈后로, 武哀侯는 武哀王으로, 宣夫人은 昭哀后로 존호를 주청하였다. 6월, 趙王 恢(회)가 자살했다. 가을 9월에, 燕王 建(건)이 죽었다. 南越이 長沙國에 침입하여 노략질을 하자 隆慮侯 周竈(주조)를 보내 군사를 거느리고 가서 토벌했다.

原文

八年春, 封中謁者張釋卿爲列侯. 諸中官,宦者令,丞皆賜爵關內侯,食邑. 夏, 江水,漢水溢, 流萬餘家.

秋七月辛巳, 皇太后崩於未央宮. 遺詔賜諸侯王各千金, 將,相,列侯下至郎吏各有差. 大赦天下.

|註釋| ○八年 - 前 180년. ○中謁者 - 郎中令(光祿勳)의 속관. 황제의 개인 비서 역할. 대개 환관이 담당. 張釋卿은 宦者令인 張釋(장석). 卿은 미칭. 40권, 〈張陳王周傳〉의 〈周勃傳〉에 이름이 보인다. ○中官,宦者令,丞 - 中官은 환관. 부서의 책임자는 令, 부책임자는 丞이다. ○千金 - 일반적으

로 黃金, 白金(銀), 金(금전, 화폐)로 구별하는데 꼭 그렇지는 않다. 〈高帝紀〉에도 '與平黃金四萬斤'이라 기록했는데 1萬斤은 2,200kg×4란 있을 수 없다. 당시 한창 전쟁 중에 2,200kg에 해당하는 화폐(錢)을 주기도 쉽지 않았을 것이다. 黃金과 金이 혼용되는데 상황에 따라 이해하여야 할 것이다. '황금 1金이면 1만 전'이라는 주석이 있는데 '제후왕에게 千金'을 주었다면 그 양이 얼마인지 추정하기가 참으로 어렵다.

〖國譯〗

8년 봄, 中謁者인 張釋(장석)을 봉하여 列侯로 삼았다. 모든 中官(宦官), 宦者令과 丞에게 關內侯의 작위와 食邑을 하사했다. 여름에 長江과 漢水가 범람하여 1만여 호의 유민이 발생했다.

가을인 7월 신사일에 황태후가 未央宮에서 붕어했다. 遺詔(유조)로 제후 왕 개인에게 千金을 하사했고 장군과 승상, 列侯에서 아래로 郞吏까지 각각 차등을 두었다. 천하에 사면령을 내렸다.

原文

上將軍祿,相國產顓兵秉政, 自知背高皇帝約, 恐爲大臣, 諸侯王所誅, 因謀作亂. 時齊悼惠王子朱虛侯章在京師, 以祿女爲婦, 知其謀, 乃使人告兄齊王, 令發兵西. 章欲與太尉勃,丞相平爲內應, 以誅諸呂. 齊王遂發兵, 又詐琅邪王澤發其國兵, 並將而西. 產,祿等遣大將軍灌嬰將兵擊之. 嬰至滎陽, 使人諭齊王與連和, 待呂氏變而共誅之.

| 註釋 | ○ 顓兵秉政 - 顓(專斷할 전)은 專. 여록과 여산은 장안의 南軍과 北軍의 군사권을 장악하고 있었다. ○ 高皇帝約 - '非劉氏而王 天下共擊之' 이 말은 〈外戚傳〉(上) 高帝后傳에 있다. ○ 朱虛侯章 - 朱虛侯 劉章(유장, 前 200-176)은 齊 悼惠王 劉肥의 아들. 齊 襄王의 동생.

〖國譯〗

上將軍 呂祿(여록), 相國 呂産(여산)은 군권과 정권을 장악하고 있었는데 자신이 高皇帝와 功臣의 약속을 어겼기에 大臣과 諸侯王에 의해 주살당할 것을 걱정하면서 作亂을 꾸미고 있었다. 이때, 齊 悼惠王의 아들인 朱虛侯 劉章(유장)은 장안에 있었는데, 呂祿의 딸이 아내였기에 그 음모를 알고 바로 사람을 시켜 형인 齊王에 통보하여 군사를 일으켜 서쪽으로 진격하게 하였다. 유장은 太尉인 周勃(주발), 승상인 陳平과 내응하며 여씨 일족을 제거하려고 하였다. 齊王은 군사를 동원하고서 또 거짓으로 琅邪王(낭야왕) 劉澤으로 하여금 그 군사를 동원하게 하여 함께 통솔하고 서쪽으로 진격하였다. 이에 呂産과 呂祿 등은 대장군 灌嬰(관영)을 시켜 군사를 거느리고 공격케 하였다. 관영은 滎陽에 도착하여 사람을 보내 齊王을 설득하여 講和하면서 여씨의 변화를 보아 함께 토벌하기로 약속했다.

原文

太尉勃與丞相平謀, 以曲周侯酈商子寄與祿善, 使人劫商令寄紿說祿曰, "高帝與呂后共定天下, 劉氏所立九王, 呂氏所立三王, 皆大臣之議. 事已佈告諸侯王, 諸侯王以爲宜.

今太后崩, 帝少, 足下不急之國守藩, 乃爲上將將兵留此, 爲大臣諸侯所疑. 何不速歸將軍印, 以兵屬太尉, 請梁王亦歸相國印, 與大臣盟而之國? 齊兵必罷, 大臣得安, 足下高枕而王千里, 此萬世之利也." 祿然其計, 使人報產及諸呂老人. 或以爲不便, 計猶豫未有所決. 祿信寄, 與俱出遊, 過其姑呂嬃. 嬃怒曰, "汝爲將而棄軍, 呂氏今無處矣!" 乃悉出珠玉,寶器散堂下, 曰, "無爲它人守也!"

| **註釋** | ㅇ曲周侯 酈商(역상) – 41권, 〈樊酈滕灌傳靳周傳〉에 입전. ㅇ紿說祿 – 거짓말로 呂祿을 설득하다. ㅇ呂氏所立三王 – 고후가 죽을 당시 남은 여씨 왕은 梁王 呂產, 趙王 呂祿, 燕王 呂通 뿐이었다. ㅇ足下不急之國守藩 – 足下는 急히 國에 之(往也)하여 藩(번)을 守하지 아니하고(不). ㅇ以兵屬太尉 – 군권을 태위에게 넘겨주다. 屬은 교부하다. 酈寄(역기)가 친우인 呂產을 거짓으로 설득한 것에 역기가 '賣友(벗을 팔아먹었다)' 시인들이 비평한 것에 대하여 班固는 '본래 벗을 이용한다는 말은 이득을 얻으려 의리를 버리는 것이다. 역기의 경우에 부친이 나라의 공신이었고 또 강요를 당하는 상태였는데, 비록 呂祿(여록)을 꺾어버렸지만 사직을 편안케 했고 主君과 부친에게 도리를 지켰으니 옳은 일이었다.' 라고 평했다. ㅇ過其姑呂嬃(여수) – 여태후의 친정 동생, 번쾌의 아내. ㅇ今無處矣 – 이제 安身할 곳이 없다.

〖**國譯**〗

太尉 周勃과 丞相 陳平이 의논했는데, 曲周侯 酈商(역상)의 아들 酈寄(역기)가 평소에 呂祿과 친한 것을 알고 사람을 보내 역상에게 역기로 하여금 거짓으로 여록을 설득하게 시키라고 강요하였다. 이

에 역기가 여록에게 말했다.

"高帝와 呂后가 공동으로 천하를 평정하였는데 劉氏가 세운 왕이 9명이고 呂氏로 세운 왕이 3명인데, 이는 모두 대신들이 협의한 것이다. 이런 일은 모두 제후에게 알렸고 제후 왕들도 옳다고 생각하고 있다. 지금 태후께서 붕어하시고 황제는 나이가 어린데 足下는 급히 封國에 가서 신하의 본분대로 봉국을 지키지 않고 여전히 上將으로 여기서 군사를 거느리고 있어 대신이나 제후의 의심을 사고 있다. 지금 장군의 인수를 빨리 반납하고 군권을 太尉에게 넘겨야 하며, 梁王(呂産) 역시 相國의 인수를 반환하고 대신과 약조하에 봉국으로 가야 하는데, 왜 가지 않는가? 그러면 齊의 군사는 틀림없이 해산하고 대신은 모두 안심할 것이며 족하는 아무 걱정 없이 천리 왕을 할 것이니 이것만이 대대로 이로울 것이요."

여록은 그 계책을 옳다고 생각하며 사람을 보내 呂産과 집안 노인들에게 알렸다. 어떤 사람은 그것이 이롭지 못하다 하여 계책이 猶豫(유예)하며 결정이 나질 않았다. 여록은 역기를 믿고 함께 놀러 나갔다가 고모인 呂嬃(여수)의 집에 들렀다. 그러자 여수는 화를 내며 말했다. "너는 장수가 되어 군사를 버리려 하니 여씨는 이제 안주할 데가 없을 것이다!"

그리고는 주옥과 값진 기물을 마당에 내버리며 말했다. "남을 위해 이런 것을 갖고 있을 필요가 없다!"

原文

八月庚申, <u>平陽侯窋</u>行御史大夫事, 見相國<u>産</u>計事. 郎中令賈壽使從齊來, 因數產曰, "王不早之國, 今雖欲行, 尙可得邪?" 具以灌嬰與齊,楚合從狀告產. 平陽侯窋聞其語, 馳告丞相平,太尉勃. 勃欲入北軍, 不得入. 襄平侯紀通尙符節, 乃令持節矯內勃北軍. 勃復令酈寄,典客劉揭說祿, 曰, "帝使太尉守北軍, 欲令足下之國, 急歸將印, 辭去. 不然, 禍且起." 祿遂解印屬典客, 而以兵授太尉勃. 勃入軍門, 行令軍中曰, "爲呂氏右袒, 爲劉氏左袒." 軍皆左袒. 勃遂將北軍. 然尙有南軍, 丞相平召朱虛侯章佐勃. 勃令章監軍門, 令平陽侯告衛尉, 毋內相國產殿門. 產不知祿已去北軍, 入未央宮欲爲亂. 殿門弗內, 徘徊往來. 平陽侯馳語太尉勃, 勃尙恐不勝, 未敢誦言誅之, 乃謂朱虛侯章曰, "急入宮衛帝." 章從勃請卒千人, 入未央宮掖門, 見產廷中. 餔時, 遂擊產, 產走. 天大風, 從官亂, 莫敢鬪者. 逐產, 殺之郎中府吏舍廁中.

| 註釋 | ○八月庚申 – 8월에는 庚申日이 없고 9월이라는 주가 있다. ○平陽侯窋 – 曹參의 아들 曹窋(조줄). 行은 대리하다. ○郎中令 – 궁문의 수비, 출입자 통제는 낭중령 소관이었다. ○賈壽 – 인명. ○襄平侯 紀通(기통) – 인명, 紀成의 아들. 尙은 관장하다. ○矯內勃北軍 – 矯는 거짓으로, 內는 納 들여보내다. ○典客 – 9경의 하나. 이민족 관련업무와 제후 왕 접대, 외교 담당. 나중에 大鴻臚(대홍려)로 개명. ○右袒(우단) – 죄를 지어 처벌을 청할 때는 右袒, 吉禮나 凶禮에는 左袒을 했다. ○北軍 – 미앙궁과 장락궁의 북쪽을 방어. 남군에 비해 전력이 강했다. ○誦言 – 공언하다. ○掖門(액문) –

쪽문. 정문 옆의 소문. ㅇ餔時 – 申時, 오후 3시-5시 무렵. 餔는 새참 포.

〖國譯〗

8月 庚申(경신), 平陽侯 曹窋(조줄)은 御史大夫 업무 대행이었는데 상국인 呂産의 업무 내용을 볼 수 있었다. 郎中令인 賈壽(가수)가 사자로 齊使에 갔다가 돌아와 여산에게 따지며 말했다. "王께서 빨리 봉국에 가지 않으셨는데 지금 가려고 해도 갈 수 있겠습니까?" 그러면서 灌嬰(관영)과 齊, 楚가 합종한 내용을 여산에게 말해주었다. 평양후 조줄은 그 말을 듣고 달려가서 승상 진평과 太尉 周勃에게 알렸다. 주발은 北軍營에 들어가려해도 들어갈 수가 없었다. 襄平侯인 紀通은 符節을 주관하고 있었는데 지절을 가지고 가서 거짓으로 주발을 북군영에 들여보냈다. 주발은 다시 酈寄(역기)와 典客인 劉揭(유게)에게 여록을 설득하라 시키자 여록에게 말했다.

"황제가 太尉를 보내 北軍을 지키게 하고 足下에게 봉국으로 돌아가게 하려 하니 급히 장군의 인수를 반납하고 출발하시오. 안 그러면 화가 곧 닥칠 것입니다."

그러자 여록은 인수를 풀러 典客(전객)에게 넘겼고 병권은 태위 주발에게 넘겨주었다. 주발은 군문에 들어가 북군에게 명령했다.

"呂氏에게 충성할 자는 右袒(우단)하고 劉氏를 위하는 자는 左袒(좌단)을 하라."

군사는 모두 좌단하였다. 주발은 이에 북군을 통솔하였다. 그러나 아직 남군이 남아 있었고 승상 진평은 朱虛侯 劉章을 불러 주발을 도우라고 말했다. 이에 주발은 유장에게 군문을 감시하라고 명하고 平陽侯(曹窋)를 衛尉(위위)에 보내서 相國인 呂産을 殿門(전문)에 들여보내지 말라고 지시하였다. 여산은 여록이 이미 北軍을 떠났다는 것을 알지 못한 채, 未央宮에 들어가 모반하려 했다. 그러나 전문에서 들여보내지 않아 이리저리 배회하고 있었다. 평양후(조줄)이 달려가 이를 대위 주발에게 말했으나 주발은 아직도 이기지 못할까 걱정하며 여산을 죽이라고 공언하지 못하고 주허후 유장에게 말했다. "급히 미앙궁에 들어가 황제를 옹위하라."

유장은 주발에게서 병졸 1천여 명을 요청하여 미앙궁 액문으로 들어갔고 미앙궁에서 여산을 보았다. 餔時(申時)에 이르러 여산을 습격하자 여산은 도주하였다. 마침 큰 바람이 불며 여산을 시종하는 官兵은 흩어져 감히 맞서는 자가 없었다. 유장은 여산을 따라가 郞中府 관리 건물의 변소에서 여산을 죽였다.

原文

章已殺產, 帝令謁者持節勞章. 章欲奪節, 謁者不肯, 章乃從與載, 因節信馳斬長樂衛尉呂更始. 還入北軍, 復報太尉勃. 勃起拜賀章, 曰, "所患獨產, 今已誅, 天下定矣." 辛酉, 斬呂祿, 笞殺呂嬃. 分部悉捕呂男女, 無少長皆斬之. 大臣相與陰謀, 以爲少帝及三弟爲王者皆非孝惠子, 復共誅之, 尊立文帝. 語在〈周勃〉, 〈高五王傳〉.

| 註釋 | ○勞章 – 劉章을 위로하다. 치하하다. ○因節信~ – 이어 謁者가 갖고 있는 符節을 증빙으로 ~.

〖國譯〗

劉章은 呂産을 죽이자 少帝는 謁者를 시켜 부절을 갖고 와 유장을 위로했다. 유장이 부절을 빼앗으려 하자 알자는 내주려 하지 않자 유장은 바로 알자를 수레에 태워서 알자가 가진 부절을 증빙으로 장락궁에 들어가 長樂 衛尉인 呂更始(여경시)를 죽였다. 유장은 다시 北軍營에 들어가 태위 주발에게 보고하였다. 주발은 일어나 유장에게 하례하며 말했다. "큰 걱정은 呂産이었는데 이미 주살되었으니 천하는 안정되었소."

신유일에 呂祿를 참수했고 呂嬃(여수)를 때려 죽였다. 부서를 정해 여씨 남녀를 모두 잡았고 어른, 아이나 남녀를 막론하고 모두 죽였다. 대신들은 함께 비밀리에 의논하여 少帝와 3명의 동생 모두 혜제의 아들이 아니라 하여 또 모두 죽였고 文帝를 받들어 모셨는데 이는 〈周勃傳〉과 〈高五王傳〉에 실려 있다.

原文

贊曰, 孝惠,高后之時, 海內得離戰國之苦, 君臣俱欲無爲, 故惠帝拱己, 高后女主制政, 不出房闥, 而天下晏然, 刑罰罕用, 民務稼穡, 衣食滋殖.

| **註釋** | ○無爲 - 無爲而治. ○拱己 - 垂拱而治. 팔장을 끼고 (아무것도 안하고) 통치하다. 拱 두 손 맞잡을 공. ○房闥 - 방의 문턱. 闥 문 달. ○稼穡(가색) - 씨뿌리기와 거두기. 농사. ○滋殖 - 의식이 넉넉해지다. 참고로 《史記》의 太史公曰은 다음과 같다. "孝惠皇帝,高后之時, 黎民得離戰國之苦,

君臣俱欲休息乎無爲, 故惠帝垂拱, 高后女主稱制, 政不出房戶, 天下晏然. 刑罰罕用, 罪人是希. 民務稼穡, 衣食滋殖.

〖國譯〗

班固의 論贊 : 孝惠帝와 高后 시대에는 海內가 전쟁의 고통에서 벗어났고 君臣이 모두 無爲의 정치를 원했기에 惠帝는 팔짱을 끼고 있었으며 高后가 女主로 정사를 재단했으나 궁궐 문밖을 벗어나지 않았으니 천하는 태평했고 형벌을 거의 쓰지 않았으며 백성은 농사에 힘써 衣食이 넉넉하였다.

4 文帝紀
〔문제기〕

原文

孝文皇帝, 高祖中子也, 母曰薄姬. 高祖十一年, 誅陳豨, 定代地, 立爲代王, 都中都. 十七年秋, 高后崩, 諸呂謀爲亂, 欲危劉氏. 丞相陳平,太尉周勃,朱虛侯劉章等共誅之, 謀立代王. 語在〈高后紀〉,〈高五王傳〉.

| **註釋** | ○孝文皇帝 - 고조 4子. 母 薄姬(박희 - 〈外戚傳〉(上)에 입전). 名 恒(항)을 피휘할 때는 常. 재위 前 180 -157년. ○都中都 - 代國의 초기 도읍은 晉陽. 나중에 中都로 옮겼다. 今 山西省 晉中市 平遙縣. ○十七年 - 代王에 봉해진 이후 17년. 漢代의 제후국은 자체로 紀年했다.

〖國譯〗

孝文皇帝는 高祖의 中子로 모친은 薄姬(박희)이다. 高祖 11년에

陳狶(진희)의 반란을 토벌하여 代地를 평정한 다음 代王에 봉해졌으며 中都縣에 도읍했다. 대왕 17년 가을에 高后가 붕어하자 呂氏들이 반란하며 劉氏를 위기로 몰았다. 그러나 승상 진평과 태위 주발, 朱虛侯 劉章(유장) 등이 함께 여씨를 제거한 뒤에 의논하여 代王을 옹립하였다. 이는 〈高后紀〉와 〈高五王傳〉에 실려 있다.

原文

大臣遂使人迎代王. 郎中令張武等議, 皆曰, "漢大臣皆故高帝時將, 習兵事, 多謀詐, 其屬意非止此也, 特畏高帝,呂太后威耳. 今已誅諸呂, 新喋血京師, 以迎大王爲名, 實不可信. 願稱疾無往, 以觀其變." 中尉宋昌進曰, "群臣之議皆非也. 夫秦失其政, 豪傑並起, 人人自以爲得之者以萬數, 然卒踐天子位者, 劉氏也, 天下絶望, 一矣. 高帝王子弟, 地犬牙相制, 所謂盤石之宗也, 天下服其强, 二矣. 漢興, 除秦煩苛, 約法令, 施德惠, 人人自安, 難動搖, 三矣. 夫以呂太后之嚴, 立諸呂爲三王, 擅權專制, 然而太尉以一節入北軍, 一呼士皆袒左, 爲劉氏, 畔諸呂, 卒以滅之. 此乃天授, 非人力也. 今大臣雖欲爲變, 百姓弗爲使, 其黨寧能專一邪? 內有朱虛,東牟之親, 外畏吳,楚,淮南,琅邪,齊,代之强. 方今高帝子獨淮南王與大王, 大王又長, 賢聖仁孝聞於天下, 故大臣因天下之心而欲迎立大王, 大王勿疑也." 代王報太后, 計猶豫未定. 卜之, 兆得大橫. 占曰, "大橫庚庚, 餘爲天王, 夏啓以光." 代王曰, "寡人固已爲王, 又何王乎?" 卜人曰, "所謂天王者, 乃天子也." 於是代王乃遣太后弟薄昭見太尉勃, 勃等具言所以迎立王者. 昭還報曰, "信矣, 無可疑者." 代王笑謂宋昌曰, "果如公言." 乃令宋昌驂乘, 張武等六人乘六乘傳, 詣長安, 至高陵止, 而使宋昌先之長安觀變.

| **註釋** | ○郎中令張武 - 代國의 낭중령이었다. 무제 즉위 이후 漢의 낭중령에 임명되었다. 漢初에 제후국도 중앙 정부와 같은 직제를 운영할 수 있었다. 郎中令은 9卿의 하나. 궁문 수위와 경호 담당. 속관을 가장 많이 거느린 요직. ○其屬意非止此也 - 屬意(촉의)는 관심을 갖거나 마음을 집중함. 여기에는 그 진정한 속셈이 다를 수도 있다는 뜻. ○新喋血京師 - 新은 최근에, 喋血(첩혈)은 피를 밟다. 유혈사태. 京師는 長安. ○中尉宋昌 - 대국의 中尉. 직접 군사를 거느리는 무관직. 국도의 치안 유지. 宋昌은 항우에게 피살된 宋義의 아들 또는 후손이라고 한다. ○天下絶望 - 천하의 호걸들이 황제가 될 수 있다는 희망을 버렸다. ○地犬牙相制 - 제후의 영지가 개의 이빨처럼 서로 물려 있다. ○除秦煩苛 - 진의 번잡한 법령을 모두 폐지했다. ○畔諸呂 - 畔(두둑 반)은 叛(배반할 반). ○內有朱虛,東牟之親 - 朱虛侯 劉章과 東牟侯 劉興居. ○兆得大橫 - 점을 쳐서 얻은 괘. 대횡은 갈라진 모양이 크게 횡선을 그었다. ○大橫庚庚 - 庚庚은 옆으로 그어진 모양. 큰 변화가 일어난다는 뜻. ○夏啓以光 - 夏啓는 夏 禹王의 아들 啓. 하의 두 번째 왕. ○薄昭(박소) - 박태후의 남동생. 文帝의 외숙. ○六乘傳 - 6輛의 傳車. ○至高陵止 - 高陵縣(陵縣 이름)에 들어와 머물다. 止는 머무르다(駐扎).

〖國譯〗

(한 조정의) 大臣들은 사람을 보내 代王을 영접하게 하였다. (代國의) 郎中令인 張武(장무) 등이 이를 논의하였는데 여러 사람이 말했다.

"漢의 대신은 거개가 高帝의 장수로 용병에 뛰어나고 거짓에 익숙하니 그 속셈이 실제와 다를 수도 있으며 그간 高帝와 呂太后의 위세에 눌려 있었을 뿐입니다. 지금 그들이 여씨들을 제거하면서 얼마 전에 京師에 유혈사태를 겪었으며 大王을 맞이한다는 명분이지만 아직 믿을 수 없습니다. 그러니 왕께서는 병을 핑계로 머물며 그 변화를 살펴야 합니다."

그러나 中尉인 宋昌이 나서며 말했다.

"여러 사람의 의논은 다 잘못되었습니다. 秦의 失政에 호걸이 모두 기병하면서 사람마다 천자의 자리를 차지할 것이라 생각한 사람이 1만 명이나 되었지만 끝내 천자의 자리에 오른 것은 劉氏였으며 천하호걸 모두가 이미 절망한 것이 첫째 이유입니다. 高帝의 王과 子弟의 封地가 개의 이빨처럼 서로 물려 있으니, 이는 반석처럼 튼튼한 宗族이며 천하는 이미 그 강한 힘에 굴복하였으니 이것이 두 번 째 이유입니다. 한은 흥기하면서 秦의 번잡한 법망을 제거하고 約法을 시행하며 은덕을 베풀어 모두가 평안하여 뒤흔들 수가 없다는 것이 세 번째입니다. 그리고 呂太后의 위세로 왕이 된 여씨 3인이 정권을 휘둘렀지만 太尉가 지절을 들고 北軍營에 들어가 호령 한 번으로 모두가 왼쪽 어깨를 벗어 劉氏에 충성하고 呂氏를 버렸으며 마침내 그들을 멸족시켰습니다. 이는 하늘이 준 것이지 人力이 아닙니다. 지금 대신들이 정변을 일으키려 하여도 백성들이 따르지 않을 것이니 어찌 한 무리가 뜻대로 할 수 있겠습니까? 지금 안으로는 朱虛侯(劉章)와 東牟侯(동모후, 劉興居) 같은 친족이 있고 밖으로는 강대한 吳(王 劉濞), 楚(王 劉交), 淮南(王 劉長), 琅邪(王 劉澤), 齊(王 劉襄), 代(王 劉恒)가 있습니다. 지금 高帝의 親子로는 淮南王과 大王뿐인데 大王께서 나이도 많고 현명하시며 인자하시고 효행으로 천하에 알려졌기에 대신들이 천하 민심에 따라 大王을 영입하려는 것이니 大王께서는 의심하지 마십시오."

代王은 太后에게 아뢰었으나 계책은 유예하며 정해지지 않았다. 이에 점을 쳐서 大橫(대횡) 괘를 얻었다. 점괘는 "大橫이 아주 뚜렷하니, 곧 天王이 될 것이며 夏의 왕 啓와 같이 先帝의 대업을 빛낼 것이다."라고 하였다.

그러자 代王이 말했다. "寡人은 이미 王인데 또 무슨 왕이 되겠는가?" 이에 卜人이 말했다. "여기서 天王이라 한 것은 바로 天子를 말합니다." 그러자 代王은 곧 太后의 동생인 薄昭(박소)를 보내 太尉周勃(주발)을 만나보게 했는데 주발 등은 代王을 옹립하려는 뜻을 자세히 말해 주었다. 박소가 돌아와 보고하였다. "신용할 수 있으며 의심할 것 없습니다."

이에 代王은 웃으며 宋昌에게 말했다. "과연 公이 말한 그대로다."

그리고 宋昌을 驂乘으로 삼고 張武 등 6인은 6량의 傳車를 타고 수행하여 長安에 와서 高陵에 멈춰 宋昌을 먼저 성 안으로 들여보내 상황을 파악하게 하였다.

原文

昌至渭橋, 丞相已下皆迎. 昌還報, 代王乃進至渭橋. 群臣拜謁稱臣, 代王下拜. 太尉勃進曰, "願請間." 宋昌曰, "所言公, 公言之, 所言私, 王者無私." 太尉勃乃跪上天子璽. 代王謝曰, "至邸而議之."

| 註釋 | ○渭橋(위교) - 渭水의 다리. 본명은 橫橋. 秦 함양성의 정남, 漢代 장안성 서북에 위치. ○願請間 - 좌우를 물리쳐 개인적으로 주청코자 하다. ○代王謝曰 - 謝는 말로 사양하다. ○至邸而議之 - 제후국은 경사에 사저를 두고 관리했다. 제후가 장안에 왔을 때 거처하는 私邸.

〖國譯〗

宋昌이 渭橋(위교)에 이르렀을 때 승상 이하 모두가 나와 있었다. 송창이 돌아와 보고하자 代王은 바로 나아가 위교에 왔다. 모든 신하가 拜謁하며 稱臣하자 代王도 수레에서 내려 답배하였다. 태위 주발이 앞으로 나와 말했다. "조용히 뵙고자 합니다." 그러자 송창이 말했다. "공이 할 말이 공적인 것이면 공개로 말하고 사적인 일이라면 王者는 사사로이 듣지 않을 것입니다." 태위 주발이 바로 무릎을 꿇고 천자의 璽符(새부)를 바쳤다. 이에 代王은 사양하며 말했다. "일단 사저에 가서 의논합시다."

原文

閏月己酉, 入代邸. 群臣從至, 上議曰, "丞相臣平,太尉臣勃,大將軍臣武,御史大夫臣蒼,宗正臣郢,朱虛侯臣章,東牟侯臣興居,典客臣揭再拜言大王足下, 子弘等皆非孝惠皇帝子, 不當奉宗廟. 臣謹請陰安侯,頃王后,琅邪王,列侯,吏二千石議, 大王高皇帝子, 宜爲嗣, 願大王卽天子位." 代王曰, "奉高帝宗廟, 重事也. 寡人不佞, 不足以稱. 願請楚王計宜者, 寡人弗敢當." 群臣皆伏, 固請. 代王西鄕讓者三, 南鄕讓者再. 丞相平等皆曰, "臣伏計之, 大王奉高祖宗廟最宜稱, 雖天下諸侯萬民皆以爲宜. 臣等爲宗廟, 社稷計, 不敢忽. 願大王幸聽臣等. 臣謹奉天子璽,符再拜上."

代王曰, "宗室,將,相,王,列侯以爲其宜寡人, 寡人不敢辭." 遂卽天子位. 群臣以次侍. 使太僕嬰, 東牟侯興居先淸宮, 奉天子法駕迎代邸. 皇帝卽日夕入未央宮. 夜拜宋昌爲衛將軍, 領南,北軍, 張武爲郎中令, 行殿中. 還坐前殿, 下詔曰, "制詔丞相,太尉,御史大夫, 間者諸呂用事擅權, 謀爲大逆, 欲危劉氏宗廟, 賴將,相,列侯,宗室,大臣誅之, 皆伏其辜. 朕初卽位, 其赦天下, 賜民爵一級, 女子百戶牛,酒, 酺五日."

| **註釋** | ○閏月己酉 – 윤 9월 그믐. 漢代에 윤달은 9월에만 있었다. 여씨 일족을 제거하고 49일째 되는 날이라는 주석이 있다. ○大將軍臣武 – 柴武(시무), 《史記》〈孝文本紀第十〉에는 陳武로 되었다. 武는 당연히 '灌嬰(관영)' 이어야 한다는 주석도 있다. ○宗正臣郢 – 劉郢客(유영객). ○陰安侯 – 고조의 형 伯(백)의 妻, 곧 문제에게는 큰 어머니. 頃王后는 고조의 작은 형

仲(중)의 妻. ○琅邪王 - 劉澤. ○寡人不佞 - 不佞은 不才. ○不足以稱 - 稱은 부응하다. 부합하다. ○願請楚 - 고조의 막내 동생, 劉交. 문제의 작은 아버지. 당시 황실에서 제일 어른이었다. ○代王西鄕 - 鄕은 向. 東向이 상석이었다. 대왕 사저에서의 면담이기에 주인으로 빈객인 대신 일행을 상석에 앉혔다. ○南鄕讓者 - 君臣이 남북으로 坐定했기에 代王은 남향하여 겸손의 뜻으로 사양했다. ○雖天下諸侯~ - 雖는 설령 그렇더라도. ○不敢忽 - 그렇게 따를 수 없다. ○其宜寡人 - 이 일은 과인이 적합하다고 하니《史記 文帝本紀》에는 '莫宜寡人(과인만큼 적합한 사람이 없다)'로 되어 있다. ○使太僕嬰 - 夏侯嬰은 혜제와 고후 시에도 태복이었다. ○先淸宮 - 궁중에 있는 少帝 劉弘 등을 제거하다. ○天子法駕 - 천자가 타는 수레. 평상시에는 侍中이 驂乘하고 奉車郞이 수레를 운전한다. 그리고 수레 36량이 수행하였다. ○間者 - 日前에. ○女子百戶牛,酒 - 여자는 民爵을 받지 못하기에 1백 호 당 소 1마리와 술 10석을 하사했다. ○酺五日 - 酺(연회 포)는 모여 음주하다. 漢法에 3인 이상이 이유 없이 모여 음주하면 4兩의 벌금을 부과했다. 5일간 모여 음주할 수 있었다면 이는 대단한 특혜이다.

〖國譯〗

閏月 己酉日(기유일)에 代王은 사저에 들어갔다. 모든 신하가 따라와 논의한 바를 상주하였다.

"승상인 臣 陳平, 태위 신 周勃, 대장군 신 柴武(시무), 어사대부 신 張蒼(장창), 종정 신 劉郢客(유영객), 주허후 신 劉章, 동모후 신 劉興居, 전객 신 劉揭(유게)는 재배하고 大王께 말씀드리오니, 皇子 劉弘 등은 모두 孝惠皇帝의 아들이 아니기에 宗廟를 받들 수 없습니다. 臣들은 삼가 陰安侯와 頃王의 王后, 琅邪王 및 列侯와 2천 석 관리들과도 논의하였는데 大王께서는 高皇帝의 아드님이시니 응당 후사가 되어야 하며 大王께서는 天子의 자리에 오르시기 바랍니다."

그러자 代王이 말했다.

"高帝의 종묘를 모시는 일은 중대한 일이다. 과인은 능력이 모자라 그 일을 수행할 수 없다. 바라건대, 楚王을 모시고 적합자를 찾아야 할 것이니 과인은 감당할 수 없도다."

이에 모든 신하가 엎드려 다시 간청하였다. 代王은 서쪽 대신을 향하여 3번 사양하였고, 남쪽의 여러 신하를 향해 두 번 사양하였다. 승상 진평 등이 모두 말했다.

"저희들 생각으로 大王께서는 高祖의 종묘를 모시기에 가장 적합하시니 대왕께서 사양하시더라도 천하의 제후와 만민 모두 마땅하다고 생각할 것입니다. 저희들은 종묘와 사직을 위해서라도 대왕의 사양을 따를 수 없습니다. 大王게서는 저희들 간청을 받아주시기 바랍니다. 臣은 삼가 천자의 국새와 符信(부신)을 다시 올립니다."

그러자 代王이 말했다. "宗室과 장군과 승상, 王과 列侯가 과인만큼 적합한 사람이 없다 하니 과인은 더 사양을 못하겠노라."

마침내 천자의 자리에 등극하였다. 모든 신하가 차례에 의거 배열하였다. 太僕인 하후영과 동모후 유흥거가 먼저 궁중의 잡인을 제거하고 천자의 법가로 대왕 사저에서 모셔갔다. 皇帝는 그날 저녁 未央宮에 입궁하였다. 밤에 宋昌을 衛將軍에 임명하여 南, 北軍을 지휘케 하였고 張武를 郞中令으로 삼아 궁전을 순시케 하였다. 고조는 前殿에 나와 앉아 조서를 내려 말했다.

"승상과 태위와 어사대부에게 조서로 명하노라. 예전에 여씨들이 권력을 쥐고 마음대로 하며 大逆을 꾸며 유씨 종묘를 위태롭게 하였으나 여러 장상과 열후와 종실과 대신들이 여씨를 제거했고 벌을 받게 하였도다. 짐은 즉위하면서 천하를 사면하며 백성의 작위 1급을 하사하며 작위를 받은 호구의 여인에게는 1백 호에 소고기와 술을 하사하여 5일간 음주토록 하라."

原文

元年冬十月辛亥, 皇帝見于高廟. 遣車騎將軍薄昭迎皇太后於代. 詔曰, "前呂産自置爲相國, 呂祿爲上將軍, 擅遣將軍灌嬰將兵擊齊, 欲代劉氏. 嬰留滎陽, 與諸侯合謀以誅呂氏. 呂産欲爲不善, 丞相平與太尉勃等謀奪産等軍. 朱虛侯章首先捕斬産. 太尉勃身率襄平侯通持節承詔入北軍. 典客揭奪呂祿印. 其益封太尉勃邑萬戶, 賜金五千斤. 丞相平, 將軍嬰邑各三千戶, 金二千斤. 朱虛侯章,襄平侯通邑各二千戶, 金千斤. 封典客揭爲陽信侯, 賜金千斤."

| 註釋 | ○元年冬十月辛亥 – 前 179년, 壬戌. ○襄平侯通 – 通은 紀通. ○典客揭 – 전객은 관직명. 揭는 劉揭(유계). ○賜金五千斤 – 五千 斤에 해당하는 금전. 邑은 食邑.

〖國譯〗

文帝 元年 겨울인 10월 신해일에, 황제는 고제의 묘당을 참배했다. 문제는 車騎將軍인 薄昭(박소)를 보내 代國에서 皇太后(薄太后)

를 모셔 오게 하였다.

조서를 내려 말했다. "그전에 呂産은 스스로 상국이 되었고 呂祿은 상장군이 되어 멋대로 장군 관영에게 군사를 거느리고 가서 齊를 공격케 하여 劉氏를 대신코자 하였다. 관영은 滎陽(형양)에 머물며 제후와 함께 여씨 일족을 주살할 계획을 세웠었다. 呂産은 반역을 꾸몄으나 승상 진평과 태위 주발 등은 여산 등의 군권을 빼앗았다. 주허후 유장은 먼저 여산을 잡아 죽였다. 태위 주발은 몸소 襄平侯 紀通(기통)과 함께 부절을 가지고 조서로 北軍에 들어갔었다. 典客인 劉揭(유게)는 呂祿의 인수를 빼앗았다. 태위 주발에게 식읍 1만 호를 늘려주고 5천 근의 상금을 하사한다. 승상 진평과 장군 관영에게 각각 식읍 3천 호를 늘려주고 상금 2천 근을 하사한다. 주허후 유장과 양평후 기통에게 각각 식읍 2천 호를 늘려주고 상금 1천 근을 하사한다. 典客인 劉揭(유게)를 陽信侯에 봉하고 상금 1천 근을 하사한다."

原文

十二月, 立趙幽王子遂爲趙王, 徙琅邪王澤爲燕王. 呂氏所奪齊,楚地皆歸之. 盡除收帑相坐律令.

正月, 有司請蚤建太子, 所以尊宗廟也. 詔曰, "朕旣不德, 上帝神明未歆饗也, 天下人民未有慊志. 今縱不能博求天下賢聖有德之人而嬗天下焉, 而曰豫建太子, 是重吾不德也. 謂天下何? 其安之." 有司曰, "豫建太子, 所以重宗廟社稷,不忘天下也." 上曰, "楚王, 季父也, 春秋高, 閱天下之義理多矣, 明於國家之體. 吳王於朕, 兄也, 淮南王, 弟也, 皆秉德以陪朕, 豈爲不豫哉! 諸侯王,宗室昆弟有功臣, 多賢及有德義者, 若擧有德以陪朕之不能終, 是社稷之靈, 天下之福也. 今不選擧焉, 而曰必子, 人其以朕爲忘賢有德者而專於子, 非所以憂天下也. 朕甚不取." 有司固請曰, "古者殷,周有國, 治安皆且千歲, 有天下者莫長焉, 用此道也. 立嗣必子, 所從來遠矣. 高帝始平天下, 建諸侯, 爲帝者太祖. 諸侯王,列侯始受國者亦皆爲其國祖. 子孫繼嗣, 世世不絶, 天下之大義也. 故高帝設之以撫海內. 今釋宜建而更選於諸侯宗室, 非高帝之志也. 更議不宜. 子啓最長, 敦厚慈仁, 請建以爲太子." 上乃許之. 因賜天下民當爲父後者爵一級. 封將軍薄昭爲軹侯.

| **註釋** | ○趙幽王子遂爲趙王 – 幽王(유왕)은 고조의 6子 劉友. 趙王으로 봉해졌지만 여후가 장안으로 데려다가 굶겨 죽였다. 文帝는 趙王 劉友(유우, 고조의 아들)의 아들 劉遂(유수)를 趙王으로, 다른 아들 劉辟光(유벽광)을 河間王으로 봉했었다. 조왕 遂는 경제 때 吳楚7國의 亂에 합세했지만 실패하자 자살했다. 38권, 〈高五王傳〉에 附傳. ○徙琅邪王澤爲燕王 – 高祖의 再從(6촌) 형제, 文帝 때 燕王에 被封. 35권, 〈荆燕吳傳〉에 입전. ○收帑相坐律令 – 帑는 금고 탕. 처자(妻) 노(孥와 同). 收帑相坐律令은 죄를 지은 사람의 처가까지 연좌하는 律令. ○有司 – 직분이나 성명을 명시하지 않은 官吏. 設官하고 담당 職務를 구분하기에 事有專司의 뜻. 담당자. 담당 관청이나 담당

부서의 뜻. ○蚤建太子 - 蚤는 早. ○歆饗(흠향) - 신명이 제사 음식의 氣를 받아들이다. 歆은 받을 흠. 마음이 움직이다. 饗은 제사 지낼 향. 신명이 제사 음식을 받다. 잔치할 향. 이런 단어는 近義復詞이다. ○慊志 - 뜻에 차다. 慊은 만족할 협. 마음에 들다. ○今縱不能 - 縱은 가령, 설사~하더라도. ○嬗 - 禪의 古字. 禪讓하다. ○重吾不德也 - 重은 보태다. ○謂天下何 - 어찌 해야 천하의 기대에 부응하겠는가? ○其安之 - 천천히 처리하기 바란다. 其는 ~해라(명령). 당연히 ~해야 한다. 장차 ~하려 한다. ○陪朕 - 陪는 보조하다. 돕다. ○皆且千歲 - 且는 가깝다. ○莫長焉 - 더 오래간 나라가 없다. ○故高帝設之 - 적자를 세워 전위하는 제도를 확립하다. ○今釋宜建~ - 釋은 버리다. 放棄하다. 宜建은 적당한 태자를 세우는 일. ○子啓最長 - 劉啓, 문제의 장자. 뒷날 景帝. ○當爲父後者 - 가장의 지위를 계승할 자.

〖國譯〗

12월, 趙 幽王의 아들 劉遂(유수)를 趙王에 봉했고, 琅邪王(낭야왕) 劉澤(유택)을 燕王으로 옮겼다. 呂氏에게 빼앗겼던 齊와 楚의 땅을 모두 귀속시켰다. 妻族까지 연좌하는 율령을 폐지하였다.

정월에 담당관리가 일찍 태자를 확정하는 것이 종묘를 받드는 일이라고 주청하였다. 이에 조서를 내려 말했다.

"朕이 不德하여 上帝 神明께서 아직 흠향하지도 않았고 천하 인민의 마음에 들지도 못했도다. 지금 천하에 현명하고 유덕한 인재를 널리 구하여 천하를 선양하지는 못한다 할지라도 짐이 미리 아들을 태자로 확정한다면 이는 나의 부덕을 가중케 하는 것이다. 그래서는 천하의 여망에 어찌 부합하겠는가? 천천히 처리하기 바란다."

이에 有司가 말했다. "미리 태자를 확정하는 것은 종묘사직을 위하는 길이며 천하 백성을 잊지 않는다는 뜻입니다." 그러자 황상이 말했다.

"楚王은 짐의 작은 아버지로 연세도 많으시고, 세상사 이치를 많이 경험하셨으며 치국의 대강을 잘 알고 계신다. 吳王은 짐의 형이고 淮南王은 동생으로 모두 훌륭한 덕으로 짐을 도와주고 있는데 어찌 미리 상의하지 않을 수 있겠는가! 諸侯의 王이나 종실 형제에 공신도 많고 현명하며 德義를 가진 사람이 많거늘 유덕자를 발탁하여 짐이 잘 마치지 못할 일을 돕도록 하는 것이 사직의 영험이며 천하 백성을 위한 복이 될 것이다. 지금 현인을 발탁하지도 못했는데 짐의 아들을 말한다면 백성들은 짐이 현명하거나 유덕한 인재를 잊어버리고 아들만 생각한다고 생각할 것이며 이는 천하백성을 걱정하는 일이 아니기에 짐은 정말로 따를 수 없을 것이다."

그러자 대신들이 간청하였다.

"옛날 殷과 周가 건국하고 거의 1천 년을 다스렸으니 천하에 이보다 오래간 나라가 없었는데 이는 태자를 잘 세웠기 때문입니다. 아들로 후사를 정하는 것은 유래가 아주 오래되었습니다. 高帝께서 처음 천하를 평정하시고 제후를 세웠으며 황제로서 태조가 되셨습니다. 제후 왕과 열후로 처음 나라를 받은 자 역시 모두 그 나라의 시조가 되었습니다. 자손이 뒤를 이어 대대로 끊어지지 않는 것은 천하의 대의입니다. 그래서 高帝께서도 이를 설정하여 천하를 진무하셨습니다. 이제 응당 확정 지을 태자를 놔두고서 제후와 종실에서 후사를 구하는 것은 高帝의 뜻이 아닙니다. 또 다른 의논은 옳지 않습니다. 장자이신 啓(계)는 연장자이면서 돈후 인자하니 태자로 확정할 것을 주청합니다."

황상은 결국 허락하였다. 그러면서 천하의 백성 중 부친의 뒤를 이을 자에게 작위 일급을 하사하였다. 將軍이 薄昭(박소)를 軹侯(지후)에 봉했다.

原文

三月, 有司請立皇后. 皇太后曰, "立太子母竇氏爲皇后."

詔曰, "方春和時, 草木群生之物皆有以自樂, 而吾百姓鰥寡孤獨窮困之人或阽於死亡, 而莫之省憂. 爲民父母將何如? 其議所以振貸之." 又曰, "老者非帛不暖, 非肉不飽. 今歲首, 不時使人存問長老, 又無布帛酒肉之賜, 將何以佐天下子孫孝養其親? 今聞吏稟當受鬻者, 或以陳粟, 豈稱養老之意哉! 具爲令." 有司請令縣道, 年八十已上, 賜米人月一石, 肉二十斤, 酒五斗. 其九十已上, 又賜帛人二匹, 絮三斤. 賜物及當稟鬻米者, 長吏閱視, 丞若尉致. 不滿九十, 嗇夫, 令史致. 二千石遣都吏循行, 不稱者督之. 刑者及有罪耐以上, 不用此令.

楚元王交薨.

| 註釋 | ○立太子母竇氏 – 소설만큼이나 드라마틱한 운명을 타고 났다. 文帝의 皇后, 景帝의 太后. 〈外戚傳〉(上)에 입전. ○或阽於死亡 – 阽은 위태로울 점. ○不時使人存問~ – 時는 때맞춰. 存問은 찾아 위문하다. ○吏稟當受鬻者 – 稟(줄 품)은 지급하다. 지급품. 여기서는 명사로 쓰였다. 鬻은 粥

(죽) 곧 관청에서 지급하는 곡식. ○或以陳粟 - 陳은 오래되다. 묵은 곡식. ○具爲令 - 법령이나 조례로 제정하라. ○絮三斤 - 絮(솜 서)는 緜(햇솜 면). ○長吏閱視 - 長吏는 縣의 令 또는 縣長. 閱視는 감독하다. ○丞若尉致 - 丞은 縣丞(縣令의 副職). 若은 ~과. 尉는 縣尉. 致는 보내다. ○嗇夫,令史致 - 鄕에 嗇夫(색부)를 두어 聽訟이나 부세 징수를 담당케 하였다. 5천 호 이상 鄕에 근무하는 색부는 질록이 1백 석이었다. 令史는 질록 1백 석 이하의 小吏. 斗食佐史라고도 했다. ○二千石遣都吏循行 - 二千石은 군수, 또는 제후국의 相. ○楚元王交薨 - 元王 劉交. 고조의 이복동생.

〖國譯〗

3월에, 담당자가 황후책립을 주청하였다. 황태후가 말했다. "太子의 모친인 竇氏(두씨)를 皇后로 책봉하라."

황상이 조서를 내려 말했다.

"바야흐로 소생하는 봄철에, 초목과 모든 생물이 모두 각자 번영하지만 나의 백성 중 홀아비나 과부, 자식도 없는 노인이나 고아 등 곤궁한 백성은 죽을 지경에 처해있지만 아무도 이를 돌봐주지 않는다. 백성의 부모가 되어 장차 어떻게 이들을 보살펴야 하겠는가. 곤궁한 백성을 구제할 방책을 논의하기 바란다."

또 조서를 내려 말했다. "노인은 비단옷이 아니라면 따뜻하지 않고 고기를 안 먹으면 배가 부르지 않다. 지금 같은 연초에 때맞춰 사람을 시켜 어른을 보살피지 않거나 옷감이나 酒肉을 하사하지도 않는다면 천하의 자손들에게 어른께 효도하며 봉양하라고 어찌 가르칠 수 있겠는가? 요즈음 듣자 하니 관리가 노인에게 곡식을 지급할 때 묵은 곡식으로 준다고 하는데, 그래서야 어찌 노인을 봉양한다고 하겠는가! 이에 관한 규정을 만들도록 하라."

담당자가 각 縣과 道에 명령하여 나이 80세 이상자에게 1인 월 1석의 알곡과 고기 20근, 술 5斗를 하사하고 그중에서 90세 이상자는 1인당 비단 2필과 솜 3을 하사하겠다고 주청하였다. 이에 물건과 죽을 쑬 알곡 수령을 현령이나 縣丞(현승) 또는 縣尉(현위)를 보내 확인케 하고 90세 미만자에 대해서는 嗇夫(색부)나 令史(영사)를 보내 확인케 하였다. 2천 석(군수)는 都吏(督郵)를 순시 감독케 하되 조서대로 따르지 않으면 처벌하였다. 형벌을 받은 자나 耐刑(수염을 깎고 2년간 노역종사) 이상을 받은 자는 여기에 적용하지 않았다.

楚 元王 交(교)가 죽었다.

原文

四月, 齊,楚地震, 二十九山同日崩, 大水潰出.

六月, 令郡國無來獻. 施惠天下, 諸侯,四夷, 遠近歡洽. 乃修代來功. 詔曰, "方大臣誅諸呂迎朕, 朕狐疑, 皆止朕, 唯中尉宋昌勸朕, 朕已得保宗廟. 以尊昌爲衛將軍, 其封昌爲壯武侯. 諸從朕六人, 官皆至九卿." 又曰, "列侯從高帝入蜀,漢者六十八人益邑各三百戶, 吏二千石以上從高帝潁川守尊等十人食邑六百戶, 淮陽守申屠嘉等十人五百戶, 衛尉足等十人四百戶." 封淮南王舅趙兼爲周陽侯, 齊王舅駟鈞爲靖郭侯, 故常山丞相蔡兼爲樊侯.

| 註釋 | ○大水潰出 - 潰는 무너질 궤, 둑이 무너지다. ○無來獻 - 獻은 獻費. 1인 年 63전. 고조 11년부터 부과된 人頭稅 성격의 세금. ○修代來功 - 代에서 문제를 옹위한 공로를 논공행상하다. 修는 처리하다. 다스리다. ○諸從朕六人 - 張武 등 6인. ○穎川守尊 - 영천군수. 名은 尊(존). 영천군 치소는 陽翟縣(양책현), 今 河南省 許昌市 관할의 禹州市. ○淮陽守申屠嘉 - 회양은 군명. 치소는 陳縣(今 河南省 周口市 淮陽縣). 申屠嘉(신도가) - 활을 쏘는 군졸로 高祖를 따라 項籍(項羽)을 격파하였고 승진하여 隊長이 되었다. 문제 때 승상 역임. 文帝의 총신인 鄧通(등통)을 혼내 주었다. 42권, 〈張周趙任申屠傳〉에 입전. ○常山丞相蔡兼 - 常山國의 승상. 제후국의 승상은 경제 때부터 相이라 호칭하여 중앙정부의 승상과 구별하였다.

〖國譯〗

4월에, 齊와 楚에서 지진이 발생하여 29개 산이 같은 날 붕괴했고 둑이 터져 홍수가 났다.

6월, 각 군국에 명령하여 중앙에 獻費(헌비)를 보내지 않게 하였다. 온 천하에 혜택을 주어 諸侯와 4방의 부족까지 원근의 모두가 즐거워하였다. 이어 代國에서 황상을 모셔온 공적을 시상하였다. 이에 조서로 말했다.

"大臣들이 여씨 일족을 제거하고 짐을 영입하려 할 때 짐은 狐疑(호의)했고 많은 사람들이 짐을 만류했으나 오직 中尉인 宋昌(송창)이 짐에게 권유하였기에 짐이 종묘를 지킬 수 있게 되었다. 이에 송창을 衛將軍에 승진시키고 봉지를 주어 壯武侯에 봉한다. 짐을 수행한 다른 6인은 모두 9경의 반열에 임명한다." 또 조서를 내려 말했다.

"高帝를 수행하여 蜀郡과 漢中郡에 들어간 列侯 68인에게 식읍

각 3백 호를 추가하고 2천 석 이상의 관리로 고제를 수행한 潁川(영천)군수 尊(존) 등 10인에게 식읍 6백 호를 지급하고, 淮陽(회양) 군수 申屠嘉(신도가) 등 10인에게는 5백 호, 衛尉(위위)인 足(족) 등 10인에게는 4백 호를 지급한다."

淮南王의 외숙인 趙兼(조겸)을 周陽侯에 봉했고, 齊王의 외숙인 駟鈞(사균)을 靖郭侯(곽정후)에 봉했으며, 옛 常山國 승상 蔡兼(채겸)을 樊侯(번후)로 봉했다.

原文

二年冬十月, 丞相陳平薨. 詔曰, "朕聞古者諸侯建國千餘, 各守其地, 以時入貢, 民不勞苦, 上下歡欣, 靡有違德. 今列侯多居長安, 邑遠, 吏卒給輸費苦, 而列侯亦無由教訓其民. 其令列侯之國, 爲吏及詔所止者, 遣太子."

|註釋| ○二年 - 前 178. 癸亥. ○爲吏及詔所止者 - 爲吏는 열후로 경이나 대부인 자. 詔所止는 조서에 의거 경사에 머물러야 할 자. ○遣太子 - 제후국 왕이나 列侯의 장자를 모두 태자라 불렀다.

〖國譯〗

2년 겨울 10월, 승상 陳平이 죽었다.

조서를 내려 말했다. "짐이 알기로 옛날 제후국은 1천여 국으로 각 그 봉지를 지키며 때맞춰 공물을 바쳐 백성은 고생하지 않았고 상하 모두 마음 편하면서도 나쁜 짓을 하지 않았다. 지금 열후들은 대부분 장안에 거주하여 식읍에서 멀리 떨어졌기에 그 관리가 장안까지 운송하거나 왕래하는 데 고생이 많고 제후 또한 그 백성을 교화할 수도 없다. 열후에게 명하나니 각자 봉국에 갈 것이며 경이나 대부의 직분을 가진 열후, 그리고 조서에 의거 경사에 머물러야 할 열후는 태자를 봉국에 보내도록 하라.

原文

十一月癸卯晦, 日有食之. 詔曰, "朕聞之, 天生民, 爲之置君以養治之. 人主不德, 布政不均, 則天示之災以戒不治. 乃十一月晦, 日有食之, 適見於天, 災孰大焉! 朕獲保宗廟, 以微眇之身托於士民君王之上, 天下治亂, 在予一人, 唯二三執政猶吾股肱也. 朕下不能治育群生, 上以累三光之明, 其不德大矣. 令至, 其悉思朕之過失, 及知見之所不及, 匄以啓告朕. 及擧賢良方正能直言極諫者, 以匡朕之不逮. 因各敕以職任, 務省繇費以便民. 朕旣不能遠德, 故憪然念外人之有非, 是以設備未息. 今縱不能罷邊屯戍, 又飭兵厚衛, 其罷衛將軍軍. 太僕見馬遺財足, 餘皆以給傳置."

| 註釋 | ○癸卯晦 – 계묘일, 그믐(30일). ○不治 – 잘 다스려지지 않다. ○適見於天 – 適은 謫, 견책. 見은 나타나다(現). ○災孰大焉 – 재해 중 무엇이 이보다 더 크겠는가! ○三光 – 日, 月, 星. ○令至 – 이 조서가 도착하는 대로. ○匄以啓告朕 – 匄는 丐(빌 개). ○以匡朕之不逮 – 匡은 바로잡

다. 不逮는 생각이 미치지 못하다. 미처 생각하지 못하다. ○務省繇費以便民 – 省은 줄이다. 절약하다. 繇는 徭役(요역). ○不能遠德 – 遠德은 먼 만리의 지역까지 덕을 베풀다. ○故憪然 – 憪然은 불안한 모양. ○衛將軍軍 – 宋昌이 거느린 군사. ○傳置 – 驛站과 同. 同義復詞.

〖國譯〗

11월 계묘일 그믐에 일식이 있었다. 이에 조서를 내려 말했다.

“짐이 알기로는 하늘이 生民하고 백성을 위해 人君을 두어 양육하고 다스리게 했다. 그러나 人主가 不德하여 정사가 고르지 못하면 하늘이 災異을 내려 부당한 통치를 계고한다고 하였다. 지난 11월 그믐에 일식이 있었는데 이는 견책에 하늘에 나타난 것이니 무엇이 이보다 더 큰 재이겠는가! 짐이 다행히도 종묘를 지키고는 있지만 미약한 일신이나 士民과 君王의 윗자리에서 천하통치의 모든 책임은 전적으로 짐에 있으며 집정을 돕는 그대들은 다만 나의 측근일 뿐이다. 짐은 아래로는 만민을 잘 다스려 양육하지도 못하고, 위로는 三光의 광명을 훼손할 뿐이니 나의 失德이 정말 클 것이나. 이 조서가 내려가는 대로 모두는 짐의 과실과 짐이 식견이 미치지 못하는 점을 찾아내어 짐에게 모두 말해주기 바란다. 또 賢良方正하고 直言極諫할 賢才를 천거하여 짐이 부족한 것을 바로 잡아주기 바란다. 아울러 각자 직분을 다하면서 요역과 지출의 경감에 힘써 백성을 이롭게 하라. 짐이 먼 곳까지 감화하지 못하고 또 외인의 침입이 있을까 걱정이 되어 그 대비를 안할 수가 없다. 설령 지금 변방 주둔 군사를 해산할 수는 없지만 경사의 방비를 엄히 하도록 조치하며 衛將軍(宋昌)의 군사는 해산하겠다. 太僕(태복)도 지금 관리하는 마필 중에서 필요한 수만 남기고 나머지는 전부 역참에 보내 활용케 하라."

原文

春正月丁亥, 詔曰, "夫農, 天下之本也, 其開籍田, 朕親率耕, 以給宗廟粢盛. 民讁作縣官及貸種食未入, 入未備者, 皆赦之."

| **註釋** | ○其開籍田 - 籍田은 황제가 親耕하는 土地. 백성에 대한 권농책의 일환. ○宗廟粢盛 - 종묘에 올리는 곡물. 粢 기장 자. 盛은 그릇에 수북하게 담다. 제사에 올리는 곡물. ○民讁作縣官~ - 縣官은 국가 관청. 때로는 황제를 지칭.

〖**國譯**〗

봄 정월 丁亥日, 조서를 내려 말했다.

"농업은 천하의 근본이니 籍田(적전)을 마련하기 바라며 짐이 친히 경작하여 종묘에 粢盛(자성, 제물)으로 공양할 것이다. 백성 중에 죄를 지어 나라에 복역하거나 종자를 대출했으나 갚지 못한 자, 갚았지만 양이 부족한 자를 모두 사면토록 하라."

原文

三月, 有司請立皇子爲諸侯王. 詔曰, "前趙幽王幽死, 朕甚憐之, 已立其太子遂爲趙王. 遂弟辟彊及齊悼惠王子朱虛侯章,東牟侯興居有功, 可王.” 乃立辟强爲河間王, 章爲城陽王, 興居爲濟北王. 因立皇子武爲代王, 參爲太原王, 揖爲梁王.

| 註釋 | ○劉辟彊(유벽강, ?-前 166) - 河間王. 呂氏를 제거한 功으로 왕에 봉해졌다. 河間國은 옛날 趙國의 영지, 今 河北省 邢台市(형태시) 鉅鹿縣 중심. ○東牟侯興居(동모후흥거, ?-前 177) - 濟北王. 齊 悼惠王 劉肥의 三子, 前 182년에 東牟侯에 피봉. 呂氏를 제거하는 과정에서 兄長인 劉襄(유양)을 황제로 세우려 했으나 문제가 즉위했다. 이에 불평을 품고 있다가 나중에 반기를 들었으나 실패하여 자살했다(前 177). ○城陽王 - 성양국 치소는, 今 山東省 日照市 관할의 莒縣(거현). ○濟北王 - 제북국은 今 山東省 泰安市 일대. ○皇子武爲代王 - 景帝의 同母弟. 나중에 梁王으로 옮겨가 吳楚七國 亂 진압에 큰 역할을 다했다. 47권, 〈文三王傳〉에 입전.

〖國譯〗

3월에, 有司가 皇子를 諸侯王으로 봉할 것을 주청했다. 조서를 내려 말했다.

“그전에 趙 幽王이 幽死한 것을 朕은 심히 안타까워하여 이미 그 태자 遂(수)를 趙王으로 봉했었다. 遂(수)의 아우 辟彊(벽강)과 齊 悼惠王의 아들 朱虛侯 章(장), 그리고 東牟侯 興居(흥거)가 有功하니 왕에 봉할 수 있다.”

이에 유벽강을 河間王에, 유장을 城陽王에, 유흥거를 濟北王에 봉했다. 아울러 皇子인 武(무)를 代王에, 參(참)을 太原王에, 揖(읍)을 梁王에 봉하였다.

原文

五月, 詔曰, "古之治天下, 朝有進善之旌, 誹謗之木, 所以通治道而來諫者也. 今法有誹謗, 訞言之罪, 是使衆臣不敢盡情, 而上無由聞過失也. 將何以來遠方之賢良? 其除之. 民或祝詛上, 以相約而後相謾, 吏以爲大逆, 其有他言, 吏又以爲誹謗. 此細民之愚無知抵死, 朕甚不取. 自今以來, 有犯此者勿聽治."

| 註釋 | ○朝有進善之旌 – 朝는 朝廷. 進善之旌은 獻策을 권하는 旌旗(정기, 깃발). ○誹謗之木 – 舜임금 때 政事의 잘못을 써서 비판할 수 있는 나무. ○誹謗, 訞言之罪 – 정사를 비난하고 요망한 말을 유포한 죄. 誹는 헐뜯을 비. 謗은 헐뜯을 방. ○相謾 – 謾 속일 만. ○無知抵死 – 無知해서 사죄에 이르다. 抵는 거스를 저, 당하다. 다다르다.

〖國譯〗

5월에, 조서를 내려말했다.

"옛날에 천하를 다스리면서 조정에는 진언을 권장하는 깃발이 있었고 또 정사의 잘못을 지적할 수 있는 나무(誹謗之木)를 세웠는데 이는 정치에서 바른 말을 하는 자와 소통하려는 조치였다. 지금 법령에 誹謗(비방)과 訞言(요언)의 죄목이 있어 이 때문에 신하는 그 뜻을 다 말할 수 없고 윗사람은 자신의 잘못을 들을 수가 없다. 그러니 어떻게 먼 곳의 현량한 인재를 초치할 수 있겠는가? 이 법을 폐지하기 바란다. 백성이 혹 황제를 원망하거나 서로 숨기기로 약속을 했다가도 나중에 고발하면 관리는 이를 大逆不道라 하고, 혹시 다른 말이라도 하면 관리는 이를 조정을 비방했다고 생각한다. 이는 힘없는 백성이 우매하기 때문이나 死罪에 몰리기도 하는데 짐은 이를 그냥 볼 수가 없다. 오늘 이후로 이런 죄로 백성을 처벌하지 말라."

原文

九月, 初與郡守爲銅虎符,竹使符.

詔曰, "農, 天下之大本也, 民所恃以生也, 而民或不務本而事末, 故生不遂. 朕憂其然, 故今茲親率群臣農以勸之. 其賜天下民今年田租之半."

| **註釋** | ○虎符 – 군사를 동원할 수 있는 符信. ○務本 – 本(農業)에 힘쓰다. ○事末 – 末業(商業)에 종사하다.

〖國譯〗

9월, 처음으로 각 郡守에게 銅 虎符와 竹으로 만든 使符를 지급하였다.

조서를 내려 말했다. "농업은 天下의 大本이며 백성은 이에 의지해 살아가는데, 백성이 혹 농사에 힘쓰지 않고 상업에 종사하기 때문에 衣食이 부족해진다. 짐은 이를 걱정하여 이번에 친히 여러 신하와 함께 농사일을 하며 농업을 권장코자 한다. 천하 백성에게 금년 田租의 절반을 면제하도록 하라."

原文

三年冬十月丁酉晦, 日有食之. 十一月丁卯晦, 日有蝕之.

詔曰, "前日詔遣列侯之國, 辭未行. 丞相朕之所重, 其爲朕率列侯之國." 遂免丞相勃, 遣就國.

十二月, 太尉穎陰侯灌嬰爲丞相. 罷太尉官, 屬丞相.

夏四月, 城陽王章薨. 淮南王長殺辟陽侯審食其.

| 註釋 | ○三年 – 前 177년. 甲子. 日蝕(일식, 좀먹을 식)이나 日食도 통용. ○遂免丞相勃 – 40권, 〈張陳王周傳〉의 周勃傳 참고. ○穎陰侯灌嬰(영음후 관영, ?–前 176) – 비단장사 출신. 漢朝 開國功臣, 太尉, 丞相 역임. 41권, 〈樊酈滕灌傅靳周傳〉에 입전. ○殺辟陽侯審食其 – 고조의 막내아들 劉長은 문제 즉위 후 가장 가까운 형제라 생각하여 매우 교만하였으니 文帝에게 늘 '大兄'이라고 불렀다. 유장은 힘이 좋아 솥을 마주 들 정도였는데 審食其(심이기)를 쇠뭉치로 때려 죽였다. 44권, 〈淮南衡山濟北王傳〉에 상세한 기록.

〚國譯〛

3년 겨울 10월 丁酉日 그믐에 일식이 있었다. 11월 丁卯日 그믐에 일식이 있었다.

조서를 내려 말했다.

"前日에 열후에게 각자 봉국에 취임하라 조서를 내렸으나 핑계를 대며 가지 않았다. 승상은 짐에게 소중하나 짐을 위하여 솔선하여 봉국으로 나가기 바란다."

그리고서는 승상 周勃(주발)을 면직시켜 봉국에 취임하게 하였다.

12월, 太尉인 穎陰侯 灌嬰(관영)을 丞相에 임명했다. 太尉官을 폐

지하고 그 업무는 승상부에서 처리케 했다.

여름 4월, 城陽王 劉章이 죽었다. 淮南王 劉長이 辟陽侯 審食其(심이기)를 살해했다.

原文

五月, 匈奴入居北地,河南爲寇. 上幸甘泉, 遣丞相灌嬰擊匈奴, 匈奴去. 發中尉材官屬衛將軍, 軍長安.

上自甘泉之高奴, 因幸太原, 見故群臣, 皆賜之. 擧功行賞, 諸民里賜牛酒. 復晋陽,中都民三歲租. 留游太原十餘日.

| 註釋 | ○北地 – 군명. 황하가 지금의 내몽고 지역에서 ∩로 구부러지는 남쪽. ○上幸甘泉 – 幸은 거동하다. 황제의 외출. 甘泉은 현명. 今 陝西省 북부 延安市 관할 甘泉縣. 甘泉宮은 今 陝西省 咸陽市 관할의 淳化縣 서북, 甘泉山 아래의 별궁. ○高奴 – 현명. 今 陝西省 북부 延安市. ○因幸太原 – 간 김에 太原으로 행차하다. 太原은 옛 代國의 치소. 晋陽. ○中都 – 今 山西省 晋中市 平遙縣.

〖國譯〗

5월, 흉노가 北地郡을 점거하고 황하 남쪽까지 노략질을 하였다. 문제는 甘泉縣에 행차하였고 승상 灌嬰(관영)을 보내 흉노를 반격하자 흉노는 퇴각했다. 中尉의 材官을 동원하여 衛將軍에게 소속시켜 長安에 주둔케 하였다.

문제는 甘泉縣에서 高奴縣에 나아갔다가 이어 太原郡에 행차하여 옛 (代國의) 신하를 접견하고 恩賜를 베풀었다. 논공행상을 하고 백성들 마을에 소고기와 술을 하사하였다. 晋陽縣과 中都縣 백성의 3년간 조세를 면제했다. 太原에 10여 일을 머물며 쉬었다.

原文

濟北王興居聞帝之代欲自擊匈奴, 乃反, 發兵欲襲滎陽. 於是詔罷丞相兵, 以棘蒲侯柴武爲大將軍, 將四將軍十萬衆擊之. 祁侯繒賀爲將軍, 軍滎陽.

秋七月, 上自太原至長安. 詔曰, "濟北王背德反上, 詿誤吏民, 爲大逆. 濟北吏民, 兵未至先自定及以軍, 城邑降者, 皆赦之, 復官爵. 與王興居居, 去來者, 亦赦之."

八月, 虜濟北王興居, 自殺. 赦諸與興居反者.

| 註釋 | ○乃反 – 齊 悼惠王 劉肥의 아들 劉興居는 東牟侯(동모후)이었다가 文帝를 옹립한 공으로 前 178년 濟北王에 봉해졌다. 다음 해 文帝가 흉노 정벌에 나서자 반란을 일으켰으나 柴武(시무)에게 패전하며 자살했다.(前 177년). ○祁侯(기후) 繒賀(증하) – 인명. ○詿誤吏民 – 詿는 그르칠 괘. 속이다. 誤는 그르칠 오.

〖國譯〗

濟北王 劉興居는 文帝가 代에 가서 흉노를 원정한다는 사실을 알

고 반역하여 군사를 일으켜 滎陽(형양)을 공격하려고 했다. 이에 조서를 내려 승상의 군사를 해산하고 棘蒲侯(극포후) 柴武(시무)를 대장군으로 삼아 4명의 장군과 10만 군사를 거느리고 토벌케 하였다. 祁侯(기후)인 繒賀(증하)는 장군이 되어 형양에 주둔하였다.

가을인 7월, 황상은 太原에서 長安으로 돌아왔다. 그리고 조서를 내려 말했다.

"濟北王은 대의를 버리고 천자에 반기를 들고 백성을 꾀여 대역죄를 저질렀다. 濟北의 吏民으로 관군이 도착하기 전에 지역을 평정하거나 군사나 성읍을 들어 관군에 투항하는 자는 모두 용서하고 관작을 복구시켜 주겠다. 제북왕 興居와 한편이었으나 버리고 오는 자는 마찬가지로 사면하겠다."

8월, 濟北王 興居는 사로잡히자 자살하였다. 興居의 배반에 가담한 자를 모두 사면했다.

原文

四年冬十二月, 丞相灌嬰薨.

夏五月, 復諸劉有屬籍, 家無所與. 賜諸侯王子邑各二千戶.

秋九月, 封齊悼惠王子七人爲列侯. 絳侯周勃有罪, 逮詣廷尉詔獄. 作顧成廟.

五年春二月, 地震.

夏四月, 除盜鑄錢令. 更造四銖錢.

| 註釋 | ○四年 – 前 176년. 乙丑. ○逮詣廷尉詔獄 – 체포하여 정위의 조옥에 갇히다. 廷尉는 9卿의 하나. 수사 및 재판 담당. 질록은 中二千石. 詔獄은 詔命에 따른 獄案에 관련된 자를 가두는 감옥. 周勃은 나중에 무죄로 풀려났다. ○顧成廟(고성묘) – 文帝 자신이 생전에 건립한 묘당의 이름. 당시 장안성 남쪽에 위치. 능묘는 霸陵(패릉, 今 西安市 동쪽 白鹿原 부근. 霸水 근처 산을 이용하여 능묘를 조성했다.) 황제는 생전에 능묘와 묘당을 지었다. ○除盜鑄錢令 – 민간에서의 주전을 금지하는 법령을 폐지했다. 개인의 鑄錢을 허용했다는 뜻. 문제 때 개인 주전이 허용되자 吳王 劉濞는 천자보다도 더 부자였으며, 上大夫 鄧通(등통)은 제후왕보다도 더 부유했다. 이런 현상은 景帝 때 吳楚七國亂을 겪은 뒤에 鑄錢僞黃金棄市律을 반포하며 사전의 주조를 금지하자 사라졌다.

〖國譯〗

4년 겨울 12월, 승상 灌嬰(관영)이 죽었다.

여름 5월, 호적에 오른 모든 劉氏의 부세를 면제시켜 유씨는 나라에 바치는 것이 없었다. 諸侯王의 아들에게 식읍 각 2천 호를 지급했다.

가을인 9월, 齊 悼惠王 아들 7인을 列侯에 봉했다. 絳侯(강후) 周勃(주발)이 유죄라 하여 체포되어 정위의 조옥에 가두었다. 顧成廟(고성묘)를 지었다.

5년 봄 2월, 지진이 있었다.

여름 4월, 盜鑄錢令을 폐지했다. 다시 四銖錢(사수전)을 주조했다.

原文

六年冬十月, 桃李華.

十一月, 淮南王長謀反, 廢遷蜀嚴道, 死雍.

七年冬十月, 令列侯太夫人,夫人,諸侯王子及吏二千石無得擅徵捕.

夏四月, 赦天下.

六月癸酉, 未央宮東闕罘罳災.

| 註釋 | ○桃李華 - 桃李는 복숭아와 오얏(이). 때로는 복숭아를 지칭. 華는 꽃이 피다. 명사의 동사적 용법. 때를 어겨 꽃이 피었고 이는 天人感應說에 의거 재이를 예고하는 뜻이라 생각하여 기록했다. ○淮南王長謀 - 劉長(고조의 막내아들. 前 198-174)은 前 196년에 회남왕(시호 厲王)이 되었다. 國都는 壽春(今 安徽省 淮南市 관할의 壽縣). 영지는 九江郡, 衡山郡, 廬江郡(여강군), 豫章郡의 四郡. 反, 회남왕 劉長의 長子가 바로 《淮南子》의 저자인 劉安이다. 44권, 〈淮南衡山濟北王傳〉에 입전. ○廢遷蜀嚴道 - 蜀郡 嚴道(縣). 今 四川省 雅安市 관할의 滎經縣(형경현). 道는 이민족이 혼거하는 縣級 행정구역. ○雍(옹) - 縣名, 陝西省 寶雞市 관할 鳳翔縣(봉상현). ○罘罳災 - 罘罳(부시)는 안을 들여다 볼 수 있게 나무로 얽어 만든 담. 罘는 그물 부. 罳는 집의 정면에 쌓은 담 시.

〖國譯〗

6년 겨울 10월, 복숭아꽃이 피었다.

11월, 회남왕 劉長이 모반하자, 폐위하여 蜀의 嚴道(엄도)로 이송 중 雍(옹)현에서 죽었다.

7년 겨울 10월, 列侯의 太夫人이나 夫人, 諸侯 王의 아들 및 2천 석 관리들이 무단히 백성을 소화하거나 체포하지 못한다고 명령했다.

여름 4월에, 천하의 죄인을 사면했다.

6월 계유일에, 未央宮 東闕의 나무 가림막이 불탔다.

原文

八年夏, 封淮南厲王長子四人爲列侯. 有長星出於東方.

九年春, 大旱.

十年冬, 行幸甘泉. 將軍薄昭死.

十一年冬十一月, 行幸代. 春正月, 上自代還.

夏六月, 梁王揖薨. 匈奴寇狄道.

| **註釋** | ○淮南厲王長子四人 – 회남왕의 아들 劉安을 阜陵侯(부릉후), 劉勃(유발)을 安陽侯, 劉賜를 陽周侯, 劉良을 東城侯로 봉했다. 나중에 문제 16년에 厲王의 淮南故地를 三分하여 다시 왕으로 봉했는데 阜陵侯(부릉후) 劉安을 淮南王으로, 安陽侯 劉勃(유발)을 衡山王으로, 陽周侯 劉賜(유사)를 廬江王(여강왕)에 봉했다. ○梁王劉揖 – 문제의 아들, 梁國 懷王(회왕) 揖(읍, ?–前 168, 劉勝). 47권, 〈文三王傳〉에 입전. 文才가 있어 文帝가 무척 총애하였고 賈誼(가의)를 회왕의 太傅로 임명했다. 말을 타다 떨어져 죽었는데 가의도 회왕의 죽음을 자책하며 통곡하다가 죽었다. 48권, 〈賈誼傳〉 참고.

〖國譯〗

8년 여름, 회남 厲王 유장의 아들 4명을 열후에 봉했다. 혜성이 동방에 나타났다.

9년 봄, 크게 가물었다.

10년 겨울, 甘泉宮에 행차했다. 장군 薄昭(박소, 文帝 외숙)가 죽었다.

11년 겨울 11월, 代國에 행차했다. 봄 정월에 文帝는 代國에서 돌아왔다.

여름 6월, 梁王 揖(읍)이 죽었다. 흉노가 (농서군) 狄道(적도)에 침입했다.

原文

十二年冬十二月, 河決東郡.

春正月, 賜諸侯王女邑各二千戶.

二月, 出孝惠皇帝後宮美人, 令得嫁.

三月, 除關, 無用傳.

詔曰, "道民之路, 在於務本. 朕親率天下農, 十年於今, 而野不加辟. 歲一不登, 民有饑色, 是從事焉尚寡, 而吏未加務也. 吾詔書數下, 歲勸民種樹, 而功未興, 是吏奉吾詔不勤, 而勸民不明也. 且吾農民甚苦, 而吏莫之省, 將何以勸焉? 其賜農民今年租稅之半."

| **註釋** | ○東郡 - 郡名, 치소는 濮陽縣, 今 河南省 濮陽市(복양시). ○美人 - 황제의 妃嬪 14등급 중 5등급의 칭호. 질록 2천 석의 관리와 동급. 각 侯

王도 미인을 거느릴 수 있었다. ○除關, 無用傳－除關은 관문을 나가면서 명단 제출하는 제도를 폐지하다. 無用傳은 통행증을 사용하지 않는다. ○道民－治民. ○天下農－農은 농사를 짓다. ○而野不加辟－辟은 開辟. 개척하다. 늘어나다. ○歲一不登－登은 추수. ○是從事焉尙寡－焉은 농사를 지칭. 尙은 아직도. 副詞. ○種樹－씨를 뿌리다. 농사짓다. 樹는 동사로 쓰였다.

〖國譯〗

12년 겨울 12월, 황하가 東郡에서 터졌다.

봄 정월, 諸侯 王의 딸들에게 식읍 각 2천 호를 하사했다.

2월, 효혜황제의 後宮 美人들을 출가시키라 했다.

3월, 관문에서 이름을 적어내는 것을 폐지했고 통행증을 없앴다.

조서를 내려 말했다.

"백성을 다스리는 요체는 본업에 힘쓰게 하는데 있다. 짐이 친히 백성에 솔선하여 농사를 지은 지 벌써 10년이나 들에는 농지가 늘지 않았다. 그동안 해마다 풍년이 들지 않아 백성은 굶주리고 있으며 농사짓는 농민이 아직도 부족한데 이는 관리가 힘써 권장하지 않았기 때문이다. 짐이 여러 번 조서를 내리며 해마다 백성에게 농사를 권했지만 그 효과가 아직 없으니 이 또한 관리가 짐의 조서대로 힘쓰지 않았고 백성에 권장한 뜻이 확실치 않았기 때문이다. 거기다가 농민에게 고통만 보태며 농민을 보살펴 주지 않으니 앞으로 어떻게 이끌어야 하겠는가? 농민의 금년 租稅의 절반을 면제토록 하라."

原文

又曰, "孝悌, 天下之大順也, 力田, 爲生之本也, 三老, 衆民之師也, 廉吏, 民之表也. 朕甚嘉此二三大夫之行. 今萬家之縣, 云無應令, 豈實人情? 是吏擧賢之道未備也. 其遣謁者勞賜三老,孝者帛, 人五匹, 悌者,力田二匹, 廉吏二百石以上率百石者三匹. 及問民所不便安, 而以戶口率置三老, 孝悌,力田常員, 令各率其意以道民焉."

| 註釋 | ○孝悌 - 효도와 공경. 孝弟. 孝悌로 천거 받은 사람. ○力田 - 힘써 경작함. 모범 농민. ○三老 - 향민 교화 담당하는 鄕官. ○二三 - 두세 사람. 이런 사람들. 二三子. ○云無應令 - 명령에 해당하는 자가 없다고 하다. ○豈實人情? - 어찌 인정에 맞겠는가?

〖國譯〗

또 조서에서 말했다.

"孝悌는 천하의 큰 도리이고 力田은 생업의 근본이며, 三老는 여러 사람의 스승이고 청렴한 관리는 백성의 사표이다. 짐은 이런 사람들의 품행을 크게 칭찬하고자 한다. 지금 1만 호의 현에 그런 사람이 없다는 말이 어찌 인정에 맞겠는가? 이는 지방관이 현자를 천거하는 방안을 마련하지 않았기 때문이다. 謁者를 보내어 三老와 孝者에게 비단을 1인당 5필 씩, 悌者(제자)와 力田에게는 2필 씩 하사하고 청렴한 관리로 뽑힌 질록 2백 석 이상자는 1백 석을 올려주고 비단은 3필을 하사토록 하라. 또 백성이 불편해 하는 것을 묻고, 호구에 비례하여 三老와 孝悌, 力田者를 뽑아 충원하며 각자 나름대로 백성들을 교화하도록 하라."

原文

十三年春二月甲寅, 詔曰, "朕親率天下農耕以供粢盛, 皇后親桑以奉祭服, 其具禮儀."

夏, 除秘祝, 語在〈郊祀志〉.

五月, 除肉刑法, 語在〈刑法志〉.

六月, 詔曰, "農, 天下之本, 務莫大焉. 今廑身從事, 而有租稅之賦, 是謂本末者無以異也, 其於勸農之道未備. 其除田之租稅. 賜天下孤寡布,帛,絮各有數."

| **註釋** | ○十三年 – 前 167년, 甲戌. ○其具禮儀 – 親耕과 親蠶禮를 제정토록 하라. ○除秘祝 – 비밀스런 기도 행위. ○〈郊祀志〉 – 十志의 하나. 上, 下로 나누었다. ○肉刑法 – 劓刑(의형, 코를 베는 형벌), 刖刑〔월형, 발꿈치를 자르다, 剕刑(비형), 臏刑(빈형)〕과 같이 신체를 훼손하는 형벌. 五刑 중 墨刑(묵형, 黥刑)과 宮刑(腐刑, 蠶室刑), 大辟(대벽, 死刑, 大刑)은 계속 행해졌다. ○廑身(근신) – 謹身. ○是謂本末者無以異也 – 농업 종사자나 상업 종사자가 똑같이 조세를 부담하는 것은 옳지 않다는 뜻.

〖**國譯**〗

13년 봄 2월 甲寅日에 조서를 내려 말했다.

"짐이 친히 천하 백성과 함께 농사를 지어 종묘에 공물을 바치고 황후는 친히 길쌈을 하여 祭服을 짓고 있으니 그 예법을 제정토록 하라.”

여름에, 비밀스런 축원을 금지시켰는데 이는 〈郊祀志〉에 있다.

5월, 肉刑의 법제를 폐지하였는데, 이는 〈刑法志〉에 있다.

6월, 조서를 내려 말했다. “농사는 천하의 본업이니 이보다 더 중요한 것은 없다. 이제 부지런히 농사를 지으면서 조세를 부담해야 하는데 이는 本業(農)과 末業(商) 종사자에 차이가 없는 것이다. 토지에 대한 租稅를 폐지하도록 하라. 천하의 고아와 과부에게 布와 帛(백, 비단)과 絮(서, 솜)을 각각 정한대로 지급하라.”

原文

十四年冬, 匈奴寇邊, 殺北地都尉卬. 遣三將軍軍隴西,北地,上郡, 中尉周舍爲衛將軍, 郎中令張武爲車騎將軍, 軍渭北, 車千乘,騎卒十萬人. 上親勞軍, 勒兵, 申教令, 賜吏卒. 自欲征匈奴, 群臣諫, 不聽. 皇太后固要上, 乃止. 於是以東陽侯張相如爲大將軍, 建成侯董赫, 內史欒布皆爲將軍, 擊匈奴, 匈奴走.

| **註釋** | ○十四年 – 前 166. 乙亥. ○都尉卬 – 도위는 군의 군사 치안을 담당하는 무관직. 군수(태수) 다음 직책. 질록은 比二千石. 卬은 孫卬(손앙). ○勒兵(늑병) – 군부대 체제를 갖추고 정비하다. ○內史欒布(난포) – 內史는 수도의 치안 담당관. 京兆尹(경조윤)과 좌, 우내사가 있었다. 欒布(난포, ? – 前 145)는 뒷날 燕國의 相으로 吳楚七國 난 진압에 공을 세웠다. 欒 나무 이름 난(란). 수레 이름 난(鑾과 通). 37권 〈季布欒布田叔傳〉에 입전.

〖國譯〗

14년 겨울, 흉노가 변경에 침입하여 北地郡 都尉인 孫卬(손앙)을 죽였다. 文帝는 장군 3명을 파견하여 隴西郡과 北地郡, 上郡에 주둔케 하고 中尉인 周舍(주사)를 (수도를 방위하는) 衛將軍에 임명했고, 郎中令인 張武(장무)를 車騎將軍에 임명하여 渭水의 북쪽에 주둔케 하였는데 戰車가 1千 乘, 騎卒이 10萬이었다. 文帝는 친히 군사를 위로하며 부대를 정비하고 敎令를 내렸으며 吏卒에게도 하사품을 내렸다. 문제가 친히 흉노를 원정하려 하자 群臣이 간언하였으나 따르지 않았다. 皇太后께서 강하게 文帝를 말리자 그제야 그만 두었다. 이어 東陽侯 張相如를 대장군에 임명하고 建成侯 董赫(동혁)과 內史인 欒布(난포)를 장군에 임명하여 흉노를 공격하자 흉노는 도주하였다.

原文

春, 詔曰, "朕獲執犧牲,珪幣以事上帝宗廟, 十四年於今. 歷日彌長, 以不敏不明而久撫臨天下, 朕甚自愧. 其廣增諸祀墠場,珪幣. 昔先王遠施不求其報, 望祀不祈其福, 右賢左戚, 先民後己, 至明之極也. 今吾聞祠官祝釐, 皆歸福於朕躬, 不爲百姓, 朕甚愧之. 夫以朕之不德, 而專鄉獨美其福, 百姓不與焉, 是重吾不德也. 其令祠官致敬, 無有所祈."

| 註釋 | ○犧牲(희생) － 제사에 올리는 가축. ○墠場 － 墠은 흙을 쌓아

올린 곳. 場은 흙을 평평히 한 곳. ○望祀(망사) - 望祭. 멀리 떨어진 곳에서 山川의 神이나 祖上을 제사하다. ○右賢左戚 - 賢才를 대우하고 姻戚을 중시하지 않다. 右는 높이다. 우대하다. ○祝釐(축리) - 求福하다. 釐는 기쁠 희(禧와 같음. 福). 다스릴 리. ○專鄕獨美其福 - 朕만 혼자 복을 받다. 鄕은 享의 뜻. 美는 좋게 하다. 동사로 쓰였다. ○重吾不德也 - 重은 加也.

〖國譯〗

봄에 조서를 내려 말했다.

"朕(짐)이 犧牲(희생)을 바치고 홀(珪)과 비단을 받들며 上帝와 宗廟를 제사하기 어언 14년이 되었다. 이처럼 오랫동안 不敏하고 不明하면서 천하에 군림하였으니 짐은 심히 부끄러울(自愧)뿐이다. 이에 여러 제사의 제단과 제사 터와 홀과 비단 등을 늘리도록 하라. 예전에 先王은 먼 곳의 백성에게 은덕을 베풀면서도 그 보답을 바라지 않았고, 먼 산천을 제사하면서도 복을 구하지 않았으며, 현인을 우대하고 친척을 멀리 하였으며, 백성을 먼저 보살피고 자신을 나중에 생각했으니 아주 영명한 처사이셨다. 지금 짐이 듣자 하니 여러 제사관이 제사를 올리며 짐에게 복이 돌아가기를 축원하고 백성을 위하지 않는다니 짐은 심히 부끄러울 뿐이다. 不德한 짐이 제사의 복을 혼자 누려 혼자 좋아지나 백성과 함께 하지 못한다면 이는 짐의 부덕을 더할 뿐이다. 제사관에게 명하여 짐을 위해 기원하는 일이 없도록 하라.

原文

十五年春, 黃龍見於成紀. 上乃下詔議郊祀. 公孫臣明服色, 新垣平設五廟, 語在〈郊祀志〉.

夏四月, 上幸雍, 始郊見五帝, 赦天下. 修名山大川嘗祀而絶者, 有司以歲時致禮.

九月, 詔諸侯王,公卿,郡守擧賢良能直言極諫者, 上親策之, 傅納以言, 語在〈晁錯傳〉.

| 註釋 | ○十五年 – 前 165년. ○黃龍見於成紀 – 黃龍이 어떤 형상인가는 주석이 없다. 成紀는 현명. 今 甘肅省 定西市 관할의 通渭縣. ○郊祀 – 天地에 대한 제사. 제왕이 冬至에 南郊에서 祭天하고, 夏至에는 北郊에서 祭地하였다. ○公孫臣 – 魯人, 陰陽家. 術士. 42권, 〈張周趙任申屠傳〉의 張蒼傳에 이름이 나온다. ○新垣平(신원평) – 인명. 趙人. 점술가. 文帝 後元 元年(前 163)에 詐欺(사기)와 모반죄로 멸족되었다. ○始郊見五帝 – 郊見은 제왕이 교외에 나가 제사하다. 五帝는 동방 靑帝, 남방 赤帝, 서방 白帝, 북방 黑帝, 중앙 黃帝. 오제를 하나의 건물에 방향을 달리하여 모셨다고 한다. ○傅納以言 – 傅納은 자신의 의견을 개진하여 황제가 채용하도록 하다. 敷納(부납)과 같음. ○〈晁錯傳〉 – 49권, 〈爰盎鼂錯傳〉. 晁錯(조조, 前 200–154) – '鼂錯', '朝錯' 으로도 표기. 晁(아침 조)는 朝의 古字. 錯는 둘 조. 《史記》와 《漢書》에는 鼂錯로 기록되었다. 조조는 法家의 학문을 하였고 太子家令으로 근무하였기에 景帝의 신임이 두터웠다. 〈削藩策(삭번책)〉을 주장하여 吳楚七國 亂의 원인을 제공하였다.

〖國譯〗

15년 봄에, 成紀縣에 黃龍이 나타났다. 文帝는 곧 조서를 내려 郊

祀에 대하여 논의하라고 하였다. 이에 公孫臣(공손신)은 服色을 설명했고, 新垣平(신원평)은 五帝廟의 건립을 주청하였는데, 이는 〈郊祀志〉에 실려 있다.

여름 4월에, 文帝는 雍縣(옹현)에 행차하여 처음으로 五帝에게 제사하고 천하의 죄수를 사면하였다. 名山大川과 전에 제사를 지냈으나 뒤에 단절된 神廟(신묘)를 보수케 하였고 담당자가 세시에 맞춰 祭禮를 갖추게 하였다.

9월에, 조서를 내려 諸侯王과 公卿, 郡守는 賢良하고도 直言과 極諫을 할 수 있는 인재를 천거하게 하였고 황제가 策問하고 자신의 議論을 答書로 올리게 하였는데, 이는 〈晁錯傳(조조전)〉에 실려 있다.

原文

十六年夏四月, 上郊祀五帝於渭陽.

五月, 立齊悼惠王子六人, 淮南厲王子三人皆爲王.

秋九月, 得玉杯, 刻曰'人主延壽.' 令天下大酺, 明年改元.

| **註釋** | ○得玉杯 – 新垣平(신원평)이 위조하여 사람을 시켜 올렸다. ○令天下大酺 – 酺는 모여 음주하다. 평소에 3인 이상이 무단 음주하면 벌금 4냥을 부과했다. ○明年改元 – 玉杯를 얻었기에 개원키로 했다. 개원 전은 前元, 개원 이후는 後元. 景帝 때는 前元, 中元, 後元으로 구분. 정식 연호의 최초 사용은 武帝 建元이다.

〖國譯〗

16년 여름 4월, 文帝는 渭陽(위양)에서 5帝에 대한 郊祭를 지냈다.

5월, 齊 悼惠王의 아들 6인과 淮南 厲王(여왕)의 아들 3인을 모두 왕에 봉했다.

가을 9월, 玉杯(옥배)를 얻었는데 '人主延壽(인주의 수명 연장)' 이라 쓰여 있었다. 천하에 명해 모두 모여 음주하라 했고 다음 해에 원년을 바꾸기로 했다.

原文

後元年冬十月, 新垣平詐覺, 謀反, 夷三族.

春三月, 孝惠皇后張氏薨.

詔曰, "間者數年比不登, 又有水旱疾疫之災, 朕甚憂之. 愚而不明, 未達其咎. 意者朕之政有所失而行有過與? 乃天道有不順, 地利或不得, 人事多失和, 鬼神廢不享與? 何以致此? 將百官之奉養或費, 無用之事或多與? 何其民食之寡乏也! 夫度田非益寡, 而計民未加益, 以口量地, 其於古猶有餘, 而食之甚不足者, 其咎安在? 無乃百姓之從事於末以害農者蕃, 爲酒醪以靡穀者多, 六畜之食焉者衆與? 細大之義, 吾未能得其中. 其與丞相,列侯,吏二千石,博士議之, 有可以佐百姓者, 率意遠思, 無有所隱也."

| 註釋 | ○後元年 - 文帝 17년, 前 163년. 戊寅. ○新垣平詐覺 - 文帝 때

渭水에서 周代의 寶鼎(보정)이 나왔는데 신원평은 문제에게 묘당을 건립하고 周代의 寶鼎을 맞이해야 한다는 주장도 했으나 나중에 모반했다. ○孝惠皇后張氏 – 趙王 張敖와 魯元公主 소생. 여씨 몰락 후 유폐되었다. 皇后의 죽음은 崩(붕)이어야 하나 薨(죽을 훙)으로 기록했다. ○間者 – 近來에. ○比不登 – 연이어(比) 흉년들다. ○水旱疾疫之災 – 水害, 旱害(한해), 疾病(질병), 疫病(역병, 전염병). ○行有過與 – 與는 歟(어조사 여). 의문 반문 감탄의 어기를 나타내는 語氣助詞. 乎와 같음. ○將百官~ – 將은 선택을 표시하는 접속사. 그렇지 않으면. ○夫度田非益寡 – 田地 면적이 더 줄어들지 않다. ○而計民未加益 – 人口가 더 늘어나지도 않았다. 앞의 益은 줄어들다, 뒤의 益은 늘어나다. ○無乃百姓之從事於末以害農者蕃 – 無乃는 ~이 아니겠는가? 어찌 ~하지 않은가? 豈不是~. 末은 末業. 상업. 蕃은 많다. ○爲酒醪以靡穀者多 – 爲는 혹시 아닌가? 만일 ~이라면. 酒醪(주료)는 술. 靡穀은 곡식을 소비하다. 靡는 낭비하다. 마구 쓰다. ○~得其中 – 中은 적합한 생각. ○率意遠思 – 하고 싶은 말을 하고 멀리까지 헤아리다.

〖國譯〗

後元年(前 163) 겨울 10월, 新垣平(신원평)의 거짓이 드러났고 모반하자 삼족을 멸했다.

봄 3월, 孝惠皇后 張氏가 죽었다.

조서를 내려 말했다.

"근년에 몇 년 연속 흉년이 들었고 또 수해와 한해, 그리고 질병과 돌림병의 재해가 있어 짐은 이를 매우 걱정하고 있다. 짐이 어리석고 지혜롭지 못하기에 무엇 때문인지 아직도 모르고 있다. 혹시 짐의 정치가 나쁘고 그 실천에 과오가 있지 않겠는가? 아니면 天道에 순응하지 못하고 地利를 이용하지 못했거나 인재 등용이 조화롭지 못하기에 귀신조차 제사를 아니 받은 것이겠는가? 어찌 이러하겠는가? 그렇지 않으면 백관에 대한 급양이 너무 많거나 혹시 쓸데없는 일이 너무 많은 것은 아닌가? 어찌하여 백성의 양식이 저리 궁핍하겠는가! 토지대장의 면적이 줄어든 것도 아니고 인구가 더 늘어난 것도 아닌데 인구에 비례하여 토지를 헤아려 본다면 예전에 비하여 여유가 있어야 하는데 식량이 매우 부족하다면 그 허물은 무엇 때문인가? 상업에 종사하는 백성이 많기 때문인가? 아니면 술을 빚는데 곡식을 많이 소비하기 때문인지? 아니면 여러 짐승에게 곡물을 많이 먹여서인가? 크고 작은 여러 일 중에서 나는 그 까닭을 모르겠다. 승상과 열후 그리고 2천 석 고급 관리와 박사가 이에 대하여 논의하고 백성 도울 방법을 다 말하고 생각하여 숨기지 말지어다."

原文

二年夏, 行幸雍棫陽宮.

六月, 代王參薨. 匈奴和親. 詔曰, "朕既不明, 不能遠德, 使方外之國或不寧息. 夫四荒之外不安其生, 封圻之內勤勞不處, 二者之咎, 皆自於朕之德薄而不能達遠也. 間者累年, 匈奴并暴邊境, 多殺吏民, 邊臣兵吏又不能諭其內志, 以重吾不德. 夫久結難連兵, 中外之國將何以自寧? 今朕夙興夜寐, 勤勞天下, 憂苦萬民, 爲之惻怛不安, 未嘗一日忘於心, 故遣使者冠蓋相望, 結徹於道, 以諭朕志於單于. 今單于反古之道, 計社稷之安, 便萬民之利, 新與朕俱棄細過, 偕之大道, 結兄弟之義, 以全天下元元之民. 和親以定, 始於今年."

| **註釋** | ○雍棫陽宮 – 雍縣(옹현)에 있는 秦代의 궁전. 棫 상수리나무 역. ○代王參薨 – 시호는 효왕. 〈文三王傳〉에 입전. ○不能遠德 – 덕정을 遠外까지 펴지 못하다. 遠은 형용사나 동사로 쓰였다. ○方外之國 – 나라 밖의 異國. ○封圻之內 – 封圻는 국경. 圻는 경기 기(畿). ○勤勞不處 – 不處는 安居하지 못하다. ○幷暴 – 幷은 연속. ○諭其內志 – 諭는 알리다. 명백하게 알려주다. 황제의 內心과 志向. ○夙興夜寐(숙흥야매) – 새벽부터 밤늦게까지. 夙 일찍 숙. 寐 잠잘 매. ○惻怛(측달) – 苦痛, 불쌍히 여기고 슬퍼하다. 惻은 진심을 다하는 모양. 슬플 측. 怛 슬플 달. 근심하다. ○冠蓋相望 – 출장 가는 관리가 많다. 冠은 冠帽. 蓋는 車蓋. 結徹은 수레바퀴가 이어지다. 두 구절 모두 不斷히 連接하다는 뜻. ○反古之道 – 반은 返, 돌아가다. 돌아오다. ○偕之大道 – 함께 大道에 나아가다. 之가 동사임. ○結兄弟之義 – 당시 중국인의 관념으로 볼 때, 君臣이 아닌 형제의 관계란 수치스러운 일이었다. ○以全天下元元之民 – 全은 보전하다. 元元은 본래 善意를 가진, 곧 백성을 뜻함.

〖國譯〗

(後元) 2년 여름, 雍(옹)현의 棫陽宮(역양궁)에 행차했다.

6월, 代王 參(참)이 죽었다. 흉노와 화친했다. 조서를 내려 말했다.

"朕(짐)이 명철하지 못해서 方外의 먼 곳까지 은덕을 베풀지 못하여 국경 밖 여러 나라에 소요가 그치지 않았다. 대저 4방의 먼 곳 백성의 생활이 안정되지 못했고 국경 안 백성이 힘써 일해도 편히 살지 못하였으니 이 2가지 허물은 모두 짐의 덕이 부족하여 먼 곳까지 펴지 못했기 때문이다. 요즈음 여러 해에 걸쳐 흉노가 연이어 변경을 침략하여 많은 관리와 백성을 죽였고 변경에 있는 관원이나 장수들은 짐의 뜻을 잘 알지 못하여 짐의 부덕을 가중시켰을 뿐이다. 이처럼 오랫동안 환난과 전쟁이 이어진다면 우리와 밖의 여러 나라가 앞으로 어찌 편할 수 있겠는가? 짐은 아침부터 저녁까지 천하를 힘써 다스리고 만 백성을 위해 고생하면서 걱정으로 단 하루라도 마음에 잊은 적이 없었으며 그 때문에 여러 번 사자를 보내어 길에 사신과 오가는 수레가 끊어지지 않을 정도로 짐의 뜻을 흉노 單于(선우)에게 깨우쳤도다. 이번에 선우가 옛날 우호의 正道로 돌아와 두 나라의 안정과 만민의 복리를 위하여 짐과 새로이 그간 작은 잘못을 모두 버리고 함께 대도로 나아가 형제의 의리를 맺어 천하의 착한 백성을 보전키로 하였도다. 화친의 국책이 이미 정해졌으니 금년부터 시행하노라."

原文

三年春二月, 行幸代.

四年夏四月丙寅晦, 日有蝕之. 五月, 赦天下. 免官奴婢爲庶人. 行幸雍.

五年春正月, 行幸隴西. 三月, 行幸雍. 秋七月, 行幸代.

六年冬, 匈奴三萬騎入上郡, 三萬騎入雲中. 以中大夫令免爲車騎將軍, 屯飛狐, 故楚相蘇意爲將軍, 屯句注, 將軍張武屯北地, 河內太守周亞夫爲將軍, 次細柳, 宗正劉禮爲將軍, 次霸上, 祝茲侯徐厲爲將軍, 次棘門, 以備胡.

夏四月, 大旱, 蝗. 令諸侯無入貢, 弛山澤, 減諸服御, 損郎吏員, 發倉庾以振民, 民得賣爵.

| 註釋 | ○行幸代 – 대국에 가서 머물다. 行幸은 천자의 대궐 밖 거동. 幸은 거동 행. ○雲中 – 군명. 치소는 雲中縣, 今 山西省 大同市 서쪽의 內蒙古 托克托市 동북. ○以中大夫令免~ – 중대부는 관직명. 질록 比二千石. 令免은 인명. 令은 姓. 중대부령을 관직명으로 免을 이름으로 본 주석도 있다. ○屯飛狐 – 飛狐는 飛狐口(비호구), 今 河北省 張家口市 蔚縣의 아주 좁은 關隘(관애) 지역. 屯은 방어시설을 갖추고 주둔하다. 다음에 나오는 次는 방어시설을 갖추지 않고 주둔하다. ○蘇意 – 人名. ○句注 – 句注山, 今 山西省 忻州市 관할의 代縣 서북. ○河內太守周亞夫 – 周勃의 아들. 吳楚7國 亂 진압. 景帝의 미움을 받아 餓死. ○次細柳 – 次는 나아가지 못할 차. 병영. 주둔하다. 細柳(세류)는 今 陝西省 咸陽市 서남쪽, 渭水 북쪽. 細柳營에서 文帝는 周亞夫의 軍紀에 감동했다. 40권, 〈張陳王周傳〉에 입전. ○以備胡 – 胡는 흉노. ○蝗 – 蝗蟲(황충, 메뚜기 떼)의 재해. ○弛山澤 – 山澤의 개간을 금지하는 法禁을 해제하다. 弛는 늦출 이(弛와 同). ○發倉庾以振民 – 倉은 도시나 읍내에 있는 창고. 庾는 노적가리. 들에 비축한 곡식. 庾는 노적가리 유, 곳집 유.

〖國譯〗

(後元) 3년 봄 2월, 代國에 행차하였다.

4년 여름 4월 丙寅日 그믐에, 일식이 있었다. 5월에 천하 죄수를 사면했다. 관노비를 방면하여 서인이 되게 했다. 雍(옹)현에 행차했다.

5년 봄 정월, 隴西(농서)에 행차했다. 3월에는 雍(옹)현에 행차했다. 가을 7월에 代國에 행차했다.

6년 겨울, 匈奴의 3만 기병이 上郡에 침입했고, 다른 3만 기병은 雲中郡에 침입했다. 中大夫인 令免(영면)을 車騎將軍에 임명하여 飛狐(비호)에 주둔케 하였고, 옛 楚의 相이던 蘇意(소의)를 장군에 임명하여 句注山에 주둔하게 했고, 장군 張武는 北地郡에 주둔하게 했으며, 河內太守인 周亞夫를 장군에 임명하여 細柳에 주둔하고, 宗正인 劉禮를 將軍으로 삼아 霸上(패상)에, 祝茲侯인 徐厲(서려) 장군을 棘門(극문)에 주둔하여 흉노에 대비케 하였다.

여름 4월에, 큰 가뭄이 들었고 황충 재해가 있었다. 제후국에 入貢하지 말 것과 山澤의 법금을 완화하고, 복식과 御車(어거) 비용을 줄이며 관리의 숫자를 줄이고, 창고의 곡식을 풀어 백성을 구제하라고 명령했으며 백성들 작위 매매를 허용했다.

原文

七年夏, 六月己亥, 帝崩於未央宮. 遺詔曰, "朕聞之, 蓋天下萬物之萌生, 靡不有死. 死者天地之理, 物之自然, 奚可甚哀! 當今之世, 咸嘉生而惡死, 厚葬以破業, 重服以傷生, 吾甚不取. 且朕旣不德, 無以佐百姓. 今崩, 又使重服久臨, 以罹寒暑之數, 哀人父子, 傷長老之志, 損其飮食, 絶鬼神之祭祀, 以重吾不德, 謂天下何! 朕獲保宗廟, 以眇眇之身托於天下君王之上, 二十有餘年矣. 賴天之靈. 社稷之福,方內安寧, 靡有兵革. 朕旣不敏, 常畏過行, 以羞先帝之遺德, 惟年之久長, 懼於不終. 今乃幸以天年得復供養於高廟, 朕之不明與嘉之, 其奚哀念之有! 其令天下吏民, 令到出臨三日, 皆釋服. 無禁取婦,嫁女,祠祀,飮酒,食肉. 自當給喪事服臨者, 皆無踐. 絰帶無過三寸. 無布車及兵器. 無發民哭臨宮殿中. 殿中當臨者, 皆以旦夕各十五擧音, 禮皆罷. 非旦夕臨時, 禁無得擅哭臨. 以下, 服大紅十五日, 小紅十四日, 纖七日, 釋服. 它不在令中者, 皆以此令比類從事. 布告天下, 使明知朕意. 霸陵山川因其故, 無有所改. 歸夫人以下至少使."

令中尉亞夫爲車騎將軍, 屬國悍爲將屯將軍, 郎中令張武爲復士將軍, 發近縣卒萬六千人, 發內史卒萬五千人, 臧郭穿復土屬將軍武. 賜諸侯王以下至孝悌,力田金錢帛各有數. 乙巳, 葬霸陵.

| 註釋 | ○七年 - 後元 7년, 前 157, 甲申. 六月己亥日은 초하루. ○奚可甚哀 - 奚는 何. 어찌 해, 왜. ○重服 - 服 重喪. 久臨은 여러 날 통곡하다. ○罹寒暑之數 - 罹는 근심 이. 당하다. 재해를 입다. 數는 괴로움, 고통. 折磨. ○以眇眇之身 - 眇眇(묘묘)는 微小. ○方內 - 四境之內. ○靡有兵革 - 靡는 無. 兵革은 전쟁. ○常畏過行 - 과행은 나쁜 行實. ○以羞先帝~ - 羞는 욕되게 하다. 부끄러울 수. ○懼於不終 - 不終. 좋은 마무리를 못하다. ○朕之不明與嘉之 - 與는 語氣詞. ○其令天下吏民 - 令은 지금 내리는 詔書. ○自當~ - 自는 비록 ~일지라도. ○皆無踐 - 맨발로 복상하다. 踐은

剪(자를 전). ○絰帶 - 상복에 매는 띠, 또는 머리에 매는 絰(질). ○十五擧音 - 哭十五聲. ○以下 - 下棺한 다음에는. ○大紅, 小紅, 纖(섬) - 喪服 名. 大紅(대공)은 大功, 紅은 상복 이름 공. 紅은 功과 同. 문제가 정한 이 제도는 370여 년 시행되다가 曹操(조조) 때 개정되었다는 설명이 있다. 小紅은 小功. 纖(섬)은 喪服의 복제의 하나. 장례 후 대공은 15일, 소공은 14일을 복상하고 다시 纖(섬)으로 7일간 상복을 입는다. ○夫人以下至少使 - 夫人, 美人, 良人, 八子, 七子, 長舍, 少使 모두 후궁의 직급. ○屬國悍 - 典屬國은 관직명. 소수민족 관련 업무 담당. 秩 二千石. 悍은 인명. 悼의 誤字라는 주석도 있다. ○臧郭穿復土~ - 臧은 藏. ○乙巳 - 붕어한 지 7일째 되는 날. ○霸陵 - 文帝의 陵. 長安 未央宮에서 동남으로 57km에 위치. 宣帝의 능인 杜陵(두릉)과 함께 渭水 남쪽에 위치. 漢代의 다른 능은 위수 북쪽에 있다.

〖國譯〗

(後元) 7년 여름 6월 己亥日(初 1일), 황제는 未央宮(미앙궁)에서 붕어했다. 遺詔(유조)에서 말했다.

"朕이 알기로 천하의 만물은 태어나고서 죽지 않는 것이 없다. 죽음이란 천지의 常理이며 생물의 자연현상이니 왜 그리 슬퍼해야 하겠나! 지금 이 시대에 모두가 살기를 좋아하고 죽음을 혐오하며 후장을 하다가 파산을 하고, 복상을 강조하다 보니 건강을 해치는데 나는 결코 찬성할 수가 없다. 또 짐이 너무 부덕하여 백성을 이롭게 한 것도 없다. 이제 짐이 죽으면 나를 위해 오래 복상하고 통곡할 것이며, 혹한이나 혹서의 고통을 겪게 하고, 천하의 부모와 자식을 슬프게 하고, 어른이나 아이의 마음을 아프게 하며, 평소의 음식도 절제케 하고, 귀신에 대한 제사도 못하게 하면서 나의 부덕을 더 가중시키는 일을 왜 온 천하 사람들에게 시켜야 하겠는가? 짐이 종묘를 지키면서 보잘 것 없는 몸으로 천하 君王의 위에 있었던 것이 20여 년이었다. 그간 영험한 하늘의 보살핌에 힘입었다. 또 사직의 복을 받아 나라는 평안했고 전쟁도 없었다. 짐은 총명하지 못했기에 늘 잘못된 행실로 先帝의 遺德을 훼손하지 않을까, 또 나이가 들어 제대로 선종하지 못할까 두려웠다. 이제 다행히도 천수를 누리고 죽으면서 高廟의 사당에 나를 배향할 것이니, 이는 총명하지 못한 짐에게 다행한 일이거니 그것을 어찌 슬퍼해야 하겠는가! 천하의 관리와 백성들에 이 조서가 내려간 날부터 3일간만 곡을 한 다음에 모두 상복을 벗도록 하라. 백성들이 며느리를 맞이하고 딸을 시집보내며 제사와 음주와 肉食을 금지시킬 필요가 없다. 꼭 상사를 처리하고 복상하거나 곡을 해야 할 사람일지라도 맨발로 복상할 필요가 없도다. 絰帶(질대)의 폭은 三寸을 넘지 않도록 하라. 布車나 兵器를 진열하지 말라. 그리고 백성을 데려다가 궁궐에서 號哭하게 하지 말라. 궁전 내에서 곡을 해야 하는 자도 아침저녁으로 정해진 시간에만 곡을 하고 장례를 마치면 모두 그만두도록 하라. 조석으로 호곡하더라고 제멋대로 곡을 하지 못하게 하라. 하관한 이후로는 大功은 15일, 소공은 14일, 그리고 纖服(섬복)을 7일만 입은 뒤에 상복을 모두 벗도록 하라. 그 밖에 본 조서에 없는 것은 조서의 뜻에 따라 시행토록 하라. 이를 천하에 포고하여 짐의 뜻을 분명히 알게 하라. 霸陵(패릉)의 산천은 있는 그대로 두고 산천 형세를 바꾸지 말라. 후궁에 있는 夫人 이하 少使(소사)까지 모두를 본가로 돌려보내라."

이에 中尉 周亞夫를 車騎將軍에, 典屬國인 悍(한)을 장군으로 삼아 屯將軍에, 郎中令인 張武를 復士將軍에 임명하였고, 장안 근처의 현에서 사졸 1만6천 명을 동원했고 內史의 각 현에서 士卒 1만5천

명을 동원하여 장군 張武의 통솔하여 관곽을 매장하고 覆土(복토)하게 하였다. 제후의 왕 이하 孝悌와 力田까지 금전과 비단을 각각 정해진 대로 하사하였다. 乙巳日에 霸陵(패릉)에 매장하였다.

原文

贊曰, 孝文皇帝卽位二十三年, 宮室苑囿車騎服御無所增益. 有不便, 輒弛以利民. 嘗欲作露臺 召匠計之, 直百金. 上曰, "百金, 中人十家之産也. 吾奉先帝宮室, 常恐羞之, 何以臺爲!" 身衣弋綈, 所幸愼夫人衣不曳地, 帷帳無文繡, 以示敦樸, 爲天下先. 治霸陵, 皆瓦器, 不得以金銀銅錫爲飾, 因其山, 不起墳. 南越尉佗自立爲帝, 召貴佗兄弟, 以德懷之, 佗遂稱臣. 與匈奴結和親, 後而背約入盜, 令邊備守, 不發兵深入, 恐煩百姓. 吳王詐病不朝, 賜以几杖. 群臣袁盎等諫說雖切, 常假借納用焉. 張武等受賂金錢, 覺, 更加賞賜, 以愧其心. 專務以德化民, 是以海內殷富, 興於禮義, 斷獄數百, 幾致刑措. 嗚呼, 仁哉!

| 註釋 | ○孝文皇帝卽位二十三年 – 前 179–157년. ○輒弛以利民 – 弛는 폐지하다. 늦출 이. ○露臺 – 露天의 高臺. 당시 新豐縣의 남쪽에 지으려 했다는 주석이 있다. ○直百金 – 直은 値. 百金은 황금 百斤. 황금 1斤은 1萬錢. ○中人十家之産也 – 中人은 중등 재산을 가진 평민. ○何以臺爲 – 왜 누대를 지어야 하겠나! 반문 형식임. 爲는 의문어기사. ○弋綈(익제) –

흑색 비단. 비단 중 가장 하급. ○召貴佗兄弟 – 貴는 존귀하게 해주다. 피동용법. ○吳王詐病不朝 – 吳王 劉濞(유비, 前 215–154)는 文帝 큰아버지 아들이었으니 사촌이었다. 35권, 〈荊燕吳傳〉에 입전. ○几杖(궤장) – 앉을 때 기댈 수 있는 几席과 지팡이. ○袁盎(원앙) – 경제 때, 제후왕에 대한 강력한 통제정책을 주장. 49권, 〈爰盎鼂錯傳〉에 입전. ○常假借納用焉 – 假借(가차)는 관용을 베풀다. ○張武 – 代國에서부터 文帝를 모셨다. ○斷獄數百 – 전국적으로 사형에 처한 자가 수백 명이었다. ○幾致刑措 – 幾는 거의. 措는 물리치다. 버려두다〔擱置(각치)〕.

〖國譯〗

班固의 論贊 : 孝文皇帝 재위 23년에 宮室과 苑囿(원유)와 車騎(거기)와 服御(복식과 수레)에 더 늘어난 것이 없었다. 불편한 제도는 바로 폐지하여 백성에게 도움을 주었다. 그전에 노천에 누대를 지으려고 匠人을 불러 계산을 물었더니 황금 1百斤이 소요된다고 하였다. 이에 문제가 말했다. "百金이면 보통 사람 十家의 재산이다. 짐이 先帝의 궁실을 물려받은 것만으로도 늘 先帝께 부끄러웠는데, 왜 누대를 더 지어야 하는가!"

문제는 검은 비단옷을 입었으며 총애하는 愼夫人의 옷도 땅에 끌리지 않았고, 휘장에 수를 놓지도 않아 돈후질박한 생활로 천하에 솔선하였다. 霸陵(패릉)을 조성하면서도 질그릇을 사용하였고, 금은 또는 구리나 주석으로 장식하지 않았으며, 산의 형세에 따랐고 봉분을 만들지도 않았다.

南越의 尉佗(위타, 趙佗)가 자립하여 황제를 칭하자 위타의 고향 형제를 불러 귀하게 대접하며 은덕으로 회유하자 조타는 결국 稱臣

하였다. 匈奴와 화친을 하였으나 흉노가 나중에 약조를 어기고 침략하자 변경에 수비만 강화하고 군사를 내어 깊이 공격하지 않았는데 이는 백성을 힘들게 하지 않으려는 뜻이었다. 吳王(劉濞)이 병을 핑계로 입조하지 않자 안궤와 지팡이를 하사하였다. 袁盎(원앙) 등 群臣이 간언이 비록 절박하더라도 늘 관용을 베풀며 그 진언을 받아들였다. 張武 등이 금전을 뇌물로 받아 발각이 되었으나 오히려 상을 주어 그 마음을 부끄럽게 하였다. 백성을 은덕으로 힘써 교화하였기에 백성 살림이 넉넉해졌으며 예의가 지켜지고 사형 판결이 수백 명에 불과하였으니 거의 형벌을 적용하지 않았다. 아! 참으로 仁愛의 君主이셨다.

【參考】《史記 孝文本紀》- 太史公曰, 孔子言 '必世然後仁.' '善人之治國百年, 亦可以勝殘去殺.' 誠哉, 是言! 漢興, 至孝文四十有餘載, 德至盛也. 廩廩鄕改正服封禪矣, 謙讓未成於今. 嗚呼, 豈不仁哉!

5 景帝紀
〔경제기〕

原文

孝景皇帝, 文帝太子也. 母曰竇皇后. 後七年六月, 文帝崩. 丁未, 太子卽皇帝位, 尊皇太后薄氏曰太皇太后, 皇后曰皇太后.

| **註釋** | ㅇ孝景皇帝 – 名 啓, 재위 前 156–141. ㅇ丁未 – 文帝 下葬 後 2일.

〖**國譯**〗

효경황제는 文帝의 태자이었다. 모친은 竇(두)황후이다. 文帝 後元 7년 6월, 문제가 붕어했다. 丁未日에 太子가 제위에 올라 황태후 薄氏(박씨)를 태황태후로, 황후를 황태후로 높였다.

原文

九月, 有星孛於西方.

元年冬十月, 詔曰, "蓋聞古者祖有功而宗有德, 制禮樂各有由. 歌者, 所以發德也, 舞者, 所以明功也. 高廟酎, 奏〈武德〉,〈文始〉,〈五行〉之舞. 孝惠廟酎, 奏〈文始〉,〈五行〉之舞. 孝文皇帝臨天下, 通關梁, 不異遠方, 除誹謗, 去肉刑, 賞賜長老, 收恤孤獨, 以遂群生, 減耆欲, 不受獻, 罪人不帑, 不誅亡罪, 不私其利也. 除宮刑, 出美人, 重絶人之世也. 朕旣不敏, 弗能勝識. 此皆上世之所不及, 而孝文皇帝親行之. 德厚侔天地, 利澤施四海, 靡不獲福. 明象乎日月, 而廟樂不稱, 朕甚懼焉. 其爲孝文皇帝廟爲〈昭德〉這舞, 以明休德. 然後祖宗之功德, 施於萬世, 永永無窮, 朕甚嘉之. 其與丞相,列侯,中二千石,禮官具禮儀奏."

丞相臣嘉等奏曰, "陛下永思孝道, 立〈昭德〉之舞以明孝文皇帝之盛德, 皆臣嘉等愚所不及. 臣謹議, 世功莫大於高皇帝, 德莫盛於孝文皇帝. 高皇帝廟宜爲帝者太祖之廟, 孝文皇帝廟宜爲帝者太宗之廟. 天子宜世世獻祖宗之廟. 郡國諸侯宜各爲孝文皇帝立太宗之廟. 諸侯王,列侯使者侍祠天子所獻祖宗之廟. 請宣佈天下." 制曰 "可."

| 註釋 | ○有星孛於~ – 彗星(혜성)같은 별이 星光을 사방으로 내며 恒星(항성)이 있는 구역에 들어가는 것을 孛(살별 패)라고 한다. ○元年 – 경제

前元 원년. 前 156년. ○蓋 - 발어사. 대개, 대략. 추측하는 말. ○祖有功而宗有德 - 천하를 처음 차지한 자를 祖라 하고 천하를 다스리는 자를 宗이라 한다. 賈誼는 '禮, 祖有功而宗有德'이라 했다. ○高廟酎 - 정월에 담가 8월에 숙성이 된 술을 酎(주)라 하고 종묘 제사에 쓴다. ○奏〈武德〉,〈文始〉,〈五行〉之舞 - 舞樂의 이름. ○不異遠方 - 遠方과 近畿의 구별이 없다. 문제 때 관문을 지날 때 신고하는 제도를 폐지했었다. ○以遂群生 - 遂는 순리대로 성장하게 하다. ○減耆欲 - 耆는 嗜(즐길 기). ○罪人不帑 - 죄인의 妻까지 연좌되지 않다. 帑은 처자 노(孥와 同). 금고 탕. ○弗能勝識 - 모두를 다 알 수 없다. ○德厚侔天地 - 侔(가지런할 모)는 같다(同等). ○以明休德 - 休德은 明德. ○丞相臣嘉~ - 嘉는 申屠嘉(신도가) 황제 앞에 자신의 이름을 말할 뿐 姓을 쓰거나 말하지 못했다.

〖國譯〗

9월에, 孛星이 서방에 나타났다.

元年(前 156) 겨울 10월, 조서로 말했다.

"아마, 짐이 듣기로 예전부터 祖는 공을 세운 분이고 宗은 은덕을 널리 베푼 분이며, 禮儀와 音樂을 제정한데는 그만한 근거가 있다고 하였다. 짐이 듣기로 樂歌란 덕행을 칭송한 것이고, 舞蹈는 공적을 표창하는 뜻이 있다. 고조 묘당에 醇酒(순주)를 바치며 제사할 때 〈武德〉과 〈文始〉와 〈五行〉의 가무를 연주한다. 孝惠帝 廟堂에 제사하면서도 〈文始〉와 〈五行〉의 가무를 연주한다. 孝文皇帝께서 천하를 다스릴 때 관문과 교량을 개방하여 遠方을 차별하지 않으셨으며 誹謗罪(비방죄)를 폐지했고 肉刑을 금지시켰으며, 長老에게 상을 내리시고 孤獨한 자를 撫恤(무휼)하시어 중생을 양육하셨으며, 욕망을 자제하시고 지방에서 올리는 공물을 받지 않으셨으며, 죄인의 처자를 벌하지 않으시고 사리를 얻으려 하지 않으셨다. 궁형을 폐지하고 美人을 출궁시켰으며 백성의 후손이 끊어지지 않도록 애쓰셨도다. 짐은 불민하여 그 모든 치적을 다 알지 못한다. 그렇지만 이 모두가 上世에 미처 행하지 못한 일이었으나 효문황제께서는 친히 실천하셨도다. 효문황제의 후덕은 천지와 견줄 만하고 사해에 베푸신 복리와 덕택을 받지 않은 자가 없었다. 효문황제의 덕은 일월처럼 밝았으나 묘당의 악곡은 상응하지 못하는 것 같아 짐은 매우 송구할 뿐이다. 孝文皇帝의 제사에 응당 〈昭德〉의 舞樂을 지어 先帝의 미덕을 현양해야 할 것이다. 그런 연후에야 祖宗의 공덕이 만세에 이르도록 전해져 영원히 무궁할 수 있다면 짐은 이를 기뻐할 뿐이다. 이에 승상과 열후, 中二千石의 고관과 禮官이 구체적으로 그 의례를 논하여 상주하기 바란다."

그러자 승상인 臣 申屠嘉(신도가) 등이 상주하였다.

"폐하께서는 孝順의 도리를 오래 생각하시고, 〈昭德〉의 舞樂을 창제하시어 효문황제의 대덕을 稱頌(칭송) 顯揚(현양)하시려는데, 이는 우매한 신하들이 미처 생각하지 못한 것이었습니다. 臣들이 삼가 의논하여 건의하오니 개국의 元功은 高皇帝보다 더 나은 분이 없으시며 성덕은 효문황제보다 더 훌륭한 분이 없으십니다. 高皇帝의 묘당은 응당 본조 제실의 太祖廟가 되어야 하며, 孝文皇帝의 묘당은 응당 황제 중에 太宗의 묘당이 되어야 합니다. 천자께서는 응당 세세대대로 태조와 태종의 묘당에 제사를 올려야 할 것입니다. 郡國의 제후도 응당 각각 孝文皇帝의 太宗之廟를 건립해야 합니다. 모든 侯王과 列侯는 사자를 보내 천자께서 祖宗之廟를 받드는 제사를 도와야 할 것입니다. 이를 문서로 작성하여 전국에 공포하시길 주청합니다."

이에 制書로 "可하다"고 하였다.

原文

春正月, 詔曰, "間者歲比不登, 民多乏食, 夭絶天年, 朕甚痛之. 郡國或磽狹, 無所農桑繫畜, 或地饒廣, 薦草莽, 水泉利, 而不得徙. 其議民欲徙寬大地者, 聽之."

夏四月, 赦天下. 賜民爵一級. 遣御史大夫青翟至代下與匈奴和親.

五月, 令田半租.

|註釋| ○夭絶天年 – 命대로 못살고 일찍 죽다. ○磽狹 – 척박하고 경작지가 적다. 磽 메마른 땅 교. ○農桑繫畜 – 農桑에 종사하고 가축을 기르다. ○薦草莽 – 薦草는 가축에게 줄 풀. 莽은 풀 우거질 망. ○水泉利 – 水利가 좋다. ○聽之 – 聽은 맡기다. 받아들이다. ○青翟 – 陶青翟(도청적, 人名). 嚴青翟(엄청적, 莊青翟)은 武帝 때 사람으로 다른 사람이다. ○田租 – 文帝 때 수확의 15분의 1을 전조로 납부케 했다. 그 절반은 30분의 1.

〖國譯〗

봄 정월, 조서를 내려 말했다.

"근년에 해마다 흉년이 들어 백성에 굶주리는 자가 많고 명대로 못살고 일찍 죽는다니 짐은 이를 심히 애통해 한다. 어떤 郡國은 땅이 척박하고 부족하여 농사를 짓거나 가축을 기를 곳이 없으나 어떤 곳은 땅이 기름지고 넓으며 풀도 많고 水利도 좋으나 이주할 수가 없다고 한다. 땅이 넓은 군국으로 이사 가려는 백성을 받아들이도록 의논하기 바란다."

여름 4월, 천하의 죄수를 사면했다. 백성에게 작위 1급을 하사했다. 御史大夫 陶靑翟(도청적)을 代國에 보내 흉노와 화친케 했다.

5월에 田租를 절반만 걷으라고 명령했다.

原文

秋七月, 詔曰, "吏受所監臨, 以飮食免, 重, 受財物, 賤買貴賣, 論輕. 廷尉與丞相更議著令." 廷尉信謹與丞相議曰, "吏及諸有秩受其官屬所監所治所行所將, 其與飮食, 計償費, 勿論. 它物, 若買故賤, 賣故貴, 皆坐臧爲盜, 沒入臧縣官. 吏遷徙免罷, 受其故官屬所將監治送財物, 奪爵爲士伍, 免之. 無爵, 罰金二斤, 令沒入所受. 有能捕告, 畀其所受臧."

| **註釋** | ○以飮食免 – 보내온 음식을 받기만 하여도 면직되다. ○重 – 죄에 비하여 처벌이 무겁다. ○論輕 – 판결이 경미하다. 論은 判罪. ○著令 – 법령으로 정하다. ○廷尉信 – 信은 名. 당시 승상은 申屠嘉. ○所行所將 – 行은 按擦하다. 將은 (군사를) 거느리다. 지휘하다. ○計償費 – 값을 따져 상환하다. ○勿論 – 논죄하지 않다. ○它物 – 음식 이외 기타 재물. ○坐臧爲盜 – 장물이나 훔친 것으로 간주하다. ○縣官 – 국가. ○吏遷徙免罷 – 관리를 다른 직책으로 이동시키거나 면직 또는 파면하다. ○畀其所受臧 – (고

발 또는 체포된 자가) 받은 장물을 지급하다. 畀는 줄 비. 베풀어 주는 물건.

〖國譯〗

가을인 7월, 조서를 내려 말했다.

"관리가 그 속관으로부터 음식을 받았다고 면직시키는 것은 너무 중벌이고 재물을 받거나 싸게 사서 비싸게 파는 것에 대해서는 판결이 경미하다. 廷尉와 丞相은 이를 다시 논의하여 법령으로 제정하라."

廷尉 信(신)이 승상 申屠嘉(신도가)와 논의하여 삼가 아뢰었다.

"관리나 질록을 받는 자가 아래 관원이나 감독처, 관할처, 감사하는 곳, 또는 부하로부터 음식을 받았을 경우 그 값을 계산하여 상환했다면 처벌하지 않을 것입니다. 다른 재물을 받거나 고의로 싸게 사거나, 고의로 비싸게 팔았다면 장물을 받거나 훔친 것과 동일하게 처리하여 官에서 몰수할 것입니다. 그런 관리는 이동, 면직 또는 파면할 것이며 아래 관원이나 감독 또는 관할 부서로부터 재물을 받았다면 작위를 박탈하여 병사로 편입시켜 면직시킬 것입니다. 작위가 없는 자라면 벌금 2斤을 징수하고 받은 재물을 몰수할 것입니다. 범법자를 체포하거나 고발한 자에게는 (범법자가) 받은 장물을 지급하겠습니다."

原文

二年冬十二月, 有星孛於西南. 令天下男子年二十始傅.

春三月, 立皇子德爲河間王, 閼爲臨江王, 餘爲淮陽王, 非爲汝南王, 彭祖爲廣川王, 發爲長沙王.

夏四月壬午, 太皇太后崩.

六月, 丞相嘉薨. 封故相國蕭何孫係爲列侯.

秋, 與匈奴和親.

| 註釋 | ○年二十始傅 – 傅는 傅籍(부적, 호적부)에 등록하다. 秦에서는 17세 남자를 호적에 올려 徭役(요역)을 부과하며 正卒로 징집했다. 秦에 비해 3년을 늦추었는데 昭帝 때는 다시 23세로 늦추었다. ○德爲河間王 – 皇子 劉德을 河間王에 봉하다. 경제는 아들이 많았다. 53권, 〈景十三王傳〉 참고. ○太皇太后崩 – 고조의 薄姬, 文帝의 모친, 景帝의 祖母.

〖國譯〗

(前元) 2년(前 155) 겨울 12월, 孛星(패성)이 서남쪽에 나타났다. 천하의 20세 남자를 처음으로 등록케 하였다.

봄 3월, 皇子 劉德을 河間王에, 劉閼(유알)을 臨江王, 劉餘를 淮陽王, 劉非를 汝南王, 劉彭祖(유팽조)를 廣川王, 劉發을 長沙王에 봉했다.

여름 4월 壬午, 太皇太后가 붕어했다.

6월, 승상 신도가가 죽었다. 옛 相國 蕭何의 손자인 蕭係(소계, 蕭何傳에는 蕭嘉)를 列侯에 봉했다.

가을, 흉노와 화친했다.

原文

三年冬十二月, 詔曰, "襄平侯嘉子恢說不孝, 謀反, 欲以殺嘉, 大逆無道. 其赦嘉爲襄平侯, 及妻子當坐者復故爵. 論恢說及妻子如法."

春正月, 淮陽王宮正殿災. 吳王濞,膠西王卬,楚王戊,趙王遂,濟南王辟光,菑川王賢,膠東王雄渠皆擧兵反. 大赦天下. 遣太尉亞夫, 大將軍竇嬰將兵擊之. 斬御史大夫晁錯以謝七國.

二月壬子晦, 日有蝕之. 諸將破七國, 斬首十餘萬級. 追斬吳王濞於丹徒. 膠西王卬,楚王戊,趙王遂,濟南王辟光,菑川王賢,膠東王雄渠皆自殺.

| 註釋 | ○三年 - 前 154년. ○襄平侯嘉 - 襄平侯는 紀通, 嘉는 별명이라는 주석이 있다. 子 恢說(회설)은 父가 반역 상황을 알고 있다고 거짓 증언을 했기에 不孝라 했다. 본래 대역부도 죄는 부모, 처자, 자식, 형제를 모두 처형해야 하나 紀嘉 및 아내, 다른 아들이나 형제는 사면한다는 뜻. ○吳王濞 ~ - 吳楚七國亂에 가담한 제후왕. 오초칠국난의 원인에 대해서는 39권, 〈爰盎鼂錯傳〉의 鼂錯傳(조조전) 참고. 난의 경과에 대해서는 35권 〈荊燕吳傳〉의 吳王 劉濞(유비)의 기록 참고. ○丹徒 - 縣名, 今 江蘇省 鎭江市 丹徒區로 長江 南岸이다.

【參考】 당시 반란에 가담하지 않은 왕 - 濟北王(劉志), 城陽共王(劉喜), 齊孝王(劉將閭), 燕康王(劉嘉), 廬江王(劉賜), 淮南王(劉安), 衡山王(劉勃), 梁孝王(劉武), 代共王(劉登).

〖國譯〗

3년 겨울 12월, 조서를 내려 말했다. "襄平侯 紀嘉(기가)의 아들 恢說(회설)은 불효하여 謀反하면서 부친을 살해하려 했으니 大逆無道한 일이다. 紀嘉를 사면하여 襄平侯로 삼고 그 妻子 등 응당 연좌된 사람도 옛 작위를 회복케 하고 회설과 그 처자만을 법대로 처리하도록 하라."

춘 정월, 淮陽王宮의 正殿에서 불이 났다. 吳王 劉濞(유비), 膠西王(교서왕) 劉卬(유앙), 楚王 劉戊(유무), 趙王 劉遂(유수), 濟南王 劉辟光, 菑川王(치천왕) 劉賢, 膠東王 劉雄渠(유웅거) 등이 거병하며 반역했다. 천하의 죄수를 大赦했다. 太尉 周亞夫와 大將軍 竇嬰(두영)을 파견하여 군사를 거느려 토벌케 하였다. 어사대부 晁錯(조조, 鼂錯)를 참수하여 七國에 사과했다.

2월 壬子日 그믐에 일식이 있었다. 여러 장수가 七國을 격파하고 10여만 명을 죽였다. 吳王 유비를 추격하여 丹徒縣(단도현)에서 죽였다. 교서왕 유앙, 초왕 유무, 조왕 유수, 제남왕 유벽광, 치천왕 유현, 교동왕 유웅거가 모두 자살했다.

原文

夏六月, 詔曰, "乃者吳王濞等爲逆, 起兵相脅, 詿誤吏民, 吏民不得已. 今濞等已滅, 吏民當坐濞等及逋逃亡軍者, 皆赦之. 楚元王子藝等與濞等爲逆, 朕不忍加法, 除其籍, 毋令汚宗室." 立平陸侯劉禮爲楚王, 續元王後. 立皇子端爲膠西王, 勝爲中山王. 賜民爵一級.

| 註釋 | ○逋逃亡軍者 – 군대에서 도망한 자. 逋는 달아날 포. ○除其籍 – 그를 종실 명부에서 삭제하다. ○元王後 – 楚 元王(劉交, 高祖의 異腹弟)의 제사.

〖國譯〗

여름 6월, 조서를 내려 말했다.

"지난번에 吳王 劉濞(유비) 등이 반역하여 기병하면서 관리와 백성을 협박하여 죄를 짓게 했고 관리나 백성은 부득이 따랐다. 이제 유비 등이 죽고 없으니 유비와 연좌된 관리나 백성, 군에서 도주한 자들을 모두 사면한다. 楚 元王의 아들인 劉藝(유예) 등은 유비와 함께 반역하였는데 짐은 차마 법대로 처벌할 수 없으니 종실 명부에서 삭제하여 종실을 더럽히지 않게 하라."

平陸侯 劉禮(유례)를 楚王에 봉해 元王의 제사를 잇게 하였다. 皇子 劉端(유단)을 膠西王에, 劉勝을 中山王에 봉했다. 백성에게 작위 1급을 하사하였다.

原文

四年春, 復置諸關用傳出入.

夏四月己巳, 立皇子榮爲皇太子, 徹爲膠東王.

六月, 赦天下, 賜民爵一級.

秋七月, 臨江王閼薨.

十月戊戌晦, 日有蝕之.

| 註釋 | ○立皇子榮爲皇太子 - 栗姬 소생. 名 劉榮(?-前 147). 栗姬 소생이라서 보통 栗太子(율태자)로 호칭. 경제의 長子. ○徹爲膠東王 - 劉徹(유철), 王夫人 소생, 뒷날 무제로 즉위.

〖國譯〗

4년 봄, 관문 출입증 제도를 부활하였다.

여름 4월 己巳日에 皇子 榮(영)을 皇太子로 책봉하고, 황자 徹(철)을 膠東王에 봉했다.

6월, 천하 죄수를 사면하였고 백성에게 작위 1급을 하사했다.

가을 7월, 臨江王 劉閼(유알)이 죽었다.

10월 戊戌(무술) 그믐, 일식이 있었다.

原文

五年春正月, 作陽陵邑. 夏, 募民徙陽陵, 賜錢二十萬. 遣公主嫁匈奴單于.

六年冬十二月, 雷, 霖雨.

秋九月, 皇后薄氏廢.

七年冬十一月庚寅晦, 日有蝕之.

春正月, 廢皇太子榮爲臨江王.

二月, 罷太尉官.

夏四月乙巳，立皇后王氏．丁巳，立膠東王徹爲皇太子．賜民爲父後者爵一級．

｜註釋｜ ○五年 - 전 152년. ○陽陵邑 - 양릉은 경제의 능. 縣名, 今 陝西省 西安市 高陵縣. 漢 황제는 살아 자신의 능을 조성했고 富豪를 이주시켜 능 주변에 읍 또는 현을 설치했다. 이런 현을 陵縣이라 했고 太常이 관할하였다. ○遣公主嫁~ - 公主는 종실 집안의 딸. 황제의 친딸이 아니다. ○皇后薄氏廢 - 황후 薄氏(박씨)는 孝文帝 薄太后(박태후) 집안의 딸이다. 경제가 태자로 있을 때 박태후가 골라 태자비가 되었다 경제가 즉위하자 薄妃를 皇后로 책립하였지만 아들도 없었고 총애도 받지 못했다. 황후가 되어 6년에 폐위되었고 폐위 후 4년에 죽었다. ○廢皇太子榮爲臨江王 - 栗姬(율희)에 대한 景帝의 애정이 식어가자 율희는 질투하였고, 결국 그 소생인 태자는 폐위되어(前 150년) 臨江王에 봉해졌는데 3년 만에 자살했다. 23권, 〈景十三王傳〉 입전.

〖國譯〗

5년 봄 정월, 陽陵(양릉)에 邑을 조성하였다. 여름에 백성을 모집하여 양릉읍에 이사시켰고 금전 20만전 씩 하사하였다. 公主를 흉노 선우에게 시집보냈다.

6년 겨울 12월, 천둥이 치고 장맛비가 내렸다.

가을 9월, 황후 薄氏(박씨)를 폐위했다.

7년 겨울 11월 庚寅(경인) 그믐에 일식이 있었다.

봄 정월, 황태자 劉榮(유영)을 폐위하여 臨江王에 봉했다.

2월, 太尉 관직을 폐지했다.

여름 4월 乙巳(을사), 皇后 王氏를 책립했다. 丁巳(정사), (왕황후 소생의) 膠東王 劉徹을 황태자에 책립하였다. 부친의 뒤를 이을 백성에게 작위 1급을 하사하였다.

原文

中元年夏四月, 赦天下, 賜民爵一級. 封故御史大夫周苛, 周昌孫子爲列侯.

二年春二月, 令諸侯王薨,列侯初封及之國, 大鴻臚奏謚誄策. 列侯薨及諸侯太傅初除之官, 大行奏謚誄策. 王薨, 遣光祿大夫吊襚祠賵, 視喪事, 因立嗣子. 列侯薨, 遣太中大夫吊祠, 視喪事, 因立嗣. 其葬, 國得發民挽喪穿復土, 治墳無過三百人畢事.

匈奴入燕. 改磔曰棄市, 勿復磔.

| **註釋** | ○中元年 - 前 149년. 後元은 前 143년. ○周苛,周昌 - 周苛(주가)는 고조의 신하 韓王 信을 죽였다. 周昌(주창, ?-前 192)은 고조가 태자(뒷날 혜제)를 폐하려 하자 끝까지 반대했다. 고조의 부탁으로 趙王 如意를 보호했지만 조왕은 결국 여태후에게 독살되었다. ○大鴻臚(대홍려) - 관직 典客을 개명했다. 제후 및 지방 관원, 주변 이민족의 접대와 조회 등 의례를 담당. 질록 中2천 석. 9卿의 하나. ○奏謚誄策 - 謚는 謚號(시호). 誄는 뇌사 뇌(뢰), 죽은 자의 덕행이나 志行을 술회하는 글. 策은 策文. 제후를 봉하는 내용의 글. ○初除之官 - 처음 관직을 제수 받은 관원. ○大行 - 大行令. 典客(大鴻臚)의 속관. 典客 - 大行令 - 大鴻臚로 명칭이 바뀌었다. ○光祿大夫 - 郎中令(光祿勳)의 속관. 황제의 고급 참모로 자문에 응대. 질록은 比二千

石. ○弔襚祠賵 – 弔는 弔喪하다. 弔는 吊. 襚는 壽衣 수. 사자의 옷. 祠는 死者를 위한 음식. 賵(보낼 봉)은 喪家의 장례를 돕기 위한 車馬, 또는 그런 물건. 장례를 돕기 위한 財貨는 賻(부)라 한다. ○太中大夫 – 列卿의 하나인 郎中令의 屬官, 정사에 대한 의론을 담당. 정원 없음, 많을 때는 수십 명이나 되었다. 황제의 측근이지만 秩(俸祿)은 比千石. 郡의 태수가 二千石(月 120斛)이었고, 比二千石은 월 100곡이었으니 比千石은 그 절반이라고 생각할 수 있다. ○挽喪穿復土 – 喪輿(상여)를 끌고 묘혈을 파고 복토하다. 治喪. ○改磔曰棄市 – 磔(책)은 죄수의 몸을 갈라 내장을 버리고 수레로 사지를 찢는 酷刑(혹형). 棄市(기시)는 공공장소에서의 처형과 시신 방치. 公衆과 함께 放棄(방기)한다는 뜻.

〚國譯〛

中元 원년(前 149) 여름 4월, 천하의 죄수를 사면하고 백성에게 작위 1급을 하사하였다. 옛 御史大夫인 周苛(주가)와 周昌(주창)의 손자를 列侯에 봉했다.

中元 2년 봄 2월, 諸侯王이 죽거나 列侯가 최초로 책봉을 받아 封國에 갈 때, 大鴻臚(대홍려)가 諡號(시호), 誄文(뇌문), 策文을 상주하라고 명했다. 열후가 죽을 경우 諸侯의 太傅(태부)로 처음 제수 받은 관원은 大行令을 경유하여 시호와 뇌문과 책문을 받아가게 하였다. 王이 죽으면 光祿大夫를 보내 조문하고 수의와 死者의 음식, 장례에 쓸 車馬 등을 보내고 상례를 감독하고 겸해서 嗣子(사자)를 책립케 하였다. 열후가 죽으면 太中大夫를 보내 조문하고 喪事를 보살피고 겸하여 후사를 정하게 하였다. 그 장례에 백성을 동원하여 운구하거나 무덤을 파고 복토할 수 있으나 3백 명을 넘지 못하게 하였다.

匈奴가 燕(연)에 침입하였다. 磔刑(책형)을 고쳐 棄市(기시)라 하고 다시는 책형을 집행하지 못하게 했다.

原文

三月, 臨江王榮坐侵太宗廟地, 徵詣中尉, 自殺.

夏四月, 有星孛於西北. 立皇子越爲廣川王, 寄爲膠東王.

秋七月, 更郡守爲太守, 郡尉爲都尉.

九月, 封故楚,趙傅,相,內史前死事者四人子皆爲列侯. 甲戌晦, 日有蝕之.

| **註釋** | ○臨江王榮坐侵太宗廟地 – 임강국은 치소가 江陵(장강 중류)이었다. 태종 묘당의 공터를 차지하고 궁궐을 지었다는 현의로 소환되었다. ○徵詣中尉 – 中尉는 장안의 치안 유지하는 무관. 당시 중위는 뒷날 무제 때 혹리로 유명한 郅都(질도)란 사람이었다. ○內史 – 제후국의 太傅는 질록 이천석의 영광된 직위였다. 상은 제후국의 모든 관리를 장악하고 內史가 실질적 행정을 담당하였다. ○前死事者四人~ – 吳楚七國亂 당시 중앙에서 파견된 관리로 제후의 반역을 제지했기 때문에 죽음을 당했던 4人.

〖國譯〗

3월, 臨江王 劉榮이 太宗 廟地를 침탈했다는 죄목으로 中尉에게 불려갔다가 자살하였다.

여름 4월, 孛星이 서북 하늘에 나타났다. 皇子 越(월)을 廣川王에, 寄(기)를 膠東王(교동왕)에 봉했다.

가을 7월, 郡守를 太守로, 郡尉를 都尉로 개칭했다.

9월, 옛 楚와 趙의 太傅, 相, 內史로 吳楚七國亂에 죽은 4인의 아들을 모두 열후에 봉했다. 甲戌(갑술) 그믐에 일식이 있었다.

原文

三年冬十一月, 罷諸侯御史大夫官.

春正月, 皇太后崩.

夏, 旱, 禁酤酒. 秋九月, 蝗. 有星孛於西北. 戊戌晦, 日有蝕之. 立皇子乘爲淸河王.

四年春三月, 起德陽宮. 御史大夫綰奏禁馬高五尺九寸以上, 齒未平, 不得出關.

夏, 蝗.

秋, 赦徒作陽陵者死罪, 欲腐者, 許之.

十月戊午, 日有蝕之.

| **註釋** | ○三年 - 前 147년. 冬十一月, 罷 ○諸侯御史大夫 - 어사대부는 승상 아래 직위였다. 제후국의 어사대부를 없앤 것은 제후국의 정치 역량을 약화시키려는 뜻이었다. ○德陽宮 - 경제 자신의 廟堂. ○御史大夫綰 - 衛綰(위관, ?-前 131) - 中郞將, 太子太傅, 御史大夫, 丞相 역임. 46권, 〈萬石衛直周張傳〉 입전. ○馬高五尺九寸以上, 齒未平 - 아직 10살이 되지 않은 駿馬. 말이 10살이 되면 이가 마모되어 평평해진다고 한다. 관문 밖에 못 보내는 것은 關東(山東) 제후의 군사력 억제책. ○欲腐者 - 부형을 받고 살려는 자.

〖國譯〗

(中元) 3년 겨울 11월, 諸侯國 어사대부 직책을 폐지했다.

봄 정월, 皇太后가 붕어했다.

여름, 가뭄이 들었다. 술의 판매를 금했다.

가을 9월, 蝗災(황재)가 있었다. 孛星(패성)이 서북에 출현했다. 戊戌(무술) 그믐에 일식이 있었다. 皇子 乘(승)을 淸河王에 봉했다.

4년 춘 삼월, 德陽宮(景帝 廟堂)을 지었다. 어사대부 衛綰(위관)이 馬의 키가 五尺九寸 이상으로 치아가 평평하지 않은 말은 관동에 보내는 것을 금지해야 한다고 주청하였다.

여름에, 황충의 재해가 있었다.

가을에, 陽陵을 축조할 때 사형수를 사면하여 腐刑(부형, 거세형)을 받고자 하는 자는 허용하였다.

10월 戊午(무오), 일식이 있었다.

原文

五年夏, 立皇子舜爲常山王. 六月, 赦天下, 賜民爵一級.

秋八月己酉, 未央宮東闕災. 更名諸侯丞相爲相.

九月, 詔曰, "法令度量, 所以禁暴止邪也. 獄, 人之大命, 死者不可復生. 吏或不奉法令, 以貨賂爲市, 朋黨比周, 以苛爲察, 以刻爲明, 令亡罪者失職, 朕甚憐之. 有罪者不伏罪, 奸法爲暴, 甚亡謂也. 諸獄疑, 若雖文致於法而於人心不厭者, 輒讞之."

| **註釋** | ○立皇子舜爲常山王 – 舜(순)은 경제의 막내아들. 교만 무례했다. 常山國은 今 河北省 石家莊市 관할 邢台市 일대. 본래 常山은 오악 중 北嶽인 恒山(항산). 국도는 元氏縣(今 河北省 石家莊市 관할의 元氏縣). ○朋黨比周 – 무리를 지어 서로 이익을 챙기다. ○失職 – 생업을 잃다. ○若雖文致於法~ – 若은 접속사 및, 또는. 文致於法은 법조문에 일치하다. 교묘히 얽어 죄를 만들다. ○不厭者 – 뜻에 차지 않다. 마음에 들지 않다. ○輒讞之 – 바로 재심의하다. 아뢰다. 讞는 죄를 의논할 언(얼).

〖國譯〗

(중원) 5년 여름, 皇子 舜(순)을 常山王에 봉했다. 6월, 천하의 죄수를 사면하고 백성들에게 작위 1급을 하사하였다.

가을 8월 己酉(기유), 未央宮의 東闕에 불이 났다. 諸侯 丞相을 相으로 호칭을 바꿨다.

9월, 조서를 내려 말했다. "度量衡(도량형)을 법으로 정한 것은 폭력과 불법 행위를 막기 위한 것이다. 감옥은 사람 생명과 관계되며 처형된 자는 다시 살아올 수 없다. 일부 관리는 법령을 준수하지 않고 뇌물을 받고 거래하거나 붕당을 지어 서로 이득을 챙겨주며 가혹하고 각박한 행위를 명찰하다고 여기는데, 지금 죄도 없는 백성이 생업을 잃는 것을 짐은 심히 가엽게 생각한다. 죄를 지은 자가 법의 처벌을 받지 않는다면 국법을 무너트리며, 포악을 저지른다면 이는 법이 없는 것과 같다. 의혹이 있을만한 모든 사건이나 법문에 맞는 사안일지라도 백성이 불복한다면 즉시 재심의 하도록 하라."

原文

六年冬十月, 行幸雍, 郊五時.

十二月, 改諸官名. 定鑄錢僞黃金棄市律.

春三月, 雨雪.

夏四月, 梁王薨. 分梁爲五國, 立孝王子五人皆爲王.

五月, 詔曰, "夫吏者, 民之師也. 車駕,衣服宜稱. 吏六百石以上, 皆長吏也. 亡度者, 或不吏服出入閭里, 與民亡異. 令長吏二千石車朱兩轓, 千石至六百石朱左轓. 車騎從者不稱其官衣服, 下吏出入閭巷亡吏體者, 二千石上其官屬, 三輔擧不如法令者, 皆上丞相御史請之."

先是, 吏多軍功, 車, 服尙輕, 故爲設禁, 又惟酷吏奉憲失中, 乃詔有司減笞法, 定棰令. 語在〈刑法志〉.

| **註釋** | ○雍 - 縣名, 陝西省 寶雞市 관할 鳳翔縣(봉상현) 남쪽. ○郊五時(오치) - 五方의 신에게 郊祭를 올리다. ○定鑄錢僞黃金棄市律 - 문제 때 사전의 주조가 허용되었다. 이에 따라 奸民이 질이 떨어지는 주전을 하고 가짜 금이 거래되자 私錢의 주조를 엄히 단속하였다. ○雨雪 - 雨는 내리다. 동사로 쓰였다. ○梁王薨 - 경제의 동복형제. 梁 孝王 劉武. ○立孝王子五人~ - 태자 劉買를 梁王으로, 그 외 4인은 濟川王, 濟東王, 山陽王, 濟陰王에 분봉했다. ○宜稱 - 稱은 副應하다. ○長吏 - 고급 관리. ○車朱兩轓 - 轓는 수레 바람막이 번. ○三輔 - 京師의 행정관이면서 그 관할 지역. 京兆尹, 右扶風, 左馮翊(좌풍익). 그때 左右 內史의 구분은 있었지만 삼보의 명칭은 아직 없었는데 후세 史家의 기록과정에서 자연스레 인용되었다. ○定棰令 - 棰 회초리 추. 매 추.

〖國譯〗

6년 겨울 10월, 文帝는 雍縣(옹현)에 행차하여 五時(오치)에서 교제를 지냈다.

12월 여러 관직명을 개정했다. 鑄錢에 가짜 黃金을 쓰는 자를 棄市(기시) 형에 처하는 율령을 제정했다.

봄 3월, 눈이 내렸다.

여름 4월, 梁 孝王(武)이 죽었다. 梁을 五國으로 나누어 孝王 아들 5인을 모두 왕에 봉했다.

5월, 조서를 내려 말했다.

"관리는 백성의 스승이다. 따라서 車駕(거가)와 의복이 상응해야 한다. 질록 6백 석 이상의 관리는 모두 고급 관원이다. 법도를 따르지 않고 혹은 관리의 복장도 아니 갖추고 마을에 출입한다면 백성과 다름이 없다. 지금 2천 석 고급 관리의 수레는 붉은 바퀴에 양쪽 가림막이 있고 1천 석에서 6백 석 관리는 왼쪽에만 붉은 가림막을 하게 되어 있다. 수종하는 車騎가 그 직급에 맞는 의복을 하지 않거나 마을에 출입하면서 관리의 체통을 지키지 않는 하급 관리가 있다면 2천 석 관리는 그런 자의 소속을 보고하고 三輔(삼보)는 법령을 따르지 않는 자를 올리되 모두 승상부의 어사에게 보고토록 하라."

이에 앞서 군공으로 관리가 된 자가 많아 수레나 관복을 경시하는 자가 많았기에 이런 금령을 제정하였으며, 또 혹리가 법을 집행하는 과정에서 中正을 잃는 경우가 많아 조서를 내려 담당자에게 태형을 경감케 하는 棰令(추령)을 제정하였다. 이는 〈刑法志〉에 있다.

原文

六月, 匈奴入雁門, 至武泉, 入上郡, 取苑馬. 吏卒戰死者二千人.

秋七月, 辛亥晦, 日有蝕之.

| 註釋 | ○雁門(안문, 鴈門) - 군명. 治所는 善無縣(今 山西省 朔州市 右玉縣) 동남. ○武泉 - 縣名. 今 內蒙古 呼和浩特市 동북. ○上郡 - 군명. 治所는 膚施縣(부시현, 今 陝西省 최북단 榆林市 동남).

〖國譯〗

6월, 흉노가 雁門郡(안문군)에 침입하여 武泉縣에 이르렀고 上郡에 침입해서는 기르는 말을 탈취해갔다. 관리나 사졸 전사자가 2천 명이었다.

가을 7월, 辛亥日 그믐에 일식이 있었다.

原文

後元年春正月, 詔曰, "獄, 重事也. 人有智愚, 官有上下. 獄疑者讞有司, 有司所不能決, 移廷尉. 有令讞而後不當, 讞者不爲失. 欲令治獄者務先寬."

三月, 赦天下, 賜民爵一級, 中二千石,諸侯相爵右庶長.

夏, 大酺五日, 民得酤酒.

五月, 地震.

秋七月乙巳晦, 日有蝕之. 條侯周亞夫下獄死.

| 註釋 | ○後元年 – 前 143년. 戊戌(무술). ○右庶長 – 20 작위 중 11등급에 해당하는 작위.

〖國譯〗

後元 원년 봄 정월, 조서를 내려 말했다.

"獄事는 중대한 일이다. 똑똑한 사람과 어리석은 사람이 있고 관리는 상하 위계가 있다. 獄案이 미심쩍다면 담당자가 재심해야 하고 有司도 판결할 수 없다면 廷尉(정위)에게 이송해야 한다. 재심을 명하여 판결이 바뀌면 재심을 요청한 자가 잃은 것이 없어야 한다. 옥안을 다루는 자는 먼저 관대해야 한다는 뜻이다.

3월, 천하 죄인을 사면하고 백성에게 작위 1급을 하사하였고, 中二千石과 諸侯 相의 작위를 右庶長(우서장)으로 정했다.

여름, 5일간 모여 술을 먹도록 허락했고 백성이 술을 매매할 수 있게 하였다.

5월에, 지진이 났다.

가을 7월 乙巳日 그믐에 일식이 있었다. 條侯(조후) 周亞夫가 옥에서 죽었다.

原文

二年冬十月, 省徹侯之國.

春, 匈奴入雁門, 太守馮敬與戰死. 發車騎材官屯.

春, 以歲不登, 禁內郡食馬粟, 沒入之.

夏四月, 詔曰, "雕文刻鏤, 傷農事者也, 錦繡纂組, 害女紅者也. 農事傷則饑之本也, 女紅害則寒之原也. 夫饑寒並至, 而能亡爲非者寡矣. 朕親耕, 后親桑, 以奉宗廟粢盛, 祭服, 爲天下先, 不受獻, 減太官, 省徭賦, 欲天下務農蠶, 素有畜積, 以備災害. 强毋攘弱, 衆毋暴寡, 老耆以壽終, 幼孤得遂長. 今, 歲或不登, 民食頗寡, 其咎安在? 或詐僞爲吏, 吏以貨賂爲市, 漁奪百姓, 侵牟萬民. 縣丞, 長吏也, 奸法與盜盜, 甚無謂也. 其令二千石各修其職, 不事官職耗亂者, 丞相以聞, 請其罪. 佈告天下, 使明知朕意."

| **註釋** | ○省徹侯~ - 省은 철회하다. 생략하다. 徹侯(철후)는 20급의 작위 중 20위로 최고 작위. 武帝의 이름(徹)을 諱(휘)하여 列侯로 고쳤다. 승상이나 皇子들이 이 작위를 받았다. 相을 둘 수 없고, 家丞(가승), 門大夫 등을 거느렸다. ○材官 - 材士. 勇士. 보병. 큰 활을 밟고 시위를 당길 수 있는 병졸. 大弓手. ○內郡 - 변경 지역을 外郡이라 하였고 그 외는 內郡, 또는 內郡國이라 불렀다. ○雕文刻鏤 - 무늬를 조각하고 나무나 쇠를 파서 새기다. 刻은 나무에 새김. 鏤(루)는 쇠에 새김. ○錦繡纂組(금수찬조) - 비단에 수를 놓고 매듭을 엮다. 纂은 모을 찬. 붉은 끈. 組는 따다. ○女紅 - 女工. 여자의 할 일. 紅은 길쌈 공. 베를 짜다. ○減太官 - 음식을 줄이다. 太官은 少府의 속관. 황제의 식사를 주선하는 사람. 질록 1千石. ○强毋攘弱 - 강자는 약자의 것을 빼앗지 못하게 하다. 攘은 물리칠 양. 훔치다. 덜다. ○漁奪(어탈) - 남의 재물을 마음대로 빼앗다. 漁는 닥치는 대로 가져가다. 침략하다. ○侵牟(침모) - 침범하고 탈취하다. 牟(소 우는 소리 모)는 범하다. 탐내다. ○奸

法與盜盜 – 법을 농간하며 도적처럼 도적질을 하다. 뒤의 盜가 동사. ○修其職 – 직분을 잘 수행하다. 책임을 다하다.

〖國譯〗

(後元) 2년 겨울 10월, 徹侯(列侯)가 封國에 가야 하는 조치를 철회했다.

봄에, 흉노가 안문군을 침략했고, 태수인 馮敬(풍경)이 전사했다. 車騎兵과 材官(재관)을 동원하여 주둔케 했다.

봄, 흉년이 들었기에 변경 이외의 郡에서 말에게 곡식을 먹이는 것을 금지했고 위반자는 말을 몰수케 했다.

여름 4월, 조서를 내려 말했다.

"무늬를 놓고 나무나 쇠를 조각하는 일은 농사를 못 짓게 하고 비단에 수를 놓고 매듭을 짜는 일은 여인의 길쌈에 손해가 된다. 농사를 못 지으면 굶주리고 길쌈을 못하면 추위에 떨게 된다. 굶주림과 추위가 한꺼번에 닥치면 나쁜 짓을 안 할 사람이 없을 것이다. 짐은 親耕하고 황후는 친히 누에를 치며 종묘에 바칠 곡식과 祭服을 준비하며 백성에게 솔선하고 헌상하는 물건도 물리치며 음식을 줄였고 요역과 부세를 줄였으며, 백성들이 농사와 길쌈을 권장하여 평소에 비축으로 재해를 대비케 했었다. 또 강자가 약자의 것을 빼앗지 못하게 하고 부자가 빈자에게 포악한 짓을 못하게 했으며, 노인네가 천수를 누리고 어린애나 고아도 자랄 수 있게 하였다. 금년에도 흉년이 든다면 백성 먹을 것이 크게 부족할 터인데 그 허물은 누구에게 있겠는가? 어떤 관리는 거짓말을 하고, 또 어떤 자들은 받은 뇌물로 장사를 하며 백성의 재물을 함부로 빼앗고 멋대로 약탈하고 있다. 현령이나 현승은 백성에게 법을 집행하는데 법으로 농간부리며 도적과 함께 도적질을 하니 더 말할 것이 없다. 이에 二千石(太守)은 자신의 직분을 다하면서 관리의 책무를 다하지 못하며 멋대로 행동하는 자들을 적발하여 승상에게 보고하여 죄에 따라 벌을 받도록 조치하라. 이를 천하에 공포하여 짐의 뜻을 분명히 알게 하라."

原文

五月, 詔曰, "人不患其不知, 患其爲詐也, 不患其不勇, 患其爲暴也, 不患其不富, 患其亡厭也. 其唯廉士, 寡慾易足. 今訾算十以上乃得官, 廉士算不必衆. 有市籍不得官, 無訾又不得官, 朕甚愍之. 訾算四得官, 亡令廉士久失職, 貪夫長利."

秋, 大旱.

|註釋| ○人不患其不知 - 子曰, "不患人之不己知, 患不知人也"《論語 學而》의 변용. ○今訾算十以上~ - 訾(헐뜯을 자)는 재물, 재산. 訾(資)와 通. 算十以上은 10만 전 이상. ○乃得官 - 漢에서는 일정한 자산을 국가에 바치면 낭관이 될 수 있었다. 張釋之(장석지)는 형의 재산 덕분에 낭관으로 관직을 시작했다. 50권, 〈張馮汲鄭傳〉의 장석지전 참고. ○有市籍不得官 - 상인 명부에 오르면 관리가 될 수 없었다.

【國譯】

5월, 조서를 내려 말했다.

"사람들은 자신이 지혜롭지 못한 것을 탓하지 않고 속임수에 당할 것을 걱정하며, 자신이 용기가 없음을 걱정하지 않고 포악한 자에게 당하는 것을 걱정하며, 빈곤을 걱정하지만 탐욕을 걱정하지 않는다. 청렴한 사람은 욕망을 억제하여 쉽게 만족한다. 지금 자산이 10만 전 이상이어야 겨우 관리가 될 수 있는데 청렴한 志士라면 재산이 많을 필요는 없다. 상인 명단에 오른 사람은 관리가 될 수 없지만, 재산이 없는 사람도 관리가 될 수 없어 짐은 이를 안타깝게 생각한다. 재산이 4만 전만 되어도 관리가 될 수 있도록 고쳐서 청렴한 인재가 오랫동안 관직을 얻지 못하거나 탐욕한 자가 큰 이득을 챙기는 일이 없도록 하라."

가을에, 큰 가뭄이 들었다.

原文

三年春正月, 詔曰, "農, 天下之本也. 黃金珠玉, 饑不可食, 寒不可衣, 以爲幣用, 不識其終始. 間歲或不登, 意爲末者衆, 農民寡也. 其令郡國務勸農桑, 益種樹, 可得衣食物. 吏發民若取庸采黃金珠玉者, 坐臧爲盜. 二千石聽者, 與同罪."

皇太子冠, 賜民爲父後者爵一級.

甲子, 帝崩於未央宮. 遺詔賜諸侯王,列侯馬二駟, 吏二千石黃金二斤, 吏民戶百錢. 出宮人歸其家, 復終身.

二月癸酉, 葬陽陵.

| **註釋** | ○三年 – 前 141년. 庚子年. ○不識其終始 – 시작과 끝을 알 수 가 없다. 화폐 유통의 결과를 잘 알 수 없다는 뜻으로 해석. ○末者衆 – 末業(상업)에 종사하는 자가 많다. ○吏發民若取庸~ – 백성을 농사철에 동원하거나 백성을 고용하여 ~하다. ○皇太子冠 – 황태자 名 徹, 武帝, 즉위 당시 16세였다. ○甲子 – 정월 27일이라는 주석이 있다. 경제는 32세에 즉위하여 16년 재위했다. ○馬二駟 – 8匹, 駟 말 4마리 사. 수레에 보통 4마리를 맨다.

〖國譯〗

(後元) 3년 봄 정월에, 조서를 내려 말했다.

"농사는 천하의 근본이다. 황금이나 珠玉은 굶주릴 때 먹지도 추울 때 입지도 못하고 화폐 대신 쓸 수 있으나 어떻게 도는 지 알 수도 없다. 요즈음 자주 흉년이 드는데 혹시 상업에 종사하는 자가 많고 농민이 적기 때문은 아닐까? 각 郡國에 농사와 길쌈에 힘쓰고 나무를 많이 심어 의식에 필요한 물자를 얻도록 힘써 권장하기 바란다. 관리가 백성을 동원하거나 또는 백성을 고용하여 황금이나 주옥을 채취하는 자가 있다면 도적질로 재물을 얻은 것으로 간주하라. 2천 석(태수)이 그런 청탁을 받았다면 같은 죄로 다스리기 바란다."

황태자가 관례를 치렀고 부친의 뒤를 계승한 자에게 작위 1급을 하사하였다.

甲子日에 황제가 未央宮에서 붕어했다. 遺詔(유조)로 諸侯王과 列侯에게 말 8필을, 2천 석 관리에게는 황금 2근, 관리나 백성 각 호에 100전을 하사하게 하였다. 출궁한 궁인을 본가로 돌려보냈고 종신토록 부세를 면제하였다.

2월 癸酉, 陽陵(양릉)에 장례했다.

原文

贊曰, 孔子稱 "斯民, 三代之所以直道而行也", 信哉! 周, 秦之敝, 罔密文峻, 而奸軌不勝. 漢興, 掃除煩苛, 與民休息. 至於孝文, 加之以恭儉, 孝景遵業, 五六十載之間, 至於移風易俗, 黎民醇厚. 周云成康, 漢言文景, 美矣!

| **註釋** | ○"斯民~ - 子曰, "吾之於人也, 誰毁誰譽? 如有所譽者, 其有所試矣. 斯也, 三代之所以直道而行也." 三代之所以直道而行也"《論語 衛靈公》. ○罔密文峻 - 罔은 法網(법망). 文은 法條文. ○奸軌不勝 - 奸軌(간궤)는 奸宄(간귀). 간악한 사람 또는 그런 행동. 不勝은 그런 행위를 막을 수 없다. ○周云成康, 漢言文景 - 周에서는 成王과 康王, 漢에서는 文帝와 景帝. 그래도 나라가 가장 泰平했던 시기였다.

〖國譯〗

班固의 論贊 : 孔子는 "이 백성들은 三代를 거치면서 교화되었기에 바른 도를 실천할 수 있다"고 말했다. 이는 사실이다! 周末과 秦代의 폐단은 조밀한 법망과 준엄한 법 조문이 있었어도 간악한 짓을 막을 수가 없었다. 漢이 건국되고서 번잡하고 가혹한 조문을 많이 없애면서 백성과 함께 휴식했었다. 孝文帝는 여기에 공경과 검소를 보태었고 孝景帝는 (文帝의 원칙을) 바꾸지 않고 그대로 따랐기에 건국 후 5, 60년에 풍속이 바뀌어 백성들은 순박해졌다. 周에서는

成王과 康王의 盛世를, 漢에서는 文帝와 景帝 시대를 말할 수 있으니, 훌륭하도다!

6 武帝紀
〔무제기〕

原文

孝武皇帝, 景帝中子也, 母曰王美人. 年四歲立爲膠東王. 七歲爲皇太子, 母爲皇后. 十六歲, 後三年正月, 景帝崩. 甲子, 太子卽皇帝位, 尊皇太后竇氏曰太皇太后, 皇后曰皇太后. 三月, 封皇太后同母弟田蚡,勝皆爲列侯.

| 註釋 | ◦孝武皇帝 - 名 徹. 재위, 前 140-87년. 16세 즉위, 54년 재위. 漢代 최장 재위(淸朝 康熙帝 이전에 最長 재위). 사치, 대규모 토목공사, 순행, 제천, 대규모 원정 등으로 국력 소진, 인명 경시, 잔인포악한 군주로 '秦始漢武' 로 병칭. 동시에 제도 개혁과 새로운 정책으로 황제권 강화 등 후세에 큰 영향을 남겼다. ◦景帝中子也 - 9子. ◦王美人 - 景帝의 두 번째 황후, 〈外戚傳〉(上), 孝景王皇后傳에 입전. 황후 이외의 후궁을 14등급으로 구분하였는데 위에서부터 5번째 등급이 美人이다. 二千石 관리와 동급. ◦同母弟田

蚡 – 同母異父라서 성이 王氏와 田氏이다. 田蚡(전분, ?–前 131)은 武帝의 외삼촌. 왕미인의 생모인 臧兒(장아)가 王仲과 결혼하여 왕미인을 낳고 田氏에게 개가하여 전분을 낳았다. 전분은 아주 못생겼으나 文辭가 뛰어났다. 전분은 太尉와 승상을 역임하였고 儒學을 존중하며 五經博士 제도를 마련. 蚡 두더지 분. 52권, 〈竇田灌韓傳〉에 立傳.

〖國譯〗

孝武皇帝는 景帝의 中子로 모친은 王美人이었다. 나이 4세에 膠東王(교동왕)에 책립되었다. 7세에 皇太子가 되었으며 모친은 황후가 되었다. 景帝 後元 3년 정월에 경제가 붕어했다. 甲子日에 태자가 황제로 즉위하여 皇太后 竇氏(두씨)를 올려 太皇太后라 하였고 皇后를 皇太后라 하였다. 3월 皇太后의 同母弟인 田蚡(전분)과 田勝이 모두 列侯가 되었다.

原文

建元元年冬十月, 詔丞相,御史,列侯,中二千石,二千石,諸侯相擧賢良方正直言極諫之士. 丞相綰奏, "所擧賢良, 或治申,商,韓非,蘇秦,張儀之言, 亂國政, 請皆罷." 奏可.

春二月, 赦天下. 賜民爵一級. 年八十復二算, 九十復甲卒. 行三銖錢.

| 註釋 | ○建元 元年 – 前 140년. 무제 즉위 후, 6년을 주기로 하여 一元, 二元 … 五元이라 하였다. 五元 3년(前 114)에 담당자의 건의를 받아들여 一

元을 建元(前 140－135), 二元을 元光(前 134－129), 三元을 元朔(前 128－123), 四元을 元狩(원수, 前 122－117)라 하고 五元의 연호는 미정이었다. 五元 4년에 寶鼎을 얻자 五元을 元鼎(원정, 前 116－111)이라 하였다. 곧 연호를 처음 사용한 것은 元鼎 3년(前 114년)이었다. 이어 元封(前 110－105년)까지는 6년 주기였으나 太初(前 104－101년) 이후는 일정 주기가 없어졌다. 唐 高祖와 太宗은 재위 기간 하나의 연호를 사용했지만 一世一元의 제도가 제대로 확립된 것은 明代이었다. ○中二千石,二千石 － 중이천석은 9卿의 질록. 二千石은 지방 군수(태수)의 질록이었다. 漢代의 관리 녹봉은 곡식의 石(120斤)으로 정해졌지만 녹봉을 곡식으로 받지 않고 錢으로 받았다. 中二千石(월 180斛)은 매월 4萬錢을 받았다. 참고로 二千石은 月 120斛, 二千石은 月 120斛, 比二千石은 月 100斛이었다. ○丞相綰奏 － 綰은 衛綰(위관), 人名. 46권, 〈萬石衛直周張傳〉에 입전. ○治申,商,韓非,蘇秦,張儀之言 － 治는 전공하다. 申은 申不害(韓, 昭侯의 相, 통치술 전공). 商은 商鞅(상앙, 法家), 韓非는 法, 術, 勢를 종합, 法家의 완성자. 蘇秦(소진)과 張儀(장의)는 縱橫家. ○年八十復二算 － 나이 80세인 사람에게는 2算을 면제하다. 15－56세, 1인 1년 120전을 1算이라 하였다. ○九十復甲卒 － 90세 노인이 있으면 1인의 병역을 면제하거나 아니면 그만한 대가를 지급해 주었다. ○行三銖錢 － 漢의 화폐는 半兩錢(이는 秦代 圓形方孔의 명칭을 그대로 사용, 실제 무게는 4銖, 따라서 四銖錢이라 병칭) 폐하고 三銖錢을 발행, 통용하다가 元狩 5년(前 118년)에 五銖錢(오수전, 명칭과 실제 무게 일치)을 발행 통용하였다. 오수전은 이후 隋代까지 여전히 사용되다가 唐 高祖 때 공식적으로 폐지되었다. 漢의 도량형으로 1兩은 15.5g, 1兩은 24銖. 1銖는 0.65g이었다. 오수전 표면에 '五銖' 二字가 양각되었다.

〖國譯〗

建元 元年(前 140년) 겨울 10월, 詔書로 丞相, 御史, 列侯, 中二千

石, 二千石 및 諸侯相에게 賢良, 方正하고 直言, 極諫할 수 있는 인재를 천거하라고 하였다. 승상 衛綰(위관)이 상주하여 "賢良을 천거하되 혹 申不害나 商鞅, 韓非나 蘇秦과 張儀의 학술을 전공한 자는 국정을 어지럽힐 것이니 모두 제외할 것을 주청합니다."라고 하였다. 무제는 상주를 비준하였다.

봄 2월에, 천하의 죄수를 사면하면서 백성에게 작위 1급을 하사하였다. 80세 노인이 있으면 2算(1算은 120전)을 면제하였고, 90세 노인이 있으면 甲卒의 부역을 면제하였다. 三銖錢(삼수전)을 발행하였다.

原文

夏四月己巳, 詔曰, "古之立敎, 鄕里以齒, 朝廷以爵, 扶世導民, 莫善於德. 然卽於鄕里先耆艾, 奉高年, 古之道也. 今天下孝子,順孫願自竭盡以承其親, 外迫公事, 內乏資財, 是以孝心闕焉, 朕甚哀之. 民年九十以上, 已有受鬻法, 爲復子若孫, 令得身帥妻妾遂其供養之事."

| 註釋 | ○鄕里以齒 – 齒는 연령. ○耆艾 – 60세를 耆(기), 50세를 艾(애)라 하였다. ○受鬻法 – 관청에서 지급하는 곡식을 鬻(죽, 粥)이라 하였다. ○復子若孫 – 復은 면제하다. 若은 및(及). ○帥妻妾遂其供養之事 – 帥는 거느릴 솔. 솔선하다. 遂는 성취하다.

〖國譯〗

여름 4월 己巳(기사), 조서를 내려 말했다.

"고대부터 백성을 이끌어 나가는 방법으로 향리에서는 나이를 존중하고, 조정에서는 작위를 설치하여 바른 사회풍조로 확립하려면 도덕보다 더 나은 것이 없었다. 때문에 향리에서 노인을 우대하고 고령자를 받드는 것은 옛날의 正道였다. 지금 천하의 효자나 온순한 손자들이 온 힘을 다하여 父祖를 받들고자 하여도 밖으로는 나라의 일에 부딪히고 안으로는 기본 재물이 부족하기에 효심을 다할 수가 없는 것을 짐은 심히 애통해 한다. 백성 나이 90세 이상이면 나라에서 곡식을 지급하는 법이 있지만 그 아들이나 손자의 부역을 면제하여 아들이나 손자가 솔선하여 처첩과 함께 부조를 공양토록 하라."

原文

五月, 詔曰, "河海潤千里. 其令祠官修山川之祠, 爲歲事, 曲加禮." 赦吳,楚七國帑輸在官者.

秋七月, 詔曰, "衛士轉置送迎二萬人, 其省萬人. 罷苑馬, 以賜貧民." 議立明堂. 遣使者安車蒲輪, 束帛加璧, 徵魯申公.

| 註釋 | ○歲事 - 풍년이 들다. ○曲加禮 - 제례를 더 늘리다. ○吳,楚七國 - 前 154년. 帑는 처자(孥와 同). 輸在官者는 관노비로 편입된 자. ○轉置 - (新舊가) 교대하다. ○罷苑馬 - 말 사육장을 폐지하다. ○明堂 - 皇帝가 政敎의 大典을 행하는 건물. 朝會, 祭祀, 慶賞, 養老, 敎學 등의 행사를 집

행하는 곳. ○安車蒲輪 - 安車는 앉아서 타는 수레. 수레는 본래 서서 탔다. 蒲輪(포륜)은 수레의 충격을 흡수하기 위해 왕골 같은 것으로 감싼 바퀴. ○束帛加璧 - 비단과 벽옥, 賢者를 초빙하는 예물. ○徵魯申公 - 徵은 徵召하다. 魯申公은 《詩》를 전공한 유학자. 漢이 건국된 뒤로 《易》을 논한 사람으로는 淄川(치천)의 田生이 있고, 《書》를 논한 사람으로는 濟南의 伏生, 《詩》를 논한 사람으로 魯에는 申培公, 齊에는 轅固生(원고생), 燕에는 韓 太傅(태부)가 있었다.

〖國譯〗

5월, 조서를 내려 말했다.

"황하는 바다에 이르도록 천리를 윤택하게 한다. 제사관에게 명령하여 산천을 제사하는 사당을 보수하고 풍년이 들도록 곡진하게 제사를 지내도록 하라."

吳楚七國亂에 연좌되어 관노비로 몰수된 부녀자를 사면하였다.

가을 7월에, 조서를 내려 말했다.

"궁궐 衛士의 신구 교대에 2만 명이 오고 가는데 그중 1만인을 줄이도록 하라. 말 사육장을 폐하고 그 땅을 빈민에게 분배하기 바란다."

明堂 설치를 의논하였다. 사자에게 바퀴를 감싼 安車와 비단과 벽옥의 예물을 보내 魯의 申公을 모셔오게 하였다.

原文

二年冬十月, 御史大夫趙綰坐請毋奏事太皇太后, 及郎中令王臧皆下獄, 自殺. 丞相嬰, 太尉蚡免.

春二月丙戌朔, 日有蝕之.

夏四月戊申, 有如日夜出. 初置茂陵邑.

| 註釋 | ○太皇太后 – 文帝의 竇황후, 무제의 조모. 평소에 黃老사상을 존숭했고 유가 五經을 홀대하였다. ○郎中令王臧(왕장) – 明堂과 辟雍(벽옹) 설치를 주장한 유학자로 황제가 태황태후에게 정사를 상주하지 말라고 건의하였다. ○丞相嬰 – 竇嬰(두영, ?–前 131)은 7국의 난을 평정한 군공으로 魏其侯(위기후)에 봉해졌다. 나중에 武安侯 田蚡과 불화하여 결국 詔書를 위조했다는 죄로 처형되었다. 竇嬰과 田蚡 모두 52권, 〈竇田灌韓傳〉에 입전. ○茂陵邑 – 무릉은 무제의 능. 무제는 자신의 능을 착공하며 邑을 설치하였다.

〖國譯〗

(건원) 2년, 겨울 10월, 御史大夫인 趙綰이 太皇太后에게 정사를 상주하지 말라고 하여 郎中令 王臧(왕장)과 함께 하옥하였는데 자살하였다. 丞相 竇嬰(두영), 太尉 田蚡(전분)을 면직시켰다.

봄 2월 丙戌 그믐에 일식이 있었다.

여름 4월 戊申, 밤이 낮과 같이 밝아졌다. 茂陵(무릉) 축조를 시작하였다.

原文

三年春, 河水溢於平原, 大饑, 人相食. 賜徙茂陵者戶錢二十萬, 田二頃. 初作便門橋.

秋七月, 有星孛於西北. 濟川王明坐殺太傅,中傅廢遷防陵. 閩越圍東甌, 東甌告急. 遣中大夫嚴助持節發會稽兵, 浮海救之. 未至, 閩越走, 兵還.

九月丙子晦, 日有蝕之.

| 註釋 | ○河水溢於平原 - 溢 넘칠 일. 平原은 현명. 平原郡 치소. 今 山東省 德州市. ○便門橋 - 長安 서북 渭水의 교량. ○濟川王 - 梁 孝王 武. 효왕이 죽자 그 아들 5명을 왕에 봉했는데 劉明은 次子로 濟川王이 되었다. ○太傅,中傅 - 太傅는 德義로 제후왕을 보좌하는 직위, 질록 2천 석. 中傅는 태부보다 하위직. ○防陵 - 현명. 房陵의 착오가 확실함. 房陵은 今 湖北省 서북부 十堰市(십언시) 관할의 房縣. 황족의 유배지로 유명. ○閩越圍東甌 - 閩越(민월)은 고조 5년 無諸를 봉한 나라인데 閩粵(민월) 또는 無諸國이라고도 부른다. 종족 이름이면서 나라 이름으로도 통용. 戰國시대에 楚에 쫓긴 越國人들이 열악한 남방으로 도주하여 토착민과 연합하여 형성된 정치집단으로 대략 前 330년대에서 前 110년까지 유지되었는데 前 200년 이후 130년경까지 국력이 왕성했으며 도성은 無諸王의 城村(今 福建省 북쪽의 武夷山市)으로 알려졌다. 閩은 현재 福建省의 간칭으로 사용된다. 東甌(동구)는 越王 勾踐(구천)의 후예인 東甌王의 封地이었던 땅. 今 浙江省(절강성) 남부 溫州市 일대의 小國. 甌 사발 구. ○中大夫 嚴助 - 中大夫는 郎中令의 속관. 질록 比二千石. 嚴助는 辭賦 작자로도 유명. 본명 莊助. 朱買臣, 淮南王 劉安과 교우. 劉安 謀反에 연루되어 처형. 34권 〈嚴朱吾丘主父徐嚴終王賈傳〉에 입전. ○會稽兵 - 회계는 군명. 치소는 吳縣, 今 江蘇省 蘇州市.

〖國譯〗

(건원) 3년 봄, 河水가 平原縣에서 터졌고 큰 기근이 발생하여 사람이 사람을 먹었다. 茂陵에서 이사 가야 할 백성에게 호구당 2만 전과 토지 2頃(경)씩 하사하였다. 便門橋(편문교) 공사를 시작했다.

가을 7월, 孛星(패성)이 서북에 나타났다. 濟川王 明(명)이 太傅와 中傅를 죽여 폐위하여 房陵(방릉)에 이주시켰다. 閩越(민월)이 東甌(동구)를 포위하자 東甌國에서 위급을 알려왔다. 中大夫 嚴助(엄조)를 보내 持節을 갖고 가서 會稽郡의 군사를 동원하여 바다를 건너가 구원케 하였다. 도착하기 전에 민월이 도주하여 군사는 돌아왔다.

9월 丙子 그믐에 일식이 있었다.

原文

四年夏, 有風赤如血. 六月, 旱. 秋九月, 有星孛於東北.

五年春, 罷三銖錢, 行半兩錢. 置《五經》博士.

夏四月, 平原君薨.

五月, 大蝗.

秋八月, 廣川王越,淸河王乘皆薨.

| **註釋** | ○《五經》博士 – 古今에 대한 자문과 典籍을 보관, 관리와 경학을 교수하는 직책. 질록 6백 석. 박사는 경학을 교수하였다. 奉常(太常) 소속, 秩卑而職尊. 武帝는 元朔 5년(前 124)에 大學(이때는 '태학' 으로 읽는다. 일반적으로 '太學' 으로 표기)을 설치하고 五經博士를 두어 교육을 담당케 하였다. 각 郡과 國에도 學官을 두어 五經 등을 전수, 교육하게 하였다. ○平原君 –

王태후의 모친 臧兒(장아), 무제의 외조모.

〖國譯〗

(建元) 4년 여름, 돌풍에 붉은 피 같은 비가 내렸다. 6월, 가뭄. 가을 9월, 패성이 동북에 출현하였다.

5년 봄, 三銖錢을 폐지하고 半兩錢(반량전)을 발행하였다. 《五經》 박사를 두었다.

여름 4월, (王太后의 모친) 平原君이 죽었다.

5월, 황충의 재해가 컸다.

가을 8월, 廣川王 越(월), 淸河王 乘(승)이 모두 죽었다.

原文

六年春二月乙未, 遼東高廟災.

夏四月壬子, 高園便殿火. 上素服五日.

五月丁亥, 太皇太后崩.

秋八月, 有星孛於東方, 長竟天. 閩越王郢攻南越. 遣大行王恢將兵出豫章,大司農韓安國出會稽擊之, 未至, 越人殺郢降, 兵還.

| 註釋 | ○遼東 – 군명. 治所는 襄平縣(今 遼寧省 遼陽市). 高廟는 고조의 묘당. ○高園便殿 – 高園은 고조의 능원. 능원의 正寢(正殿)이 있고 휴식을 위한 건물 便殿이 있었다. ○長竟天 – 이때 출현한 혜성은 30일 동안 보였다는 기록이 있다. 〈五行志 下之下〉. ○閩越王郢攻南越 – 閩越(민월)은 지

금의 福建省 일대의 소수민족(越人의 한 갈래). 郢(땅이름 영)은 인명. 南越은 부족 이름에서 국가 이름, 또 그들의 거주지를 지칭. 越人들의 분포는 五嶺 이남, 今 福建省, 廣東省, 廣西省, 북부 越南에 널리 분포. 廣東省과 廣西省을 보통 兩越(東越+南越)이라 통칭. 95권, 〈西南夷兩粵朝鮮傳〉 참고. ○遣大行王恢將兵出 - 大行은 大行令, 9卿의 하나, 무제 太初 원년(前 104) 大鴻臚로 개칭. 王恢(왕회)는 뒷날 흉노토벌을 강력 주장했다. 흉노 선우를 馬邑으로 유인하여 토벌하려다 실패하였고 무제의 질책을 받은 뒤에 자살했다. 52권. 〈竇田灌韓傳〉의 韓安國傳 참고. 무제 앞에서 한안국과의 논쟁은 유명하다. ○豫章 - 군명. 치소는 南昌縣, 今 江西省 南昌市. ○大司農 - 秦代의 治粟內史, 국가의 농업, 조세, 재정 담당, 질록 中二千石.

〖國譯〗

(建元) 6년 봄 2월 乙未, 遼東郡(요동군) 고조 묘당에 화재가 났다.

여름 4월 壬子, 고조 능원의 便殿이 불탔다. 무제는 5일간 素服했다.

5월 丁亥, 태황태후가 붕어했다.

가을 8월, 패성이 동방에 출현하여 하늘을 가로질렀다. 閩越王(민월왕) 郢(영)이 南越을 공격했다. 大行令 王恢(왕회)가 군사를 거느리고 豫章(예장) 군에서 출병하였고, 大司農 韓安國은 會稽郡(회계군)에서 출병하여 공격케 했는데 군사가 도착하기 전에 越人들이 그 왕 郢(영)을 죽이고 투항하자 군사가 되돌아왔다.

原文

元光元年冬十一月, 初令郡國擧孝廉各一人. 衛尉李廣爲驍騎將軍屯雲中, 中尉程不識爲車騎將軍屯雁門, 六月罷.

夏四月, 赦天下, 賜民長子爵一級. 復七國宗室前絶屬者.

五月, 詔賢良曰, "朕聞昔在唐虞, 畫象而民不犯, 日月所燭, 莫不率俾. 周之成,康, 刑錯不用, 德及鳥獸, 教通四海, 海外肅眘, 北發渠搜, 氐羌徠服, 星辰不孛, 日月不蝕, 山陵不崩, 川谷不塞, 麟鳳在郊藪, 河洛出圖書. 嗚乎, 何施而臻此與! 今朕獲奉宗廟, 夙興以求, 夜寐以思, 若涉淵水, 未知所濟. 猗與偉與! 何行而可以章先帝之洪業休德, 上參堯舜, 下配三王! 朕之不敏, 不能遠德, 此子大夫之所睹聞也, 賢良明於古今王事之體, 受策察問, 咸以書對, 著之於篇, 朕親覽焉." 於是董仲舒,公孫弘等出焉.

秋七月癸未, 日有蝕之.

| **註釋** | ○元光 - 무제의 연호(전 134-129년). ○孝廉(효렴) - 孝는 善事父母하는 인재, 廉(염)은 淸廉하고 節操가 있는 인재, 孝와 廉 2개 영역임. 郡國에서는 孝 또는 廉으로 1인을 추천. ○衛尉李廣 - 衛尉(위위)는 9경의 하나. 군사를 지휘하여 황제의 궁궐을 경비. 질록 중이천석. 당시 이광은 미앙궁의 衛尉로 9경의 반열은 아니었다. 李廣(?-前 119)은 흉노와 대소 70여 전투를 치룬 명장. 24권, 〈李廣蘇建傳〉 입전. 《史記 李將軍列傳》 참고. ○中尉程不識 - 中尉는 경사의 치안 유지, 무관직, 9경의 하나. 여기 程不識(정불식)은 당시 長樂宮 衛尉이었다. 정불식은 전에 이광과 함께 변방의 태수와

주둔군 장수로 같이 일했었다. ○絶屬者 - 전에 종실 명부에서 삭제되었던 자. ○賢良 - 인재 등용 방법 중 特科에 속한다. 孝廉과 茂材는 常科이었다. 현량은 재덕이 고루 출중하다는 뜻. 일단 추천을 받으면 對策에 응하고 거기서 高第에 속하면 바로 관리에 임용되었다. 漢代 選官에서는 賢良을 가장 우대, 중시했다. ○畫像 - 요순시대에는 형벌을 가하지 않고 그 옷에 罪目을 뜻하는 복장을 착용케 하였다. 墨刑에 처할 자는 검은 옷을 입게 하고, 劓刑(코 벨 의)에 처할 자는 그 옷에 붉은 칠을 했으며, 궁형에 해당하는 자는 특별한 짚신을 착용케 했다. 그렇게 하여도 범법자가 없었다고 한다. ○肅昚 - 肅愼(숙신). 고대 중국 동북방의 종족. 뒷날 女眞族. 昚은 愼의 古字. ○北發渠搜 - 發은 정복하다. 渠搜(거수)는 서역의 국명. ○氐羌徠服 - 고대 종족명. 氐族(저족)과 羌族(강족). 티벳지역의 원주민. 徠服은 귀순하여 臣屬하다. 徠(올 래)는 來. ○麟鳳在郊藪 - 黃帝가 다스릴 때 봉황이 王廷에서 날아오고 기린이 교외에서 놀았다고 한다. ○河洛出圖書 - 복희 시대에 황하에서 龍馬가 도판을 지고 나왔는데 이를 본 떠 8卦를 만들었고, 夏禹가 치수할 때 洛水에서 神龜가 출현했는데 등에 문자와 같은 균열이 있어 이를 취해 九疇(구주)를 지었다고 한다. ○猗與偉與 - 아름답도다! 위대하도다! 猗는 아름다울 의. 與는 어기조사. ○章先帝之~ - 章은 크게 드러내다(彰明). ○此子大夫~ - 子는 상대방에 대한 경칭. 대부는 관직에 있는 사람. ○著之於篇 - 篇은 竹簡. ○董仲舒(동중서) - 56권, 〈董仲舒傳〉에 입전. 동중서가 대책을 올린 것은 건원 원년이었다. ○公孫弘(前 200-121) - 獄吏에서 출세. 武帝 時 御史大夫, 丞相 역임. 平津侯. 58권 〈公孫弘卜式兒寬傳〉에 입전.

〖國譯〗

元光 원년 겨울 11월, 처음으로 각 郡國에 孝廉을 1명 씩 천거하라고 명했다. 衛尉인 李廣은 驍騎將軍으로 雲中郡에, 中尉인 程不識

은 車騎將軍으로 雁門郡에 주둔했다가 6개월 뒤에 해산하였다.

여름 4월, 천하의 죄수를 사면하고 백성의 長子에게 작위 1급을 하사하였다. 앞서 吳楚 7국란에 연관되어 명부에 삭제되었던 宗室을 회복시켰다.

5월, 賢良을 천거하라는 조서를 내려 말했다.

"짐이 알기로 옛 堯와 舜은 죄에 따른 복장을 입게 했어도 백성은 죄를 짓지 않았으며 일월이 비추는 곳에 직분을 다하지 아니하거나 명을 아니 따르는 자가 없었다. 周의 成王과 康王은 형벌을 쓰지 않고도 은덕이 鳥獸(조수)에게도 미쳤고 敎化가 四海에 통했으니 멀리 肅愼(숙신)에 이르렀고, 북쪽으로는 渠搜(거수)를 정벌하고 氐(저)족과 羌(강)족도 신복하였으며, 혜성이 나타나지도 않았고 일식이 일어나지 않았으며 山陵이 무너지거나 하천이나 계곡이 막히지도 않았다. 기린이, 봉황이 교외에서 놀고 河水와 洛水에서 圖書가 나오기도 하였다. 아! 어떻게 하면 그렇게 될 수 있을까! 지금 짐은 종묘를 지키고 받들면서 일찍 일어나 추구하고 저녁에도 생각해보지만 깊은 물을 어떻게 건너가야 할지 알지 못하겠노라. 아름답고도 위대하도다! 어떻게 하면 先帝의 洪業과 美德을 널리 알리고 위로는 요순과 같고 그 다음 三王과 같아지겠는가! 짐이 불민하여 먼 곳까지 덕을 펴지도 못하니, 이는 그대들이 보는 대로니 고금 왕도정치의 요체를 잘 아는 賢良한 인재들은 짐의 책문을 받아 살펴 모두를 문서로 답하되 죽간에 지어 올린다면 짐이 친히 열람할 것이다."

그러자 董仲舒와 公孫弘 등이 대책을 올렸다.

가을 7월 癸未(계미), 일식이 있었다.

原文

二年冬十月, 行幸雍, 祠五時.

春, 詔問公卿曰, "朕飾子女以配單于, 金幣文繡賂之甚厚, 單于待命加嫚, 侵盜亡已. 邊境被害, 朕甚閔之. 今欲擧兵攻之, 何如?" 大行王恢建議宜擊.

| 註釋 | ○行幸雍 – 雍(옹)은 右扶風 소속의 縣名. 五時(오치)는 五方의 五帝에게 제사를 올리는 제단. ○單于待命加嫚 – 單于(선우)는 흉노족의 왕을 부르는 칭호. 선우의 성은 攣鞮氏(연제씨)인데, 그 나라에서는 선우를 "撐犁孤塗單于(탱리고도선우)"라 한다. 흉노는 하늘을 '撐犁(탱리),' 아들을 '孤塗(고도)' 라고 하였는데, 單于(선우)란 '광대한 모양' 으로 하늘과 같이 광대하다는 뜻. 左, 右賢王과 左, 右谷蠡(우녹려)와 좌우 大將, 좌우 大都尉, 좌우 大當戶, 좌우 骨都侯(골도호)를 두었다. 嫚은 업신여길 만. ○朕甚閔之 – 閔은 憫.

〖國譯〗

(元光) 2년 겨울 10월, 雍縣(옹현)에 행차하여 五時(오치)에 제사했다.

봄에 조서로 公卿에게 물었다. "朕은 종실의 딸을 꾸며 선우의 아내로 주고 금전이나 비단 등을 보내며 심히 후대하는데도 선우는 받고도 더 업신여기며 침략을 그치지 않았다. 변경의 피해에 짐은 마음이 아플 뿐이다. 이제는 군사를 내어 정벌하는 것이 어떻겠는가?"

大行令 王恢(왕회)는 응당 공격해야 한다고 건의했다.

原文

夏六月, 御史大夫韓安國爲護軍將軍, 衛尉李廣爲驍騎將軍, 太僕公孫賀爲輕車將軍, 大行王恢爲將屯將軍, 太中大夫李息爲材官將軍, 將三十萬衆屯馬邑谷中, 誘致單于, 欲襲擊之. 單于入塞, 覺之, 走出. 六月, 軍罷. 將軍王恢坐首謀不進, 下獄死.

秋九月, 令民大酺五日.

| 註釋 | ○馬邑 - 雁門郡(치소는 善無縣, 今 山西省 朔州市 右玉縣 남쪽)의 馬邑縣(今 山西省 서북부 朔州市). 單于를 유인하고 또 공격 여부에 대한 논의 과정은 52권, 〈竇田灌韓傳〉의 韓安國傳 참고. ○坐首謀不進 - 왕회는 처음부터 토벌을 주장했고 선우를 유인하는 실무도 주도했으나 결국 실패했으며 흉노 치중부대를 공격하지도 못하여 문책을 받았다.

〖國譯〗

여름 6월, 어사대부 韓安國은 護軍將軍, 衛尉 李廣은 驍騎將軍(효기장군), 太僕 公孫賀(공손하)는 輕車將軍, 大行 王恢는 將屯將軍, 太中大夫 李息은 材官將軍으로 30만 병력을 거느리고 馬邑縣 계곡에 매복하고 선우를 유인하고 습격하려고 했다. 선우가 국경을 지나와 매복을 눈치 채고 달아났다. 6월에 군사를 해산하였다. 장군 왕회는 주도한 작전 실패에 연좌, 하옥되어 죽었다.

가을 9월, 백성에게 5일 동안 모여 술을 마셔도 좋다고 하였다.

原文

三年春, 河水徙, 從頓丘東南流入勃海.

夏五月, 封高祖功臣五人後爲列侯. 河水決濮陽, 泛郡十六. 發卒十萬救決河. 起龍淵宮.

| **註釋** | ○河水徙 – 황하의 흐름을 바꾸다. 頓丘(돈구) – 현명. 今 河南省 濮陽市 관할의 淸豐縣. ○勃海 – 渤海. ○濮陽(복양) – 東郡에 속한 현명. 복양현의 瓠子口(호자구)란 곳에서 터졌다. ○起龍淵宮 – 황하 제방 축조와는 무관한 장안에 지은 武帝 자신의 廟堂.

〖**國譯**〗

(元光) 3년 봄, 황하의 물길을 바꿔 頓丘(동구) 현의 동남방에서 勃海(발해)로 유입하게 했다.

여름 5월, 高祖의 공신 5인의 후손을 列侯에 봉했다. 황하가 濮陽(복양) 현에서 터져 16개 군에 범람했다. 10만 군졸을 동원하여 황하를 막았다.

龍淵宮(용연궁)을 지었다.

原文

四年冬, 魏其侯竇嬰有罪, 棄市.

春三月乙卯, 丞相蚡薨.

夏四月, 隕霜殺草. 五月, 地震. 赦天下.

| 註釋 | ○魏其侯 竇嬰(두영) - 文帝 竇皇后 사촌의 아들. 失勢하고 灌夫와 결당했었다. 52권, 〈竇田灌韓傳〉에 입전.

〖國譯〗

(元光) 4년 겨울, 魏其侯 竇嬰(두영)이 죄를 지어 棄市(기시)되었다.

봄 3월 乙卯, 丞相 田蚡(전분)이 죽었다.

여름 4월, 서리가 내려 초목이 죽었다. 5월, 地震이 있었다. 천하 죄수를 사면했다.

原文

五年春正月, 河間王德薨.

夏, 發巴,蜀治南夷道. 又發卒萬人治雁門阻險.

秋七月, 大風拔木. 乙巳, 皇后陳氏廢. 捕爲巫蠱者, 皆梟首.

八月, 螟. 徵吏民有明當世之務, 習先聖之術者, 縣次續食, 令與計偕.

| 註釋 | ○河間王 德 - 河間 獻王 劉德(유덕, ?-前 130). 字 君道. 河間國은 河間郡, 渤海郡, 廣川郡 등 今 河北省 남부 石家莊市 일원, 국도는 樂成縣(今 河北省 滄州市 관할의 獻縣). 獻王은 謚號(시호)이다. 修學하고 好古하며 實事求是를 추구하였다. 세상에서 좋은 책을 얻으면 잘 필사하여 주고 진본을 남겼는데 금이나 비단을 주면서 책을 구했다. 이 때문에 사방에서 학술을

하는 사람들이 불원천리하고 또는 조상의 옛 책을 가지고 헌왕에게 증정하는 자가 많아 좋은 책을 구할 수 있었고 漢 皇室만큼 책이 많았다. 23권, 〈景十三王傳〉에 입전. ○發巴,蜀治南夷道 - 95권, 〈西南夷傳〉 참고. ○皇后陳氏廢 - 館陶長公主(관도장공주)인 嫖(표)와 陳午(진오)의 딸. 아들을 낳지 못하자 실총했고 무고로 폐위되었다. ○捕爲巫蠱者 - 巫蠱(무고)는 邪術로 남에게 위해를 가하는 행위, 그런 행위가 효과가 있다고 믿었다. ○螟 - 마디충 명. 농작물을 해치는 벌레. ○縣次續食 - 경유하는 현에서 급식을 하다. 續은 給이어야 한다는 주석에 따른다. ○令與計偕 - 上計(일 년마다 郡國의 재정 등 치적을 보고하러 장안에 오는 관리)와 동행하게 하다.

〖國譯〗

(원광) 5년 봄 정월, 河間王 劉德이 죽었다.

여름에 巴郡(파군)과 蜀郡의 군사를 동원하여 南夷에 통하는 도로를 개설했다. 또 1만 병졸을 동원하여 雁門郡(안문군)의 험로를 뚫었다.

가을 7월, 大風에 나무가 뽑혔다. 乙巳日에 皇后 陳氏를 폐위했다. 무고행위자를 체포하여 모두 梟首(효수)했다.

8월, 마디충 피해가 났다. 吏民 중에 시무에 능통한 자와 先聖의 학술을 익힌 자를 징소하였는데 경유하는 현에서 급식을 하고 上計者와 함께 보내도록 하였다.

原文

六年冬, 初算商車.

春, 穿漕渠通渭.

匈奴入上谷, 殺略吏民. 遣車騎將軍衛青出上谷, 騎將軍公孫敖出代, 輕車將軍公孫賀出雲中, 驍騎將軍李廣出雁門. 青至龍城, 獲首虜七百級. 廣,敖失師而還. 詔曰, "夷狄無義, 所從來久. 間者匈奴數寇邊境, 故遣將撫師. 古者治兵振旅, 因遭虜之方入, 將吏新會, 上下未輯. 代郡將軍敖, 雁門將軍廣所任不肖, 校尉又背義妄行, 棄軍而北, 少吏犯禁. 用兵之法, 不勤不教, 將率之過也, 教令宣明, 不能盡力, 士卒之罪也. 將軍已下廷尉, 使理正之, 而又加法於士卒, 二者並行, 非仁聖之心. 朕閔衆庶陷害, 欲刷恥改行, 復奉正義, 厥路亡繇. 其赦雁門,代郡軍士不循法者."

夏, 大旱, 蝗.

六月, 行幸雍.

秋, 匈奴盜邊. 遣將軍韓安國屯漁陽.

| **註釋** | ○初算商車 – 상업용 수레나 商船에 대한 징세. ○穿漕渠通渭 – 穿는 開鑿(개착)하다. 漕는 水上轉運. 渠(도랑 거)는 인공 수로. 渭는 渭水. ○上谷 – 郡名. 치소는 沮陽縣(今 河北省 張家口市 관할의 懷來縣). ○衛青(위청, ?–前 106) – 흉노 정벌의 명장. 鄭季라는 下吏가 평양공주의 하녀인 衛媼(위온)과 사통하여 위청을 낳았고, 위청의 同腹의 누나 衛子夫가 武帝의 사랑을 받았는데 위청은 모친의 衛氏 성을 이었다. 55권, 〈衛青霍去病傳〉에 입전. ○龍城 – 흉노 선우가 祭天하는 곳. 今 內蒙古 鄂爾多斯市 동쪽의 准格爾旗 지역. ○首虜 – 참수한 자와 생포한 자. ○失師而還 – 부대를 잃고

돌아오다. ○治兵振旅 - 봄철의 군사훈련을 治兵, 가을철의 군사훈련을 振旅라 한다. 여기서는 평소의 군사훈련이라는 뜻. ○上下未輯 - 상하가 화합하지 못하다. ○所任不肖 - 소임을 제대로 수행하지 못하다. 不肖는 不才, 無能. ○校尉 - 장군 아래 직위, 단위 부대를 校라 한다. 一校의 지휘관이 교위이다. ○少吏犯禁 - 小吏는 법규를 지키지 않다. ○使理正之 - 理는 법. 법대로 다스리다. ○正義 - 正道. ○厥路亡繇 - 한번 중형을 받으면 다시 정도를 따를 수 없다. ○不循法者 - 循은 從也. ○漁陽 - 郡名. 치소는 漁陽縣(今 北京市 密雲區).

〖國譯〗

(원광) 6년 겨울, 처음으로 상인의 수레와 선박에 과세하였다.

봄에 漕渠(조거)를 뚫어 渭水로 水運하였다.

匈奴가 上谷郡에 침입하여 吏民을 살육하고 약탈하였다. 車騎將軍 衛青(위청)을 파견하여 上谷郡에서 출동케 하였고, 騎將軍 公孫敖(공손오)는 代郡에서, 輕車將軍 公孫賀는 雲中郡에서, 驍騎將軍 李廣은 雁門郡에서 출동케 하였다. 위청은 龍城에 진격하여 7백 명을 참수하거나 생포하였다. 李廣과 공손오는 부대를 상실하고 귀환하였다. 이에 조서를 내려 말했다.

"夷狄이 仁義를 생각하지 않은 지 오래다. 그간에 흉노는 여러 번 변경을 노략질하였기에 장군을 보내 군사를 위무케 했다. 예로부터 연중 군사를 훈련하였고 이번에 적이 막 침입하였기에 장수와 사졸을 새로 모집하여 보냈지만 상하가 서로 화합하지 못했다. 代郡에서 출동한 공손오와 雁門郡의 장군 이광은 맡은 바 소임을 다하지 못했고, 校尉는 정도를 잊고 멋대로 행동하면서 군사를 버리고 북(흉노)으로 도주하였으며, 하급 군관은 법도를 지키지도 않았다. 用兵의 법도에 부지런히 교육하지 않았다면 이는 장수의 잘못이며, 군령을 확실하게 따르지 않고 최선을 다해 수행하지 않았다면 사졸의 죄일 것이다. 장군은 이미 廷尉에게 이첩되어 법대로 처리할 것이고, 또 패망한 사졸에게도 법이 적용되어야 하나 이 두 가지를 병행한다면 성인의 인자한 마음이 아닐 것이다. 짐은 많은 사졸이 창졸간에 위험에 빠져서 이전의 치욕을 씻고 잘못을 고쳐 다시 정도를 지켜 나아가려 해도 그럴 길이 없는 것이 안타까울 뿐이다. 이에 안문과 대군에서 출동한 군사를 법대로 처벌하지 말라."

여름에, 큰 가뭄이 들었고 황충 폐해가 있었다.

6월에, 雍縣(옹현)에 행차하였다.

가을에, 흉노가 변경을 노략질하였다. 將軍 韓安國을 파견하여 漁陽郡에 주둔케 하였다.

原文

元朔元年冬十一月, 詔曰, "公卿大夫, 所使總方略, 壹統類, 廣教化, 美風俗也. 夫本仁祖義, 褒德祿賢, 勸善刑暴, 五帝,三王所由昌也. 朕夙興夜寐, 嘉與宇內之士臻於斯路. 故旅耆老, 復孝敬, 選豪俊, 講文學, 稽參政事, 祈進民心, 深詔執事, 興廉擧孝, 庶幾成風, 紹休聖緒. 夫十室之邑, 必有忠信, 三人並行, 厥有我師. 今或至闔郡而不薦一人, 是化不下究, 而積行之君子雍於上聞也. 二千石官長紀綱人倫, 將何以佐朕燭幽隱, 勸元元, 厲蒸庶, 崇鄉黨之訓哉? 且進賢受上賞, 蔽賢蒙顯戮, 古之道也. 其與中二千石,禮官, 博士議不擧者罪."

有司奏議日, "古者, 諸侯貢士, 壹適謂之好德, 再適謂之賢賢, 三適謂之有功, 乃加九錫, 不貢士, 壹則黜爵, 再則黜地, 三而黜爵地畢矣. 夫附下罔上者死, 附上罔下者刑, 與聞國政而無益於民者斥, 在上位而不能進賢者退, 此所以勸善黜惡也. 今詔書昭先帝聖緒, 令二千石擧孝廉, 所以化元元, 移風易俗也. 不擧孝, 不奉詔, 當以不敬論. 不察廉, 不勝任也, 當免." 奏可.

| **註釋** | ○元朔元年 – 前 128년. 다음 해에 삭방군을 설치했기에 元朔이라는 주석이 있다. ○壹統類 – 統은 紀綱. 類는 조목. ○本仁祖義 – 인의를 근본으로 삼다. ○故旅耆老 – 旅는 養也. ○祈進民心 – 백성의 마음이 좋아지도록 祈求하다. ○庶幾成風 – 庶幾는 희망하다. ○紹休聖緒 – 紹는 이어가다. 緖는 사업. ○夫十室之邑, 必有忠信 –《論語 公冶長》. ○三人並行, 厥有我師 –《論語 述而》. ○是化不下究 – 究는 도달하다. ○雍於~ – 雍은 壅也. 막히다. ○勸元元 – 元元은 백성. ○壹適~ – 適은 適合하다. 得其人. ○九錫 – 대공훈을 세운 원로에게 내리는 최고의 영예. ○無益於民者斥 – 斥은 쫓아버리다.

〖國譯〗

元朔 원년(前 128) 겨울 11월, 조서를 내려 말했다. "公卿이나 大夫의 직분은 국가 方略을 결정하고 서정을 통괄하며 교화를 널리 행하고 풍속을 순화하는데 있다. 仁義를 근본으로 삼고 도덕을 강조하

며 현인을 표창하고 勸善하며 포악한 자를 벌주는 것은 五帝와 三王이 번창했던 원인이다. 짐은 일찍 일어나고 늦게 자면서 천하의 인재들이 이 길을 걸을 수 있도록 격려하였다. 그리하여 노인을 봉양하고 효자를 우대하였고 영명한 인재를 선발하였으며 경학을 강론케 하여 정사에 참여시키고 민심을 격려하면서 담당 관원에게 심심한 조서를 내려 청렴하거나 효행하는 인재를 천거케 하여 시대 풍조로 자리 잡아 聖人의 위업을 이어가기를 기대했었다. 十戶의 작은 마을에도 틀림없이 충직하고 신의를 지키는 사람이 있다 하였고 3인이 함께 걷는 중에도 나의 스승이 있다고 하였다. 지금 어떤 군에서는 통틀어 한 사람도 추천하지 않았는데 이는 교화가 하층부까지 도달하지 못한 것이며, 행실이 착한 군자가 위에 알려질 길이 막혀 있는 것이다. 2천 석 官長(太守)은 인륜의 기강을 세우는 사람인데 짐이 어두운 곳을 밝히려는 뜻을 장차 어떻게 도울 것이며, 백성을 권면하고 대중을 격려하려는 향당에서의 교훈을 어떻게 실천할 수 있겠는가? 그리고 현자를 추천하여 상을 받도록 해야 하고, 현자를 드러나지 않게 한다면 처형을 받는 것이 옛날의 正道이었다. 中二千石과 禮官, 그리고 박사들은 인재를 천거하지 않는 자를 벌하는 방안을 논의토록 하라."

이에 담당자가 의논을 상주하였다.

"옛날에, 제후가 인재를 추천하는데 우선은 훌륭한 성품의 인재를 천거하고, 다음 추천에는 현자 중의 현자를, 그 다음에는 큰 공을 세울 인재를 천거하여 나중에 九錫을 받기도 하였습니다. 인재를 천거하지 않는다면 1차로 작위를 없애고, 2번씩이나 천거하지 않는다면 영지를 삭감하며, 3번이나 추천하지 않는다면 작위와 영지 전부를 없애야 합니다. 그리고 아랫사람과 어울려 윗사람을 속이는 자는 사형에 처하고, 상관과 결탁하여 아랫사람을 속이는 자는 형벌에 처하며, 국정에 관여하되 백성에 도움을 주지 못한다면 퇴출시켜야 하고, 윗자리를 차지하서도 현재를 추천하지 못한다면 퇴직시켜야 하는데 이는 권선징악의 뜻입니다. 이제 조서를 통해 우선 先帝의 聖事를 밝히고 二千石(태수)으로 하여금 효렴을 천거케 하는 것은 이를 통해 백성을 교화하고 移風易俗하는 것입니다. 효렴을 천거하지 않아 조서를 받들지 않는다면 응당 불경죄입니다. 청렴한 인재를 살피지 못했다면 직분을 수행하지 못한 것이나 응당 파면해야 합니다." 상주는 그대로 인준되었다.

原文

十二月, 江都王非薨.

春三月甲子, 立皇后衛氏. 詔曰, "朕聞天地不變, 不成施化, 陰陽不變, 物不暢茂. 《易》曰 '通其變, 使民不倦.' 《詩》云 '九變復貫, 知言之選.' 朕嘉唐,虞而樂殷,周, 據舊以鑒新. 其赦天下, 與民更始. 諸逋貸及辭訟在孝景後三年以前, 皆勿聽治."

| 註釋 | ○江都王非 – 江都國은 廣陵郡, 치소는 今 江蘇省 淮安市. 영역은 지금의 江蘇省 지역의 長江과 淮河 사이. 劉非(? – 前 128)는 경제의 아들. 武帝의 이복 형. 七國之亂 후에 江都王에 改封. 교만 무례했다. 동중서가 강도국 相으로 근무했었다. 시호 易王. 53권, 〈景十三王傳〉에 입전. ○皇后衛

氏－미천한 출신의 衛子夫, 元朔(원삭) 원년(前 128)에 아들 劉據(유거, 衛太子, 戾太子)를 낳고 황후가 되었다. 나중에 무고의 화에 태자가 죽자 위황후도 자살. 〈外戚傳 上〉에 입전. ○《易》曰 ～－《易 繫辭 下》. ○《詩》云 ～－逸詩. 九變復貫의 貫은 道, 知言之選의 選은 善의 뜻. ○逋貸(포대)－관부의 재물을 갚지 않다(拖欠). 逋는 달아날 포. ○孝景後三年－前 141년. 경제 재위 마지막 해.

〚國譯〛

12월, 江都 易王 非(비)가 죽었다.

봄 3월 갑자, 皇后 衛氏를 책립했다. 조서를 내려 말했다.

"짐이 알기로 天地는 不變하기에 모든 변화를 이루지 못하고, 음양이 불변하니 만물은 언제나 번성할 수는 없다. 《易》에서는 '변화에 통달하여 백성을 권태롭게 하지 말라.' 고 하였다. 《詩》에서는 '여러 번 바뀌어도 道에 돌아오니 그중에서 善言을 택해 따르리라.' 고 하였다. 짐은 堯와 舜의 질박을 좋아하고 殷과 周를 문채를 즐기며 옛 것에 의거하여 새것을 추구하노라. 천하의 죄인을 사면하며 백성과 함께 새로이 시작할 것이다. 孝景帝 後元 3년 이전에 관청에 갚아야 할 빚이나 소송을 징수하거나 조사하지 말라."

原文

秋, 匈奴入遼西, 殺太守, 入漁陽,雁門, 敗都尉, 殺略三千餘人. 遣將軍衛青出雁門, 將軍李息出代, 獲首虜數千級.

東夷薉君南閭等口二十八萬人降, 爲蒼海郡. 魯王餘,長沙王發皆薨.

| 註釋 | ○遼西 - 군명. 치소는 陽樂縣, 今 遼寧省 錦州市 義縣 서쪽. 92권, 〈匈奴傳〉(上)의 기록과는 약간 다르다. ○薉君南閭 - 薉는 穢의 古字. 南閭는 인명. ○蒼海郡 - 한반도 동북부에 위치. 존속기간 前 128 - 126년.

〖國譯〗

가을에, 흉노가 遼西郡에 침입하여 태수를 살해했으며, 漁陽郡과 雁門郡(안문군)에도 침입하여 都尉를 격퇴하고 3천여 명을 죽이거나 잡아갔다. 장군 衛青(위청)을 안문에서 출동케 했고, 장군 李息(이식)은 代郡에서 출동시켜 적 수천 명을 참수하거나 생포하였다.

東夷族 薉(예, 穢)의 君長인 南閭(남여)가 무리 28만 명을 거느리고 투항하자 蒼海郡(창해군)을 설치하였다. 魯王인 餘(여), 長沙王인 發(발)이 모두 죽었다.

原文

二年冬, 賜淮南王,菑川王几杖, 毋朝.

春正月, 詔曰, "梁王,城陽王親慈同生, 願以邑分弟, 其許之, 諸侯王請與子弟邑者, 朕將親覽, 使有列位焉." 於是藩國始分, 而子弟畢侯矣.

匈奴入上谷,漁陽, 殺略吏民千餘人. 遣將軍衛青,李息出雲中, 至高闕, 遂西至符離, 獲首虜數千級. 收河南地, 置朔方,五原郡.

| 註釋 | ○(元朔) 二年 - 前 127년. ○賜淮南王,菑川王几杖 - 菑川王 志는 元光 5년에 죽고 후사가 즉위했기에 궤장을 받을 수 없고 衡山王의 착오일 것이라는 주석이 있다. ○親慈同生 - 同父弟. ○子弟畢侯矣 - 제후왕이 죽었을 때 장자가 왕위를 승계하지만 봉지를 형제에게 나눠 왕에 봉하는 황제가 승인하는 율령을 推恩令(추은령)이라 하였는데, 제후국 세력의 분열과 약화, 상대적으로 중앙집권의 강화가 목적이었다. 이는 太中大夫 主父偃(주보언)의 건의였다. ○高闕 符離 - 요새 이름. 高闕은 今 內蒙古 巴彥淖爾市 관할의 杭錦後旗 북쪽(黃河 북쪽). ○河南地 - 지역 명칭. 今 內蒙古의 河套(하투) 일대. 黃河가 내몽고 지역에서 ∩字 형태로 흐르는 남쪽 지역. 내몽고의 包頭市 지역을 東套, 寧夏回族自治區의 銀川市 일대를 西套라 한다. ○朔方,五原郡 - 朔方은 북방이란 뜻. 郡名. 今 내몽고 지역을 흐르는 황하의 남쪽 일대. 군의 치소는 朔方縣(今 內蒙古 鄂爾多斯市 杭錦旗). 五原은 郡名. 치소는 九原縣, 今 內蒙古 包頭市 서북.

〖國譯〗

(元朔) 2년 겨울, 淮南王과 菑川王(衡山王의 착오)에게 几杖(궤장)을 하사하고 입조하지 말라고 하였다.

봄 정월, 조서를 내려 말했다. "梁王과 城陽王은 친생 형제로 봉읍을 동생에게 분할을 원하는데 허락할 것이며, 諸侯가 子弟에게 봉읍을 나눠주겠다면 짐이 직접 열람하여 자제를 모두 열후에 봉할 것이다." 이로부터 藩國(번국)이 분할되었고 자제는 모두 제후가 되었다.

흉노가 上谷郡과 漁陽郡에 침입하여 관리와 백성 1천여 명을 죽이거나 약탈하였다. 장군 衛青과 李息을 보내 雲中에서 출동케 하여 高闕(고궐) 요새에 도착했고, 더 서쪽으로 진격하여 符離(부리)에 이르러 적 수천 명을 죽이거나 포로로 잡았다. 河南 지역의 땅을 회수하여 朔方郡과 五原郡을 설치했다.

原文

三月乙亥晦, 日有蝕之.

夏, 募民徙朔方十萬口. 又徙郡國豪傑及訾三百萬以上於茂陵.

秋, 燕王定國有罪, 自殺.

| **註釋** | ○訾三百萬 – 訾는 貲(資). 부호를 장안 주변으로 이주 시키는 정책 또한 주보언이 건의했었다. ○茂陵(무릉) – 武帝 자신이 조성한 능묘. ○燕王定國有罪 – 燕王 劉定國은 남매간의 음란행위가 발각되어 자살했다.

〖國譯〗

3월 乙亥 그믐, 日蝕이 있었다.

여름, 백성을 모집하여 삭방군으로 10만 명을 이주시켰다. 또 각 군국의 호걸이나 자산 3백만 전 이상을 茂陵(무릉) 현으로 이주 시켰다.

가을에, 燕王 劉定國이 죄를 짓고 자살했다.

原文

三年春, 罷蒼海郡.

三月, 詔曰, "夫刑罰所以防奸也, 內長文所以見愛也. 以百姓之未洽於教化, 朕嘉與士大夫日新厥業, 祗而不解. 其赦天下."

夏, 匈奴入代, 殺太守, 入雁門, 殺略千餘人.

六月庚午, 皇太后崩.

秋, 罷西南夷, 城朔方城. 令民大酺五日.

| 註釋 | ○內長文~ - 三字는 '不可解'라는 주석도 있다. 長文을 崇文의 뜻으로 풀이한 주석도 있고, 內를 '爲'의 착오라는 주석도 있다. ○祗而不解 - 祗(공경할 지)는 敬也.

〖國譯〗

(元朔) 3년 봄, 蒼海郡을 폐지했다.

3월, 조서를 내려 말했다. "형벌이란 나쁜 짓을 예방하려는 것이고 尙文하는 것은 백성에 대한 은애를 베푸는 것이다. 백성들이 아직 다 교화되지는 않았지만 짐은 사대부들과 함께 날마다 교화를 새로이 정성으로 게을리 하지 않을 것이로다. 천하 죄인을 사면토록 하라."

여름에, 흉노가 代郡에 침입하여 太守를 죽였고 雁門郡에도 침입하여 1천여 명을 죽이거나 잡아갔다.

6월 庚午, 皇太后(景帝의 황후 王氏)가 붕어했다.

가을, 西南夷 지역의 도로 공사를 중지했다. 백성들에게 5일간 음주토록 했다.

原文

四年冬, 行幸甘泉.

夏, 匈奴入代,定襄,上郡, 殺略數千人.

五年春, 大旱. 大將軍衛青將六將軍兵十餘萬人出朔方, 高闕, 獲首虜萬五千級.

夏六月, 詔曰, "蓋聞導民以禮, 風之以樂. 今禮壞樂崩, 朕甚閔焉. 故詳延天下方聞之士, 咸薦諸朝. 其令禮官勸學, 講議洽聞, 擧遺擧禮, 以爲天下先. 太常其議予博士弟子, 崇鄕黨之化, 以厲賢材焉." 丞相弘請爲博士置弟子員, 學者益廣.

秋, 匈奴入代, 殺都尉.

| **註釋** | ○(元朔) 四年 – 前 125. ○甘泉 – 甘泉山. 今 陜西省 咸陽市 淳化縣 서북. ○定襄 – 郡名. 치소는 今 內蒙古自治區 呼和浩特市 관할의 和林格爾縣. ○萬五千級 – 秦法에 적 1명을 죽이면 작위 1급을 올려주었다. 그래서 首級이라 했다. ○風之以樂 – 風은 風敎, 敎化. ○詳延天下方聞之士 – 詳은 모두. 다. 悉也. 延은 맞아들이다. 方聞은 博聞의 뜻. ○擧遺擧禮 – 擧遺는 遺失之文, 알려지지 않은 문헌을 찾아내어 禮學을 진흥시키다. ○禮官 – 의례에 관한 업무 담당관. 漢의 경우 太常과 宗正, 그 속관. ○太常

其議予博士弟子 – 太常은 종묘 제자 담당. 9卿의 하나. 박사의 선발, 국가교육도 담당. 博士弟子는 박사로부터 교육을 받는 太學生. 박사 1인은 제자를 50인까지 둘 수 있었다. 제자는 18세 이상자로 각 군국에서 추천받은 자 중에서 太常이 선발. 박사 제자에게는 각종 부세나 身役을 면제했다. 박사 제자 중 적임자를 선발하여 文學掌故의 결원을 충원했고 우수자는 郎中에 임명되었다. 무제 때 公孫弘의 건의에 의하여 박사를 두고 제자를 선발 교육시켰는데 계속 인원이 증가하여 최대 3천 명에 달했다.

〖國譯〗

(元朔) 4년 겨울, 甘泉宮에 행차했다.

여름, 흉노가 代郡과 定襄郡, 上郡에 침입하여 수천 명을 죽이고 노략질했다.

5년 봄, 크게 가물었다. 대장군 衛青은 6장군과 사졸 10여만 명을 거느리고 삭방군 高闕(고궐)에서 출동하여 1만 5천 명을 참수하거나 생포하였다.

여름 6월, 조서를 내려 말했다.

"짐이 알기로 백성을 禮로 이끌고 樂으로 교화한다고 하였다. 지금 예악이 붕괴된 것을 짐은 심히 애석하게 여기고 있다. 그래서 천하의 博聞한 인사를 모두 맞이하여 조정에 천거하기 바란다. 禮官은 勸學하고 견문을 강론하여 천하에 솔선하도록 하라. 잘 알려지지 않은 경전을 찾아내고 예학을 진흥하여 천하의 모범이 되어야 한다. 太常은 박사에게 제자를 두어 향당에서의 교화를 숭상하고 賢才를 격려할 방법을 논의토록 하라."

이에 승상 公孫弘이 박사에게 弟子 官員을 둘 것을 건의하였고 학자들은 더욱 늘어났다.

가을에, 흉노가 代郡에 침입하여 都尉를 살해했다.

原文

六年春二月, 大將軍衛青將六將軍兵十餘萬騎出定襄, 斬首三千餘級. 還, 休士馬於定襄,雲中,雁門. 赦天下.

夏四月, 衛青復將六將軍絶幕, 大克獲. 前將軍趙信軍敗, 降匈奴. 右將軍蘇建亡軍, 獨自脫還, 贖爲庶人.

| **註釋** | ○六年 - 前 123년. ○將六將軍 - 公孫敖, 公孫賀, 趙信, 蘇建, 李廣, 李沮. ○絶幕 - 사막을 가로지르다. 幕은 沙漠. 몽고의 고비사막. 흉노의 남쪽 경계. ○前將軍趙信軍敗 - 趙信은 예전 흉노의 小王(소왕)으로 漢에 투항하여 翕侯에 봉해졌는데 前將軍으로 진군하다가 홀로 선우의 군사를 만나 전멸하자 흉노에 투항하였다. ○右將軍蘇建亡軍 - 蘇武의 부친. 亡軍은 패전으로 군사를 모두 잃다. 54권, 〈李廣蘇建傳〉에 입전.

〖國譯〗

(元朔) 6년 봄 2월, 대장군 위청은 6명의 장군과 병졸 1여 만을 거느리고 定襄郡에서 출동하여 적 3천여 명을 참수하였다. 돌아와 士馬를 정양, 운중, 안문군에서 쉬게 하였다. 천하의 죄수를 사면했다.

여름 4월, 위청은 다시 6장군을 거느리고 사막을 가로질러 크게 승리했다. 그러나 前將軍 趙信의 군사는 패전하자 흉노에 투항했다. 우장군 蘇建(소건)은 군사를 다 잃고 홀로 탈출해 돌아왔는데 속전을 바치고 庶人(서인)이 되었다.

原文

六月, 詔曰, "朕聞五帝不相復禮, 三代不同法, 所由殊路而建德一也. 蓋孔子對定公以徠遠, 哀公以論臣, 景公以節用, 非期不同, 所急異務也. 今中國一統而北邊未安, 朕甚悼之. 日者大將軍巡朔方, 征匈奴, 斬首虜萬八千級, 諸禁錮及有過者, 咸蒙厚賞, 得免,減罪. 今大將軍仍復克獲, 斬首虜萬九千級, 受爵賞而欲移賣者, 無所流貤. 其議爲令." 有司奏請置武功賞官, 以寵戰士.

| **註釋** | ○不相復禮 – 復은 이어받다. ○孔子對定公以徠遠 – 공자는 魯 定公과의 대화에서 '悅近來遠'이라 말했다. ○哀公以論臣 – 공자는 哀公과의 대화에서 '政在選賢'이라고 했다.《韓非子 雜篇》 ○景公以節用 – 공자는 제 경공과의 대화에서 '政在節財'라고 했다.《韓非子 雜篇》 ○非期不同 – 期는 목표. ○仍復克獲 – 仍은 자주, 여러 번. ○無所流貤 – 流貤은 넘기다. 貤 거듭할 이, 옮길 이(移也).

〖**國譯**〗

6월에, 조서를 내려 말했다.

"짐이 알기로는 五帝는 禮制를 답습하지 않았고 夏, 殷, 周 三代는 법제가 달랐으니 이처럼 길은 달랐지만 큰 공덕을 이룩한 것은 같았다. 그러기에 공자는 魯 定公의 물음에 먼 지방의 백성도 찾아오게 인정을 베풀어야 한다고 대답하였고, 哀公에게는 정치의 요점으로 신하를 잘 써야 한다고 말했으며, 齊 景公에게는 財用의 절약을 말했으니, 이는 그 목표가 다른 것이 아니라 시급한 일이 달랐던 것이다. 지금 중국은 하나가 되었으나 북방이 안정되지 않은 것을 짐은 심히 걱정하고 있다. 얼마 전에 대장군이 북방을 순행하면서 흉노를 정벌했고 1만 8천여 명을 죽이거나 생포하였는데 禁錮(금고)나 다른 죄를 짓고 참전한 자들이 모두 후한 상을 받아 형이 면제되거나 감형되었다. 이번에 대장군이 또 크게 전과를 올려 참수하거나 생포한 자가 1만 9천여 명이나 되어 작위나 상을 받아 그것을 다른 사람에게 팔려고 하나 넘길 곳이 없다고 한다. 이를 논의하여 법령으로 정하도록 하라."

이에 담당자는 武功에 따라 작위를 상으로 내려 戰士를 우대해야 한다고 주청하였다.

原文

元狩元年冬十月, 行幸雍, 祠五時. 獲白麟, 作〈白麟之歌〉.

十一月, 淮南王安,衡山王賜謀反, 誅. 黨與死者數萬人.

十二月, 大雨雪, 民凍死.

夏四月, 赦天下. 丁卯, 立皇太子. 賜中二千石爵右庶長, 民爲父後者一級. 詔曰, "朕聞咎繇對禹, 曰在知人, 知人則哲, 惟帝難之. 蓋君者, 心也, 民猶支體, 支體傷則心憯怛.

日者淮南,衡山修文學, 流貨賂, 兩國接壤, 怵於邪說, 而造篡弑, 此朕之不德.《詩》云, '憂心慘慘, 念國之爲虐.' 已赦天下, 滌除與之更始. 朕嘉孝弟力田, 哀夫老眊孤寡鰥獨, 或匱於衣食, 甚憐愍焉. 其遣謁者巡行天下, 存問致賜. 曰, '皇帝使謁者賜縣三老孝者帛, 人五匹, 鄉三老弟者力田帛, 人三匹, 年九十以上及鰥寡孤獨帛, 人二匹, 絮三斤, 八十以上米, 人三石.' 有冤失職, 使者以聞. 縣鄉卽賜, 毋贅聚."

五月乙巳晦, 日有蝕之. 匈奴入上谷, 殺數百人.

| 註釋 | ○元狩(원수) - 무제의 4번째 연호, 前 122-117년. ○白麟 - 전설 중의 瑞獸(서수), 사슴의 몸에 소의 꼬리, 말의 발굽, 뿔은 하나, 뿔끝에 肉質이 있다고 하였다. 이런 짐승이 과연 존재할까? ○〈白麟之歌〉-〈禮樂志〉에 가사 수록. 가사는 "朝隴首, 覽西垠, 雷電尞, 獲白麟. 爰五止, 顯黃德, 圖匈虐, 熏鬻殛. ~ "라서 〈朝隴首〉라고도 부른다. ○淮南王 安(劉安, 前 179-122) - 淮南 厲王(여왕) 劉長의 아들. 고조의 손자. 문재가 뛰어났고 문객과 함께《淮南子(原名, 鴻烈)》를 저술. 吳楚七國의 난에는 가담하지 않았다. 武帝도 학문을 좋아했기에 유안을 諸父(숙부)로 받들었고, 언변에 박식하고 文辭가 뛰어난 유안을 매우 존중하였다. 元狩 元年(前 122) 반란 계획이 드러나자 아들과 함께 자살했다. 그러나 민간에서는 得道하여 신선이 되었다고 믿었다.('一人得道, 雞犬升天' 의 주인공). 두부를 최초로 만들었기에 지금도 두부 집에서는 신으로 모신다. 44권, 〈淮南衡山濟北王傳〉에 立傳. ○衡山王 賜(劉賜, ?-前 122) - 劉長의 아들. 고조의 손자. 文帝 때 廬江王에 봉해졌다. 景帝 때(전 153년)에 형산왕으로 옮겼다가 武帝 때 반역을 꾀하다가 자살. ○立皇太子 - 名 劉據, 衛황후 소생, 史稱 戾太子, 宣帝의 조부. ○爵右庶長

- 작위 중 11급 작위. 漢은 秦의 二十等爵을 그대로 답습하였다. 20등 작위는 다음과 같다.

(最低) (1급) 公士 - 上造 - 簪裊(잠요) - 不更 - 大夫 - (6급) 官大夫 - 公大夫 - 公乘 - 五大夫 - 左庶長 - (11급) 右庶長 - 左更 - 中更 - 右更 - 少上造 - (16급) 大上造 - 駟車庶長 - 大庶長 - (19급) 關內侯 - (20급) 徹侯(列侯)(最高).

○ 咎繇對禹 - 咎繇(구요)는 皐陶(고요). 禹은 夏의 건국자. 曰在知人은 皐陶(고요)의 말. 知人則哲~은 禹의 말. ○ 支體傷則心憯怛 - 支體는 肢體. 憯怛(참담)은 고통스러울 정도로 마음이 아픔. ○ 怵於邪說 - 邪說에 빠지다. 怵은 訹(꾀일 술). ○ 篡弒(찬시) - 시해하고 자리를 빼앗음. ○《詩》云 -《詩 小雅 正月》. 慘慘(참참)은 매우 슬픈 모양. ○ 老眊 - 老髦(노모). 노인, 80세를 髦라 한다. ○ 失職 - 常業을 못하게 되다. ○ 卽賜 - 사는 곳으로 찾아가서 하사하다. ○ 毋贅聚(무췌취) - 三老, 孝悌, 力田 등을 불러 모으지 말라. 贅는 모을 췌, 군더더기 췌. 혹.

〖國譯〗

元狩(원수) 원년 겨울 10월, 雍縣(옹현)에 행차하여 五畤(오치)에 제사하였다. 白麟(백린)을 잡았다고 〈白麟之歌〉를 지었다.

11월, 淮南王 安(안)과 衡山王 賜(사)가 모반하여 주살했다. 그 무리로 죽은 자가 수만 명이었다.

12월, 큰 눈이 내려 백성이 凍死(동사)했다.

여름 4월, 천하의 죄수를 사면했다. 丁卯, 皇太子를 책립했다. 中二千石 관리에게 右庶長의 작위를 하사했고 부친의 뒤를 잇는 백성에게 작위 1급을 하사했다.

조서를 내려 말했다. "짐이 듣기로 咎繇(고요, 皐陶)가 禹(우)에게 대답하였는데 요점은 知人에 있으며 知人하면 곧 명철한 것인데, 이는 堯帝도 어려워했다고 하였도다. 君主는 말하자면 심장이고 백성은 사지와 같으니 사지가 상처를 입었다면 마음은 참담하다. 일전에 淮南王과 衡山王은 經學을 배웠고 서로 산물을 매매하며, 양국이 접경하여 가까웠으니 邪說의 꾐에 넘어가 簒逆(찬역)을 꾀하였는데 이는 짐의 부덕했기 때문이다. 《詩》에서도 '마음 걱정에 참담하나 나라를 생각하면 더없이 참혹하다.' 하였다. 이제 천하의 죄인을 사면하면서 낡은 습속을 씻어버리고 백성과 함께 다시 시작하겠다. 짐은 孝弟와 力田者를 가상히 여기며 노인과 고아, 과부, 홀아비나 독거노인을 애처롭게 여겨 때로는 옷이나 양식을 공급하며 매우 불쌍히 생각하고 있도다. 謁者(알자)를 파견하여 천하를 순행하며 찾아가 위문하며 하사품을 전달하도록 하라. 그러면서 말하도록 하라. '皇帝가 알자를 보내 각 縣의 三老와 孝者에게 비단을 하사하나니 각 5필씩이다. 鄕의 弟者와 力田은 각각 비단 3필을, 90세 이상과 鰥寡孤獨(환과고독)에게는 각각 비단 2필에 솜 3근을, 나이 80 이상에게는 알곡을 각각 3石 씩 하사한다.' 평상시의 직업을 잃어 원망하는 자 있다면 알자를 보내 보고토록 하라. 각 현과 향에 직접 가서 하사할 것이고 쓸데없이 불러 모으지 말라."

5월 乙巳 그믐에 일식이 있었다. 흉노가 上谷郡에 침입하여 수백 명을 살해했다.

原文

二年冬十月, 行幸雍, 祠五時.

春三月戊寅, 丞相弘薨. 遣驃騎將軍霍去病出隴西, 至皐蘭, 斬首八千餘級.

夏, 馬生餘吾水中. 南越獻馴象,能言鳥. 將軍去病,公孫敖出北地二千餘里, 過居延, 斬首虜三萬餘級.

匈奴入雁門, 殺略數百人. 遣衛尉張騫,郎中令李廣皆出右北平. 廣殺匈奴三千餘人, 盡亡其軍四千人, 獨身脫還, 及公孫敖,張騫皆後期, 當斬, 贖爲庶人.

江都王建有罪, 自殺. 膠東王寄薨.

秋, 匈奴昆邪王殺休屠王, 並將其衆合四萬餘人來降, 置五屬國以處之. 以其地爲武威,酒泉郡.

| **註釋** | ○霍去病(곽거병, 前 140－117) － 대장군 衛靑의 누나인 衛少兒의 아들이다. 곽거병의 아버지 霍仲孺(곽중유)는 그전에 衛少兒(위소아)와 사통하여 곽거병을 낳았다. 衛皇后가 존귀해지면서 곽거병은 皇后 언니의 아들로 나이 18세에 侍中이 되었다. 騎射에 능했으며 두 번이나 대장군 위청을 따라 출정도 했었다. 곽거병의 異腹 동생이 霍光이다. 55권, 〈衛靑霍去病傳〉에 立傳. ○餘吾水 － 내몽고의 강 이름. ○北地 － 군명. 치소는 義渠縣, 今 甘肅省 동북부 慶陽市 관할 慶城縣. ○居延 － 현명. 今 內蒙古 阿拉善盟 관할의 額濟納旗.(盟과 旗는 내몽고 지역의 행정 단위임.) 寧夏回族自治區의 서쪽 내몽고 지역. ○衛尉 張騫(장건 前 200－114) － 실크로드(絲路) 개척자. 騫 이지러질 건. 61권, 〈張騫李廣利傳〉에 입전. ○右北平 － 군명. 치소는 平康縣, 今 遼寧省 凌源市 南. ○江都王建 － 강도 易王 劉非의 아들, 성격 포악. 모반죄에 걸려 자살. 53권, 〈景十三王傳〉 江都易王 非 다음에 附傳. ○昆邪王(혼야왕) 殺休屠王(휴저왕) － 昆邪王(혼야왕)은 흉노 單于 아래 왕의 호칭.

張掖郡(장액군, 今 甘肅省) 일대를 지배했었다. 昆 사람 이름 혼. 混, 渾과 同. 맏이 곤. 《史記 匈奴列傳》에는 '渾邪王.' 休屠王(휴저왕)은 흉노왕의 호칭. 屠는 죽일 도. 흉노왕 이름 저. ○武威 - 군명. 치소는 姑臧縣(今 甘肅省 武威市). 五屬國 - 屬國은 漢에 투항하여 부족 고유의 습속이나 명칭을 유지하며 거주하는 이민족 집단. 5속국은 安定, 上郡, 天水, 五原 西河郡 등 5군에 설치. 이들을 관리하는 업무는 典屬國이 담당. ○酒泉郡 - 치소는 祿福縣(今 甘肅省 酒泉市 肅州區). 원래 匈奴 休屠王(휴저왕)과 渾邪王(혼야왕)의 통치지역에 속했으나 武帝 元狩 2년에 곽거병의 漢軍이 이곳을 차지하고 군을 설치하였다. 河西 四郡 중 가장 일찍 설치한 郡. '城안에 金泉이 있는데 물맛이 술처럼 좋았다.' 고 한다.

〖國譯〗

(元狩) 2년 겨울 10월, 옹현에 행차하여 五畤(오치)에서 제사를 지냈다.

봄 3월 戊寅, 승상 公孫弘이 죽었다. 驃騎將軍 霍去病(곽거병)을 보내 隴西郡에서 출병하여 皐蘭(고란)까지 진격하며 적 8천여 명을 죽였다.

여름, 말이 餘吾水(여오수) 수중에서 태어났다. 南越에서 길들인 코끼리와 앵무새를 바쳤다. 장군 곽거병과 공손오가 北地郡에서 2천 리를 진격하여 居延山을 통과하며 적 3만여 명을 죽이거나 생포하였다.

匈奴가 雁門郡에 침입하여 수백 명을 죽이거나 잡아갔다. 이에 衛尉 張騫(장건), 郎中令 李廣(이광)을 右北平郡에서 출동시켰다. 이광은 匈奴 3천여 명을 살상했지만 그 4천 군사를 잃고 홀로 생환하였고 公孫敖(공손오)와 張騫(장건)은 약속 기일에 늦었기에 모두 참수를 당해야 했으나 속전을 바치고 서인이 되었다.

江都王 劉建(유건)이 죄를 짓고 자살했다. 膠東王 劉寄(유기)가 죽었다.

가을, 匈奴 昆邪王(혼야왕)이 休屠王(휴저왕)을 죽이고 그 무리 4만여 명을 거느리고 투항하였는데 이들을 5개의 속국에 분산하여 거처하게 하였다. 흉노의 옛 그 땅에 武威郡(무위군)과 酒泉郡(주천군)을 설치하였다.

原文

三年春, 有星孛於東方.

夏五月, 赦天下. 立膠東康王少子慶爲六安王. 封故相國蕭何曾孫慶爲列侯.

秋, 匈奴入右北平, 定襄, 殺略千餘人. 遣謁者勸有水災郡種宿麥. 擧吏民能假貸貧民者以名聞. 減隴西, 北地, 上郡戍卒半. 發謫吏穿昆明池.

| **註釋** | ○(元狩) 三年 – 前 120. ○種宿麥 – 가을보리를 파종하다. ○假貸貧民 – 국가 보유의 곡식으로는 부족하여 富者의 곡식을 농민에게 대여하다. ○謫吏穿昆明池 – 謫吏(적리)는 죄를 지어서 노역에 종사하는 관리. 昆明池는 水軍 조련을 위한 今 西安市 서남쪽의 호수.

〖**國譯**〗

(元狩) 3년 봄, 孛星(패성)이 동방에 출현했다.

여름 5월, 천하의 죄인을 사면하다. 膠東 康王의 막내아들 慶(경)을 六安王에 봉했다. 옛 相國 蕭何(소하)의 증손인 蕭慶(소경)을 列侯에 봉했다.

가을에, 匈奴가 右北平郡과 定襄郡에 침입하여 1천여 명을 죽이거나 잡아갔다. 謁者를 파견하여 水災를 당한 郡에 宿麥(숙맥)을 파종토록 권유하였다. 빈민에게 곡식을 대여해줄 수 있는 사람 명단을 제출케 하여 관리로 천거하였다. 隴西, 北地, 上郡의 戍卒(수졸)을 절반으로 줄였다. 유죄 관리를 동원하여 昆明池(곤명지)를 팠다.

原文

四年冬, 有司言關東貧民徙隴西,北地,西河,上郡,會稽凡七十二萬五千口, 縣官衣食振業, 用度不足, 請收銀, 錫造白金及皮幣以足用. 初算緡錢.

| 註釋 | ○(元狩) 四年 - 前 119年. ○關東貧民徙~ - 함곡관 동쪽(關東)의 빈민을 關西, 특히 朔方郡 이남의 땅(新秦)으로 이주시키는 徙民(사민)으로 대처했다. 〈食貨志 下〉에 상세한 내용을 볼 수 있다. ○西河 - 군명. 치소는 平定縣, 今 內蒙古 準格爾旗 西南. ○會稽 - 군명. 치소는 吳縣(今 江蘇省 蘇州市). ○縣官衣食振業 - 나라에서 衣食을 공급하여 구제하다. 縣官은 국가, 관청, 振業은 구휼하는 일. 振은 賑(구휼할 진). ○用度不足 - '費以億計 縣官太空'이라 기록하였다. ○請收銀,錫造白金 - 銀과 錫(朱錫)으로 白金을 만들어 화폐로 통용했다. ○及皮幣以足用 - 皮幣(피폐, 白鹿의 가죽)은 王侯나 종실에서 朝覲(조근)하거나 상호 간에 聘禮(빙례)를 행할 때 사용했

는데 한 장의 가격이 40만 전에 해당하였다. 이는 제후의 錢財를 차출하는 효과가 있었다. ○算緡錢(산민전) - 상인, 수공업자, 고리대금업자, 車船 소유자의 기본자산에 대한 課稅. 상인과 고리대금업자는 기본 자산을 신고해야만 했는데 매 2천 전마다 1算(120錢)을 납부케 하였다. 수공업자는 4천 전에 1산, 평민으로 軺車(초거, 일종의 輕便車) 1량에 1산, 상인의 경우 1량에 2산을 과세했다. 선박은 5丈(1丈은 231cm. 1丈은 10尺, 1尺은 23.1cm) 이상의 선박에 대하여 1산을 징세했다. 상인 등이 재산을 숨기거나 보고하지 않으면 변방에 보내 1년간 노역에 처했다. 숨긴 사실을 신고하는 자에게는 적발하여 압수한 자산의 절반을 상으로 주었다.

〖國譯〗

(元狩) 4년 겨울, 有司가 關東의 빈민을 隴西(농서), 北地, 西河, 上郡, 會稽郡 등으로 총 72만 5천 명을 이주시키려면 나라에서 의식을 공급해야 하는데 비용이 부족하여 (나라의) 銀과 朱錫(주석)을 가져다가 白金을 주조하고 皮幣(白鹿 가죽)로 비용을 충당하겠다고 보고하였다. 처음으로 算緡錢(산민전)을 징세하였다.

原文

春, 有星孛於東北.

夏, 有長星出於西北.

大將軍衛青將四將軍出定襄, 將軍去病出代, 各將五萬騎. 步兵踵軍後數十萬人. 青至幕北圍單于, 斬首萬九千級, 至闐顏山乃還. 去病與左賢王戰, 斬獲首虜七萬餘級, 封狼居胥山乃還. 兩軍士死者數萬人. 前將軍廣,後將軍食其皆後期. 廣自殺, 食其贖死.

| 註釋 | ○四將軍 – 李廣, 公孫賀, 趙食期(조이기), 曹襄(조양). ○步兵踵軍 – 보병을 뒤따르는 군대. 치중부대. 개인 노비 등. 踵은 발꿈치 종. 뒤따르다. ○闐顔山(전안산) – 今 蒙古 高原 杭愛山脈의 한 갈래. ○封狼居胥山 – 낭거서산에 제단을 쌓다. 今 몽고의 수도 '울란바토르(烏蘭巴托) 동쪽'이라는 주석이 있다.

〖國譯〗

봄에, 혜성이 동북 하늘에 나타났다.

여름에, 혜성이 서북 하늘에 나타났다.

대장군 衛靑은 4명의 장수를 거느리고 定襄郡에서, 장군 곽거병은 代郡에서 출동하여 각각 5만 병력을 거느렸다. 步兵의 후속 부대 수십만 명이 뒤를 따랐다. 위청은 사막 북쪽에서 單于(선우)를 포위하고 적 1만9천 명을 참수하고 闐顔山(전안산)까지 진격하였다가 돌아왔다. 곽거병은 흉노 左賢王과 전투를 벌려 7만여 명을 참수하거나 생포하였고 狼居胥山(낭거서산)에 단을 쌓은 뒤에 회군했다. 위청과 곽거병의 군사의 전사자도 수만 명이나 되었다. 前將軍 李廣과 後將軍 趙食其(조이기)는 모두 약속 기일보다 늦었다. 이광은 (조사를 받기 전에) 자살하였고, 조이기는 속전을 내고 사형을 면했다.

原文

五年春三月甲午, 丞相李蔡有罪, 自殺. 天下馬少, 平牡馬匹二十萬. 罷半兩錢, 行五銖錢. 徙天下奸猾吏民於邊.

六年冬十月, 賜丞相以下至吏二千石金, 千石以下至乘從者帛, 蠻夷錦各有差. 雨水亡冰.

夏四月乙巳, 廟立皇子閎爲齊王, 旦爲燕王, 胥爲廣陵王. 初作誥.

| 註釋 | ○(元狩) 五年 - 前 118. ○丞相 李蔡 - 李廣의 사촌 아우 李蔡(이채)는 같이 낭관으로 文帝를 섬겼는데, 武帝 元朔 연간에 輕車將軍으로 흉노 右賢王을 토벌에서 공로가 기준에 맞아 樂安侯에 봉해졌다가 元狩(원수) 2년에 公孫弘의 뒤를 이어 丞相이 되었다. 李蔡의 능력이란 下之中 정도였고 名聲도 이광보다 훨씬 아래였다. 이채는 陽陵(景帝의 陵) 주변의 땅을 부정으로 처치하여 대략 40여만 전을 챙겼고 神道 외의 공터 1무를 차지해 무덤을 썼다는 죄에 걸려 자살하였다. ○平牡馬匹二十萬 - 관리들은 숫말을 주로 타고 다녔는데 숫말 1필 가격이 평균 20만 전이었다. 牡는 수컷 모. ○罷半兩錢, 行五銖錢 - 건원 5년에 '罷三銖錢 行半兩錢' 했다가 元狩 4년에 다시 삼수전을 발행했다는 기사가 本 紀에는 누락되었다. 三銖錢의 무게가 가벼워 위폐가 많다는 이유로 오수전 주조하자는 건의가 있어 오수전을 발행 통용하게 된다. ○吏二千石金 - 二千石 관리에게 황금을 하사했다. 일부 판본에는 百金으로 된 판본도 있다. ○至乘從者帛 - 말을 타는 수행원까지 비단을~. ○雨水亡冰 - 雨는 동사로 쓰였다. 水는 비. 亡은 無. ○初作誥 - 誥는 책봉하는 글. 誥는 고할 고.

〖國譯〗

(원수) 5년 봄 삼월 甲午, 승상 李蔡(이채)가 죄를 짓고 자살했다. 천하에 말이 부족하여 숫말 1필 가격이 평균 20만 전이었다. 천하의 간사 교활한 관리나 백성을 변방의 군으로 이주시켰다.

6년(전 117) 겨울 10월, 丞相 이하 2천 석 관리까지 황금을 하사했고 1천 석 이하 관리와 말을 타는 수행원까지 비단을, 그리고 蠻夷(만이)의 우두머리에게도 비단을 차등 있게 지급하였다.

비가 내려 얼음이 얼지 않았다.

여름 4월 乙巳(을사), 종묘에서 皇子 閎(굉)을 齊王에, 旦(단)을 燕王에, 胥(서)를 廣陵王에 책립하였다. 처음으로 왕을 책립하는 策文을 지었다.

原文

六月, 詔曰, "日者有司以幣輕多姧, 農傷而末衆, 又禁兼併之塗, 故改幣以約之. 稽諸往古, 制宜於今. 廢期有月, 而山澤之民未諭. 夫仁行而從善, 義立則俗易, 意奉憲者所以導之未明與? 將百姓所安殊路, 而撟虔吏因乘勢以侵蒸庶邪? 何紛然其擾也! 今遣博士大等六人分循行天下, 存問鰥寡廢疾, 無以自振業者貸與之. 諭三老孝弟以爲民師, 擧獨行之君子, 徵詣行在所. 朕嘉賢者, 樂知其人. 廣宣厥道, 士有特招, 使者之任也. 詳問隱處亡位及冤失職, 姧猾爲害, 野荒治苛者, 擧奏. 郡國有所以爲便者, 上丞相御史以聞."

秋九月, 大司馬驃騎將軍<u>去病</u>薨.

| 註釋 | ○農傷而未衆 - 농민이 크게 줄고 상인이 많아지다. ○兼併之塗 - 塗는 道. ○廢期有月 - 폐지한 지가 1년(期)하고도 몇 달이 된다. ○將百姓~ - 將은 혹은. 선택의 뜻을 표시. ○撟虔吏 - 撟는 탈취하다. 撟는 들고. 虔은 억지로 빼앗다. 정성 건. ○烝庶 - 衆庶 많은 사람들. 민중. ○何紛然其擾也 - 어찌 이리 복잡하고 시끄러운가! ○今遣博士大 - 大는 인명, 褚大(저대). ○諭三老~ - 諭는 論의 誤字가 확실하다는 주석에 따른다. 論은 '선발하다' 의 뜻. ○徵詣行在所 - 행재소는 황제가 머무는 곳. ○特招 - 특별히 徵召하다. ○亡位 - 임용되지 못하다. ○野荒 - 田地가 황폐해지다.

〖國譯〗

6월, 조서를 내려 말했다.

"일전에 담당자가 錢幣(전폐)의 무게가 가벼워 위조가 많으며 농민은 줄어들고 상인이 많아지며, 부호의 토지 겸병을 막아 농민의 보호할 수 있는 방법으로 전폐를 바꾸고 주전을 제한해야 한다고 하였다. 지난 일을 상고하여 현실에 맞게 고쳐야 한다. 그간 전폐를 바꾼 것이 1년 몇 달이 지났으나 벽지에 사는 백성은 새로운 일의 뜻도 잘 모를 것이다. 仁政을 펴서 백성을 善으로 이끌고 도의를 확립하여 백성의 풍속을 바꾸어야 하는데, 법령을 받들고 실천할 관리들이 백성에게 널리 알리고 바로 이끌지 못한 탓은 아니겠는가? 백성이 편리하게 하려고 다른 방법을 찾는 것인가? 아니면 힘센 관리들이 上命을 이용하여 백성을 침탈하려는 뜻이 있는가? 어찌 이리 복잡하고 시끄러운가! 지금 박사 褚大(저대) 등 6명을 전국에 파견하여 순행하면서 과부나 홀아비 또는 폐질자를 위문하고 스스로 구제할 수 있는 자에게 대여하는 일은 없는가를 조사할 것이다. 三老와 孝弟하는 자를 선임하여 백성의 스승이 되게 하고 홀로 바른길을 가는 군자를 찾아내고 불러 모두 짐이 있는 곳에 보내도록 하라. 짐은 기쁘게 현자를 맞이할 것이며 그런 인재를 아는 것이 즐거움이다. 인재 등용의 길을 넓혀 賢士를 특별히 초치하는 것이 使者이 임무이다. 은거하여 자리를 얻지 못하거나 직분을 잃어 원망하지 않도록 상세히 물을 것이며, 간사 교활한 자가 백성을 괴롭히거나 농지를 개간하지 못하게 하거나 백성을 가혹하게 다스리는 관리를 찾아내 모두 상주하라. 군국에 나라를 이롭게 할 자가 있다면 승상과 어사대부에 알려 나에게 보고토록 하라."

가을 9월, 大司馬 驃騎將軍인 霍去病(곽거병)이 죽었다.

原文

元鼎元年夏五月, 赦天下, 大酺五日. 得鼎汾水上. 濟東王彭離有罪, 廢徙上庸.

二年冬十一月, 御史大夫張湯有罪, 自殺.

十二月, 丞相靑翟下獄死.

春, 起柏梁臺.

三月, 大雨雪. 夏, 大水, 關東餓死者以千數.

| 註釋 | ○元鼎(원정) - 무제 5번째 연호 前 116 - 111년. ○得鼎汾水上

－원년이 아니라 元鼎 4년 6월이었다. 汾水(汾河) 黃河의 제2지류, 山西省 북에서 남으로 흐르는 전장 700여 km의 큰 강. 山西省 省都인 太原市를 비롯하여 臨汾市, 運成市 등을 지나 황하에 합류한다. ○濟東王彭離－梁 孝王의 아들, 살인죄를 지어 上庸縣(今 湖北省 十堰市 관할의 竹山縣)에 이주했다. ○張湯(장탕, ?－前 115)－武帝 때 '天下事皆決湯'이란 말이 유행할 정도로 武帝의 신임을 받았다. 《史記》에는 〈酷吏列傳〉에 실렸다. 그 아들이 유명한 張安世. 59권. 〈張湯傳〉에 父子 입전. ○丞相 靑翟－嚴靑翟, 본래는 莊靑翟(장청적). 후한 明帝의 이름(莊)을 피휘하여 嚴으로 표기했다. ○柏梁臺－武帝가 미앙궁 서쪽에 지은 누각. 太初 원년(前 104)에 벼락에 의한 화재로 소실되었다.

〖國譯〗

元鼎 원년 여름 5월, 천하의 죄수를 사면하고 5일간 모여 술을 마셔도 좋다고 했다. 汾水(분수)에서 옛 鼎(세발솥)을 찾아내었다. 濟東王 彭離(팽리)가 죄를 지어 폐위하여 上庸縣(상용현)에 이주시켰다.

(元鼎) 2년 겨울 11월, 어사대부 張湯이 죄를 짓고 자살했다.

12월, 승상 莊靑翟(장청적)이 옥에 갇혔다가 죽었다.

봄에, 柏梁臺(백량대)를 지었다.

3월, 큰 눈이 내렸다. 여름에 홍수가 나서 關東에 아사자가 수천 명이었다.

原文

秋九月, 詔曰, "仁不異遠, 義不辭難, 今京師雖未爲豐年,山林池澤之饒與民共之. 今水潦移於江南, 迫隆冬至, 朕懼其饑寒不活. 江南之地, 火耕水耨, 方下巴蜀之粟致之江陵, 遣博士中等分循行, 諭告所抵, 無令重困. 吏民有振救饑民免其厄者, 具擧以聞."

| 註釋 | ○仁不異遠 – 異는 달리 대우하다. 遠은 원지에서 온 사람. ○水潦 – 장맛비. 潦는 큰 비 료. ○火耕水耨(화경수누) – 耨 김맬 누(녹). 농사짓는 방법을 설명한 말. 풀밭에 불을 질러 풀을 태운 뒤에 물을 대고 벼를 심으면 풀과 벼가 함께 자라는데 어른 뼘으로 한 뼘 쯤 자랐을 때 풀과 벼를 다 베고 다시 물을 대면 풀은 죽고 벼만 자란다고 한다. ○江陵 – 현명. 今 湖北省 荊州市 江陵縣. '朝辭白帝彩雲間, 千里江陵一日還. 兩岸猿聲啼不住, 輕舟已過萬重山.' 李白의 詩, 〈早發白帝城〉으로 유명한 강릉이다.

〖國譯〗

가을 9월, 조서를 내려 말했다.

"仁者는 먼 데서 온 사람도 달리 대하지 않고 義者는 환난을 사양하지 않는다고 하였으니, 지금 京師가 비록 풍년은 아니지만 山林이나 池澤의 풍요로움을 백성과 함께 누려야 할 것이다. 금년에 江南이 수재를 당했고 곧 추운 겨울이 될 것인데 짐은 그 추위와 굶주림에 살아남지 못할까 걱정이 된다. 강남의 땅은 불을 놓아 씨를 뿌리고 물을 대어 김을 매는 농사를 짓는데, 이제 巴郡이나 蜀郡의 곡식을 江陵으로 수송케 했으니 박사인 中(중)을 여러 곳에 보내어 감찰하여 가는 곳에서 짐의 뜻을 알려 백성이 부담을 가중시켜 고통받지 않게 하라. 백성이나 관리로서 굶주린 백성을 구휼하여 위기를 극복하게 한 사람을 모두 조정에 보고토록 하라."

原文

三年冬, 徙函谷關於新安. 以故關爲弘農縣.

十一月, 令民告緡者以其半與之.

正月戊子, 陽陵園火.

夏四月, 雨雹, 關東郡國十餘饑, 人相食. 常山王舜薨. 子勃嗣立, 有罪, 廢徙房陵.

| 註釋 | ○ (元鼎) 三年 – 前 114년. ○ 徙函谷關於新安 – 본래 있던 곳에서 서쪽으로 3백 리를 물려 新安縣에 새로운 관문을 지어 新關이라 했고 옛 관문 자리는 弘農縣으로 삼았다. 新關은 삼국 魏나라에서 폐지하여 원래의 자리로 돌아갔다. 原 함곡관은 今 河南省 三門峽市 관할 靈寶市 동북. ○ 夏四月, 雨雹 – 〈五行志 中之下〉의 내용은 '3월에도 얼음이 얼고, 4월에 눈이 내려 관동 십여 군에서 사람이 사람을 먹었다.' 로 되어 있다. 雹(우박 박)은 '雪' 의 오기로 추정. ○ 子勃嗣立, 有罪 – 父 喪中에 간음했다.

〖國譯〗

(元鼎) 3년 겨울, 函谷關을 新安縣으로 옮겼다. 옛 관문은 弘農縣으로 만들었다.

11월, 백성이 告緡令을 어기는 자를 고발하면 위반자의 몰수 재산 절반을 주게 하였다.

정월 戊子, 陽陵園(景帝의 능원)에 불이 났다.

여름 4월, 우박이 내렸고, 關東의 10여 郡國에 기근이 발생해 사람이 사람을 먹었다. 常山王 舜(순)이 죽었다. 아들 勃(발)이 후사로 즉위했으나 죄를 지어 폐위하여 房陵縣으로 이주시켰다.

原文

四年冬十月, 行幸雍, 祠五畤. 賜民爵一級, 女子百戶牛酒. 行自夏陽, 東幸汾陰.

十一月甲子, 立后土祠於汾陰脽上. 禮畢, 行幸滎陽. 還至洛陽, 詔曰, "祭地冀州, 瞻望河,洛, 巡省豫州, 觀於周室, 邈而無祀. 詢問耆老, 乃得孽子嘉. 其封嘉爲周子南君, 以奉周祀."

春二月, 中山王勝薨.

夏, 封方士欒大爲樂通侯, 位上將軍.

六月, 得寶鼎后土祠旁. 秋, 馬生渥洼水中. 作〈寶鼎〉,〈天馬〉之歌. 立常山憲王子商爲泗水王.

| 註釋 | ○夏陽 - 현명. 今 陝西省 중동부의 韓城市. ○汾陰 - 현명. 今 山西省 運城市 북쪽 萬榮縣. ○后土祠 - 后土는 토지신이며, 女神에 속함. 무제가 세운 사당을 나중에 成帝가 장안으로 옮겼다. 脽는 땅이름 수. 꽁무니 수. 土丘. 황하의 東岸. 황토지대로 길이가 45리, 넓이가 2리, 높이가 10여 丈인 臺地. ○祭地冀州 - 冀州(기주)의 관할 구역은 대략 河北省 일대. 汾陰은 기주 관할. ○巡省豫州 - 豫州는 今 河南省 동부와 安徽省 북부 일대.

○邈而無祀 – 시대가 너무 오래라서 제사가 끊겼다. ○乃得孽子嘉 – 孽子(얼자)는 자손의 갈래. 嘉는 인명. ○周子南君 – 列侯는 아니더라도 식읍을 받은 자를 君이라 칭했다. ○中山王勝 – 劉勝, 경제의 子, 武帝의 庶兄. 주색을 좋아하여 자식이 120여 명이었다. 재위 43년에 죽었다. ○方士欒大(난대) – 方術之士, 仙道를 말하며 신선이 되기 위하여 仙丹을 제조(煉丹術)하고 장생불로를 추구하는 사람. 占卜, 占星, 觀相者도 방사라 불렀다. 欒大(난대)는 방사의 이름. 樂通侯가 되어 황금 1만 근, 식읍을 2천 호나 받았고 衛長公主와 결혼도 했다가 사기술이 들통 나서 허리가 잘려 죽었다. ○馬生渥洼水中 – 渥洼水(악와수)는 敦煌郡의 강 이름. 야생마가 강가에서 분만하고, 물에서 노는 것을 수중 분만했다면서 신이한 일로 생각했을 것이다. ○作〈寶鼎〉, 〈天馬〉之歌 – 〈禮樂志〉에 가사 수록.

〖國譯〗

(元鼎) 4년 겨울 10월, 雍縣에 행차하여 五畤(오치)에서 제사했다. 백성에게 작위 1급을 하사했고, 작위를 받은 자의 처에게는 1百戶에 소 1마리와 술을 하사했다. 夏陽縣을 거쳐 동쪽으로 汾陰縣(분음현)으로 행차하였다.

11월 甲子, 后土祠를 汾陰의 臺地에 세웠다. 제례를 마치고 滎陽縣(형양현)으로 행차하였다. 洛陽으로 돌아와 조서를 내려 말했다.

"冀州(기주)에서 后土神에게 제사하고 황하와 洛水를 둘러보고 豫州(예주)를 순시하고 周室을 두루 보았으나 먼 옛날이라 제사도 끊겼도다. 옛 노인들에게 물어 周 왕실의 먼 支孫인 嘉(가)를 찾아내었다. 嘉(가)를 周子南君에 봉하여 周 조상을 제사하도록 하라."

봄 2월, 中山王 勝(승)이 죽었다.

여름, 方士인 欒大(난대)를 樂通侯에 봉했는데 지위는 장군보다 높았다.

6월에, 寶鼎을 后土祠 곁에서 찾아냈다. 가을에 말이 渥洼水(악와수)에서 태어났다. 〈寶鼎〉과 〈天馬〉의 노래를 지었다. 常山憲王의 아들 商(상)을 泗水王(사수왕)에 봉했다.

原文

五年冬十月, 行幸雍, 祠五時. 遂逾隴, 登空同, 西臨祖厲河而還.

十一月辛巳朔旦, 冬至. 立泰時於甘泉. 天子親郊見, 朝日夕月. 詔曰, "朕以眇身托於王侯之上, 德未能綏民, 民或饑寒, 故巡祭后土以祈豐年. 冀州脽壤乃顯文鼎, 獲薦於廟. 渥洼水出馬, 朕其御焉. 戰戰兢兢, 懼不克任, 思昭天地, 內惟自新.《詩》云, '四牡翼翼, 以征不服.' 親省邊垂, 用事所極. 望見泰一, 修天文禪. 辛卯夜, 若景光十有二明.《易》曰, '先甲三日, 後甲三日.' 朕甚念年歲未咸登, 飭躬齋戒, 丁酉, 拜況於郊."

| 註釋 | ○逾隴 – 逾 넘을 유, 隴은 山名. 今 陝西省과 甘肅省의 경계에 해당. ○空同 – 崆峒, 산명. 今 甘肅省 平涼市 경내. ○祖厲河 – 今 甘肅省 黃河의 지류, 북으로 흘러 황하에 합류한다. ○郊見 – 교외에서 제사하다. ○朝日夕月 – 아침에 해에게, 저녁에 달에게 揖(읍)하다. 朝와 夕은 동사로 쓰였다. ○眇身 – 작은 몸. 황제가 자신을 겸손하게 지칭하는 말. ○《詩》云

- 逸詩. 四牡 - 숫말 4마리. 翼翼은 강하고 단아한 모양. ○邊垂 - 邊陲(변수), 변경. ○用事所極- 가는 곳마다 정사를 챙겼다. ○泰一 - 天神. ○修天文禪 - 禪은 제사하다. 朝日夕月을 말함. ○景光 - 상서로운 빛. ○《易》曰 -《易 蠱卦(고괘)》, 先甲三日 後甲三日 - 초하루 전 3일은 辛日이고, 후 3일은 丁日이다. 그 뜻은 시작 전에 齋戒하며 새롭게(辛, 新) 다지고, 시작한 뒤에는 丁寧(정녕) 정중히 임해야 한다는 말. ○飭躬齋戒 - 태도를 엄숙히 하며 재계하다. ○拜況於郊 - 況은 賜.

〖國譯〗

(元鼎) 5년 겨울 10월, 雍縣에 행차하여 五畤(오치)에 제사했다. 隴山(농산)을 넘어 空同山(공동산)에 오른 뒤에 서쪽으로 祖厲河(조려하)까지 갔다가 돌아왔다.

11월 辛巳日 초하루, 冬至이었다. 甘泉宮에 泰畤(태치, 泰一神 묘당)을 지었다. 天子는 친히 교외에 나가 제사하고 아침에는 해에게, 저녁에는 달에게 揖(읍)했다. 이어 조서를 내려 말했다.

"짐은 微小한 몸으로 王侯의 윗자리에 올랐지만 나의 은덕이 백성을 편히 안무하지 못하여 가끔은 백성이 飢寒(기한)에 시달리기에 순행하며 后土神에 제사하며 풍년을 빌었도다. 冀州에 언덕에 제사하고 銘文이 있는 寶鼎(보정)을 얻었으니 이를 종묘에 공헌하였도다. 渥洼水(악와수)에서 神馬가 출현하였으니 짐은 그 말을 駕御(가어)하였다. 종일토록 戰戰兢兢(전전긍긍) 조심하며 국정을 다 수행하지 못할까 두려움 속에 밝은 천지에 내 마음은 오직 자성하며 새롭게 다짐하였도다. 《詩》에서도 '네 마리 숫말이 날듯 달려가나니 정벌에 굴복하지 않도다.' 라고 하였도다. 짐은 친히 변방을 순시하였더니 군의 사기가 아주 높았도다. 멀리 泰一 天神을 향하여 제천하는 글을 지었도다. 辛卯日 밤에는 서광이 12번이나 밝게 비추었도다.《易》에서 말하였나니 '초하루 3일은 辛日이고, 그 3일 후는 丁日이라.' 하였다. 짐은 해마다 풍년이 들지 않을까 심히 걱정하며 몸을 단정히 하며 齋戒(재계)하나니 초사흘 丁酉(정유) 일에 天神을 제사하는 예를 올릴 것이다."

原文

夏四月, 南越王相呂嘉反, 殺漢使者及其王,王太后. 赦天下. 丁丑晦, 日有蝕之.

秋, 蛙蝦蟆鬪. 遣伏波將軍路博德出桂陽, 下湟水, 樓船將軍楊僕出豫章, 下湞水, 歸義越侯嚴爲戈船將軍, 出零陵, 下離水, 甲爲下瀨將軍, 下蒼梧. 皆將罪人, 江淮以南樓船十萬人, 越馳義侯遺別將巴蜀罪人, 發夜郎兵, 下牂柯江, 咸會番禺.

| **註釋** | ○呂嘉(여가) - 呂嘉는 남월의 왕을 3代나 모셨다. 95권, 〈西南夷兩粵朝鮮傳〉 참고. ○蛙蝦蟆 - 개구리와 두꺼비(蝦 두꺼비 하. 새우. 蟆 두꺼비 마. 蛤蟆). ○路博德 - 인명. 55권, 〈衛青霍去病傳〉에 附傳. ○桂陽 - 현명. 今 廣東省 중북부 連州市. ○湟水(황수) - 今 廣東省 북부의 連江. ○樓船將軍 楊僕(양복) - 90권, 〈酷吏傳〉에 입전. 나중에 수군을 이끌고 衛滿朝鮮 공격에 참여했다. 65권, 〈西南夷兩粵朝鮮傳〉 참고. 豫章은 군명, 치소는 南昌縣(今 江西省 省都인 南昌市). ○湞水(정수) - 今 廣東省 북부의 滃江, 廣州에서 入海. ○歸義越侯嚴 - 嚴은 人名. ○零陵(영릉) - 현명. 今 廣西省

桂林市 관할의 全州縣. 廣西省 동북, 湖南省과 접경. ○離水 - 廣西省의 漓江, 西江에 합류. ○甲爲~ - 갑은 인명. 越人. ○蒼梧(창오) - 군명. 今 廣西壯族自治區 梧州市, 廣東省과의 경계. ○夜郎兵 - 종족명 겸 국명. 지금의 貴州省 서북부, 雲南省 동북부 일대에 거주. 國都는 夜郎城, 今 貴州省 安順市 관할의 關嶺布依族苗族自治縣 남쪽. ○牂柯江 - 牂柯江(장가강, 北盤江)은 雲南省 동부와 貴州省 서남부를 흐르는 西江의 지류. 西江은 남부 珠江의 본류. ○番禺(반우) - 南越의 도읍. 현명. 今 廣東省 廣州市. 番은 갈마들 번. 땅이름 반.

〖國譯〗

여름 4월, 南越王의 相인 呂嘉(여가)가 반역하여 漢의 使者와 그 왕과 왕태후를 죽였다. 천하의 죄인을 사면하였다. 丁丑 그믐에 日蝕이 있었다.

가을, 개구리와 두꺼비가 떼 지어 싸웠다. 伏波將軍 路博德(노박덕)을 파견하여 桂陽에서 출발해서 湟水(황수)를 따라 진격하게 했고, 樓船將軍 楊僕(양복)은 豫章에서 출발하여 湞水(정수)를 따라 진격하고, 歸義越侯인 嚴(엄)을 戈船將軍(과선장군)으로 삼아 零陵(영릉)을 출발하여 離水(이수)를 따라 진격케 했고, 越人 甲(갑)을 下瀨將軍(하뢰장군)으로 삼아 蒼梧(창오)군으로 진격케 하였다. 모두 죄수들을 거느렸고 江淮 이남의 樓船과 水軍 10만 명을 동원하였는데 越의 馳義侯 遺(유)는 별도로 파군과 촉군의 죄인을 거느렸고 夜郎의 군사를 동원하여 牂柯江(장가강)을 따라 내려가 모두 番禺(번우)에서 모이기로 하였다.

原文

九月, 列侯坐獻黃金酎祭宗廟不如法奪爵者百六人, 丞相趙周下獄死. 樂通侯欒大坐誣罔要斬. 西羌衆十萬人反, 與匈奴通使, 攻故安, 圍枹罕. 匈奴入五原, 殺太守.

| 註釋 | ○酎祭(주제) - 醇酒(순주)를 종묘에 바치고 제사하다. 정월 초하루에 술을 담궈 8월까지 숙성시킨 술을 酎(진한 술 주)라 하는데, 이를 종묘에 바치고 제사하고 제후들이 모여 음주했다. 제후는 이때 인구 1천 名에 황금 4兩을 국가에 바쳐야 하는데, 이를 酎金이라 하였다. 이 주금의 무게가 부족하거나 품질이 불량할 경우에 酎金律(文帝 때 제정)에 의거 削縣(삭현) 또는 파면되었다. 당시 남월왕의 相인 呂嘉(여가)가 漢에 반기를 들었는데 목축으로 큰돈을 모은 卜式(복식, 58권, 〈公孫弘卜式兒寬傳〉에 입전)은 무제에게 상서하여 從軍하다가 죽고 싶다며 종군을 자원하였다. 무제는 복식을 크게 포상하며 이를 천하에 알렸으나 제후 어느 누구도 지원자가 없었다. 이에 무제는 酎金을 문제 삼아서 제후들을 징계하였다. ○丞相趙周 - 趙周는 酎金 위반자가 많은데도 이를 지적하고 바로잡지 않았다고 하옥되었다가 자살하였다. ○要斬 - 腰斬. 要는 腰(허리 요). ○攻故安 - 故安은 安故의 착오. 현명. 今 甘肅省 定西市 臨洮縣(임조현) 남쪽. ○枹罕(포한) - 현명. 今 甘肅省 臨夏回族自治州의 중심지인 臨夏市 부근. 군사도시로 유명.

〖國譯〗

9월, 列侯로 黃金을 바쳐 종묘의 酎祭(주제)를 지내는데 법대로 이행하지 않아 작위를 빼앗긴 자가 106명이나 되었고 승상 趙周(조주)는 하옥되어 자살하였다. 樂通侯인 欒大(난대)가 誣罔(무망) 죄로 腰斬刑을 받았다. 西羌族(서강족) 10만 명이 漢에 반기를 들고 흉노와 사절을 왕래하며 安故縣을 공격하고 枹罕縣(포한현)을 포위하였다. 匈奴가 五原郡에 침입하여 태수를 살해했다.

原文

六年冬十月, 發隴西,天水,安定騎士及中尉,河南,河內卒十萬人, 遣將軍李息,郎中令徐自爲征西羌, 平之. 行東, 將幸緱氏, 至左邑桐鄉, 聞南越破, 以爲聞喜縣.

春, 至汲新中鄉, 得呂嘉首, 以爲獲嘉縣. 馳義侯遺兵未及下, 上便令征西南夷, 平之. 遂定越地, 以爲南海,蒼梧,鬱林,合浦,交阯,九眞,日南,珠崖,儋耳郡. 定西南夷, 以爲武都,牂柯,越嶲,沈黎,文山郡.

| **註釋** | ○(元鼎) 六年 – 前 111년. ○安定 – 郡名. 치소는 高平縣(今 寧夏回族自治區 固原市). ○李息 – 武帝 즉위 8년에 材官將軍, 代郡에서 출병, 대장군 위청을 따라 朔方郡에서 출정, 특별한 戰功이 없었다. 大行令 역임. 55권, 〈衛青霍去病傳〉에 입전. ○郎中令 徐自爲 – 흉노 토벌에 참여. 匈奴傳(上)에 이름이 보인다. ○緱氏(구씨) – 縣名. 今 河南省 洛陽市 동쪽 偃師市(언사시). 緱氏村(구씨촌). 緱는 칼자루 감을 구. ○左邑桐鄉 – 左邑은 현명. 今 山西省 運城市 관할 聞喜縣. ○汲新中鄉 – 汲(물 길을 급)은 현명. 今 河南省 북부 新鄉市. ○南海,蒼梧,鬱林(울림),合浦,交阯(교지),九眞,日南,珠崖(주애),儋耳(담이) – 모두 郡名. ○武都,牂柯(장가),越嶲(월수),沈黎(침려),文山 – 모두 郡名.

〘國譯〙

(元鼎) 6년 겨울 10월, 隴西, 天水, 安定郡의 騎士와 中尉, 그리고 河南郡과 河內郡의 사졸 10만 명을 동원하여 장군 李息과 郞中令 徐自爲가 거느리고 西羌族(서강족)을 평정하였다. (武帝가) 동쪽으로 緱氏縣(구씨현)에 행차하면서 左邑縣 桐鄕에 이르렀을 때 南越이 격파되었다는 소식을 듣고 좌읍현을 聞喜縣(문희현)으로 이름을 바꿨다.

봄에, 汲縣(급현) 新中鄕에 이르렀을 때 呂嘉의 首級을 받았는데 급현을 獲嘉縣(획가현)으로 이름을 바꿨다. 馳義侯 遺(유)의 군사는 아직 출발하지 않았기에 황상은 바로 서남이를 평정하라고 명령했고 곧 평정되었다. 越人들의 지역이 평정되자 그곳에 南海, 蒼梧, 鬱林(울림), 合浦, 交阯(교지), 九眞, 日南, 珠崖(주애), 儋耳郡(담이군)을 설치하였다. 서남이를 평정한 지역에는 武都, 牂柯(장가), 越巂(준수), 沈黎(침려), 文山郡을 설치하였다.

原文

秋, 東越王餘善反, 攻殺漢將,吏. 遣橫海將軍韓說,中尉王溫舒出會稽, 樓船將軍楊僕出豫章擊之. 又遣浮沮將軍公孫賀出九原, 匈河將軍趙破奴出令居, 皆二千餘里, 不見虜而還. 乃分武威,酒泉地置張掖,敦煌郡, 徙民以實之.

| 註釋 | ○東越王 餘善 - 東越은 지금 福建省과 浙江省 남부 지역에 거주하던 越族의 갈래. 餘善(여선)은 인명. 95권, 〈西南夷兩粤朝鮮傳〉 참고. ○中

尉王溫舒 – 대표적인 酷吏(혹리). 90권, 〈酷吏傳〉에 입전. ○浮沮將軍 公孫賀出九原 – 浮沮는 흉노 땅의 지명. 그 지명 정벌을 염원하는 뜻으로 장군의 호칭을 정했다. 貳師將軍 李廣利의 경우도 마찬가지이다. 貳師는 서역 大宛國의 城 이름. ○匈河將軍 趙破奴(조파노) – 匈河는 흉노 땅의 강 이름. 흉노와 싸우다가 생포되었는데 10년간 흉노에 머물다가 흉노 태자를 데리고 귀환하였다. 55권, 〈衛青霍去病傳〉에 附傳. 令居는 昭帝 때 縣이 되었다. 今甘肅省 蘭州市 관할의 永登縣.

〖國譯〗

가을, 東越王 餘善(여선)이 반기를 들어 漢의 장수와 관리를 공격 살해하였다. 橫海將軍 韓說(한열), 中尉 王溫舒를 보내 會稽郡에서 출동했고, 樓船將軍 楊僕(양복)은 豫章郡에서 출동하여 공격케 하였다. 또 浮沮將軍 公孫賀를 九原郡에서 匈河將軍 趙破奴(조파노)를 令居縣에서 출동시켰는데 둘 다 2천여 리를 진군했으나 흉노족을 만나지 못하고 귀환했다. 武威郡과 酒泉郡의 땅을 나눠 張掖郡(장액군)과 敦煌郡(돈황군)을 증설하고 백성을 이주시켜 채웠다.

原文

元封元年冬十月, 詔曰, "南越,東甌咸伏其辜, 西蠻, 北夷頗未輯睦. 朕將巡邊垂, 擇兵振旅, 躬秉武節, 置十二部將軍, 親帥師焉." 行自雲陽, 北歷上郡,西河,五原, 出長城, 北登單于臺, 至朔方, 臨北河. 勒兵十八萬騎, 旌旗徑千餘里, 威震匈奴. 遣使者告單于曰, "南越王頭已縣於漢北闕矣.

單于能戰, 天子自將待邊, 不能, 亟來臣服. 何但亡匿幕北寒苦之地爲!" 匈奴讋焉. 還, 祠黃帝於橋山, 乃歸甘泉.

| **註釋** | ○元封(원봉) - 前 110-106년. ○輯睦 - 和睦. ○擇兵振旅 - 병졸을 고르고 부대를 정돈하다. ○雲陽 - 현명. 今 陝西省 咸陽市 淳化縣. ○單于臺 - 長城 밖, 위치 미상. ○北河 - 황하는 寧夏에서 河套(하투)로 흐르면서 陰山 남쪽에서 南河와 北河로 나뉘었다가 다시 합쳐진다. ○匈奴讋焉 - 讋은 두려워할 섭. ○橋山 - 漢代 陽周縣의 지명. 今 陝西省 延安市 黃陵縣.

〖國譯〗

元封 원년 겨울 10월, 조서를 내려 말했다.

"南越과 東甌(동구)는 모두 죗값을 치렀고 西蠻(서만)과 北夷(북이, 흉노)와는 화목하게 지내지 못한다. 짐은 변방을 순시하며 군사를 정돈하고 사기를 높이며 친히 통솔하면서 12방면의 장군직을 설립하여 전선의 군사를 지휘하려 한다."

皇上은 雲陽縣에서 출발하여 북으로 上郡, 西河郡, 五原郡을 거쳐 長城을 넘었고, 북으로 單于臺(선우대)에 올랐다가 朔方郡에 가서 北河까지 나아갔다. 군사 18만 기병을 거느렸고 旌旗가 1천여 리에 걸쳐 그 위세가 흉노를 떨게 하였다. 그리고 사자를 흉노 선우에게 보내 말했다.

"南越王의 목은 이미 漢의 北闕에 매달았다. 선우는 싸울 수 있다면 천자께서 변방에 대기하실 것이나 싸울 수 없다면 빨리 와서 신하로 굴복하기 바란다. 어찌하여 사막 북쪽의 춥고도 살기 힘든 곳에 도망가 숨기만 하는가!"

흉노는 두려워 떨었다. 오는 길에 橋山(교산)에서 黃帝의 능에 제사하고 바로 감천궁으로 돌아왔다.

原文

東越殺王餘善降. 詔曰, "東越險阻反覆, 爲後世患, 遷其民於江,淮間." 遂虛其地.

春正, 行幸緱氏. 詔曰, "朕用事華山, 至於中岳, 獲駮麃, 見夏后啓母石. 翌日, 親登嵩高, 御史乘屬, 在廟旁吏卒咸聞呼萬歲者三. 登禮罔不答. 其令祠官加增太室祠, 禁無伐其草木. 以山下戶三百爲之奉邑, 名曰崇高, 獨給祠, 復亡所與." 行, 遂東巡海上.

| 註釋 | ○用事華山 - 華山에 제사하다. 화산은 西岳, 今 陝西省 渭南市 華陰市 城南. ○中岳 - 嵩山(숭산). 今 河南省 登封市 서북. ○獲駮麃 - 獲은 노획하다. 駮 짐승 이름 박. 麃는 큰 사슴 포. ○夏后啓母石 - 夏禹의 아내가 임신 중에 돌로 변해 죽었는데 禹의 아들 啓가 돌을 깨고 태어났다는 전설이 있다. ○嵩高(숭고) - 山名. ○御史乘屬 - 천자 출행 시에 어가를 호위하는 어사. ○奉邑 - 俸祿으로 받은 마을. ○復亡所與 - 요역과 부세를 면제하여 납부할 일이 없다.

〖國譯〗

東越 백성이 그들의 왕 餘善을 죽이고 투항했다. 이에 조서를 내

려 말했다.

"東越 땅은 지형이 험준하고 백성은 반복이 무상하여 후세에 걱정거리이니 그 백성을 長江과 淮水 지역으로 이주시키도록 하라." 결국 그 땅을 비워 사람이 살지 못하게 했다.

봄 정월에 緱氏縣(구씨현)에 행차하였다. 그리고 조서를 내려 말했다.

"짐은 華山에서 제사하고 中岳(嵩山)에 가서 駮麃(박포)를 포획하고 夏禹의 처가 啓를 낳았다는 啓母石을 보았도다. 다음 날 몸소 嵩高山(숭고산)에 올랐는데 어가를 호위하는 어사와 묘당 주변의 이졸들이 모두 만세 소리를 3번이나 들었다. 산에 올라 제사할 때는 아무 말소리도 없었다. 제사관을 시켜 太室祠를 증수하고 주변 초목을 베지 못하게 하라. 그리고 산 아래 民戶 3백 호 부세를 太室祠의 비용으로 하되 이름을 崇高라 하고 오직 제사 비용만 충당하고 다른 부세나 요역을 면제토록 하라."

다시 출발하여 동쪽 바닷가를 巡行(순행)하였다.

原文

夏四月癸卯, 上還, 登封泰山, 降坐明堂. 詔曰, "朕以眇身承至尊, 兢兢焉惟德菲薄, 不明於禮樂, 故用事八神, 遭天地況施, 著見景象, 屑然如有聞. 震于怪物, 欲止不敢, 遂登封泰山, 至於梁父, 然後升禮肅然. 自新, 嘉與士大夫更始, 其以十月爲元封元年. 行所巡至, 博,奉高,蛇丘,歷城,梁父,民田租逋賦貸, 已除. 加年七十以上孤寡帛, 人二匹. 四縣無出今年算. 賜天下民爵一級, 女子百戶牛酒."

| 註釋 | ○登封泰山 - 封은 천자가 단을 쌓고 제천하는 의식. 泰山의 동쪽에 조성한 壇(단)은 길이 1丈2尺(1丈은 231cm, 1尺 = 23.1cm) 높이 9尺. 泰山은 今 山東省 泰安市 위치. 主峰인 玉皇峰은 해발 1532.7m. ○明堂 - 태산의 동북쪽에 周代의 明堂터가 있었다는 주석이 있다. ○用事八神 - 用事는 祭祀. 封禪하다. 조정의 정사를 장악하다. 八神은 天主, 地主, 兵主, 陽主, 陰主, 日主, 月主, 四時主. ○況施 - 況은 賜. ○著見景象 - 祥瑞가 임하다. ○屑然(설연) - 屑은 부스러기 설. 잡다한 모양. 앞에 귀신이 부르는 만세소리가 3번 들렸다고 하였다. '은은한 소리가 들리는 것 같았다' 로 번역하였다. ○震于怪物 - 怪物은 鬼神. ○至於梁父 - 梁父(양보)는 현명, 泰山에 속한 작은 산. 梁甫라고도 표기. 여기서 地神을 제사했다. 今 山東省 泰安市 관할 新泰市. ○然後升禮肅然 - 禮은 禪의 古字. 지신에 대한 제사. 肅然(숙연)은 梁父縣의 산 이름. ○博,奉高,蛇丘,歷城,梁父 - 모두 태산 주변의 현 이름. 蛇丘(이구)의 蛇는 구불구불 갈 이. 뱀 사. ○民田租逋賦貸 - 백성의 田租와 부세나 관에서 빌린 돈을 갚지 못한 것. 逋는 달아날 포. 逋脫할 포. 핑계를 대며 갚지 않음. ○四縣 - 博, 蛇丘, 歷城, 梁父縣. 算은 算賦. 인두세, 壯丁 1인, 년 120전.

〖國譯〗

여름 4월 癸卯日(계묘일), 무제는 돌아와 泰山에 나아가 제천하고 하산하여 周代 明堂 터에 앉아 대신을 알현했다. 이어 조서를 내려 말했다.

"짐은 미미한 몸으로 지존의 제위를 물려받아, 늘 조심조심하며 베푼 은덕이 적고 예악에 밝지도 못한 것을 걱정하였고, 그래서 천지와 일월 등 八神을 제사하면서 천지신명의 恩賜를 받아 신령스러운 현상이 나타났으며 은은한 만세소리를 듣기도 하였다. 귀신의 강림에 놀랐으나 거동을 감히 중지할 수 없어 마침내 태산에 올라 제천하였고 梁父山(양보산)에 가서 地神에 제사하고 그 뒤에 다시 肅然山(숙연산)에서도 제사를 올렸다. 이를 새로운 시작으로 삼아 여러 士大夫를 격려하며 함께 다시 시작할 것이니 그리하여 10월을 元封元年으로 할 것이다. 그동안 순행해온 博縣, 奉高縣, 蛇丘縣(이구현), 歷城縣, 梁父縣(양보현) 백성들의 田租와 갚지 못한 부세나 대출을 모두 면제하겠다. 그리고 70세 이상의 홀로된 백성에게 비단을 1인당 2필씩 하사하라. 四縣에는 금년의 算賦(人口稅)를 부과하지 말라. 천하의 백성에게 작위 1급을 하사하며, 작위를 받은 자의 아내에게는 1백 호당 소고기와 술을 하사하라."

原文

行自泰山, 復東巡海上, 至碣石. 自遼西曆北邊九原, 歸於甘泉.

秋, 有星孛於東井, 又孛於三台. 齊王閎薨.

| 註釋 | ○碣石(갈석) - 山名. 今 河北省 동북 해안의 秦皇島市 昌黎縣 소재. 觀海할 수 있는 勝地로 알려졌다. ○九原 - 현명. 九原縣은 今 內蒙古 黃河 북안의 包頭市 서북, 五原郡의 治所. ○東井 - 星座名. ○三台 - 성좌명.

〖國譯〗

泰山에서부터 다시 동쪽으로 바닷가를 순행하여 碣石山(갈석산)에 이르렀다. 遼西郡에서 시작하여 북쪽 변방 九原縣을 거쳐 甘泉宮에 돌아왔다.

가을에, 東井에 패성이 나타났고, 또 三台(삼태)에도 나타났다. 齊王 閎(굉)이 죽었다.

原文

二年冬十月, 行幸雍, 祠五時.

春, 幸緱氏, 遂至東萊.

夏四月, 還祠泰山. 至瓠子, 臨決河, 命從臣將軍以下皆負薪塞河堤, 作〈瓠子之歌〉. 赦所過徒, 賜孤獨高年米, 人四石. 還, 作甘泉通天臺,長安飛廉館.

朝鮮王攻殺遼東都尉, 乃募天下死罪擊朝鮮.

| 註釋 | ○(元封) 二年 – 前 109년. ○東萊 – 군명. 치소는 掖縣, 今 山東省 煙台市 관할 掖縣. 渤海 萊州灣의 동쪽에 위치. ○瓠子(호자) – 황하의 제방 이름, 今 山東省 濮陽市에 해당. 元光 3년(前 132)에 무너진 제방을 이때 다시 막았다. ○〈瓠子之歌〉 – 武帝 作. 二首. 가사는 〈溝洫志(구혁지)〉에 수록. 그 一首는 다음과 같다. 瓠子決兮將奈何? 浩浩洋洋, 慮殫爲河. 殫爲河兮地不得寧, 功無已時兮吾山平. 吾山平兮巨野溢, 魚弗郁兮柏冬日. 正道馳兮離常流, 蛟龍騁兮放遠遊. 歸舊川兮神哉沛, 不封禪兮安知外! 皇謂河公兮何不仁, 氾濫不止兮愁吾人! 嚙桑浮兮淮泗滿, 久不反兮水維緩. ○通天臺 – 높이

가 30丈이라서 장안성이 보였다고 한다. ○飛廉館 – 飛廉(비렴)은 전설상의 神禽(神鳥)로 머리는 공작새, 몸은 사슴, 뿔이 있으며 표범 무늬에 긴 꼬리가 있다. 바람을 불러일으키는 神鳥. 觀은 殿의 뜻.

〖國譯〗

2년 겨울 10월, 雍縣에 행차하여 五畤에 제사했다.

봄, 緱氏縣(구씨현)에 행차하고 더 나아가 東萊郡(동래군)에 이르렀다.

여름 4월, 돌아와 태산에서 제사했다. 황하의 瓠子(호자)에 와서 제방 터진 곳을 시찰하고 수행하는 신하와 장군 이하 모두에게 명하여 목재 등을 날라 황하 제방을 쌓게 하였으며 〈瓠子之歌〉를 지었다. 지나는 곳 죄수를 사면하였고 홀로된 노인에게 알곡을 1인당 4石(1石＝29,76kg)씩 하사하였다. 장안에 돌아와 감천궁의 通天臺와 長安에 飛廉館(비렴관)을 지었다.

朝鮮王이 遼東郡 都尉를 공격하여 살해하였는데 바로 천하의 사형수를 모아 조선을 공격케 하였다.

原文

六月, 詔曰, "甘泉宮內中產芝, 九莖連葉. 上帝博臨, 不異下房, 賜朕弘休. 其赦天下, 賜雲陽都百戶牛酒." 作〈芝房之歌〉.

秋, 作明堂於泰山下. 遣樓船將軍楊僕,左將軍荀彘將應募罪人擊朝鮮. 又遣將軍郭昌, 中郎將衛廣發巴,蜀兵平西南夷未服者, 以爲益州郡.

|註釋| ○內中產芝 - 內中은 內庭 室中. 芝는 芝草. ○上帝博臨 - 博은 廣. ○不異下房 - 下房은 後庭의 방. ○雲陽都 - 감천궁은 雲陽縣에 소재. 都는 모여 있다는 뜻. 곧 운양현 중에서도 감천궁 주변에 사는 사람. ○左將軍荀彘(순체) - 인명. 彘는 돼지 체. 요동에서 육로로 평양성에 진격. 95권, 〈西南夷兩粵朝鮮傳〉 참고, ○益州郡 - 치소는 滇池縣(今 雲南省 昆明市 관할의 晋寧縣).

〖國譯〗

6월, 조서를 내려 말했다. "甘泉宮의 내실에서 靈芝(영지)가 자랐는데 9줄기에 잎은 붙어있다. 하늘의 천제께서 널리 굽어 살피시어 후궁에 있는 방까지 은택을 베푸셨고 짐에게 크고 훌륭한 생물을 내리셨다. 천하의 죄수를 사면하고 雲陽縣 도심 1백 호당 소고기와 술을 하사하라." 그리고 〈芝房之歌〉를 지었다.

가을에, 泰山 아래에 明堂을 지었다. 樓船將軍 楊僕(양복), 좌장군 荀彘(순체)를 보내 모집한 죄수 군사를 거느리고 朝鮮을 정벌케 하였다. 또 장군 郭昌과 중랑장 衛廣(위광)을 시켜 巴와 蜀郡의 군사를 동원하여 항복하지 않는 지역을 정벌하여 益州郡을 설치하였다.

原文

三年春, 作角抵戲, 三百里內皆觀.

夏, 朝鮮斬其王右渠降, 以其地爲樂浪,臨屯,玄菟,眞番郡. 樓船將軍楊僕坐失亡多免爲庶民, 左將軍荀彘坐爭功棄市.

秋七月, 膠西王端薨. 武都氐人反, 分徙酒泉郡.

| 註釋 | ○作角抵戲 – 角抵는 레슬링. 씨름. 捽跤(솔교). 角은 '나란하다'는 의미, 抵는 서로 힘으로 밀어내다. 秦나라 때부터 角抵란 명칭을 사용. ○右渠(우거) – 衛滿의 손자. 衛滿朝鮮(위만조선)은 前 194–108년 존속. ○樂浪,臨屯,玄菟,眞番郡 – 漢 四郡. 樂浪郡은 치소는 朝鮮縣(今 平壤). 後漢 및 魏를 거쳐 서기 313년에야 소멸. 臨屯(임둔, 前 108–82년), 眞番郡도 臨屯郡과 같은 때 소멸, 玄菟(현토)는 고구려의 저항으로 제일 먼저 소멸. ○武都 – 군명. 치소는 武都縣(今 甘肅省 남부 隴南市 관할 西和縣 서남). ○氐(저) – 종족명. 漢代에 甘肅省, 青海省 지역에 거주.

〖國譯〗

元封 3년 봄, 角抵戲(각저희)를 시합했는데 3백 리 이내 백성이 모두 구경하였다.

여름, 조선인들이 그 왕 右渠(우거)를 죽이고 투항하였는데 그 땅에 樂浪, 臨屯, 玄菟, 眞番郡을 설치하였다. 樓船將軍인 楊僕(양복)은 군사를 많이 잃어 免官하여 庶人이 되었고 좌장군 荀彘(순체)는 무공을 다툰 죄로 棄市(기시)되었다.

가을 7월, 膠西王 端(단)이 죽었다. 武都郡의 氐族(저족)이 반기를 들자 이들을 나누어 酒泉郡으로 이사시켰다.

原文

四年冬十月, 行幸雍, 祠五畤. 通回中道, 遂北出蕭關, 歷獨鹿鳴澤, 自代而還, 幸河東.

春三月, 祠后土. 詔曰, "朕躬祭后土地祇, 見光集於靈壇, 一夜三燭. 幸中都宮, 殿上見光. 其赦汾陰, 夏陽, 中都死罪以下, 賜三縣及楊氏皆無出今年租賦."

夏, 大旱, 民多暍死.

秋, 以匈奴弱, 可遂臣服, 乃遣使說之. 單于使來, 死京師. 匈奴寇邊, 遣拔胡將軍郭昌屯朔方.

| 註釋 | ○回中道 – 도로명, 今 陝西省 隴縣에서 甘肅省 華亭에 이른 길. ○蕭關(소관) – 今 寧夏回族自治區 남부의 固原市 남쪽. 동 函谷關, 남 武關, 서 散關, 북 蕭關(소관)이 지켜주는 곳이 바로 關中이다. ○歷獨鹿鳴澤 – 歷은 지나다. 獨鹿은 산 이름, 鳴澤은 涿郡(탁군, 今 河北省 保定市 관할의 涿州市.)의 호수 이름. ○河東 – 군명. 治所는 安邑縣(今 山西省 運城市 夏縣 서북). ○一夜三燭 – 하루저녁에 3번 빛나다. 燭은 동사로 쓰였다. ○中都宮 – 文帝가 代王일 때의 도성. 武帝 때는 현명. 今 山西省 晋中市 관할의 平遙縣. ○楊氏 – 河東郡의 邑名. ○民多暍 – 暍은 더위 먹을 갈. ○死京師 – 흉노 사신이 장안에 와서 병사하였다. 〈匈奴傳〉 참고. ○郭昌 – 55권, 〈衛青霍去病傳〉에 부전.

〖國譯〗

(元封) 4년 겨울 10월, 雍縣에 행차하여 五畤(오치)에서 제사지냈다. 回中道를 거쳐 북쪽으로 蕭關(소관)을 지나가 獨鹿山과 鳴澤(명

택)을 거쳐 代郡에서 돌아와 河東郡에 행차하였다.

봄 3월, 后土神을 제사했다. 이어 조서를 내려 말했다.

"짐이 몸소 后土 地祇에 제사할 때 밝은 빛이 靈壇을 하룻밤에 3번이나 밝게 비추었다. (代郡의) 中都宮에 갔을 때는 전각 위에 밝은 빛이 보였다. 汾陰(분음)과 夏陽, 中都縣의 사형수 이하 죄인을 사면하고, 이 3개 현과 楊氏邑에서는 금년 田租를 납부하지 않게 하라."

여름, 큰 가뭄이 들었다. 많은 백성이 더위를 먹어 죽었다.

가을, 흉노가 쇠약하여 臣服시킬 수 있다고 생각하여 사신을 보내 유세하였다. 선우의 사신이 왔으나 장안에서 병사하였다. 흉노가 변경을 침범하자 拔胡將軍 郭昌을 보내 朔方郡에 주둔케 했다.

原文

五年冬, 行南巡狩, 至於盛唐, 望祀虞舜于九嶷. 登灊天柱山, 自尋陽浮江, 親射蛟江中, 獲之. 舳艫千里, 薄樅陽而出, 作〈盛唐樅陽之歌〉. 遂北至琅邪, 並海, 所過, 禮祠其名山大川.

春三月, 還至泰山, 增封. 甲子, 祠高祖於明堂, 以配上帝, 因朝諸侯王, 列侯, 受郡國計.

夏四月, 詔曰, "朕巡荊,揚, 輯江,淮物, 會大海氣, 以合泰山. 上天見象, 增修封禪. 其赦天下. 所幸縣毋出今年租賦, 賜鰥寡孤獨帛, 貧窮者粟." 還幸甘泉, 郊泰畤. 大司馬大將軍青薨.

| **註釋** | ○(元封) 五年 - 前 106년. ○盛唐 - 今 安徽省 六安市 부근의 지명. 또 다른 주석에는 南郡(치소는 江陵縣, 今 湖北省 荊州市 荊州區)의 지명. ○九嶷(구의) - 九疑山, 湖南省 永州市 寧遠縣의 산(1,959m). 舜임금 무덤이 있다. ○灊天柱山 - 灊(땅이름 잠)은 현명. 今 安徽省 六安市 관할의 霍山縣(곽산현). 天柱山은 今 安徽省 霍山縣의 산 이름. 霍山, 衡山(형산)의 다른 이름. 武帝가 이곳에 행차한 뒤에 南岳이라 불렀다. ○尋陽(심양) - 縣名. 今 湖北省 黃岡市 관할의 武穴市. ○舳艫千里 - 배가 천리에 이어지다. 舳은 배의 고물(뒤쪽) 축. 艫는 뱃머리 노(로). ○薄樅陽而出 - 薄은 迫近. 아주 가까이. 樅陽(종양)은 현명. 今 安徽省 安慶市 동쪽 樅陽縣. 長江 북안. 樅은 전나무 종. 나무가 무성한 모양. ○琅邪(낭야) - 군명. 낭야군의 치소는 東武縣, 今 山東省 濰坊市 관할의 諸城市. ○郡國計 - 군국에서 올리는 1년간의 재정이나 실적 보고.

〖國譯〗

(元封) 5년 겨울, 무제는 남방을 巡狩(순수)하였는데 盛唐(성당)이란 곳에 도착하여 멀리 남쪽의 舜의 무덤을 향해 제사를 올렸다. 灊縣(잠현)의 天柱山에 올랐고, 尋陽縣(심양현)에서 長江을 따라 내려갔는데 친히 장강의 교룡을 쏘아 잡았다. 배가 꼬리를 물어 천리에 이어졌고 樅陽縣(종양현)에 와서 육지에 올랐는데, 〈盛唐樅陽之歌〉를 지었다. 이어 북쪽으로 순수하여 琅邪郡(낭야군)에서 바다를 따라 가며 지나는 곳의 명산대천 사당에 제사를 지냈다.

봄 3월, 돌아오면서 泰山에 도착하여 제단을 더 높이 쌓았다. 甲子日에 明堂에 고조를 제사하고 上帝와 나란하게 위패를 모셨으며 이어 諸侯王과 列侯의 조하를 받고 군국의 치적을 보고받았다.

여름 4월, 조서를 내려 말했다.

"짐이 荊州와 揚州 지역을 순수하고, 장강과 회수의 여러 신을 제사하며 大海의 神氣를 모아 泰山에 취합하였도다. 上天도 景象을 보여주셨고 봉선의 단을 증수하였기에 천하의 죄인을 모두 사면하겠다. 지나온 현에서는 금년의 田租나 賦稅를 면제할 것이며, 鰥寡孤獨에게 비단을 하사하고 빈궁한 자에게는 곡식을 내려주도록 하라."

무제는 감천궁에 돌아와 泰畤(태치)에서 교제를 지냈다. 大司馬大將軍인 衛青이 죽었다.

原文

初置刺史部十三州. 名臣文武欲盡, 詔曰, "蓋有非常之功, 必待非常之人, 故馬或奔踶而致千里, 士或有負俗之累而立功名. 夫泛駕之馬, 跅弛之士, 亦在御之而已. 其令州郡察吏民有茂材異等可爲將相及使絕國者."

| 註釋 | ○初置刺史部十三州 – 무제는 전국 郡國을 나누어(京師 부근 7郡 제외) 冀州, 幽州, 幷州, 朔方, 凉州, 交趾(교지), 益州, 荊州, 揚州, 豫州, 兗州(연주), 徐州, 青州의 13주로 나누고 각각 刺史 1인을 파견하였다. 13州는 監察하는 지역 구분이지 행정단위가 아니다. 무제 征和 4년(前 89)에 경사 부근 7개 군에 司隷校尉를 설치하여 보통 14자사부로 통칭. 다시 成帝 綏和 원년(前 8)에 州에 牧(목, 刺史를 개칭)을 두어 州는 정식 행정구역이 되었다. 자

사는 매년 8월에 관할 군현을 순찰하며 6개 조항에 대하여 관리에 대한 조사와 치적을 확인하고 지역 호족을 감찰하고 연말에 어사대부의 속관인 御史中丞에게 그 내용을 보고하였다. 秩은 6백 석으로 太守의 질록 二千石보다 훨씬 낮았으나 직분이 監督이기에 그 권한이 강대하였다. ○名臣文武欲盡 - 문무의 명신은 모두 반기지 않았다. ○奔踶 - (말은) 내달리거나 발로 차다. 踶는 발로 찰 제. 발굽 제. ○負俗之累 - 세속의 常規와 다르다. 負俗은 背俗. ○泛駕(범가) - 覂車, 泛은 覆(뒤집을 복, 뒤집히다). 泛의 本字는 覂(엎을 봉). ○跅弛之士 - 跅弛(척이)는 방자하고 맺힌 데가 없다. 예절이 없고 멋대로 행동하다. ○民有茂材 - 茂才는 秀才, 후한 光武帝(劉秀)를 諱한 것임. 異等은 관등을 뛰어넘다.

〖國譯〗

刺史部를 13州에 처음 설치하였다. 문무 대신이 반기지 않자 조서를 내려 말했다.

"대개 非常之功을 세우려면 꼭 非常之人이 있어야 하니, 말은 내달리거나 뒷발로 차지만 천리를 갈 수 있고, 士人은 세속의 낡은 규율을 넘을 때 공명을 이룰 수 있다. 물론 수레를 뒤엎는 말이나 방자한 인재가 있다지만 다만 통제하기 나름이다. 각 주군에 명하여 관리나 백성 중에 뛰어난 수재나 등급을 초월하여 將相이 될 수 있거나 먼 이국에 사신으로 보낼 만한 자가 있는지 살피도록 하라."

原文

六年冬, 行幸回中.

春, 作首山宮.

三月, 行幸河東, 祠后土. 詔曰, "朕禮首山, 昆田出珍物, 化或爲黃金. 祭后土, 神光三燭. 其赦汾陰殊死以下, 賜天下貧民布帛, 人一匹." 益州,昆明反, 赦京師亡命令從軍, 遣拔胡將軍郭昌將以擊之.

夏, 京師民觀角抵於上林平樂館.

秋, 大旱, 蝗.

| **註釋** | ○首山宮 – 河東郡 蒲坂縣(今 山西省 永濟市). ○昆田(곤전) – 首山의 경작지. ○祭后土 – 汾陰(분음)의 后土祠. ○昆明(곤명) – 부족 이름 겸 지명. 今 雲南省의 省都. ○上林平樂館 – 上林苑. 황실용 사냥터. 秦의 舊苑으로 황폐했던 것을 武帝가 중수했다. 今 陝西省 西安市 周至縣과 戶縣의 접경에 위치.

〖國譯〗

(元封) 6년 겨울, 무제는 回中宮에 행차했다.

봄, 首山宮을 지었다.

3월, 무제는 河東에 행차하여 后土祠에 제사했다. 조서를 내려 말했다.

"朕이 首山에 제사하자, 산 아래 田地에서 보물이 나왔는데 어떤 것은 황금으로 변하기도 하였다. 后土祠에 제사할 때 神光이 3번이나 밝게 비추었다. 汾陰(분음) 현의 사형 죄 이하의 모든 죄수를 사면하고 천하의 빈민들에게 布帛을 1인 1필씩 하사하라."

益州의 昆明(곤명) 사람들이 반기를 들자 京師의 亡命者들을 동원하여 從軍케 하면서 拔胡將軍 郭昌(곽창)이 거느리고 토벌케 하였다.

여름, 京師의 백성들이 上林苑 平樂館에서 잡기를 구경하였다.

가을, 크게 가물었고 황충 폐해가 있었다.

原文

太初元年冬十月, 行幸泰山.

十一月甲子朔旦, 冬至, 祀上帝於明堂. 乙酉, 柏梁臺災.

十二月, 禪高里, 祠后土. 東臨勃海, 望祠蓬萊. 春, 還, 受計於甘泉.

二月, 起建章宮.

夏五月, 正曆, 以正月爲歲首. 色上黃, 數用五, 定官名, 協音律. 遣因杅將軍公孫敖築塞外受降城.

秋八月, 行幸安定. 遣貳師將軍李廣利發天下謫民西征大宛. 蝗從東方飛至敦煌.

| **註釋** | ○太初 – 武帝의 7번째 연호. 前 104 – 101년. 이 해부터 夏曆을 준용하여 正月(建寅之月)을 歲首로 했다. ○甲子朔旦, 冬至 – 갑자일 초하루 아침이 동짓날이다. ○禪高里 – 高里는 山名. 山東省 泰安市 서남에 위치. ○望祠蓬萊 – 봉래 선경을 바라보며 제사하다. 蓬萊는 方丈, 瀛洲(영주)와 함께 三神山의 하나. 무제도 진시황만큼 장생을 갈구하였다. 무제는 70세까지 장수했다. ○起建章宮 – 未央宮 서쪽의 별궁. 큰 궁궐을 지으면 화재를 예방할 수 있다는 참언에 따랐다고 한다. ○正歷 – 역법을 개정하다. ○以

正月爲歲首 – 이전에는 10月을 歲首로 했었다. ○數用五 – 각종 인장의 문자도 5字이었다. ○受降城(수항성, 河外三城) – 흉노족의 투항을 받기 위한 3개의 성, 북위 40度線 이북 河套北岸 및 漠南 초원 지역. 今 內蒙古自治區 巴彥淖爾市 관할의 烏拉特中旗 지역에 축조한 3개의 보루. 후세에는 黃河 외측의 방어시설 역할을 했다. ○安定 – 郡名. 치소는 高平縣(今 寧夏回族自治區 固原市). ○大宛(대원) – 西域의 국명. 宛은 나라 이름 원. 굽을 완. 영어로는 Ferghana. 國都는 貴山城. 汗血馬(한혈마)와 포도 산지. 무제 때 복속, 宣帝 이후 서역도호부에 속했다. 今 중앙아시아의 키르키즈스탄(吉爾吉斯斯坦)에 해당.

〖國譯〗

太初 원년(前 104) 겨울 10월, 泰山에 행차했다.

11월, 갑자일 초하루가 冬至로 明堂에서 上帝를 제사했다. 乙酉日에 柏梁臺(백량대)에서 불이 났다.

12월, 高里山에서 后土에 제사했다. 동쪽으로 나아가 勃海(발해)에 이르렀고 蓬萊(봉래)를 바라보며 제사했다. 봄에 돌아와 감천궁에서 지방 郡國의 업무보고를 받았다.

2월, 建章宮을 지었다.

여름 5월, 역법을 개정하여 정월을 歲首로 하였다. 色은 黃色을 숭상하고, 數는 五를 기본으로 했고 官名을 개정하고 音律을 조율하였다. 因杅將軍(인우장군) 公孫敖(공손오)를 보내 長城밖에 受降城(수항성)을 축조케 하였다.

가을 8월, 安定郡에 행차했다. 貳師將軍인 李廣利를 보내 天下의 죄인을 거느리고 출정하여 서쪽으로 大宛(대원)을 정벌했다. 蝗蟲(황충)이 동쪽에서 敦煌郡(돈황군)까지 날아왔다.

原文

二年春正月戊申, 丞相慶薨.

三月, 行幸河東, 祠后土. 令天下大酺五日, 膢五日, 祠門戶, 比臘.

夏四月, 詔曰, "朕用事介山, 祭后土, 皆有光應. 其赦汾陰,安邑殊死以下."

五月, 籍吏民馬補車騎馬.

秋, 蝗. 遣浚稽將軍趙破奴二萬騎出朔方擊匈奴, 不還.

冬十二月, 御使大夫兒寬卒.

| 註釋 | ○丞相慶薨 – 石慶(석경)은 萬石君 石奮(석분, ?–前 124)의 아들. 46권, 〈萬石衛直周張傳〉의 石奮傳에 附傳. ○膢五日 – 膢는 제사 지낼 루. 음식과 穀神에 대한 제사. 楚에서는 2월에 지냈다는 주석도 있다. 五日의 五는 衍字. ○比臘 – 臘祭(납제, 동지 이후 12월에 百神에 대한 제사)와 비슷하다. ○用事介山 – 介山(개산)은 汾陰縣, 今 山西省 運城市 萬榮縣의 산. ○安邑 – 현명. 河東郡 치소. 今 山西省 運城市 夏縣. ○籍吏民~ – 적은 등록하다. 장부에 올리다. ○趙破奴 – 人名. 漢의 장수. 흉노와 싸우다가 생포되었는데 10년간 흉노에 머물다가 흉노 태자를 데리고 귀환하였다. 55권, 〈衛青霍去病傳〉에 附傳. ○兒寬(倪寬, 예관. ?–前 103) – 兒는 성 예. 아이 아. 司馬遷과 함께 太初曆을 제정, 시행에 동참했다. 저서로 《兒寬》 9편이 있다. 58권, 〈公孫弘卜式兒寬傳〉 입전.

〖國譯〗

(太初) 2년(前 103) 봄 정월 戊申日, 승상 石慶(석경)이 죽었다.

3월, 무제는 河東郡에 행차하여 后土神에 제사했다. 천하에 5일간 술을 마셔도 좋다고 하였고 膢日(누일)에 門神에 제사하였는데 臘祭(납제)와 비슷했다.

여름 4월, 조서를 내려 말했다. "朕이 介山(개산)에 가서 后土神에 제사할 때 광명이 감응하였다. 汾陰縣과 安邑縣의 사형 죄수 이하는 사면하라."

5월, 吏民과 말을 등록케 하여 車騎兵과 말을 보충하였다.

가을, 황충 피해가 있었다. 浚稽(준계) 장군 趙破奴(조파노)를 파견하여 2만 기병을 거느리고 朔方郡에서 출동하여 흉노를 공격케 했으나 돌아오지 않았다.

겨울 12월, 어사대부 兒寬(예관, 倪寬)이 죽었다.

原文

三年春正月, 行東巡海上.

夏四月, 還, 修封泰山, 禪石閭. 遣光祿勳徐自爲築五原塞外列城, 西北至盧朐, 游擊將軍韓說將兵屯之. 强弩都尉路博德築居延.

秋, 匈奴入定襄,雲中, 殺略數千人, 行壞光祿諸亭障, 又入張掖,酒泉, 殺都尉.

| **註釋** | ○行東巡海上 - 神仙을 만나려는 뜻이었다. ○禪石閭 - 石閭는 태산 남쪽 산록의 작은 산 이름. ○盧朐(노구) - 山名 또는 河名? 不明. ○築居延 - 居延은 현명. 여기서는 성채. 縣名, 今 內蒙古 阿拉善盟 관할하의 額

濟納旗(盟과 旗는 내몽고 지역의 행정 단위임). 寧夏回族自治區의 서쪽 내몽고 지역. 漢代에는 '居延澤', 후세에는 '西海,' 唐代 이후로는 '居延海'로 불렸다. ○亭障 - 候城. 초소용 보루나 방어용 진지.

〖國譯〗

(太初) 3년 봄 정월, 동쪽에 행차하여 바닷가를 순수하였다.

여름 4월, 돌아와 泰山의 封禪 제단을 중수하고 石閭(석려)에서 地神을 제사했다. 光祿勳 徐自爲를 보내 五原郡 변방 요새 밖에 여러 성을 축조케 하였는데 西北으로 盧朐(노구)에 이르렀고, 游擊將軍 韓說(한열)이 군사를 거느리고 주둔케 했다. 强弩都尉인 路博德(노박덕)이 居延(거연) 일대에 축성했다.

가을, 흉노가 定襄(정양), 雲中郡에 침입하여 수천 명을 죽이거나 잡아갔고 光祿勳(徐自爲)이 축조한 여러 진지를 파괴했으며, 이어 張掖(장액)과 酒泉郡에도 침입하여 郡 都尉를 살해했다.

原文

四年春, 貳師將軍廣利斬大宛王首, 獲汗血馬來. 作〈西極天馬之歌〉.

秋, 起明光宮.

冬, 行幸回中. 徙弘農都尉治武關, 稅出入者以給關吏卒食.

| 註釋 | ○(太初) 四年 - 前 101년. 李廣利(? - 前 88) - 武帝 寵姬 李夫人

의 오빠. 貳師城(이사성)에 가서 좋은 말을 구해온다고 기약했기에 '이사장군'이라 불렸다. 前 104년 貳師장군이 되어 大宛(대원) 원정에 실패. 太初 3년 재원정하여 겨우 성공. 海西侯에 피봉. 후에 흉노에 투항, 피살. 61권, 〈張騫李廣利傳〉에 입전. ○汗血馬(한혈마) - 大宛國에서 나오는 天馬. 하루에 천리를 갈 수 있으며, 돌을 밟으면 돌에 발자국이 남으며, 앞발 어깻죽지에서 피처럼 붉은 땀을 흘린다고 하였다. 〈西極天馬之歌〉는 武帝가 지은 詩歌. ○明光宮 - 長樂宮 北에 지은 별궁. ○武關 - 관중의 남문. 今 陝西省 商洛市 丹鳳縣 동쪽. 稅는 징세하다. 동사로 쓰였다.

〖國譯〗

(太初) 4년 봄, 貳師(이사) 장군 李廣利가 大宛王(대원왕)을 죽이고, 汗血馬(한혈마)를 구해왔다. 무제는 〈西極天馬之歌〉를 지었다.

가을, 明光宮을 지었다.

겨울, 回中宮에 행차했다. 弘農都尉가 武關을 관리하도록 조정했는데 출입자에게 징세하여 관문 이졸의 식비로 충당했다.

原文

天漢元年春正月, 行幸甘泉, 郊泰畤.

三月, 行幸河東, 祠后土. 匈奴歸漢使者, 使使來獻.

夏五月, 赦天下.

秋, 閉城門大搜. 發謫戍屯五原.

| 註釋 | ○天漢 - 武帝 8번째 연호. 前 100 - 97년. 하늘의 은하수. '하늘

이 주는 漢'이라는 의미가 있다고 소하가 말했었다. ○閉城門大搜－奸人(범죄자)를 찾아내기 위한 수색.

〖國譯〗

天漢 원년 봄 정월, 甘泉宮에 행차하고 泰畤(태치)에서 산천에 제사했다.

3월, 河東郡에 행차하여 后土神에 제사했다. 흉노가 (억류했던) 漢 使者를 돌려보냈고 사신을 보내 공물을 바쳤다.

여름 5월, 천하의 죄인을 사면했다.

가을, 성문을 폐쇄한 채 대대적으로 수색했다. 죄수를 동원하여 五原郡에 주둔케 했다.

原文

二年春, 行幸東海. 還幸回中.

夏五月, 貳師將軍三萬騎出酒泉, 與右賢王戰于天山, 斬首虜萬餘級. 又遣因杅將軍出西河, 騎都尉李陵將步兵五千人出居延北, 與單于戰, 斬首虜萬餘級. 陵兵敗, 降匈奴.

秋, 止禁巫祠道中者. 大搜. 渠黎六國使使來獻. 泰山,琅邪群盜徐勃等阻山攻城, 道路不通. 遣直指使者暴勝之等衣繡衣,杖斧分部逐捕. 刺史郡守以下皆伏誅.

冬十一月, 詔關都尉曰, "今豪傑多遠交, 依東方群盜. 其謹察出入者."

| 註釋 | ○天漢 二年 - 前 99년. ○東海 - 군명. 치소는 郯縣(담현, 今 山東省 남부의 臨沂市(임기시) 관할의 郯城縣). ○右賢王 - 흉노의 官名. 漢 上郡의 서쪽에 웅거. 左賢王보다 아래 직위. ○天山 - 지금의 甘肅省과 靑海省을 가르는 南祁連山. ○西河 - 여기서는 郡名. 치소는 平定縣(今 內蒙古 鄂爾多斯市 동쪽의 准格爾旗). ○騎都尉 李陵 - 24권, 〈李廣蘇建傳〉에 부전. 李廣의 손자. 李廣도 불운하여 뜻을 펴지 못하고 자살했으며, 손자인 李陵(이릉)도 용전했으나 패전하여 투항했다. 일족의 불명예와 滅門은 물론 武帝 분노의 불똥은 司馬遷에게 튀어 宮刑의 치욕을 겪어야 했다. 이광의 不運은 武運에 家運까지 극성했던 衛靑과 비교되었다. ○止禁巫祠道中者 - 止禁은 禁止. 同義連用. 巫覡(무격)의 도로상 제사행위를 금함. ○渠黎六國 - 渠黎(거려)는 渠犁國. 今 新疆省 尉犁 일대의 소국. ○泰山 - 郡治는 博縣(今 山東省 泰安市). ○群盜 徐勃(서발) - 인명. ○直指使者 暴勝之 - 황제의 특명을 받은 사자. 繡衣御史(수의어사). 특명을 받아 '討奸猾 治大獄'의 임무를 수행하는 어사. 부절을 상징하는 節杖을 들고 군사 동원을 할 수 있었으며 군수 이하를 처형할 수 있었다. 暴勝之(포승지)는 인명. ○關都尉 - 函谷關, 武關, 玉門關, 陽關 등에 배치한 무관인 都尉. 관문 방어, 행인 통제, 관세 징수의 권한. 함곡관 도위는 특히 중요한 자리였다. 關名을 쓰지 않은 관도위는 모두 함곡관 도위임. 大臣의 자제나 황제의 신임이 두터운 자를 엄선하여 배치했다. ○其謹察出入者 - 者는 명령어기사. 句末에 쓰여 명령의 뜻을 나타낸다. 例 '路上小心在意者!(길에서 조심하시오).

〖國譯〗

(天漢) 2년 봄, 東海에 행차하였다. 回中宮으로 돌아왔다.

여름 5월, 貳師將軍 李廣利는 3만 기병을 거느리고 酒泉郡에서 출동하여 흉노 右賢王과 天山에서 싸워 적 1만여 명을 죽이거나 생포하였다. 또 因杅將軍(인우장군)을 보내 西河郡에서 출동케 하였고, 騎都尉인 李陵(이릉)은 보병 5천 명을 거느리고 居延(거연) 북쪽에서 출진하여 單于(선우)와 싸워 1만여 명을 죽였다. 그러나 이릉은 패전하고 흉노에 투항하였다.

가을, 무당이 길에서 제사를 지내지 못하게 금지시켰다. 대대적인 수색을 했다. 渠黎(거려) 등 서역의 6국에서 사신을 보내 토산품을 바쳤다. 泰山과 琅邪郡 일대의 群盜인 徐勃(서발) 등이 산에 의거하여 성을 공격하여 도로가 불통했다. 이에 直指使者인 暴勝之(포승지) 등을 파견했는데 이들은 繡衣(수의, 비단옷)을 입고 斧鉞(부월)을 가지고 군사를 편제하여 도적을 체포하였다. 수의사자는 刺史(자사)나 郡守 이하 관리들을 처형할 수 있었다.

겨울 11월, 關門都尉에게 조서를 내려 말했다.

"요즈음 豪傑(호걸)이란 자들이 멀리 교제하면서 동방의 群盜와도 연결되었다고 한다. 그들 출입을 잘 감시하라."

原文

三年春二月, 御史大夫<u>王卿</u>有罪, 自殺. 初榷酒酤.

三月, 行幸<u>泰山</u>, 修封, 祀明堂, 因受計. 還幸北地, 祠<u>常山</u>, 瘞玄玉.

夏四月, 赦天下. 行所過毋出田租.

秋, <u>匈奴</u>入<u>雁門</u>, 太守坐畏愞棄市.

| 註釋 | ○(天漢) 三年 – 前 98년. ○初榷酒酤 – 榷는 외나무다리 각. 전매하다. 酤는 술 살 고. 酣(술 즐길 감), 酩(술 취할 명), 醒(술 깰 성), 이처럼 술을 마시는 단계마다 글자가 만들어졌다는 것은 중국에서 술의 역사가 오래라는 뜻이다. ○還幸北地 – 여기서 北地는 郡名이 아님. ○祠常山 – 常山은 북악인 恒山(항산), 文帝의 이름을 諱했다. ○瘞玄玉 – 瘞는 묻을 예. ○坐畏愞~ – 坐는 위반하다. 걸리다. 畏는 두려워할 외. 愞은 두려워할 나. 연약할 연. 軍法에 두려워 진격하지 않으며 요참 형에 처했다.

〖國譯〗

(天漢) 3년 봄 2월, 어사대부인 王卿(왕경)이 죄를 짓고 자살했다. 처음으로 술을 전매했다.

3월, 泰山에 행차하여 제천하는 제단을 보수하고 明堂에 제사했으며 겸해서 郡國의 치적을 보고 받았다. 북쪽 지방을 거쳐 돌아오면서 常山에서 제사를 지내고 玄玉을 묻었다.

여름 4월, 천하 죄수를 사면했다. 지나온 군현에 대하여 전조를 면제했다.

가을, 흉노가 雁門郡에 침입했는데 太守가 겁을 먹고 싸우지 못했다 하여 棄市(기시)하였다.

原文

四年春正月, 朝諸侯王於甘泉宮. 發天下七科讁及勇敢士, 遣貳師將軍李廣利將六萬騎,步兵七萬人出朔方, 因杅將軍公孫敖萬騎,步兵三萬人出雁門, 游擊將軍韓說步兵三萬人出五原, 强弩都尉路博德步兵萬餘人與貳師會. 廣利與單于戰餘吾水上連日, 敖與左賢王戰不利, 皆引還.

夏四月, 立皇子髆爲昌邑王.

秋九月, 令死罪入贖錢五十萬減死一等.

| 註釋 | ○(天漢) 四年 - 前 97년. ○七科謫 - 신분적 제약을 받는 7종의 백성, 賤役에 종사하는 부류이지만 賤人과는 개념이 좀 다르다. 구체적으로 죄를 지은 관리, 도망자, 데릴사위로 팔린 자(贅婿), 商人(賈人), 예전에 상인 명단에 올랐던 자. 부모가 상인 명부에 올랐던 자. 조부모가 상인 명부에 올랐던 자를 지칭한다. ○左賢王 - 흉노에서 최강의 부족을 거느리고 있었다. ○皇子髆 - 髆은 昌邑哀王 劉髆, 母는 李夫人. 63권, 〈武五子傳〉에 입전.

〖國譯〗

(天漢) 4년 봄 정월, 甘泉宮에서 諸侯王의 朝賀를 받았다. 천하의 七科謫(7과적)과 용감한 병졸을 동원하여 貳師將軍 李廣利가 6만 기병과 7만 步兵을 거느리고 삭방군에서 출정하고, 因杅(인우) 장군 公孫敖(공손오)는 1만 기병과 보병 3만인을 거느리고 雁門郡에서, 游擊將軍인 韓說(한열)은 보병 3만인을 거느리고 五原郡에서, 强弩(강노) 도위인 路博德(노박덕)은 보병 1만여 명을 거느리고 출정하여 이사 장군과 회합하기로 하였다. 이광리는 선우와 餘吾水(여오수) 근처에서 연일 싸웠고 공손오는 左賢王와 싸웠으나 이기지 못하고 모두 회군하였다.

여름 4월, 皇子인 髆(박)을 昌邑王에 봉했다.

가을 9월, 사형수가 속전 50만 전을 바치면 사형에서 1등급을 감형하였다.

原文

太始元年春正月, 因杅將軍敖有罪, 要斬. 徙郡國吏民豪桀於茂陵,雲陵.

夏六月, 赦天下.

二年春正月, 行幸回中.

三月, 詔曰, "有司議曰, 往者朕郊見上帝, 西登隴首, 獲白麟以饋宗廟, 渥洼水出天馬, 泰山見黃金, 宜改故名. 今更黃金爲麟趾褭蹏以協瑞焉." 因以班賜諸侯王.

秋, 旱. 九月, 募死罪人贖錢五十萬減死一等. 御史大夫杜周卒.

| 註釋 | ○太始 - 무제의 9번째 연호. 前 96-93년. ○公孫敖(공손오) - 본래 衛青의 交友로 浮沈이 많았다. 合騎侯였을 때 적이 두려워 피했다 하여 侯의 직분을 빼앗겼다. 여오수란 곳에서 패전하고 도망친 병사가 많아 처형되었어야 하는데 죽은 척 하다가 도주하여 민가에서 5, 6년을 숨어살다가 발각되어 다시 체포되었다. 그의 아내가 巫蠱(무고)의 禍에 연관되어 滅族(멸족)되었다. 55권, 〈衛青霍去病傳〉에 附傳. ○雲陵 - 甘泉宮이 있는 雲陽縣의 착오. ○麟趾(인지) - 기린의 발. 褭蹏(뇨제)는 말발굽. 말의 복부에 끈을 매어 흔들리게 하는 것이 褭(낭창거릴 뇨, 裊와 同)이다. 여기서 褭蹏(뇨제)는 금을 말발굽 모양의 틀에 부어서(馬蹄金) 화폐 대신 상으로 주거나 통용하겠다는 뜻. ○杜周 - 30권, 〈杜周傳〉에 杜周와 子 延年, 孫子 杜緩(두원)과

杜欽(두흠)을 입전했다.

〖國譯〗

太始 원년(前 96) 봄 정월, 인우장군 公孫敖(공손오)가 죄를 지어 허리를 잘라 죽였다. 郡國의 吏民과 豪桀(豪傑)을 茂陵縣(무릉현)과 雲揚縣(운양현)으로 이주시켰다.

여름 6월에, 천하의 죄인을 사면하였다.

(太始) 2년 춘 정월, 回中宮에 행차하였다.

3월, 조서를 내려 말했다. "有司가 의논하기를 지난번에 짐이 郊祭를 지낼 때 上帝께서 빛을 내리셨고, 서쪽 隴山에 올랐을 때는 白麟을 잡아 이를 종묘에 제사하였으며 渥洼水(악와수)에서는 天馬가 출생했고, 泰山에서 제사할 때는 黃金이 출현하였으니 옛 錢幣의 이름을 바꾸는 것이 좋을 것이라고 아뢰었다. 이제 황금 錢幣 형태를 기린의 발 모양(麟趾)과 천마 발굽(裊蹄)으로 바꾸어 祥瑞의 징표에 맞추고자 한다."

그리고 그것을 제후왕에서 나눠주었다.

가을, 날이 가물었다. 9월, 사형당할 죄인으로 속전 50만 전을 바칠 자를 모아 사형에서 1등급을 감형하였다. 어사대부 杜周(두주)가 죽었다.

原文

三年春正月, 行幸甘泉宮, 饗外國客.

二月, 令天下大酺五日. 行幸東海, 獲赤雁, 作〈朱雁之歌〉. 幸琅邪, 禮日成山. 登之罘, 浮大海. 山稱萬歲. 冬, 賜行所過戶五千錢, 鰥寡孤獨帛人一匹.

| 註釋 | ○(太始) 三年 - 前 94년. ○饗外國客 - 饗은 잔치할 향. ○〈朱雁之歌〉 - 〈禮樂志〉에 수록. ○禮日成山 - 禮는 제사하다. 成山은 今 山東半島의 成山角(동쪽 極端). ○登之罘 - 之罘山(지부산), 今 山東省 煙台市 之罘區, 之罘島. 罘는 그물 부.

〖國譯〗

(太始) 3년 봄 정월, 甘泉宮에 행차하여 外國 빈객에게 잔치를 베풀었다.

2월, 천하에 5일간 모여 술을 마셔도 좋다고 허용했다. 東海郡에 행차하여 붉은 기러기를 잡고서 〈朱雁之歌〉를 지었다. 琅邪(낭야)에 행차하여 날마다 成山에서 제사를 올렸다. 之罘山(지부산)에 올랐고 大海에서 배를 탔다. 山에서 만세 소리가 들렸다. 겨울에, 지나가는 곳의 민호에 5천 전씩 하사하였고 홀아비와 과부, 자식 없는 늙은이와 고아에게 비단 1인 1필을 하사하였다.

原文

四年春三月, 行幸泰山. 壬午, 祀高祖于明堂, 以配上帝, 因受計. 癸未, 祀孝景皇帝于明堂. 甲申, 修封. 丙戌, 禪石閭.

夏四月, 幸不其, 祠神人于交門宮, 若有鄉坐拜者. 作〈交門之歌〉.

夏五月, 還幸建章宮, 大置酒, 赦天下.

秋七月, 趙有蛇從郭外入邑, 與邑中蛇群鬪孝文廟下, 邑中蛇死.

冬十月甲寅晦, 日有蝕之.

十二月, 行幸雍, 祠五時, 西至安定, 北地.

| 註釋 | ○禪石閭 – 石閭山에서 地神에 제사하다. ○幸不其 – 不其(불기)는 현명. 今 山東省 卽墨市. 靑島市 동쪽. ○祠神人于交門宮 – 神人은 神仙. 교문궁은 낭야군에 무제가 지은 사당. ○趙 – 군국명. 치도는 邯鄲縣(今河北省 남부의 邯鄲市). ○邑中蛇死 – 〈五行志〉(下之下)에서는 이를 趙 출신 江充이 衛太子를 모함할 징조라고 설명하였다.

〖國譯〗

(太始) 4년 봄 3월, 泰山에 행차했다. 壬午日에 明堂에서 高祖를 제사하며 上帝의 곁에 위패를 배치했고 이어 군국의 치적을 보고받았다. 癸未日에 孝景皇帝를 明堂에 제사했다. 甲申日에 제천단을 보수하였다. 丙戌日에 石閭山에서 지신에게 제사했다.

여름 4월, 不其縣(불기현)에 행차하여 交門宮에서 신선에게 제사하였는데 마치 마주 앉은 사람에게 절하듯 하는 사람이 있어 〈交門之歌〉를 지었다.

여름 5월, 돌아오면서 建章宮에 행차하여 크게 술잔치를 벌렸고 천하 죄인을 사면하였다.

가을 7월에, 趙에 성곽 밖에서 읍내로 뱀이 들어와 읍내의 뱀과

孝文 廟堂 근처에서 떼를 지어 싸워 읍내 살던 뱀들이 죽었다.

겨울 10월 甲寅, 그믐에 일식이 있었다.

12월, 雍縣 五畤(오치)에 제사했다. 서쪽으로 安定郡과 北地郡에 행차하였다.

原文

征和元年春正月, 還, 行幸建章宮.

三月, 趙王彭祖薨.

冬十一月, 發三輔騎士大搜上林, 閉長安城門索, 十一日乃解. 巫蠱起.

| **註釋** | ○征和(정화) - 무제의 10번째 연호. 前 92 - 89. 延和(연화)의 오기로 보는 주석이 있다. ○趙王 彭祖(팽조, 敬肅王. 前 154-92년 在位) - 景帝의 아들. 53권, 〈景十三王傳〉에 입전. 彭祖는 800년을 살았다는 전설 속의 인물인데, 조왕 팽조는 장수하면서 괴팍한 성격으로 여러 相을 괴롭히거나 죽였다. ○巫蠱(무고) - 巫術로 남을 저주하다. 蠱는 독 고, 벌레 고. 惡氣.

〖**國譯**〗

征和(정화) 원년 봄 정월, 환궁하여 다시 建章宮에 행차하였다.

3월, 趙王 彭祖(팽조)가 죽었다.

겨울 11월, 三輔 지역의 騎士를 동원하여 上林苑을 대대적으로 수색했다. 長安 城門을 닫고 수색하여 11일 만에 그만두었다. 巫蠱

(무고) 사건이 있었다.

原文

二年春正月, 丞相賀下獄死.

夏四月, 大風發屋, 折木. 閏月, 諸邑公主,陽石公主皆坐巫蠱死.

夏, 行幸甘泉.

秋七月, 按道侯韓說,使者江充等掘蠱太子宮. 壬午, 太子與皇后謀斬充, 以節發兵與丞相劉屈氂大戰長安, 死者數萬人. 庚寅, 太子亡, 皇后自殺. 初置城門屯兵. 更節加黃旄. 御史大夫暴勝之, 司直田仁坐失縱, 勝之自殺, 仁要斬.

八月辛亥, 太子自殺於湖. 癸亥, 地震.

九月, 立趙敬肅王子偃爲平干王. 匈奴入上谷,五原, 殺略吏民.

| **註釋** | ○(征和) 二年 - 前 91년. ○丞相賀 - 朱安世란 사람이 승상 公孫賀의 아들인 太僕 公孫敬聲이 무고를 하였다고 고발하였고, 이에 陽石公主와 諸邑公主가 연관이 되어 公孫賀의 父子와 함께 모두 사형 당했다. 공손하는 66권, 〈公孫劉田王楊蔡陳鄭傳〉에 입전. ○行幸甘泉 - 무제는 감천궁에서 병이 나서 정양 중이었다. ○按道侯 韓說(한열, ?-前 91) - 韓王信의 曾孫, 弓高侯 韓頹當(한퇴당)의 손자. 무제의 명에 의거 강충을 돕고 있었다. ○掘蠱太子宮 - 강충은 胡人 巫女를 시켜 땅을 파서 偶人(우인, 나무인형)을

찾아내었다면서 무고한 사람을 체포했으며 밤에 도깨비와 굿을 한 자리도 찾아내었다고 보고했다. 그때마다 사람을 잡아 조사하면서 달군 쇠와 형구로 고문하고 불로 지지며 강제로 자백하게 하였다. 백성들도 서로 무고했다며 거짓으로 고발하며 관리들은 그때마다 大逆無道한 죄로 다스리니 연좌되어 죽은 자가 사건 전후로 수만 명이었다. ○丞相劉屈氂大戰長安 - 巫蠱의 禍는 형식상으로는 衛태자가 군사를 동원하여 江充(?-前 91)을 제거하려고 했지만, 사건은 위태자가 군사를 일으켜 승상의 군사와 싸운 것이 되었고 그 때문에 위태자는 반역자로 쫓기고 결국 자살한다. 이 무고의 화를 일으킨 장본인은 江充이다. 강충의 본명은 江齊(강제)로 그의 여동생이 악기를 잘 연주하고 가무에 뛰어나 趙의 태자 劉丹(유단)에게 시집을 갔다. 강제는 趙 敬肅王(유팽조)의 신임을 받는 상객이 되었다. 얼마 후 태자는 강제가 자신의 음란한 사생활을 왕에게 밀고한다고 의심하며 강제와 사이가 나빠졌고 관리를 시켜 체포하게 했으나 잡지 못하자 그의 父兄을 잡아 가두고 조사한 뒤 기시 형에 처했다. 강제는 자취를 감추고 도망하여 서쪽으로 關中(관중)으로 가서 이름을 江充으로 바꿨다. 武帝에 의해 신임을 얻고 무고행위를 조사한다고 위태자를 모함하였다. 나중에 무제에 의해 삼족이 멸족 당했다. 45권, 〈蒯伍江息夫傳〉 입전. ○御史大夫暴勝之, 司直田仁坐失縱 - 두 사람 다 상황 판단을 잘못하여 위태자가 장안성을 탈출하게 한 죄로 갇혔다가 자살하고 처형되었다. ○自殺於湖 - 湖縣, 縣名. 今 河南省 靈寶市.

〖國譯〗

(征和) 2년 봄 정월, 丞相 공손하가 옥중에서 죽었다.

여름 4월, 큰 바람에 집이 날아가고 나무가 부러졌다. 윤달에 諸邑公主와 陽石公主가 모두 巫蠱(무고)와 관련되어 죽었다.

여름, 甘泉宮에 행차하였다.

가을 7월, 按道侯 韓說(한열), 使者인 江充 등이 太子宮에서 무고의 증거를 파내었다. 壬午日, 太子와 衛皇后는 강충을 참살하기로 작정하고 부절로 發兵한 뒤에 丞相 劉屈氂(유굴리)와 長安에서 크게 싸워 죽은 자가 수만 명이었다. 庚寅日에 太子는 도망했고 衛皇后는 자살했다. 처음으로 각 성문에 군사를 주둔케 하였다. 부절을 바꿔 黃旄(황모)를 추가하였다. 御史大夫 暴勝之(포승지), 丞相司直(승상사직)인 田仁(전인)은 처신을 잘못했다 하여 포승지는 자살하고, 전인은 허리를 잘려 죽었다.

8월 辛亥日, 太子는 湖縣에서 자살하였다. 癸亥日에 지진이 일어났다.

9월, 趙 敬肅王의 아들 偃(언)을 平干王(평간왕)에 봉했다. 흉노가 上谷과 五原郡에 침입하여 관리와 백성을 죽이고 잡아갔다.

原文

三年春正月, 行幸雍, 至安定,北地. 匈奴入五原,酒泉, 殺兩都尉.

三月, 遣貳師將軍廣利將七萬人出五原, 御史大夫商丘成二萬人出西河, 重合侯馬通四萬騎出酒泉. 成至浚稽山與虜戰, 多斬首. 通至天山, 虜引去, 因降車師. 皆引兵還. 廣利敗, 降匈奴.

夏五月, 赦天下.

六月, 丞相屈氂下獄要斬, 妻梟首.

秋, 蝗. 九月, 反者<u>公孫勇</u>, <u>胡倩</u>發覺, 皆伏辜.

| 註釋 | ○(征和) 三年 - 前 90년. ○商丘成 - 巫蠱의 禍 때 위태자의 부장인 張光을 체포한 공으로 大鴻臚이던 商丘成은 秺侯(투후)가 되었다. ○重合侯馬通 - 나중에 莽通(망통)으로 改姓. 巫蠱의 禍 때 侍郎이던 莽通(망통)은 反將 如侯를 포획하여 重合侯에 봉해졌다. ○浚稽山(준계산) - 居延 이북, 蒙古 경내 杭愛山脈 남쪽. ○車師(거사) - 西域의 성곽 국가 이름. 姑師(고사)로도 표기. 지금 新疆省의 奇臺, 哈密, 吐魯番, 烏魯木齊 일대. 국도는 交河城(今 新疆省 투루판 서북 雅爾湖 서쪽). ○廣利敗, 降匈奴 - 이광리 여동생이 李夫人의 무제의 총애를 받다가 일찍 죽었고 이부인 소생의 창읍왕도 태자가 되지 못했다. 이광리의 형 李延年도 자연 세력을 잃었다. 李夫人은 행적은 97권, 〈外戚傳〉(上) 참고. ○丞相屈氂 - 66권, 〈公孫劉田王楊蔡陳鄭傳〉에 입전. ○反者 公孫勇,胡倩發覺 - 공손용은 城父縣令 역임. 사실 모반이라 할 것은 없고 가짜 관리를 사칭했던 사건이었다. 90권, 〈酷吏傳〉의 田廣明傳 참고.

〖國譯〗

(征和) 3년 봄 정월, 雍縣에 행차했다가 安定과 北地郡까지 갔다. 匈奴가 五原郡과 酒泉郡에 침입하여 都尉 2명을 살해했다.

3월, 貳師將軍 李廣利가 7만 병력을 거느리고 五原郡에서 출동했고, 御史大夫인 商丘成(상구성)은 2만 병력을 거느리고 西河에서, 重合侯인 馬通(莽通)은 4만 기병을 거느리고 酒泉郡에서 출정하였다. 상구성은 浚稽山(준계산)에 이르러 흉노와 싸워 많은 적을 죽였다. 馬通이 天山에 이르자 흉노는 스스로 물러나가 車師國을 굴복시켰다. 상구성과 마통은 군사를 이끌고 돌아왔다. 이광리는 패전하여 흉노에 투항했다.

여름 5월, 천하에 사면령을 내렸다.

6월, 승상 劉屈氂(유굴리)를 하옥했다가 허리를 잘라 죽였고 그 처는 梟首(효수)하였다.

가을, 蝗災(황재)가 있었다. 9월, 반역자 公孫勇(공손용)과 胡倩(호천)의 죄상이 발각되어 모두 법에 의거 처형했다.

原文

四年春正月, 行幸東萊, 臨大海.

二月丁酉, 隕石於雍, 二, 聲聞四百里.

三月, 上耕於鉅定. 還幸泰山, 修封. 庚寅, 祀於明堂. 癸巳, 禪石閭.

夏六月, 還幸甘泉.

秋八月辛酉晦, 日有蝕之.

| 註釋 | ○(征和) 四年 - 前 89년. ○東萊 - 군명. 치소는 掖縣(액현, 今山東省 煙臺市 관할의 萊州市). ○隕石 - 隕은 떨어질 운. ○二 - 2개. 2덩어리. ○鉅定 - 齊國의 縣名. 今 山東省 東營市 관할 廣饒縣. 東營市는 黃河 하류, 발해만 연안.

〖國譯〗

(征和) 4년 봄 정월, 東萊郡(동래군)에 행차하여 큰 바다 해안까지 갔다.

2월 丁酉日, 隕石(운석)이 雍縣(옹현)에 2개가 떨어졌는데 그 소리가 4백 리까지 들렸다.

3月, 무제는 鉅定縣에서 親耕하였다. 돌아오면서 泰山에 행차하여 제단을 보수하였다. 庚寅日에 明堂에 제사했다. 癸巳日에 石閭山(석려산)에서 地神에 제사했다.

여름 6월에 돌아와 甘泉宮에 행차하였다.

가을 8월 辛酉日 그믐, 日蝕이 있었다.

原文

後元元年春正月, 行幸甘泉, 郊泰畤, 遂幸安定.

昌邑王髆薨.

二月, 詔曰, "朕郊見上帝, 巡於北邊, 見群鶴留止, 以不羅罔, 靡所獲獻. 薦於泰畤, 光景並見. 其赦天下."

夏六月, 御史大夫商丘成有罪, 自殺. 侍中僕射莽河羅與弟重合侯通謀反, 侍中駙馬都尉金日磾, 奉車都尉霍光, 騎都尉上官桀討之.

秋七月, 地震, 往往湧泉出.

| 註釋 | ○後元 元年 - 前 88년. 後元年으로 된 판본도 있다. 무제의 마지막 연호. 연호가 '後元'이라는 주장이 있고 '征和後元'이라는 주장, 또 '後'라는 주장도 있는데 前 88 - 87년(昭帝가 계승)에 사용. ○昌邑王髆薨 - 哀王 劉髆(유박), 武帝와 李夫人 소생. 애왕의 아들 劉賀(유하)가 창읍국 왕위

를 계승했다. 이 劉賀가 재위 중에 昭帝가 후사 없이 죽자 霍光 등에 의해 옹립되어 즉위하였으나 27일 만에 폐위되었다. ○以不羅罔 – 그물로 잡지 않다. 봄철이라 잡게 하지 않았다. ○靡所獲獻 – 사냥한 것이 없었다. ○光景並見 – 見은 現. 어떤 현상이 일어나다. ○侍中僕射 莽河羅 – 侍中은 列侯 이하 郞中에 해당하는 加官의 직명. 시중은 궁중에 출입할 수 있고 황제의 측근으로 정사에 관여할 수 있었다. 위엄 있는 복장을 했으며 여러 시중 중 僕射 1인이 대표 역할을 했다. 侍中僕射(시중복야)는 시중의 우두머리, 僕射(복야)는 본래 우두머리란 뜻으로 각 분야별로 복야가 있었다. 侍中僕射, 博士僕射, 尙書僕射, 謁者僕射 등이 그 예이다. 射 벼슬 이름 야. 莽何羅(망하라)와 江充은 서로 친했는데 강충이 衛太子를 죽게 만들었을 때 망하라의 동생 망통은 太子軍을 토벌하는데 공이 있어 제후가 되었다. 뒷날 무제가 태자의 원통함을 알고서 강충의 종족과 무리를 멸족시켰다. 망하라 형제는 화가 닥칠 것이 두려워 반역을 모의하였다. ○侍中駙馬都尉 金日磾 – 金日磾(김일제)의 字는 翁叔으로, 본래 匈奴 休屠王(휴저왕)의 太子이었다. 14세에 漢에 투항. 무제의 철저한 신임을 한 몸에 받고 있었다. 무제가 죽기 직전 곽광과 김일제에게 태자를 부탁했다. 68권, 〈霍光金日磾傳〉에 입전. ○奉車都尉 霍光(곽광, ?–前 68) – 宣帝의 麒麟閣(기린각) 11功臣 중 첫째. 명장 霍去病의 異母弟. 昭帝 上官皇后의 外祖父. 宣帝 霍皇后의 친부. 大司馬, 大將軍 역임. 封 博陸侯. 諡號 宣成. 武帝, 昭帝, 宣帝를 섬김. 사후에 아들(霍禹)의 모반에 의해 멸족. 霍 빠를 곽.

〖國譯〗

後元 元年(前 88) 봄 정월, 무제는 甘泉宮에 행차하여 泰畤(태치)에서 郊祭를 지내고 나중에는 安定郡까지 행차하였다. 昌邑王 髆(박)이 죽었다.

2월, 조서를 내려 말했다. "짐이 天神에 제사할 때 上帝께서 강림하셨으며 북변을 순행할 때 많은 학이 떼를 지어 있었으나 그물로 잡게 하지 않았기에 제물로 바칠 것이 없었다. 泰畤에 제사할 때도 밝은 빛이 비추었도다. 천하의 죄인을 사면토록 하라."

여름 6월, 어사대부 商丘成(상구성)이 죄를 짓고 자살하였다. 侍中僕射(시중복야)인 莽河羅(망하라)와 그 동생 重合侯 莽通(망통, 馬通)이 모반하자, 侍中駙馬都尉인 金日磾(김일제)와 奉車都尉인 霍光(곽광), 騎都尉인 上官桀(상관걸) 등이 토벌하였다.

가을 7월에, 地震이 났고 여러 번 涌泉(용천)에 물이 솟구쳤다.

原文

二年春正月, 朝諸侯王於甘泉宮, 賜宗室.

二月, 行幸盩厔五柞宮. 乙丑, 立皇子弗陵爲皇太子. 丁卯, 帝崩於五柞宮, 入殯於未央宮前殿.

三月甲申, 葬茂陵.

| 註釋 | ○(後元) 二年 - 前 87년. ○盩厔五柞宮 - 盩厔(주질)은 현명. 今 陝西省 西安市 관할의 周至縣. 盩 칠 주. 厔 막을 질. 五柞宮(오작궁) - 離宮의 이름. 柞 나무 이름 작. 떡갈나무. ○皇子弗陵 - 鉤弋夫人(구익부인 鉤弋은 宮名)인 趙婕妤(조첩여) 소생의 劉弗陵. 8세에 즉위하였다. ○乙丑일은 12일. 丁卯는 14일, 3월 甲申은 초 2일. ○茂陵(무릉) - 무제가 建元 2년부터 조성하기 시작한 자신의 능. 밑변의 사방 길이 각 240m, 높이 46m. 정상부분 길이 동서 30m, 남북 35m로 漢 제왕의 능묘 중 최대 규모. 능 주변에

전국의 부호를 이주시키면서 무릉현을 설치.(이를 陵縣이라 한다.)

〖國譯〗

(後元) 2년 봄 정월, 감천궁에서 제후 왕들의 朝賀를 받고 종실에 賞賜하였다.

2월, 盩厔縣(주질현)의 五柞宮(오작궁)에 행차하였다. 乙丑日에 皇子 弗陵(불능)을 皇太子로 책립하였다. 丁卯日에 무제는 五柞宮(오작궁)에서 붕어하였고 殯宮(빈궁)을 未央宮 前殿으로 옮겼다.

3월 甲申日, 茂陵(무릉)에 장례했다.

原文

贊曰, 漢承百王之弊, 高祖撥亂反正, 文,景務在養民, 至於稽古禮文之事, 猶多闕焉. 孝武初立, 卓然罷黜百家, 表章《六經》. 遂疇咨海內, 擧其俊茂, 與之立功. 興太學, 修郊祀, 改正朔, 定曆數, 協音律, 作詩樂, 建封禪, 禮百神, 紹周後, 號令文章, 煥焉可述. 後嗣得遵洪業, 而有三代之風. 如武帝之雄材大略, 不改文,景之恭儉以濟斯民, 雖《詩》,《書》所稱, 何有加焉!

| 註釋 | ○撥亂反正 - 혼란을 안정시켜 正으로 돌아가게 하다. ○卓然罷黜百家 - 卓然은 여럿 중에서 뛰어난 모양. 罷黜(파출)은 파면하여 내쫓다. 斥罷. 百家는 유가 이외의 잡설. ○疇咨 - 여럿이 의논하여 인재를 구하다.

疇諮와 같음. 海內는 천하. ○擧其俊茂 – 俊茂(준무)는 뛰어난 인재. ○禮百神 – 百神을 제사하다. ○號令文章 – 제도로 천하를 호령하고 이끌다. ○何有加焉 – 무제의 雄才大略을 백성의 구제와 문물정비에 경주했더라면《詩經》이나《書經》에 실려 있는 聖君에 대한 칭송만큼 훌륭했을 터인데 그러하지 못했다는 班固의 아쉬움이 들어있다.

〖國譯〗

班固의 論贊 : 漢은 역대의 모든 적폐를 물려받았지만 高祖는 혼란을 안정시켜 正道를 확립하였고, 文帝와 景帝는 養民에 노력하였으나 古代 예악이나 문물제도를 갖추려는 노력은 많이 부족하였다. 孝武帝가 즉위하면서 탁월한 식견으로 잡가의 학설을 내쫓고《六經》의 지위를 확립하였다. 그리고 천하 안정을 도모할 인재를 찾고 뛰어난 준걸을 천거하게 하여 그들로 하여금 공적을 이룩하게 하였다. 太學을 일으켰으며 郊祀를 정비하였고 正朔을 개정했으며, 曆法을 개정하고 音律의 표준을 정했으며, 詩樂을 지었고 封禪제도를 확립하였으며, 百神에게 제사를 올리고 周의 전통을 이어가면서 文章과 제도를 정비하였으니 그 빛나는 업적은 칭송할 만하였다. 무제는 後嗣가 이어갈 대업을 마련하면서 夏, 殷, 周 三代의 기풍을 구비하였다. 만약 武帝의 그만한 雄材와 大略으로 文帝와 景帝의 恭儉을 바꾸지 않고 백성을 구제했더라면《詩》나《書》에 나타난 칭송보다 더 낫지 않았겠는가?

7 昭帝紀
〔소제기〕

原文

孝昭皇帝, 武帝少子也. 母曰趙婕妤, 本以有奇異得幸, 及生帝, 亦奇異. 語在〈外戚傳〉. 武帝末, 戾太子敗, 燕王旦,廣陵王胥行驕嫚, 後元二年二月上疾病, 遂立昭帝爲太子, 年八歲. 以侍中奉車都尉霍光爲大司馬大將軍, 受遺詔輔少主. 明日, 武帝崩. 戊辰, 太子卽皇帝位, 謁高廟. 帝姊鄂邑公主益湯沐邑, 爲長公主, 共養省中. 大將軍光秉政, 領尙書事, 車騎將軍金日磾,左將軍上官桀副焉.

夏六月, 赦天下.

秋七月, 有星孛於東方. 濟北王寬有罪, 自殺. 賜長公主及宗室昆弟各有差. 追遵趙婕妤爲皇太后, 起雲陵.

冬, 匈奴入朔方, 殺略吏民. 發軍屯西河, 左將軍桀行北邊.

| **註釋** | ○孝昭皇帝 – 재위 前 86–74년. ○母曰趙婕妤 – 무제를 처음 뵐 때 여인은 두 손을 다 주먹을 쥐고 있어 펴지지 않았는데 무제가 직접 펴려고 하자 손이 저절로 펴졌다고 한다. 이 때문에 총애를 받았는데 拳夫人이라고 불렀다. 婕妤(첩여)는 倢伃(첩여)로도 표기. 《漢書》 내에서도 혼용. 황후 이외의 비빈 14등급 중 昭儀 아래인 2등급으로 外朝의 上卿에 해당, 작위로는 열후에 해당하는 女官. 鉤弋(구익)부인 趙婕妤(조첩여)는 사소한 일로 무제의 견책을 받고 걱정 끝에 죽었다. ○及生帝, 亦奇異 – 임신 14개월만인 太始 3년에 소제를 낳았는데, 堯도 14개월에 태어났다면서 조첩여의 궁궐 문을 '堯母門(요모문)'이라고 불렀다. ○燕王旦,廣陵王胥 – 武帝의 3子, 4子. 63권, 〈武五子傳〉에 입전. ○爲大司馬大將軍 – 大司馬는 加官. 太尉를 폐하고 大司馬란 加官을 설치. 大將軍과 連稱. 軍政大權을 장악한 최고 실권자. 승상보다 상위. ○帝姊鄂邑公主 – 鄂邑(악읍)은 탕목읍 이름. ○爲長公主 – 황제의 자매를 장공주라 칭했다. 악읍공주는 蓋長公主라고도 호칭. 省中은 공주의 거소. 궁궐. ○領尙書事 – 尙書는 어전에서 문서나 명령 전달하는 하급 관원. 少府에 소속. 尙은 主의 뜻. 領尙書事의 領은 상위 직급자가 하위 업무를 겸임하는 것. 그 업무를 감독하는 뜻이지 직책을 직접 수행하는 것은 아니다. ○起雲陵 – 昭帝의 모친은 雲陽에 묻혔는데 황태후로 추존되었기에 雲陵이라 호칭. ○金日磾(김일제) – 본래 흉노 귀화인 무제의 신임을 받았다. ○上官桀(상관걸) – 上官은 複姓(복성).

〖國譯〗

孝昭皇帝은 武帝의 막내아들이었다. 모친은 趙婕妤(조첩여)로 본래 기이한 행적이 있어 총애를 받았고 소제를 낳을 때도 기이한 일이 있었다(임신 14개월에 출산). 이는 〈外戚傳〉(上)에 실려 있다.

武帝 말기에 戾太子는 이미 죽었고 燕王 旦(단)과 廣陵王 胥(서)는 행실이 교만하였는데 後元 2년 2월에 무제가 병이 들자, 곧 昭帝를

太子로 정했는데 그때 나이 8세였다. 侍中이며 奉車都尉인 霍光(곽광)을 大司馬 大將軍에 임명하여 유조를 받아 어린 주군을 보필케 하였다. 그 다음 날 武帝는 붕어하였다. 戊辰日에 太子는 皇帝로 즉위하고 고조의 묘당을 알현하였다. 황제의 누나인 鄂邑公主(악읍공주)는 湯沐邑을 더 받았고 長公主로서 궁중에서 소제를 봉양하였다. 大將軍 곽광은 정권을 잡아 尙書事를 감독하였고, 車騎將軍 金日磾(김일제)와 左將軍 上官桀(상관걸)이 副職을 맡았다.

여름 6월, 천하 죄인을 사면하였다.

가을 7월, 패성이 동방에 나타났다. 濟北王 寬(관)이 죄를 짓고 자살했다. 長公主와 宗室 형제에게 차등을 두어 물품을 하사했다. 趙婕妤를 皇太后로 추존하고 雲陵을 수축했다.

겨울에, 匈奴가 朔方郡에 침입하여 관리와 백성을 죽이고 잡아갔다. 군사를 동원하여 西河郡에 주둔케 하고 左將軍 上官桀에게 북쪽 변경을 순찰케 했다.

原文

始元元年春二月, 黃鵠下建章宮太液池中. 公卿上壽. 賜諸侯王列侯宗室金錢各有差.

己亥, 上耕於鉤盾弄田.

益封燕王廣陵王及鄂邑長公主各萬三千戶.

夏, 爲太后起園廟雲陵. 益州廉頭姑繒,牂柯談指,同並二十四邑皆反. 遣水衡都尉呂破胡募吏民及發犍爲,蜀郡奔命擊益州, 大破之. 有司請河內屬冀州, 河東屬幷州.

秋七月, 赦天下, 賜民百戶牛酒. 大雨, 渭橋絶.

八月, 齊孝王孫劉澤謀反, 欲殺青州刺史雋不疑, 發覺, 皆伏誅. 遷不疑爲京兆尹, 賜錢百萬.

九月丙子, 車騎將軍日磾薨.

閏月, 遣故廷尉王平等五人持節行郡國, 擧賢良, 問民所疾苦冤失職者.

冬, 無冰.

| 註釋 | ○始元 – 前 86–81년. ○黃鵠 – 鵠은 고니 곡. 漢은 土德의 국가이라서 黃色을 높였기에 祥瑞로 받아들였다. ○鉤盾弄田 – 鉤盾은 少府 소속의 鉤盾署. 환관이 책임자. 미앙궁에 위치. 弄田은 재미삼아 놀이로 농사짓는 곳. 소제는 당시 9세였다. ○益州廉頭姑繒,牂柯談指,同並 – 益州와 牂柯(장가)는 군명, 나머지는 읍명. ○水衡都尉 – 무제 때 처음 설치한 관직명. 上林苑 관리와 황실의 재물 및 鑄錢 담당. 秩祿 二千石. ○奔命(분명) – 각 군국의 비상 예비군. ○有司請河內屬冀州～ – 河內郡과 河東郡은 司隸校尉 소속이었는데 冀州자사부와 幷州자사부로 소속을 바꿔야 한다는 뜻. ○渭橋絶 – 漢代 장안의 渭水에는 東, 中, 西渭橋가 있었다. ○劉澤謀反 – 燕王 劉澤(?–前 178, 고조의 再從 형제로 文帝 때 燕王에 被封. 5권, 〈荊燕吳傳〉에 입전)이 아니라 齊王 劉澤(?–前 86, 齊 孝王 劉將閭의 손자)은 武帝 사후 昭帝가 즉위한 始元 元年(前 86)에 燕王 劉旦(유단, 실질적 주동자), 中山靖王 劉長과 결탁하여 모반을 계획했었다. 63권, 〈武五子傳〉 중 燕 刺王 劉旦의 기록 참고. ○雋不疑(전불의, 생졸년 미상) – 雋 새 살찔 전. 성씨 전. 우수할 준. 青州刺史는 齊郡, 齊南, 千乘, 平原 등 6郡과 淄川國 등 3國을 감찰하였다.

○京兆尹 – 京兆尹, 右扶風, 左馮翊을 三輔라 한다. 행정구역 급으로는 太守와 동급이지만 질록도 많고 직위가 높아 9卿의 반열에 들었다.

〖國譯〗

始元 원년(前 86) 봄 2월, 黃鵠(황곡)이 建章宮의 太液池(태액지) 중에 내렸다. 公卿이 황제에게 上壽하였다. 諸侯王과 列侯와 宗室에게 金錢을 차등을 두어 하사하였다. 己亥日에 皇上은 鉤盾署(구순서)의 弄田(농전)에서 親耕하였다.

燕王과 廣陵王 및 鄂邑長公主(악읍장공주)에게 각각 1만 3천 호의 식읍을 늘려주었다.

여름, 太后의 園廟인 雲陵을 증축하였다. 益州郡의 廉頭(염두), 姑繒(고증), 牂柯郡(장가군)의 談指(담지)와 同並(동병) 등 24개 읍에서 모두 반기를 들었다. 水衡都尉인 呂破胡(여파호)를 보내 吏民을 모집하고 犍爲郡(건위군), 蜀郡(촉군)의 비상 예비군(奔命)을 동원하여 益州의 반군을 토벌해서 크게 이겼다. 有司가 河內郡을 冀州(기주)자사부에, 河東郡을 幷州(병주)자사부에 소속시키겠다고 상주하였다.

가을 7월, 천하의 죄인을 사면하고 백성 1백 호 단위로 소고기와 술을 하사하였다. 큰 비로 渭水의 다리가 끊겼다.

8월, 齊 孝王의 손자인 劉澤(유택)이 모반하면서 青州刺史인 雋不疑(전불의)를 살해하려다가 발각되어 모두 처형되었다. 전불의를 京兆尹으로 승진시키고 1백만 전을 하사하였다.

9월 丙子日, 車騎將軍 金日磾(김일제)가 죽었다. 윤달, 이전에 廷尉이었던 王平(왕평) 등 5인을 보내 지절을 가지고 郡國을 순행하며 賢良을 천거하고 백성들의 질고와 억울한 일과 본업을 잃은 자가 없는지 살피게 하였다.

겨울에, 얼음이 얼지 않았다.

原文

二年春正月, 大將軍光,左將軍桀皆以前捕斬反虜重合侯馬通功封, 光爲博陸侯, 桀爲安陽侯. 以宗室毋在位者, 擧茂才劉辟彊,劉長樂皆爲光祿大夫, 辟强守長樂衛尉.

三月, 遣使者振貸貧民毋種食者.

秋八月, 詔曰, "往年災害多, 今年蠶麥傷, 所振貸種食勿收責, 毋令民出令年田租."

冬, 發習戰射士詣朔方, 調故吏將屯田張掖郡.

| 註釋 | ○二年 - 前 85년. ○劉辟彊(유벽강) - 楚 元王 劉交의 후손. 유벽강의 아들이 劉德(유덕, ?-前 57), 유덕의 아들이 학자로 유명한 劉向, 유향의 아들이 劉歆(유흠). 6권, 〈楚元王傳〉에 附傳. ○辟彊守長樂衛尉 - 유벽강은 당시에 80세가 넘어 임시 장락위위를 제수했다가 宗正으로 옮겼지만, 곧 죽었다. 守는 맡을 수(受而掌之). 長樂은 궁궐명. 衛尉는 警衛 책임자. ○振貸貧民毋種食者 - 振貸는 賑貸. 毋는 無. 種은 種子. 食은 糧食. ○張掖 - 군명. 치소는 觻得縣(역득현). 今 甘肅省 張掖市.

〖國譯〗

(始元) 2년 봄 정월, 대장군 곽광, 좌장군 상관걸은 전에 반역자인 重合侯 馬通을 잡아 처단한 공을 세웠는데 이에 곽광을 博陸侯(박륙

후)에, 상관걸을 安陽侯에 봉했다. 宗室 중 벼슬이 없는 자 중에서 茂才로 천거된 劉辟彊(유벽강)과 劉長樂(유장락)을 光祿大夫에 임명하였는데 유벽강은 임시 長樂宮 衛尉였다.

3월, 使者을 보내 백성 중에 종자와 양식이 없는 자를 구제케 하였다.

가을 8월, 조서를 내려 말했다. "왕년에 재해가 많았고 금년에는 누에와 보리가 흉년이라 하니 종자와 양식을 빌려간 백성들의 상환을 면제하고, 또 백성의 금년 전조를 징수하지 말라."

겨울, 전투 경험이 있는 射士를 징발하여 朔方郡에 보냈고 옛 관리나 하급 장교를 등용하여 장액군에 보내 屯田케 하였다.

原文

三年春二月, 有星孛於西北.

秋, 募民徙雲陵, 賜錢田宅.

冬十月, 鳳皇集東海, 遣使者祠其處.

十一月壬辰朔, 日有蝕之.

| 註釋 | ○(始元) 三年 - 前 84년. ○鳳皇集東海 - 鳳皇은 鳳凰, 神鳥. 東海는 郡名.

〖國譯〗

3년 봄 2월, 孛星(패성, 살별)이 서북 하늘에 나타났다.

가을, 백성을 모아 雲陵에 이사했는데 돈과 농지와 집을 하사하였다.

겨울 10월, 鳳皇이 東海郡에 모여들었는데 관리를 보내 그곳에 제사하게 했다.

11월 壬辰 초하루, 일식이 있었다.

原文

四年春三月甲寅, 立皇后上官氏. 赦天下. 辭訟在後二年前, 皆勿聽治.

夏六月, 皇后見高廟. 賜長公主,丞相,將軍,列侯,中二千石以下及郞吏,宗室錢帛各有差. 徙三輔富人雲陵, 賜錢, 戶十萬.

秋七月, 詔曰, "比歲不登, 民匱於食, 流庸未盡還. 往時令民共出馬, 其止勿出. 諸給中都官者, 且減之."

冬, 遣大鴻臚田廣明擊益州. 廷尉李種坐故縱死罪棄市.

| 註釋 | ○(始元) 四年 – 前 83년. ○皇后上官氏 – 상관걸의 아들 上官安과 곽광의 딸이 결혼했었고 상관안의 딸(곽광의 외손녀)이 소제의 황후가 되었다. ○辭訟在後二年前 – 무제의 後元 2년, 곧 소제 즉위 이전의 소송사건. ○民匱於食 – 匱는 함 궤, 동나다. 匱乏(궤핍)의 뜻. ○流庸未盡還 – 流庸(유용)은 떠돌이 품팔이꾼. 流民. 庸은 傭(품팔이 용). ○中都官 – 京師의 모든 官府. ○田廣明 – 宣帝(선제) 옹립에도 참여. 90권, 〈酷吏傳〉에 입전.

〖國譯〗

(始元) 4년 봄 3월 甲寅, 皇后 上官氏를 책립했다. 천하 죄인을 사면하다. 後 二年 前(소제 즉위 이전)의 소송사건 모두를 治罪하지 않게 하였다.

여름 6월, 皇后가 高廟에 참배하였다. 長公主, 丞相, 將軍, 列侯 및 中二千石 이하 郞吏까지 관리와 宗室들에게 금전과 비단을 차등 있게 하사하였다. 三輔 지역의 부자를 雲陵에 이주시키면서 1호당 10만전 씩 하사하였다.

가을 7월, 조서를 내려 말했다.

"해마다 흉년이 들어 백성들의 양식이 궁핍하고 유민들을 본향에 다 돌려보내지도 못했다. 그전에 백성들의 말을 바치게 하는 법이 있었는데 그 법을 폐지하도록 하라. 경사의 관청에 지급하던 금전도 일단 감액하도록 하라."

겨울, 大鴻臚(대홍려) 田廣明을 파견하여 益州를 토벌했다. 廷尉 李種(이종)이 고의로 사형할 죄수를 풀어준 죄를 지어 棄市(기시)했다.

原文

五年春正月, 追尊皇太后父爲順成侯. 夏陽男子張延年詣北闕, 自稱衛太子, 誣罔, 要斬.

夏, 罷天下亭母馬及馬弩關.

六月, 封皇后父驃騎將軍上官安爲桑樂侯.

| 註釋 | ○(始元) 五年 - 前 82년. ○夏陽 - 左馮翊의 縣名. 今 陝西省 渭南市 관할 韓城市 남쪽. ○自稱衛太子 - 夏陽縣에 方遂(방수, 또는 張延年)라는 점쟁이가 있었는데, 우연히 衛太子의 舍人이 방수를 찾아와 점을 치다가 '모습이 위태자와 닮았다.' 고 말했다. 그 점쟁이가 昭帝 재위 중에 궁궐 앞에 와서 위태자를 자칭하자 모두 놀랐는데, 이를 雋不疑(전불의)가 잡아 요참형에 처했다. 71권, 〈雋疏于薛平彭傳〉 참고. ○罷天下亭母馬及馬弩關 - 武帝 때 흉노 원정에 말이 부족하자 모든 亭에서 암말을 사육하게 하였고 關中에서 기른 말 중에서 일정한 기준에 해당하는 말과 강한 활은 關東으로 반출할 수 없다는 법령이 있었다. 이때 폐지했다.

〖國譯〗

(始元) 5년 봄 정월, 皇太后 부친(上官安)을 順成侯에 봉했다. 夏陽縣의 男子 張延年이 北闕에 와서 (죽은) 衛太子를 자칭했는데 거짓이라서 허리를 잘라 죽였다.

여름, 모든 亭(정)에서 기르는 어미말과 말 그리고 强弓(弩)을 關外로 보낼 수 없다는 법령을 폐지했다.

6월, 황후의 부친 驃騎將軍 上官安을 桑樂侯에 봉했다.

原文

詔曰, "朕以眇身獲保宗廟, 戰戰慄栗, 夙興夜寐, 修古帝王之事, 誦《保傅傳》,《孝經》,《論語》,《尙書》, 未云有明. 其令三輔,太常擧賢良各二人, 郡國文學高第各一人. 賜中二千石以下至吏, 民爵, 各有差."

罷儋耳,眞番郡.

秋, 大鴻臚廣明, 軍正王平擊益州, 斬首捕虜三萬餘人, 獲畜産五萬餘頭.

| **註釋** | ○眇身 – 작은 몸. 황제가 자신을 겸손하게 지칭하는 말. ○戰戰慄栗 – 戰慄(전율). ○《保傅傳》– 賈誼(가의)가 태자에게 예의를 가르칠 목적으로 편찬한 책. ○太常 – 종묘 제사 담당, 국가 의례와 박사와 弟子員(太學生) 선발, 교육 담당, 9경의 하나. ○賢良各二人 – 賢良은 추천에 의한 인재 등용으로 가장 중시한 영역. 才德이 고루 출중한 인재. ○文學高第 – 文學은 儒家 學說, 또는 관직명으로 각 郡國에 설치. 文學掾(문학연) 또는 文學史라고도 칭함. 郡國의 교육 담당. ○罷儋耳,眞番郡 – 罷는 폐지하다. 儋耳郡(담이군)은 무제 때 설치했다가(前 110) 폐지하여 珠厓(주애) 郡에 병합. 眞番(진번)은 무제 元封 3년(전 108)에 설치. 臨屯郡도 동시 폐지. ○軍正王平 – 軍正은 軍法 담당관, 王平은 인명.

〖**國譯**〗

조서를 내려 말했다.

"朕은 어린 몸으로 홀로 종묘를 지켜야 하니 몹시 두려우며 아침 일찍부터 밤늦도록 옛 帝王의 치적을 배우고 《保傅傳》이나 《孝經》, 《論語》와 《尙書》를 공부하지만 아직은 다 깨우치지를 못했다. 三輔와 太常은 賢良을 각 2명씩, 郡國에서는 文學으로 뛰어난 자를 각 1명씩 천거토록 하라. 中二千石에서 하급 관리까지, 또 백성에게 작위를 차등을 두어서 하사토록 하라."

儋耳(담이)와 眞番(진번) 郡을 폐지했다.

가을에, 大鴻臚 田廣明과 軍正인 王平(왕평)을 보내 益州를 토벌케 하여 적 3만여 명을 참수하거나 생포하고 가축 5만여 마리를 포획했다.

原文

六年春正月, 上耕於上林.

二月, 詔有司問郡國所擧賢良文學,民所疾苦. 議罷鹽鐵, 榷酤. 移中監蘇武前使匈奴, 留單于庭十九歲乃還, 奉使全節, 以武爲典屬國, 賜錢百萬.

夏, 旱, 大雩, 不得擧火.

秋七月, 罷榷酤官, 令民得以律占租, 賣酒升四錢. 以邊塞闊遠, 取天水,隴西,張掖郡各二縣置金城郡.

詔曰, "鉤町侯毋波率其君長人民擊反者, 斬首捕虜有功. 其立毋波爲鉤町王. 大鴻臚廣明將率有功, 賜爵關內侯, 食邑."

| 註釋 | ○詔有司問郡國~ - 所擧한 賢良과 文學에게 民이 겪는 疾苦에 대하여 물어보라(問). ○議罷鹽鐵,榷酤 - 이 의논이 유명한 鹽鐵議이다. 국가에서 소금과 鐵, 술을 전매하여 국가 수입을 증대시키는 정책에 대하여 그 폐지를 주장하는 賢良文學之士와의 토론. 그 토론에서 논의한 것을 기록 정리한 것이 桓寬(환관, 汝南國의 相)의 《鹽鐵論》이다. 대화체로 서술. 총 10권 60편. 前漢 후기의 정치, 경제, 사회, 사상과 당시 중앙과 지방의 형세를 파

악할 수 있는 주요 문헌. ○移中監 蘇武(이중감 소무, ?－前 60) － 中郞將으로 흉노에 사신으로 갔다가 억류(前 100년). 昭帝 始元 6년(前 81) 봄에 장안으로 돌아왔다. 移中監(이중감, 移中廏監)은 관직명. 말, 사냥 매, 사냥 개, 馬具를 관리하는 移園(이원)의 감독관. 移는 산 앵두나무(唐棣) 체. 마구간 이름 이. 54권, 〈李廣蘇建傳〉에 입전. ○單于庭 － 흉노 선우의 직할지. 흉노는 유목이 본업이기에 국가의 수도가 없지만 선우의 직할지를 선우정이라 하였다. ○典屬國 － 직명. 변방 군현에 자신의 습속을 유지하며 살아가는 이민족 거주지를 屬國이라 했는데, 이들 속국 관리를 담당하는 부서. ○大雩 － 雩는 기우제 우. ○榷酤官(각고관) － 술 전매 담당관. 酤는 술 살 고. 계명주 고(하룻밤 사이 익힌 술). ○以律占租 － 술을 판 이득에 따라 稅를 납부하다. 성실납세하지 않으면 처벌을 받았다. ○賣酒升四錢 － 술의 상한가를 정해 폭리를 취하게 하지 않았다. 《염철론》에 의하면 鹽, 鐵, 酒의 전매제도가 완전 폐지된 것은 아니라는 주석이 있다. ○金城郡 － 치소 允吾縣(今 甘肅省 臨夏回族自治州 永靖縣. 蘭州市 西). ○鉤町侯毋波 － 鉤町(구정)은 종족명. 牂柯郡(장가군) 일대 거주(今 雲南省 文山壯族苗族自治州 관할 廣南縣 일대). 毋波(무파)는 인명. 毋는 성.

〖國譯〗

(始元) 6년 봄 정월, 황상은 上林苑에서 친경했다.

2월, 조서로 담당자에게 郡國에서 천거한 賢良과 文學의 인재에게 백성이 겪는 고통에 대하여 물어보게 하였다. 鹽과 鐵과 술의 전매를 혁파 여부를 논의하였다. 移中監인 蘇武(소무)는 전에 흉노에 사신으로 갔다가 單于(선우) 직할지에 억류되었다가 19년 만에 환국하였는데 사절로 나라의 존엄을 지켰기에 소무를 典屬國에 임명하고 錢 百萬을 하사하였다.

여름, 날이 가물어 성대하게 기우제를 지냈고 기우제를 올릴 때 불을 피우지 못하게 했다.

가을 7월, 술 전매관을 폐지하였고 술을 판 백성은 율령에 의거 납세케 하였는데 술 1升(0.2리터)에 4전씩 팔았다. 변방 郡의 지역이 너무 넓어 天水, 隴西, 張掖郡에서 각각 2현을 떼어 金城郡을 설치하였다.

조서를 내려 말했다. "鉤町侯(구정후) 毋波(무파)는 그 君長과 인민에 솔선하여 반역자를 참수하고 생포하였다. 毋波를 鉤町王으로 책립토록 하라. 大鴻臚(대홍려)인 田廣明(전광명)은 군사를 거느려 공을 세웠으니 관내후의 작위와 식읍을 하사하라."

原文

元鳳元年春, 長公主共養勞苦, 復以藍田益長公主湯沐邑. 泗水戴王前薨, 以毋嗣, 國除. 後宮有遺腹子煖, 相,內史不奏言, 上聞而憐之, 立煖爲泗水王. 相,內史皆下獄.

三月, 賜郡國所選有行義者涿郡韓福等五人帛, 人五十匹, 遣歸. 詔曰, "朕閔勞以官職之事, 其務修孝弟以孝鄉里. 令郡,縣常以正月賜羊酒. 有不幸者賜衣被一襲, 祠以中牢."

武都氐人反, 遣執金吾馬適建,龍額侯韓增,大鴻臚廣明將三輔,太常徒, 皆免刑擊之.

| **註釋** | ○元鳳 – 前 80–75년. ○共養 – 供養. ○藍田 – 縣名. 今 陝西省 西安市 藍田縣. 咸陽에 들어가는 길목. ○遺腹子煖 – 煖은 따뜻할 훤(煖 xuān), 따뜻할 난. 泗水國(사수국)의 治所는 淩縣(능현, 今 江蘇省 北部 宿遷市 泗陽縣 서북). 무제가 劉安世의 동생 劉賀(유하)를 사수국왕에 봉하니 이가 戴王(대왕)이었다. 53권, 〈景十三王傳〉 중 常山憲王 劉舜傳 참고. ○相,內史 – 제후국의 相은 제후국 관리를 통솔. 內史는 실질적 행정 담당. ○有不幸者 – 不幸은 죽다. ○中牢 – 제사의 희생물이 羊과 豚. 大牢는 中牢 + 牛. ○武都氐人反 – 군명. 치소는 武都縣(今 甘肅省 남부 隴南市 관할 西和縣 서남). 氐(저)는 종족명, 漢代에 甘肅省, 靑海省 일대에 거주. ○執金吾 – 수도 일원(三輔)의 치안을 담당하는 中尉를 무제 때 개칭. 9경의 하나. 질록 中二千石. 황제 출행 시 경호 및 의장 담당. ○馬適建 – 馬適은 姓. 建은 名. ○龍額侯 韓增 – 韓王信의 후손. 한증은 어려서부터 충성하고 황제 3대를 섬긴 重臣이었다. 사람 됨됨이가 관대 온화하며 분수를 지켰고 부드러운 안색과 겸손한 언사로 아래 윗사람과 잘 어울려 실패하지 않았으며 保身을 잘해 총애를 받았지만 남다른 업적은 없었다. 33권, 〈魏豹田儋韓王信傳〉의 韓王信傳에 부전. ○太常徒 – 종묘 제사 담당. 황릉과 주변 陵縣을 관리. 능현의 죄수를 동원할 수 있었다.

〖國譯〗

元鳳 원년(前 80) 봄, 長公主는 소제의 供養에 노고가 있어 다시 藍田縣에 長公主의 湯沐邑을 추가 지급하였다. 그전에 泗水의 戴王(대왕)이 죽었는데 후사가 없어 나라를 없앴다. 그 후궁의 유복자 煖(훤)이 있었지만 相과 內史가 이를 보고하지 않았는데 황상이 알고서는 불쌍히 여겨 煖(훤)을 泗水王으로 책립하고 相과 內史는 모두 하옥시켰다.

3월, 郡國에서 선발 보고한 바른 행실의 涿郡(탁군) 사람 韓福 등 5인에게 각 50필의 비단을 하사하여 돌려보냈다. 그리고 조서를 내려 말했다.

"朕은 국가를 위해 수고하는 관리의 노고를 치하하며 향리에서 孝悌를 힘써 권장하기 바란다. 각 군과 현에서는 매년 정월에 양고기와 술을 하사하라. 그런 사람이 죽으면 수의와 이불 1벌을 하사하고 中牢(중뢰)를 써서 제사하라."

武都郡의 氐人(저인)이 반기를 들자 執金吾인 馬適建(마적건), 龍額侯 韓增(한증), 大鴻臚 田廣明(전광명)을 보내 三輔와 太常 관할 죄수의 형 집행을 면제시켜주고 반군을 공격하게 하였다.

原文

夏六月, 赦天下.

秋七月乙亥晦, 日有蝕之, 旣.

八月, 改始元爲元鳳.

九月, 鄂邑長公主,燕王旦與左將軍上官桀,桀子票騎將軍安, 御史大夫桑弘羊皆謀反, 伏誅. 初, 桀,安父子與大將軍光爭權, 欲害之, 詐使人爲燕王旦上書言光罪. 時上年十四, 覺其詐. 後有譖光者, 上輒怒曰, "大將軍國家忠臣, 先帝所屬, 敢有譖毁者, 坐之." 光由是得盡忠. 語在〈燕王〉,〈霍光傳〉.

| 註釋 | ○日有蝕之, 旣－旣는 개기일식. 〈五行志 下之下〉에는 '幾盡' 으로 기록. ○覺其詐－소제는 투서 내용의 日字와 거리 등을 따져 거짓임을 알았다. 이는 68권, 〈霍光金日磾傳〉의 霍光傳에 상세히 기록. ○語在 〈燕王〉－63권, 〈武五子傳〉.

〖國譯〗

여름 6월, 천하의 죄수를 사면했다.

가을 7월 乙亥 그믐, 일식이 있었는데 개기일식이었다.

8월, 始元을 元鳳으로 개원했다.

9월, 鄂邑(악읍) 長公主와 燕王 旦(단)이 左將軍 上官桀(상관걸), 상관걸의 아들 표기장군 上官安, 어사대부 桑弘羊(상홍양) 등이 함께 반역하여 형벌을 받아 죽었다. 그전에 상관걸과 상관안 부자와 대장군 곽광이 권력을 다투며 해치려고 거짓으로 사람을 시켜 연왕 유단이 곽광의 죄를 상서하게 하였다. 그때 소제는 14세였지만 상서 내용이 거짓임을 알았다. 뒷날 곽광을 참소하는 자가 있으면 소제는 그 때마다 화를 내며 말했다. "대장군 국가의 충신으로 先帝의 위촉을 받았는데 감히 참훼하는 자가 있다면 법에 의거 처리하겠다."

곽광은 이로써 더욱 충성을 다했다. 이는 〈燕王傳〉과 〈霍光傳〉에 실려 있다.

原文

冬十月, 詔曰, "左將軍安陽侯桀,票騎將軍桑樂侯安,御史大夫弘羊皆數以邪枉干輔政, 大將軍不聽, 而懷怨望, 與燕王通謀, 置驛往來相約結. 燕王遣壽西長,孫縱之等賂遺長公主,丁外人,謁者杜延年,大將軍長史公孫遺等, 交通私書, 共謀令長公主置酒, 伏兵殺大將軍光, 徵立燕王爲天子, 大逆毋道. 故稻田使者燕倉先發覺, 以告大司農敞, 敞告諫大夫延年, 延年以聞. 丞相徵事任宮手捕斬桀, 丞相少史王壽誘將安入府門, 皆已伏誅, 吏民得以安. 封延年,倉,宮,壽皆爲列侯."

又曰, "燕王迷惑失道, 前與齊王子劉澤等爲逆, 抑而不揚, 望王反道自新, 今乃與長公主及左將軍桀等謀危宗廟. 王及公主皆自伏辜. 其赦王太子建,公主子文信及宗室子與燕王,上官桀等謀反父母同產當坐者, 皆免爲庶人. 其吏爲桀等所詿誤, 未發覺在吏者, 除其罪."

| 註釋 | ○干輔政 – 조정의 일에 간여하다. ○壽西長 – 壽西는 복성. ○丁外人 – 과부인 長公主가 총애한 私夫. 私夫는 情夫. 外人은 闕外之人의 뜻. 당시에는 상당히 흔한 일이었다. 상관걸과 장공주의 관계가 밀접해지면서 상관걸 父子는 정외인에게 벼슬과 작위를 수여한다고 주장했으나 곽광은 끝까지 반대했다. ○謁者杜延年 – 다음의 諫大夫 杜延年과 同名異人. ○長史公孫遺 – 長史는 三公府나 大將軍府 속관의 우두머리. 질록 1천 석. ○稻田使者 – 大司農의 屬官. 燕倉(연창)의 아들이 長公主의 舍人이었기에 이런 정보를 얻었다. ○大司農敞 – 大司農은 국가 재정을 총괄. 질록 중이천석. 9卿의 하나. 敞은 楊敞(양창), 司馬遷의 사위. 양창의 작은 아들, 곧 사마천의 외손자 楊惲(양운)은 《太史公書》를 비로소 세상에 공개했다. 양창은 66권, 〈公孫劉田王楊蔡陳鄭傳〉에 입전. ○諫大夫延年 – 간대부는 질록 8백 석.

○徵事(징사) - 관직명. 질록 6백 석. ○丞相少史 - 소사는 질록 4백 석의 관직명. ○抑而不揚 - 아랫사람을 생각하여 드러내지 않다. ○反道自新 - 정도로 돌아와 스스로 새롭게 변하다. ○同產 - 同母 兄弟. ○未發覺在吏者 - 죄가 드러나지는 않았지만 아직 옥리나 형리에게 잡혀있는 관리.

〖國譯〗

겨울, 조서를 내렸다.

"左將軍 安陽侯인 上官桀(상관걸), 票騎將軍 桑樂侯인 上官安, 어사대부 桑弘羊(상홍양) 등은 모두 여러 번 터무니없는 주장으로 국사에 간여하려 했으나 대장군 곽광이 받아들이지 않자 이들은 원한을 품고 燕王과 通謀하면서 각 역에 그들끼리 연락할 수 있는 사람을 두기도 하였다. 燕王은 壽西長(수서장)과 孫縱之(손종지) 등을 통해 長公主와 丁外人에게 뇌물을 보냈고, 謁者(알자)인 杜延年(두연년)은 대장군의 長史인 公孫遺(공손유) 등을 통해 私書를 왕래하면서 長公主가 술자리를 마련한 뒤 伏兵으로 大將軍 곽광을 불러 살해한 뒤에 연왕을 불러 天子로 세우려는 모의를 하였으니 大逆無道한 일이다. 옛 稻田使者인 燕倉(연창)은 이를 먼저 알고서 大司農인 楊敞(양창)에게 알렸고, 양창은 諫大夫인 杜延年(두연년)에게 말하여 두연년이 이를 짐에게 보고하였다. 丞相의 徵事(징사)인 任宮(임궁)은 직접 상관걸을 잡아 죽였고, 丞相 少史인 王壽(왕수)는 상관안을 유인하여 승상부 문안으로 불러들여 모두를 법에 따라 죽여 버렸으니 이로써 관리와 백성이 안정되었다. 두연년과 연창, 임궁과 왕수를 모두 列侯에 봉하노라."

그리도 또 말했다.

"燕王은 迷惑(미혹)하여 正道를 잃고서 그전에도 齊王의 아들 劉澤(유택) 등과 반역을 하였지만 조정에서는 더 이상 조사하지 않고 연왕이 정도로 되돌아와 스스로 나아지길 기대했으나 이번에 長公主 및 左將軍 상관걸 등과 모의하여 종묘를 위태롭게 하였다. 연왕과 장공주는 모두 법에 따라 처리되었다. 燕王의 太子인 建(건)과 公主의 아들인 文信(문신) 및 종실 자제로 燕王이나 상관걸 등의 모반에 관여한 父母나 형제로 연좌된 자는 사면하지만 작위를 박탈하여 서인이 되게 하라. 관리로서 상관걸 등의 꾐에 빠졌거나 아직 죄상이 드러나지 않았으나 잡혀 있는 자는 그 죄를 더 이상 추궁하지 말라."

原文

二年夏四月, 上自建章宮徙未央宮, 大置酒. 賜郎從官帛, 及宗室子錢, 人二十萬. 吏民獻牛酒者賜帛, 人一匹.

六月, 赦天下. 詔曰, "朕閔百姓未贍, 前年減漕三百萬石. 頗省乘輿馬及苑馬, 以補邊郡三輔傳馬. 其令郡國毋斂今年馬口錢, 三輔,太常郡得以叔粟當賦."

| 註釋 | ○(元鳳) 二年 - 前 79년. ○未贍 - 不足하다. ○減漕 - 漕는 漕運. ○乘輿馬 - 황제가 타는 馬匹. ○傳馬 - 驛馬. ○馬口錢 - 牧民에게 양육하는 말의 숫자에 따라 징수하는 馬稅, 武帝 太初 2년(前 103)부터 징수. 다른 설명에 의하면, 말을 가진 자에게 口賦(미성년자에 대한 人頭稅)로 1人 年 20錢 外 3전을 추가로 더 징수하였다. ○太常郡 - 太常이 관할하는 陵縣이 所在하는 郡. ○叔粟 - 菽粟(숙속), 콩과 조. 菽은 콩 숙. 粟은 찧지 아니

한 곡물. 방아를 찧어 껍질을 벗긴 곡식은 米이다.

〖國譯〗

(元鳳) 2년 여름 4월, 황상은 建章宮에서 未央宮으로 옮겨와 잔치를 크게 벌였다. 郞官과 從官에게는 비단을, 종실 자제에게는 금전 1인 20만 전을 지급하였다. 조정에 소나 술을 바치는 관리나 백성에게는 비단을 1인 1필씩 하사케 했다.

6월에, 천하의 죄수를 사면하였다. 조서를 내려 말했다.

"짐은 백성들 생활이 아직도 궁핍하니 매우 안타깝도다. 작년에 조운하는 곡식 3백만 석을 경감했었다. 짐이 타는 말이나 苑에서 기르는 말을 많이 감축하여 邊郡이나 三輔 지역의 역마로 보내기 바란다. 각 郡國에서 금년의 馬口錢을 징수하지 않게 하고 三輔나 太常 관할의 군현에서는 콩이나 조로 賦稅를 징수토록 하라."

原文

三年春正月, 泰山有大石自起立, 上林有柳樹枯僵自起生. 罷中牟苑賦貧民. 詔曰, "乃者民被水災, 頗匱於食, 朕虛倉廩, 使使者振困乏. 其止四年毋漕. 三年以前所振貸, 非丞相,御史所請, 邊郡受牛者勿收責."

夏四月, 少府徐仁,廷尉王平,左馮翊賈勝胡皆坐縱反者, 仁自殺, 平,勝胡皆要斬.

冬, 遼東烏桓反, 以中朗將范明友爲度遼將軍, 將北邊七郡, 郡二千騎擊之.

| 註釋 | ○(元鳳) 三年 – 前 78년. ○大石自起立 – 泰山 萊蕪山의 남쪽에서 큰 돌이 저절로 일어섰고 그 주변에 흰 새 수천 마리가 주변에 모여 있었다. 上林苑의 큰 버들이 잘려 쓰러져 있었는데 저절로 일어나 살아났는데, 이런 현상을 眭弘(혜홍)은《春秋》의 뜻을 근거로 이는 人力이 아니니 필부에서 천자가 되는 사람이 있다는 뜻이라고 말했다. 75권, 〈眭兩夏侯京翼李傳〉 중 眭弘傳 참고. ○枯僵 – 죽어 쓰러지다. 僵 쓰러질 강. ○中牟苑(중모원) – 今 河南省 滎陽縣에 있던 苑. 賦는 주다. ○少府徐仁 – 少府는 九卿의 하나. 황실의 비용 조달 및 필요 물품 공급하는 부서 책임자. 각 궁에 속한 소부도 있었다. ○王平, 徐仁, 賈勝胡 – 燕王의 獄事를 처리하는 과정에서 어사대부 桑弘羊의 아들 桑遷(상천)이 도주하여 부친의 옛 부하이던 侯史吳(후사오)를 찾아가 숨었다. 나중에 상천은 체포되어 처형되었다. 뒤에 사면을 받아 후사오는 옥에서 나왔는데 廷尉인 王平과 少府卿인 徐仁이 합동으로 그 사건을 심문하면서 桑遷이 부친의 음모에 연좌되었고 후사오가 상천을 숨겨준 것은 반역자를 숨긴 것이 아니고 반역에 추종한 자를 숨겨준 것으로 처리하였다. 그러면서 사면령으로 후사오의 죄를 없애주었다. 이에 대해서는 60권, 〈杜周傳〉의 杜延年傳 참고. ○遼東烏桓 – 遼東은 군명, 治所는 襄平縣(今 遼寧省 遼陽市). 烏桓(오환)은 東胡族의 한 갈래. 烏桓山의 산 이름이 부족명. 漢代에는 지금의 내몽고, 요령성 일대에서 주로 활약하였다. ○范明友(범명우, ?–前 66) – 곽광의 사위. 烏桓族을 격퇴하여 平陵侯에 봉해졌다가 宣帝 地節 4년(前 66) 모반 사건에 연루되어 멸족 당했다.

〖國譯〗

(元鳳) 3년 봄 정월, 泰山에서 大石이 저절로 일어섰으며 上林苑

애서는 말라 죽어 쓰러졌던 버들이 저절로 살아났다. 中牟苑(중모원)을 없애 그 땅을 빈민에게 주었다. 그리고 조서를 내려 말했다.

“그전에 백성이 수해를 당하면 양식이 크게 궁핍했다. 짐은 나라 창고를 비우더라도 사자를 보내 궁핍한 백성을 구제하였다. 내년에 경사로 들어오는 조운을 중지시키도록 하라. 올해 이전에 백성들에게 빌려 준 곡식이나 금전과 승상이나 어사대부가 요청하지 아니한 둔전에서 農牛를 빌린 백성의 채무를 징수하지 말라.”

여름 4월, 少府인 徐仁과 廷尉인 王平과 左馮翊(좌풍익)인 賈勝胡(가승호) 등이 멋대로 반역자를 풀어주었다는 죄로 徐仁은 자살했고 王平과 가승호는 腰斬(요참) 형을 받았다.

겨울, 遼東 지역의 烏桓(오환) 족이 반기를 들자 中朗將 范明友(범명우)를 度遼將軍(도료장군)으로 삼아 북쪽 7개 군에서 2천 명씩 기병을 동원하여 토벌했다.

原文

四年春正月丁亥, 帝加元服, 見於高廟. 賜諸侯王,丞相,大將軍,列侯,宗室下至吏民金帛,牛酒各有差. 賜中二千石以下及天下民爵. 毋收四年五年口賦. 三年以前逋更賦未入者, 皆勿收. 令天下酺五日. 甲戌, 丞相千秋薨.

| 註釋 | ○(元鳳) 四年 – 前 77년. ○帝加元服 – 소제가 관례를 치르다. 元服은 冠. 당시 昭帝는 18세였다. 昭帝는 성인이 되었어도 모든 정사를 곽광에게 일임했는데 재위 13년 동안 백성의 살림은 충실해졌고 四夷들은 조

공을 바치며 복종했다. ○四年五年口賦 – 금년과 명년의 미성년자에 대한 인두세. 무제 때부터 미성년(3세 - 4세) 남자 1인에 1년 20전 씩 口賦를 징수했다. 나중에 元帝때는 7세부터 징수하여 조금 완화하였다. ○三年以前逋更賦未入者 – 원봉 3년. 逋(달아날 포)는 체납하다. 성인은 1년에 3일을 변방에서 경계 근무를 해야 하는데 3일 근무 대신 3백 전을 납부하였다. 이를 更賦(경부)라 했다. ○丞相千秋薨 – 田千秋(?–前 77) – 무제 때 前 89년에 승상이 되었다. 衛太子(戾太子)가 江充에게 참소를 당해 敗死했는데, 얼마 후 전천추는 태자의 원한을 풀어주어야 한다고 긴급 상서를 올렸다. 전천추는 별다른 재능이나 학식, 또는 문벌이나 공로도 없이 다만 말 한마디로 무제를 깨우쳐 준 것뿐이었고 몇 달 만에 승상이 되고 제후가 되었으니 이런 경우는 여태껏 없었다. 昭帝(재위 前 87–74년)는 연로한 승상에게 수레를 타고 입궁할 수 있게 배려하여 이후 車千秋라 불렸다. 66권, 〈公孫劉田王楊蔡陳鄭傳〉에 입전.

〖國譯〗

(元鳳) 4년 춘 정월 丁亥日, 昭帝는 冠禮를 마치고 고조의 묘당에 나가 제사를 올렸다. 諸侯王과 丞相 및 大將軍, 列侯와 宗室부터 하급 관리까지 황금과 비단, 소고기와 술을 차등을 두어 하사했다. 中二千石 이하 모든 백성에게 작위를 하사하였다. 원봉 4년과 5년의 口賦를 면제했다. 원봉 3년 이전에 更賦(경부)를 납부하지 못한 체납을 전부 면제했다. 천하의 백성이 5일간 모여 술을 마시도록 허용했다. 甲戌日에 승상 田千秋가 죽었다.

原文

夏四月, 詔曰, "度遼將軍明友前以羌騎校尉將羌王侯君長以下擊益州反虜, 後復率擊武都反氐, 今破烏桓, 斬虜獲生, 有功. 其封明友爲平陵侯. 平樂監傅介子持節使, 誅斬樓蘭王安, 歸首縣北闕, 封義陽侯."

五月丁丑, 孝文廟正殿火, 上及群臣皆素服. 發中二千石將五校作治, 六月成. 太常及廟令丞郎吏皆劾大不敬, 會赦, 太常轑陽侯德免爲庶人.

六月, 赦天下.

| 註釋 | ○斬虜獲生 - 적을 죽이고 생포하다. ○平樂監 傅介子 - 상림원 平樂觀의 廏監(구감)인 傅介子(부개자). 본래 駿馬廏監(준마구감)이었던 부개자는 대원국에 나갈 사신을 자청했고 詔令을 받아 樓蘭(누란)과 구자국의 사신을 맡았다. 70권, 〈傅常鄭甘陳段傳〉에 입전. ○樓蘭(누란) - 今 新疆省 타림(塔里木) 盆地의 동편, 若羌縣 以北의 羅布泊 서남. 그 都城은 扜泥城(우니성, 今 新疆省 동남부 若羌縣). 昭帝 元鳳 4년(전 77)에 尉屠耆를 왕으로 세우고 국명을 鄯善(선선)이라 개칭. 安은 누란왕의 이름, 安歸. 전에 漢 사신을 죽였다. 縣은 懸(매달 현). ○將五校作治 - 5 校尉(장군 아래 武官)의 군사를 동원하여 묘당의 正殿을 짓다. ○劾大不敬 - 대불경죄로 탄핵받다. ○轑陽侯德 - 轑陽侯(요양후) 江德.

〖國譯〗

여름 4월, 조서를 내려 말했다.

"度遼將軍인 范明友(범명우)는 전에 羌騎校尉로 羌族의 王侯와 君

長 이하를 거느리고 益州의 氐族(저족) 叛徒를 정벌했고, 뒤에는 다시 武都郡의 저족을 진압하였으며 이번에 烏桓(오환)을 격파하고 적을 죽이고 생포하는 공을 세웠다. 범명우를 平陵侯에 책봉한다. 平樂監인 傅介子(부개자)는 持節을 갖고 出使하여 樓蘭王 安歸를 주살하여 그 수급을 보내 북궐에 매달았기에 義陽侯에 책봉한다."

5월 丁丑日, 孝文廟의 正殿이 불에 타서 소제와 모든 신하가 素服했다. 中二千石 관리를 보내 五校尉의 군사를 동원하여 정전을 지어 6월에 완공하였다. 太常 및 묘당을 관리하는 令과 丞, 郎吏까지 모두 大不敬 죄로 탄핵되었다가 마침 사면을 받았는데 太常인 轑陽侯(요양후) 江德은 작위가 박탈되어 서인이 되었다.

6월, 천하의 죄수를 사면하였다.

原文

五年春正月, 廣陵王來朝, 益國萬一千戶, 賜錢二千萬, 黃金二百斤, 劍二, 安車一, 乘馬二駟.

夏, 大旱.

六月, 發三輔及郡國惡少年吏有告劾亡者, 屯遼東.

秋, 罷象郡, 分屬鬱林, 牂柯.

冬十一月, 大雷.

十二月庚戌, 丞相訢薨.

| 註釋 | ○(元鳳) 五年 – 前 76년. ○廣陵王 劉胥(유서, ?–前 54) – 武帝

의 六男, 元狩 6년(前 117)에 책봉. 유서는 신체가 장대하고 놀기를 좋아하였고 맨손으로 곰이나 멧돼지를 때려잡았다. 그 행동에 절도가 없었기에 끝내 漢의 계승자가 될 수 없었다. 선제 때 무녀와 함께 황제를 저주한 사실이 밝혀져 자살하였다(宣帝 五鳳 4년). 廣陵은 今 江蘇省 揚州市 일대. 63권, 〈武五子傳〉에 입전. ○吏有告劾亡者 - 관리로 죄를 지어 탄핵을 받아 도피중인 자. ○鬱林,牂柯 - 鬱林郡(울림군) 치소는 布山縣(今 廣西省 桂平縣)과 牂柯郡(장가군), 치소는 且蘭縣(今 貴州省 貴定縣). ○丞相訢薨 - 王訢(왕흔), 昭帝 때 어사대부가 되었다가 車千秋의 뒤를 이어 승상이 되었고 宜春侯(의춘후)에 봉해졌다. 그 다음 해 죽었고 시호는 敬侯. 66권, 〈公孫劉田王楊蔡陳鄭傳〉에 입전.

〖國譯〗

(元鳳) 5년 봄 정월, 廣陵王이 來朝하였는데, 광릉국에 1만 1천 호를 늘려주고 2천만 전, 황금 2백 근, 보검 2자루, 安車 1대, 乘馬 二駟(8필)을 하사하였다.

여름에, 크게 가물었다.

6월, 三輔와 郡國의 비행少年과 관리로 탄핵받고 도피중인 자를 동원하여 遼東郡에서 屯田케 하였다.

가을에, 象郡(상군)을 폐지하여 鬱林(울림)과 牂柯(장가) 郡에 나눠 소속케 했다.

겨울 11월, 큰 천둥이 쳤다.

12월 庚戌日(경술일), 승상 王訢(왕흔)이 죽었다.

原文

六年春正月, 募郡國徒築遼東玄菟城.

夏, 赦天下. 詔曰, "夫穀賤傷農, 今三輔,太常穀減賤, 其令以叔粟當今年賦."

右將軍張安世宿衛忠謹, 封富平侯. 烏桓復犯塞, 遣度遼將軍范明友擊之.

| 註釋 | ○(元鳳) 六年 – 前 75년. ○郡國徒 – 郡國의 刑徒. ○遼東玄菟 – 玄菟郡(현도군)은 고구려인(조선인)의 저항으로 치소를 여러 번 옮겨 이때의 정확한 위치 미상. ○穀賤 – 풍년으로 곡가가 크게 떨어지다. ○張安世 – 張湯(장탕)의 아들. 宣帝를 옹립하고 보필한 麒麟閣(기린각) 11공신의 한 사람. 59권, 〈張湯傳〉에 附傳.

〖國譯〗

(원봉) 6년 봄 정월, 각 郡國의 죄수를 모아 遼東의 玄菟(현도) 성을 축조했다.

여름에, 천하 죄수를 사면했다. 조서를 내려 말했다.

"풍년으로 곡가가 떨어지면 농민의 마음을 아프게 하니 三輔와 太常은 곡물 가격이 저렴한 만큼 콩과 조(菽粟)로 금년 조세를 납부할 수 있게 하라."

右將軍 張安世는 궁중 宿衛에 충직 근면하여 富平侯에 책봉했다. 烏桓(오환)이 다시 변경에 침입하자 度遼將軍 范明友를 보내 토벌했다.

原文

元平元年春二月, 詔曰, "天下以農桑爲本. 日者省用, 罷不急官, 減外徭, 耕桑者益衆, 而百姓未能家給, 朕甚愍焉. 其減口賦錢." 有司奏請減什三, 上許之. 甲申晨, 有流星, 大如月, 衆星皆隨西行.

夏四月癸未, 帝崩於未央宮. 六月壬申, 葬平陵.

| 註釋 | ○元平 - 昭帝의 마지막 연호. 前 74년. ○減外徭 - 변방의 요역을 줄이다. ○減什三 - 10의 3으로 줄이다. 30%만 징수하다. ○帝崩於~ - 21세에 죽었다. ○葬平陵 - 평릉현 설치. 今 陝西省 咸陽市 서북.

〖國譯〗

元平 원년 봄 2월, 조서를 내려 말했다.

"天下에는 농사와 길쌈이 근본이다. 근간에 지출을 줄이고 불필요한 관직을 없애며, 백성의 外役을 감면하여 농사를 짓는 자는 더욱 많아졌지만 백성의 살림이 넉넉지 못하여 짐은 심히 마음이 아프다. 백성의 口賦(구부)를 경감토록 하라."

이에 有司가 10분의 3을 징수하겠다고 주청하자 허락하였다.

甲申日 새벽에 流星이 나타났는데 달만큼 컸는데 많은 별들이 따라 서쪽으로 이동했다.

여름 4월 癸未日(17일), 昭帝는 未央宮에서 붕어했다.

6월 壬申日(초 7일), 平陵에 장례했다.

原文

贊曰, 昔周成以孺子繼統, 而有管蔡四國流言之變. 孝昭幼年卽位, 亦有燕,蓋,上官逆亂之謀. 成王不疑周公, 孝昭委任霍光, 各因其時以成名, 大矣哉! 承孝武奢侈餘敝師旅之後, 海內虛耗, 戶口減半, 光知時務之要, 輕徭薄賦, 與民休息. 至始元,元鳳之間, 匈奴和親, 百姓充實. 擧賢良文學, 問民所疾苦, 議鹽鐵而罷榷酤, 尊號曰 '昭' , 不亦宜乎!

| **註釋** | ○周成 - 西周 成王. ○管蔡四國 - 管, 蔡, 商, 奄(엄) 4국. ○燕,蓋,上官 - 燕王 旦, 蓋長公主, 上官桀 父子. ○尊號曰 '昭' - 諡法에 明德有勞 曰 昭. 또는 聖聞周達曰 昭.

〖**國譯**〗

班固의 論贊 : 예전 周의 成王이 어린아이로 대통을 잇자 管(관), 蔡(채) 등 4국에서 유언비어가 퍼지며 반역의 음모가 있었다. 孝昭帝가 어린 나이에 즉위하자 燕王 旦, 蓋長公主, 上官桀 父子가 반란을 모의했다. 成王이 周公을 의심하지 않았듯이, 孝昭帝도 霍光(곽광)에게 위임하면서 성왕과 효소제는 모두 명성을 남겼으니 위대하도다! 효소제는 孝武帝의 사치와 여러 작폐, 用兵의 뒤처리를 물려받아 국력이 바닥났고 호구는 절반으로 줄었는데 곽광은 時務의 요체를 알아 요역과 부세를 가벼이 하며 백성과 함께 휴식을 취했다. 始元과 元鳳 연간에는 匈奴와 和親하여 백성의 살림도 충실해졌다. 賢良文學을 등용하며 백성의 고통을 위로하였으며 소금과 철 그리고 술의 전매에 대한 논의를 하였으니 그 존호를 '昭' 라 한 것이 참으로 합당하도다!

8 宣帝紀
〔선제기〕

原文

孝宣皇帝, 武帝曾孫, 戾太子孫也. 太子納史良娣, 生史皇孫. 皇孫納王夫人, 生宣帝, 號曰皇曾孫. 生數月, 遭巫蠱事, 太子,良孫,皇孫,王夫人皆遇害. 語在〈太子傳〉. 曾孫雖在襁褓, 猶坐收繫郡邸獄. 而邴吉爲廷尉監, 治巫蠱於郡邸, 憐曾孫之亡辜, 使女徒復作淮陽趙徵卿,渭城胡組更乳養, 私給衣食, 視遇甚有恩.

| 註釋 | ○孝宣皇帝 – 初名 病已. 즉위 이후에 詢(순)으로 改名. 諡法에 '聖善周聞曰 宣.' 재위 前 74–49년. ○戾太子 – 劉據(유거, 前 128–91년), 생전에는 모친 성을 따라 衛太子라 호칭. 戾太子는 선제 즉위 후에 올린 시호. 諡法에 '不悔前過曰 戾'라 하였다. 衛태자는 江充과 韓說(한열) 등에 의해 황제를 무고했다는 모함을 받자 군사를 동원하여 강충 일당을 살해하였

는데 거기서 그쳤어야 했다. 그러나 승상 劉屈氂(유굴리)의 군사와 충돌하여 수만 명 사상자를 내고 도망해 숨었다가 자살하였다. 이 때문에 宣帝는 부득이 할아버지에게 '前過를 뉘우치지 않았다.'는 시호를 올려야만 했다. ○史良娣(사량제) - 선제의 조모. 良娣는 太子 媵妾(잉첩)의 호칭. 妃, 良娣, 孺子의 3등급이 있었다. ○史皇孫 - 劉進. 무제의 손자. 모친 성을 따라 史황손이라 호칭. 선제의 생부. ○王夫人 - 선제의 모친. 선제는 즉위 후 외조모의 행적을 찾게 하였다. ○〈太子傳〉- 63권, 〈武五子傳〉에 입전. ○郡邸獄 - 장안에는 각 군국의 관리가 장안에 머물 수 있는 관저가 있었다. 이를 郡邸(군저)라 하였는데, 이를 주관하는 부서는 中尉이었다가 나중에 大鴻臚로 바뀌었다. 이 군저에 머무는 각 군에서 보고하러 오는 관리의 죄를 조사하거나 가두는 감옥이 따로 있었는데 이를 군저옥이라 하였다. 당시 무고 사건으로 갇힌 자들이 많아 황증손도 군저옥에 수감되었다. ○邴吉爲廷尉監 - 邴吉은 丙吉(?-前 55) - 皇曾孫 劉病已(유병이, 宣帝)의 목숨을 살렸고 양육했다. 麒麟閣 11공신의 한 사람. 前 59-55년 승상. 74권 〈魏相丙吉傳〉 입전. ○復作~ - 죄수의 형구를 벗겨주다. ○胡組更乳養 - 胡組는 인명. 更은 교대로, 돌아가며.

〖國譯〗

孝宣皇帝는 武帝의 증손이며 戾太子(劉據)의 손자이다. 태자는 史良娣(사량제)를 맞이하여 史皇孫(劉進)을 낳았다. 황손은 王夫人을 맞이하여 宣帝〔劉病已(유병이)〕를 낳았는데 皇曾孫이라고 하였다. 태어난 지 수개월에 巫蠱(무고)의 禍(화)가 일어나 太子와 良娣, 皇孫과 王夫人이 모두 목숨을 잃었다. 이는 〈武五子傳〉에 있다.

皇曾孫은 그때 襁褓(강보)에 싸인 어린애로 郡邸獄(군저옥)에 갇혀 있었다. 邴吉(병길, 丙吉)은 廷尉監으로 군저에서 무고에 관련된 자를 조사하고 있었는데 황증손이 아무런 죄도 없는데 갇힌 것을 불쌍히 여겨 여자 죄수의 형구를 벗겨주어 淮陽郡의 趙徵卿(조징경)과 渭城(위성)의 胡組(호조)로 하여금 교대로 젖을 먹여 키우게 하였고 사재로 황증손의 衣食을 대주며 돌보는 큰 은혜를 베풀었다.

原文

巫蠱事連歲不決. 至後元二年, 武帝疾, 往來長楊,五柞宮, 望氣者言長安獄中有天子氣, 上遣使者分條中都官獄繫者, 輕,重皆殺之. 內謁者令郭穰夜至郡邸獄, 吉拒閉, 使者不得入, 曾孫賴吉得全. 因遭大赦, 吉乃載曾孫送祖母史良娣家. 語在吉及〈外戚傳〉.

| 註釋 | ㅇ後元二年 – 무제 재위 마지막 해. ㅇ望氣者 – 하늘의 雲氣를 보고 길흉을 점치는 術士. ㅇ中都官 – 장안에 있는 모든 관청의 총칭. ㅇ內謁者令 – 內者令. 내자령은 少府의 속관으로 궁중의 침구 담당관. 질록 1천석. 임시로 차출되어 지시를 수행. ㅇ因遭大赦 – 대사면이 後元年인가? 後元 2년 무제 재위 중인가? 아니면 昭帝 즉위 후인지 주석이 각각 다르다.

〖國譯〗

巫蠱(무고) 사건은 몇 년이 지나도 해결되지 않았다. 後元 2년에 이르러 武帝는 노환으로 長楊宮과 五柞宮(오작궁)에 머물렀는데 望氣者가 長安의 옥중에 天子의 기운이 있다고 보고하자, 무제는 사자를 보내 中都官을 나눠서 감옥에 있는 자의 죄의 경중을 물론하고 모두 죽이라고 하였다. 內者令인 郭穰(곽양)이 밤에 군저옥에 왔는데 병길이 문을 막아 사자가 들어갈 수가 없었으며 황증손은 병길 덕분에 온전할 수 있었다. 나중에 대사면을 받자 병길은 황증손을 실어다가 조모인 史良娣의 친정에 보내주었다. 이는 〈丙吉傳〉과 〈外戚傳〉에 실려 있다.

原文

後有詔掖庭養視, 上屬籍宗正. 時掖庭令張賀嘗事戾太子, 思顧舊恩, 哀曾孫, 奉養甚謹, 以私錢供給敎書. 旣壯, 爲取暴室嗇夫許廣漢女. 曾孫因依倚廣漢兄弟及祖母家史氏. 受《詩》於東海澓中翁, 高材好學, 然亦喜遊俠, 鬪雞走馬, 具知閭里奸邪, 吏治得失. 數上下諸陵, 周遍三輔, 常困於蓮勺鹵中. 尤樂杜,鄠之間, 率常在下杜. 時會朝請, 舍長安尙冠里, 身足下有毛, 臥居數有光耀. 每買餠, 所從買家輒大讎, 亦以是自怪.

| 註釋 | ○掖庭(액정) – 원래는 永巷(영항)이라 했는데 무제 때 액정으로 개칭, 少府의 산하기관, 황궁 중 비빈의 居處 管理 담당. 宦者로 充任. ○宗正 – 九卿의 하나. 질록 中二千石. 황족으로 선임. 종실 명부 작성, 적서친소 구분, 동성제후 世系譜 작성, 宗室親貴의 범죄 등 황족에 관한 업무 담당. ○掖庭令 張賀 – 본래 衛太子 궁의 관리로 태자가 죽을 때 장하도 연루되어 궁형을 받았다. 장하의 동생 張安世(장안세)는 右將軍으로서 대장군 곽광과 한마음으로 昭帝를 보필하고 있었다. ○暴室嗇夫許廣漢女 – 暴室(폭실)은

직물을 염색하는 곳. 嗇夫(색부)는 잡부, 하급관리. 許廣漢(허광한)은 창읍왕의 낭관이었는데 무제를 수행하여 甘泉宮에 갔을 때 착오로 다른 낭관의 말 안장을 자신의 말에 얹었다가 발각되었는데 형리는 황제를 수행하며 도둑질을 하였다고 사형에 처해져야 했지만 宮刑을 받았다. ○東海澓中翁 - 東海는 군명. 澓 물이 돌아서 흐를 복. 성씨. 中翁은 이름. ○蓮勺鹵中 - 蓮勺(연작)은 현명. 今 陝西省 渭南市 관할의 蒲城縣. 鹵中(노중)은 鹽池. 가로 세로가 10여 리나 된다. ○尤樂杜,鄠之間 - 杜는 현명. 今 陝西省 西安市 동남. 鄠(호)는 현명. 今 陝西省 秦嶺 북쪽, 渭河 남안의 西安市 戶縣. ○時會朝請 - 歲時에 宗正을 따라 입조했다. 봄철의 입조를 朝, 가을의 입조를 請이라 한다. ○舍長安尙冠里 - 舍는 머물다. 尙冠里는 마을 이름. ○大讎 - 大售(대수), 많이 팔리다.

〖國譯〗

뒤에 조서로 (황증손을) 掖庭(액정)에서 양육했는데 소제는 宗正에게 종실 명부에 올리게 하였다. 그때 掖庭令인 張賀(장하)는 일찍이 戾太子를 섬겼었는데 옛 은정을 생각하여 돌보면서 황증손을 가련하게 여겨 정성으로 봉양하였고 私錢을 내어 황증손의 학문을 도왔다. 성인이 되어 暴室(폭실)의 嗇夫(색부)인 許廣漢의 딸과 결혼하였다. 황증손은 허광한 형제와 외조모인 史氏에 의지해 살았다. 황증손은 東海郡의 澓中翁(복중옹)에게 《詩》를 배웠는데 재능이 뛰어났고 호학하였으나 유협의 기질에 투계와 말타기를 좋아했으며 마을의 불량배와 관리들의 선악을 잘 알고 있었다. 자주 여러 陵縣을 둘러보았고 三輔 지역을 두루 돌아다녔으며 가끔 蓮勺縣(연작현)의 鹽池(염지)에서 타인에게 시달림을 당하기도 했었다. 증손은 杜縣과 鄠縣(호현) 일대에 즐겨 놀았는데 대개 下杜에서 생활하였다. 歲時

에는 종정을 따라 봄가을로 입조하였는데 그 경우에 長安 尙冠里에 머물렀다. 온몸과 발에도 털이 많았고 누워 있을 때는 몸에서 빛이 났다. 증손이 떡을 사면 떡장수는 그날따라 많이 팔렸는데 황증손도 이를 이상하다고 생각하였다.

原文

元平元年四月, 昭帝崩, 毋嗣. 大將軍霍光請皇后徵昌邑王. 六月丙寅, 王受皇帝璽綬, 尊皇后曰皇太后. 癸巳, 光奏王賀淫亂, 請廢. 語在賀及〈光傳〉.

| 註釋 | ○元平元年 – 前 74년. ○徵昌邑王 – 昌邑 哀王 劉髆(유박, ?–前 87)은 武帝 五子로 李夫人 소생이었다. 天漢 4年(前 97)에 昌邑王에 책립. 창읍국은 山陽郡을 개명한 것으로 치소는 昌邑縣(今 山東省 荷澤市 관할의 鉅野縣). 그 아들 劉賀(유하, 前 92–59)는 5살에 창읍왕이 되었고, 19세인 前 74년, 霍光(곽광) 등에 의해 황제에 옹립되어 27일간 재위. 곽광 등에 의거 축출. 前 63년 宣帝에 의해 海昏侯에 피봉되었다. ○語在賀及〈光傳〉 – 63권, 〈武五子傳〉의 昌邑 哀王 劉髆傳과 68권, 〈霍光金日磾傳〉.

〖國譯〗

元平 원년 4월, 昭帝가 붕어했으나 후사가 없었다. 大將軍 霍光(곽광)은 皇后에게 주청하여 昌邑王(劉賀)을 옹립하였다. 6월 丙寅日에 왕은 황제의 璽綬(새수)를 받았고 皇后를 皇太后로 높였다. 癸巳(계사)에 곽광은 창읍왕 劉賀가 음란하다며 폐출을 주청하였다. 이

는 〈武五子傳〉과 〈霍光金日磾傳〉에 실려 있다.

原文

秋七月, 光奏議曰, "禮, 人道親親故尊祖, 尊祖故敬宗. 大宗毋嗣, 擇支子孫賢者爲嗣. 孝武皇帝曾孫病已, 有詔掖庭養視, 至今年十八, 師受《詩》,《論語》,《孝經》, 操行節儉, 慈仁愛人, 可以嗣孝昭皇帝後, 奉承祖宗, 子萬姓." 奏可. 遣宗正德至曾孫尙冠里舍, 洗沐, 賜御府衣. 太僕以軨獵車奉迎曾孫, 就齊宗正府. 庚申, 入未央宮, 見皇太后, 封爲陽武侯. 已而群臣奉上璽綬, 卽皇帝位, 謁高廟.

| **註釋** | ○曾孫病已 – 宣帝의 원명은 '病已', 병이 나았다는 뜻. 申棄疾(신기질), 霍去病(곽거병)도 앓지 말고 건강하라는 뜻이 들어 있다. 酈食其(역이기)나 審食其(심이기)의 '食其'는 '배부르다'의 뜻이니 굶지 말고 부자로 살라는 소원이 들어있고, 杜延年(두연년)이나 田延年, 嚴延年, 韓延壽(한연수), 任千秋(임천추), 陳萬年(진만년), 劉彭祖(유팽조) 등은 長壽의 염원이 담긴 이름이다. ○子萬姓 – 만 백성을 아들처럼 돌보다. 子는 동사로 쓰였다. ○太僕(태복) – 九卿之一. 황제 거마 관리. 국가의 馬政 담당. 秩 中二千石. ○軨獵車 – 사냥용 작은 수레. 軨은 사냥 수레 영 ○封爲陽武侯 – 먼저 侯가 된 뒤에 제위에 올랐다. 서인에서 天子로 直登할 수 없다.

〖國譯〗

가을 7월, 곽광이 대신의 의논을 상주하였다.

"禮制에 의하면, 人道는 親親해야 하기에 조상을 받드는 것이고 尊祖를 알아야 祖宗을 받들 수 있습니다. 大宗에 후사가 없다면 支子孫 중에서 賢者를 골라 후사로 삼아야 합니다. 孝武皇帝의 曾孫인 病已(병이)는 조서에 의거하여 액정에서 기르며 보살폈는데 지금 18살이며 사부로부터《詩》그리고《論語》와《孝經》을 전수받았으며, 행실이 바르고 節儉하며 인자하고 愛人하니 孝昭皇帝의 후사로 祖宗을 받들고 백성을 자식처럼 돌볼 것입니다."

상주는 그대로 인준되었다. 宗正 劉德을 보내 曾孫의 尙冠里 宿舍에 가서 목욕을 시키고 어사부에서 가져온 의관을 착용케 하였다. 太僕은 작은 軨獵車(영렵거)로 황증손을 태워 宗正府에 들어가 齋戒하였다. 庚申日에 未央宮에 들어가 皇太后를 알현하고 陽武侯에 책봉되었다. 곧이어 群臣이 국새와 인수를 받들어 올렸고 帝位에 즉위하고 高祖廟에 참배하였다.

原文

八月己巳, 丞相敞薨.

九月, 大赦天下.

十一月壬子, 立皇后許氏. 賜諸侯王以下金錢, 至吏,民鰥寡孤獨各有差. 皇太后歸長樂宮. 長樂宮初置屯衛.

| **註釋** | ○丞相敞薨 – 楊敞(양창), 司馬遷의 사위, 大司農을 거쳐 어사대부가 되었다가 王訢(왕흔)의 후임으로 丞相이 되어(前 75) 安平侯에 봉해졌다. 36권, 〈公孫劉田王楊蔡陳鄭傳〉에 입전. ○立皇后許氏 – 許廣漢의 딸,

이름 許平君. 황증손과 결혼 후 일 년 만에 원제를 낳았고 몇 달 지나 황증손은 제위에 올랐고 허평군은 倢伃(첩여)가 되었다. ○皇太后歸長樂宮 – 황태후는 보통 장락궁에 거처. 황태후는 창읍왕 폐한 이후에 미앙궁에 거처하다가 장락궁으로 돌아갔다. ○長樂宮初置屯衛 – 둔위관은 상설관직은 아니었다.

〖國譯〗

8월 己巳(기사), 승상 楊敞(양창)이 죽었다.

9월, 천하 죄인을 사면했다.

11월 壬子, 皇后 許氏를 책립했다. 諸侯王 이하에 금전을 하사하였고 하급 관리나 백성 중 鰥寡孤獨까지 각각 차등을 두었다. 皇太后가 長樂宮으로 되돌아갔다. 長樂宮에 처음으로 屯衛官을 주었다.

原文

本始元年春正月, 募郡國吏民訾百萬以上徙平陵. 遣使者持節詔郡國二千石謹牧養民而風德化.

大將軍光稽首歸政, 上謙讓委任焉. 論定策功, 益封大將軍光萬七千戶, 車騎將軍光祿勳富平侯安世萬戶. 詔曰, "故丞相安平侯敞等居位守職, 與大將軍光, 車騎將軍安世建議定策, 以安宗廟, 功賞未加而薨. 其益封敞嗣子忠及丞相陽平侯義,度遼將軍平陵侯明友,前將軍龍雒侯增,太僕建平侯延年,太常蒲侯昌,諫大夫宜春侯譚,當塗侯平,杜侯屠耆堂,長信少府關內侯勝邑戶各有差. 封御史大夫廣明爲昌水侯, 後將軍充國爲營平侯, 大司農延年爲陽城侯, 少府樂成爲爰氏侯, 光祿大夫遷爲平丘侯. 賜右扶風德,典屬國武,廷尉光, 宗正德,大鴻臚賢,詹事畸,光祿大夫吉,京輔都尉廣漢爵皆關內侯. 德,武食邑."

| 註釋 | ○本始 - 선제의 첫 번째 연호. 前 73-70년. ○訾百萬~ - 訾는 貲(資). 平陵은 昭帝의 능. ○富平侯安世 - 張安世는 7년간 거기장군으로 봉직. ○安平侯敞 - 선제 옹립에 참여했으나 行賞을 못 받고 죽은 사람은 양창 한 사람이었다. 양창의 아들 楊忠이 계위했고 양충의 동생이 楊惲(양운)이었다. ○杜侯屠耆堂 - 두후 도기. 堂은 衍字(연자). 흉노족으로 漢에 歸降했던 屠耆堂이 아니다. ○原文에 나오는 人名은 모두 姓이 생략되었으나 국역에서는 이해를 위해 성을 표기하였다.

『國譯』

本始 원년 봄 정월, 군국의 吏民 중에서 자산이 1백만 전 이상인 자를 골라 平陵에 이주시켰다. 지절을 가진 사자를 각 군국에 보내 二千石 관리에게 부지런히 민정을 살피고 덕정으로 백성을 교화하라는 詔命을 전달케 했다.

대장군 霍光(곽광)이 歸政할 것을 간청하였으나 선제는 겸양으로 정사를 위임하였다. 황제를 옹립한 공훈을 논의하여 확정하였는데, 대장군 곽광에게는 식읍 1만 7천 호를, 車騎將軍 光祿勳인 富平侯 張安世에게는 1만 호를 늘려주었다. 선제가 조서를 내려 말했다.

"故 승상 安平侯 楊敞(양창)은 직분을 다하면서 대장군 곽광, 거기장군 장안세와 함께 정책을 마련하고 건의하여 종묘를 안정시켰으나 공에 따른 상을 내리기 전에 죽었다. 양창의 嗣子인 楊忠, 陽平侯 蔡義(채의), 度遼將軍인 平陵侯 范明友(범명우), 前將軍인 龍雒侯 韓增(한증), 太僕인 建平侯 杜延年(두연년), 太常인 蒲侯 蘇昌(소창), 諫大夫인 宜春侯 王譚(왕담), 當塗侯 魏平(위평), 杜侯 屠耆(도기), 長信少府인 關內侯 夏候勝(하후승) 등에게 식읍의 호수를 차등 있게 늘려주도록 하라. 御史大夫 田廣明을 昌水侯에, 後將軍 趙充國(조충국)을 營平侯에, 大司農 田延年을 陽城侯에, 少府 樂成(악성)을 爰氏侯(원씨후)에, 光祿大夫 王遷(왕천)을 平丘侯에 책봉하라. 右扶風인 周德(주덕), 典屬國인 蘇武(소무), 廷尉인 李光(이광), 宗正인 劉德(유덕), 大鴻臚인 韋賢(위현), 詹事(첨사)인 宋畸(송기), 光祿大夫인 丙吉(병길), 京輔都尉인 趙廣漢(조광한)에게 관내후의 작위를 하사한다. 劉德, 蘇武에게는 식읍을 하사하겠다."

原文

夏四月庚午, 地震. 詔內郡國擧文學高第各一人.

五月, 鳳皇集膠東,千乘. 赦天下. 賜吏二千石,諸侯相,下至中都官,宦吏,六百石爵, 各有差, 自左更至五大夫. 賜天下人爵各一級, 孝者二級, 女子百戶牛酒. 租稅勿收.

六月, 詔曰, "故皇太子在湖, 未有號謚, 歲時祠. 其議謚, 置園邑." 語在〈太子傳〉.

秋七月, 詔立燕刺王太子建爲廣陽王, 立廣陵王胥少子弘爲高密王.

| 註釋 | ○內郡 – 중원의 여러 군. 변경에 이적들이 혼거하는 지역은 外郡이라 하였다. 여러 황제가 내군에서는 현량 방정한 인재를 천거하라 했고 변경 22개 外郡에서는 용맹한 무사를 천거하라는 식의 조서를 내렸다. ○膠東, 千乘 – 膠東國(都 卽墨, 今 山東省 靑島市 관할 平度市). 千勝郡 치소는 千勝縣, 今 山東省 淄博市(치박시) 관할 高靑縣. ○自左更至五大夫 – 左更(좌경)은 20등급 작위 중 12등급. 五大夫는 9등급 작위 이름. 오대부는 관리의 작위 중 최하위 작위이다. ○故皇太子在湖 – 옛 황태자는 아직 湖縣에 있다. 戾太子는 호현에서 자살하여 그곳에 묻혔다. ○〈太子傳〉 – 〈武五子傳〉. ○燕剌王太子建爲廣陽王 – 燕剌王은 劉旦. 剌은 어그러질 랄(là) 刺(찌를 자)가 아님. 宣帝가 즉위하며 燕王 劉旦의 두 아들을 책봉하여 劉慶은 新昌侯가, 劉賢은 安定侯가 되었다. 또 예전 태자 劉建을 봉하였는데 이가 廣陽國의 頃王으로 재위 29년에 죽었다. 廣陽 – 燕을 廣陽國으로 개명. 치소는 薊縣(계현, 今 天津市 관할). 63권, 〈武五子傳〉. ○高密王 – 高密國은 膠西郡을 개칭. 치소는 高密縣, 今 山東省 濰坊市(유방시) 관할의 高密市. 靑島市 서북.

〖國譯〗

여름 4월 庚午(경오), 지진이 있었다. 조서로 각 內郡國에서 文學에 우수한 자 1인을 천거하라 했다.

5월, 봉황이 膠東國과 千乘郡에 출현했다. 천하 죄수를 사면했다. 태수나 제후국 相 이하 중앙관서의 관원, 환관과 질록 6백 석의 관리에게 차등 있게 左更(좌경)에서 五大夫까지의 작위를 하사하였다. 천하의 백성들에게 각 1급씩, 孝者로 천거된 자에게는 2급의 작위를, 수급자의 연인들에게는 1백호 당 소고기와 술을 하사하였다.

금년 조세를 면제하였다.

6월에, 조서를 내려 말했다. "예전 황태자의 무덤은 湖縣에 있고 시호나 세시에 따른 제사도 없다. 시호와 園邑의 설치를 논의하기 바란다." 이는 〈太子傳/武五子傳〉에 실려 있다.

가을 7월, 조서로 燕 剌王(날왕)의 태자인 建(건)을 廣陽王에, 廣陵王 胥(서)의 막내아들 弘(홍)을 高密王에 봉했다.

原文

二年春, 以水衡錢爲平陵, 徙民起第宅. 大司農陽城侯田延年有罪, 自殺.

夏五月, 詔曰, "朕以眇身奉承祖宗, 夙夜惟念孝武皇帝躬履仁義, 選明將, 討不服, 匈奴遠遁, 平氐,羌,昆明,南越, 百蠻鄉風, 款塞來享, 建太學, 修郊祀, 定正朔, 協音律, 封泰山, 塞宣房, 符瑞應, 寶鼎出, 白麟獲. 功德茂盛, 不能盡宣, 而廟樂未稱, 其議奏." 有司奏請宜加尊號.

六月庚午, 尊孝武廟爲世宗廟, 奏〈盛德〉,〈文始〉,〈五行〉之舞, 天子世世獻. 武帝巡狩所幸之郡國, 皆立廟. 賜民爵一級, 女子百戶牛酒.

匈奴數侵邊, 又西伐烏孫. 烏孫昆彌及公主因國使者上書, 言昆彌願發國精兵擊匈奴, 唯天子哀憐, 出兵以救公主.

| 註釋 | ○(本始) 二年 - 前 72년. ○以水衡錢 - 수형도위의 금전. 水衡

都尉는 무제 元鼎 2년(前 115) 설치. 上林苑 관리 겸 황실 재물 보관, 鑄錢을 담당. 질록 2천 석. 水衡寺(수형사)의 재물과 大司農이 관리하는 國庫는 별개. ○起第宅 – 甲第, 邸宅을 짓다. ○大司農陽城侯田延年有罪 – 昭帝의 平陵을 조성하며 백성의 牛車 3만 대를 동원하여 흙을 운반하면서 수레 당 비용 1천 錢을 2천 전을 준 것으로 기록하여 총 6천만 전 지출 중에 절반을 착복했다가 발각되자 자살했다. 90권, 〈酷吏傳〉에 입전. ○百蠻鄉風 – 鄉은 向. 흠모하다. 風은 德化. ○款塞來享(관새래향) – 변방 성문을 두드리며 조공하다. 款은 두드리다. 정성 관. 享은 누릴 향. 받다. 來享은 제후가 공물을 바침. ○塞宣房 – 宣房에서 터진 황하의 제방을 막다. 瓠子口(河南省 동북부 濮陽市 부근)에서 터진(前 132) 제방을 元封 2년(前 109)년에 제방을 축조했다. ○廟樂未稱 – 未稱은 부응하지 못하다. ○烏孫昆彌及公主~ – 烏孫(오손)은 西域의 투르크 계열 부족 이름 겸 국명. 祁連山(기련산)과 敦煌(돈황) 일대에 살다가 서쪽으로 옮겨 지금의 伊犁河(이리하) 지역으로 이주하였다. 新疆維吾爾自治區의 烏魯木齊市 서쪽에서 중앙아시아의 키르키즈스탄(吉爾吉斯斯坦)에 걸쳐 발전했던 나라. 국도는 赤谷城(今 新疆省 阿克蘇市 부근.) 국왕의 칭호는 昆彌(곤미) 또는 昆莫(곤막), 公主는 宗室女이지 황제의 딸은 아니다. 烏孫國王 昆莫(오손왕의 칭호)에게는 처음에 江都王 劉建의 딸 細君을 무제 元封 연간에 보내 주었다(烏孫公主). 왕이 죽자 그들 습속대로 아들 獵驕靡(엽교미)가 차지했는데 오손공주가 죽자 두 번째로 楚王 劉戊(유무)의 孫女인 解憂公主를 오손에 시집보냈다. 여기의 오손공주는 두 번째로 출가한 解憂公主이다. 흉노는 오손을 압박하며 解優公主(해우공주)를 보내라고 요구하였다. 烏孫公主는 96권, 〈西域傳〉(下) 참고.

〖國譯〗

(本始) 2년 봄, 水衡都尉가 관리하는 금전으로 平陵 주변에 백성을 이사시키며 저택을 지어주었다. 大司農인 陽城侯 田延年이 죄를

짓고 자살했다.

여름, 5월, 조서를 내려 말했다. "朕은 보잘 것 없는 몸으로 祖宗을 받들며 밤낮으로 孝武皇帝의 치적을 생각하는데 효무황제께서 몸소 仁義를 실천하시고 현명한 장수를 골라 불복한 자를 토벌하시니 흉노는 멀리 도망갔으며, 氐(저), 羌(강), 昆明(곤명), 南越(남월)을 평정하시자 모든 만이들이 덕화를 흠모하여 관문을 두드려 복종했으며, 太學을 건립하고 郊祀를 지내셨으며, 역법을 확정하고 음률을 조정하셨으며, 태산에 봉선하고 宣房의 제방을 축조하셨으며, 상서로운 조짐이 부응하고 寶鼎이 출현했으며 白麟을 잡으셨다. 효무제의 功德이 훌륭하여 이루 다 말할 수가 없으나 종묘 제례악은 거기에 부응하지 못하는 것 같으니 논의하여 상주하기 바란다."

이에 有司는 尊號를 올리는 것이 마땅하다고 주청하였다.

6월 庚午日에, 孝武廟를 世宗廟라 높이고, 〈盛德〉, 〈文始〉, 〈五行〉의 舞樂을 연주하며 天子가 해마다 제례를 올려야 한다고 주청하였다. 또 武帝가 巡狩(순수)하며 지나간 郡國에 모두 묘당을 건립하였다. 백성들에게 작위를 1급씩 하사하고 여자들에게는 1백 호당 소고기와 술을 하사하였다.

흉노는 자주 (漢의) 변경을 침범하였고 또 서쪽으로 烏孫을 정벌하였다. 그러자 오손의 昆彌(곤미, 王)와 公主가 (그곳을 지나는) 漢의 사신을 통해 국서를 올려 '昆彌는 漢이 정병을 내어 흉노를 공격해 주고 천자께서 불쌍히 여기시어 군사를 내어 (解憂) 公主를 구원해 달라.' 고 말했다.

原文

秋, 大發興調關東輕車銳卒, 選郡國吏三百石伉健習騎射者, 皆從軍. 御史大夫田廣明爲祁連將軍, 後將軍趙充國爲蒲類將軍, 雲中太守田順爲虎牙將軍, 及度遼將軍范明友, 前將軍韓增, 凡五將軍, 兵十五萬騎, 校尉常惠持節護烏孫兵, 咸擊匈奴.

| 註釋 | ○伉健 – 强健. 伉은 짝 항, 굳세다. ○祁連將軍 – 祁連, 다음의 蒲類 등은 모두 흉노 땅의 지명이니 그곳 정벌을 염원하다는 뜻으로 장군의 호칭을 정했다. 貳師將軍 李廣利도 마찬가지 뜻이다. ○常惠(상혜) – 蘇武(소무)의 副使로 서역에 사신으로 갔다가 흉노에게 억류, 소무와 함께 귀국했던 사람. 70권, 〈傳常鄭甘陳段傳〉에 입전.

〖國譯〗

가을, 關東의 輕 戰車와 精兵을 대거 동원하였는데 각 郡國에서 3백 석 이상의 관리로 건장하고 騎射에 능한 자를 모두 종군케 하였다. 어사대부 田廣明을 祁連(기련)장군, 後將軍 趙充國을 蒲類(포류)장군, 雲中太守 田順을 虎牙(호아)장군이라 했고, 度遼(도료)장군 范明友(범명우), 前將軍 韓增(한증) 등 총 장군 5명에 기병이 15만 명이었다. 校尉인 常惠(상혜)는 지절을 가지고 가서 烏孫의 군사를 얻어 함께 흉노를 공격했다.

原文

三年春正月癸亥, 皇后許氏崩. 戊辰, 五將軍師發長安.

夏五月, 軍罷. 祁連將軍廣明,虎牙將軍順有罪, 下有司, 皆自殺. 校尉常惠將烏孫兵入匈奴右地, 大克獲, 封列侯.

大旱, 郡國傷旱甚者, 民毋出租賦. 三輔民就賤者, 且毋收事, 盡四年.

六月己丑, 丞相義薨.

| **註釋** | ○(本始) 三年 - 前 71년. ○皇后許氏崩 - 霍光의 처가 막내딸을 황후로 보내려고 女醫를 매수해 황후 許氏를 독살했고 곽광은 나중에 알고서도 그냥 덮어버렸다. 곽광의 딸은 황후가 되었고 곽광이 죽은 뒤에야 선제는 사실을 알았다. ○祁連將軍廣明,虎牙將軍順有罪 - 田廣明은 흉노가 있는 곳을 알면서도 진격하지 않았고, 虎牙將軍 田順은 기일도 안 되어 돌아왔고 포로나 노획 물자를 거짓으로 늘렸다 하여 정위에게 넘기자 모두 자살하였다. ○匈奴右地 ~ - 흉노 單于庭의 서쪽 지역. 常惠는 오손의 군사를 거느려 흉노 우녹려왕의 근거지에 진격하여 선우의 아버지 형제와 형수, 居次(거차, 公主) 등 3만 9천여 명을 생포하는 등 큰 전과를 올려 長羅侯(장라후)가 되었다. ○三輔民就賤者 - 三輔 지역의 백성으로 유랑민이 된 자. ○且毋收事 - 收는 조세의 징수. 事는 요역을 부과하다. ○盡四年 - 다음해 本始 4년에야 끝났다. ○丞相義薨 - 蔡義. 66권, 〈公孫劉田王楊蔡陳鄭傳〉에 입전.

〖國譯〗

(本始) 3년 春 正月 癸亥日, 皇后 許氏가 붕어했다. 戊辰(무진)일

에 五將軍의 군사가 長安을 출발했다.

여름 5월, 토벌군을 해산했다. 기련장군 田廣明과 虎牙將軍 田順은 죄를 지어 형리에게 넘겨지자 모두 자살하였다. 校尉인 常惠(상혜)는 烏孫의 군사를 거느리고 匈奴의 右地에 진격하여 큰 전과를 올려 列侯에 책봉되었다.

크게 가물었는데 각 郡國에 가뭄피해를 크게 입은 백성은 조세납부를 면제해 주었다. 三輔 지역의 유랑민도 전조나 요역을 내지 않아도 된다고 하였는데 다음 해에야 끝이 났다.

6월 己丑日, 승상 蔡義(채의)가 죽었다.

原文

四年春正月, 詔曰, "蓋聞農者興德之本也, 今歲不登, 已遣使者振貸困乏. 其令太官損膳省宰, 樂府減樂人, 使歸就農業. 丞相以下至都官令丞上書入穀, 輸長安倉, 助貸貧民. 民以車船載穀入關者, 得毋用傳."

三月乙卯, 立皇后霍氏. 賜丞相以下至郎吏從官金錢帛各有差. 赦天下.

| **註釋** | ○ (本始) 四年 - 前 70. ○ 太官損膳省宰 - 太官은 少府의 속관으로 황제의 식사 담당관, 질록 1천 석. 損膳省宰은 반찬 가짓수를 줄이고 宰人(재인, 도축 종사자)의 수도 감축하다. ○ 得毋用傳 - 출입허가를 받지 않아도 좋다. 傳은 入關할 수 있는 符信. ○ 立皇后霍氏 - 곽광의 막내딸. 곽광의 딸로 상관안의 아들과 결혼하여 낳은 딸(上官氏)은 소제의 황후였다. 황태

후가 볼 때 이모가 선제의 황후로 들어온 것이다. 곽황후는 宣帝의 두 번째 황후(재위 前 70-66). 황후가 된 3년 뒤에 곽광이 죽었고 허황후를 독살한 일이 탄로나 곽황후는 책립 5년에 폐위되어 昭臺宮(소대궁)에 유폐되었다가 나중에 자살하였다.

〖國譯〗

(本始) 4년 춘 정월, 조서를 내려 말했다. "짐이 알기로 농사란 덕정을 펼 수 있는 기본인데 금년이 흉년이라서 이미 사자를 보내 궁핍한 백성을 구제케 하였다. 태관은 음식을 줄이고 宰人(재인, 도축하는 사람)의 수를 감축하며 악부에서는 樂人을 감원하여 돌아가 농사를 짓게 하라. 승상 이하 장안에 있는 長이나 副職은 곡식을 장안에 운반하여 빈민을 구제하는 자를 보고하라. 백성이 수레나 선박으로 곡식은 가지고 入關할 때 출입 증표를 받지 않도록 하라."

3월 乙卯, 황후 霍氏(곽씨)를 책립하였다. 승상 이하 郎吏나 수종하는 관리까지 금전과 비단을 각각 차등 있게 하사하였다. 천하의 죄인을 사면하였다.

原文

夏四月壬寅, 郡國四十九地震, 或山崩水出. 詔曰, "蓋災異者, 天地之戒也. 朕承洪業, 奉宗廟, 托於士民之上, 未能和群生. 乃者地震北海,琅邪, 壞祖宗廟, 朕甚懼焉. 丞相,御史其與列侯,中二千石博問經學之士, 有以應變, 輔朕之不逮, 毋有所諱. 令三輔,太常,內郡國擧賢良方正各一人. 律令有可蠲除以安百姓, 條奏. 被地震壞敗甚者, 勿收租賦."
大赦天下. 上以宗廟墮, 素服, 避正殿五日.

五月, 鳳皇集北海安丘, 淳于.

秋, 廣川王吉有罪, 廢遷上庸, 自殺.

| 註釋 | ○乃者 - 近日. ○北海, 琅邪 - 郡名. ○應變 - 재이에 대응하다. ○安丘 - 현명. 今 山東省 濰坊市 관할의 安丘市. ○劉去(유거, 一名 劉吉. ?-前 70) - 景帝의 아들로 武帝의 이복 兄인 廣川 惠王 劉越(유월)의 아들. 잔인무도하여 本始 4년(前 70)에 탄핵을 받아 왕위에서 쫓겨나 上庸縣(今 湖北省 十堰市 관할의 竹山縣)으로 이송 도중에 자살하였다. 53권, 〈景十三王傳〉의 劉越傳에 附傳. 廣川國의 治所는 信都縣(今 河北省 衡水市 관할의 冀州市). 관할 지역은 河北省 남부와 山東省 일부. 보통 信都國이라 칭했다.

〖國譯〗

여름 4월 壬寅, 49개 郡國에서 지진이 발생하여 산이 무너지거나 제방이 무너졌다. 이에 조서를 내려 말했다.

"대개 災異(재이)란 천지 신령의 훈계일 것이다. 짐이 선조의 대업을 이어받아 종묘를 받들며 백성의 위에 있으면서 백성들을 안정시키질 못했다. 지난 번 지진에 北海와 琅邪(낭야) 군에서 선조의 묘당이 붕괴되어 짐은 몹시 두렵기만 하다. 승상과 어사대부는 列侯와 中二千石의 경들과 함께 經學之士에게 재변에 대응할 방법을 널리 물어 짐이 미처 생각 못한 점을 보완하되 숨기지 말지어다. 三輔와 太常의 관내, 그리고 內地의 郡國에서는 賢良方正한 인재를 각 1인씩 천거하라. 율령 중에서 폐지하여 백성을 안정시킬 수 있다면 조목조목 상주하기 바란다. 지진 피해가 심한 백성에게는 조세나 부역을 부과하지 말라."

천하의 죄수를 사면하였다. 선제는 종묘 일부가 붕괴했기에 素服을 하고 5일간 正殿을 피했다.

5월, 봉황이 北海郡 安丘縣과 淳于縣에 모여들었다.

가을, 廣川王 劉吉이 죄를 지어 폐위하여 上庸縣으로 이송 도중에 자살하였다.

原文

地節元年春正月, 有星孛於西方.

三月, 假郡國貧民田.

夏六月, 詔曰, "蓋聞堯親九族, 以和萬國. 朕蒙遺德, 奉承聖業, 惟念宗室屬未盡而以罪絶, 若有賢材, 改行勸善, 其復屬, 使得自新."

冬十一月, 楚王延壽謀反, 自殺.

十二月癸亥晦, 日有蝕之.

| 註釋 | ○地節 – 宣帝의 2번째 연호. 前 69–66년. 전년에 지진이 있어 개원. ○堯親九族, 以和萬國 – 《尙書 堯典》. ○復屬 – 屬籍(황족 명부)에 다시 올리다. ○楚王 延壽 – 楚 元王 劉交의 6세손. 武帝 재위 중 楚王이 되었는데, 廣陵王 劉胥(유서, 武帝의 子)와 긴밀한 관계를 유지하며 한 편이 되어 도왔다.

〖國譯〗

地節(지절) 元年(前 69) 봄 정월, 孛星(패성)이 서방에 출현하였다.

3月, 郡國의 빈민에게 토지를 대여해 주었다.

여름 6월, 조서를 내려 말했다. "짐이 알기로 堯(요)는 九族과 친밀하여 萬國을 화합케 하였다. 짐이 先帝의 유덕을 입어 聖業을 이었는데, 종실의 친속관계가 끝나기도 전에 죄를 지어 단절되는 경우가 많은데, 만약 유능한 인재가 있어 종실의 행실을 바꿔 勸善할 수 있다면 종실 명부에 다시 올려 스스로 일신하기를 기대한다."

겨울 11월, 楚王 延壽(연수)가 모반하여 자살했다.

12월 癸亥日(계해일) 그믐, 일식이 있었다.

原文

二年春三月庚午, 大司馬大將軍光薨. 詔曰, "大司馬大將軍博陸侯宿衛孝武皇帝三十餘年, 輔孝昭皇帝十有餘年, 遭大難, 躬秉義, 率三公諸侯九卿大夫定萬世策, 以安宗廟. 天下蒸庶, 咸以康寧, 功德茂盛, 朕甚嘉之. 復其後世, 疇其爵邑, 世世毋有所與. 功如蕭相國."

夏四月, 鳳皇集魯郡, 群鳥從之. 大赦天下.

五月, 光祿大夫平丘侯王遷有罪, 下獄死.

| 註釋 | ○(地節) 二年 – 前 68. ○博陸侯 – 작위만 말했지 記名하지 않았다. 麒麟閣 11功臣의 그림에도 작위와 성명을 기록했으나 곽광만은 '大司

馬大將軍博陸侯姓霍氏'라 하여 不記名한 것은 존경의 표시였다. ○諸侯 - 列侯. ○蒸庶(증서) - 蒸民, 衆庶. ○疇其爵邑 - 작읍을 감하지 말라. 최초 작읍을 다음 아들이 계승할 때 작읍의 10분의 2를 감했다. 이는 예외 조치이다. 疇는 같게하다. 세습하다. 밭 두둑 주. ○毋有所與 - 국가에 납세하거나 신역을 부담하지 않다. ○鳳皇集魯 - 봉황이 어떤 모양인지 설명이 없다. 魯國은 景帝가 劉餘(恭王)를 봉한 나라(前 154). 魯 恭王이 궁궐 꾸미기를 좋아해 孔子의 옛 집을 헐어 궁궐을 넓히는데 鐘磬과 琴瑟(금슬) 소리가 들려 더 이상 허물지 못했으나 공자 옛집 벽 속에서 古文 經傳을 찾아내었다. 宣帝 때는 그 후손 劉慶忌(孝王)가 재위 중이었다. 치소는 魯縣(山東省 濟寧市 관할의 曲阜市). ○平丘侯王遷有罪 - 선제를 옹립한 공신의 한 사람. 제후로부터 뇌물을 받고 궁중 일을 누설했다가 자살하였다.

〖國譯〗

(地節) 2년 봄 3월 庚午, 大司馬 大將軍 霍光이 죽었다.

이에 조서를 내려 말했다.

"大司馬 大將軍 博陸侯는 孝武皇帝를 30여 년 宿衛(숙위)하였고 孝昭皇帝를 10여 년 보필하면서 큰 환난을 겪을 때마다 정도를 견지하며 3공과 열후, 9경과 대부에 솔선하여 만세의 방책을 도모하여 종묘를 안정시켰다. 천하 백성은 그 은덕을 입어 평안하였고 그 공적은 위대하여 짐도 심히 칭송하고 있다. 그 후손의 조세와 요역을 면제하며 그 봉지 식읍도 줄이지 말며 代代로 이와 같을 것이다. 그 공적은 相國 蕭何(소하)와 같도다."

여름 4월, 봉황이 魯國에 모였는데 많이 새들이 따랐다. 천하에 사면령을 내렸다.

5월, 광록대부인 平丘侯 王遷(왕천)이 죄를 지어 감옥에서 자살하였다.

原文

上始親政事, 又思報大將軍功德, 乃復使樂平侯山領尙書事, 而令群臣得奏封事, 以知下情. 五日一聽事, 自丞相以下各奉職奏事, 以傅奏其言, 考試功能. 侍中尙書功勞當遷及有異善, 厚加賞賜, 至於子孫, 終不改易. 樞機周密, 品式備具, 上下相安, 莫有苟且之意也.

| 註釋 | ○樂平侯山 – 樂平侯 霍山, 곽거병의 손자. ○封事 – 그전에는 신하가 상서할 때 원본과 부본을 같이 올렸는데 尙書가 부본을 읽고 필요 없는 상주라 생각하면 올리지 않았다. 그러나 封事는 황제에게 直報하기 위하여 특수하게 봉한 상주문을 말한다. 결국 이는 곽산의 권력을 축소시키는 방법이 되었다. ○以傅奏其言 – 傅奏는 敷奏(부주), 상세히 말하다. ○侍中 – 侍中은 列侯 이하 郎中에 해당하는 加官의 직명. 시중은 궁중에 출입할 수 있고 황제의 측근으로 정사에 관여할 수 있었다. 위엄 있는 복장을 했으며 여러 시중 중 僕射 1인이 대표 역할을 했다. ○樞機周密 – 중요한 정무의 처리 방법이나 제도가 빈틈없이 갖추어지다.

〚國譯〛

선제가 이때부터 친정을 폈지만 대장군 곽광의 공덕을 생각하여 다시 樂平侯 霍山(곽산)으로 尙書事를 겸하게 하면서도, 모든 신하가 封事로 상주하게 하여 하위직급자의 뜻도 파악할 수 있었다. 5일에 한번 국사를 처리하되 승상 이하 각 부서별로 상주하면서 국사에 대한 의견을 설명하게 하여 그 능력을 검증하였다. 侍中이나 尙書로 공로가 있으면 응당 진급시키고 특별한 재능이 있다면 후한 상을 내리며 자손에 이르도록 바꾸지 않고 근무하게 하였다. 그리하여 국가의 주요 정무 처리에 빈틈이 없었으며 여러 제도가 고루 갖춰져서 상하가 모두 안정되었고 구차하게 회피하려는 자가 없었다.

原文

三年春三月, 詔曰, "蓋聞有功不賞, 有罪不誅, 雖唐虞猶不能以化天下. 今膠東相成勞來不怠, 流民自佔八萬餘口, 治有異等, 其秩成中二千石, 賜爵關內侯."

又曰, "鰥寡孤獨高年貧困之民, 朕所憐也. 前下詔假公田, 貸種食. 其加賜鰥寡孤獨高年帛. 二千石嚴敎吏謹視遇, 毋令失職."

令內郡國擧賢良方正可親民者.

夏四月戊申, 立皇太子, 大赦天下. 賜御史大夫爵關內侯, 中二千石爵右庶長. 天下當爲父後者爵一級. 賜廣陵王黃金千斤, 諸侯王十五人黃金各百斤, 列侯在國者八十七人黃金各二十斤.

| **註釋** | ○(地節) 三年 – 前 67년. ○膠東相成 – 膠東國 相인 王成. ○勞來不怠 – 勞苦를 게을리 하지 않았다. 힘써 일했다. '勞하며 來하다' 동사 2

개를 연용한 말인데, 동작이 화자에게 접근하는 의미를 담고 있다. ○自佔八萬~ – 佔 호적에 볼 점. 오르다. ○中二千石 – 태수나 제후국 상의 질록은 이천석이다. 중이천석은 9경 반열의 질록이다. 특별 상여금을 준다는 뜻이다. ○賜爵關內侯 – 관내후에게는 식읍이 지급된다. ○鰥寡孤獨 – 홀아비, 과부, 고아, 자식 없는 노인. 천하의 窮民. ○高年貧困之民 – 高年(고년, 고령자)과 빈곤한 백성으로 풀이해야지만, '高年에 貧困한 民'이라 해석해도 될 것이다. ○貸種食 – 종자와 양식을 꾸어주다. 갚아야 할 의무가 있다. ○毋令失職 – 직무를 제대로 수행하지 못해 실직당하지 말라. ○立皇太子 – 선제와 허황후가 민간에 있을 때 낳은 아들. ○右庶長 – 20등 작위 중 11등급 작위. ○廣陵王 – 劉胥(유서)는 宣帝의 從祖父.

〖國譯〗

(地節) 3년 봄 3월, 조서를 내려 말했다.

"짐이 알기로 공적에 상을 주지 않고 죄를 벌하지 않는다면 堯舜일지라도 천하를 교화할 수 없을 것이다. 이번에 膠東相인 王成은 부지런히 국사에 힘써 호적에 유민이 8만여 명이나 되었지만 그 치적이 특히 우수하니 왕적의 질록을 中二千石으로 올려주고 관내후의 작위를 하사하라."

또 말했다. "짐은 鰥寡孤獨(환과고독)과 노인, 빈곤한 백성을 특히 가련하게 여긴다. 앞서 조서로 공전을 빌려주고 종자와 양식을 대여하라고 명했다. 이제 그들에게 비단을 하사하라. 二千石(太守)은 관리를 엄격히 살피고 독려하여 빈궁한 백성을 돌보도록 하라."

內郡國에서는 賢良方正하여 백성을 친밀하게 이끌 인재를 천거하라 명했다.

여름 4월 戊申日, 황태자를 책립하고 천하 죄수를 사면했다. 御史

大夫에게 關內侯의 작위를, 中二千石에게 右庶長의 작위를 하사하였다. 온 천하 부친의 후계자에게 작위 1급을 하사하였다. 廣陵王에게 황금 1천 근을, 諸侯王 15인에게는 황금 각 1백 근을, 봉국에 나가 있는 열후 87인에게 황금 각 20근을 하사하였다.

原文

冬十月, 詔曰, "乃者九月壬申地震, 朕甚懼焉. 有能箴朕過失, 及賢良方正直言極諫之士以匡朕之不逮, 毋諱有司. 朕既不德, 不能附遠, 是以邊境屯戍未息. 今復飭兵重屯, 久勞百姓, 非所以綏天下也. 其罷車騎將軍,右將軍屯兵." 又詔, "池籞未御幸者, 假與貧民. 郡國宮館, 勿復修治. 流民還歸者, 假公田, 貸種食, 且勿算事."

| **註釋** | ○毋諱有司 – 有司를 꺼려하지 말라. ○罷車騎將軍,右將軍屯兵 – 車騎將軍은 張安世였고 右將軍은 곽광의 아들 霍禹였는데 그 병력의 해산은 곽씨 세력을 삭감하려는 뜻이었다. ○池籞 – 池는 양어장, 籞는 금렵금어구역 어. 말을 기르는 곳, 새를 사냥하는 곳이라는 주석도 있다. 황제의 유람에 대비한 시설일 것이다. ○且勿算事 – 징세와 요역을 부과하지 말라.

〖**國譯**〗

겨울 10월, 조서를 내려 말했다.

"지난 9월 壬申日의 지진에 짐은 몹시 두려웠다. 짐의 과실을 바로잡을 수 있고, 賢良方正하여 直言極諫을 할 인재가 있어 짐이 미치지 못하는 부분을 바로잡아줄 수 있다면 관련 업무 담당자를 꺼려하지 말지어다. 짐이 부덕하여 먼 이민족을 귀부하도록 이끌지 못했기에 변방의 둔병을 여태껏 해산하지 못했었다. 이번에 다시 변경에 주둔할 군사를 동원하여 백성의 고생을 멈추게 할 수 없으니 이는 천하를 안정케 하는 길이 아니다. 車騎將軍과 右將軍의 둔병을 해산토록 하라."

또 조서를 내려 말했다. "천자가 행차하지 않는 황실의 연못이나 禁苑(금원)을 빈민에게 임대하라. 각 군국에 있는 궁궐을 더 이상 수리하지 말라. 돌아온 유민에게 공전을 임대해주고 종자와 식량을 대여하되 징세하거나 傜役(요역)을 시키지 말라."

原文

十一月, 詔曰, "朕既不逮, 導民不明, 反側晨興, 念慮萬方, 不忘元元. 唯恐羞先帝聖德, 故並舉賢良方正以親萬姓, 歷載臻茲, 然而俗化闕焉. 傳曰, '孝弟也者, 其爲仁之本與!' 其令郡國舉孝弟有行義聞於鄉里者各一人."

十二月, 初置廷尉平四人, 秩六百石.

省文山郡, 並蜀.

| **註釋** | ○不逮 - 不及. ○反側晨興 - 저녁 늦게 자고 새벽에 일찍 일어나다. ○恐羞~ - 羞는 辱되게 하다. ○歷載臻茲 - 세월이 흘러 오늘에 이르다. 臻은 이를 진(至也). ○俗化闕焉 - 德化의 효과가 나타나지 않다. ○孝弟也者, 其爲仁之本與 - 《論語 學而》. ○廷尉平 - 정위의 속관. 형량의 적정

여부를 심의. ○文山郡 - 武帝 때 설치. 今 四川省 지역.

〖國譯〗

11월, 조서를 내려 말했다.

"짐은 사려가 깊지 못해 백성을 제대로 이끌지도 못하나 이른 아침부터 밤늦게까지 온 나라 정사와 백성을 염려하고 있도다. 다만 先帝의 聖德을 욕되게 할까 두려워 현량방정한 인재를 얻어 만백성과 가까이 하면서 오늘에 이르렀지만 그래도 덕화가 부족하다. 경서에서도 '효도와 공경은 仁의 바탕이 된다.' 고 하였다. 각 군국에 명하여 효제하며 도덕을 지켜 마을에 널리 알려진 인재를 각 1명씩 천거하기 바란다."

12월, 처음으로 廷尉平 4인을 두었는데 질록은 6백 석이었다.

文山郡을 없애 蜀郡에 병합했다.

原文

四年春二月, 封外祖母爲<u>博平君</u>, 故<u>酇侯蕭何</u>曾孫<u>建世</u>爲侯.

詔曰, "導民以孝, 是天下順. 今百姓或遭衰絰凶災, 而吏傜事使不得葬, 傷孝子之心, 朕甚憐之. 自今, 諸有大父母, 父母喪者勿傜事, 使得收斂送終, 盡其子道."

| 註釋 | ○(地節) 四年 - 前 66년. ○外祖母 - 宣帝의 모친은 王翁須(왕

옹수)인데 선제는 모친을 悼后(도후), 조모를 戾后(여후)로 추존, 개장했는데 이는 〈戾太子傳〉에 있다. 地節 3년(前 67)에 외조모 王媼(왕온, 왕씨의 노파)을 찾았는데 왕온은 두 아들과 함께 누런 소가 끄는 수레를 타고 왔기에 백성들은 '黃牛媼(황우구)'라고 불렀다. 〈外戚傳〉(上) 참고. ○蕭何曾孫 – 소하의 玄孫이 맞음. ○衰絰凶災 – 장례를 치러야할 큰 일. 衰絰(최질)은 喪服(衰 상복 최)과 首絰(수질). 居喪. ○大父母 – 조부모.

〖國譯〗

(地節) 4년 봄 2월, 外祖母를 博平君에 봉했고, 옛 酇侯 蕭何의 曾孫(玄孫) 建世를 열후에 봉했다.

조서를 내려 말했다. "효도로 백성을 이끌면 천하가 和順한다. 지금 백성이 居喪할 어려운 처지에도 관리가 요역을 부과하여 장례를 잘 치루지 못해 상주의 마음을 아프게 한다니 짐은 이를 심히 가엽게 생각한다. 오늘 이후로 조부모나 부모상을 당한 백성에게 요역을 부과하지 아니하여 장례를 잘 마쳐 자식의 도리를 다하게 하라."

原文

夏五月, 詔曰, "父子之親, 夫婦之道, 天性也. 雖有患禍, 猶蒙死而存之. 誠愛結於心, 仁厚之至也, 豈能違之哉! 自今, 子首匿父母,妻匿夫,孫匿大父母, 皆勿坐. 其父母匿子, 夫匿妻,大父母匿孫, 罪殊死, 皆上請廷尉以聞."

立廣川惠王孫文爲廣川王.

| 註釋 | ○猶蒙死而存之 - 죽음을 무릅쓰고 살리려 하다. ○首匿父母 - 우선 부모를 숨겨주다. 首는 首謀. 匿은 숨을 익(닉). 숨겨주다. 葉公(섭공)이 孔子에게 자기 나라의 정직한 자는 그 아버지가 羊을 훔치자 아들이 고발했다고 자랑하였다. 그러자 공자는 "우리 마을의 정직은 그와 다르니 아버지가 아들을 숨겨주고 아들이 부친을 숨겨주는데 그것이 정직이다.(吾黨之直者異於是, 父爲子隱, 子爲父隱. 直在其中矣.)"라고 말했다.《論語 子路》. ○殊死(수사) - 斬刑(참형). 殊는 죽일 수. 離絶. ○廣川惠王 - 劉越(유월). 그 후손의 잔악무도한 내용은 53권, 〈景十三王傳〉의 廣川惠王 劉越傳에 附記.

〖國譯〗

여름 5월, 조서를 내려 말했다.

"父子有親과 夫婦의 道는 天性이다. 비록 환난을 당하더라도 죽음을 무릅쓰고 살려주려 한다. 진정으로 마음에서 우러난 것이니 가장 인자한 마음일 것이다. 오늘 이후로 아들이 먼저 부모를 숨겨주고, 아내가 남편을, 손자가 조부모를 숨겨주었더라도 이를 처벌하지 말라. 부모가 자식을 숨겨주거나 남편이 아내를, 조부모가 손자를 숨겨주어 그 죄가 사형에 해당하더라도 모두 정위에게 알려 보고토록 하라."

廣川惠王의 손자 文(문)을 廣川王에 봉했다.

原文

秋七月, 大司馬霍禹謀反. 詔曰, "乃者, 東織室令史張赦使魏郡豪李竟報冠陽侯霍雲謀爲大逆, 朕以大將軍故, 抑而不揚, 冀其自新. 今大司馬博陸侯禹與母宣成侯夫人顯及從昆弟冠陽侯雲,樂平侯山,諸姊妹婿度遼將軍范明友,長信少府鄧廣漢,中郎將任勝,騎都尉趙平,長安男子馮殷等謀爲大逆. 顯前又使女侍醫淳于衍進藥殺共哀后, 謀毒太子, 欲危宗廟. 逆亂不道, 咸伏其辜. 諸爲霍氏所詿誤未發覺在吏者, 皆赦除之."

八月己酉, 皇后霍氏廢.

| **註釋** | ○霍禹 – 곽광의 아들. ○東織室 – 漢代에 동서 직실이 있었다. 무늬가 있는 비단으로 祭服을 만드는 곳. 令史는 그 책임자. ○魏郡豪李竟 – 豪는 권세가. 地方의 勢力 氏族. ○冠陽侯霍雲 – 곽거병의 손자인 霍山의 형제. ○宣成侯夫人顯 – 곽광의 처. 곽광이 죽은 뒤에 곽광의 家奴 감독이었던 羽林郞인 馮殷(풍은, 馮子都)과 通姦도 했다. ○長安男子~ – 男子는 관직자와 평민에게 모두 사용할 수 있는 호칭이었다. ○女侍醫淳于衍(순우연) – 순우연을 매수, 극약인 附子(부자)로 독살하는 과정은 97권, 〈外戚傳〉(下), 孝宣許皇后傳 참고. ○共哀后 – 恭哀后, 宣帝의 許皇后, 元帝의 생모.

〖**國譯**〗

가을 7월, 大司馬 霍禹(곽우)가 모반했다. 선제가 조서로 말했다.

"지난번에 東織室의 令史인 張赦(장사)가 魏郡의 豪族 李竟(이경)에게 冠陽侯 霍雲(곽운)이 大逆을 모의한다고 알렸을 때, 朕은 大將軍(霍光)을 생각하여 감춰 말하지 않고 그들이 바뀌길 기대했었다. 이번에 대사마인 博陸侯 霍禹(곽우)와 그 모친인 宣成侯夫人 顯(현)과 사촌 형제인 冠陽侯 霍雲, 樂平侯 霍山 그리고 자매의 남편인 度

遼將軍 范明友, 長信少府 鄧廣漢(등광한), 中郞將 任勝(임승), 騎都尉 趙平, 또 長安 男子인 馮殷(풍은) 등이 모의하여 대역을 저질렀다. 顯(현)은 이에 앞서 女侍醫인 淳于衍(순우연)을 시켜 共哀后(許皇后)를 독살했고 태자 독살까지 모의하여 종묘사직을 위기에 처하게 했다. 逆亂不道하여 모두 죄에 따라 처리되었다. 그간 霍氏 일족에 의해 꾐에 빠졌으나 아직 드러나지 않은 관리들은 모두 용서하되 면직토록 하라."

8월 己酉, 皇后 霍氏를 폐위했다.

原文

九月, 詔曰, "朕惟百姓失職不贍, 遣使者循行郡國問民所疾苦. 吏或營私煩擾, 不顧厥咎, 朕甚閔之. 今年郡國頗被水災, 已振貸. 鹽, 民之食, 而賈咸貴, 衆庶重困. 其減天下鹽賈."

| 註釋 | ○失職不贍 - 생계를 잃고 가난해지다. 贍은 넉넉할 섬. ○鹽 - 前漢의 소금 가격에 대한 사료가 없다고 한다. 후한에서는 1石(26.4kg)에 8千 錢이라는 기록이 있으나, 저렴할 때에는 1백 전에도 살 수 있었다고 한다. ○衆庶重困 - 백성들 고통을 가중시키다. ○其減天下~ - 其는 ~해라(명령). 당연히 ~해야 한다. 장차 ~하려 한다.

〖國譯〗

9월, 조서로 말했다.

"짐은 백성들이 생업을 잃고 가난한 것을 생각하여 사자를 지방에 파견하여 군국을 순행하면서 백성들의 고통을 알아보게 하였다. 어떤 관리들은 사욕을 채우려고 백성을 괴롭히면서도 자신의 잘못을 돌아보지 않는다 하니 짐은 이를 심히 안타까워한다. 금년에 많은 군국에서 수해를 당하여 빈민을 구제를 하고 있다. 그러나 소금과 백성의 양식 그 두 가지가 모두 비싸 백성의 고통을 가중시키고 있다. 천하의 소금 가격을 낮추도록 하라."

原文

又曰, "令甲, 死者不可生, 刑者不可息. 此先帝之所重, 而吏未稱. 今繫者或以掠辜若饑寒瘐死獄中, 何用心逆人道也! 朕甚痛之. 其令郡國歲上繫囚以掠笞若瘐死者所坐名, 縣,爵,里, 丞相御史課殿最以聞."

十二月, 淸河王年有罪, 廢遷房陵.

| 註釋 | ○令甲 – 漢 건국 후, 승상 蕭何가 秦法을 가감하여 시행한 법을 律經이라 한다. 그 이후 천자의 명에 의하여 변경되는 것을 律令이라 하였다. 令甲은 1호 율령이란 뜻이다. ○刑者不可息 – 肉刑을 받은 것은 재생할 수 없다. 코를 베는 劓刑(의형)을 받았는데 코가 어떻게 다시 자라겠는가? ○掠辜(약고) – 고문을 당하다. 掠은 노략질할 략. 강제로 빼앗다. 辜는 허물 고. 죄. ○若饑寒瘐死獄中 – 若은 혹은. 瘐死(유사)는 옥중에서 병들어 죽다. 瘐는 병들 유. 옥중에서 걱정으로 죽다. ○所坐名,縣,爵,里 – 所坐는 관련된 관리. 名은 담당 관리 이름, 縣 거주 현, 爵 작위, 里 거주 마을. ○課殿最以

聞 – 課는 考課, 근무성적평정. 殿은 평가에서 최하위. 最는 평가에서 최우수. ○淸河王年有罪 – 代 孝王 劉參의 玄孫. 淸河 剛王 劉義의 孫子, 同母 姊妹와 통간.

〖國譯〗

이어 말했다. "令甲에 죽은 자는 다시 살아날 수 없고, 형으로 잘린 몸은 다시 자라지 않는다고 하였다. 이는 先帝께서도 매우 걱정하셨으나 관리는 거기에 부응하지 못했다. 지금 갇혀 있는 백성이 고문을 당하거나 아니면 굶주림과 추위로 옥중에서 병사하는데도 마음 씀씀이가 어찌 이처럼 人道와 어긋날 수 있는가! 짐은 심히 마음이 아프다. 군국에 명령하여 갇혔던 죄수가 고문이나 태형 또는 옥중에서 1년간 몇 명이나 죽었으며 그 죽은 죄수와 연관된 관리의 이름, 현과 작위와 마을을 보고하게 하여 승상과 어사대부는 考課에 반영한 뒤에 짐에게 보고하라."

12월, 淸河王 年(연)이 죄를 지어 폐위한 뒤에 房陵縣(방릉현)에 이주케 하였다.

原文

元康元年春, 以杜東原上爲初陵, 更名杜縣爲杜陵. 徙丞相將軍列侯吏二千石訾百萬者杜陵.

三月, 詔曰, "乃者鳳皇集泰山陳留, 甘露降未央宮. 朕未能章先帝休烈, 協寧百姓, 承天順地, 調序四時, 獲蒙嘉瑞,賜茲祉福, 夙夜兢兢, 靡有驕色, 內省匪解, 永惟罔極.《書》不云乎? '鳳皇來儀, 庶尹允諧.' 其赦天下徒, 賜勤事吏中二千石以下至六百石爵, 自中郞吏至五大夫, 佐史以上二級, 民一級, 女子百戶牛酒. 加賜鰥寡孤獨,三老孝弟力田帛. 所振貸勿收."

| 註釋 | ○元康 - 宣帝의 3번째 연호. 前 65-62년. ○杜陵 - 선제의 능, 능현 이름. 今 陝西省 西安市 동남. ○泰山陳留 - 泰山은 군명. 陳留는 郡名. 치소는 陳留縣(今 河南省 開封市 동남). ○休烈 - 美業. ○內省匪解 - 내성은 自省. 不懈는 게으르지 않다. ○永惟罔極 - 永惟는 깊이 생각하다. 오래 생각하다. 罔極은 끝이 없다. ○《書》不云乎 - 《書經 虞書》. ○庶尹允諧 - 庶尹은 衆官의 우두머리. 允諧는 믿고 화목하다. ○自中郞吏至五大夫 - 中郞은 郞中令 소속 郞官. 吏는 관원이라는 뜻. 五大夫는 20등급 중 9급의 작위. ○佐史以上二級 - 佐史(좌사)는 봉록이 아주 박한 하급 관리. 좌사 월봉은 8斛(1斛=10斗. 1斗=10升. 1升=0.2 l)이라는 주석이 있다.

〖國譯〗

元康(원강) 원년 봄, 杜縣의 동쪽 평원에 능을 짓기로 하고 杜縣이 이름을 바꿔 杜陵(두릉)이라 하였다. 丞相과 將軍, 列侯와 二千石 관리, 자산 1백만 전 이상인 자를 두릉으로 이사시켰다.

3월, 조서를 내려 말했다.

"지난번에 봉황이 泰山郡과 陳留郡에 모였고, 甘露가 未央宮에 내렸다. 朕은 先帝의 훌륭한 대업을 드높이거나 백성을 편히 살게 하고, 또 천지신명의 뜻을 따르며 四時의 조화를 이루지도 못하였는데도 이러한 祥瑞가 나타나고 훌륭한 복을 받았기에 아침저녁으로 조심하며 교만한 안색을 나타내지 않고 내심 반성을 게을리하지 않으면서 끝없이 깊이 오래 생각하였도다. 《尙書》에서도 말하지 않았는가? '봉황이 춤추며 모여드니, 백관이 서로 믿고 화목하다.' 천하의 죄수를 사면하라. 업무에 충실한 中二千石 이하 6백 석 관리에게 작위를 낭관에서부터는 작위를 五大夫까지, 佐史(좌사) 이상 관원은 2급을 하사하고 백성에게는 작위 1급을, 수급자의 여자에게는 1백 호당 소고기와 술을 하사하라. 鰥寡孤獨(환과고독)과 三老와 孝弟와 力田者에게는 비단을 하사하라. 빈민을 위해 賑貸(진대)한 것을 회수하지 말라."

原文

夏五月, 立皇考廟. 益奉明園戶爲奉明縣.

復高皇帝功臣絳侯周勃等百三十六人家子孫, 令奉祭祀, 世世勿絶. 其毋嗣者, 復其次.

秋八月, 詔曰, "朕不明六藝, 鬱于大道, 是以陰陽風雨未時. 其博擧吏民, 厥身修正, 通文學, 明於先王之術, 宣究其意者, 各二人, 中二千石各一人."

冬, 置建章衛尉.

| 註釋 | ○奉明園 – 宣帝 생부(史皇孫)의 陵園. 奉明縣은 今 陝西省 西安市 서북. ○復其次 – 次는 傍系 孫. ○鬱于大道 – 鬱은 不通. ○其博擧吏

民, ~ - 이 조서는 승상과 어사대부에 내린 것으로 인재 천거의 기준을 설명하였다. ○建章衛尉 - 建章宮의 衛尉.

〖國譯〗

여름 5월, 皇考의 묘당을 건립했다. 奉明園의 민호를 늘려 奉明縣으로 승격시켰다.

高皇帝이 공신 絳侯(강후) 周勃(주발) 등 136명 자손의 작위를 회복하여 제사를 받들어 대대로 끊이지 않게 하였다. 후사가 없는 경우에는 방계 자손에게 하사하였다.

가을 8월, 조서를 내려 말했다. "朕이 6經에 밝지도 못하고 治理의 大道에도 불통하기에 음양풍우가 不順하다고 생각한다. 관리나 백성 중에서 수신하여 행실이 바르고 경학에 박통하며 先王의 통치술을 잘 알아 그 진의를 궁구한 자를 널리 추천 받아 2명씩 짐에게 천거하고 中二千石 관리는 각 1명씩 천거하기 바란다."

겨울, 建章宮 衛尉(위위)를 임명하였다.

原文

二年春正月, 詔曰, "《書》云 '文王作罰, 刑茲無赦', 今吏修身奉法, 未有能稱朕意, 朕甚愍焉. 其赦天下, 與士大夫厲精更始."

二月乙丑, 立皇后王氏. 賜丞相以下至郎從官錢帛各有差.

三月, 以鳳皇甘露降集, 賜天下吏爵二級, 民一級, 女子百戶牛酒, 鰥寡孤獨高年帛.

夏五月, 詔曰, "獄者, 萬民之命, 所以禁暴止邪, 養育群生也. 能使生者不怨, 死者不恨, 則可謂文吏矣. 今則不然, 用法或持巧心, 析律貳端, 深淺不平, 增辭飾非, 以成其罪. 奏不如實, 上亦亡繇知. 此朕之不明, 吏之不稱, 四方黎民將何仰哉! 二千石各察官屬, 勿用此人. 吏務平法. 或擅興徭役, 飾廚傳, 稱過使客, 越職逾法, 以取名譽, 譬猶踐薄冰以待白日, 豈不殆哉! 今天下頗被疾疫之災, 朕甚愍之. 其令郡國被災甚者, 毋出今年租賦."

又曰, "聞古天子之名, 難知而易諱也. 今百姓多上書觸諱以犯罪者, 朕甚憐之. 其更諱詢. 諸觸諱在令前者, 赦之."

冬, 京兆尹趙廣漢有罪, 要斬.

| **註釋** | ○(元康) 二年 – 前 64년. ○《書》云 –《尙書 周書 康誥》. ○厲精更始 – 厲는 激勵(격려). ○皇后王氏 – 王奉光의 女. 곽황후를 폐한 뒤에 선제는 허황후 소생 태자가 일찍 모친을 여의고 곽씨에게 거의 해를 입을 뻔했기에 평소에 신중하고 자식이 없는 후궁인 王婕妤(왕첩여)를 골라서 황후에 봉하며 태자를 양육토록 하였다. 왕황후는 그렇게 황후가 되었지만 선제를 거의 알현하지도 못하고 총애도 받지 못했다. 황후의 부친을 邛成侯(공성후)에 봉했다. ○析律貳端 – 법률에 대하여 다르게 해석하다. ○上亦亡繇知 – 上은 황제 자신. 繇는 由. ○飾廚傳 – 음식이나 객사를 표준 이상으로 차리고 꾸미다. 廚(부엌 주)는 주방 곧 음식. 傳은 傳舍. 客舍. ○稱過使客 – 지나

가는 使者의 마음에 들다. 稱은 稱義. 過使客은 지나가는 使者. ○難知而易諱也 – 천자 이름은 알기 어려운 僻字(벽자)를 썼기에 일상생활에서 피휘가 쉬웠다. ○京兆尹趙廣漢有罪 – 趙廣漢(? – 前 65)은 유능한 지방관으로 출세하였지만 너무 과감하여 미움을 받았고 무고한 사람을 함부로 죽였다 하여 처형되었다. 뒷날 北宋의 건국자인 宋 太祖 趙匡胤(조광윤)은 涿縣(탁현) 사람으로 趙廣漢의 후손이라 자처했다. 76권, 〈趙尹韓張兩王傳〉에 입전.

〖國譯〗

(元康) 2년 봄 정월, 조서를 내려 말했다.

"《尙書》에 '文王이 법령을 제정하고서는 형벌에 용서가 없었다.' 고 하였다. 지금 관리는 修身하며 따른다지만 짐의 뜻에 부응하지 못하는 것 같이 짐이 심히 걱정하고 있다. 천하의 죄인을 사면하고 사대부와 함께 정신을 가다듬어 이로부터 혁신코자 한다."

2월 乙丑, 황후 王氏를 책립하였다. 승상 이하 낭관과 수종관까지 금전과 비단을 차등 있게 하사하였다.

3월, 봉황이 모여들고 감로가 내려 천하 모든 관리에게 작위 2급을, 백성에게 1급씩 하사하고 여자들에게는 1백 호에 소고기와 술을, 鰥寡孤獨과 고령자에게는 비단을 하사하였다.

여름 5월, 조서를 내려 말했다. "刑獄(형옥)이란 만백성의 생명과 관계가 있으니 폭력과 사악을 금지하여 群生을 양육하려는 뜻이다. 산 자에게는 원망을 듣지 않고, 죽은 자에게는 원한이 없어야만 法文을 잘 아는 사람이라 할 수 있다. 그러나 지금은 그러하지 아니하니 법을 적용하면서, 어떤 자는 교묘한 속셈으로 법조문을 다르게 해석하며, 형량이 달라 공평하지 못하고, 없는 말을 보태거나 잘못을 지어내어 죄를 얽어내기도 한다. 사실과 다르게 상주하면 짐도 알 길이 없도다. 이는 짐이 명철하지 못한 것이고 형리는 직무를 수행하지 못한 것이니 천하 백성은 어디를 쳐다보겠는가! 태수는 소속 관리를 잘 살피데 그런 자를 등용치 말라. 관원은 힘써 법을 공정하게 집행해야 한다. 어떤 관원은 멋대로 요역을 부과하고 규정 이상으로 음식을 접대하거나 傳舍(客舍)를 꾸며 지나는 사자의 환심을 사고 직분과 법을 어기면서 명예를 얻으려 하는데, 이를 비유하자면 얇은 얼음을 딛고서 한낮의 해를 기다리는 것과 같으니 어찌 위태롭지 않겠는가! 지금 온 천하에 역병이 크게 유행하여 짐은 심히 걱정스러울 뿐이다. 군국에 명령하여 재해를 심하게 당한 자에게는 금년의 租賦를 면제시켜라."

또 말했다. "옛 천자의 이름은 알기 어려워 쉽게 諱(휘)할 수 있었다는데, 지금 백성은 상서하면서 휘하지 않아 법에 저촉되는 자가 많다 하니 짐이 심히 안타깝도다. 지금 짐의 이름을 바꿔 詢(물을 순)으로 한다. 이 조서 이전에 諱를 어긴 자들을 사면한다."

겨울, 京兆尹 趙廣漢(조광한)이 죄를 지어 요참형에 처했다.

原文

三年春, 以神爵數集泰山, 賜諸侯王,丞相,將軍,列侯二千石金, 郎從官帛, 各有差. 賜天下吏爵二級, 民一級, 女子百戶牛酒鰥寡孤獨高年帛.

三月, 詔曰, "蓋聞象有罪, 舜封之, 骨肉之親粲而不殊.

其封故昌邑王賀爲海昏侯."

| 註釋 | ○(元康) 三年 - 前 63년. ○神爵 - 神雀. ○聞象有罪 - 象은 舜의 이복동생, 舜을 여러 번 죽이려 했다. 순이 즉위 후 有鼻國에 封했다고 한다. ○粲而不殊 - 粲은 명확하게 하다. 갈라놓다(析). 殊는 사형. ○故昌邑王賀 - 劉賀, 27일 재위. 海昏侯. 63권, 〈武五子傳〉의 昌邑王 劉髆에 附傳. 이전의 昌邑에 돌아갔는데 퇴위 후 생활은 山陽郡(治所는 昌邑縣. 今 山東省 菏澤市 鉅野縣.) 太守 張敞(장창)이 올린 보고에 상세하다.

〖國譯〗

(元康) 3년 봄, 神爵이 자주 泰山에 떼 지어 나타나자, 제후왕과 승상, 장군과 열후와 二千石에게는 金錢을, 郎官 이하 隨從官에게는 비단을 차등 있게 하사하였다. 天下의 관원에게는 작위 2급을 백성에게는 1급씩 하사하였고, 女子는 1백 호에 소고기와 술을, 鰥寡孤獨(환과고독)과 고령자에게는 비단을 하사하였다.

3월에, 조서를 내려 말했다.

"짐이 알기로 象(상)이 죄를 지었지만 舜은 象을 봉했으니 骨肉之親을 갈라놓을 뿐 죽이지는 않는다. 옛 昌邑王 賀(하)를 海昏侯에 봉하기 바란다."

原文

又曰, "朕微眇時, 御使大夫丙吉,中郎將史曾,史玄,長樂衛尉許舜,侍中光祿大夫許延壽皆與朕有舊恩. 及故掖庭令張賀輔導朕躬, 修文學經術, 恩惠卓異, 厥功茂焉.《詩》不云乎? '無德不報.' 封賀所子弟子侍中中郎將彭祖爲陽都侯, 追賜賀諡曰陽都哀侯. 吉,曾,玄,舜,延壽皆爲列侯. 故人下至郡邸獄復作嘗有阿保之功, 皆受官祿田宅財物, 各以恩深淺報之."

| 註釋 | ○《詩》不云乎 - 《詩經 大雅 抑》. ○所子弟子 - 所子의 子는 동사로 쓰였다. 아들이 된 동생의 아들. 張賀는 아들이 하나 있었는데 일찍 죽자 동생의 아들(조카)을 양자로 들였다. ○阿保之功 - 아보는 양육하다. 阿는 의지하다. 阿母는 乳母.

〖國譯〗

또 조서를 내려 말했다.

"朕이 미천할 때, 어사대부 丙吉(병길)은 中郎將 史曾(사증)과 史玄(사현), 長樂衛尉인 許舜(허순), 侍中光祿大夫인 許延壽(허연수) 등과 함께 짐에게 베푼 옛 은정이 있었다. 또 故 掖庭令 張賀(장하)는 짐을 輔導(보도)하여 유가 경전과 치국의 학술을 배우게 하였으니 그 은덕이 아주 탁월하고 그 공덕도 크도다.《詩》에서도 '德이 없으면 報恩도 없다.' 고 말하지 않았는가? 장하의 아들이 된 동생의 아들 侍中 中郎將인 張彭祖(장팽조)를 陽都侯에 봉하고 장하에게 陽都哀侯의 시호를 내리겠다. 병길, 사증, 사현, 허순, 허연수를 열후에 봉한다. 郡 邸獄(저옥)에서 그전에 짐을 보육한 공덕이 있는 옛사람 모두에게 관작과 전택, 재물을 각각 은덕의 정도에 따라 보답하라."

原文

夏六月, 詔曰, "前年夏, 神爵集雍. 今春, 五色鳥以萬數飛過屬縣, 翺翔而舞, 欲集未下. 其令三輔毋得以春夏擿巢探卵, 彈射飛鳥. 具爲令."

立皇子欽爲淮陽王.

| 註釋 | ○神爵集雍 – 어떤 새가 神爵(神雀)인지 본문에는 설명이 없다. 까마귀 계통의 새라고 하는 주석이 있긴 하나 자세한 묘사는 없다. 雍은 현명. 今 陝西省 寶鷄市 동북의 鳳翔市(봉상시). ○屬縣 – 속현은 三輔 관할의 여러 현. ○翺翔而舞 – 翺翔(고상)은 빙빙 돌며 날다. ○欲集未下 – 集은 새가 나무에 모여 앉다. ○擿巢探卵 – 새 둥지를 뒤져 알을 꺼내다. 擿은 들출 적. 巢 집 소, 둥지. ○具爲令 – 법령으로 제정하다. ○欽爲淮陽王 – 淮陽憲王 劉欽(유흠, ? – 前 28), 재주가 많아 선제가 총애했다. 국도는 陳縣(今 河南省 周口市 淮陽縣). 80권, 〈宣元六王傳〉에 입전.

〖國譯〗

여름 6월, 조서를 내려 말했다.

"작년 여름, 神爵(신작)이 雍(옹) 현에 나타났었다. 올봄에, 五色鳥 수만 마리가 三輔의 여러 현에서 빙빙 돌아 날아가며 내려앉지는 않았다. 三輔에 명하여 봄과 여름철에는 새집을 뒤져 알을 꺼내거나 새에게 탄환을 쏘지 못하도록 법으로 제정하기 바란다.

皇子 欽(흠)을 淮陽王에 봉했다.

原文

四年春正月, 詔曰, "朕惟耆老之人, 發齒墮落, 血氣衰微, 亦亡暴虐之心, 今或罹文法, 拘執囹圄, 不終天命, 朕甚憐之. 自今以來, 諸年八十以上, 非誣告殺傷人, 佗皆勿坐."

遣太中大夫彊等十二人循行天下, 存問鰥寡, 覽觀風俗, 察吏治得失, 擧茂材異倫之士.

二月, 河東霍徵史等謀反, 誅.

三月, 詔曰, "乃者, 神爵五采以萬數集長樂, 未央, 北宮, 高寢, 甘泉泰畤殿中及上林苑. 朕之不逮, 寡於德厚, 屢獲嘉祥, 非朕之任. 其賜天下吏爵二級, 民一級, 女子百戶牛酒. 加賜三老孝弟力田帛, 人二匹, 鰥寡孤獨各一匹."

秋八月, 賜故右扶風尹翁歸子黃金百斤. 以奉其祭祀. 又賜功臣適後黃金, 人二十斤.

丙寅, 大司馬衛將軍安世薨. 比年豐, 穀石五錢.

| 註釋 | ○(元康) 四年 – 前 62년. ○罹文法 – 법문에 저촉되다. 罹 근심이(리), 재앙을 당하다. 文法은 법률 條文. ○拘執囹圄 – 囹圄(영어)는 獄. '囹圄生草(옥에 갇힌 사람이 없어 풀이 날 지경이다.)라는 말이 있다. ○佗皆勿坐 – 佗는 餘他. ○太中大夫 – 大中大夫와 同. 列卿의 하나인 郞中令의 屬官, 정사에 대한 의론을 담당. 정원 없음, 많을 때는 수십 명에 이르렀다. 황제의 측근이지만 秩(俸祿)은 比千石. 郡의 태수가 二千石(月 120斛)이었고 比二千石은 월 100곡이었으니 比千石은 그 절반이다. ○茂材異倫之士 – 異倫은 보통사람과 다른. ○河東霍徵史 – 河東은 군명. 치소는 安邑縣(今 山西

省 運城市 夏縣 서북). 河東郡, 河內郡. 河南郡을 특별히 三河라 지칭. 霍徵史는 人名. ○右扶風尹翁歸 – 尹翁歸(윤옹귀)는 유능하고 청렴한 관리였으나 병사했다. 76권, 〈趙尹韓張兩王傳〉에 입전. ○適後 – 嫡子인 후손. 適은 嫡(정실 적). ○比年豐 – 해마다 풍년이 들다.

〖國譯〗

(元康) 4년 봄 정월, 조서를 내려 말했다.

"짐의 생각으로 노인은 이가 다 빠지고 혈기도 쇠약하여 포악한 마음도 없지만 혹 법을 위반하여 감옥에 갇혀 천명을 다 누리지 못하는 데 짐은 이를 심히 애처롭게 생각한다. 오늘 이후로 나이 80이 넘은 노인은 誣告(무고)나 사람을 죽이거나 다치게 한 죄가 아닌 다른 죄는 처벌하지 말라."

太中大夫인 彊(강) 등 12명을 보내 천하를 순행하며 홀아비나 과부를 위문하고 풍속을 둘러보며 관원의 잘잘못을 살피고 특별히 우수한 인재를 천거케 하였다.

2월, 河東郡의 霍徵史(곽징사) 등이 모반하자 처형했다.

3월, 조서를 내려 말했다.

"지난번에 五色의 神爵(신작) 수만 마리가 長樂, 未央, 北宮, 高寢宮(고침궁), 甘泉宮의 泰畤殿(태치전) 안과 上林苑에 내려앉았다. 짐은 재능도 모자라고 후덕하지도 않으나 여러 번 아름다운 길상을 만났지만 이는 짐에게 과분할 뿐이다. 천하의 관리에게 작위 2급을 하사하고 백성에게는 1급을, 그리고 女子에게는 1백 호당 소고기와 술을 하사하라. 三老와 孝弟와 力田者에게는 비단 1인 2필을 더 하사하고 鰥寡孤獨(환과고독)에게도 1필씩 하사하라."

가을 8월, 右扶風이었던 故 尹翁歸(윤옹귀)의 아들에게 黃金 1百斤을 하사하여 그 제사를 받들게 하였다. 또 공신의 嫡子 후손에게 황금을 1인 20근씩 하사하였다.

丙寅日, 大司馬 衛將軍인 張安世가 죽었다. 매년 풍년이 들어 곡식 1石이 5전이었다.

原文

神爵元年春正月, 行幸甘泉, 郊泰畤. 三月, 行幸河東, 祠后土. 詔曰, "朕承宗廟, 戰戰慄栗, 惟萬事統, 未燭厥理. 乃元康四年嘉穀,玄稷降於郡國, 神爵仍集, 金芝九莖産於函德殿銅池中, 九眞獻奇獸, 南郡獲白虎威鳳爲寶. 朕之不明, 震于珍物, 飭躬齋精, 祈爲百姓. 東濟大河, 天氣淸靜, 神魚舞河. 幸萬歲宮, 神爵翔集. 朕之不德, 懼不能任. 其以五年爲神爵元年. 賜天下勤事吏爵二級, 民一級, 女子百戶牛酒, 鰥寡孤獨高年帛. 所振貸物勿收. 行所過, 毋出田租."

| 註釋 | ○神爵 – 선제의 4번째 연호. 前 61-58년. ○惟萬事統 – 惟는 생각하다(思). 統은 頭緖. ○未燭厥理 – 燭은 照. ○玄稷 – 黑粟. ○神爵仍集 – 仍은 자주. ○銅池 – 처마 밑의 落水를 받는 그릇. ○九眞獻奇獸 – 九眞郡은 武帝 때(前 111년)에 설치. 치소는 胥浦縣(今 越南 淸化省) 河內(하노이市) 남쪽. 奇獸(기수)는 망아지(駒) 모양에 기린의 색깔, 소의 뿔을 가진 짐승이라는 주석이 있지만, 흰 코끼리(白象)라는 주석이 합리적일 것이다. ○南郡獲白虎威鳳~ – 南郡의 치소는 江陵縣(今 湖北省 荊州市 荊州區). 威鳳은

威儀. ○飭躬齋精 – 행실을 가다듬고 정신을 맑게 하다. ○幸萬歲宮 – 河東郡 汾陰縣의 萬歲宮.

〖國譯〗

神爵(신작) 元年(前 61) 봄 정월, 甘泉宮에 행차하여 泰畤(태치)에서 郊祭(祭天)를 지냈다. 3월, 河東郡에 행차하여 后土祠에서 제사를 지냈다. 그리고 조서를 내려 말했다.

"朕(짐)은 宗廟를 받들면서 매우 근신하며 만사를 잘 다스리려 생각하나 그 이치를 깨닫지 못하였도다. 지난 元康 4년에 각 군국에서 좋은 곡식과 玄稷(黑黍, 검은 기장)이 자랐고 神爵이 자주 나타났으며, 9줄기의 황금색 영지가 函德殿(함덕전)의 銅池에 자랐으며, 九眞郡에서는 흰 코끼리를 바쳤고, 南郡에서는 위엄 있는 백호를 잡아 보물로 보호하였다. 짐이 명철하지 못하지만 이런 진기한 사물의 출현에 더욱 몸을 가다듬고 마음을 맑게 하여 백성의 복을 기원하였도다. 짐이 동쪽으로 황하를 건널 때 天氣가 淸靜하고 神魚가 물속에서 뛰어 올랐도다. 짐이 萬歲宮에 행차했을 때는 神爵이 날아 모여들었도다. 朕이 不德하여 짐의 책무를 다 못할까 두려울 뿐이로다. 천하에 소임을 다하는 관리에게 작위 2급을, 백성에게는 1급을 하사하고, 여자에게는 1백 호당 소고기와 술을, 鰥寡孤獨과 고령자에게는 비단을 하사하라. 그간 국가에서 대여한 것을 회수하지 말라. 짐이 행차한 지역에서는 田租를 징수하지 말라."

原文

西羌反, 發三輔,中都官徒弛刑, 及應募佽飛射士,羽林孤兒, 胡,越騎, 三河,穎川,沛郡,淮陽,汝南材官, 金城,隴西,天水,安定,北地,上郡騎士,羌騎, 詣金城.

夏四月, 遣後將軍趙充國,强弩將軍許延壽擊西羌.

| 註釋 | ○西羌 - 羌族(강족)에 대한 범칭. 중국 서쪽의 강족이라는 의미. 羊을 토템으로 숭배하는 '西戎牧羊人.' 본래 지금의 陝西, 甘肅, 靑海省 일대에 거주. ○徒弛刑 - 徒는 刑徒, 죄수. 弛刑은 형구를 벗겨 노역에 종사케 하다. ○佽飛射士 - 佽飛(차비)는 본래 전설 속의 勇士. 少府에 소속된 무관의 명칭. 상림원에서 주로 사냥에 종사. 佽 도울 차. 민첩하다. ○羽林孤兒 - 羽林은 무제 때 신설된 禁衛郡의 명칭. 羽林孤兒는 羽林軍의 戰死者 아들로 구성된 부대. ○材官 - 강궁을 쏠 수 있는 정예 보병. ○金城 - 군명. 甘肅省 蘭州市, 靑海省 西寧市 일대가 관할 구역. 치소는 允吾縣(今 甘肅省 臨夏回族自治州 관할의 永靖縣 서북). ○趙充國 - 사람이 침착, 용기가 있고 지략이 우수, 四夷의 사정에 두루 밝았으며 서강족에 대해서는 장기적인 둔병으로 진압하였다. 69권, 〈趙充國辛慶忌傳〉에 입전.

〖國譯〗

西羌(서강)족이 반기를 들자 三輔 지역과 中都官 관할의 죄수와 少府에 소속된 佽飛(차비)의 궁사와 羽林孤兒와 흉노와 남월족의 기병 등을 모집하고 河東 등 3河郡, 穎川(영천), 沛郡(패군), 淮陽(회양), 汝南郡(여남군)의 材官과 金城, 隴西, 天水, 安定, 北地, 上郡의 기병과 강족의 기병을 동원하여 金城郡에 집결시켰다.

여름 4월, 後將軍 趙充國, 强弩將軍 許延壽를 파견하여 西羌族을 토벌하였다.

原文

六月, 有星孛於東方.

卽拜酒泉太守辛武賢爲破羌將軍, 與兩將軍並進. 詔曰, "軍旅暴露, 轉輸煩勞, 其令諸侯王,列侯,蠻夷王,侯,君,長當朝二年者, 皆毋朝."

秋, 賜故大司農朱邑子黃金百斤, 以奉祭祀. 後將軍充國言屯田之計, 語在〈充國傳〉.

| **註釋** | ○卽拜酒泉太守辛武賢 – 卽拜는 현지에서 관직을 제수하다. 관직을 받으러 장안에 오지 않게 한 조치. 酒泉은 군명. 치소 福祿縣(今 甘肅省 酒泉市 肅州區). 원래 匈奴 休屠王(휴저왕)과 渾邪王(혼야왕)의 통치지역에 속했으나 武帝 元狩 2년에 곽거병의 漢軍이 이곳을 차지하고 군을 설치하였다. 河西 四郡 중 가장 일찍 설치한 郡. '城 안에 金泉이 있는데 그 물맛이 술맛처럼 좋았다. 辛武賢은 辛慶忌의 부친. 69권, 〈趙充國辛慶忌傳〉에 입전. ○當朝二年者 – 二年은 神爵 2년. ○大司農 朱邑(주읍) – 89권, 〈循吏傳〉에 입전.

〖國譯〗

6월, 孛星(패성)이 동방에 출현하였다.

酒泉太守 辛武賢(신무현)을 현지에서 破羌將軍에 제수하여 兩將

軍(조충국과 허연수)와 함께 진격케 하였다. 이에 조서를 내려 말했다.

"부대가 행군하며 야영을 해야 하고 군수물자 수송은 매우 어려운 일이니 諸侯王과 列侯, 그리고 蠻夷王侯나 君長 중에 내년(신작 2년)에 입조해야 할 자는 입조하지 않도록 조치하기 바란다."

가을, 故 大司農 朱邑(주읍)의 아들에게 黃金 1백 근을 하사하여 제사를 받들게 하였다. 後將軍 趙充國은 상서하여 屯田策을 건의하였는데, 이는 〈趙充國傳〉에 실려 있다.

原文

二年春二月, 詔曰, "乃者正月乙丑, 鳳皇,甘露降集京師, 群鳥從以萬數. 朕之不德, 屢獲天福, 祗事不怠, 其赦天下."

夏五月, 羌虜降服, 斬其首惡大豪楊玉,酋非首. 置金城屬國以處降羌.

秋, 匈奴日逐王先賢撣將人衆萬餘來降. 使都護西域騎都尉鄭吉迎日逐, 破車師, 皆封列侯.

九月, 司隸校尉蓋寬饒有罪, 下有司, 自殺. 匈奴單于遣名王奉獻, 賀正月, 始和親.

| 註釋 | ○祗事不怠 – 공경으로 하늘 섬김을 게을리 하지 않다. ○首惡大豪楊玉,酋非首 – 首惡은 首魁(수괴). 大豪는 大首領. 酋非(추비)는 인명, 〈趙充國傳〉에는 猶非. ○匈奴日逐王先賢撣 – 日逐王은 고유명사가 아니라 흉

노 선우 아래의 직명. 큰 부족장급. 先賢撣(선현탄)은 인명. ○都護西域騎都尉鄭吉 - 鄭吉(?-前 49)은 최초 西域都護로 서역에서 오래 활약하다가 前 49년에 軍中에서 죽었다. 70권, 〈傅常鄭甘陳段傳〉에 입전. 西域都護는 서역 여러 나라를 감독하며 남북의 교통로를 보호하는 직책. 都는 總의 의미. 宣帝 神爵 2년(前 60) 처음 설치. 都護는 加官이었으나 나중에 정식 관직. 秩 二千石. 서역도호부의 소재지는 烏壘城(오루성, 今 新疆自治區 중앙부의 巴音郭楞蒙古自治州 庫爾勒市 輪台 동쪽 小野云溝 부근.) 속관으로 副校尉, 丞, 司馬, 候, 千人 등이 있고 屯田 담당 校尉인 戊己校尉(무기교위)를 지휘. 漢의 서역 경영은 張騫(장건), 常惠(상혜), 鄭吉, 陳湯(진탕) 등의 노력과 경영으로 흉노를 서역에서 축출했다. ○破車師 - 車師는 서역의 국명. 정길이 거사국을 정복한 것은 地節 2년(前 68년)의 일. ○皆封列侯 - 日逐王은 歸德侯에 봉해졌다. ○司隷校尉 蓋寬饒(개관요) - 선제에게 너무 강직한 상서를 올렸고 하옥되었다가 자살했다. 77권, 〈蓋諸葛劉鄭孫毌將何傳〉에 입전. ○名王~ - 名王은 흉노의 관직명. ~王은 고급 족장. ○賀正月 - 新年 正月을 하례하다.

〖國譯〗

(神爵) 2년 봄 2월, 조서를 내려 말했다. "지난 정월 乙丑日에, 경사에 鳳皇이 모여들고 甘露가 내렸으며 수만의 뭇 새들이 날아들었다. 짐이 부덕한데도 여러 번 이런 天福을 받으니 더욱 하늘을 공경으로 섬기며 천하 죄인을 사면한다."

여름 5월, 羌族(강족)이 항복했고 그 수괴인 대수장 楊玉과 酋非(추비)를 참수했다. 金城郡에 屬國(강족의 거주지)을 설치하여 투항한 강족을 살게했다. 가을, 匈奴의 日逐王(일축왕) 先賢撣(선현탄)이 무리 1만여 명을 거느리고 투항하였다. 서역도호인 西域騎都尉 鄭吉

(정길)을 보내 일축왕을 영입케 하였고 (전에) 車師國을 격파하였기에 정길과 일축왕 모두 列侯에 봉했다.

9월, 司隸校尉(사예교위) 蓋寬饒(개관요)가 죄를 지어 정위에게 넘겨졌는데 자살했다.

匈奴 單于가 名王을 보내 토산물을 바치고 (새해) 정월에 하례하며 처음으로 화친하였다.

原文

三年春, 起樂游苑.

三月丙午, 丞相相薨.

秋八月, 詔曰, "吏不廉平則治道衰. 今小吏皆勤事, 而奉祿薄, 欲其毋侵漁百姓, 難矣. 其益吏百石以下奉十五."

| 註釋 | ○(神爵) 三年 - 前 59. ○起樂游苑(기낙유원) - 起는 짓다. 세우다. 낙유원은 今 西安市 서남쪽 曲江池에 설치한 苑囿(원유, 놀이동산). 장안 시내를 내려다 볼 수 있는 높은 벌판으로 唐나라 시대에도 유명한 놀이 장소였다. 唐 李商隱의 五言絶句 〈登樂遊原〉이 너무 유명하여 여기에 소개한다. 「向晩意不適, 驅車登古原. 夕陽無限好, 只是近黃昏.」 ○丞相相薨 - 魏相(위상, ?-前 59)은 前 67년에 승상이 되었다. 宣帝 麒麟閣 11功臣의 한 사람. 74권, 〈魏相丙吉傳〉 입전. ○侵漁 - 어부가 고기를 건지듯 차례로 남의 것을 빼앗다. 侵奪하다. ○奉十五 - 년 1백 석 이하 하급 관리의 연봉을 10분의 5, 곧 50% 인상하다. 100石은 月 16斛이다.

〖國譯〗

(神爵) 3년 봄, 樂游苑(낙유원)을 지었다.

3월 丙午, 승상인 魏相(위상)이 죽었다.

가을 8월, 조서를 내려 말했다.

"관리가 청렴하고 공평하지 않으면 治道는 쇠퇴한다. 지금 하급 관리 모두 직무에 충실하다지만 奉祿이 너무 적어 백성에 대한 침탈을 막기가 어렵다. 1백 석 이하 관리의 봉록을 10의 5만큼 인상하라."

原文

四年春二月, 詔曰, "乃者鳳皇甘露降集京師, 嘉瑞並見. 修興泰一,五帝,后土之祠, 祈爲百姓蒙祉福. 鸞鳳萬擧, 蜚覽翺翔, 集止于旁. 齋戒之暮, 神光顯著. 薦鬯之夕, 神光交錯. 或降于天, 或登于地, 或從四方來集于壇. 上帝嘉饗, 海內承福. 其赦天下, 賜民爵一級, 女子百戶牛, 酒, 鰥寡孤獨高年帛."

| 註釋 | ○(神爵) 四年 – 前 58년. ○五帝 – 五方의 天帝. 黃帝 등등의 인간이 아님. ○蜚覽翺翔 – 蜚는 飛. 翺翔(고상)은 새가 높이 나는 모양. ○薦鬯之夕 – 薦은 바칠 천. 鬯은 울창주 찬, 좋은 술. ○上帝嘉饗 – 上帝는 天帝. 饗은 잔치할 향. 흠향하다.

〖國譯〗

(神爵) 4년 봄 2월, 조서를 내려 말했다.

"전번에 京師에 봉황이 모여들고 감로가 내리며 상서로움이 함께 나타났다. 泰一神과 五帝의 묘당, 后土의 사당을 보수하며 백성이 복을 받기를 기원하였다. 수만의 鸞鳥(난조)와 봉황이 빙빙 날며 京師에 모여들었다. 齋戒(재계)하는 저녁 무렵에 神光이 뚜렷하게 비쳤다. 신령에서 제사 술을 바칠 때 神光이 감싸듯 비쳤다. 하늘에서 빛이 내려오거나 땅에서 위로 비추거나 때로는 사방에서 제단 쪽으로 비추기도 하였다. 上帝께서 제사에 올린 제물을 흠향하시니 온 천하가 복을 받았도다. 천하의 죄수를 사면하고 백성들에게 작위를 1급씩, 여자는 1백 호당 소고기와 술을, 그리고 鰥寡孤獨(환과고독)의 빈민과 고령자에게 비단을 하사하라."

原文

夏四月, 穎川太守黃霸以治行尤異秩中二千石, 賜爵關內侯, 黃金百斤. 及穎川吏民有行義者爵, 人二級, 力田一級, 貞婦順女帛.

令內郡國擧賢良可親民者各一人.

五月, 匈奴單于遣弟呼留若王勝之來朝.

冬十月, 鳳皇十一集杜陵.

十一月, 河南太守嚴延年有罪, 棄市.

十二月, 鳳皇集上林.

| 註釋 | ○穎川太守黃霸 - 穎川(영천) 太守 黃霸(황패)는 89권, 〈循吏傳〉

에 입전. 관리에서 업무상 실수로 옥에 갇히자 황패는 옥중에서 夏侯勝으로부터 《尙書》를 전수받았고 두 번이나 겨울을 넘기고 3년째에 출옥하였는데, 이는 〈夏侯勝傳〉(眭兩夏侯京翼李傳)에 실려 있다. ○秩中二千石 - 태수는 본래 질록이 二千石인데 中二千石은 列卿 반열의 질록이다. 한 등급을 우대하였다. ○呼留若王 勝之 - 呼留若王은 흉노의 王號. ○鳳皇十一 - 봉황 11쌍. 杜陵은 선제가 조성한 자신의 능. ○嚴延年有罪 - 엄연년이 河南 태수로 있을 때 군민들은 엄연년을 '屠伯(도살자 우두머리)'라고 불렀다. 하지 말라는 명령 하나에 군내 政事가 깨끗하였다. 90권, 〈酷吏傳〉에 입전. 위에 나온 황패와 대조되는 인물이었다. 오죽하면 그 모친이 아들의 행실을 보고 제 명에 못 죽을 것이라는 예언을 했었다.

〖國譯〗

여름 4월, 穎川(영천) 太守인 黃霸(황패)는 치적이 아주 뛰어나 중이천석의 질록과 관내후의 작위, 그리고 황금 1백 근을 하사받았다. 그리고 영천군의 吏民 중에서 道義를 실천한 자에게 1인당 작위 2급을, 力田에게는 1급을, 貞婦와 順女에게는 비단을 하사하였다.

內地 郡國에서 賢良하고 親民할 수 있는 자를 각 1인씩 천거하라 명했다.

5월, 흉노 선우가 동생인 呼留若王(호류약왕) 勝之(승지)를 보내 입조하였다.

겨울 10월, 봉황 11쌍이 杜陵(두릉)에 내려앉았다.

11월, 河南 태수 嚴延年(엄연년)이 죄를 범했기에 기시 형에 처했다.

12월, 봉황이 上林苑에 모여들었다.

原文

五鳳元年春正月, 行幸甘泉, 郊泰畤.

皇太子冠. 皇太后賜丞相,將軍,列侯,中二千石帛, 人百匹, 大夫人八十匹, 夫人六十匹. 又賜列侯嗣子爵五大夫, 男子爲父後者爵一級.

夏, 赦徒作杜陵者.

冬十二月乙酉朔, 日有蝕之. 左馮翊韓延壽有罪, 棄市.

| 註釋 | ○五鳳 – 宣帝의 5번째 연호, 前 57–54년. ○皇太子冠 – 뒷날 元帝. 許皇后 소생. 名 奭(석). ○大夫人 – 太夫人, 諸侯王의 모친. ○左馮翊韓延壽 – 76권, 〈趙尹韓張兩王傳〉에 입전.

〖國譯〗

五鳳 원년 봄 정월, 甘泉宮에 행차하여 泰畤(태치)에서 교제를 지냈다.

皇太子가 冠禮를 치렀다. 황태후는 丞相과 將軍, 列侯와 中二千石에서 비단을 1인 1백 필 씩, 大夫人들에게는 80필, 부인들에게는 60필 씩 하사하였다. 또 列侯의 嗣子에게 五大夫의 작위를, 부친의 뒤를 잇는 아들에게 작위 1급씩을 하사하였다.

여름, 杜陵을 건축하는데 동원된 죄수를 사면하였다.

겨울 12월 乙酉 초하루, 日蝕이 있었다. 左馮翊(좌풍익) 韓延壽(한연수)가 죄를 지어 기시했다.

原文

二年春三月, 行幸雍, 祠五時.

夏四月己丑, 大司馬車騎將軍增薨.

秋八月, 詔曰, "夫婚姻之禮, 人倫之大者也, 酒食之會, 所以行禮樂也. 今郡國二千石或擅爲苛禁, 禁民嫁娶不得具酒食相賀召. 由是廢鄕黨之禮, 令民亡所樂, 非所以導民也. 《詩》不云乎? '民之失德, 乾餱以愆.' 勿行苛政."

冬十一月, 匈奴呼遬累單于帥衆來降, 封爲列侯.

十二月, 平通侯楊惲坐前爲光祿勳有罪, 免爲庶人. 不悔過, 怨望, 大逆不道, 要斬.

| 註釋 | ○(五鳳) 二年 - 前 56년. ○大司馬車騎將軍增 - 龍雒侯(용낙후) 韓增(한증). 韓王信의 후손. 昭帝 때에 前將軍이 되었고, 대장군 霍光(곽광)과 宣帝를 옹립, 선제 本始 2년에 五將을 동원하여 흉노 정벌에도 참여. 33권, 〈魏豹田儋韓王信傳〉 韓王信 조항에 附記. ○擅爲苛禁 - 멋대로 가혹하게 금지시키다. ○鄕黨之禮 - 鄕黨은 隣里의 鄕親. ○《詩》~ - 《詩經 小雅 伐木》. ○乾餱以愆 - 乾餱(건후)는 乾糧, 우리말로 꼭 옮기라고 한다면 누룽지. 사람이 德義를 잃고 비난받게 되는 것은 乾糧과 같은 값이 안 나가는 물건 때문이다. 작은 것을 나눠주지 않아 인심을 잃는다. 愆은 허물 건. ○呼遬累單于 - 呼遬累(호속루)는 관직. 遬은 速의 古字. 〈匈奴傳〉(下)에는 이름이 烏厲溫敦(오려온돈)이다. ○平通侯楊惲 - 사마천의 사위 楊敞(양창)의 二子, 곧 사마천의 外孫. 霍禹 등이 모반을 꾀했을 때 양운은 이를 알고 시중 金安上에게 알렸고 宣帝에게 나아가 사실을 설명했다. 양운은 平通侯가 되었다가 中郞將으로 승진하였다. 남에게 베풀 줄도 알았지만 교만한

일면이 있어 결국 남의 미움을 받았다.

〖國譯〗

(五鳳) 2년 봄 3월, 雍(옹)현에 행차하여 五畤(오치)에서 제사했다.

여름 4월, 己丑, 大司馬 車騎將軍 韓增(한증)이 죽었다.

가을 八月, 조서를 내려 말했다.

"婚姻의 禮란 人倫의 大者로 酒食을 차리는 모임이며 이로써 예를 행하고 즐기는 것이다. 지금 郡國의 二千石 관리 중에는 멋대로 가혹하게 금하여 백성이 시집보내고 맞이하며 술과 음식을 차려 같이 축하도 하지 못한다. 이에 향당에서 의례도 없어지고 백성들은 즐길 것도 없으니 백성을 이끄는 길이 아니다. 《詩》에서도 '사람들이 은덕을 잃는 것은 말린 양식 때문' 이라고 말하지 않았는가? 가혹한 정사를 펴지 말지어다."

겨울 11월, 흉노의 呼遬累單于(호속루선우)가 무리를 이끌고 투항하여 列侯에 봉해졌다.

12월, 平通侯 楊惲(양운)은 앞서 光祿勳(광록훈)일 때 죄를 지어 파면되어 서인이 되었었다. 양운이 뉘우치지 않고 원망하며 大逆無道하여 腰斬(요참)형에 처했다.

原文

三年春正月癸卯, 丞相吉薨.

三月, 行幸河東, 祠后土. 詔曰, "往者匈奴數爲邊寇, 百姓被其害. 朕承至尊, 未能綏安匈奴. 虛閭權渠單于請求和親, 病死. 右賢王屠耆堂代立. 骨肉大臣立虛閭權渠單于子爲呼韓邪單于, 擊殺屠耆堂. 諸王並自立, 分爲五單于, 更相攻擊, 死者以萬數, 畜産大耗什八九, 人民飢餓, 相燔燒以求食, 因大乖亂. 單于閼氏子孫昆弟及呼遬累單于,名王,右伊秩訾,且渠,當戶以下將衆五萬餘人來降歸義. 單于稱臣, 使弟奉珍朝賀正月, 北邊晏然, 靡有兵革之事. 朕飭躬齋戒, 郊上帝, 祠后土, 神光並見, 或興于谷, 燭耀齊宮, 十有餘刻. 甘露降, 神爵集. 已詔有司告祠上帝宗廟. 三月辛丑, 鸞鳳又集長樂宮東闕中樹上, 飛下止地, 文章五色, 留十餘刻, 吏民並觀. 朕之不敏, 懼不能任, 婁蒙嘉瑞, 獲茲祉福.《書》不云乎? '雖休勿休, 祗事不怠.' 公卿大夫其勖焉. 減天下口錢. 赦殊死以下. 賜民爵一級, 女子百戶牛酒. 大酺五日. 加賜鰥寡孤獨高年帛."

置西河,北地屬國以處匈奴降者.

| 註釋 | ○(五鳳) 三年 – 前 55년. ○虛閭權渠單于(허려권거선우) – 壺衍鞮單于(호연제선우)의 동생이었다가 선우에 등극, 재위 前 68-60년. 神爵(신작) 2년(前 60)에 동생을 보내 화친을 요구. ○右賢王屠耆堂代立 – 즉위하여 握衍朐鞮單于(악연구제선우)라 칭했다. ○呼韓邪單于(호한야선우, 재위 前 58–31) – 虛閭權渠單于의 아들. 이때 흉노는 선우가 남북으로 갈라진다. 호한야선우는 前 51년에 장안에 와서 선우로서는 최초로 중원의 황제(宣帝)를 알현한다. 선제도 장안 교외까지 나가 영접했고 그가 돌아갈 때는 기병 1만6

천으로 고비 사막 남쪽까지 호송하였다. 元帝 마지막 해인 竟寧(前 33년)에 또 한 번 장안에 와서 和親하고 유명한 王昭君(왕소군)을 데리고 돌아간다. ○大耗什八九 – 10의 8, 9가 죽어 크게 줄어들다. ○呼遬累單于,名王 – 呼遬累(호속루, 관직명)인 烏厲溫敦(오려온돈, 인명). 遬은 速의 古字. 본래 呼韓邪單于의 부장이었는데 흉노의 내분에 자립하여 單于라 칭했다가 나중에 아들과 함께 5만여 무리를 이끌고 한에 투항하여 義陽侯에 봉해졌다. 名王도 흉노의 관직명. ○右伊秩訾王(좌이질자왕) – 관직명. 且渠(저거), 當戶(당호) – 모두 흉노의 관직명. ○朕飭躬齋戒 – 飭躬(칙궁)은 행동을 조심하다. 躬은 자신. 몸(身). 齋戒(재계)는 심신을 깨끗하게 하다. ○燭耀齊宮 – 齊宮은 깨끗이 정돈된 사당. 齊는 齋. ○十有餘刻 – 刻은 漏刻(누각). 고대에는 1晝夜를 1百刻으로 나누었다. 춘분과 추분의 주야는 각 50刻이고 동지는 晝가 40각, 夜가 60각이었다. 1각은 약 15분. ○文章五色 – 5색의 무늬. 文은 무늬, 빛나다. ○懼不能任 – 중임을 감당 못할까 걱정이다. ○婁蒙嘉瑞 – 婁(별 루)는 屢(자주 루). ○《書》不云乎 – 《尙書 周書 呂刑》. ○雖休勿休 – 미덕이 있더라도 자부하지 말라는 뜻. ○祗事不怠 – 국사에 경건하고 게으르지 말라. ○勖焉 – 힘쓰다. 勖은 힘쓸 욱. 勗(힘쓸 욱)은 俗字. ○屬國 – 투항한 이민족의 집단 거주지.

〖國譯〗

(五鳳) 3년 봄 정월 癸卯日, 승상 丙吉이 죽었다.

3월, 선제는 河東郡에 행차하여 后土에 제사했다. 조서를 내려 말했다.

"옛날에는 匈奴가 자주 변경을 노략질하여 우리 백성은 피해를 당했다. 짐이 지존의 자리에 올랐지만 흉노를 안정시키지 못했다. 마침 虛閭權渠單于(허려권거선우)가 화친을 청원했지만 병사하였다.

그러자 右賢王인 屠耆堂(도기당)이 대를 이었다. 그러나 骨肉의 대신들은 허려권거선우의 아들을 呼韓邪單于(호한야선우)로 옹립하며 도기당을 격살하였다. 그리고 흉노 여러 왕이 병립하여 5명의 선우가 分立하고 서로를 공격하니 죽은 자가 수만 명에 가축 10분의 8, 9가 감소했고 흉노 백성은 기아에 서로를 잡아먹으면서 큰 혼란에 빠졌다. 호한야선우는 선우의 閼氏(연지)와 자손과 형제 및 呼遬累單于(호속루선우), 名王, 右伊秩訾(우이질자), 且渠(저거), 當戶(당호) 이하 무리 5만여 명을 거느리고 투항하여 귀의하였다. 선우는 稱臣(칭신)하며 동생을 시켜 진기한 물건을 바치며 새해를 入朝 賀禮하여 이제 북방 변경은 평안해졌고 전쟁은 일어나지 않았다. 이에 짐은 더욱 근신 재계하여 上帝와 后土에 제사할 때 神光이 보였는데 때론 골짜기에서 10여 刻이나 齋宮(재궁)을 밝게 비추었다. 甘露가 내렸고 神爵(神雀)이 날아오기도 했다. 이미 有司에게 上帝와 宗廟에 제사를 올려 고하라고 명했었다. 3월 辛丑日에는 鸞鳥(난조)와 鳳凰(봉황)이 長樂宮 동궐 안의 나무 위에 또 날아왔다가 땅에 내려왔는데 오색무늬가 아름답게 빛나며 10여 刻(각)이나 머물렀기에 관리나 백성이 함께 보았다. 짐은 총명하지 못하여 중임을 감당 못할까 두려우나 여러 번 이렇게 좋은 조짐을 받고 하늘이 내린 복을 받았도다. 《尙書》에도 '아름다운 미덕이라 자부하지 말고 공경으로 받들길 게을리 말라.' 라고 하지 않았는가? 모든 公卿과 大夫는 더욱 힘써 주기 바란다. 백성의 口錢(구전, 인두세)를 감면하고 사형 이외의 죄를 사면하라. 백성에게 작위를 1급씩, 여자에게는 1백 호당 소고기와 술을 하사하라. 5일간 모여 술을 마시도록 허락하라. 鰥寡孤獨(환과고독)의 窮民과 고령자에게 비단을 하사하라."

西河郡과 北地郡에 屬國을 설치하여 흉노 투항자를 모여 살게 하였다.

原文

四年春正月, 廣陵王胥有罪, 自殺.

匈奴單于稱臣, 遣弟谷蠡王入侍. 以邊塞亡寇, 減戍卒什二.

大司農中丞耿壽昌奏設常平倉, 以給北邊, 省轉漕. 賜爵關內侯.

夏四月辛丑晦, 日有蝕之. 昭曰, "皇天見異, 以戒朕躬, 是朕之不逮, 吏之不稱也. 以前使使者問民所疾苦, 復遣丞相御史掾二十四人循行天下, 擧冤獄, 察擅爲苛禁深刻不改者."

| **註釋** | ○(五鳳) 四年 - 前 54년. ○廣陵王胥 - 廣陵喉王 劉胥(유서), 선제의 특별한 우대를 받으면서도 나중에 선제를 기도로 저주하였다. 63권, 〈武五子傳〉에 입전. ○谷蠡王 - 흉노 관직명, 좌우 谷蠡王(녹려왕)을 두었다. 谷은 흉노왕 록. 蠡 좀먹을 려(여). ○亡寇 - 無寇, 寇는 도적 구. ○大司農中丞耿壽昌 - 大司農은 조세 징수와 국가재정 담당. 中丞은 속관의 직명, 좌우 중승, 질록 1천 석. 耿壽昌(경수창)은 인명. 耿은 빛날 경, 성씨. ○常平倉 - 변방 郡에 지은 곡물 저장 창고. 곡물이 쌀 때 사들여 물가의 안정을 꾀하며 유사시에 轉運 비용을 줄일 수 있다. ○省轉漕 - 省은 省略, 감소하다. 轉은 陸運. 漕는 水運. 배로 실어 나를 조. ○丞相御史掾 - 掾은 도울 연. 한

업무 부서를 曹라 하고 그 책임자를 掾(연), 부책임자를 史(사)라 하였다. 丞(도울 승)은 기관장의 副職. 縣令이 있고 副縣令인 縣丞이 있다.

〖國譯〗

(五鳳) 4년 봄 정월, 廣陵厲王(여왕) 劉胥(유서)가 죄를 짓고 자살했다.

匈奴 선우가 稱臣하며 아우 谷蠡王(녹려왕)을 보내 入侍케 하였다. 변새에 외적 침입이 없어 戍卒(수졸) 10분의 2를 줄였다.

大司農 中丞(중승)인 耿壽昌(경수창)이 상주하여 常平倉을 설치하고 북방 변경에 군량을 공급하여 轉運과 漕運의 비용을 절감하였다. 關內侯의 작위를 하사했다.

여름 4월 辛丑 그믐, 일식이 있었다. 이에 조서를 내려 말했다.

"일식은 皇天이 괴이한 현상으로 짐에게 훈계한 것이니, 이는 짐의 능력이 부족하며 관리가 자기 일을 못한 것이다. 이전에 사자를 보내 백성의 질고를 묻게 하였지만 다시 승상과 어사대부의 掾吏(연리) 24인을 보내 천하를 두로 돌며 억울한 옥살이를 풀어주고 멋대로 가혹하게 금지하거나 각박한 행위를 고치지 않는 관원을 적발토록 하라."

原文

甘露元年春正月, 行幸甘泉, 郊泰畤. 匈奴呼韓邪單于遣子右賢王銖婁渠堂入侍.

二月丁巳, 大司馬車騎將軍延壽薨.

夏四月, 黃龍見新豐. 丙申, 太上皇廟火. 甲辰, 孝文廟火. 上素服五日.

冬, 匈奴單于遣弟左賢王來朝賀.

|**註釋**| ○甘露 - 前 53-50년. ○右賢王銖婁渠堂入侍 - 이때 호한야선우는 아들 右賢王 銖婁渠堂(수루거당)을 漢에 入侍(입시)케 하였다. 또 郅支單于(질지선우)도 마찬가지로 아들인 右大將 駒于利受(구우리수)를 보내 입조 시위케 하였다. ○許延壽 - 樂成侯. 宣帝 許황후의 숙부. ○新豐 - 현명. 今 陝西省 西安市 臨潼區 동북.

〖**國譯**〗

甘露 元年(前 53년), 봄 정월, 甘泉宮에 행차하여 泰畤(태치)에서 제천했다. 흉노 호한야선우가 아들 右賢王 銖婁渠堂(수루거당)을 보내 入侍케 했다.

2월 丁巳, 대사마 거기장군 許延壽가 죽었다.

여름 4월, 黃龍이 新豐縣에 나타났다. 丙申日에 太上皇의 묘당에 화재가 났다. 甲辰日에 孝文帝 묘당에 불이 났다. 선제는 5일간 素服했다.

겨울, 흉노 선우가 아우인 左賢王을 보내 입조 하례했다.

原文

二年春正月, 立皇子囂爲定陶王.

詔曰, "乃者鳳皇甘露降集, 黃龍登興, 醴泉滂流, 枯槁榮茂, 神光並見, 咸受禎祥. 其赦天下. 減民算三十. 賜諸侯王丞相將軍列侯中二千石金錢各有差. 賜民爵一級, 女子百戶牛酒, 鰥寡孤獨高年帛."

夏四月, 遣護軍都尉祿將兵擊珠崖.

秋九月, 立皇子宇爲東平王.

| 註釋 | ○(甘露) 二年 - 前 52년. ○皇子囂爲定陶王 - 囂는 시끄러울 효. 많을 오(囂는 áo). 우리나라에서 통용되는 음을 따른다. 인자 온유한 왕이었다. 定陶國 치소는 定陶縣(今 山東省 荷澤市 관할의 定陶縣). 다음 해에 楚王으로 옮긴다. 楚의 국도는 彭城縣(今 江蘇省 徐州市). 80권, 〈宣元六王傳〉에 입전. ○減民算三十 - 15세에서 56세까지의 백성은 1인 1년 120전(1算)을 인두세로 바쳤다. 상인은 2배. 이는 고조 때부터 군비로 사용되었다. 이를 1인당 30전씩 감하여 90전씩 내게 하였다. ○珠崖(주애) - 군명. 武帝 때(前 110) 처음 설치. 元帝 初元 3년(前 46)에 폐지했다. 珠崖郡은 치소는 瞫都縣(심도현). 今 海南省 海口市 남쪽. ○皇子宇爲東平王 - 劉宇(유우). 원제가 즉위하자 봉국에 취임하였는데 성인이 되자 불량자들과 어울려 불법을 저질렀지만 원제가 至親이라며 관대하게 대하여 벌하지 않았다. 大河郡을 東平國으로 개칭. 선제 때 설치. 국도는 無鹽縣(今 山東省 泰安市 관할의 東平縣). 80권, 〈宣元六王傳〉에 입전.

〖國譯〗

(甘露) 2년 봄 정월, 皇子 囂(효)를 定陶王에 봉했다.

조서를 내려 말했다. "지난번에 봉황이 모이고 감로가 내렸으며, 黃龍이 승천했고 醴泉(예천)이 솟아났으며, 죽었던 나무가 살아났고

神光이 비췄던 많은 상서를 우리가 보았다. 이에 천하의 죄수를 사면하노라. 백성의 算錢(산전) 30전을 감면하겠다. 諸侯王과 丞相, 將軍과 列侯, 그리고 中二千石에게 황금과 錢幣(전폐)를 차등 있게 하사하라. 백성에게 작위 1급을 하사하고 女子에게는 1백 호당 소고기와 술을, 그리고 鰥寡孤獨의 窮民과 고령자에게는 비단을 하사하라."

여름 4월, 護軍都尉 祿(록)을 파견하여 군사를 거느리고 珠崖(주애) 郡을 정벌하였다.

가을 9월, 皇子 宇(우)를 東平王에 봉했다.

原文

冬十二月, 行幸萯陽宮屬玉觀.

匈奴呼韓邪單于款五原塞, 願奉國珍朝三年正月. 詔有司議. 咸曰, "聖王之制, 施德行禮, 先京師而後諸夏, 先諸夏而後夷狄. 《詩》云, '率禮不越, 遂視旣發. 相土烈烈, 海外有截.' 陛下聖德, 充塞天地, 光被四表. 匈奴單于鄉風慕義, 擧國同心, 奉珍朝賀, 自古未之有也. 單于非正朔所加, 王者所客也, 禮儀宜如諸侯王, 稱臣昧死再拜, 位次諸侯王下." 詔曰, "蓋聞五帝三王, 禮所不施, 不及以政. 今匈奴單于稱北藩臣, 朝正月, 朕之不逮, 德不能弘覆. 其以客禮待之, 位在諸侯王上."

| **註釋** | ○萯陽宮屬玉觀 – 萯陽宮(부양궁)은 별궁 이름. 萯는 하눌타리 부, 풀이름 배. 屬玉觀은 전각 이름. 屬玉은 물새 이름. ○款五原塞 – 款은 두드리다. 찾아오다. 五原은 군명, 塞는 변경의 부대. 요새. ○朝三年正月 – 감로 3년 정월 朝見의 예를 행하겠다. ○《詩》云 – 《詩經 商頌 長發》. ○率禮不越, 遂視旣發 – 率禮는 예를 따르다. 不越은 법도를 넘지 않다. 遂는 두루. 旣發은 법이 지켜지다. ○相土烈烈, 海外有截 – 相土는 契(설)의 손자. 契(설)은 禹를 도와 治水에 功이 많아 商에 봉해졌다, 商(殷)의 시조. 烈烈은 武威가 있는 모양. 海外는 四海 밖까지. 有截(유절)은 모두 잘 다스려지다. 截 끊을 절. 다스려지다. 整齊하다. ○光被四表 – 四表는 사방의 끝. ○單于非正朔所加 – 선우는 한의 역법을 사용하도록 요구한 대상이 아니다. 한의 統治에 臣屬할 상대가 아니다. 지역적으로 멀고 이질적인 집단이기에 藩臣(번신)이 아닌 빈객으로 대접해야 한다는 뜻.

〖國譯〗

겨울 12월, 선제는 萯陽宮(부양궁) 屬玉觀(촉옥관)에 행차하였다.

匈奴 呼韓邪單于(호한야선우)가 五原郡 邊塞(변새)에 사자를 보내와 나라의 보배를 봉헌하고 입조하여 명년(甘露 3년) 정월에 朝見하겠다고 말했다. 조서로 이를 의논케 하였다. 여러 신하가 아뢰었다.

"聖王의 法度에, 은덕을 베풀고 예를 행하는 일은 먼저 京師에서 행하고 이어 여러 제후로 행하며 중국이 먼저이고 夷狄(이적)은 다음이라고 하였습니다. 《詩》에서도 '예를 행하여 법도를 넘지 않아 두루 법을 따르네. 相土가 위엄을 지키니 먼 곳까지 잘 다스려지네.' 라고 하였습니다. (흉노가 입조하려는 것은) 지금 폐하의 성덕이 천지에 두루 꽉 찬 것이며 사방 끝까지 밝게 비추고 있는 것입니다. 흉노 선우가 폐하의 교화와 恩義를 흠모하며 온 나라가 한마음으로 진기한 토산물을 바치고 조회하기는 이전에 없었던 일입니다. 선우는 우리의 역법을 적용할 대상이 아니고 그 왕은 그냥 손님입니다. 접대 예의는 제후의 왕과 같게 하고 稱臣하며 아뢸 때 昧死(매사, 죽음을 무릅쓰고)라는 말을 쓰고 再拜해야 하며 자리는 제후왕의 다음이어야 합니다." 그러자 조서를 내려 말했다.

"짐이 알기로 五帝와 三王의 시대에도 (흉노는) 중국의 예법이 행해지지 않았고 정사가 미치지 못했었다. 지금 흉노의 선우가 북쪽의 藩臣(번신)을 자처하며 정월에 朝賀하겠다니 짐은 五帝三王만 못하니 짐의 덕으로 다 감쌀 수 없을 것이다. 흉노를 客禮로 접대하되 자리는 제후왕의 윗자리에 서도록 하라."

原文

三年春正月, 行幸甘泉, 郊泰畤.

匈奴呼韓邪單于稽侯狦來朝, 贊謁稱藩臣而不名. 賜以璽綬,冠帶,衣裳,安車,駟馬,黃金,錦繡,繒絮. 使有司道單于先行就邸長安, 宿長平. 上自甘泉宿池陽宮. 上登長平阪, 詔單于毋謁. 共左右當戶之群皆列觀, 蠻夷君長,王侯迎者數萬人, 夾道陳. 上登渭橋, 咸稱萬歲. 單于就邸. 置酒建章宮, 饗賜單于, 觀以珍寶.

| **註釋** | ○(甘露) 三年 - 前 51년. ○呼韓邪單于稽侯狦 - 稽侯狦(계후산)은 호한야선우의 본명. ○贊謁稱藩臣而不名 - 贊謁는 進見할 때 올리는

名片. 不名은 자신의 이름을 기입하지 않다. ○宿長平 – 長平은 지명. 今 陝西省 涇陽縣. 흉노 선우는 그들 관습대로 야영을 하였다. ○甘泉宿池陽宮 – 甘泉縣의 별궁 池陽宮에서 숙박하다. ○長平阪 – 長平의 들판. ○詔單于毋謁 – 선우에게 謁見(알현)의 예를 차리지 말라고 말하다. ○左右當戶 – 흉노의 하급 관직명. ○夾道陳 – 길 양쪽에 늘어서다. 夾은 낄 협. ○觀以珍寶 – (漢의) 珍寶를 구경시키다.

〖國譯〗

(甘露) 3년 봄 정월, 甘泉宮에 행차하여 泰畤(태치)에서 祭天했다.

흉노 호한야선우 稽侯狦(계후산)이 입조했는데, 알현하는 명판에는 藩臣(번신)을 칭했으나 이름을 써서 올리지는 않았다. 선우에게 璽綬(새수), 冠帶, 衣裳, 安車, 駟馬(사마), 黃金, 錦繡(수놓은 비단), 繒絮(증서, 비단 솜)를 하사하였다. 有司를 시켜 單于를 먼저 長安의 숙소에 안내케 했고 (선우는) 長平에서 야영했다. 선제도 甘泉縣의 별궁 池陽宮(지양궁)에서 숙박했다. 선제는 長平의 벌판에 가면서 선우에게 알현의 예를 취하지 말라고 하였다. 흉노 左右 當戶의 무리가 모두 줄지어 이를 참관하였고 蠻夷(만이)의 君長과 王侯로 영접 나온 자 수만 명이 길 양 옆에 늘어섰다. 선제가 渭橋(위교)에 올라서자 모두 만세를 불렀다. 선우는 (장안 성안) 관저에서도 묵었다. 선제는 建章宮에 술자리를 마련하여 선우를 접대하고 漢의 珍寶를 참관케 하였다.

原文

二月, 單于罷歸. 遣長樂衛尉高昌侯忠,車騎都尉昌,騎都尉虎將萬六千騎送單于. 單于居幕南, 保光祿城. 詔北邊振穀食. 郅支單于遠遁, 匈奴遂定.

詔曰, "乃者鳳皇集新蔡, 群鳥四面行列, 皆鄉鳳皇立, 以萬數. 其賜汝南太守帛百匹, 新蔡長吏, 三老,孝弟,力田,鰥寡孤獨各有差. 賜民爵二級. 毋出今年租."

三月己丑, 丞相霸薨.

詔諸儒講《五經》同異, 太子太傅蕭望之等平奏其議, 上親稱制臨決焉. 乃立梁丘《易》,大小夏侯《尙書》,穀梁《春秋》博士.

冬, 烏孫公主來歸.

| 註釋 | ○幕南 – 사막의 남쪽. ○保光祿城 – 保는 의거하다. 光祿城은 今 內蒙古 包頭市 서쪽. 徐自爲가 축조한 일련의 성채. ○振穀食 – 곡식을 공급해 주다. ○郅支單于遠遁 – 郅支單于(질지선우)는 서역으로 패주했다가 나중에 서역도호인 甘延壽(감연수)와 부도호인 陳湯(진탕)에게 元帝 建昭 3년(前 36)에 살해되었다. 70권, 〈傅常鄭甘陳段傳〉 참고. ○新蔡(신채) – 汝南郡(治所는 上蔡縣, 今 河南省 駐馬店市 관할의 上蔡縣)의 屬縣. ○丞相霸薨 – 黃霸(황패)는 89권, 〈循吏傳〉에 입전. ○詔諸儒講《五經》同異 – 이를 石渠閣會議라고 한다. 무제의 罷黜百家 獨尊儒術 이후 儒學은 통치사상으로 확실한 지위를 확보하고 그만한 교육활동이 이루어진다. 그러나 경전의 내용과 풀이가 달라서 당시 유명한 학자를 미앙궁의 石渠閣에 모아 五經의 異同을 논하게 했고 宣帝가 참여하여 최종판결을 지었다. 이 논의에 참여한 유학자

로는 蕭望之(소망지), 劉向, 韋玄成, 薛光德, 施讎(시수), 梁丘臨, 林尊, 周堪(주감), 張山拊(장산부) 등등으로 그 논의 내용을 《石渠論》 105편으로 엮었다고 했으나 지금은 실전되었다. ○太子太傅蕭望之 – 78권, 〈蕭望之傳〉에 입전. ○梁丘《易》 – 梁丘賀의 《易》. ○大小夏侯《尙書》 – 夏侯勝과 夏侯建의 《尙書》 ○穀梁《春秋》 – 穀梁赤의 《春秋》. 이상은 88권, 〈儒林傳〉 참고. ○烏孫公主 – 楚王의 딸, 解憂公主.

〖國譯〗

2월, 호한야선우가 입조를 마치고 돌아갔다. 長樂衛尉인 高昌侯 忠(충), 車騎都尉인 昌(창), 騎都尉인 虎(호)를 파견하여 군사 1만 6천 명으로 선우를 호송했다. 선우는 고비사막 남쪽 光祿城에 의지하여 머물렀다. 조서를 내려 북방의 군에서 (흉노를 위한) 곡식을 보내주었다. 郅支單于(질지선우)는 쫓겨 멀리 도주하여 흉노는 드디어 평정되었다.

그리고 조서를 내려 말했다.

"지난번에 봉황이 新蔡縣에 날아왔을 때 모든 새 수만 마리가 사방에서 줄을 지어 봉황을 향하고 있었다. 汝南太守에게는 비단 1백 필을, 신채현의 縣長과 관리, 三老, 孝弟와 力田者 그리고 鰥寡孤獨(환과고독)에게 차등을 두어 비단을 하사하라. 백성들에게 작위 2급을 하사하고 금년 조세를 면제 하라."

3월 己丑, 승상 黃霸(황패)가 죽었다.

조서로 여러 유생에게 《五經》의 同異에 대하여 토론하게 하였는데 太子太傅인 蕭望之(소망지) 등이 그 평의를 상주하였고 선제는 친히 制書로 결재하였다. 이에 《易》을 전공한 梁丘賀, 《尙書》를 전공한 大夏侯와 小夏侯, 그리고《春秋》를 穀梁赤가 博士官이 되었다.

겨울에, 烏孫에 출가했던 解憂公主가 돌아왔다.

原文

四年夏, 廣川王海陽有罪, 廢遷房陵.

冬十月丁卯, 未央宮宣室閣火.

| 註釋 | ○(甘露) 四年 – 前 50년. ○廣川王海陽有罪 – 廣川國은 景帝의 아들 劉越(유월)을 봉한 나라. 국도는 信都縣(今 河北省 衡水市 관할의 冀州市). 劉海陽은 유월의 曾孫. 입에 올리기 어려울 정도로 음란했다. 55권 〈景十三王傳〉에 附傳. 劉海陽의 사적은 76권, 〈趙尹韓張兩王傳〉의 張敞(장창)에 관한 기사에서도 볼 수 있다. 房陵(방릉)은 縣名. 今 湖北省 十堰市 관할의 房縣.

〖國譯〗

(甘露) 4년 여름, 廣川王 海陽(해양)이 죄를 지어 폐위하여 房陵현에 이주시켰다.

겨울 10월 丁卯日, 未央宮의 宣室閣에서 불이 났다.

原文

黃龍元年春正月, 行幸甘泉, 郊泰畤.

匈奴呼韓邪單于來朝, 禮賜如初. 二月, 單于歸國.

詔曰, "蓋聞上古之治, 君臣同心, 擧措曲直, 各得其所. 是以上下和洽, 海內康平, 其德弗可及已. 朕旣不明, 數申詔公卿大夫務行寬大, 順民所疾苦, 將欲配三王之隆, 明先帝之德也. 今吏或以不禁奸邪爲寬大, 縱釋有罪爲不苛, 或以酷惡爲賢, 皆失其中. 奉詔宣化如此, 豈不謬哉! 方今天下少事, 徭役省減, 兵革不動, 而民多貧, 盜賊不止, 其咎安在? 上計簿, 具文而已, 務爲欺謾, 以避其課. 三公不以爲意, 朕將何任? 諸請詔省卒徒自給者皆止. 御史察計簿, 疑非實者, 按之, 使眞僞毋相亂."

| **註釋** | ○黃龍元年 - 宣帝의 마지막 연호. 前 49년. ○數申詔~ - 申은 약속하다. 다짐을 받다. ○皆失其中 - 中은 中正. 適宜함. ○具文而已 - 문서만 갖추었을 뿐이다. 실제와는 다르다. ○以避其課 - 평가나 감찰을 피하려 한다. ○諸請詔省卒徒自給者皆止 - 조서에 의거 출장을 가면서 복록을 받지 않고 수행원을 줄여 그를 자신의 봉록으로 대체하는 것을 모두 폐지하다. 武帝 때 국고가 부족하여 이런 제도를 만들었는데, 그것이 오히려 새로운 부정으로 자리 잡았기에 폐지한다는 뜻. ○按之 - 감찰하다. 조사하다.

〚**國譯**〛

黃龍 원년(前 49) 봄 정월, 甘泉宮에 행차하여 泰畤(태치)에서 제천하였다.

흉노 호한야선우가 입조하였는데 하사하는 예물은 전과 같았다. 2월에, 선우는 귀국했다.

조서를 내려 말했다.

"짐이 알기로 上古시대의 정치는 군신이 한마음으로 폐단을 바로잡아 모든 정사가 제자리를 잡았다고 하였다. 이로써 상하가 화합하고 천하가 태평하였으니 그 은덕은 따라갈 수가 없을 것이다. 짐은 현명하지 못해 여러 번 공경대부에게 힘써 실천하여 백성에게 너그러워야 하며 백성의 질고를 해결하라고 당부한 것은 三王 시대의 융성에 버금가며 先帝의 은덕을 밝히려는 뜻이었다. 지금 관리들은 간사한 자를 엄단하지 못하면서 너그럽다 생각하고, 죄 지은 자를 풀어주면서 가혹하지 않다고 하며, 백성에게 잔혹하면서 현명한 처사라 생각하고 있으나 이 모두는 中正을 잃은 것이다. 관원이 나의 조서를 이렇게 받들어 널리 알린다면, 이 어찌 착오가 아니겠는가! 지금 천하에 큰일도 없고 요역을 경감하였으며 군사를 동원하지 않는데도 백성이 여전히 가난하며 도덕이 그치지 않는다면 그 허물은 어디에 있겠는가? 올라오는 치적 보고는 형식만 갖추고 거짓내용을 꾸며 평가나 감찰을 피하려 한다. 三公이 이를 유념하지 않는다면 짐이 어찌 일을 맡기겠는가? 조서를 받아 출장가면서 수행원을 줄여 봉록을 대신하는 편법을 모두 폐지토록 하라. 어사대부는 올라온 보고를 살피고 감찰하여 진위를 가리고 시비를 분명히 밝히도록 하라."

原文

三月, 有星孛於王良,閣道, 入紫宮.

夏四月, 詔曰, "擧廉吏, 誠欲得其眞也. 吏六百石位大夫, 有罪先請, 秩祿上通, 足以效其賢材, 自今以來毋得擧."

冬十二月甲戌, 帝崩於未央宮. 癸巳, 尊皇太后曰太皇太后.

| 註釋 | ○王良,閣道 - 성좌명. ○紫宮(자궁) - 紫微垣(자미원) 左垣의 8星, 右垣의 7星이 北極星을 싸고 회전한다. ○吏六百石位大夫 - 秩祿이 6백석이면 고급 관리에 속한다. ○未央宮 - 황제의 정궁. 蕭何(소하)가 건축한 궁궐. 未央(미앙)은 '끝나지(盡) 않는다.' 는 뜻. 장안성의 서남쪽에 위치. 황제의 거처이며 정무처리 공간. 최근 발굴성과에 의하면 미앙궁의 규모는 동서 2,300m, 남북 약 2,000m였다. 미앙궁의 동쪽에 長樂宮이 있고 그 중간에 武庫가 있었다. 장락궁은 秦의 興樂宮을 보수한 것인데 혜제 이후 황태후의 거처. 장락궁 4방의 둘레가 10km에 달했다. 武庫는 무기제조와 보관장소인데 동서 약 900m, 남북 약 300m로 7개 건물이 있었다고 한다. 그 밖에 장안성에는 무제 때 지은 建長宮 등 많은 별궁이 있었다.

〖國譯〗

3월, 살별이 王良과 閣道를 가로질러 紫宮(자궁, 자미원)에 들어갔다.

여름 4월, 조서를 내려 말했다.

"청렴한 관리를 천거하는 일은 정말 참된 인재를 골라야 한다. 관리의 질록 6백 석은 大夫의 자리인 만큼 죄가 있다면 먼저 주청하여야 하며 질록은 그 성과에 따라 올라가야만 그 현명한 재능을 다 바칠 것이니 오늘 이후로는 6백 석 관리 중에서는 천거하지 말라."

겨울 12월 甲戌(갑술), 선제는 未央宮에서 붕어하였다. 癸巳日(계사일), 皇太后를 太皇太后로 올렸다.

原文

贊曰, 孝宣之治, 信賞必罰, 綜核名實, 政事文學法理之士咸精其能, 至於技巧工匠器械, 自元,成間鮮能及之, 亦足以知吏稱其職, 民安其業也. 遭値匈奴乖亂, 推亡固存, 信威北夷, 單于慕義, 稽首稱藩. 功光祖宗, 業垂後嗣, 可謂中興, 侔德殷宗,周宣矣!

| 註釋 | ○信賞必罰 - 有功必賞, 有罪必罰. ○綜核名實 - 명분과 실질을 종합하여 살펴 추구하다. ○自元,成間 - 元帝와 成帝의 재위 연간. ○遭値(조치) - 만나다. ○推亡固存 - 無道한 자는 推而滅亡시키고(郅支單于), 存道者는 도와주어 보존케 하다(呼韓邪單于). ○侔德殷宗,周宣矣 - 侔는 가지런할 모, 殷宗은 殷의 高宗(武丁), 周宣은 西周의 宣王. 모두 中興之主.

【國譯】

班固의 論贊 : 孝宣帝의 治國은 信賞必罰(신상필벌)이며 名分과 實質을 종합적으로 고찰하여 政事나 文學과 法理의 인재를 막론하고 모두가 그 직무에 정통하였으며 기술자(工匠)나 산업분야에서도 元帝나 成帝 때 사람이 따라갈 수 없을 정도였으니 모든 관리가 그 직무를 성실히 수행했고 백성은 생업에 안주했음을 알 수 있다. 匈奴의 분란을 만나 무도한 자를 없애고 大道를 따르는 자를 지켜주어서 漢의 신의와 위엄을 북방에 떨쳤으며 선우는 仁義를 흠모하여 고개를 숙이며 藩臣(번신)을 자칭하였다. 탁월한 공적으로 祖宗의 공덕을 더욱 빛나게 했으며 대업을 마련하여 후사에게 물려주었으니 가히 중흥을 이루었으며 그 은덕은 殷의 高宗, 西周의 宣王과 나란하다고 말할 수 있다.

【参考】 武帝와 宣帝 때는 漢의 전성기와 중흥기로 뛰어난 인재가 많았다. 班固는 58권, 〈公孫弘卜式兒寬傳〉의 論贊에서 성공적인 인재 등용을 아래와 같이 요약하였다.

"(武帝) 이때는 漢의 건국 60여 년에 천하는 태평하고 府庫는 충실했지만 四夷는 아직 복속하지 않았고 제도에도 여러 결함이 있었다. 武帝는 文武의 인재를 등용하며 서둘러 간절히 구하였으니 처음으로 安車를 보내 枚勝(매승)을 영입하고 主父偃(주보언)을 알현하고서는 늦게 만난 것을 탄식했었다. 그러자 많은 선비들이 황제를 흠모하여 모여드니 異人이 한꺼번에 출현하였다. 양을 치던 卜式(복식)을 등용했고 商人인 桑弘羊(상홍양)을 발탁하였으며 衛青(위청)은 노비에서 발분하여 起身하였고 金日磾(김일제)는 투항한 포로에서 출세하였으니 이 모두가 예전의 흙일하던 傅說(부열)이나 소를 기르던 甯戚(영척)과 같은 明哲함이 있었다.

漢의 인재영입은 이에 크게 성하였으니 高雅한 유생으로는 公孫弘(공손홍), 董仲舒(동중서), 兒寬(예관)이 있고, 덕행이 뛰어난 인재로는 石建과 石慶, 질박하고 정직한 인재로 汲黯(급암)과 卜式(복식), 인재를 잘 천거한 韓安國과 鄭當時(정당시)가 있었으며, 법령을 정비한 趙禹(조우)와 張湯(장탕)이 있고, 文章에는 司馬遷과 司馬相如, 滑稽(골계)에는 東方朔과 枚皐(매고)가 있고, 應對에 뛰어난 嚴助(엄조)와 朱買臣(주매신), 그리고 歷數에는 唐都(당도)와 洛下閎(낙하굉)이 유명하였고, 協律(협율, 음악)에는 李延年(이연년), 運籌(운주)에는 상홍양, 사신으로는 張騫(장건)과 蘇武(소무), 장수로는 衛青(위청)과 霍去病(곽거병), 遺詔(유조)를 잘 따른 霍光(곽광)과 金日磾(김일제)가 있으니 그 밖의 인재는 이루다 기록할 수가 없다. 이로써 큰 공적을 쌓고 창조하였으며 제도 정비와 문물을 후세에 전하였으니 후세에도 이러한 성대가 없었다.

宣帝는 皇統을 이어 대업을 편찬하고 기록하였으며 아울러 六藝를 강론하고 재덕을 겸비한 인재들을 초치하고 선용하였으니 蕭望之(소망지)와 梁丘賀(양구하), 夏侯勝(하후승), 韋玄成(위현성), 嚴彭祖(엄팽조), 尹更始(윤경시) 등이 유학으로 등용되었다. 劉向과 王褒(왕포)는 문장에 뛰어났고, 將相으로는 張安世(장안세), 趙充國, 魏相(위상), 丙吉, 于定國(우정국), 杜延年(두연년)이 있고, 治民을 잘한 黃霸(황패), 王成(왕성), 龔遂(공수), 鄭弘(정홍), 召信臣(소신신), 韓延壽(한연수), 尹翁歸(윤옹귀), 趙廣漢(조광한), 嚴延年(엄연년), 張敞(장창)과 같은 무리들도 모두 큰 공적을 이루어 후세에 기록되었다. 명신들이 많기로는 무제 때 다음이라 할 수 있다."

9 元帝紀
〔원제기〕

原文

孝元皇帝, 宣帝太子也. 母曰共哀許皇后, 宣帝微時生民間. 年二歲, 宣帝卽位. 八歲, 立爲太子. 壯大, 柔仁好儒. 見宣帝所用多文法吏, 以刑名繩下, 大臣楊惲,蓋寬饒等坐刺譏辭語爲罪而誅, 嘗侍燕從容言, "陛下持刑太深, 宜用儒生." 宣帝作色曰, "漢家自有制度, 本以霸王道雜之, 奈何純任德教, 用周政乎! 且俗儒不達時宜, 好是古非今, 使人眩於名實, 不知所守, 何足委任?" 乃歎曰, "亂我家者, 太子也!" 由是疏太子而愛淮陽王, 曰, "淮陽王明察好法, 宜爲吾子." 而王母張婕妤尤幸. 上有意欲用淮陽王代太子, 然以少依許氏, 俱從微起, 故終不背焉.

| 註釋 | ○孝元皇帝 – 名 奭, 前 48–33년 재위. '行義悅民曰 元'. ○共哀許皇后 – 共은 恭, '尊賢行義曰 恭'. '恭仁短折曰 哀'. 名 許平君, 許廣漢의 딸. ○宣帝卽位 – 宣帝가 改元한 해. ○文法吏 – 무제 때의 유풍이 있어 刑法吏를 중용했다. ○刑名繩下 – 刑名之學. 繩은 먹 줄, 목수는 먹줄을 튕겨 직선을 긋는다. 引伸하여 굽은 것(邪曲)을 바로 잡다. ○坐刺譏辭語 – 坐는 죄에 걸리다. 연좌되다. 刺譏(자기)는 비방하다. 譏刺. 辭語는 言辭. ○嘗侍燕從容言 – 侍燕은 侍宴. 從容은 조용히. ○作色 – 화를 내다. ○霸王道雜之 – 霸道와 王道, 雜은 合也. ○用周政乎 – 周政은 周朝의 정치. 仁政. ○亂我家者 – 我家는 朝廷. ○淮陽王 – 淮陽憲王 劉欽(유흠, ?–前 28), 재주가 많아 선제가 총애했다. 80권, 〈宣元六王傳〉 입전.

〖國譯〗

孝元皇帝는 宣帝의 太子이다. 모친은 共哀許皇后로 宣帝가 평민일 때 민간에서 출생하였다. 2세에 선제가 즉위하였다. 8세에 태자가 되었다. 성인이 되어 인자하고 유학을 좋아하였다. 태자는 선제가 등용하는 신하에 刑吏(형리) 출신이 많고 刑名으로 신하를 통제하며, 楊惲(양운), 蓋寬饒(개관요) 같은 대신이 비방하는 말을 했다 하여 주살당하는 것을 보고 侍宴할 때 조용히 "폐하의 형벌 적용은 너무 각박하시니, 마땅히 유생을 등용하셔야 합니다."라고 말했다. 그러자 선제가 화를 내며 말했다.

"漢家에 내려온 制度는 본래 霸道(패도)와 王道를 혼합 적용하였는데 어찌 덕정과 교화에만 맡기는 周의 仁政을 쓰겠느냐! 게다가 俗儒는 時宜(시의)를 아지 못하여 즐겨 옛 것이 옳고 지금 것은 틀렸다고 말하여 다른 사람에게 명분과 실제를 혼동하게 만들며 할 일도 제대로 못하는데 어떻게 맡길 수 있겠느냐?"

그리고 탄식하며 말했다. "태자 때문에 나라가 혼란할 것이다!" 이로부터 태자를 멀리하며 淮陽王을 편애하며 말했다. "淮陽王은 똑똑하고 법을 좋아하니 내 아들로 마땅하다." 그러면서 회양왕의 생모인 張婕妤(장첩여)를 더욱 총애하였다. 선제는 淮陽王을 太子로 삼으려는 생각도 있었지만 젊어 처가인 許氏에 의지했었고 父子가 미천한 자리에서 起身하였기에 끝내 許氏와 태자를 버리지는 않았다.

原文

黃龍元年十二月, 宣帝崩. 癸巳, 太子卽皇帝位, 謁高廟. 尊皇太后曰太皇太后, 皇后曰皇太后.

初元元年春正月辛丑, 孝宣皇帝葬杜陵. 賜諸侯王公主列侯黃金, 吏二千石以下錢帛, 各有差. 大赦天下.

三月, 封皇太后兄侍中中郞將王舜爲安平侯. 丙午, 立皇后王氏. 以三輔太常郡國公田及苑可省者振業貧民, 訾不滿千錢者賦貸種食. 封外祖父平恩戴侯同産弟子中常侍許嘉爲平恩侯, 奉戴侯後.

| **註釋** | ○黃龍元年 - 선제의 마지막 연호, 前 49년. ○尊皇太后 - 上官氏, 昭帝 황후로 책립된 지 10년, 소제가 죽을 때 황후는 15세였다. 宣帝가 즉위한 뒤에 태황태후라 호칭. 총 47년을 재위하고서 52세인 建昭(건소) 2년에 붕어하자 平陵(평릉, 소제의 능)에 합장하였다. ○皇后曰皇太后 - 선제

의 王황후, 元帝를 양육했으나 선제의 총애는 없었다. ㅇ初元 - 元帝의 연호. 前 48-44년. ㅇ立皇后王氏 - 名. 王政君, 成帝의 母后, 왕망의 고모. 〈元后傳〉에 立傳. ㅇ三輔太常郡國 - 三輔는 장안 주변의 행정 구역 겸 관직 칭호. 황제의 능 주변에 부호를 이주시켜 縣을 설치하는데 이런 현을 陵縣이라 한다. 太常은 종묘 제사와 황릉을 관리하는 직책으로 능현도 감독 통솔했다. ㅇ訾不滿千錢 - 訾(헐뜯을 자)는 貲(재물 자), 資와 同. ㅇ外祖父平恩戴侯 - 許廣漢. 이미 죽고 없었다. ㅇ同產弟子 - 同產은 형제. 弟子는 동생의 아들.

〖國譯〗

黃龍 원년 12월, 宣帝가 붕어했다. 癸巳(계사), 태자가 제위에 올라 고조 묘당을 배알하였다. 皇太后를 太皇太后, (宣帝의) 王皇后를 皇太后로 존칭하였다.

元帝 初元 원년 봄 정월 辛丑日, 孝宣皇帝를 杜陵에 장례했다. 諸侯王과 公主와 列侯에게는 황금을, 二千石 이하 관리에게는 금전과 비단을 각각 차등을 두어 하사하였다. 천하의 죄인을 대사하였다.

3월, 皇太后 오빠인 侍中 中郎將 王舜(왕순)을 安平侯에 봉했다. 丙午日, 皇后 王氏를 책립하였다. 三輔와 太常의 郡國에 있는 公田과 苑囿 중 폐지할 수 있는 땅을 빈민에게 대여하였다, 재산이 1천 전이 안 되는 백성에게 종자와 양식을 대여하였다. 外祖父인 平恩戴侯 형제 중 동생의 아들인 中常侍 許嘉(허가)를 平恩侯에 봉해 戴侯의 제사를 모시게 했다.

原文

夏四月, 詔曰, “朕承先帝之聖緖, 獲奉宗廟, 戰戰兢兢. 間者地數動而未靜, 懼於天地之戒, 不知所繇. 方田作時, 朕憂蒸庶之失業, 臨遣光祿大夫褒等十二人循行天下, 存問耆老,鰥寡孤獨,困乏,失職之民, 延登賢俊, 招顯側陋, 因覽風俗之化. 相守二千石誠能正躬勞力, 宣明教化, 以親萬姓, 則六合之內和親, 庶幾虖無憂矣. 《書》不云乎? ‘股肱良哉, 庶事康哉!’ 佈告天下, 使明知朕意.” 又曰, “關東今年穀不登, 民多困乏. 其令郡國被災害甚者毋出租賦. 江海陂湖園池屬少府者以假貧民, 勿租賦. 賜宗室有屬籍者馬一匹至二駟, 三老孝者帛五匹, 弟者力田三匹,鰥寡孤獨二匹, 吏民五十戶牛酒.”

| **註釋** | ○間者~ – 近者~. ○不知所繇 – 繇는 말미암을 유(由와 同). 요역 요(傜). ○臨遣~ – 臨은 ‘어떤 일에 관련하여’ 의 뜻. ○招顯側陋 – 側陋(측루)는 지체가 낮고 비천한 사람. ○相守二千石~ – 2천 석 질록을 받는 제후국의 相과 郡의 太守. ○六合 – 天地와 四方. ○庶幾虖~ – 庶幾는 가깝다. 虖는 乎. ○《書》不云乎 – 《尙書 虞書 益稷》. ○股肱良哉, 庶事康哉 – 股肱(고굉)은 신하. 신하들이 훌륭하니 모든 정사가 평안하리라! ○屬少府者 – 少府는 황실의 재정과 소요물품 조달. 황실 관련 업무 총괄. 9경의 하나. 국가 재정을 담당하는 대사농과 재산 관리를 달리했다. 江海~는 少府 소속의 수익 재산을 얻는 곳을 지칭. ○有屬籍者 – 종실 명부에 오른 자. ○至二駟 – 駟는 4필. ○弟者力田 – 보통 孝弟者로 통칭하지만 실제는 부모에 효도하는 효자와 어른께 공순한 弟子(悌者)를 구분하였다. 力田은 성실한

모범 농부.

〖國譯〗

여름 4월, 조서를 내려 말했다.

"朕은 先帝의 聖業을 이어 종묘를 받들면서 조심조심하였다. 近者에 지진이 자주 발생하고 평온 안정하지 않아 천지의 훈계가 두렵지만 그 연유를 알 수가 없다. 지금 바야흐로 농사철인데 짐은 백성이 생업을 잃을까 걱정이 되어 이에 光祿大夫 褒(포) 등 12명을 파견하여 천하를 순시하며 耆老(기로)와 鰥寡孤獨(환과고독) 및 곤핍하고 생업을 잃은 백성을 위문하고 賢明俊才나 미천한 인재를 높이 초빙케 하고 겸하여 풍속 교화를 살펴보게 하였다. 2천 석의 제후국 相이나 태수는 행실을 바로 가져 힘써 실천하며 교화를 널리 펴 만백성을 가까이 한다면 천지와 사방이 두루 화합하고 친근하여 거의 걱정이 없을 것이다. 《書》에서도 '신하들이 훌륭하니 모든 정사가 평안하리라!' 라고 말하지 않았는가? 천하에 널리 알려 짐의 뜻을 분명히 알게 하라."

이어 또 말했다.

"금년 關東에 흉년이 들어 많은 백성이 궁핍하다. 郡國에 알려 재해를 심하게 당한 백성에게 조세를 징수하지 않도록 하라. 少府에 속한 강이나 바닷가, 산언덕이나 호수, 苑囿(원유)나 연못 등을 빈민에게 대여하고 그 조세를 징수하지 말라. 명부에 등록된 종실에게 말을 1필에서 8필까지 하사하고 三老와 孝者(孝子)에게는 비단을 각 5필, 어른을 잘 공경한 弟者와 力田者는 3필, 鰥寡孤獨(환과고독)에게는 2필씩, 그리고 吏民은 50호당 소고기와 술을 하사하라."

原文

六月, 以民疾疫, 令大官損膳, 減樂府員, 省苑馬, 以振困乏.

秋八月, 上郡屬國降胡萬餘人亡入匈奴.

九月, 關東郡國十一大水, 饑, 或人相食, 轉旁郡錢斛以相救. 詔曰, "間者, 陰陽不調, 黎民饑寒, 無以保治, 惟德淺薄, 不足以充入舊貫之居. 其令諸宮館希御幸者勿繕治, 太僕減穀食馬, 水衡省肉食獸."

| 註釋 | ○疾疫(질역) - 전염병. 疫은 염병 역. 돌림병. ○大官 - 太官. 질록 1천 석, 황제의 식사 담당관. ○上郡 - 郡名. 治所는 肤施縣(今 陝西省 榆林市) ○樂府員 - 원 정원이 829명이었다고 한다. ○省苑馬 - 漢代 太僕(태복, 질록은 中二千石) 관할 6개 牧師苑(목사원, 우두머리는 苑令) 아래 36개소 목장에 약 30만 필을 사육했다. ○保治 - 安治. 上郡의 속국은 龜玆縣(今 陝西省 榆林市 북쪽)에 있었다. ○舊貫之居 - 先帝가 거주하던 궁궐. ○勿繕治 - 修繕(수선)이나 꾸미지 말라. ○水衡~ - 水衡都尉, 상림원 관리 및 鑄錢 담당.

〖國譯〗

6월, 백성이 질병으로 고생하자 太官은 반찬을 줄이고 樂府의 정원을 감축하며 사육하는 말을 줄여 궁핍한 백성을 구제하라고 명했다.

가을 8월, 上郡의 屬國에 거주하던 투항한 흉노족 1만여 명이 흉노 땅으로 도주했다.

9월, 關東 11개 郡國에 홍수가 났다. 흉년으로 간혹 사람이 사람을 먹을 지경이었는데 이웃 군국에서 곡식이나 금전을 전용하여 구원케 하였다. 이에 조서를 내려 말했다.

"요즈음 음양이 순조롭지 못해 백성이 굶주리고 추위에 떨지만 백성을 안정시킬 방도가 없고 짐이 부덕하여 先帝의 궁궐에 거처하기도 부끄럽도다. 자주 이용하지 않는 여러 궁궐이나 전각은 수리나 보수를 그만 두고 太僕은 곡식을 먹이는 말을, 水衡都尉는 肉食하는 짐승 숫자를 줄이도록 하라.

原文

二年春正月, 行幸甘泉, 郊泰畤. 賜雲陽民爵一級, 女子百戶牛酒. 立弟竟爲淸河王.

三月, 立廣陵厲王太子霸爲王.

詔罷黃門乘輿狗馬, 水衡禁囿,宜春下苑,少府佽飛外池, 嚴籞池田假與貧民. 詔曰, "蓋聞賢聖在位, 陰陽和, 風雨時, 日月光, 星辰靜, 黎庶康寧, 考終厥命. 今朕恭承天地, 托於公侯之上, 明不能燭, 德不能綏, 災異並臻, 連年不息. 乃二月戊午, 地震於隴西郡, 毁落太上皇廟殿壁木飾, 壞敗豲道縣城郭官寺及民室屋, 壓殺人衆. 山崩地裂, 水泉湧出. 天惟降災, 震驚朕師. 治有大虧, 咎至於斯. 夙夜兢兢, 不通大變, 深惟鬱悼, 未知其序. 間者歲數不登, 元元困乏, 不勝饑寒, 以陷刑辟, 朕甚閔之. 郡國被地動災甚者, 無出租賦. 赦天下. 有可蠲除,減省以便萬姓者, 條奏, 毋有所諱. 丞相御史中二千石擧茂材異等直言極諫之士, 朕將親覽焉."

| 註釋 | ○(初元) 二年 - 前 47년. ○雲陽 - 현명, 甘泉宮이 여기에 있다. 今 陜西省 咸陽市 淳化縣. ○弟竟 - 宣帝와 戎婕妤(융첩여)의 소생. 淸河王에 책립되었다가 다음 해 中山王으로 옮겼으나 나이가 어려 封國에 가지 못했다. 中山國都는 盧奴縣(今 河北省 定州市). ○廣陵 - 郡國名, 치소는 廣陵縣. 今 江蘇省 揚州市 서북. ○黃門 - 少府의 속관, 궁궐의 수레, 말, 사냥개, 광대, 畵工 등을 관리하는 직책. ○宜春下苑 - 杜陵縣 소재 궁궐명. ○少府佽飛外池 - 소부의 속관인 佽飛(차비, 사냥 전문 무사)가 관할하는 궁궐 밖 사냥터. ○嚴籞池田 - 嚴은 사냥을 할 때 몸을 숨기는 掩蔽物(엄폐물). 籞는 말을 기르는 곳, 새를 사냥하는 곳이라는 주석도 있다. 禁苑(금원) 어. ○考終厥命 - 考는 노인. 厥은 其. ○豲道縣 - 현명. 今 甘肅省 定西市 관할 隴西市, 豲는 멧돼지 원(환). ○官寺 - 官署. ○震驚朕師 - 師는 무리. 백성.

〖國譯〗

(初元) 2년 봄 정월, 감천궁에 행차하여 泰畤(태치)에서 제천했다. 雲陽縣 백성에게 작위 1급을, 여자에게는 1백 호당 소고기와 술을 하사하였다.

아우인 竟(경)을 淸河王에 책립하였다.

3월, 廣陵 厲王(여왕)의 태자 霸(패)를 王으로 봉했다.

조서를 내려 黃門의 수레와 사냥개, 말 등을 없애고 水衡都尉가 관장하는 禁囿(금유, 禁苑)와 宜春下苑(의춘하원), 少府의 佽飛(차비)가 관리하는 궁 밖의 연못, 사냥하는 연못이나 토지를 빈민에게 대여케 하였다. 또 조서를 내려 말했다.

"대개, 賢聖이 재위하면 음양이 조화를 이루고 풍우가 때를 맞추며, 일월도 빛이 나고 星辰(성신)도 평정하며, 백성은 평안하고 늙은 이도 천수를 누린다고 하였다. 지금 짐이 천하를 물려받아 여러 公侯의 윗자리에 있지만 지혜로 백성을 이끌거나 덕으로 백성을 편안케 하지 못해 여러 재해가 한꺼번에 닥치며 해마다 그치질 않았다. 지난 2월 무오일에 지진이 隴西郡에서 일어나 太上皇 묘당의 벽면 나무 장식을 부수었고, 獂道縣(원도현) 성곽이 무너져 관아와 백성의 집이 무너지며 많은 사람이 죽었다. 산이 무너지고 땅이 갈라졌으며 물이 솟구쳤다. 하늘이 재앙을 내려서 짐의 백성을 놀라게 하였다. 재앙이 잇따라 통치가 크게 흔들릴 정도에 이르렀다. 아침저녁으로 조심조심하나 큰 이변의 뜻을 알 수 없고 깊이 생각하나 울적하여 어찌할 바를 모르겠다. 근자에 계속 흉년도 들어 백성은 궁핍해졌고 饑寒(기한)을 견디지 못하고 죄를 지어 형벌을 받으니 짐은 심히 애통할 뿐이다. 郡國에서는 지진의 피해가 심한 백성의 조세를 면제토록 하라. 천하 죄인을 사면하노라. 면제할 수 있고 줄일 수 있어 백성에게 도움이 될 것이라면 조목조목 상주하되 꺼리지 말지어다. 승상과 어사대부, 中二千石 고관은 뛰어난 인재나 直言으로 極諫할 수 있는 인재를 천거하여 짐이 친히 열람할 수 있게 하라."

原文

夏四月丁巳, 立皇太子. 賜御史大夫爵關內侯, 中二千石右庶長, 天下當爲父後者爵一級, 列侯錢各二十萬, 五大夫十萬.

六月, 關東饑, 齊地人相食.

秋七月, 詔曰, "歲比災害, 民有菜色, 慘怛於心. 已詔吏虛倉廩, 開府庫振救, 賜寒者衣. 今秋禾麥頗傷. 一年中地再動. 北海水溢, 流殺人民. 陰陽不和, 其咎安在? 公卿將何以憂之? 其悉意陳朕過, 靡有所諱."

| **註釋** | ○皇太子 - 名 驁(오, 前 51-前 7), 뒷날 成帝로 즉위, 재위 前 32-7년. 元帝의 長子, 母親 王皇后(名, 王政君). ○右庶長 - 작위 이름(11등급). 五大夫(9등급). ○虛倉廩 - 곡물 창고를 비우다. 倉廩(창름)은 곡물 창고. 府庫는 官의 재물을 보관하는 창고.

〖國譯〗

여름 4월 丁巳, 皇太子를 책립했다. 어사대부에게 關內侯의 작위를, 中二千石에게는 右庶長의 작위를 하사하고, 천하에 부친의 뒤를 이은 아들에게 작위 1급을, 열후에게는 각각 2십만 전을, 작위 五大夫에게는 10만 전을 하사하였다.

6월, 關東에 饑饉(기근)이 들어 齊 땅에서는 사람이 사람을 먹었다.

가을 7월, 조서를 내려 말했다.

"해마다 재해가 들어 백성이 굶주리니 마음이 참담하다. 이미 관리에게 곡물 창고를 비우고 창고를 열어 구제하며, 추위에 떠는 자에게 옷을 주라고 하였다. 이번 가을에도 수확이 아주 나쁘다. 일 년에 지진이 두 차례나 있었다. 北海郡에서는 강물이 범람하여 백성을 죽게 하였다. 이렇듯 음양이 순조롭지 못한데 그 허물은 어디에 있는가? 공경대신이 우려하는 것은 무엇인가? 짐의 모든 허물을 다 말하되 숨기지 말라."

原文

冬, 詔曰, "國之將興, 尊師而重傅. 故前將軍望之傅朕八年, 道以經書, 厥功茂焉. 其賜爵關內侯, 食邑八百戶, 朝朔望."

十二月, 中書令弘恭,石顯等譖望之, 令自殺.

| 註釋 | ○前將軍望之 - 蕭望之(소망지, ?-前 46) - 元帝의 사부. 經學者로 五經과 《齊詩》, 《論語》에 박통. 麒麟閣 11공신의 한 사람. 78권, 〈蕭望之傳〉에 입전. ○中書令弘恭,石顯 - 弘恭(홍공)은 宣帝의 신임을 받아 중서령이 되었다. 원제 즉위 후 실권을 장악했고 소망지를 무고했다. 石顯(석현, ?-前 33)의 字 君房. 환관. 元帝는 병환이 있어 정사를 돌보지 않았으며 음악을 너무 좋아하여 석현이 처리하게 하였는데 환관은 妻族이 없어 믿을 수 있다 하여 오랫동안 위임하였다. 이로써 크고 작은 정사를 석현이 아뢰고 결정하니 총애가 조정에 제일이었으며 모든 신료들이 석현을 공경하였다. 석현은 사람됨이 영특하고 일을 잘하며 황제의 속마음을 잘 간파하였고 속으로는 잔인하며 궤변으로 남을 모함하였으며 감정으로 남을 미워하여 법으로 얽어 매었다. 93권, 〈佞幸傳〉에 입전.

『國譯』

겨울에, 조서를 내려 말했다.

"나라가 홍성하려면 사부를 받들고 존중해야 한다. 그러하니 前將軍 蕭望之는 8년간 짐의 사부로 경서로 인도하여 그 공이 크도다. 관내후의 작위와 식읍 8백 호를 하사하고 초하루와 보름에 입조토록 하라."

12월, 中書令인 弘恭과 石顯(석현) 등이 소망지를 참소하여 자살케 했다.

原文

三年春, 令諸侯相位在郡守下.

珠崖郡山南縣反, 博謀群臣. 待詔賈捐之以爲宜棄珠崖, 救民饑饉. 乃罷珠崖.

夏四月乙未晦, 茂陵白鶴館災. 詔曰, "乃者火災降於孝武園館, 朕戰慄恐懼. 不燭變異, 咎在朕躬. 群司又未肯極言朕過, 以至於斯, 將何以寤焉! 百姓仍遭凶厄, 無以相振, 加以煩擾虖苛吏, 拘牽乎微文, 不得永終性命, 朕甚閔焉. 其赦天下."

| 註釋 | ○(初元) 三年 - 前 46. ○令諸侯相位在郡守下 - 제후국 相과 군 太守는 二千石 동급이었으나 이제 태수보다 하위로 격하. 제후국의 약화를 의미. ○珠崖郡山南縣 - 주애군은 지금 海南省 지역임. ○待詔賈捐之 - 대조는 徵士(징사)의 한 종류이며 漢代의 특수 관직명. 詔는 황제의 명령을 기록한 문서. 황제의 부름을 받아 대기하다가 조서를 받고 그에 따른 임무를

수행 또는 자문에 응한다. 待詔의 종류로 待詔金馬, 待詔殿中, 待詔保宮, 待詔公車, 待詔黃門, 待詔丞相府 등등이 있다. 특수한 분야의 전문가인 경우, 예를 들어 太史, 治曆, 音律, 本草의 경우에는 ○○待詔라고 불렸다. 賈捐之(가연지, ?－前 43)는 賈誼(가의)의 증손. 환관 石顯(석현)의 모함을 받아 옥사했다. 捐 버릴 연. 64권, 〈嚴朱吾丘主父徐嚴終王賈傳〉(下)에 입전. ○將何以寤焉－寤는 明白. ○仍遭凶厄－仍(거듭 잉)은 빈번하게. 遭는 당하다. ○微文(미문)－가혹하고 미세한 법률 조항. ○永終性命－천수를 누리다.

〖國譯〗

(初元) 3년 봄, 諸侯 相의 지위를 郡守(太守)의 아래로 낮추었다.

珠崖郡(주애군)의 山南縣에서 반란이 있었는데 이를 군신에게 널리 논의하게 했다. 待詔(대조)인 賈捐之(가연지)가 주애군을 폐지하고 백성의 기근을 구해야 한다고 말했다. 이에 주애군을 폐지했다.

여름 4월 乙未日 그믐, 茂陵(무릉, 무제의 능) 白鶴館이 불에 탔다. 이에 조서를 내렸다.

"지난번에 孝武帝의 능원에서 화재가 발생하여 짐은 전율할 정도로 두려웠다. 이런 재해원인을 알지 못하지만 허물은 짐에게 있다. 여러 관원은 짐의 과실에 대하여 또 아무 말도 없어 이런 상태에 이르렀으니, 이를 어떻게 깨달아야 하겠는가! 백성이 흉한 재액을 자주 당하여 서로 구제하지도 못하는데 거기에 가혹한 관리에게 시달리고 세밀한 법조문에 얽혀서 천수를 다 누릴 수도 없으니 짐은 심히 안타까울 뿐이다. 천하의 죄수를 사면하라."

原文

夏, 早. 立長沙煬王弟宗爲王. 封故海昏侯賀子代宗爲侯.

六月, 詔曰, "蓋聞安民之道, 本由陰陽. 間者陰陽錯謬, 風雨不時. 朕之不德, 庶幾群公有敢言朕之過者, 今則不然. 偸合苟從, 未肯極言, 朕甚閔焉. 永惟烝庶之饑寒, 遠離父母妻子, 勞於非業之作, 衛於不居之宮, 恐非所以佐陰陽之道也. 其罷甘泉建章宮衛, 令就農. 百官各省費. 條奏毋有所諱. 有司勉之, 毋犯四時之禁. 丞相御史擧天下明陰陽災異者各三人." 於是言事者衆, 或進擢召見, 人人自以得上意.

| 註釋 | ○海昏侯賀子代宗爲侯 – 재위 27일 만에 폐위된 창읍왕 劉賀를 宣帝가 海昏侯에 봉했었다. 원제는 유하의 아들 劉代宗을 海昏侯에 봉하였고 그 아들에서 손자에 이르러 後漢까지 이어졌다. ○偸合苟從(투합구종) – 억지로 구차하게 따라오다(추종하다). ○烝庶 – 衆庶. 백성. 烝은 찔 증. 뭇, 여러. ○勞於非業之作 – 非業은 급하지 않은 일.

〖國譯〗

여름, 가뭄. 長沙 煬王의 아우인 宗(종)이 왕이 되었다. 옛 海昏侯 賀(하)의 아들 代宗(대종)을 제후에 봉했다.

6월, 조서를 내려 말했다.

"대체로 安民之道는 陰陽의 조화에 있을 것이다. 요즈음 음양이 서로 어긋나 풍우가 때를 맞추지 못하고 있다. 짐이 부덕하기에 여러 공경이 짐의 허물을 과감하게 말해주기를 기대하였지만 여태껏 그러하지 못했다. 일을 당하면 상하가 구차히 영합하며 極言을 피하려 하니 짐은 심히 안타까울 뿐이다. 지금 백성들이 飢寒(기한)에 시달리고 부모처자와 멀리 떨어져서 꼭 필요치도 않은 일에 고생하는데, 사람도 없는 빈 궁궐을 수비하는 것을 생각하면 이는 음양의 도를 바로잡는 일이라 할 수 없다. 甘泉宮과 建章宮의 경비를 혁파하여 농사를 짓게 하라. 모든 관서에서 비용을 절약하라. 꺼릴 것 없이 조목조목 상주하라. 담당자들은 각자 직무에 힘쓰고 4계절에 맞춰 금기사항을 어기지 말라. 승상과 어사대부는 천하에 陰陽과 災異에 밝은 자를 각각 3인씩 천거하라."

이에 음양을 논하며 상서하는 자가 많았고 혹 발탁되어 알현한 자는 모두가 皇上의 마음에 들었다고 생각하였다.

原文

四年春正月, 行幸甘泉, 郊泰畤.

三月, 行幸河東, 祠后土. 赦汾陰徒. 賜民爵一級, 女子百戶牛酒, 鰥寡高年帛. 行所過無出租賦.

| 註釋 | ○(初元) 四年 – 前 45년. ○赦汾陰徒 – 汾陰(분음)은 현명. 今 山西省 運城市 북쪽 萬榮縣.

〖國譯〗

(初元) 4년 봄 정월, 甘泉宮에 행차하여 泰畤(태치)에서 郊祭를 지

냈다.

3월, 河東郡에 행차하여 后土祠에서 제사를 지냈다. 汾陰縣의 죄수를 사면했다. 백성에게 작위 1급씩을 하사하고 여자에게는 1백명 당 소고기와 술을, 홀아비와 과부, 고령자에게 비단을 하사하였다. (황제가) 통과한 군현의 조세를 면제하였다.

原文

五年春正月, 以周子南君爲周承休侯, 位次諸侯王.

三月, 行幸雍, 祠五時.

夏四月, 有星孛於參. 詔曰, "朕之不逮, 序位不明, 衆僚久懬, 未得其人. 元元失望, 上感皇天, 陰陽爲變, 咎流萬民, 朕甚懼之. 乃者關東連遭災害. 饑寒疾疫, 夭不終命. 《詩》不云乎, '凡民有喪, 匍匐救之.' 其令太官毋日殺, 所具各減半. 乘輿秣馬, 無乏正事而已. 罷角抵,上林宮館希御幸者,齊三服官,北假田官,鹽鐵官,常平倉. 博士弟子毋置員, 以廣學者. 賜宗室子有屬籍者馬一匹至二駟, 三老孝者帛, 人五匹, 弟者力田三匹, 鰥寡孤獨二匹, 吏民五十戶牛酒."

省刑罰七十餘事. 除光祿大夫以下至郎中保父母同産之令. 令從官給事宮司馬中者, 得爲大父母,父母,兄弟通籍.

冬十二月丁未, 御史大夫貢禹卒. 衛司馬谷吉使匈奴, 不還.

| **註釋** | ○(初元) 五年 – 前 44년. ○周子南君爲~ – 무제 元鼎 4년(前 113), 周王의 후손을 찾아 周子南君에 봉했었다. ○衆僚久懬 – 懬은 曠(공허할 광, 밝을 광), 관리가 제 임무를 수행하지 못해 업무가 돌아가지 않는다는 뜻. ○元元失望 – 元元은 백성. ○《詩》不云乎 – 《詩 邶風(패풍) 谷風》. ○凡民有喪, 匍匐救之 – 喪은 患難. 匍匐(포복)은 엎드려 기다. 전력을 다하다. ○日殺 – 日은 每日. ○所具各減半 – 所具는 음식물. 秣馬(말마)는 말의 飼料. ○無乏正事而已 – 正事는 꼭 필요한 업무. 제사를 지내려는 행차는 正事지만 사냥은 정사가 아니다. ○罷角抵 – 角抵(각저)는 레슬링. 씨름, 摔跤(솔교). 角은 '나란하다' 는 의미, 抵는 서로 힘으로 밀어내다. 秦나라 때부터 角抵란 명칭을 사용. ○齊三服官 – 齊郡 臨淄(임치)에 설치한 황실용 복장을 제조하여 공급하던 관청. 齊에서 생산되는 비단으로 봄에 바치는 首服, 여름에는 夏服, 겨울에 冬服을 지어 바쳤다. ○北假田官 – 北假(북가)는 今 내몽고 河套(하투) 지구 북쪽. 이곳에 대규모 집단 농장을 설치했다. 田官은 北假 지구에서 水利와 개간 사업을 담당하는 관리. ○鹽鐵官,常平倉 – 鹽鐵官은 무제 때, 常平倉은 선제 때 설치했었다. ○博士弟子毋置員 – 박사 제자는 늘리지는 말라. 置는 남겨두다. ○除~保父母同產之令 – 관리 1인이 잘못하면 관련 친족을 연좌 처벌하였는데 중하위 직급에 대해서는 이를 해제한다는 뜻. 同產은 형제. ○令從官給事宮司馬中者 – 從官은 천자를 수행하는 경비병. 宮司馬는 궁궐의 外門. 궁궐 밖의 순찰감시는 衛尉의 속관인 公車司馬令(약칭 公車令)이 담당하였다. ○大父母 – 祖父母. ○通籍(通籍) – 궁궐 출입 대상자의 성명, 나이, 생김새를 적은 2尺 정도의 竹片을 궁문에 걸어두었다가 해당하는 사람이 오면 확인한 뒤 입궁시키는 검문 방법. ○貢禹(공우, 前 124–44) – 72권, 〈王貢兩龔鮑傳〉에 입전. 공우는 〈奏宜仿古自節〉을 상주하여 절약을 강조하였다. ○衛司馬谷吉 – 衛司馬는 직명, 谷吉은 인명. 匈奴에 사신으로 나갔다가 피살되었다.

〖國譯〗

(初元) 5년 봄 정월, 周子南君을 周承休侯에 봉했고 지위는 諸侯王 아래로 정했다. 3월, 雍縣(옹현)에 행차하여 五時(오치)에 제사하였다.

여름 4월, 살별이 參(삼) 성좌에 나타났다. 이에 조서를 내려 말했다.

"짐이 부족하여 백관의 작위와 직급이 不明하고 여러 관원이 오랫동안 제 임무를 수행하지 못했으며 적임자를 얻지도 못하였다. 이에 백성의 실망이 위로 하늘에 감응하여 음양이 변고를 일으켜 그 허물이 백성에 미치니 짐은 심히 두려울 뿐이다. 지난번에 關東에 연이어 재난이 닥쳐 기한과 질병에 시달리는 백성이 천수를 누리지 못하였다. 《詩》에도 '백성이 재난을 당하니 전력으로 구원한다.' 고 말하지 않았는가. 太官에게 명하여 매일 가축을 잡지 말고 차리는 음식을 절반으로 줄이도록 하라. 수레와 말의 사료는 공식 행사에 지장이 없으면 된다. 角抵戲(각저희)를 중지하고, 上林苑의 宮館 중 자주 사용하지 않는 궁궐과 齊의 三服官, 北假의 田官, 鹽鐵官, 常平倉을 모두 폐지하라. 博士弟子는 증원없이 학문을 하라. 宗室의 자제로 등록된 자에게 말 1필에서 二駟(이사, 8마리)까지 하사하고, 三老와 孝者에게는 비단을 1인 5필씩, 弟者와 力田者에게는 3필, 鰥寡孤獨(환과고독)에게는 2필을, 吏民 50호당 소고기와 술을 하사하라."

70여 건의 형벌 罪目을 삭제하였다. 光祿大夫 이하 郎中까지의 관리는 부모와 형제에 대한 연좌를 폐지하였다. 從官으로 宮司馬에 종사하는 자의 조부모나 부모 형제는 궁문을 출입할 수 있는 通籍을 받게 하였다.

겨울 12월 丁未, 어사대부 貢禹(공우)가 죽었다. 衛司馬인 谷吉(곡길)이 흉노에 사신으로 갔으나 돌아오지 못했다.

原文

永光元年春正月, 行幸甘泉, 效泰畤. 赦雲陽徒. 賜民爵一級, 女子百戶牛酒,高年帛. 行所過毋出租賦.

二月, 詔丞相御史擧質樸敦厚遜讓有行者, 光祿歲以此科第郎從官.

三月, 詔曰, "五帝,三王任賢使能, 以登至平, 而今不治者, 豈斯民異哉? 咎在朕之不明, 亡以知賢也. 是故壬人在位, 而吉士雍蔽. 重以周秦之弊, 民漸薄俗, 去禮義, 觸刑法, 豈不哀哉! 由此觀之, 元元何辜? 其赦天下, 令厲精自新, 各務農畝. 無田者皆假之, 貸種食如貧民. 賜吏六百石以上爵五大夫, 勤事吏二級, 民一級, 女子百戶牛酒, 鰥寡孤獨,高年帛." 是月雨雪, 隕霜傷麥稼, 秋罷.

| 註釋 | ○永光 - 元帝의 2번째 연호, 前 43-39년. ○擧質樸敦厚遜讓有行者 - 質樸, 敦厚, 遜讓, 有行의 4科로 구분하여 천거. ○光祿歲以此科第郎從官 - 光祿은 光祿勳(郎中令의 개칭), 太常(奉常), 光祿勳, 衛尉, 太僕, 廷尉, 大鴻臚, 宗正, 大司農, 少府 등 9卿의 하나. 황제 시종관의 우두머리. 궁궐 門戶의 宿衛를 담당, 황제의 고문에 응대. 아주 중요한 관직. 속관이 많았다. 歲는 매년. 郎從官은 낭관과 종관. 여기서 능력을 인정받으면 점차 승진하는

구조였다. ○壬人在位 - 壬人은 절조가 없고 간사한 사람. 佞人(영인). 壬은 아첨할 임. ○吉士雍蔽 - 吉士는 善士. ○重以周~ - 重은 加하다. ○民漸薄俗 - 漸은 물들다. 물 스며들 점. ○雨雪 - 눈이 내리다. 雨가 동사. ○秋罷 - 가을걷이가 없다. 수확할 것이 없다.

〖國譯〗

永光 元年(前 43) 봄 정월, 甘泉宮에 행차하여 泰畤(태치)에 제사하였다. 雲陽縣의 刑徒를 사면했다. 백성에게 작위 1급을, 여자에게는 1백 호에 소고기를, 고령자에게는 비단을 하사하였다. 통과한 군현의 조세를 면제해 주었다.

2월, 승상과 어사대부에게 質樸(질박), 敦厚(돈후), 遜讓(손양), 有行(유행)의 4科에 해당자를 천거케 하였고 光祿勳은 해마다 이 4과에 의거 郎官과 從官을 선임하라고 명했다.

3월, 조서를 내려 말했다.

"五帝와 三王은 현명, 유능한 자를 선임하여 태평한 치세를 이루었지만 지금 잘 다스려지지 않는 것이 어찌 백성이 다르기 때문이겠나? 그 허물은 짐이 총명하지 못하여 賢人을 알지 못했기 때문이다. 그러다 보니 아부하는 자가 높은 자리를 오르고 善人은 중용되지 않았다. 거기에 東周와 秦의 폐단이 가중되어 백성은 점차 각박한 습속에 물들어 예의를 모르고 형법에 걸려드니 어찌 애통하지 않겠는가! 이를 본다면 백성들이 무슨 죄가 있는가? 천하의 죄인을 사면하여 각자 힘써 새 사람이 되어 농사에 힘쓰게 하라. 경작할 토지가 없는 백성에게는 땅을 임대해주고 빈민에게 하듯 종자와 양식을 대여하라. 6백 석 이하의 관리에게 五大夫의 작위를 하사하고 직무에 성실한 관리는 2급을, 백성에게는 작위 1급을, 여자들에게는 1백 호당 소고기와 술을, 환과고독의 窮民과 고령자에게는 비단을 하사하라."

이달에 눈과 서리가 내려 보리 농사를 망쳐 가을 추수할 것이 없었다.

原文

二年春二月, 詔曰, "蓋聞唐,虞象刑而民不犯, 殷周法行而奸軌服. 今朕獲承高祖之洪業, 托位公侯之上, 夙夜戰慄, 永惟百姓之急, 未嘗有忘焉. 然而陰陽未調, 三光晻昧. 元元大困, 流散道路, 盜賊並興. 有司又長殘賊, 失牧民之術. 是皆朕之不明, 政有所虧. 咎至於此, 朕甚自恥. 爲民父母, 若是之薄, 謂百姓何? 其大赦天下, 賜民爵一級, 女子百戶牛酒, 鰥寡孤獨,高年,三老,孝弟,力田帛." 又賜諸侯王公主列侯黃金, 中二千石以下至中都官長吏各有差, 吏六百石以上爵五大夫, 勤事吏各二級.

| 註釋 | ○(永光) 二年 – 前 42년. ○象刑 – 肉刑이 없고 五刑을 상징하는 복색으로 치욕을 알게 했다. ○奸軌(간궤) – 간악하여 법을 따르지 않는 자(不軌). 軌는 宄(도둑 귀)의 뜻. ○三光晻昧 – 晻(햇빛 침침할 엄)은 暗. ○謂百姓何 – 백성에게 무슨 말을 하겠는가? 무엇을 시킬 수 있겠는가?

〖國譯〗

(永光) 2년 봄 2월, 조서를 내려 말했다.

"대체로, 堯와 舜은 치욕형으로도 백성은 법을 어기지 않았고 殷과 周에서는 법이 시행되면 간악한 불법자도 복종했다고 한다. 지금 짐은 高祖의 위업을 이어받아 公侯의 윗자리에 있지만 아침저녁으로 두려워하며 백성의 위급한 처지를 늘 생각하며 잊은 적이 없었다. 그러나 음양이 조화를 못 이루고 三光(日, 月, 星)은 빛을 잃었다. 백성은 갈 곳을 잃고 길에 나뒹굴었으며 곳곳에서 도적이 나타났다. 관리들은 나쁜 짓을 계속하고 백성을 돌보아야 하는 법도를 잃었다. 이는 모두 짐이 우매하여 천하를 다스릴 법도가 무너진 것이다. 허물이 이 지경에 이르렀기에 짐은 몹시 부끄러울 뿐이다. 백성의 부모로 된 자로 그렇게 백성에게 각박하니 백성에게 무슨 말을 하겠는가? 천하의 죄수를 사면하며 백성에게 작위 1급을, 여자에게는 1백 호에 소고기와 술을, 鰥寡孤獨(환과고독)의 궁색한 백성과 고령자, 三老와 孝弟, 그리고 力田者에게 비단을 하사하라."

또 諸侯王과 公主, 列侯에게는 黃金을, 中二千石 이하 中都官의 長吏에 이르러 각각 차등을 두어 금전을 하사하였으며 6백 석 이상 관리에게는 五大夫의 작위를 성실한 관리에게 각각 작위 2급을 하사하였다.

原文

三月壬戌朔, 日有蝕之. 詔曰, "朕戰戰慄慄, 夙夜思過失, 不敢荒寧. 惟陰陽不調, 未燭其咎, 婁敕公卿, 日望有效. 至今有司執政, 未得其中, 施與禁切, 未合民心, 暴猛之俗彌長, 和睦之道日衰, 百姓愁苦, 靡所錯躬. 是以氛邪歲增, 侵犯太陽, 正氣湛掩, 日久奪光. 乃壬戌, 日有蝕之, 天見大異, 以戒朕躬, 朕甚悼焉. 其令內郡國擧茂材異等賢良直言之士各一人."

| **註釋** | ○不敢荒寧 - 국사를 잘못하고 태평을 바랄 수 없다. ○婁敕公卿 - 婁는 屢. 자주. 勅는 칙명을 내리다. 명령하다. ○施與禁切 - 禁切은 禁斷. 施與의 상대어. ○靡所錯躬 - 錯躬(조궁)은 安身하다. ○氛邪歲增 - 재앙은 해마다 늘어났다. 氛邪(분사)는 재앙. 氛은 기운 분. ○正氣湛掩 - 湛掩(침엄)은 가라앉다. 湛은 잠길 침. 즐길 담.

〖國譯〗

3월 壬戌 초하루, 日蝕이 있었다. 이에 조서를 내렸다.

"朕은 戰戰慄慄(전전율률)하며 밤낮으로 잘못을 생각하며 감히 국사를 소홀히 하며 편안히 지내려 하지 않았도다. 대저 음양의 부조화에 그 허물을 알지 못하여 여러 번 公卿을 재촉하며 재해를 그치게 할 방도가 올라오길 날마다 기대했었다. 지금 관리들의 처사가 적절하지 못하고 시혜와 금지가 민심에 합치하지 못하기에 포악한 풍조는 더욱 심해지고 화목한 도리는 날마다 쇠퇴하여 백성은 근심과 고통 속에 몸을 편히 쉴 곳도 없다. 이 때문에 사악한 재앙은 해마다 늘어나 태양을 침범하게 되어 바른 기운은 가라앉고 묻혀 오랫동안 빛을 잃었도다. 지난 壬戌(임술)일의 일식은 하늘이 뚜렷한 이변으로 짐을 훈계한 것이다. 내지의 군국에 명하여 茂材(무재)로 뛰어난 자와 賢良하고 直言할 인재를 각 1인씩 천거하기 바란다."

原文

夏六月, 詔曰, "間者連年不收, 四方咸困. 元元之民, 勞於耕耘, 又亡成功, 困於饑饉, 亡以相救. 朕爲民父母, 德不能覆, 而有其刑, 甚自傷焉. 其赦天下."

秋七月, 西羌反, 遣右將軍馮奉世擊之. 八月, 以太常任千秋爲奮威將軍, 別將五校並進.

| **註釋** | ○勞於耕耘 – 耕耘은 농사일. 耘은 김맬 운. ○馮奉世(풍봉세) – 선제 때 풍봉세는 衛候로 持節을 받아 大宛(대원)의 여러 나라에 파견되었고 원제 때 여러 무공을 세웠다. 79권, 〈馮奉世傳〉에 입전. ○太常任千秋 – 昭帝 때 丞相徵事(승상징사)로 반역을 한 좌장군 上官桀(상관걸)을 잡아 죽여 제후에 봉해졌고 宣帝때 太常이 되었다. ○五校 – 五校尉. 단위부대를 校라 하고 校의 지휘관을 교위라고 한다.

〖國譯〗

여름 6월, 조서를 내려 말했다.

"요즈음 해마다 흉년이 들어 사방이 모두 곤궁하다. 선량한 백성은 힘들여 농사일을 하지만 별로 거둘 것이 없고 기근으로 역경에 처했어도 구제할 길이 없다. 짐은 백성의 부모로 덕이 부족하여 다 감싸지도 못하는데도 형벌은 그대로라서 짐은 마음이 아프다. 천하의 죄수들을 모두 사면하라."

가을 7월, 西羌(서강)족이 반기를 들어 右將軍 馮奉世(풍봉세)를 보내 토벌하였다. 8월에, 太常 任千秋를 奮威(분위)장군으로 삼아 별도의 5개 부대를 거느리고 함께 진격케 하였다.

原文

三年春, 西羌平, 軍罷.

三月, 立皇子康爲濟陽王.

夏四月癸未, 大司馬車騎將軍接薨.

冬十一月, 詔曰, "乃者己丑地動, 中冬雨水大霧, 盜賊並起. 吏何不以時禁? 各悉意對."

冬, 復鹽鐵官,博士弟子員. 以用度不足, 民多復除, 無以給中外徭役.

| 註釋 | ○ (永光) 三年 - 前 41. ○ 皇子康爲濟陽王 - 元帝의 王皇后가 孝成帝를 낳고, 傅昭儀(부소의)가 定陶共王 劉康을, 馮昭儀가 中山孝王 劉興을 출산했다. 定陶 共王인 劉康은 원제 永光 3년에 濟陽王으로 책립되었다가 6년 뒤에 山陽王으로 옮겼고 재위 8년에 다시 定陶王이 되었다. 80권, 〈宣元六王傳〉에 입전. ○ 中冬~ - 仲冬. ○ 時禁 - 《月令》에 의거 매월의 금기 사항을 時禁이라 한다.

〖國譯〗

(永光) 3년 봄, 西羌族(서강족) 반란이 평정되어 군사를 해산하였다.

3월, 皇子 康(강)을 濟陽王에 책봉하였다.

여름 4월 癸未, 大司馬 車騎將軍인 王接이 죽었다.

겨울 11월, 조서를 내려 말했다. "지난 己丑日에 지진이 있었고 한겨울에 비가 내리고 안개가 많아 곳곳에서 도적떼가 일어났다. 관리들은 왜 때에 따른 금지조치를 왜 엄격하게 지키지 않는가? 각자 솔직하게 보고토록 하라."

겨울, 鹽鐵官과 博士 弟子員 제한을 회복시켰다. 국가 재용이 부족하나 백성의 면제가 많아 관청에서는 여러 지출을 감당할 수 없었다.

原文

四年春二月, 詔曰, "朕承至尊之重, 不能燭理百姓, 婁遭凶咎. 加以邊境不安, 師旅在外, 賦斂轉輸, 元元騷動, 窮困亡聊, 犯法抵罪. 夫上失其道而繩下以深刑, 朕甚痛之. 其赦天下, 所貸貧民勿收責."

三月, 行幸雍, 祠五畤.

夏六月甲戌, 孝宣園東闕災.

戊寅晦, 日有蝕之. 詔曰, "蓋聞明王在上, 忠賢布職, 則群生和樂, 方外蒙澤. 今朕晻於王道, 夙夜憂勞, 不通其理, 靡瞻不眩, 靡聽不惑, 是以政令多還, 民心未得, 邪說空進, 事亡成功. 此天下所著聞也. 公卿大夫好惡不同, 或緣奸作邪, 侵削細民, 元元安所歸命哉! 乃六月晦, 日有蝕之.《詩》

不云乎？'今此下民, 亦孔之哀!' 自今以來, 公卿大夫其勉思天戒, 愼身修永, 以輔朕之不逮. 直言盡意, 無有所諱."

| **註釋** | ○(永光) 四年 - 前 40년. ○師旅 - 군사. 동원된 부대. ○窮困亡聊 - 亡聊는 無聊. 즐거움이 없다. ○布職 - 직무를 수행하다. ○靡瞻不眩 - 靡는 無. 瞻은 볼 첨. ○政令多還 - 還은 되풀이 된다. 자꾸 바뀌게 된다. ○《詩》~ - 《詩 大雅 十月之交》. ○亦孔之哀 - 孔은 甚하다. 크다.

〖國譯〗

(永光) 4년 봄 2월, 조서를 내려 말했다.

"朕이 至尊의 중임을 이어받았으나 백성을 다스리는 이치를 잘 알지 못해 큰 재해를 여러 번 겪었다. 거기다가 변경이 불안하여 군사가 멀리 출동하니 조세를 거두고 군량을 운반하느라 백성들은 큰 소란을 겪고 곤궁하며 힘들어 하다가 법을 어겨 죄를 짓게 된다. 대체로 위에서 정책이 잘못되면 아래 백성을 심한 형벌로 속박하게 되니 짐은 이를 심히 가슴 아파한다. 천하의 죄인을 사면하고 빈민에게 대여한 것을 징수하거나 책망하지 말라."

3월, 옹현에 행차하여 五畤(오치)에서 제사했다.

여름 6월 갑술, 孝宣帝 능원의 東闕이 불에 탔다. 戊寅(무인) 그믐, 일식이 있었다. 이에 조서를 내려 말했다.

"대체로 明王이 재위하면 충성스럽고 현명한 자가 직무를 담당하게 되어 모두가 和樂하고 내외에 그 은택이 미친다고 하였다. 지금 짐은 왕도에 밝지 못해 밤낮으로 걱정하고 애를 쓰더라도 그 이치를 통달하지 못하여 상황을 제대로 파악할 수 없고 들어도 도리를 깨우치지 못하기에 정령은 자꾸 바뀌게 되고 민심을 얻지 못하니 잘못된 주장이 쓸데없이 올라와 국사에 아무런 도움이 되지 않는다. 이는 천하 모두가 다 알고 있는 사실이다. 국정을 담당하는 公卿大夫의 好惡(호오)가 같지 않아 간혹 죄악을 저지르며 힘없는 백성을 침탈하니 백성은 어디에 의지하겠는가? 지난 6월 그믐에 일식이 있었다. 《詩》에도 '이번에 불쌍한 백성은 큰 슬픔을 겪으리라.' 고 하지 않았는가? 오늘 이후로 公卿大夫는 하늘의 훈계를 잘 생각하여 근신하고 수행하며 짐의 부족함을 보필해 주기 바란다. 숨김없는 직언을 꺼리지 말라."

原文

九月戊子, 罷衛思后園及戾園. 冬十月乙丑, 罷祖宗廟在郡國者. 諸陵分屬三輔. 以渭城壽陵亭部原上爲初陵. 詔曰, "安土重遷, 黎民之性, 骨肉相附, 人情所願也. 頃者有司緣臣子之義, 奏徙郡國民以奉園陵, 令百姓遠棄先祖墳墓, 破業失産, 親戚別離, 人懷思慕之心, 家有不安之意. 是以東垂被虛耗之害, 關中有無聊之民, 非久長之策也. 《詩》不云乎? '民亦勞止, 迄可小康, 惠此中國, 以綏四方.' 今所爲初陵者, 勿置縣邑, 使天下咸安土樂業, 亡有動搖之心. 佈告天下, 令明知之." 又罷先后父母奉邑.

| **註釋** | ○衛思后 - 戾太子 생모. 武帝의 衛皇后. 戾園은 戾太子의 廟園.

○罷祖宗廟在郡國者. ○諸陵分屬三輔 – 역대 황릉은 모두 太常이 관할하였는데 이를 위치에 따라 그 관리를 三輔에 분할하였다. ○渭城壽陵亭部原上爲初陵 – 渭城(위성)은 현명. 今 陜西省 咸陽市 동북. 初陵은 원제의 능인데 아직 이름이 지어지지 않았기에 初陵이라 했다. ○安土重遷 – 고향 떠나기를 꺼려하다. 重은 어려워하다. 애석하게 생각하다. ○頃者 – 요즈음. ○東垂 – 垂는 陲(근처 수, 境界). ○無聊之民 – 안심하고 사는 백성이 없다. 聊는 聊生, 의지하여 믿고 살다. 聊는 의거하다. ○《詩》~ –《詩 大雅 民勞》. ○民亦勞止 – 止는 어기조사. ○迄可小康 – 迄은 이를 흘(至此). 小康은 小安. ○惠此中國 – 中國은 京師. ○以綏四方 – 綏는 편안할 수. 편안하게 하다.

〖國譯〗

9월 戊子, 衛思后 陵園과 戾太子 陵園의 관리원을 없앴다.

겨울 10월 乙丑, 여러 군국에 있는 祖宗의 묘당을 철거하였다. 여러 황릉을 三輔에 분할 관리케 하였다. 渭城縣의 壽陵亭部의 벌판에 元帝의 능묘 공사를 시작하였다. 그러면서 조서를 내려 말했다.

"고향 떠나기를 싫어하기는 백성의 본성이며 골육이 함께 살려는 뜻은 인정상 바라는 것이다. 요즈음 관원들이 신하된 도리로 군국의 백성을 이사시켜 능원을 받들겠다고 상주하는데, 이는 백성으로 하여금 그 선조의 분묘를 멀리하고 본업을 잃게 하며 친척과 헤어져 고향 그리는 마음을 품게 하며 가문을 불안하게 한다. 이 때문에 關東 지역이 텅 비는 폐해가 발생하며 關中에는 안심하지 못하는 백성이 있으니 이는 장구한 방책이라 할 수 없다. 《詩》에서도 '백성이 애써 고생하여 지금 조금 안정되었네. 京師에 혜택을 베풀어 사방도 역시 편안하네.' 라고 말하지 않았던가? 이제 능원 공사를 시작하면서 縣邑을 설치하지 말고 천하 모든 백성으로 하여금 安土하며 樂業

케 하고 마음이 동요하지 않게 하라. 천하에 포고하여 참뜻을 확실하게 알게 하라."

그리고 부모의 묘를 지키거나 제사하기 위한 마을도 폐지하게 하였다.

原文

五年春正月, 行幸甘泉, 郊泰畤.

三月, 上幸河東, 祠后土.

秋, 潁川水出, 流殺人民. 吏從官縣被害者與告, 士卒遣歸.

冬, 上幸長楊射熊館, 布車騎, 大獵.

十二月乙酉, 毁太上皇,孝惠皇帝寢廟園.

| 註釋 | ○(永光) 五年 - 前 39년. ○潁川(영천) - 군명. 치소는 陽翟縣(양책현), 今 河南省 許昌市 관할 禹州市. ○水出 - 水災가 나다. ○與告 - 휴가를 주다. ○長楊射熊館 - 長楊은 離宮名. 射熊館은 秦 昭王 때 지은 건물. ○毁太上皇,孝惠皇帝寢廟園 - 이의 논쟁에 대해서는 73권 〈韋賢傳〉의 韋玄成傳 참고.

〖國譯〗

(永光) 5년 봄 정월, 甘泉宮에 행차하여 泰畤(태치)에서 제사를 지냈다.

3월, 河東郡에 행차하여 后土에 제사했다.

가을, 潁川郡(영천군)에 수재가 나서 급류에 백성이 죽었다. 수해를 당한 현 출신의 관리나 수행원에게 휴가를 주었고 士卒은 귀가 조치시켰다.

겨울, 원제는 長楊宮 射熊館에 행차하여 거기병을 배치하고 크게 사냥을 하였다.

12월 乙酉, 太上皇과 孝惠皇帝의 寢殿과 廟院을 철거하였다.

原文

建昭元年春三月, 上幸雍, 祠五畤.

秋八月, 有白蛾群飛蔽日, 從東都門至枳道.

冬, 河間王元有罪, 廢遷房陵. 罷孝文太后,孝昭太后寢園.

| **註釋** | ○建昭 – 前 38–34년. ○枳道(지도) – 장안 주변 亭名. 今 西安市 동북. ○河間王元 – 河間 獻王 劉德의 6世孫. 五鳳 4년(前 54) 계위. 음란과 살인을 즐겼다. 河間國은 국도는 樂成縣(今 河北省 滄州市 관할의 獻縣). 前 35년 病死.

〖國譯〗

建昭 원년 봄 3월, 雍縣(옹현)에 행차하여 五畤(오치)에서 제사를 지냈다.

가을 8월, 흰나비 떼가 해를 가리며 날아와 東都門에서 枳道亭(지도정)까지 이어졌다.

겨울, 河間王 劉元이 죄를 지어 폐위하여 房陵縣(방릉현)에 이주시켰다. 孝文帝 太后와 孝昭帝 太后의 寢園(침원)을 철거하였다.

原文

二年春正月, 行幸甘泉, 郊泰畤.

三月, 行幸河東, 祠后土. 益三河大郡太守秩. 戶十二萬爲大郡.

夏四月, 赦天下.

六月, 立皇子興爲信都王, 閏月丁酉, 太皇太后上官氏崩.

冬十一月, 齊,楚地震, 大雨雪, 樹折屋壞.

淮陽王舅張博,魏郡太守京房坐窺道諸侯王以邪意, 漏泄省中語, 博要斬, 房棄市.

| 註釋 | ○(建昭) 二年 – 前 37년. ○三河 – 河東郡, 河內郡, 河南郡을 지칭. ○淮陽王舅張博 – 淮陽王은 劉欽(유흠, ?–前 28). 宣帝의 아들. 모친은 宣帝의 총희 張婕妤. 유흠은 영특하여 선제의 총애를 받아 선제가 한 때 태자로 세우려 했었다. 元康 3년에 회양왕에 봉해졌다. 淮陽王의 외숙인 張博(장박)은 京房을 따라 배웠고 딸을 경방에게 아내로 주었다. ○魏郡太守京房 – 京房은 《易》을 전공한 유생. 災異를 논하다가 엉뚱하게 지방관 능력 평가 개선방안으로 논쟁을 했고 그 본보기를 자신이 魏郡에서 실천한다고 주장했고 결국 아무것도 못하고 죽음으로 끝났다. 88권, 〈儒林傳〉에도 小傳을 실어 학파를 소개하였다. 75권, 〈眭兩夏侯京翼李傳〉에 입전. ○窺道 – 남의 뜻을 살펴 자신에게 유리하도록 유도하다. ○省中 – 궁궐 안(宮禁之中).

〘國譯〙

(建昭) 2년 봄 정월, 원제는 甘泉宮에 행차하여 泰畤(태치)에서 제사를 지냈다.

3월, 河東郡에 행차하여 后土에 제사했다. 三河와 같은 大郡 太守의 질록을 늘려 주었다. 戶口가 12만 호 이상이면 大郡이라 했다.

여름 4월, 천하의 죄인을 사면하였다.

6월, 황자 興(여)를 信都王에 봉했다. 윤달 丁酉日, 태황태후 上官氏가 붕어했다.

겨울 11월, 齊와 楚 지역에서 지진이 발생하였다. 큰 눈이 내려 나무가 부러지고 가옥이 파괴되었다.

淮陽王의 외숙인 張博(장박)과 魏郡太守인 京房(경방)이 사악한 뜻을 가지고 제후왕(회양왕)의 뜻을 엿보고 궁중의 일을 발설한 죄에 걸려 장박은 요참형을 당했고 경방은 기시되었다.

原文

三年夏, 令三輔都尉,大郡都尉秩皆二千石.

六月甲辰, 丞相<u>玄成</u>薨.

秋, 使護<u>西域</u>騎都尉<u>甘延壽</u>,副校尉<u>陳湯</u>撟發戊己校尉屯田吏士及西域胡兵攻<u>郅支單于</u>.

冬, 斬其首, 傳詣京師, 縣蠻夷邸門.

| 註釋 | ○(建昭) 三年 – 前 36. ○三輔都尉 – 京兆尹, 左馮翊(좌풍익), 右扶風의 三官이 다스리는 장안과 그 주변 지역. 지금의 陝西省 중부에 해

당. 都尉는 郡의 軍事, 治安 유지 담당. ○大郡都尉秩皆二千石 - 比二千石(月 100斛)에서 二千石(月1 20斛)으로 상향. ○丞相玄成薨 - 韋玄의 아들 韋玄成, 父子가 승상 역임. 韋賢의 막내아들 위현성은 明經으로 천거되어 승상에 이르렀다. 그래서 魯郡 鄒縣의 속언에 '遺子黃金滿籯, 不如一經(자식에게 많은 황금을 물려주는 것이 경전 한 권을 가르치는 것만 못하다.)' 라고 했다. 73권, 〈韋賢傳〉에 입전. ○西域 - 漢代의 서역은 玉門關과 陽關 서쪽 지역으로 협의의 서역은 서역도호부의 관할 지역이고, 廣義의 서역은 협의의 서역과 연관 있는 지역을 포함한다. 〈西域傳〉 (上)에는 28국, (下)에 25국, 총 53국에 대하여 국명과 거리, 호구, 군사, 관제, 물산 등을 설명하였다. 騎都尉는 기병 교위. ○甘延壽 - 70권, 〈傅常鄭甘陳段傳〉에 입전. ○陳湯撟發 - 撟發은 목적을 위하여 거짓 핑계를 대고 징발하다. 撟는 矯(교). ○戊己校尉 - 戊己(무기)는 十干의 중앙. 중앙은 土, 곧 황색. 이는 漢을 상징하고 흉노(北)를 제압한다는 뜻으로 택한 이름. 戊己校尉(무기교위)는 屯田校尉의 개칭. 서역도호의 속관으로 둔전을 관장. 원제 때 車師前國의 王廷인 高昌에 처음 설치. ○郅支單于(질지선우) - 宣帝 五鳳 연간에 권력다툼을 벌렸던 흉노의 선우. 漢에서 쫓겨 서쪽으로 도주하여 서역에 대한 漢의 지배를 위협했었다. ○縣蠻夷邸門 - 縣은 懸(매달 현). 蠻夷邸(만이저)는 각 소수민족의 사자를 접대하는 客館.

〖國譯〗

(建昭) 3년 여름, 三輔와 大郡의 都尉의 질록을 모두 2천 석으로 올렸다.

6월 甲辰, 승상 韋玄成이 죽었다.

가을, 서역을 지키는 騎都尉 甘延壽와 副校尉 陳湯(진탕)이 戊己校尉(무기교위)의 屯田 관리와 사졸 및 西域 흉노병을 거짓 부절로 동원하여 郅支單于(질지선우)를 공격하였다. 겨울에 질지를 죽여 그 수급을 장안에 보내왔는데 蠻夷(만이) 객관의 문에 매달아 놓았다.

原文

四年春正月, 以誅郅支單于告祠郊廟. 赦天下. 群臣上壽. 置酒, 以其圖書示後宮貴人.

夏四月, 詔曰, "朕承先帝之休烈, 夙夜慄慄, 懼不克任. 間者陰陽不調, 五行失序, 百姓饑饉. 惟烝庶之失業, 臨遣諫大夫博士賞等二十一人循行天下, 存問耆老,鰥寡孤獨乏困失職之人, 擧茂材特立之士. 相將九卿, 其帥意毋怠, 使朕獲觀教化之流焉."

六月甲申, 中山王竟薨.

藍田地沙石雍霸水, 安陵岸崩雍涇水, 水逆流.

| 註釋 | ○(建昭) 四年 - 前 35년. ○圖書 - 질지선우를 토벌하는 그림. ○休烈 - 훌륭한 업적. 休는 美也. 烈은 事業. ○帥意 - 솔선하려는 뜻. ○藍田(남전) - 현명. 今 陝西省 西安市 藍田縣. ○霸水 - 渭水의 지류, 禁 西安市 서쪽을 흘러 위수에 합류한다. ○安陵 - 惠帝 능. 陵縣名. ○涇水(경수) - 咸陽市 동북에서 渭水에 합류한다.

〖國譯〗

(建昭) 4년 봄 정월, 郅支單于(질지선우)의 수급을 가지고 교제를

올리고 종묘에도 고했다. 천하의 죄수를 사면하였다. 群臣이 祝壽하였다. 잔치를 벌였고 정벌 그림을 後宮 및 貴人들에게도 보여주었다.

여름 4월, 조서를 내려 말했다.

"朕은 先帝의 훌륭하신 공적을 이어받아 아침저녁으로 전율하며 대임을 감당 못할까 늘 두려웠다. 요즈음 음양이 조화롭지 못하고 五行의 차례가 바뀌어 백성이 굶주렸다. 많은 백성이 생업을 잃은 것을 생각하여 이에 諫大夫인 博士 賞(상) 등 21인을 파견하여 천하를 순행하면서 耆老(기로)와 환과고독의 어려운 백성과 곤핍하고 생계가 어려운 자를 위문하면서 茂材(무재)나 특출한 인재를 천거케 하였다. 승상과 장군, 九卿은 솔선하여 국사에 전력할 것이며 짐으로 하여금 교화의 효과를 볼 수 있도록 하라."

6월 갑신, 中山王 竟(경)이 죽었다.

藍田縣(남전현)에서 (지진으로) 沙石이 霸水(패수)의 흐름을 막았고 이에 惠帝 安陵 부근의 涇水(경수) 연안의 땅이 무너져 막히자 경수가 역류하였다.

原文

五年春三月, 詔曰, "蓋聞明王之治國也, 明好惡而定去就, 崇敬讓而民興行, 故法設而民不犯, 令施而民從. 今朕獲保宗廟, 兢兢業業, 匪敢解怠, 德薄明晻, 教化淺微. 傳不云乎? '百姓有過, 在予一人.' 其赦天下, 賜民爵一級, 女子百戶牛酒, 三老孝弟力田帛." 又曰, "方春, 農桑興, 百姓戮力自盡之時也, 故是月勞農勸民, 無使後時. 今不良之吏, 覆案小罪, 徵召證案, 興不急之事, 以妨百姓, 使失一時之作, 亡終歲之功, 公卿其明察申敕之."

夏六月庚申, 復戾園.

壬申晦, 日有蝕之.

秋七月庚子, 復太上皇寢廟園原廟, 昭靈后,武哀王,昭哀后,衛思后園.

| **註釋** | ○(建昭) 五年 – 前 34년. ○兢兢業業 – 조심조심, 위태로운 모습(業業). ○匪敢解怠 – 匪는 非, 解怠는 懈怠. 게으름. 태만. ○德薄明晻 – 明은 지혜. 識見. 명사로 쓰였다. 晻은 暗와 同. ○傳不云乎 –《論語 堯曰》. ○百姓有過, 在予一人 – 백성의 과오에 대한 허물은 나에게 있다. 이는 堯가 舜에게 선양하며 한 말의 일부이다. ○戮力 – 盡力하다. ○勞農勸民 – 농민을 격려하고 勸勉하다. ○無使後時 – 농사철을 놓치지 않게 하다. ○覆案小罪 – 소죄를 다시 조사하다. ○亡終歲之功 – 일 년의 積功이 없어지다. ○原廟 – 두 번째로 만든 고조의 묘당. 고조 묘당을 惠帝 때 다시 만들고, 이를 원묘라 하였다. 原은 거듭, 재차. 再의 뜻. ○昭靈后 – 고조의 모친. ○武哀王 – 고조의 작은 형. ○昭哀后 – 고조의 누나. ○衛思后 – 戾太子 모친.

〖國譯〗

(建昭) 5년 봄 3월, 조서를 내려 말했다.

"대체로 明王의 治國은 好惡(호오, 善惡是非)를 분명히 하고 去就(거취, 取捨)를 확정하며 경애와 겸양을 높이며 백성을 격려한다면 법을 만들어도 백성이 어기지 않고 명령하면 백성이 따르게 된다. 지금 짐은 종묘를 지키며 전전긍긍하면서 감히 게을리 하지 않았지만 덕행이 모자라고 식견이 어두워 교화한 것이 미천하였다. 경전에서도 '백성의 과오에 대한 허물은 나에게 있다' 고 말하지 않았는가?' 천하의 죄인을 사면하고 백성에게 작위를 1급씩 하사하고 여자에게는 1백 호당 소고기와 술을 하사하고, 三老와 孝弟와 力田者에게는 비단을 하사하라."

또 이어 말했다. "바야흐로 봄철이니 농사와 누에치기에 백성들이 온 힘을 다 기울일 때이니 이 달은 농민을 격려하고 권면하여 농사철을 놓치지 않게 하라. 지금 불량 관리는 작은 죄를 가지고도 몇 번씩 조사한다며 불러다가 문서를 확인한다며 급하지도 않은 일로 백성을 방해하여 제철의 농사일을 놓치게 하여 일 년 소득을 망치는 일도 있으니 공경대부들은 이를 잘 살피고 엄히 문책하기 바란다."

여름 6월 庚申, 戾太子 능원을 복구하였다. 壬申 그믐에 일식이 있었다.

가을 7월 庚子, 太上皇의 寢殿과 廟園과 原廟를 복구하였고, 昭靈后와 武哀王, 昭哀后, 그리고 衛思后의 능원을 복구하였다.

原文

竟寧元年春正月, 匈奴乎韓邪單于來朝. 詔曰, "匈奴郅支單于背叛禮義, 旣伏其辜, 乎韓邪單于不忘恩德, 鄉慕禮義, 復修朝賀之禮, 願保塞傳之無窮, 邊垂長無兵革之事. 其改元爲竟寧, 賜單于待詔掖庭王檣爲閼氏."

皇太子冠. 賜列侯嗣子爵五大夫, 天下爲父後者爵一級.

二月, 御史大夫延壽卒.

三月癸未, 復孝惠皇帝寢廟園, 孝文太后, 孝昭太后寢園.

夏, 封騎都尉甘延壽爲列侯. 賜副校尉陳湯爵關內侯, 黃金百斤.

五月壬辰, 帝崩於未央宮. 毁太上皇, 孝惠, 孝景皇帝廟. 罷孝文, 孝昭太后, 昭靈后, 武哀王, 昭哀后寢園. 秋七月丙戌, 葬渭陵.

| **註釋** | ○竟寧(경녕) – 원제의 마지막 연호, 前 33년. 변경이 평안하다는 뜻. 竟은 境. ○待詔掖庭王檣爲閼氏 – 郡國에서 황제에게 獻女했을 경우, 황제가 불러 보기 전에 掖庭(액정)에서 대기하게 된다. 그래서 待詔掖庭이라 했다. 王檣(왕장)은 후궁 여인의 성명, 보통 王昭君으로 널리 알려졌다. 閼氏(연지, yānzhī)는 흉노 선우 正妻의 칭호. 王昭君(왕소군)은 寧胡閼氏(영호연지)라고 불렸는데 아들 伊屠智牙師(이도지아사)를 낳았고 이도지아사는 뒷날 右日逐王(우일축왕)이 되었다. 王昭君을 데려간 호한야선우는 재위 28년인 成帝 建始 2년(前 31년)에 죽었다. 아들 復株纍若鞮單于(복주루약제선우)가 즉위하였는데 그들 관습에 따라 왕소군은 복주루약제선우의 차지가 되었다. 이어 왕소군은 딸 둘을 낳았는데 장녀인 云(운)은 須卜居次(수복거차), 작은 딸은 當于居次(당우거차)라 하였다. 居次는 공주란 뜻이다. ○皇太子 – 王皇后 소생, 名 驁(오). 成帝, 재위 前 32–7년. ○御史大夫延壽 – 繁延壽(파연수). '李延壽' 로 표기하기도 한다. 繁은 성씨일 때 讀音이 '파' 이다. ○孝文太后 – 高祖의 薄姬, 文帝의 생모. ○帝崩於未央宮 – 26세에 즉위, 16년 재

위. ○葬渭陵 – 붕어한 지 55일에 장례. 渭陵은 원제의 능.

〖國譯〗

竟寧(경녕) 원년 봄 정월, 흉노 呼韓邪單于(호한야선우)가 來朝하였다. 이에 조서를 내려 말했다.

"흉노 郅支單于(질지선우)는 예의를 배반하였기에 이미 죄에 따라 처형되었고, 호한야선우는 은덕을 잊지 않고 漢의 예의를 사모하며 다시 朝賀之禮를 갖추고 우리 변방을 지키면서 그 후손까지 번영하기를 바라고 있으니 변방에서 전쟁은 영원히 없을 것이다. 이에 竟寧(경녕)으로 개원하며 單于에게 待詔掖庭(대조액정)인 王檣(왕장)을 하사하여 그의 閼氏(연지)로 삼게 하겠다."

皇太子가 관례를 치렀다. 列侯의 嗣子에게 五大夫의 작위를 하사하였고, 천하에 부친의 뒤를 잇는 아들에게도 작위 1급을 하사하였다.

2월, 어사대부 繁延壽(파연수)가 죽었다.

3월 癸未, 孝惠皇帝의 寢殿과 廟園, 孝文太后와 孝昭太后의 침전과 능원도 복구하였다.

여름, 騎都尉 甘延壽(감연수)를 列侯에 봉했다. 副校尉 陳湯(진탕)에게 關內侯의 작위와 황금 1백 근을 하사하였다.

5월 壬辰, 원제가 未央宮에서 붕어하였다. 太上皇과 孝惠帝, 孝景皇帝의 묘당을 철거하였다. 孝文太后와 孝昭太后, 昭靈后와 武哀王, 昭哀后의 침전과 능원을 철거하였다. 가을 7월 丙戌日에 渭陵(위능)에 장례했다.

原文

贊曰, 臣外祖兄弟爲元帝侍中, 語臣曰, 元帝多材藝, 善史書. 鼓琴瑟, 吹洞簫, 自度曲, 被歌聲, 分刌節度, 窮極幼眇. 少而好儒, 及卽位, 徵用儒生, 委之以政, 貢,薛,韋,匡迭爲宰相. 而上牽制文義, 優游不斷, 孝宣之業衰焉. 然寬弘盡下, 出於恭儉, 號令溫雅, 有古之風烈.

| 註釋 | ○贊曰 - 〈元帝紀〉와 〈成帝紀〉는 班固의 부친 班彪(반표)가 지었다. 이에 반표의 논찬을 그대로 실었다. ○臣外祖兄弟爲元帝侍中 - 臣은 班彪. 반표의 外祖는 金敞(김창). 宣帝 옹립의 공신인 金日磾(김일제)의 조카가 金安上이고, 김안상의 아들 중 하나가 金敞으로 원제와 성제의 신임을 받았다. 68권, 〈霍光金日磾傳〉의 金安上傳 참고. 班固의 외조는 樊叔皮(번숙피)였다. ○善史書 - 史書는 관리의 업무에 쓴 문서. 당시 古隷書. 史는 屬吏의 뜻. 90권, 〈酷吏傳〉 嚴延年傳에서 '尤巧爲獄文, 善史書,'라는 말이 있다. 〈外戚傳〉(下)에서 孝成許皇后는 '后聰慧, 善史書,'라 하였다. ○自度曲, 被歌聲 - 度曲은 작곡, 被歌聲은 歌唱하다. ○分刌節度 - 마디가 절도가 있다. 分刌은 음악의 한 마디. 멜로디 정도로 번역할 수 있다. 刌은 끊을 촌. ○窮極幼眇 - 아주 곡절이 미묘하다. 幼眇(요묘)는 要眇. 가락이 절묘하다. 幼는 어릴 유. 깊을 요. ○貢,薛,韋,匡 - 貢禹, 薛光德, 韋玄成, 匡衡(광형). 설광덕은 어사대부 역임. 漢代 어사대부는 승상 바로 아래 지위로 副相이라 할 수 있고 거의 승상과 같은 대우를 받았다. ○優游不斷 - 우유부단. 결단력이 없음.

〖國譯〗

班彪의 論贊 : 臣(班彪)의 外祖 형제는 元帝의 侍中이었는데 臣에

게 말했습니다. '元帝는 材藝가 뛰어나고 屬吏의 문서에도 밝았으며, 琴瑟(금슬)을 타고 洞簫(통소)를 불었으며 직접 작곡을 하여 노래로 불렀는데 음절이 절도에 맞아 아주 오묘하였다고 하였습니다.' 원제는 젊어 유학을 좋아하였기에 즉위하면서 유생을 불러 등용하고 정사를 위임하였으며 貢禹(공우), 薛光德(설광덕), 韋玄成(위현성), 匡衡(광형) 등이 교대로 재상이 되었다. 원제는 문법에 집착하며 우유부단한 일면도 있어 孝宣帝의 대업이 쇠퇴하기 시작하였다. 그러나 신하에게 관대하고 국량이 넓었으며 공경 검소하였으며 명령을 하더라도 부드럽고 高雅하여 고인의 유풍이 있었다.

10 成帝紀
〔성제기〕

原文

孝成皇帝, 元帝太子也. 母曰王皇后. 元帝在太子宮生甲觀畫堂, 爲世嫡皇孫. 宣帝愛之, 字曰太孫, 常置左右. 年三歲而宣帝崩, 元帝卽位, 帝爲太子. 壯好經書, 寬博謹愼. 初居桂宮, 上嘗急召, 太子出龍樓門, 不敢絶馳道, 西至直城門, 得絶乃度, 還入作室門. 上遲之, 問其故, 以狀對. 上大說, 乃著令, 令太子得絶馳道云. 其後幸酒, 樂燕樂, 上不以爲能. 而定陶恭王有材藝, 母傅昭儀又愛幸, 上以故常有意欲以恭王爲嗣. 賴侍中史丹護太子家, 輔助有力, 上亦以先帝尤愛太子, 故得無廢.

| 註釋 | ○孝成皇帝 – 名 驁(오). 재위 前 32–7년. 諡法에 '安民立政曰

成'. ○母曰王皇后 – 名 王政君. 98권, 〈元后傳〉에 단독 입전. 여기에 王氏 일족의 융성을 詳述. ○甲觀畫堂 – 甲觀은 태자궁의 건물 이름인데, 十干으로 작명한 경우가 많았다고 한다. 畫堂은 九子母의 그림이 있었다고 한다. ○字曰太孫 – 字는 부르다. ○初居桂宮 – 태자궁이 아닌 다른 건물. ○馳道(치도) – 황제 전용도로. ○作室門 – 少府 소속의 工房의 출입문. ○上遲之 – 遲는 늦을 지. 늦은 것을 책망하다. ○幸酒 – 好酒. ○樂燕樂 – 앞의 樂는 즐길 요.

〖國譯〗

孝成皇帝는 元帝의 太子이다. 모친은 王皇后이다. 元帝는 太子宮 甲觀의 畫堂에서 출생하였는데 대를 이을 嫡皇孫이었다. 宣帝가 귀여워하며 太孫이라 부르면서 늘 좌우에 두었다. 3세 때 宣帝가 붕어하고 원제가 즉위하자 太子가 되었다. 장성하여 경서를 즐겨 읽었고 성품이 관대하면서도 근신하였다. 한때 桂宮에 거처하였는데 원제가 급히 부르자 태자가 龍樓門을 나섰으나 馳道(치도)를 가로지를 수가 없어 서쪽으로 直城門까지 가서 치도가 끝나는 곳에서 건너 다시 올라와 作室門으로 들어왔다. 원제가 늦은 것을 책망하며 그 까닭을 묻자 사실대로 대답하였다. 원제는 크게 기뻐하며 명령을 내려 태자는 치도를 횡단할 수 있게 하였다고 한다. 그 뒤로는 술을 좋아하고 잔치와 풍악을 즐겼기에 원제는 태자가 치국의 자질이 없다고 생각하였다. 그러면서 定陶恭王은 재주가 많은데다가 모친 傅昭儀(부소의)를 총애하게 되어 원제는 늘 恭王을 후사로 삼고 싶었다. 그러나 侍中인 史丹(사단)이 태자 일가를 감싸주며 강력히 보필했고 원제 역시 先帝(宣帝)가 특별히 태자를 아꼈기에 폐위할 수가 없었다.

原文

竟寧元年五月, 元帝崩. 六月己未, 太子卽皇帝位, 謁高廟. 尊皇太后曰太皇太后, 皇后曰皇太后. 以元舅侍中衛尉陽平侯王鳳爲大司馬大將軍, 領尙書事.

乙未, 有司言, "乘輿車,牛馬,禽獸皆非禮, 不宜以葬." 奏可.

七月, 大赦天下.

| 註釋 | ○竟寧元年 - 前 33년. ○尊皇太后曰太皇太后 - 元帝를 양육한 宣帝의 邛成(공성) 王皇后. ○皇后曰皇太后 - 元帝의 王皇后(王政君). ○元舅侍中衛尉陽平侯王鳳 - 元舅는 큰 외삼촌. 侍中은 加官. 衛尉는 九卿의 하나. 王鳳(?-前 22)은 성제 모친 王황후의 오빠. 字 孝卿, 魏郡 元城縣(今, 河北省邯鄲市 관할의 大名縣. 河北省 남단.) 출신(공성왕황후의 왕씨와 구분하여 元城王氏라 호칭). 王鳳의 부친 王禁은 주색을 좋아하며 후처를 많이 거느려 모두 4녀 8남을 두었다. 元帝의 황후인 政君(정군)은 둘째 딸. 장남 王鳳, 다음은 王曼(왕만), 王譚(왕담), 王崇(왕숭), 王商(왕상), 王立(왕립), 王根(왕근), 王逢時(왕봉시)인데, 왕봉과 왕숭 두 사람만 元后 王政君과 同母兄弟였다.

〖國譯〗

竟寧 원년 5월, 元帝가 붕어했다. 6월 己未, 太子가 皇帝로 즉위하였고 고조 묘당을 참배하였다. 皇太后을 太皇太后로, 皇后를 皇太后로 높였다. 큰 외숙인 侍中 衛尉 陽平侯인 王鳳(왕봉)을 大司馬大將軍 領尙書事에 임명했다.

乙未, 有司가 "타는 가마와 수레, 牛馬, 禽獸(금수)는 모두 禮가 아니니 副葬할 수 없습니다."라고 말했다. 상주는 인준되었다.

7월, 천하의 죄인을 사면했다.

原文

建始元年春正月乙丑, 皇曾祖悼考廟災.

立故河間王弟上郡庫令良爲王. 有星孛于營室. 罷上林詔獄.

二月, 右將軍長史姚尹等使匈奴還, 去塞百餘里, 暴風火發, 燒殺尹等七人.

賜諸侯王,丞相,將軍,列侯,王太后,公主,王主,吏二千石黃金, 宗室諸官吏千石以下至二百石及宗室子有屬籍者,三老,孝弟力田,鰥寡孤獨錢帛, 各有差, 吏民五十戶牛酒.

詔曰, "乃者火災降於祖廟, 有星孛於東方, 始正而虧, 咎孰大焉!《書》云, '惟先假王正厥事.' 群公孜孜, 帥先百寮, 輔朕不逮. 崇寬大, 長和睦, 凡事恕己, 毋行苛刻. 其大赦天下, 使得自新."

封舅諸吏光祿大夫關內侯王崇爲安成侯. 賜舅王譚,商,立,根,逢時爵關內侯.

| 註釋 | ○建始 - 성제의 첫 번째 연호, 前 32-29년. ○皇曾祖悼考廟 - 宣帝 父親 史皇孫의 묘당. ○上郡庫令 - 上郡은 군명. 庫令은 邊方 郡의 武器倉庫 관리자. ○有星孛于營室 - 혜성 같은 星光이 恒星(항성)의 구역을

지나가는 것을 孛(살별 패)라 한다. 營室(영실)은 성좌 이름. 28숙의 하나. 인간의 세계에서는 後宮(皇后宮)에 해당. ○詔獄(조옥) - 황제 명을 받아 죄인을 조사하고 가두는 獄. ○王主 - 제후왕의 딸. ○三老 - 鄕이나 縣의 敎化담당. 지방관의 행정을 보좌, 50세 이상자에서 선임. ○始正而虧 - 이제 막 즉위했는데, 선조 묘당이 불에 타고 살별이 나타나는 등 재앙이 일어났다는 뜻. ○《書》云 - 《尙書 商書 高宗肜日(고종융일)》. ○惟先假王正厥事 - 假는 至, 또는 寬假. 걱정하지 않다. ○恕己 - 자신에게 하듯 남에게도 너그러움. 관대. ○諸吏(제리) - 諸吏는 加官의 명칭. 관리의 불법을 감독하고 탄핵할 수 있는 직위. 御使中丞과 하는 일이 비슷하였다. 무제 때 처음 설치. 정원 없음. 加官이란 本職 외에 다시 더 받은 관직의 직함이다. 열후, 장군, 경대부나 낭관 이상의 관직에서 가관을 받을 수 있었다. 가관의 칭호로 자주 보이는 것은 侍中, 左右曹, 諸吏, 常侍, 散騎, 給事中 등이 있다. 가관을 받은 신하는 황제의 신임을 받고 있다는 뜻이며 권한이 강대한 內朝의 要職을 차지하였다.

〖國譯〗

建始 원년 봄 정월 乙丑, 皇曾祖인 悼考(도고)의 묘당이 불탔다.

故 河間王의 아우로 上郡의 庫令인 劉良(유량)을 하간왕에 봉했다. 패성이 營室(영실) 성좌에 나타났다. 上林苑의 詔獄(조옥)을 없앴다.

2월, 右將軍의 長史인 姚尹(요윤) 등이 흉노에 사신으로 갔다가 돌아오는 길에 변새에서 1백여 리 떨어진 곳에서 폭풍에 화재가 발생하여 요윤 등 7명이 불에 타 죽었다. 諸侯王과 丞相, 將軍, 列侯, 王太后와 公主, 제후왕의 딸, 二千石 관리에게 황금을, 宗室의 모든 官吏로 1천 석 이하 질록 2백 석까지, 그리고 宗室의 자제로 명부에 등록된 자, 三老와 孝弟와 力田者, 鰥寡孤獨(환과고독)의 어려운 사람에게 금전과 비단을 각각 차등을 두어 하사하였고 백성 50호당 소고기와 술을 하사하였다.

조서를 내려 말했다. "지난번에 조상의 묘당에서 화재가 발생했고 살별이 동방에 나타났는데 즉위하자마자 이런 변고가 있으니 짐의 허물이 얼마나 크겠는가!《書》에서도 '상고의 훌륭한 군왕은 하는 일을 바르게 처리한다.' 고 하였으니, 여러 공경은 더욱 열심히 모든 관원에 솔선하여 짐이 부족한 것을 보완해 주기 바란다. 관대한 마음을 본받고 화목을 중시하며 자신에게 대하듯 매사를 너그럽게 실행하며 각박하게 처리하지 말라. 천하의 죄수를 사면하여 그들이 잘못을 고쳐 새사람이 되게 하라."

외숙인 諸吏 光祿大夫 關內侯 王崇(왕숭)을 安成侯에 책봉하였다. 외숙 王譚, 王商, 王立, 王根, 王逢時에게 關內侯 작위를 내렸다.

原文

夏四月, 黃霧四塞, 博問公卿大夫, 無有所諱. 六月, 有青蠅無萬數集未央宮殿中朝者坐.

秋, 罷上林宮館希御幸者二十五所.

八月, 有兩月相承, 晨見東方.

九月戊子, 流星光燭地, 長四五丈, 委曲蛇形, 貫紫宮.

十二月, 作長安南北郊, 罷甘泉,汾陰祠. 是日大風, 拔甘泉時中大木十韋以上. 郡國被災什四以上, 毋收田租.

| 註釋 | ○黃霧四塞 – 누런 안개가 天地 사방에 꽉 차다. ○靑蠅(청승) – 파리. 남을 헐뜯는 소인배. ○無萬數 – 萬 단위로도 셀 수 없는. 極多. ○朝者坐 – 君臣이 황제를 알현할 때 앉는 자리. ○有兩月相承 – 지는 달과 뜨는 달이 동시에 출현하다. 합리적으로 이해할 수 없는 일. 이런 현상에 대하여 京房(경방)이란 사람은 主君이 지는 달처럼 미약하여 陰이 陽을 타고 놀아 이런 현상이 나타난다고 하였다. 君(成帝)은 陽, 臣(王鳳 일족)은 陰이라 볼 때 신권이 강대했던 것은 사실이었다. ○貫紫宮 – 紫微垣(자미원, 북극성이 있는 성좌, 제왕의 자리)을 관통하다. ○被災什四以上 – 재해의 피해가 10분의 4 이상.

〖國譯〗

여름 4월, 누런 안개가 사방을 덮었는데 이를 公卿大夫에게 물으면서 거리낌 없이 말하라고 하였다. 6월, 몇 만인지 알 수도 없는 파리 떼가 미앙궁 大殿의 신하가 앉는 자리에 모여 앉았다.

가을, 上林苑의 궁궐 중 거의 사용하지 않는 건물 25채를 철거하였다.

8월, 뜨는 달과 지는 달이 새벽에 동쪽 하늘에 보였다.

9월 戊子, 流星의 빛이 땅까지 비추었는데 길이는 4–5丈에 구불구불한 뱀처럼 紫宮(紫微垣)을 관통하였다.

12월, 長安의 南과 北 교외에, 천지에 제사할 제단을 짓고 甘泉과 汾陰(분음)에 사당을 철폐하였다. 이날 큰 바람에 감천 泰畤(태치)의 10여 아름이나 되는 큰 나무가 뽑혔다. 각 군국에 재해의 피해가 10분의 4 이상이면 田租 징수를 면제하였다.

原文

二年春正月, 罷雍五畤. 辛巳, 上始郊祀長安南郊. 詔曰, "乃者徙泰畤,后土于南郊,北郊, 朕親飭躬, 郊祀上帝. 皇天報應, 神光並見. 三輔長無共張繇役之勞, 赦奉郊縣長安,長陵及中都官耐罪徒. 減天下賦錢, 算四十."

閏月, 以渭城延陵亭部爲初陵.

二月, 詔三輔內郡擧賢良方正各一人.

三月, 北宮井水溢出. 辛丑, 上始祠后土于北郊. 丙午, 立皇后許氏. 罷六廐,技巧官.

夏, 大旱. 東平王宇有罪, 削樊,亢父縣.

秋, 罷太子博望苑, 以賜宗室朝請者. 減乘輿廐馬.

| 註釋 | ○(建始) 二年 - 前 31. ○罷雍五畤 - 雍縣의 五畤. 雍(옹)은 右扶風 소속의 縣名. 五畤(오치)는 五方의 五帝에게 제사를 올리는 제단. ○無共張 - 共張은 供張. 張은 휘장을 치다. 장막. ○長安,長陵 - 현명, 祭天은 장안현의 남쪽, 祭地는 長陵縣에서 거행하는데 2개 현의 죄수를 동원했기에 사면했다. ○耐罪徒 - 耐(견딜 내)는 2년간 수염을 깎고 노역에 종사하는 형벌. ○賦錢, 算四十 - 賦錢은 1算 120전인데 40전을 감면하여 80전만 징수. ○初陵 - 능의 이름이 정해지지 않은 능. 成帝의 初陵은 공사를 중단하고 昌陵으로 옮겨 공사하다가 비용 문제로 다시 중단하는 등 우여곡절이 많았다. ○立皇后許氏 - 許嘉의 女. 元帝는 모친 恭哀后(許氏)가 황후로 일천했고 霍氏의 해악을 당한 것을 가슴 아파하면서 許嘉의 딸을 골라 황태자비로 정했다. 아들을 낳았으나 죽었고 성제로 즉위 후 딸을 낳았지만 잃고 말았다. 나중에 폐위된 뒤에 죽었다. 〈外戚傳〉(下)에 입전. ○六廐,技巧官 - 六廐(육

구)는 말을 사육하는 관청. 技巧官(기교관)은 기예를 관장하는 관청으로 모두 水衡都尉에 속했다. ○東平王宇 - 宣帝의 아들 東平王 宇(우). 원제가 즉위하자 봉국에 취임하였다. 성인이 되자 불량자들과 어울려 불법을 저질렀지만 원제가 至親이라서 관대히 용서하며 벌하지 않았다. ○樊(번) - 현명. 今 山東省 兗州市(연주시). ○亢父(항보) - 현명. 今 山東省 齊寧市. ○博望苑 - 武帝가 당시 衛太子를 위해 지어준 건물, 천하의 인재와 널리 사귀고 접대하라는 뜻이었다.

〖國譯〗

(建始) 2년 봄 정월, 雍縣 五畤(오치)의 제단을 없앴다. 辛巳日, 성제는 처음으로 長安縣 南郊에서 郊祭를 지냈다. 이에 조서를 내려 말했다.

"지난번에 泰畤(태치)와 后土祠(후토사)를 南郊와 北郊로 옮기고 짐은 몸을 바로하여 上天에 제사를 올렸다. 皇天은 길조를 내려 부응하면서 神光이 나타났었다. 三輔에는 앞으로 휘장을 준비하는 등 여러 요역이 없을 것이며 이번에 郊祭를 준비하고 도와준 長安縣과 長陵縣, 그리고 中都官 관할의 耐罪(내죄)를 지은 刑徒(형도, 죄수)를 사면한다. 천하의 賦稅 1인 1算(120錢) 중 40전을 감면한다."

윤달, 渭城縣 延陵亭 근처에 成帝 自身의 능원 공사를 시작하였다.

2월, 詔書로 三輔와 內地 郡에서 賢良 方正 인재를 각 1인씩 천거하라고 명했다.

3월, 北宮의 우물물이 넘쳤다. 辛丑日, 성제는 처음으로 北郊에서 后土에 제사하였다. 丙午日, 皇后 許氏를 책립하였다. 六廐(육구)와 技巧官(기교관)을 없앴다.

여름, 크게 가물었다. 東平王 劉宇(유우)가 죄를 지어 樊縣(번현)과 亢父縣(항보현)을 삭감하였다.

가을, 太子(衛太子)의 博望苑(박망원)을 폐지하여 봄가을에 入朝하는 종실이 이용케 하였다. 수레와 馬匹을 축소했다.

原文

三年春三月, 赦天下徒. 賜孝弟力田爵二級. 諸逋租賦所振貸勿收.

秋, 關內大水. 七月, 虒上小女陳持弓聞大水至, 走入橫城門, 闌入尙方掖門, 至未央宮鉤盾中. 吏民驚上城. 九月, 詔曰, "乃者郡國被水災, 流殺人民, 多至千數. 京師無故訛言大水至, 吏民驚恐, 奔走乘城. 殆苛暴深刻之吏未息, 元元冤失職者衆. 遣諫大夫林等循行天下."

| 註釋 | ○(建始) 三年 - 前 30년. ○虒上 - 渭水 부근의 지명. 虒는 뿔범 사. ○橫城門 - 장안성 북면의 성문. ○闌入 - 闌入(난입)은 허가 없이 들어가다. 闖入(틈입)은 갑자기 들어가다. ○尙方 掖門(액문) - 尙方署 정문 옆의 쪽문. ○鉤盾 - 鉤盾(구순)은 원근의 園이나 苑囿(원유)를 관리하는 부서로 환관이 관리. 少府의 屬官. ○奔走乘城 - 京師의 백성들이 공연히 놀라 큰 홍수가 닥친다며 백성들이 서로 밟히며 달아나고 노약자가 울부짖는 등 장안성이 크게 혼란하였다. 성제는 前殿에 친히 나와 공경의 회의를 소집하였다. 대장군 王鳳은 태후와 황제 후궁들이 배를 타고, 또 백성들은 장안성 위로 올려 보내 홍수를 피해야 한다고 건의하였다. 여러 신하들도 대체로

왕봉의 의논에 따랐다. 그러나 좌장군 王商만이 홀로 반대하였다. 82권, 〈王商史丹傅喜傳〉의 王商傳 참고.

〖國譯〗

(建始) 3년 봄 3월, 천하의 죄수를 사면하였다. 孝弟 力田者에게 작위 2급씩 하사하였다. 미납된 조세나 算錢, 賑貸해준 것을 징수하지 말라고 하였다.

가을 관중 지역에 큰 홍수가 났다. 7월, 虒上(사상)이란 곳에 사는 陳持弓(진지궁)이라는 소녀는 홍수가 닥친다는 말을 듣고 横城門으로 들어와 尙方署의 쪽문을 몰래 지나서 未央宮의 鉤盾署(구순서)까지 들어갔다. 장안성 관리나 백성들이 소문에 놀라 성벽 위에 올라가기도 했다. 9월에 조서를 내려 말했다.

"근자에 郡國에 수해가 나서 죽은 백성이 1천여 명이나 되었다. 京師에도 아무 까닭도 없이 큰물이 닥친다는 헛말이 퍼져 백성들이 놀라고 두려워 성벽 위로 달아나기도 하였다. 이런 혼란은 관리들의 가혹한 포악이 그치지 않기에 백성의 원망이 쌓이고 생업을 잃었기 때문에 생긴 것이다. 諫大夫 林(임) 등을 파견하여 천하를 순시토록 하라."

原文

冬十二月戊申朔, 日有蝕之. 夜, 地震未央宮殿中. 詔曰, "蓋聞天生衆民, 不能相治, 爲之立君以統理之. 君道得, 則草木昆蟲咸得其所, 人君不德, 謫見天地, 災異婁發, 以告不治. 朕涉道日寡, 擧錯不中, 乃戊申日蝕地震, 朕甚懼焉. 公卿其各思朕過失, 明白陳之. '女無面從, 退有後言.' 丞相御史與將軍列侯中二千石及內郡國, 擧賢良方正能直言極諫之士, 詣公車, 朕將覽焉."

越巂山崩.

| 註釋 | ○謫見天地 - 見은 現也. ○災異婁發 - 婁는 屢. ○擧錯不中 - 擧措가 不當하다. ○女無面從 ~ -《尙書 虞書 益稷》. 面諛(면유)하고 돌아서서 다른 이야기 하지 말라. 女는 汝(너희). ○越巂(월수) - 군명, 치소는 邛都縣, 今 四川省 남부의 西昌市. 巂는 고을 이름 수. 새 이름 휴.

〖國譯〗

겨울 12월 戊申 초하루, 일식이 있었다. 밤에 지진이 未央宮의 궁전에 일어났다. 이에 조서를 내려 말했다.

"보통 하는 말이 하늘이 뭇 백성을 내었지만 서로를 다스릴 수 없어 人君을 세워 다스리게 하였다고 한다. 人君이 바르다면 초목과 곤충도 모두 제자리를 찾지만 인군이 실덕하면 하늘이나 땅을 통해 꾸짖기에 여러 災異가 자주 발생하며 잘못 다스린다고 경고하게 된다. 짐이 다스린 지 얼마 안 되었지만 여러 조치가 정도를 벗어났기에 戊申日에 일식과 지진이 있어 짐은 매우 두렵기만 하다. 공경은 각자 짐의 과실을 생각하여 분명히 말해주기 바란다. '너희들은 앞에서 아첨하고 물러나 뒷말을 하지 말라.' 승상과 어사대부와 장군이나 열후, 그리고 중이천석(9卿) 및 내지의 군국에서는 賢良과 方正, 그리고 直言極諫할 수 있는 인재를 천거하여 公車로 보내기 바라며 朕이 친히 상주를 읽어볼 것이다.”

越嶲郡(월수군)에서는 산이 붕괴되었다.

原文

四年春, 罷中書宦官, 初置尙書員五人.

夏四月, 雨雪.

五月, 中謁者丞陳臨殺司隷校尉轅豐於殿中.

秋, 桃李實. 大水, 河決東郡金堤. 冬十月, 御史大夫尹忠以河決不憂職, 自殺.

| **註釋** | ○(建始) 四年 - 前 29년. ○罷中書宦官 - 中書令(中書謁者令의 간칭)인 환관을 폐지하다. 무제는 相權을 약화시키기 위한 방법으로 詔命을 전달하는 업무를 少府 소속의 환관이 담당하게 하면서 중서령이라 하였다. 이를 이제 폐지하였다. ○尙書員五人 - 尙書는 掌書(장서)라고도 한다. 황제에게 올라가는 보고 문서를 취급하는 요직. 武帝 때 황제권을 강화하려는 목적으로 설치. 환관이 담당. 그 권한이 점차 강대해졌다. 成帝는 5명의 상서를 두어 업무를 분장하였는데, 常侍尙書(승상과 어사대부가 올리는 보고 담당), 二千石尙書(14부 자사와 태수가 보고하는 문서 담당), 戶曹尙書(백성들의 上書 담당). 主客尙書(외국 관련 上書 담당). 三公尙書(刑獄 관련 보고 주관) 등이다. ○中謁者丞陳臨~ - 中謁者丞은 中書謁者令의 副職. 司隷校尉는 처음에는 중앙관서에서 사역하는 노예를 감독하는 직책이었으나 나중에는 京師 지역, 곧 三輔와 三河, 弘農郡 등 7郡의 범법자를 규찰하는 임무를 수행하였다. 秩二千石. 이는 개인적 원한에 의한 살인사건이었다. ○河決東郡金堤 - 東郡,

치소는 濮陽縣, 今 河南省 濮陽市(복양시). 金堤는 제방 이름.

〖國譯〗

(建始) 4년 봄, 中書宦官을 폐지하고 처음으로 尙書員 5인을 두었다.

여름 4월, 눈이 내렸다.

5월, 中謁者丞인 陳臨(진림)이 司隸校尉인 轅豐(원풍)을 殿閣에서 죽였다.

가을, 복숭아 열매가 열렸다. 홍수로 황하가 東郡의 金堤(금제)에서 터졌다. 겨울 10월, 어사대부 尹忠(윤충)이 황하 제방 붕괴와 관련한 직무상 문책을 걱정하여 자살하였다.

原文

河平元年春三月, 詔曰, "河決東郡, 流漂二州, 校尉王延世隄塞輒平, 其改元爲河平. 賜天下吏民爵, 各有差."

夏四月己亥晦, 日有蝕之, 旣. 詔曰, "朕獲保宗廟, 戰戰慄栗, 未能奉稱. 傳曰, '男教不修, 陽事不得, 則日爲之蝕.' 天著厥異, 辜在朕躬. 公卿大夫其勉, 悉心以輔不逮. 百寮各修其職, 惇任仁人, 退遠殘賊. 陳朕過失, 無有所諱." 大赦天下.

六月, 罷典屬國並大鴻臚.

秋九月, 復太上皇寢廟園.

| 註釋 | ○河平 – 성제의 2번째 연호. 前 28–25년. ○流漂二州 – 14자사부의 兗州(연주)와 豫州. 연주는 泰山郡 등 4군과 城陽國 등 4國으로 대략 지금의 山東省 서남부와 河南省 동부지역이다. 豫州는 今 河南省 동부 및 安徽省 서북부 지역. ○未能奉稱 – 직무를 감당하지 못하다. 奉은 경의를 표시하는 副詞로 쓰였다. ○惇任仁人 – 惇 도타울 돈. 敦篤. ○罷典屬國並大鴻臚 – 업무가 주로 서역 및 흉노에 대한 외교 및 접대로 비슷하였다.

〖國譯〗

河平 元年(前 28) 봄 3월, 조서를 내려 말했다.

"황하가 東郡에서 터져 2개 주에 범람하였는데 校尉 王延世(왕연세)가 제방을 쌓아 河水가 바로 평온해졌으니 河平으로 개원하겠다. 천하의 백성에게 작위를 차등 있게 하사하라."

여름 4월 己亥 그믐에 일식이 있었는데 개기일식이었다. 이에 조서를 내려 말했다.

"朕이 종묘를 보호하며 조심조심 받들었어도 삼가 제대로 수행하지 못했다. 경전에서도 '남자에 대한 교화가 없으면 陽의 기운이 제대로 작용하지 못하고 그래서 일식이 일어난다.' 고 하지 않았는가? 하늘에 내린 재이의 허물은 짐에게 있다. 공경과 대부들은 더욱 힘써 정성으로 짐의 부족을 보필토록 하라. 백관은 자신의 직분을 다하고 인자한 군자를 발탁하여 임용하며 잔인포악한 자를 멀리하라. 짐의 과실을 꺼림 없이 지적하기 바란다."

천하의 죄인을 사면하였다.

6월, 典屬國을 혁파하고 그 업무를 大鴻臚(대홍려)에 합쳤다.

가을 9월에, 太上皇의 침전과 廟園을 복원하였다.

原文

二年春正月, 沛郡鐵官冶鐵飛, 語在〈五行志〉.

夏六月, 封舅譚,商,立,根,逢時皆爲列侯.

| 註釋 | ○河平 二年 - 前 27년. ○沛郡鐵官冶鐵飛 - 沛郡(패군)의 치소는 相縣. 今 安徽省 북부 淮北市 관할 濉溪縣(수계현). 領縣은 37개. 鐵官은 철광산을 개발하고 철기를 제작하는 곳. 무제 때 전국에 48개소에 철관을 두었다. 鐵官令과 丞을 두어 縣令처럼 관할 지역을 다스렸다. ○〈五行志〉 - '四月 楚國 雨雹(우박). 大如斧 飛鳥死'라 기록. 〈五行志〉는 오행의 작용과 재이의 기록으로 班固는 '지난 일을 알려주고 앞일을 알 수 있으며 王事의 意表가 된다. 이에 〈五行志〉 第七을 서술하였다.'고 하였다. ○譚,商,立,根,逢時 - 보통 王氏 五侯라 하였다.

〖國譯〗

(河平) 2년 봄 정월, 沛郡(패군) 鐵官의 冶鐵(야철)이 (큰 바람에) 날아다녔는데, 이는 〈五行志〉에 기록했다.

여름 6월, 외숙 王譚, 王商, 王立, 王根, 王逢時를 모두 列侯에 봉했다.

原文

三年春二月丙戌, 犍爲地震,山崩, 雍江水, 水逆流.

秋八月乙卯晦, 日有蝕之. 光祿大夫劉向校中秘書. 謁者陳農使, 使求遺書於天下.

| **註釋** | ○(河平) 三年 - 前 26년. ○犍爲(건위) - 郡名. 치소는 鼈縣(폐현, 今 貴州省 遵義市), 나중에는 今 四川省 宜賓市로 이동. ○劉向(유향, 前 77-前 6) - 原名은 更生(경생). 成帝 때 向으로 改名. 저서로는 《別錄》, 《新序》, 《說苑》, 《列女傳》이 있고 《戰國策》, 《楚辭》를 편찬. 유향의 아들이 經學家 劉歆(유흠). 36권, 〈楚元王傳〉에 입전. ○校中秘書 - 禁中의 秘書를 교정하다.

〖國譯〗

(河平) 3년 봄 2월 丙戌, 犍爲郡(건위군)에 지진이 일어나 산이 무너져 강물을 막아 물이 역류했다.

가을 8월 乙卯 그믐, 일식이 있었다. 光祿大夫인 劉向이 궁중의 秘書를 교정했다. 謁者(알자)인 陳農(진농)을 사자로 삼아 전국에서 옛 책을 구하게 하였다.

原文

四年春正月, 匈奴單于來朝.

赦天下徒, 賜孝弟力田爵二級, 諸逋租賦所振貸勿收.

二月, 單于罷歸國.

三月癸丑朔, 日有蝕之. 遣光祿大夫博士嘉等十一人行擧瀕河之郡水所毁傷困乏不能自存者, 財振貸. 其爲水所流壓死, 不能自葬, 令郡國給櫝櫝葬埋. 已葬者與錢, 人二千. 避水它郡國, 在所冗食之, 謹遇以文理, 無令失職. 擧惇厚有行能直言之士.

壬申, 長陵臨涇岸崩, 雍涇水.

夏六月庚戌, 楚王囂薨. 山陽火生石中, 改元爲陽朔.

| 註釋 | ○(河平) 四年 – 前 25년. ○匈奴單于來朝 – 復株纍若鞮單于(복주루약제선우, 재위 前 31 – 20년)가 입조했다. 선우 칭호에 들어가는 若鞮(약제)는 孝의 뜻. 이는 漢 諡號(시호)의 영향이다. ○瀕河之郡 – 황하 연안의 郡. ○財振貸 – 財는 裁. 판정하다. 振貸는 賑貸. ○槥櫝 – 작은 관. 槥는 널 혜. 櫝 관 독. ○冗食(용사) – 冗은 宂의 속자. 宂은 번거로울 용, 떠다닐 용. 食는 먹일 사. 宂食는 하는 일도 없지만 밥을 먹이다. 떠돌이 유민에게 급식하다. ○文理 – 사회의 규범. ○山陽火生石中 – 山陽은 현명. 今 河南省 焦作市(초작시). 여기서 石은 석탄으로 추정할 수 있다. 지금도 焦作市 일대는 석탄 산지이다.

〖國譯〗

(河平) 4년 봄 정월, 흉노 선우가 입조했다.

천하의 죄수를 사면하고 孝弟와 力田者에게 작위 2급을 하사했으며 그간 미납한 조세나 상환하지 못한 구제 물자를 징수하지 않게 했다.

2월, 선우가 입조를 마치고 돌아갔다.

3월 癸丑(계축) 초하루, 일식이 있었다. 光祿大夫 博士 嘉(가) 등 11인을 파견하여 황하 연안의 군을 순찰하면서 수해를 입어 파괴 또는 다치거나 궁핍해져 생계를 이을 수 없는 사람을 심사하여 구제케 하였다. 수해로 죽어 스스로 장례할 수 없는 백성은 郡國에서 작은 관을 지급하여 매장케 하였다. 이미 매장한 사람은 1인 당 2천 전을 지급했다. 수해를 당해 다른 군국으로 옮겨간 사람은 소재지에서 유랑민에게 급식하게 했고 사회의 관습에 의거 생업을 버리지 않도록 도와주게 하였다. 돈후하고 행실이 바르며 직언할 수 있는 인재를 천거하라 했다. 壬申日, 長陵縣의 涇水(경수) 연안이 붕괴되어 涇水를 막았다.

여름 6월 庚戌(경술), 楚王 囂(효)가 죽었다. 山陽縣에서는 돌산에서 불이 났는데 陽朔(양삭)으로 개원하였다.

原文

陽朔元年. 春二月丁未晦, 日有蝕之.

三月, 赦天下徒.

冬, 京兆尹王章有罪, 下獄死.

| **註釋** | ○陽朔 - 성제의 3번째 연호. 前 24-21년. ○京兆尹王章有罪 - 王章은 아내와 어렵게 살며 학문을 했다. 성제 때 王鳳이 전권을 행사하자 왕봉의 편에 서지 않았고 비난하여 결국 하옥되어 옥사하였다. 경조윤을 역임한 王尊(왕준, 王遵), 王章, 王駿(왕준)을 三王이라 지칭했다. 76권, 〈趙尹韓張兩王傳〉에 입전.

〖國譯〗

陽朔(양삭) 원년. 봄 2월 丁未 그믐, 일식이 있었다.

3월, 천하 죄수를 사면했다.

겨울, 京兆尹인 王章이 죄를 지어 하옥했는데 죽었다.

原文

二年春, 寒. 詔曰, "昔在帝堯, 立羲,和之官, 命以四時之事, 令不失其序. 故《書》云 '黎民於蕃時雍,' 明以陰陽爲本也. 今公卿大夫或不信陰陽, 薄而小之, 所奏請多違時政. 傳以不知, 周行天下, 而慾望陰陽和調, 豈不謬哉! 其務順四時月令."

三月, 大赦天下.

夏五月, 除吏八百石,五百石秩.

秋, 關東大水, 流民欲入函谷,天井,壺口,五阮關者, 勿苛留. 遣諫大夫博士分行視.

八月甲申, 定陶王康薨.

九月, 奉使者不稱. 詔曰, "古之立太學, 將以傳先王之業, 流化於天下也. 儒林之官, 四海淵原, 宜皆明於古今, 溫故知新, 通達國體, 故謂之博士. 否則學者無述焉, 爲下所輕, 非所以尊道德也. '工欲善其事, 必先利其器.' 丞相,御史其與中二千石,二千石雜擧可充博士位者, 使卓然可觀."

是歲, 御史大夫張忠卒.

| **註釋** | ○ (陽朔) 二年 – 前 23년. ○ 立羲,和之官 –《尙書 虞書 堯典》에

의하면 羲氏(희씨)와 和氏(화씨) 2인을 천지의 운행을 관찰하는 직책에 임명했다. 뒷날 왕망은 大司農을 羲和로 개칭했다. ○《書》云 -《尙書 虞書 堯典》 ○黎民於蕃時雍 - 백성이 많아지고 세월이 태평하다. ○時政 - 節令. 계절에 따라 할 일. ○月令 -《禮記》의 편명, 1년 12달의 할 일이나 행사를 기록했다. 월중행사표. ○除吏八百石,五百石秩 - 관리 연봉을 8백 석은 6백 석, 5백 석은 4백 석으로 감봉했다. ○函谷,天井,壺口(호구),五阮關(오완관) - 모두 關門 名. ○勿苛留 - 심하게 따져 물어서 억류시키지 말라. 苛는 가혹하게 따져 묻다. ○定陶王康薨 - 定陶王 劉康(유강)은 元帝의 次子로 모친은 傅昭儀(부소의)이었다. 유강이 일찍 죽자 아들 劉欣(유흔, 母親은 丁氏)은 정도왕이 되었다가 成帝가 아들이 없이 죽자 뒤를 이어 帝位에 올랐다(哀帝). ○奉使者不稱 - 使者가 천자의 뜻에 맞게 업무를 수행하지 못하다. ○工欲善其事, 必先利其器 -《論語 衛靈公》. ○雜擧 - 합동으로 천거하다. ○御史大夫張忠 - 77권, 〈蓋諸葛劉鄭孫毌將何傳〉의 孫寶傳에 張忠의 이야기가 나온다.

〖國譯〗

(陽朔) 2년 봄, 날씨가 寒冷했다. 조서를 내려 말했다.

"옛날 帝堯는 羲氏(희씨)와 和氏를 천지와 四時를 관장하는 직책에 임명하여 계절에 따라 국사를 놓치지 않게 하였다. 그래서 《書》에서도 '백성이 늘었고 태평한 세월이었다.' 라고 하였으니, 명철한 政令은 음양을 근본으로 삼는다. 지금 일부 공경대부는 음양의 작용을 믿지 않고 별것 아닌 것으로 생각하여 주청하는 정사가 時政이나 월령에 맞지 않는 경우가 많다. 계절에 맞지 않는 일을 천하에 펴면서 음양의 조화를 이루고자 한다면 어찌 어긋나지 않겠는가! 힘써 四時의 月令에 따르도록 하라."

3월, 천하의 죄수를 사면하였다.

여름 5월, 8백 석과 5백 석 질록을 6백 석과 4백 석으로 삭감하였다.

가을, 關東에 홍수가 나자 函谷關, 天井關, 壺口關(호구관), 五阮關(오완관)으로 들어오려는 流民을 가혹하게 따져 물어 억류하지 말라고 하였다. 諫大夫나 博士를 군국에 나눠 보내 시찰케 하였다.

8월 甲申, 定陶王 康(강)이 죽었다.

9월, 명을 받은 使者가 임무를 제대로 수행하지 못했다. 이에 조서를 내려 말했다.

"옛날에 太學을 설립한 것은 先王의 업적을 널리 알려 천하를 교화하려는 뜻이었다. 儒林 출신의 관원은 천하 만물의 本源을 알고 고금에 밝으며 溫故知新하여 국정의 대체에 통달하였기에 博士라고 부르는 것이다. 박사가 아니라면 배우려는 자에게 조술할 것이 없으며 동료 관원의 경시를 당할 것이니 도덕을 존중하는 방법이 아닐 것이다. '工人이 그 일을 잘 하려 한다면 필히 먼저 연모를 가다듬어야 한다.' 고 하였다. 승상과 어사대부는 中二千石(9卿)이나 二千石(太守)와 함께 박사에 충원할 수 있는 인재를 천거하여 탁월한 재능을 발휘할 수 있게 하라."

이 해에, 御史大夫 張忠이 죽었다.

原文

三年春三月壬戌, 隕石東郡, 八.

夏六月, 潁川鐵官徒申屠聖等百八十人殺長吏, 盜庫兵,自稱將軍, 經歷九郡. 遣丞相長史,御史中丞逐捕, 以軍興從事, 皆伏辜.

秋八月丁巳, 大司馬大將軍王鳳薨.

| 註釋 | ○(陽朔) 三年 - 前 22년. ○隕石東郡, 八 - 운석이 東郡 白馬縣(今 河南省 동북부 安陽市 관할의 滑縣)에 8개가 떨어졌다. ○鐵官徒 - 鐵官令이 노역을 시키는 죄수. ○丞相長史,御史中丞 - 長史는 三公이나 대장군의 보좌관. 秩 一千石. 丞相長史는 승상부 속관의 우두머리. 지방 태수의 보좌관인 長史는 질록 6백 석. 長史와 長吏(장리)는 개념이 다름. 長吏는 질 6백석 이상의 고위 관리의 일반적 지칭으로 長吏는 小吏의 상대적 개념. 御史中丞은 어사대부의 副職에 해당, 황제의 近臣. 秩 一千石. 殿中의 蘭臺에서 皇家의 圖書도 관리, 州의 刺史를 감독하여 15명의 侍御史(시어사)를 지휘하고 公卿의 상주를 접수하며 백관을 탄핵할 수 있는 요직. ○以軍興從事 - 軍興의 법에 의거 처리하다. 興(흥)은 軍에서 필요한 인력이나 물자를 징발하거나 조달하는 것. ○王鳳薨 - 王鳳이 병석에 있을 때 지극정성으로 간병한 사람이 조카인 王莽(왕망)이었다. 왕봉이 왕망을 성제에게 천거하였다.

〖國譯〗

(陽朔) 3년 봄 3월 壬戌(임술), 隕石이 東郡에 8개가 떨어졌다.

여름 6월, 潁川郡(영천군) 鐵官長의 죄수인 申屠聖(신도성) 등 180명이 長吏를 죽이고 무기고의 병기를 훔쳐 장군이라 자칭하며 9개 군을 돌아다녔다. 丞相長史와 御史中丞을 보내 체포하여 군법에 의거 군사를 동원하여 모두 법대로 처리하였다.

가을 8월 丁巳, 大司馬 大將軍 王鳳이 죽었다.

原文

四年春正月, 詔曰, "夫〈洪範〉八政, 以食爲首, 斯誠家給刑錯之本也. 先帝劭農, 薄其租稅, 寵其彊力, 令與孝弟同科. 間者, 民彌惰怠, 鄉本者少, 趨末者衆, 將何以矯之? 方東作時, 其令二千石勉勸農桑, 出入阡陌, 致勞來之. 《書》不云乎? '服田力嗇, 乃亦有秋.' 其勖之哉!"

二月, 赦天下.

秋九月壬申, 東平王宇薨.

閏月壬戌, 御史大夫于永卒.

| 註釋 | ○(陽朔) 四年 - 前 21년. ○〈洪範〉八政 - 일반적으로 〈洪範〉은 箕子(기자)가 周 武王에게 진술한 '天地의 大法'으로 알려졌지만 《漢書 五行志》에는 '禹治洪水, 賜〈洛書〉, 法而陳之. 〈洪範〉是也.'라 하였다. 지금은 춘추시대나 전국시대의 저작으로 인정된다. 《書 周書 洪範》의 八政은 一曰食(식량), 二曰貨(물자, 유통), 三曰祀(제사), 四曰司空(민생안정), 五曰司徒(백성교화), 六曰司寇(치안유지), 七曰賓(朝覲), 八曰師(軍旅)이다. ○家給刑錯 - 민생 풍요와 형벌 미집행. ○劭農(소농) - 勸農. 劭 힘쓸 소. ○寵其彊力 - 힘써 경작하는 자를 우대하다. 寵은 尊重. ○令與孝弟同科 - 효제와 동급으로 천거하고 혜택을 주다. ○民彌惰怠 - 백성이 많이 게을러지다. ○鄉本者少 - 鄉은 向, 本은 농업. ○趨末者衆 - 末은 末利, 상업이나 수공업의 이득. ○東作 - 春耕. ○勞來 - 勸勉하다. ○《書》~ - 《書 商書 盤庚》. ○服田力嗇 - 밭갈이하고 힘써 농사짓다. 嗇은 거둘 색(穡과 同). ○其勖之哉 - 勖은 힘쓸 욱. 勗은 俗字. ○東平王宇 - 宣帝의 아들 劉宇(유우). ○御史大夫于永 - 于定國의 아들 于永(우영). 효행으로 알려졌고 어사대부로 승진하

였다. 우영은 宣帝의 장녀로 成帝의 고모인 館陶公主와 결혼했다. 71권, 〈雋疏于薛平彭傳〉의 于定國傳에 附傳.

〖國譯〗

(陽朔) 4년 봄 정월, 조서를 내려 말했다.

"대체로 〈洪範〉의 八政에서도 食糧을 첫째로 꼽았으니 이는 진실로 넉넉한 민생과 형벌완화의 근본이 된다. 先帝들은 권농하며 부세를 경감하였고 모범 농민을 우대하여 孝弟와 동등하게 인정하였다. 요즈음은 백성이 더욱 게을러지며 농업에 종사하는 자는 줄어들고 末利를 따르려는 자가 많아지는데 이를 어떻게 하면 바로 잡겠는가? 지금 봄 농사를 시작할 때이니 太守로 하여금 농사와 길쌈을 적극 권장하고 논밭에 나가 백성을 위로하게 하라. 《書》에서도 '논밭에서 힘써 농사를 지으면 곧 가을에 거둬들일 것이다' 라고 하지 않았던가? 농사를 적극 권장하라!"

2월, 천하의 죄인을 사면하였다.

가을 9월 壬申日, 東平王 宇(우)가 죽었다. 윤달 壬戌日(임술일), 어사대부 于永(우영)이 죽었다.

原文

鴻嘉元年春二月, 詔曰, "朕承天地, 獲保宗廟, 明有所蔽, 德不能綏, 刑罰不中, 衆冤失職, 趨闕告訴者不絶. 是以陰陽錯謬, 寒暑失序, 日月不光, 百姓蒙辜, 朕甚閔焉. 《書》不云乎? '卽我御事, 罔克耆壽, 咎在厥躬.' 方春生長時, 臨遣諫大夫理等擧三輔,三河,弘農寃獄. 公卿大夫,部刺史明申勑守相, 稱朕意焉. 其賜天下民爵一級, 女子百戶牛酒, 加賜鰥寡孤獨,高年帛. 逋貸未入者勿收.” 壬午, 行幸初陵, 赦作徒. 以新豐戱鄕爲昌陵縣, 奉初陵, 賜百戶牛酒.

上始爲微行出.

冬, 黃龍見眞定.

| **註釋** | ○鴻嘉 – 성제 4번째 연호. 前 20–17년. ○趨闕告訴 – 대궐에 달려와 억울한 사정을 호소하다. ○《書》~ –《書 周書 文侯之命》. ○罔克耆壽 – 罔은 無. 耆壽는 耆老賢者. ○咎在厥躬 – 현《書經》에는 ‘俊在厥服.’ ○臨遣~ – 천자가 직접 만난 뒤에 파견하다. ○三河,弘農 – 河東, 河內, 河南郡. 弘農은 군명. 치소 弘農縣. 今 河南省 三門峽市 관할의 靈寶市. ○逋貸未入者 – 연체된 조세나 상환 못한 곡식이나 종자. 逋는 달아날 포. 체납하다. ○作徒 – 공사에 동원된 刑徒. ○新豐戱鄕 – 新豐은 현명, 今 陝西省 西安市 臨潼區. 戱鄕(희향)은 읍명. ○昌陵縣 – 昌陵은 성제가 새로 조성하기 시작한 자신의 능. ○奉初陵 – 奉은 비용. 供奉. ○微行 – 비공개로 외출하다. 微는 隱行. 밤에 平服으로 期門郞이나 私奴 몇 명만 데리고 외출하다. 무제도 미행을 즐겼지만 成帝의 미행은 그 정도가 심했다. 성제는 미행으로 陽阿(양아) 公主의 집에 들렀다가 趙飛燕을 보고 좋아하여 궁으로 불러들여 크게 총애하였다. 이어서 조비연의 여동생도 불러 둘 다 첩여가 되었다. 成帝의 微行에 자주 동행한 사람은 張放(장방, 張安世의 玄孫)인데 성제의 비호하에 방자한 생활을 했다. 장방은 성제가 죽자 슬피 울다가 죽었다. 〈外戚傳〉(下) 참고. ○眞定 – 縣名. 今 河北省 省都(省會)인 石家莊市 동북.

【國譯】

鴻嘉(홍가) 원년 봄 2월, 조서를 내려 말했다.

"朕(짐)이 천하를 물려받고 종묘를 보호하고 있으나 총명하지 못하고 부덕하여 백성을 편히 살게 하지도 못하고 형벌도 바르지 못하여 백성들이 원망하며 생업도 잃어 궁궐에 와서 억울하다 호소하는 백성이 끊이지 않았다. 이 때문에 음양이 뒤바뀌고 추위와 더위도 때를 달리하고 일월도 빛을 잃었으며 백성은 재해를 당하기에 짐은 이것이 심히 안타깝도다. 《書》에서도 '내 조정에 일하는 자에 지혜로운 노인이 적으니 그 허물은 나에게 있다.' 라고 하지 않았는가? 지금 봄철 생장하는 때라서 짐이 직접 諫大夫 理(이) 등을 만나고 파견하여 三輔와 三河, 그리고 弘農郡에서 억울한 재판이 있었는가를 조사케 하였다. 公卿大夫와 각 部의 刺史(자사)들은 태수나 후국의 相을 확실하게 신칙하여 짐의 뜻에 부응토록 하라. 천하의 백성에게 작위 1급을 하사하고, 여자들에게는 소고기와 술을 하사하며, 鰥寡孤獨(환과고독)의 어려운 백성과 고령자에게는 비단을 하사하라. 미납된 대여 물자를 징수하지 말라."

壬午日에 初陵 공사장에 행차하여 동원된 죄수를 사면하였다. 新豐縣 戲鄉(희향)을 昌陵縣으로 고치고 初陵 공사비용으로 1백 호당 소고기와 술을 하사하였다.

성제가 처음으로 微行(미행)을 나갔다.

겨울, 黃龍이 眞定縣에 나타났다.

原文

二年春, 行幸雲陽.

三月, 博士行飮酒禮, 有雉蜚集于庭, 歷階升堂而雊, 後集諸府, 又集承明殿.

詔曰, "古之選賢, 傅納以言, 明試以功. 故官無廢事, 下無逸民, 敎化流行, 風雨和時, 百穀用成, 衆庶樂業, 咸以康寧. 朕承鴻業十有餘年, 數遭水旱疾疫之災, 黎民婁困於饑寒, 而望禮義之興, 豈不難哉! 朕旣無以率道, 帝王之道日以陵夷, 意乃招賢選士之路鬱滯而不通與, 將擧者未得其人也? 其擧敦厚有行義,能直言者, 冀聞切言嘉謀, 匡朕之不逮."

夏, 徙郡國豪傑貲五百萬以上五千戶于昌陵. 賜丞相御史將軍列侯公主,中二千石冢地,第宅.

六月, 立中山憲王孫雲客爲廣德王.

| 註釋 | ○(鴻嘉) 二年 - 前 19년. ○雲陽 - 현명. 甘泉宮이 여기에 있다. 今 陝西省 咸陽市 淳化縣. ○有雉蜚集~ - 蜚(바퀴 비)는 飛의 古字. ○雊 - 장끼가 울 구. ○諸府 - 太常, 宗正, 승상, 어사대부 등의 관청. ○傅納以言 - 言論으로 설명 건의하고 황제의 뜻으로 채납하다. 明試以功은 시행하여 성과를 거두다. ○陵夷(능이) - 쇠퇴하다. ○鬱滯(울체) - 막히다. 소통 부재. ○將擧者~ - 將은 혹은, 선택을 표시. ○昌陵 - 성제 鴻嘉 원년(前 20)에 시작하여 永始 원년(前 16)에 재정 부족으로 중지하였다. 成帝는 죽은 뒤에 延陵(연릉)에 묻혔다. ○廣德王 - 이때 처음 봉한 제후국. 廣德國

치소는 丹陽郡 黟縣(이현), 今 安徽省 黃山市 관할의 黟縣(이현).

〖國譯〗

(鴻嘉) 2년 봄, 성제는 雲陽縣에 행차하였다.

3월, 博士의 飮酒禮를 행했는데 꿩들이 뜰에 날아들었다가 계단을 올라 대청에 모여 울더니 나중에는 여러 관청에도 모여들었고 또 미앙궁 承明殿에도 날아왔다.

조서를 내려 말했다.

"옛날 현인을 등용할 때 현인에게 의향을 말하게 하여 채택했고 시행하여 성과를 거두었다. 그래서 나랏일에 잘못이 없었고 놀고먹는 백성이 없었으며, 교화가 널리 행해졌고 風雨도 때를 맞추었으며, 백곡도 풍성하여 백성은 생업을 즐기며 모두가 태평하였다. 朕(짐)이 鴻業을 이어받은 10여 년에 수해와 가뭄, 전염병의 재해를 자주 겪어 백성이 늘 굶주림과 추위에 곤다보니 짐이 예의를 진흥시키려 하나 어찌 어렵지 않겠는가? 짐이 그간 제왕의 도리로 솔선하지 못하여 제왕의 도리가 날마다 쇠퇴하여 현인을 초빙하고 인재를 선임하려는 뜻도 막혀 불통하니 적임자도 등용하지 못하겠는가? 돈후하면서도 행실이 바르며 직언할 수 있는 자를 천거하여 시의에 적절한 언론과 훌륭한 방책을 짐에게 들려주어 짐의 모자란 부분을 깨우쳐 주기 바란다."

여름에, 郡國의 호걸과 재산 5백만 전 이상인 5천 호를 昌陵縣으로 이사시켰다. 승상과 어사대부, 장군과 열후와 公主, 그리고 中二千石 관리에게 무덤을 쓸 땅과 저택을 하사하였다.

6월, 中山憲王(中山靖王 劉勝의 후손)의 손자인 雲客(운객)을 廣德王

에 봉했다.

原文

三年夏四月, 赦天下. 令吏民得買爵, 賈級千錢. 大旱.

秋八月乙卯, 孝景廟闕災.

冬十一月甲寅, 皇后許氏廢. 廣漢男子鄭躬等六十餘人攻官寺, 篡囚徒, 盜庫兵, 自稱山君.

| **註釋** | ○(鴻嘉) 三年 – 前 18년. ○賈級千錢 – 賈는 價. 買爵은 혜제 때부터 있었고 무제 때에도 성행했다. 그때에 비하면 엄청 헐값이 되었다. ○皇后許氏廢 – 皇后許氏는 성제의 총애를 잃었고 황후 언니의 저주가 발각되어 폐위에 이르렀다. 97권 〈外戚傳〉(下) 참고. ○廣漢 – 군명. 치소는 今 四川省 綿陽市 관할의 梓潼縣. ○官寺(관사) – 관청, ○篡囚徒 – 篡(빼앗을 찬)은 탈취하다.

〖國譯〗

(鴻嘉) 3년 여름 4월, 천하의 죄수를 사면했다. 吏民이 작위를 살 수 있게 했는데 1급의 가격이 1천 전이었다. 크게 가물었다.

가을 8월 乙卯, 孝景廟의 문루에 불이 났다.

겨울 11월 甲寅, 皇后 許氏를 폐했다. 廣漢郡의 鄭躬(정궁)이란 사람을 비롯해 60여 명이 관청을 습격하여 죄수를 탈취하고 창고의 병기를 훔치며 자칭 山君이라 했다.

原文

四年春正月, 詔曰, "數敕有司, 務行寬大, 而禁苛暴, 訖今不改. 一人有辜, 擧宗拘繫, 農民失業, 怨恨者衆, 傷害和氣, 水旱爲災, 關東流亢者衆, 靑,幽,冀部尤劇, 朕甚痛焉. 未聞在位有惻然者, 孰當助朕憂之! 已遣使者循行郡國. 被災害什四以上, 民貲不滿三萬, 勿出租賦. 逋貸未入, 皆勿收. 流民欲入關, 輒籍內. 所之郡國, 謹遇以理, 務有以全活之. 思稱朕意."

秋, 勃海,淸河河溢, 被災者振貸之.

冬, 廣漢鄭躬等黨與寖廣, 犯歷四縣, 衆且萬人. 拜河東都尉趙護爲廣漢太守, 發郡中及蜀郡合三萬人擊之. 或相捕斬, 除罪. 旬月平, 遷護爲執金吾, 賜黃金百斤.

| **註釋** | ○(鴻嘉) 四年 - 前 17년. ○流亢(유용) - 流散. 亢은 쓸데없을 용. 떠다니다. ○靑, 幽, 冀部 - 靑州는 今 山東省 동북부. 幽州는 遼寧 및 北京 일대, 冀州는 今 河北省 서남부 일대. 部는 13 刺史部. 尤劇(우극)은 아주 심하다. ○輒籍內 - 곧바로 호적에 올리다. 內는 納과 通. ○謹遇以理 - 理는 사회의 규범. ○勃海,淸河 - 勃海(발해)는 郡名, 치소는 浮陽縣, 今 河北省 滄州市 동남. 天津市와 山東省의 중간. 바다 이름은 渤海(발해). 淸河는 군명. 치소는 淸陽縣, 今 河北省 邢台市 淸河縣, 山東省 접경. ○寖廣 - 점점 넓어지다. 寖은 浸. ○旬月平 - 열흘에서 한 달 사이. ○執金吾(집금오) - 中尉를 무제 때 집금오로 개명. 列卿의 하나. 三輔 지역의 치안 유지, 황제 출행 시 호위 및 의장대 역할. 질록 中二千石.

〚國譯〛

(鴻嘉) 4년 봄 정월, 조서를 내려 말했다.

"관련자에게 여러 번 명령하여 백성에게 힘써 관대하며 가혹하고 잔인한 폭력을 금하라 하였지만 아직도 고쳐지지 않고 있다. 한 사람이 죄를 지었다고 일족을 구금하면 농민은 생업을 잃고 원한을 가진 자가 많아져 和氣를 해쳐 수해나 한해가 발생하는데 關東에서 특히 青州, 幽州, 冀州部가 유랑민이 매우 많다 하니 짐은 심히 애통할 뿐이다. 이를 측은히 여기는 공경이 있다는 말을 듣지 못하였으니 짐과 함께 걱정할 자가 누구이겠는가! 이미 사자를 보내 군국을 순행케 하였다. 피해가 10분의 4 이상이거나 재산이 3만 전이 안 되는 백성에게 조세를 징수하지 말라. 그간 체납된 것도 징수하지 말라. 유민이 관중에 들어온다면 명부에 적고 받아들이도록 하라. 유민이 흘러 들어간 군국에서는 응당 사회통념에 의거 처리하며 모두를 살리도록 노력하라. 짐의 뜻을 살펴 시행하라."

가을, 勃海郡, 清河郡에서 황하가 범람하였는데 재해를 당한 백성을 구제케 하였다.

겨울, 廣漢郡의 鄭躬(정궁) 등의 무리가 점점 확산되어 4개 현을 걸쳐 무리가 1만여 명이나 되었다. 河東都尉인 趙護(조호)를 廣漢太守로 임명하여 광한군과 蜀郡의 군사 3만여 명을 동원하여 토벌하였다. 혹 무리 중에서 상대를 생포하거나 죽이고 자수하는 자는 죄를 묻지 않았다. 한 달이 안 되어 평정되자 조호를 執金吾로 승진시켰고 황금 1백 근을 하사하였다.

原文

永始元年春正月癸丑, 太官淩室火. 戊午, 戾后園闕火.

夏四月, 封婕妤趙氏父臨爲成陽侯.

五月, 封舅曼子侍中騎都尉光祿大夫王莽爲新都侯.

六月丙寅, 立皇后趙氏. 大赦天下.

秋七月, 詔曰, "朕執德不固, 謀不盡下, 過聽將作大匠萬年言昌陵三年可成. 作治五年, 中陵,司馬殿門內尙未加功. 天下虛耗, 百姓罷勞, 客土疏惡, 終不可成. 朕惟其難, 怛然傷心. 夫'過而不改, 是謂過矣.' 其罷昌陵, 及故陵勿徙吏民, 令天下毋有動搖之心."

立城陽孝王子俚爲王.

八月丁丑, 太皇太后王氏崩.

| **註釋** | ○永始 – 성제의 5번째 연호. 前 16–12년. ○太官淩室 – 淩室(능실)은 얼음(氷)을 보관하는 방. ○戾后園 – 戾태자 史良娣의 능원. ○封婕妤趙氏 – 婕妤(첩여)는 倢伃(첩여). 女官 첩, 예쁠 여. 《漢書》내에서도 혼용. 황후 이외의 비빈 14등급 중 2등급. 外朝의 上卿에 해당, 작위로는 列侯에 해당하는 ○曼子 – 王曼의 아들, 王曼은 王鳳의 형제. ○侍中騎都尉光祿大夫王莽 – 侍中은 가관의 명칭. 騎都尉는 무관직, 기병도위. 光祿大夫는 光祿勳의 속관. 新都侯는 왕망의 첫 번째 작위. 99권, 〈王莽傳〉(上, 中, 下)에 立傳. ○立皇后趙氏 – 趙飛燕(前 45 – 前 1년), 成帝의 2번째 황후. 哀帝 때 황태후. 能歌善舞, 소위 掌中舞했다는 설화가 있다. 자매가 모두 성제의 총애를 받았다. 황후가 되었고 성제는 日夜로 유락에 빠져 갑자기 죽었다. 哀帝가 즉위하자 皇太后가 되었으나 平帝 즉위 뒤에 서인으로 강등되자 자살

했다. 97권, 〈外戚傳〉(下)에 입전. ○將作大匠萬年 - 將作大匠은 궁궐 종묘의 건축과 수리, 능침의 토목공사나 축성을 관장하는 직책. 질록 2천 석, 공로가 있으면 中二千石. 萬年은 解萬年, 장작대장의 이름. 郅支單于(질지선우)를 죽였던 陳湯(진탕)과 친했는데 진탕과 해만년은 昌陵의 새 공사를 3년이면 마칠 수 있다고 성제에게 건의했고 그 과정에서 땅을 분양하면서 한몫을 챙기려 했다. 나중에 공사가 중단되며 진탕과 해만년이 함께 敦煌(돈황)으로 강제 이주되었다. 70권, 〈傅常鄭甘陳段傳〉의 陳湯傳 참고. ○尙未加功 - 아직 착공도 못했다. 加功은 着工. ○客土疏惡 - 客土는 다른 곳에서 운반해 온 흙. 창릉의 지대가 낮아 盛土하는데 큰 비용이 들었고 이 때문에 결국 중단되었다. ○過而不改, 是謂過矣 - 《論語 衛靈公》. ○太皇太后 - 元帝를 양육한 선제의 邛成 王皇后.

〖國譯〗

永始 원년 봄 정월 癸丑日, 太官의 凌室(능실)에서 불이 났다. 戊午日, 戾后園(여후원)의 闕門에서 불이 났다.

여름 4월, 婕妤 趙氏의 부친 趙臨(조림)을 成陽侯에 봉했다.

5월, 성제 외숙 王曼(왕만)의 아들 侍中 騎都尉 光祿大夫 王莽(왕망)을 新都侯에 봉했다.

6월 丙寅日, 皇后 趙氏를 책립했다. 천하의 죄인을 사면했다.

가을 7월, 조서를 내려 말했다.

"朕의 德政 실천도 부진하고 신하 의견도 광범위하게 수용하지 못하여 지난번에 將作大匠 解萬年(해만년)이 昌陵의 공사를 3년이면 마칠 수 있다는 건의를 받아들였다. 그러나 5년이나 공사를 했는데도 陵의 正寢(정침)과 司馬殿門 등 내부 공사는 아직 착공도 못했다. 천하의 재물을 소모하였고 백성은 지쳤으며 운반한 토사의 질도 좋지 않아 끝내 준공할 수 없게 되었다. 짐이 공사의 어려움을 생각하면 참담하고 마음이 아프다. '잘못을 하고서도 고치지 않는 것이 바로 잘못이라.' 고 하였다. 창릉의 공사를 중지하고 예전에 시작했던 능(延陵)에도 백성 이주를 중지하여 천하의 민심이 동요하지 않게 하라."

城陽孝王의 아들 俚(이)를 왕에 봉했다.

8월 丁丑日, 太皇太后 王氏가 붕어하였다.

原文

二年春正月己丑, 大司馬車騎將軍王音薨.

二月癸未夜, 星隕如雨. 乙酉晦, 日有蝕之. 詔曰, "乃者, 龍見於東萊, 日有蝕之. 天著變異, 以顯朕郵, 朕甚懼焉. 公卿申敕百寮, 深思天誡, 有可省減便安百姓者, 條奏. 所振貸貧民, 勿收." 又曰, "關東比歲不登, 吏民以義收食貧民, 入穀物助縣官振贍者, 已賜直, 其百萬以上, 加賜爵右更, 欲爲吏, 補三百石, 其吏也, 遷二等. 三十萬以上, 賜爵五大夫, 吏亦遷二等, 民補郎. 十萬以上, 家無出租賦三歲. 萬錢以上, 一年."

| **註釋** | ○(永始) 二年 – 前 15년. ○二月癸未 – 28일. ○星隕 – 隕은 떨어질 운. ○乙酉 – 30일. ○東萊 – 군명. 치소는 掖縣(액현), 今 山東省 煙臺市 관할의 萊州市. ○以顯朕郵 – 짐의 과실을 드러내다. 郵는 허물 우, 탓할

우. 과실, 잘못. ○百寮－百僚. ○比歲－해마다. 頻年. ○收食－食 먹일 사. ○助縣官－縣官은 天子, 곧 국가. ○賜直(사치)－가치만큼 주다. 直은 값 치(値와 同). 곧을 직. ○右更－20等爵 중 14등급. ○補三百石－질록 3백 석 관리에 補任하다. 궁궐을 수비하는 郞中의 경우 질록이 연 3백 석이다. ○遷二等－2등급을 승진시키다. ○五大夫－9등 작위. ○民補郞－민간이면(벼슬이 없는 사람이라면) 郞官에 보임하다. 郞官은 郞吏, 郞中令(光祿勳)의 속관으로 궁문 경비, 황제 호위를 담당, 곧 황제의 호위병에 대한 총칭. 議郞, 中郞, 侍郞, 郞中 등 여러 직명이 있었다. 질록도 6백 석에서 3백 석까지 다양. 무 정원, 많을 때는 1천여 명이나 되었다. 선발 방법은 任子(고급 관리의 자제를 선발, 일종의 蔭敍), 貲選(재물로 관직을 얻음), 軍功, 孝廉(효렴) 또는 明經으로 천거받은 자 등 등용 통로가 다양하였다. 일정 기간 근무하면 타직으로 옮겨갈 수 있어 벼슬길에 들어가는 계단(仕之通階)으로 인식되었다. 제후국에 근무하는 낭관은 家郞 또는 王國郞이라 불렸다.

〖國譯〗

(永始) 2년 봄 정월 己丑日, 大司馬 車騎將軍인 王音(왕음)이 죽었다.

2월 癸未日 밤, 별이 비처럼 쏟아졌다. 乙酉日 그믐, 일식이 있었다. 조서를 내려 말했다.

"지난번에 용이 東萊郡에 출현했었다. 하늘에 나타난 변이는 짐의 과오에 대한 경고이기에 짐은 심히 두렵다. 公卿은 백관을 신칙하며 하늘의 훈계를 깊이 생각하여 백성의 부담을 줄여주고 편안케 하는 방법을 조목별로 상주하라. 백성을 구제하러 대여한 것은 회수하지 말라."

또 이어 말했다. "해마다 關東에 흉년이 들었는데 관리나 백성 중에 大義에 입각하여 빈민을 모아 급식하거나 곡물을 내어 나라의 구제활동을 돕는 자에게는 그 가치만큼 하사할 것이니 百萬錢 이상의 경우 右更(우경)의 작위를 하사하고 관리가 되고자 하면 질록 3백 석에 보임하고 관리는 2등급을 승진시켜라. 30만 전 이상의 경우 五大夫의 작위를 하사하고 관리는 2등급을 승진시키고 백성은 낭관에 보임하라. 10만 전 이상의 경우 그 戶口에 3년간의 조세를 면제하라. 1만 전 이상이면 1년의 조세를 면제하라."

原文

冬十一月, 行幸雍, 祠五畤.

十二月, 詔曰, "前將作大匠萬年知昌陵卑下, 不可爲萬歲居, 奏請營作, 建置郭邑, 妄爲巧作, 積土增高, 多賦斂傜役, 興卒暴之作. 卒徒蒙辜, 死者連屬, 百姓罷極, 天下匱竭. 常侍閎前爲大司農中丞, 數奏昌陵不可成. 侍中衛尉長數白宜早止, 徙家反故處. 朕以長言下閎章, 公卿議者皆合長計. 長首建至策, 閎典主省大費, 民以康寧. 閎前賜爵關內侯, 黃金百斤. 其賜長爵關內侯, 食邑千戶, 閎五百戶. 萬年佞邪不忠, 毒流衆庶, 海內怨望, 至今不息, 雖蒙赦令, 不宜居京師. 其徙萬年敦煌郡."

是歲, 御史大夫王駿卒.

| **註釋** | ○昌陵卑下 – 昌陵의 지대가 낮다. ○興卒暴之作 – 卒은 갑자기

(猝也). 돌연히. 卒暴(졸포)는 갑자기. 별안간. 급작스런 작업을 진행하다. ○匱竭(궤갈) - 匱乏. 衣食의 窮乏하다. ○常侍閎 - 常侍인 王宏. 常侍는 加官의 칭호. 황제의 시위관. 常侍는 元帝 이후 中常侍라 하였고 後漢에서는 환관으로 임명. ○大司農中丞 - 大司農의 속관. 左, 右中丞. 질록 1천 석. ○侍中衛尉長 - 侍中인 衛尉 淳于長(순우장, 순우는 복성). 元帝 王皇后 언니의 아들. 成帝의 姨從(이종). 성제가 총애하는 趙飛燕을 황후로 책립하는데 힘써 그 공으로 定陵侯가 되었다. 成帝 綏和 원년(前 8년)에 대역죄로 처형. 93권, 〈佞幸傳〉에 입전. ○徙家反故處 - 이사한 민가는 원래 살던 곳으로 보내다. ○閎典主省大費 - 王閎은 대사농의 속관으로 국가 재정을 주관하며 큰 비용을 절약케 하였다. ○萬年 - 將作大匠 解萬年(인명). ○王駿(왕준) - 王吉의 아들. 梁丘賀(양구하)의 《易》을 전공한 王駿(왕준)을 成帝가 큰 인재로 등용하려고 京兆尹으로 내보내 그 政事 능력을 시험하였다. 앞서 京兆에는 趙廣漢, 張敞(장창), 王尊(왕준), 王章에 이어 王駿(왕준)까지 모두 유능하다는 명성이 있어 京師에서는 이들을 일컬어 '앞에 趙廣漢, 張敞이 있고 뒤에 3인의 王氏가 있네.' 라고 했다. 72권, 〈王貢兩龔鮑傳〉에 입전.

【國譯】

겨울 11월, 성제는 雍縣(옹현)에 행차하여 五畤(오치)에서 제천했다.

12월, 조서를 내려 말했다.

"前 將作大匠인 解萬年(해만년)은 昌陵의 지대가 낮아 황제의 사후 거처가 될 수 없음을 알면서도 昌陵의 건조와 그 주변 성읍의 조성을 상주하였으며 망령되게도 거짓을 꾸며대고 높이 흙을 쌓는 작업을 하면서 부세와 요역을 많이 늘리며 갑작스런 대 역사를 일으켰었다. 병졸과 형도들이 그 폐해를 당해 죽은 자가 줄을 이었고 백성은 극도로 피폐하였으며 천하의 재물을 고갈시켰다. 常侍인 王閎(왕굉)은 이전에 大司農中丞으로 여러 번 昌陵 준공이 불가능하다고 상주하였다. 侍中 衛尉인 淳于長(순우장)은 공사를 필히 중지하고 이주해온 민가는 원래 살던 곳에 보내야 한다고 여러 번 아뢰었다. 짐이 순우장의 의견과 함께 왕굉의 상주를 논의케 했던 바 공경은 모두 순우장의 의견이 합당하다고 상주하였다. 순우장은 긴요한 정책을 맨 먼저 건의하였고 왕굉은 재정을 주관하며 비용을 크게 줄여 백성은 이로써 평안하였다. 왕굉에게는 그전에 관내후의 작위를 받은 바 있어 황금 1백 근을 하사한다. 순우장에게는 關內의 작위와 食邑 1천 호, 왕굉에게는 5백 호를 하사한다. 解萬年은 간사하며 불충하여 그 폐해가 백성에게 미쳤으며 천하의 원망이 지금까지도 가라앉지 않는데 비록 전에 사면을 받았지만 京師에 살게 할 수 없다. 해만년을 돈황군으로 이주시켜라."

이 해에 御史大夫 王駿(왕준)이 죽었다.

原文

三年春正月乙卯晦, 日有蝕之. 詔曰, "天災仍重, 朕甚懼焉. 惟民之失職, 臨遣大中大夫嘉等循行天下, 存問耆老, 民所疾苦. 其與剖刺史擧 惇樸遜讓有行義者各一人."

冬十月庚辰, 皇太后詔有司復甘泉泰畤,汾陰后土,雍五畤,陳倉陳寶祠. 語在〈郊祀志〉.

十一月, 尉氏男子樊竝等十三人謀反, 殺陳留太守, 劫略吏民, 自稱將軍. 徒李譚等五人共格殺竝等, 皆封爲列侯.

十二月, 山陽鐵官徒蘇令等二百二十八人攻殺長吏, 盜庫兵, 自稱將軍, 經歷郡國十九, 殺東郡太守,汝南都尉. 遣丞相長史,御史中丞持節督趣逐捕. 汝南太守嚴訢捕斬令等. 遷訢爲大司農, 賜黃金百斤.

| 註釋 | ○(永始) 三年 - 前 14년. ○天災仍重 - 仍 거듭, 자주. ○大中大夫 - 太中大夫. 大는 太와 상통. 列卿의 하나인 郞中令의 屬官, 정사에 대한 의론을 담당. 정원 없음, 많을 때는 수십 명에 이르렀다. 황제의 측근이지만 秩(俸祿)은 比千石. 郡의 태수가 二千石(月 120斛)이었고, 比二千石은 월 100곡이었으니 比千石은 그 절반이라고 생각할 수 있다. ○惇樸(돈박) - 돈독하고 질박하다. ○皇太后詔有司 - 황태후가 이런 조서를 내린 것은 성제에게 아들이 없었기 때문이다. ○陳倉 - 縣名, 今 陝西省 서부의 寶鷄市 동쪽, 渭水 북안. ○尉氏(위씨) - 縣名, 今 河南省 開封市 관할의 尉氏縣. ○樊竝(번병) - 人名. 古文을 배운 학자로 알려졌다. 男子는 관원과 평민에게 모두 사용할 수 있는 호칭이었다. ○陳留 - 군, 현명. 今 河南省 開封市 동남. ○山陽 - 군, 국명. 治所는 昌邑縣(今 山東省 荷澤市 鉅野縣 남쪽). 景帝 中元 2년(前 148)에 郡守를 太守로 개칭. ○汝南 - 郡名, 治所는 上蔡縣(今 河南省 駐馬店市 관할의 上蔡縣).

〖國譯〗

(永始) 3년 봄 정월 乙卯日 그믐, 日蝕이 있었다. 이에 조서를 내려 말했다.

"天災가 자주 일어나 짐은 몹시 두렵다. 백성이 그 생업을 잃을까 걱정하여 이에 太中大夫 嘉(가) 등을 보내 천하를 순행하며 耆老(기로)와 백성의 고통을 위문케 하였다. 각 部의 刺史는 惇樸(돈박)하고 겸손 양보하며 도의를 실천하는 사람 각 1인을 추천하라."

겨울 10월 庚辰日, 皇太后가 담당자에게 조서를 내려 甘泉山 泰畤(대치)와 汾陰(분음)의 后土祠, 雍縣의 五畤, 陳倉縣의 陳寶祠를 복원케 하였다. 이는 〈郊祀志〉에 있다.

11월, 尉氏縣(위지현)의 樊竝(번병) 등 13인이 모반하여 陳留太守를 죽이고 吏民을 겁략하면서 장군이라 자칭하였다. 刑徒인 李譚(이담) 등 5인이 함께 번병 등을 공격, 살해하여 모두 열후가 되었다.

12월, 山陽郡에 있는 鐵官의 刑徒인 蘇令(소령) 등 228명이 長吏를 격살하고 무기고의 병기를 훔쳐 장군이라 자칭하고 19개 군국을 횡행하다가 東郡太守와 汝南郡 都尉를 살해하였다. 丞相長史와 御史中丞을 보내 지절을 가지고 추격 체포하라고 독려하였다. 汝南 太守인 嚴訢(엄흔)이 蘇令(소령) 등을 생포하여 참수하였다. 엄흔을 大司農에 승진시켰고 황금 1백 근을 하사하였다.

原文

四年春正月, 行幸甘泉, 郊泰畤, 神光降集紫殿. 大赦天下. 賜雲陽吏民爵, 女子百戶牛酒, 鰥寡孤獨,高年帛.

三月, 行幸河東, 祠后土, 賜吏民如雲陽, 行所過無出田租.

夏四月癸未, 長樂臨華殿,未央宮東司馬門皆災.

| 註釋 | ○ (永始) 四年 – 前 13년. ○ 司馬門 – 사마문은 궁궐의 外門이다. 이 사마문 안에 위병이 있고 司馬가 군사를 거느리고 순찰하며 숙위하였다. 이 司馬들을 총괄하는 관직이 衛尉의 속관인 公車司馬令(간칭 公車令)이다.

〖國譯〗

(永始) 4년 봄 정월, 성제가 甘泉宮에 행차하여 泰畤(태치)에서 하늘에 제사했는데, 神光이 紫殿(자전)에 내리비쳤다. 천하의 죄수를 사면하였다. 雲陽縣의 관리와 백성에게 작위를, 女子에게는 1百戶당 소고기와 술을, 鰥寡孤獨(환과고독)의 窮民과 고령자에게는 비단을 하사하였다.

3월, 성제가 河東郡에 행차하여 后土에게 제사를 올렸고, 관리와 백성에 대한 하사는 雲陽縣과 같게 하였으며 통과한 군현의 조세를 면제하였다.

여름 4월 癸未日, 長樂宮의 臨華殿과 未央宮의 東司馬門에 화재가 발생했다.

原文

六月甲午, 霸陵園門闕災. 出杜陵諸未嘗御者歸家. 詔曰, "乃者, 地震京師, 火災婁降, 朕甚懼之. 有司其悉心明對厥咎, 朕將親覽焉."

又曰, "聖王明禮制以序尊卑, 異車服以章有德, 雖有其財, 而無其尊, 不得踰制, 故民興行, 上義而下利. 方今世俗奢僭罔極, 靡有厭足. 公卿列侯親屬近臣, 四方所則, 未聞修身遵禮, 同心憂國者也. 或乃奢侈逸豫, 務廣第宅, 治園池, 多畜奴婢, 被服綺縠, 設鐘鼓, 備女樂, 車服嫁娶葬埋過制. 吏民慕效, 寖以成俗, 而慾望百姓儉節, 家給人足, 豈不難哉!《詩》不云乎? '赫赫師尹, 民具爾瞻.' 其申敕有司, 以漸禁之. 青,綠民所常服, 且勿止. 列侯近臣, 各自省改. 司隸校尉察不變者."

秋七月辛未晦, 日有蝕之.

| 註釋 | ○霸陵園 – 文帝의 陵園, 門闕은 闕門. ○出杜陵~ – 宣帝가 붕어할 때 후궁이나 비빈들은 모두 선제의 杜陵園에서 생활하며 제사를 받들었다. 그들 중 생전에 선제를 몸으로 모시지 못한 여인들은 본가로 귀가 조치했다는 뜻. ○故民興行 – 興行은 행동. ○上義而下利 – 의를 上으로 생각하고, 利를 下로 여기다. ○靡有厭足 – 만족할 줄 모른다. 厭은 足, 만족. ○《詩》不云乎 – 《詩 小雅 節南山》. ○師尹 – 太師 伊尹. ○以漸禁之 – 점차 금지시키다. ○司隸校尉 – 처음에는 중앙관서에서 사역하는 노예를 감독하는 직책이었으나 나중에는 京師, 곧 三輔와 三河, 弘農郡 등 7郡의 관리를 규찰하고 범법자를 다스리는 임무를 수행하였다. 秩 二千石.

〖國譯〗

6월 甲午, 霸陵園(패릉원)의 궐문에서 화재가 났다. 杜陵園에서 宣帝를 모시지 않은 여인들을 내 보내 귀가시켰다. 조서를 내려 말했다.

"요즈음 京師에 지진과 화재가 자주 발생하여 짐은 심히 두렵도다. 有司들은 그런 재이의 원인을 성심으로 상주하기 바라며 짐이 친히 열람할 것이다."

이어 또 말했다.

"聖王은 禮制를 밝게 갖춰 尊卑(존비)의 서열을 두었고 車服을 달리하여 有德者를 표창하였으니, 비록 재물이 많더라도 높은 자리에 오를 수 없었고 법제를 넘을 수가 없었으며 백성은 행실에서 義를 높이고 利를 낮게 생각하였다. 바야흐로 지금 세속에서는 사치가 끝이 없고 만족할 줄을 모른다. 공경이나 열후, 그리고 친족이나 근신들은 사방 만민이 본받는 존재이나 수신하여 예의를 지키고 한마음으로 나라를 걱정하는 자가 있다는 말을 들어보지 못했다. 또 여전히 사치와 쾌락을 위하여 저택을 넓히고 정원을 꾸미며, 노비를 늘리고 비단옷을 입으면서 여기 악기를 장만하고, 女樂을 양성하는 일에 힘써 수레나 복식 결혼과 장례에서 모두 법제를 위반하고 있다. 일반 관리와 백성도 이를 본받아 점차 풍속이 되어 버리니 백성에게 절약과 검소한 생활로 살림이 넉넉해지기를 기대하더라도 어찌 어렵지 않겠는가!《詩》에서도 '혁혁하신 太師 伊尹이여, 백성이 모두 우러러봅니다.' 라고 말하지 않았는가? 담당자에게 단단히 일러 점차 금지시키기 바란다. 청색이나 녹색 옷은 백성이 입는 평상복이니 금지시키지 말라. 列侯와 근신은 각자 살펴 고치도록 하라. 司隷校尉(사예교위)는 고치지 않는 자가 있는지 사찰하라."

가을 7월 辛未日 그믐, 일식이 있었다.

原文

元延元年春正月己亥朔, 日有蝕之.

三月, 行幸雍, 祠五畤.

夏四月丁酉, 無雲有雷, 聲光耀耀, 四面下至地, 昏止. 赦天下.

秋七月, 有星孛於東井. 詔曰, "乃者, 日蝕,星隕, 謫見於天, 大異重仍. 在位默然, 罕有忠言. 今孛星見於東井, 朕甚懼焉. 公卿大夫,博士,議郎其各悉心, 惟思變意, 明以經對, 無有所諱. 與內郡國擧方正能直言極諫者各一人, 北邊二十二郡擧勇猛知兵法者各一人."

封蕭相國後喜爲酇侯.

冬十二月辛亥, 大司馬大將軍王商薨. 是歲, 昭儀趙氏害後宮皇子.

| 註釋 | ○元延(원연) - 성제의 6번째 연호. 前 12-前 9년. ○東井 - 28宿의 하나. 井宿. ○大異重仍 - 重은 겹치다. 仍은 자주 여러 번. 이는 同義並列復詞이다. ○罕有~ - 罕은 드물 한. ○昭儀趙氏 - 황후 趙飛燕의 여동생. 昭儀는 황후 다음 지위. 천자 아래 丞相이 최고위직이니 소의와 승상이 동급. 趙昭儀가 後宮이 낳은 皇子를 해친 일은 97권, 〈外戚傳〉(下)의 孝成趙皇后傳에 상세한 기록이 있다.

『國譯』

元延(원연) 원년 봄 정월 己亥日 초하루, 일식이 있었다.

3월, 옹현에 행차하여 五畤(오치)에서 제천했다.

여름 4월 丁酉日, 구름도 없이 천둥이 치면서 소리와 빛이 번쩍이며 사방의 땅을 비추다가 저녁때 그쳤다. 천하의 죄인을 사면했다.

가을 7월, 살별이 東井에 나타났다. 이에 조서를 내려 말했다.

"근자에, 일식에 별이 떨어지는 등 하늘의 견책인 이변이 거듭되었다. 공경의 자리에 있는 모두가 침묵하고 忠言도 들이지 않았다. 이번에는 살별에 東井에 나타나 짐은 두렵기만 하다. 公卿大夫와 博士, 그리고 議郞은 모두 성의를 다해 재해의 의미를 사유하여 경전에 근거하여 꺼리지 말고 명백히 답해주기 바란다. 공경과 內地 郡國에서는 方正하고 直言과 極諫을 할 수 있는 자를 각 1인씩 천거하고 北邊의 22개 군에서는 용맹하고 兵法에 밝은 자를 1인씩 천거하라."

상국 蕭何(소하)의 후손 喜(희)를 酇侯(찬후)에 봉했다.

겨울 12월 辛亥日, 大司馬大將軍인 王商(왕상)이 죽었다. 이 해에 昭儀 趙氏가 후궁의 황자를 해쳤다.

原文

二年春正月, 行幸甘泉, 郊泰畤.

三月, 行幸河東, 祠后土.

夏四月, 立廣陵孝王子守爲王.

冬, 行幸長楊宮, 從胡客大校獵. 宿萯陽宮, 賜從官.

| 註釋 | ○(元延) 二年 – 前 11년. ○從胡客大校獵 – 從은 縱. 풀어주다. 胡客은 흉노인. 校獵(교렵)은 사냥하다. 長楊宮에서 기르던 맹수를 풀어 놓고 흉노족이 맨손으로 사냥을 하는 것을 관람했다. ○宿萯陽宮 – 萯는 하늘타리 부. 식물명.

〖國譯〗

(元延) 2년 봄 정월, 감천궁에 행차하여 泰畤(태치)에서 제사했다.

3월, 河東郡에 행차하여 后土祠에서 제사했다.

여름 4월, 廣陵孝王의 아들 守(수)를 왕에 봉했다.

겨울, 長楊宮에 행차하여 짐승을 풀어놓고 흉노족이 사냥하는 것을 구경했다. 萯陽宮(부양궁)에서 묵으면서 수행 관리에게 하사품을 내렸다.

原文

三年春正月丙寅, 蜀郡岷山崩, 雍江三日, 江水竭.

二月, 封侍中衛尉淳于長爲定陵侯.

三月, 行幸雍, 祠五畤.

| 註釋 | ○(元延) 三年 – 前 10년. ○蜀郡岷山 – 蜀郡의 치소는 成都縣. 今 四川省 成都詩. 岷山(민산) – 今 四川省, 甘肅省의 경계를 짓는 산맥. 여기 岷山은 成都市 북쪽 四川省 松潘縣의 山名. ○雍江 – 雍 막을 옹. 壅과 同. 江은 長江의 지류 岷江. 長江이 아니다.

〖國譯〗

(元延) 3년 봄 정월 丙寅, 蜀郡의 岷山(민산)이 붕괴되어 岷江 흐름을 3일간 막아 민강 물이 말랐다.

2월, 侍中 衛尉인 淳于長(순우장)을 定陵侯에 봉했다.

3월, 옹현에 행차하여 五畤(오치)에서 제사했다.

原文

四年春正月, 行幸甘泉, 郊泰畤.

二月, 罷司隷校尉官.

三月, 行幸河東, 祠后土.

甘露降京師, 賜長安民牛酒.

| **註釋** | ○(元延) 四年 – 前 9년. ○罷司隷校尉官 – 무제 때 설치한 司隷校尉는 그 역할이 자사부와 비슷하였는데 校尉官을 없애고 司隷部라 하였다. ○甘露 – 단맛이 나는 이슬. 실제로 이슬방울이 특별히 굵게 맺히는 날이 있다. 그런 날 이슬을 맛보고 (매우 주관적이지만) 단맛이 난다며 甘露가 내렸으니 태평성대라고 칭송했을 것이다.

〖國譯〗

(元延) 4년 봄 정월, 감천궁에 행차하여 泰畤에서 하늘에 제사했다.

2월, 司隷校尉官을 폐지하였다.

3월, 하동군에 행차하여 后土에 제사했다. 京師에 감로가 내렸다고 長安縣 백성에게 소고기와 술을 하사하였다.

原文

綏和元年春正月, 大赦天下.

二月癸丑, 詔曰, "朕承太祖鴻業, 奉宗廟二十五年, 德不能綏理宇內, 百姓怨恨者衆. 不蒙天佑, 至今未有繼嗣, 天下無所係心. 觀於往古近事之戒, 禍亂之萌, 皆由斯焉. 定陶王欣於朕爲子, 慈仁孝順, 可以承天序, 繼祭祀. 其立欣爲皇太子. 封中山王舅諫大夫馮參爲宜鄕侯, 益中山國三萬戶, 以慰其意. 賜諸侯王,列侯金, 天下當爲父後者爵, 三老孝弟力田帛, 各有差."

| **註釋** | ○綏和 – 성제의 마지막 연호, 前 8–前 7년. 綏 편안할 수. ○定陶王欣於朕爲子 – 孝元皇帝의 王皇后가 孝成帝를 낳았고, 傅昭儀(부소의)가 定陶共王 劉康을, 馮昭儀가 中山孝王 劉興을 출산했다. 정도공왕 유강이 죽고 아들 欣(흔)이 계위하여 재위 15년 째였으니 成帝에게는 동생의 아들 곧 조카이다. 조카 欣(흔)을 황태자로 삼았고 다음 해에 계위하니 이가 哀帝이다. 80권, 〈宣元六王傳〉의 定陶共王 劉康前 참고. 於朕爲子는 나에게도 아들이 된다. 형제의 아들은, 곧 자신의 아들이라 인식했다. ○中山王 – 中山孝王 劉興은 元帝의 아들로 信都王이었다가 中山王으로 옮겼다. 成帝가 태자 책립을 논의할 때 동생인 中山王이 똑똑하지 않다고 생각했고 外家인 王氏와 趙昭儀(趙皇后의 동생)도 劉欣(유흔)을 원했기에 결국 태자로 정했다. 성제는 이에 中山孝王의 외숙인 馮參(풍참)을 宜鄕侯에 봉하고 孝王에게 1만

호의 식읍을 늘려 주어 後嗣가 못된 그 마음을 위로해 주었다. 中山孝王이 죽고 아들 劉衎(유간)이 계승하여 7년에 哀帝가 붕어하며, 아들이 없자 중산왕 유간이 後嗣로 즉위하니 이가 平帝이다. ○諫大夫馮參(풍삼) – 馮昭儀의 형제, 中山孝王의 외삼촌.

〖國譯〗

綏和(수화) 원년 봄 정월, 천하의 죄인을 사면했다.

2월 癸丑日, 조서를 내려 말했다.

"朕이 太祖의 鴻業(홍업)을 이어 宗廟를 받든 지 25년에 德으로 천하를 편하게 다스리지 못하여 원한을 가진 백성도 많았다. 하늘의 도움을 받지 못해 지금껏 후사가 없어 백성들이 마음을 기대지 못하고 있다. 지난 일이나 요즈음 하늘의 鑑戒(감계)를 볼 때 禍亂의 싹은 모두 이 때문이라 생각한다. 定陶王 欣(흔)은 나에게도 아들이며 인자하고 孝順하여 가히 천명을 받아 종묘 제사를 이어갈 수 있을 것이다. 이에 (흔)을 황태자로 책립한다. 中山王의 외숙 諫大夫 馮參(풍삼)을 宜鄕侯에 책봉하며, 中山國에 3만 호의 식읍을 늘려 중산왕을 위로한다. 諸侯王과 列侯에게 황금을 하사하고, 온 천하에 부친의 뒤를 잇는 아들에게 작위를, 三老와 孝弟, 力田者에게 비단을 각각 차등을 두어 하사하라."

原文

又曰, "蓋聞王者必存二王之後, 所以通三統也. 昔成湯受命, 列爲三代, 而祭祀廢絶. 考求其後, 莫正孔吉. 其封吉爲殷紹嘉侯."

三月, 進爵爲公, 及周承休侯皆爲公, 地各百里. 行幸雍, 祠五時.

夏四月, 以大司馬票騎大將軍根爲大司馬, 罷將軍官. 御史大夫爲大司空, 封爲列侯. 益大司馬,大司空奉如丞相.

秋八月庚戌, 中山王興薨.

冬十一月, 立楚孝王孫景爲定陶王.

定陵侯淳于長大逆不道, 下獄死. 廷尉孔光使持節賜貴人許氏藥, 飮藥死.

十二月, 罷部刺史, 更置州牧, 秩二千石.

| **註釋** | ○王者必存二王之後 – 以前 2왕조의 후손을 필히 보존시키다. ○三統 – 天地人 ○列爲三代 – 夏, 殷, 周. ○莫正孔吉 – 孔吉만한 적합한 사람이 없다. ○進爵爲公 – 작위를 올려 (侯에서) 公(공)으로 하다. ○周承休侯 – 元帝 初元 五年 條 참고. ○奉如丞相 – 奉은 俸. 俸祿. 武帝 때 승상과 大司馬는 월 6만 전, 어사대부는 월 4만 전을 받았다. 宣帝 때 대사마의 장군 직함을 없애고 관부도 폐지하면서 질록도 삭감하였다. 이제 승상, 대사마, 어사대부의 질록을 같게 하였다. 승상이 되면 동시에 列侯가 되었다. 이제 어사대부도 승상처럼 열후에 봉한다는 뜻. 哀帝 建平 2년(前 5)에 대사공이란 명칭을 폐하고 다시 어사대부로 환원한다. ○淳于長大逆不道 – 淳于長은 폐위된 허황후의 언니를 자신의 小妻로 삼고 허황후와 사신을 주고받으며 자기가 힘을 써 허황후를 左皇后가 되게 하겠다며 문서로 능멸한 죄가 드러났다. 93권, 〈佞幸傳〉의 淳于長傳 참고. ○貴人許氏藥 – 폐위한 허황후. 평민이 되었지만 그래도 庶人과 다르기에 貴人이라 하였다. ○罷部刺

史, 更置州牧 – 14부 자사 중, 靑州刺史를 靑州牧이라 개칭하고, 관할 군국에 대한 감찰을 담당하고 질록도 태수와 같은 二千石으로 올렸다. 태수와 질록은 같지만 감찰하는 지위이기에 그 강약 여부는 不問可知이었다. 그러나 애제 建平 2년(前 5)에 다시 자사를 부활하였다.

〖國譯〗

또 말했다. "대체로 王者는 필히 이전 두 왕조의 후손을 존립케 해야만 天, 地, 人의 三統을 이을 수 있다고 하였다. 옛 成湯(湯王)은 受命하고서 三代를 같은 반열에서 단절된 제사를 잇게 하였다. 지금 그 후손을 찾아보니 孔吉(공길)만한 사람이 없다. 공길을 殷紹嘉侯(은소가후)에 봉한다."

이어 3월에 (공길의) 작위를 올려 公이라 하였고 동시에 周承休侯도 公으로 하고 봉지는 각 1백 리로 하였다. 雍縣에 행차하여 五畤(오치)에서 제천하였다.

여름 4월, 大司馬 票騎大將軍 王根을 大司馬라 하고 將軍의 官府를 폐지하였다. 御史大夫를 大司空으로 고치고 列侯에 봉하였다. 大司馬와 大司空의 봉록을 승상과 같게 하였다.

가을 八月 庚戌(경술), 中山王 興(흥)이 죽었다.

겨울 11월, 楚 孝王의 손자 景(경)을 定陶王에 봉했다.

定陵侯 淳于長(순우장)이 대역무도하여 하옥하여 사형에 처했다. 廷尉 孔光(공광)에게 持節을 갖고 가서 貴人 許氏에 사약을 내리자 사약을 마시고 죽었다.

12월, 部의 刺史를 폐지하고 다시 州에 牧을 두었는데 질록은 2천 석이었다.

原文

二年春正月, 行幸甘泉, 郊泰畤.

二月壬子, 丞相翟方進薨.

三月, 行幸河東, 祠后土.

丙戌, 帝崩於未央宮. 皇太后詔有司復長安南北郊. 四月己卯, 葬延陵.

| 註釋 | ○(綏化) 二年 – 前 7년. ○丞相翟方進(적방진) – 어사대부 승상을 역임. 성제의 문책에 자살. 적방진이 한 달여 뒤에 성제도 갑자기 죽었다. 왕망이 칭제하자 적방진의 아들 翟義(적의)가 기병하여 왕망에 대항하였다. 84권, 〈翟方進傳〉에 입전. ○帝崩於未央宮 – 재위 26년, 終年 45세. 延陵은 陝西省 咸陽市 서북.

〖國譯〗

(綏化) 2년 봄 정월, 감천궁에 행차하여 태치에서 제천하였다.

2월 壬子日, 승상 翟方進(적방진)이 죽었다.

3월, 河東郡에 행차하여 后土에 제사하였다. 丙戌(18일), 성제는 未央宮에서 붕어했다. 황태후가 담당자에게 조서로 長安 南, 北의 천지에 제사하는 의례를 회복하게 하였다.

4월 己卯日, 延陵에 장례했다.

原文

贊曰, 臣之姑充後宮爲婕妤, 父子昆弟侍帷幄, 數爲臣言,

'成帝善修容儀, 升車正立, 不內顧, 不疾言, 不親指, 臨朝淵嘿, 尊嚴若神, 可謂穆穆天子之容者矣!' 博覽古今, 容受直辭. 公卿稱職, 奏議可述. 遭世承平, 上下和睦. 然湛於酒色, 趙氏亂內, 外家擅朝, 言之可爲於邑. 建始以來, 王氏始執國命, 哀,平短祚, 莽遂篡位, 蓋其威福所由來者漸矣!

| **註釋** | ○贊曰 – 班彪의 논찬을 그대로 移記. ○臣之姑充後宮爲婕好 – 臣은 班彪. 반표의 고모는 班婕好(前 48–서기 2년) – 名 不詳, 班況(반황)의 딸, 班彪(반표)의 고모, 班固, 班超, 班昭 형제의 祖姑(대고모, 왕고모). 倢伃(첩여, 婕好)가 되어 아들을 낳았으나 몇 달 뒤에 아들을 잃었다. 반첩여는 《詩經》을 외우고, 황제를 뵙거나 상소할 때 예전의 의례를 본받았다. 나중에 성제의 총애가 식었고 조비연의 질투가 심해지자 반첩여는 성제의 모후 王太后을 모신다며 東宮으로 옮겨갔다. ○侍帷幄 – 궁중의 近臣이 되다. ○不內顧, 不疾言, 不親指 – 두리번거리지 않고, 가벼이 큰소리로 말하지 않으며 아무 때나 손가락질을 하지 않다. '升車, 必正立, 執綏. 車中, 不內顧, 不疾言, 不親指.'《論語 鄕黨》. 孔子의 儀表를 설명한 말. ○淵嘿(연묵) – 深沈不言. 嘿은 고요할 묵. ○穆穆(목목) – 단정하고 온화한 모양. ○然湛於酒色 – 湛은 잠길 침. 즐길 담. 湛溺(침닉, 沈溺). 주색에 깊이 빠짐. ○言之可爲於邑 – 於邑(오읍)은 목이 메다. 탄식하다. 於는 탄식할 오, 어조사 어. ○所由來者漸矣 – 漸은 오래다. 점점 나아갈 점, 적실 점.

〖國譯〗

班彪의 論贊 : 臣(班彪)의 고모가 후궁에 뽑혀 婕好(첩여)가 되었기에 父子와 형제가 궁중의 근신이 되었는데 臣에게 자주 말하였습니다. '成帝께서는 항상 단정한 용의로 수레에 오르면 반듯이 서서 두리번거리지 않고 가벼이 빨리 말하지도 않았으며 손가락질을 하지도 않았습니다. 조회에 임하여 묵묵히 존엄을 지켜 神과 같았으니 가히 위엄을 갖춘 천자의 의표였습니다!'

(성제는) 고금의 경전을 널리 읽었고 직언의 건의를 수용하였다. 공경은 직무를 잘 수행하였고 상주와 의론은 문채가 났다. 承平의 盛世를 맞아 상하가 화목하였다. 그렇지만 성제는 주색에 탐닉하였고 조씨 자매가 궁내를 어지럽히고 외척은 정사를 마음대로 휘둘렀으니 그런 이야기를 하다 보면 탄식만 나올 뿐이었다. 建始(성제의 첫 연호) 이래로 王氏가 국권을 장악하였고 哀帝와 平帝의 단명에 이어 왕망이 찬위하였으니 왕씨들의 위세와 영화는 그 유래가 매우 오래되었다고 말할 수 있다!

11 哀帝紀
〔애제기〕

原文

孝哀皇帝, 元帝庶孫, 定陶恭王子也. 母曰丁姬. 年三歲嗣立爲王, 長好文辭法律. 元延四年入朝, 盡從傅, 相, 中尉. 時成帝少弟中山孝王亦來朝, 獨從傅. 上怪之, 以問定陶王, 對曰, "令, 諸侯王朝, 得從其國二千石. 傅,相,中尉皆國二千石, 故盡從之." 上令誦《詩》, 通習, 能說. 他日問中山王, "獨從傅在何法令?" 不能對. 令誦《尚書》, 又廢. 及賜食於前, 後飽, 起下, 韤係解. 成帝由此以爲不能, 而賢定陶王, 數稱其材.

時王祖母傅太后隨王來朝, 私賂遺上所幸趙昭儀及帝舅票騎將軍曲陽侯王根. 昭儀及根見上亡子, 亦欲豫自結爲長久計, 皆更稱定陶王, 勸帝以爲嗣. 成帝亦自美其材, 爲加元服而遣之, 時年十七矣.

明年, 使執金吾任宏守大鴻臚, 持節徵定陶王, 立爲皇太子. 謝曰, "臣幸得繼父守藩爲諸侯王, 材質不足以假充太子之宮. 陛下聖德寬仁, 敬承祖宗, 奉順神祇, 宜蒙福祐子孫千億之報. 臣願且得留國邸, 旦夕奉問起居, 俟有聖嗣, 歸國守藩." 書奏, 天子報聞. 後月餘, 立楚孝王孫景爲定陶王, 奉恭王祀, 所以獎厲太子專爲後之誼. 語在〈外戚傳〉.

| 註釋 | ○孝哀皇帝 - 名 欣(흔), 재위 前 6-前 1년. 諡法에 '恭仁短折曰哀'. 定陶恭王은 劉康, 元帝와 傅昭儀의 子. 定陶國 치소는, 今 山東省 菏澤市 관할의 定陶縣. ○元延四年 - 성제의 연호. 前 9년. ○盡從傅,相,中尉 - 盡從은 모두 수행하다. 傅는 제후국 태부. 相은 제후국 관리 감독. 中尉는 제후국의 군사와 치안 유지. ○成帝少弟中山孝王 - 元帝와 馮昭儀 소생. ○令 - 漢代 律令, 令甲. ○能說 - 해설도 하다. ○又廢 - 다시 중단하다. 외우지 못하다. ○韈係解 - 韈은 버선 말. 係 이을 계. 끈. ○王祖母傅太后 - 元帝의 傅昭儀. ○趙昭儀 - 趙皇后(趙飛燕)의 동생. ○加元服 - 冠禮를 거행하다. ○守大鴻臚 - 守는 겸직하다. ○假充 - 冒充(모충). 임시로 채우다. ○子孫千億 - 千億은 많다는 뜻. 《詩 大雅 假樂》의 구절. 萬의 10배를 億이라 표현. ○國邸 - 장안에 있는 정도왕의 숙소. ○天子報聞 - 상주가 천자에게 보고되다.

〖國譯〗

孝哀皇帝는 元帝의 庶孫으로 定陶恭王의 아들이다. 모친은 丁姬이다. 나이 3세에 부친의 뒤를 이어 왕이 되었고 성장하면서 文辭와

法律을 좋아하였다. 成帝 元延 4년에 입조했는데 왕의 太傅와 相과 中尉가 모두 수행하였다. 그때 成帝의 少弟인 中山孝王도 같이 입조했는데 다만 태부만 따라왔다. 성제가 이상히 여겨서 묻자 정도왕이 대답했다.

"律令에 諸侯王이 입조할 때 제후국 二千石 관리가 수행하게 되었습니다. 태부와 相과 中尉는 모두 나라의 2천 석 관원이기에 수행케 했습니다."

성제가 《詩》를 외워보라고 하자 잘 외웠고 大義도 설명하였다. 다른 날 성제가 中山王에게 "태부만 수종케 한 것은 무슨 법령을 따른 것인가?"라고 물었으나 대답하지 못했다. 《尙書》를 외우게 하였으나 중간에 그만 두었다. 어전에서 음식을 하사하였는데 배불리 먹은 뒤에 일어서 나가는데 버선 끈이 풀려 있었다. 성제는 이 때문에 중산왕을 무능하다고 생각했으며 정도왕이 똑똑하다며 자주 그 재능을 칭찬하였다.

그때 정도왕의 祖母인 傅太后도 왕을 따라 입조했는데 은밀하게 성제가 총애하는 趙昭儀와 성제의 외숙인 票騎將軍 曲陽侯 王根에게 뇌물을 제공하였다. 조소의와 왕근은 성제가 아들이 없기에 미리 관계를 맺어 뒷날에 대비하고자 두 사람 모두 몇 번씩 정도왕을 칭송하며 성제에게 후사로 정할 것을 권유하였다. 성제 또한 정도왕의 재능을 인정하고 冠禮를 올린 뒤에 돌아가게 했는데 정도왕은 그때 17세였다.

다음 해 執金吾 겸 大鴻臚(대홍려)인 任宏(임굉)을 보내 지절을 가지고 가서 정도왕을 불러다가 황태자로 책립하였다. 그러자 정도왕이 謝表(사표)를 올려 말했다.

“臣은 요행히 부친의 뒤를 이어 외지를 지키는 제후왕이 되었지만 材質이 不足하여 태자의 宮에 잠시라도 들어갈 수 없습니다. 폐하께서는 聖德에 관대인자하시며 祖宗을 이어받고 천지의 諸神을 받드셨으니 응당 많은 자손을 얻을만한 복을 받으실 것입니다. 臣은 잠시 신의 사저에 머물면서 아침저녁으로 폐하의 시중을 들면서 훌륭한 후사를 기다렸다가 나중에 귀국하여 번신의 직무를 행하고자 합니다.”

謝書가 들어가자 천자에게 보고되었다. 그 한 달 뒤에 楚 孝王의 손자인 景(경)을 定陶王에 봉해 定陶 恭王의 제사를 받들게 하였는데 이는 황태자에게 成帝의 후사로 전념하도록 격려하는 뜻이었다. 이는 〈外戚傳〉에 실려 있다.

原文

綏和二年三月, 成帝崩. 四月丙午, 太子卽皇帝位, 謁高廟. 尊皇太后曰太皇太后, 皇后曰皇太后. 大赦天下. 賜宗室王子有屬者馬各一駟, 吏民爵, 百戶牛酒, 三老,孝弟,力田,鰥寡孤獨帛. 太皇太后詔尊定陶恭王爲恭皇.

| **註釋** | ○綏和 二年 – 前 7년. ○有屬者馬各一駟 – 有屬(유속)은 친족관계가 남아있는. 상복을 입어야 하는 관계가 되는. 一駟는 4마리.

〖國譯〗

綏和(수화) 2년 3월, 성제가 붕어했다. 4월 丙午日, 태자가 제위에 올라 高祖 묘당에 참배하였다. 황태후를 높여 太皇太后, 황후(趙皇后, 趙飛燕)를 皇太后로 하였다. 천하 죄인을 사면했다. 종실 왕의 아들로 아직 친속인 사람에게 말을 각각 4마리씩 吏民에게는 작위를, (여자에게는) 1백 호당 소고기와 술을, 三老, 孝弟, 力田者와 환과고독의 어려운 백성에게는 비단을 하사하였다. 太皇太后의 조서로 定陶恭王을 恭皇(공황)으로 존칭하게 했다.

原文

五月丙戌, 立皇后傅氏. 詔曰, "《春秋》'母以子貴,' 尊定陶太后曰恭皇太后, 丁姬曰恭皇后, 各置左右詹事, 食邑如長信宮,中宮." 追尊傅父爲崇祖侯,丁父爲褒德侯. 封舅丁明爲陽安侯, 舅丁滿爲平周侯. 追謚滿父忠爲平周懷侯, 皇后父晏爲孔鄕侯, 皇太后弟侍中光祿大夫趙欽爲新成侯.

| **註釋** | ○立皇后傅氏 - 정도태후의 사촌동생 傅晏(부안)의 딸, 哀帝가 정도왕일 때 부태후는 二重 姻親(인친)을 맺고자 데려다가 왕의 배필이 되게 하였다. 정도왕이 입궁하여 漢의 태자가 되자 부씨의 딸은 태자비가 되었다. 애제가 즉위하고, 成帝의 관이 아직 前殿에 있을 때 부태후는 傅妃(부비)의 부친 傅晏(부안)을 孔鄕侯(공향후)에 봉했다. 97권, 〈外戚傳〉(下) 孝元傅昭儀傳 참고. ○《春秋》 母以子貴 - 《公羊傳 隱公 元年》. ○左右詹事 - 詹事(첨사)는 관직명. 황후나 태자궁의 업무를 관장. 질록 二千石. ○長信宮,中宮 - 長信宮은 태황태후(원제의 황후)의 거처. 中宮은 황후의 거소.

〖國譯〗

5월 丙戌, 皇后 傅氏(부씨)를 책립하였다. 조서를 내려 말했다.

"《春秋》에도 '모친은 아들 때문에 고귀하다' 고 하였으니 定陶太后를 恭皇太后(부황태후)로, 丁姬를 恭皇后(공황후)로 높일 것이며 각각 左右의 詹事(첨사)를 배치하고 식읍은 長信宮(태황태후, 성제 모친)과 中宮(황후궁)의 예에 따르도록 하라."

또 恭皇太后의 부친(애제 조모의 친정부친)을 崇祖侯(숭조후)로, 丁父(丁姬의 부친, 애제의 외조부)를 褒德侯(포덕후)로 추존하였다. 丁明(哀帝의 외숙)을 陽安侯, 외숙 丁滿을 平周侯에 봉했다. 丁滿의 父 丁忠을 平周懷侯라 追謚(추시)했고, 皇后의 父 傅晏(부안)을 孔鄕侯에, 皇太后의 동생인 侍中光祿大夫 趙欽(조흠)을 新成侯에 봉했다.

原文

六月, 詔曰, "鄭聲淫而亂樂, 聖王所放, 其罷樂府."

曲陽侯根前以大司馬建社稷策, 益封二千戶. 太僕安陽侯舜輔導有舊恩, 益封五百戶, 及丞相孔光,大司空汜鄕侯何武益封各千戶

| 註釋 | ○鄭聲淫而~ – 춘추시대 鄭의 樂聲은 음란했기에 공자는 싫어했었다. 子曰, "惡紫之奪朱也, 惡鄭聲之亂雅樂也, ~《論語 陽貨》. ○其罷樂府 – 其는 ~해라(명령). 당연히 ~해야 한다. 장차 ~하려 한다. 樂府는 武帝 때 설치한 음악을 담당하는 관청으로 민가를 수집. 여기에서 '樂府詩' 라는 문학 형식이 나온다. 音監을 두어 악인들을 감독했다. ○建社稷策 – 정

도왕을 태자로 정할 것을 권했다. ○丞相孔光 - 孔光(前 65-서기 5)은 孔子의 14세손으로 孔覇(공패)의 아들이다. 성제, 애제, 평제 때까지 부침이 많았다. 哀帝가 처음 즉위하고서는 검약을 실천하고 정사를 직접 처리하고 대신을 포상했는데 공광에게 식읍을 늘려 주었다. 81권, 〈匡張孔馬傳〉에 입전. ○大司空氾鄉侯何武 - 何武(?-서기 3년)는 前 8년 御史大夫(大司空) 역임. 나중에 왕망의 모함으로 자살. 86권, 〈何武王嘉師丹傳〉에 입전.

〖國譯〗

6월, 조서를 내려 말했다. "鄭나라의 음악은 음한한 음악이라서 聖王에 의해 방축되었었다. 樂府를 폐지하라."

曲陽侯 王根은 이전에 大司馬로 사직을 안정시킬 방책을 건의했다 하여 식읍 2천 호를 추가했다. 太僕인 安陽侯 王舜은 애제를 輔導한 옛 은공이 있어 식읍 5百戶를 추가했으며, 승상 孔光과 大司空 氾鄉侯(범향후) 何武에게는 1천 호를 각각 추가하였다.

原文

詔曰, "河間王良喪太后三年, 爲宗室儀表, 益封萬戶."

又曰, "制節謹度以防奢淫, 爲政所先, 百王不易之道也. 諸侯王,列侯,公主,吏二千石及豪富民多畜奴婢, 田宅亡限, 與民爭利, 百姓失職, 重困不足. 其議限列." 有司條奏, "諸王,列侯得名田國中, 列侯在長安及公主名田縣道, 關內侯, 吏民名田, 皆無得過三十頃. 諸侯王奴婢二百人, 列侯,公主百人, 關內侯,吏民三十人. 年六十以上, 十歲以下, 不在數中. 賈人皆不得名田,爲吏, 犯者以律論. 諸名田畜奴婢過品, 皆沒入縣官. 齊三服官,諸官織綺繡, 難成, 害女紅之物, 皆止, 無作輸. 除任子令及誹謗詆欺法. 掖庭宮人年三十以下, 出嫁之. 官奴婢五十以上, 免爲庶人. 禁郡國無得獻名獸. 益吏三百石以下奉. 察吏殘賊酷虐者, 以時退. 有司無得擧赦前往事. 博士弟子父母死, 予寧三年."

|註釋| ○喪太后三年 - 喪은 복상하다. 동사로 쓰였다. ○儀表 - 예의의 규범. 龜鑑(귀감). ○其議限列 - 그에 따른 제한을(限) 열거하며(列) 논의하기(議) 바란다(其). ○得名田 - 名田은 자신의 명의로 토지를 차지하다(以名自占田). 私田. ○名田縣道 - 漢代 〈令甲〉에 제후가 자신의 封國에 있으면서 타 군현에 토지를 소유할 수 없었다. 다만 열후(列侯)나 公主가 자기 봉국(식읍)에 부임하지 않았을 경우 他 縣道의 토지를 소유할 수 있으나 그 제한은 역시 30頃이었다. 道는 漢人과 이민족이 혼합 거주하는 행정구역. 縣級. ○三十頃 - 頃(경)은 면적 단위. 1畝(무)는 666m^2. 약 200평. 100畝는 1頃, 약 2만 평. ○不在數中 - 그 수에 포함하지 않다. ○過品 - 한도를 초과하다. ○縣官 - 국가. 때로는 天子를 의미. ○齊三服官 - 황궁의 계절에 따른 의복과 祭服을 제조하는 관청. 齊에 있었다. ○女紅(여공) - 女工. 紅은 길쌈할 공. ○無作輸 - 齊 三服官에서 제조하는 의복 생산을 중지하여 황궁에 보내지 않다. ○任子令 - 任은 保擧, 擔保의 뜻. 漢代 任子令에 의하면, 二千石 이상의 관리가 3년 이상을 근무하면 아들이나 형제 중 하나를 낭관에 천거할 수 있었다. ○予寧三年 - 予는 줄 여. 寧은 父母喪에 따른 年暇(處家持喪服). 보통 관리는 36일이나, 박사나 박사제자는 3년을 허용했다. 漢代에 3년 服喪은 아주 특별한 경우였다.

〖國譯〗

조서를 내려 말했다. "河間王 良(량)은 太后의 3년 상을 치러 宗室의 儀表가 되기에 식읍 1만 호를 추가한다."

또 조서를 내려 말했다. "절제와 법도의 준수로 사치와 음란을 막는 것은 政事의 우선으로 百王의 바뀔 수 없는 正道이다. 諸侯王과 列侯나 公主, 2천 석 고관이나 백성 중 부자는 많은 노비를 소유하고 무한정 토지를 소유하면서 백성과 이득을 다투니 백성들이 본업을 잃게 되고 살림이 곤궁하고 부족한 것이다. 조목별로 그 제한방안을 논의하기 바란다."

이에 有司가 조목별로 상주하였다.

"諸侯王이나 列侯는 그 封國에 토지를 소유하고 있으며 장안에 있는 列侯나 公主는 他 縣道에 자기 이름의 토지를 가질 수 있고 關內侯나 吏民도 사전을 소유하나 모두 30頃을 초과할 수 없습니다. 諸侯王의 노비는 2백 명, 열후나 공주는 1백 명, 關內侯나 백성은 30명을 소유할 수 있습니다. 나이 60세 이상과 10세 이하는 그 수에 포함하지 않습니다. 賈人(商人)은 누구든 토지를 소유하거나 관리가 될 수 없으며 위법자는 법으로 처리할 것입니다. 모든 토지나 노비 소유는 한도를 초과할 수 없으며 (초과하면) 모두 나라에서 몰수합니다. 齊에 있는 三服官이나 다른 부서의 수를 놓은 비단은 완성하기가 힘들며 女工의 생산을 저해하기에 모두 중지하며 다른 곳에 보낼 수 없습니다. 任子令과 誹謗(비방)과 詐欺(사기) 죄를 폐지하겠습니다. 掖庭(액정)의 궁인으로 나이가 30세 이하라면 모두 출가토록 할 것입니다. 관노비로 50세 이상이면 서인으로 사면하겠습니다. 郡國에서 짐승을 헌상하는 것을 금지하겠습니다. 질록 3백 석 이하의 관리의 봉록을 올려주겠습니다. 관리로 잔인 포악한 자를 감찰하여 즉시 면직시키겠습니다. 관리는 지난 일에 대한 사면을 받지 못하게 하겠습니다. 博士弟子나 부모상에 연가 3년을 주겠습니다."

原文

秋, 曲陽侯王根,成都侯王況皆有罪, 根就國, 況免爲庶人, 歸故郡.

詔曰, "朕承宗廟之重, 戰戰兢兢, 懼失天心. 間者日月亡光, 五星失行, 郡國比比地動. 乃者河南,潁川郡水出, 流殺人民, 壞敗廬舍. 朕之不德, 民反蒙辜, 朕甚懼焉. 已遣光祿大夫循行擧籍, 賜死者棺錢, 人三千. 其令水所傷縣邑及他郡國災害什四以上, 民貲不滿十萬, 皆無出今年租賦."

| 註釋 | ○王況皆有罪 – 不敬과 淫亂罪로 탄핵받았다. ○比比 – 빈번히. ○擧籍 – 명부에 기재하다. ○棺錢 – 木棺 구입 비용.

〚國譯〛

가을, 曲陽侯 王根과 成都侯 王況(왕황)이 유죄라서 왕근은 封國에 돌아갔고 왕황은 서인이 되어 귀향하였다. 조서를 내려 말했다.

"朕(짐)은 종묘를 지키는 중임을 맡아 전전긍긍하며 天心을 잃을까 두려웠다. 요즈음 일월이 빛을 잃고 五星이 궤도를 벗어나며 郡國에서는 빈번히 지진이 일어났다. 지난번에 河南과 潁川郡(영천군)

에서 제방이 터져 백성이 죽고 집이 붕괴되었다. 이는 짐이 부덕하여 백성이 그 허물을 당한 것이라서 짐이 심히 두려웠다. 이미 光祿大夫를 파견하여 군국을 돌며 명부를 작성케 하였고 죽은 자에게 관을 구입할 금전 1인 3천 전을 지급하게 하였다. 수해를 겪은 현읍이나 다른 군국에서도 재해가 10분의 4 이상이고 백성의 자산이 10만 전이 안 된다면 금년 조세를 면제하라."

原文

建平元年春正月, 赦天下. 侍中騎都尉新成侯趙欽,成陽侯趙訢皆有罪, 免爲庶人, 徙遼西. 太皇太后詔外家王氏田非塚塋, 皆以賦貧民.

二月, 詔曰, "蓋聞聖王之治, 以得賢爲首. 其與大司馬,列侯,將軍,中二千石,州牧,守,相擧孝弟惇厚能直言通政事, 延於側陋可親民者, 各一人."

三月, 賜諸侯王,公主,列侯,丞相,將軍,中二千石,中都,郎吏金,錢,帛, 各有差.

冬, 中山孝王太后媛,弟宜鄕侯馮參有罪, 皆自殺.

| 註釋 | ○建平元年 - 前 6년. ○新成侯趙欽 - 趙欽(조흠)과 趙訢(조흔)은 趙皇太后(趙飛燕)의 친정 族屬으로 趙昭儀(趙飛燕의 동생)가 성제의 후궁 소생을 죽인 혐의로 방축되었다. 조소의는 애제가 즉위하면서 자살했다. ○遼西 - 군명. 치소는 陽樂縣(今 遼寧省 서남부의 錦州市 義縣). ○外家王氏

田非塚塋 – 外家는 친정. 塚塋(총영)은 무덤. ○側陋(측루) – 貧寒하다. ○中山孝王太后媛 – 媛은 풍봉세의 딸. 馮昭儀 媛은 원제의 후궁으로 傅昭儀(애제 조모)와 서로 경쟁하고 미워했었다. 97권, 〈外戚傳〉(下)에 입전.

〖國譯〗

建平 원년(前 6년) 봄 정월, 천하에 사면령을 내렸다. 侍中 騎都尉인 新成侯 趙欽(조흠)과 成陽侯 趙訢(조흔)이 모두 죄를 지어 서인으로 강등시켜 遼西郡으로 이주시켰다. 太皇太后가 조서를 내려 친정 王氏의 토지 중 塚塋(총영, 묘지)가 아닌 땅은 모두 빈민에게 나눠주라고 하였다.

2월, 조서를 내려 말했다.

"대체로 聖王의 통치에 인재 구하기를 우선으로 한다. 大司馬와 列侯, 장군과 중이천석의 관리, 각 州의 牧(前 刺史), 태수나 相은 孝弟하고 惇厚(돈후)하며 직언을 할 수 있고, 政事에 통한 자, 또 궁벽한 곳에 살지만 백성을 친근하게 대할 수 있는 자를 영입하여 각 1인씩 천거하라."

3월, 諸侯王과 公主, 列侯와 승상, 장군이나 중이천석, 장안의 관리와 郎吏까지 황금과 금전과 비단을 각각 차등 있게 하사하였다.

겨울, 中山孝王의 태후인 馮媛(풍원)과 그 동생인 宜鄕侯(의향후) 馮參(풍삼)이 죄를 짓고 모두 자살하였다.

原文

二年春三月, 罷大司空, 復御史大夫.

夏四月, 詔曰, "漢家之制, 推親親以顯尊尊. 定陶恭皇之號不宜復稱定陶. 尊恭皇太后曰帝太太后, 稱永信宮, 恭皇后曰帝太后, 稱中安宮. 立恭皇廟於京師. 赦天下徒."

罷州牧, 復刺史.

|**註釋**| ○(建平) 二年 - 前 5년. ○推親親以顯尊尊 - 親親은 부모를 친근히 모시다. 尊尊은 귀인을 존중하다. ○不宜復稱定陶 - 정도왕의 호칭과 태황태후의 호칭 문제는 애제 때 가장 큰 이슈였다. 86권, 〈何武王嘉師丹傳〉의 師丹傳 참고.

〖**國譯**〗

(建平) 2년 봄 3월, 大司空 칭호를 폐지하고 다시 御史大夫라 하였다.

여름 4월, 조서를 내려 말했다.

"漢家의 제도는 至親을 친애하고 지존을 존중하여 높여야 한다. 定陶恭皇의 호칭에 定陶가 들어가는 것은 옳지 못하다. 恭皇太后를 높여 帝太太后로 부르고 그 거처를 永信宮이라 하고, 恭皇后를 帝太后라 부르고 그 거처를 中安宮으로 하라. 恭皇의 묘당을 京師에 건립하라. 천하의 형도를 사면하라."

州의 牧(목)을 폐지하고 다시 刺史(자사)를 설치하였다.

原文

六月庚申, 帝太后丁氏崩. 上曰, "朕聞夫婦一體. 《詩》云,

'穀則異室, 死則同穴.' 昔季武子成寢, 杜氏之殯在西階下, 請合葬而許之. 附葬之禮, 自周興焉. '郁郁乎文哉! 吾從周.' 孝子事亡如事存. 帝太后宜起陵恭皇之園." 遂葬定陶. 發陳留,濟陰近郡國五萬人穿復土.

待詔夏賀良等言赤精子之讖, 漢家歷運中衰, 當再受命, 宜改元易號. 詔曰, "漢興二百載, 歷數開元. 皇天降非材之佑, 漢國再獲受命之符, 朕之不德, 曷敢不通! 夫基事之元命, 必與天下自新, 其大赦天下. 以建平二年爲太初元將元年. 號曰陳聖劉太平皇帝. 漏刻以百二十爲度."

| **註釋** | ○《詩》云 - 《詩經 王風 大車》. ○穀則異室 - 穀은 生時. 살다. 同穴의 穴은 墓. ○季武子成寢 - 魯 大夫. 成寢은 묘실을 만들다. ○郁郁乎文哉! 吾從周 - 《論語 八佾(팔일)》. ○陳留,濟陰 - 陳留는 郡, 縣名. 今 河南省 開封市. 濟陰은 군명. 치소는 定陶縣, 今 山東省 定陶縣. ○穿復土 - 능묘를 만들다. ○待詔(대조) - 待詔는 漢代의 특수 관직명. 詔는 황제의 명령을 기록한 문서. 황제의 부름을 받아 대기하다가 조서를 받고 그에 따른 임무를 수행 또는 자문에 응한다. 待詔의 장소로는 북쪽의 金馬門 이외에 待詔殿中, 待詔保宮, 待詔公車, 待詔黃門, 待詔丞相府 등등이 있다. 특수한 분야의 전문가인 경우, 예를 들어 太史, 治曆, 音律, 本草의 경우에는 ○○待詔라고 불렸다. ○夏賀良 - 人名. 齊人. 당시 이들 일당은 邪道를 고집하며 조정의 정치를 혼란하여 국가를 기울게 하였으며 주상을 속인 대역무도로 판결되었다. 夏賀良 등은 모두 주살되었다. 李尋은 사형에서 일등을 감하여 돈황군으로 이주시켰다. ○赤精子之讖 - 고조가 赤帝의 아들이라서 赤精子를 거론. 讖(비결 참)은 미래에 대한 예언. 사실 이때는 哀帝가 병환중이라서 각종 참

설이 많았고 애제는 그런 참설에 마음이 기울었다. ○詔曰 – 75권, 〈眭兩夏侯京翼李傳〉중 李尋傳 참고. ○皇天降非材之佑 – 非材는 애제 자신에 대한 겸칭. ○太初元將 – 최초의 4字 연호. ○陳聖劉太平皇帝 – 陳聖劉는 '성스러운 유씨의 덕을 널리 펴다'의 뜻. ○漏刻以百二十爲度 – 종래는 1일을 100刻이라 하였는데, 100刻을 12時(子時~亥時)로 나눌 경우 1時가 8.33刻이었다. 1일을 120刻으로 고치면 1時가 10刻이 된다. 왕조에 따라 歲首가 바뀌듯, 왕조에 따라 一刻의 길이를 달리해야 한다는 이런 주장은 齊人 甘忠可가 주장하였다.

〖國譯〗

6월 庚申, 帝太后인 丁氏가 죽었다. 애제가 말했다.

"朕이 알기로 부부는 한 몸이다. 《詩》에 '살아서는 다른 방에서 살았어도 죽어서는 한 무덤'이라고 하지 않았는가? 옛날에 魯의 季武子가 자신의 무덤을 축조할 때, 杜氏의 靈柩(영구)는 서쪽 계단 아래 있었는데, 합장을 청하자 계무자가 허락하였다. 이런 附葬의 禮는 옛 周代부터 있었다. '周禮의 문채가 찬란하도다! 나는 周禮를 따르겠다.' 고 하였다. 효자는 죽은 분도 마치 살아있는 분처럼 모시어야 한다. 帝太后를 응당 恭皇의 묘원에 모시어야 한다."

그리하여 마침내 定陶國에 장례하였다. 陳留와 濟陰郡 등 인근 郡國에서 5만 명을 동원하여 능묘를 조성하였다.

待詔인 夏賀良(하하량) 등은 赤精子(적정자)의 참설을 말하면서 漢 왕조가 중간에 쇠퇴할 운수를 만났으니 응당 다시 천명을 받으려면 改元하고 호칭을 바꿔야 한다고 주장하였다. 이에 애제가 조서를 내려 말했다.

"漢이 건국 후 200년에 천도의 曆數에 따라 開元을 하였다. 皇天

은 재주가 없는 짐에게도 신령의 도움을 내리셨으니 漢이 국가로 천명을 다시 받을 祥瑞(상서)를 얻었으니 짐이 부덕하지만 어찌 천명의 뜻을 모르겠는가! 대체로 큰일은 元命(大命)을 받는데 있으니 필히 온 백성과 함께 새로 시작하며 천하 모두를 사면하라. 建平 2년을 太初元將 원년으로 한다. 그리고 짐을 陳聖劉太平皇帝라 정한다. 또 누각(물시계)을 120刻(각)으로 재도록 하라."

原文

七月, 以渭城西北原上永陵亭部爲初陵. 勿徙郡國民, 使得自安.

八月, 詔曰, "待詔夏賀良等建言改元易號, 增益漏刻, 可以永安國家. 朕過聽賀良等言, 冀爲海內獲福, 卒亡嘉應. 皆違經背古, 不合時宜. 六月甲子制書, 非赦令也皆蠲除之. 賀良等反道惑衆, 下有司." 皆伏辜.

丞相博,御史大夫玄,孔鄉侯晏有罪. 博自殺, 玄減死二等論, 晏削戶四分之一. 語在〈博傳〉.

| **註釋** | ○過聽 - 誤聽. ○冀爲~ - 冀는 바랄 기. 희망하다. ○違經背古 - 경서의 뜻에 어긋나고 古典에 배치되다. ○制書 - 詔書는 황제의 일반 명령. 制書는 제도에 관계되는 명령. ○蠲除 - 제거하다. 조세나 부역을 면제하다. 蠲은 밝을 견. 제거하다. 병이 낫다. ○丞相博 - 朱博, 유능한 지방관으로 승상까지 올랐으나 죄를 짓고 자살. 御史大夫玄은 趙玄, 孔鄉侯 晏은

애제 부황후의 부친 傅晏(부안). 〈博傳〉은 83권, 〈薛宣朱博傳〉.

〖國譯〗

7월, 渭城의 西北 벌판의 永陵亭 근처를 애제의 初陵으로 정했다. 군국의 백성을 이사시키지 않고 각자 편히 살게 하였다.

8월, 조서를 내려 말했다.

"待詔인 夏賀良(하하량) 등이 改元하고 호칭을 바꾸며 漏刻(누각)을 늘리면 나라가 오래도록 편안할 것이라고 건의했었다. 짐은 하하량 등의 말을 그대로 믿고 백성들이 복 받기를 바랬지만 끝내 상서로운 조짐은 없었다. 그 모두가 경전의 대의에 맞지 않고 古例에 배치되며 시의에 합당하지도 않았다. 6월 갑자일의 조서에서, 사면령을 제외한 모두를 취소한다. 하하량 등은 正道에 반하고 衆人을 현혹시켰으니 有司(廷尉)에 보내도록 하라."

모두 죄에 따라 처형되었다.

승상 朱博, 어사대부 趙玄, 孔鄕侯 傅晏(부안)이 죄를 지었다. 주박은 자살했고, 조현은 사형에서 2등급 감형 판결했고, 부안은 식읍 4분의 1을 삭감하였는데 이는 〈朱博傳〉에 있다.

原文

三年春正月, 立廣德夷王弟廣漢爲廣平王.

癸卯, 帝太太后所居桂宮正殿火.

三月己酉, 丞相當薨. 有星孛于河鼓.

夏六月, 立魯頃王子郚鄉侯閔爲王.

冬十一月壬子, 復甘泉泰畤,汾陰后土祠, 罷南, 北郊.

東平王雲,雲后謁,安成恭侯夫人放皆有罪. 雲自殺, 謁,放棄市.

| 註釋 | ○(建平) 三年 - 前 4년. ○丞相當薨 - 平當(평당)은 人名. 나라에 災異가 있을 때마다 평당은 경전의 뜻에 附會하여 그 득실을 논하였다. 71권, 〈雋疏于薛平彭傳〉에 입전. ○有星孛于河鼓 - 河鼓는 牽牛星(견우성). ○郚鄉侯 閔 - 郚鄉(오향)은 동해군의 현명. 今 山東省 濰坊市 관할의 安丘縣. ○東平王雲 - 今 山東省 泰安市 東平縣에 있던 東平國의 왕. 동평왕 劉宇의 아들 劉雲(유운, 宣帝의 손자). 息夫躬(식부궁)은 부귀만을 추구하여 東平王 劉雲의 모반을 얽어매어 고발, 피봉되었으나 결국에는 옥사했다. 45권, 〈蒯伍江息夫傳〉의 息夫躬傳 참고.

〖國譯〗

(建平) 3년 봄 정월, 廣德 夷王(이왕)의 동생 廣漢(광한)을 廣平王에 봉했다. 癸卯日, 帝太太后의 거처인 桂宮 正殿이 불에 탔다.

3월 己酉日, 승상 平當이 죽었다. 살별이 河鼓(하고, 牽牛星)에 나타났다.

여름 6월, 魯 頃王의 아들 郚鄉侯(오향후) 閔(민)을 魯王에 봉했다.

겨울, 11월 壬子日, 甘泉山 泰畤(태치)와 汾陰縣 后土祠를 복원하고, (長安의) 南, 北郊를 없앴다. 東平王 雲(운), 왕후 謁(알), 安成恭侯의 부인 放(방)이 죄를 지었다. 동평왕은 자살하고 謁(알)과 放(방)은 棄市(기시)되었다.

原文

四年春, 大旱. 關東民傳行西王母籌, 經歷郡國, 西入關至京師. 民又會聚祠西王母, 或夜持火上屋, 擊鼓號呼相驚恐.

二月, 封帝太太后從弟侍中傅商爲汝昌侯, 太后同母弟子侍中鄭業爲陽信侯.

三月, 侍中駙馬都尉董賢,光祿大夫息夫躬,南陽太守孫寵皆以告東平王封列侯. 語在〈賢傳〉.

夏五月, 賜中二千石至六百石及天下男子爵.

六月, 尊帝太太后爲皇太太后.

秋八月, 恭皇園北門災.

冬, 詔將軍,中二千石擧明兵法有大慮者.

| 註釋 | ○(建平) 四年 - 前 3년. ○西王母籌 - 關東의 백성들 사이에 西王母가 장안에 온다며 서왕모를 맞이하러 볏짚이나 삼대(麻秆)를 들고 서쪽으로 몰려가는 사태가 발생했다. 또 西王母 점을 친다며 볏짚이나 삼대(麻幹)를 주고받았다고 한다. 혹자는 이를 원제의 王皇后가 장수할 표상이라고 해석하였다. ○侍中 傅商 - 나중에 帝太太后 傅氏가 죽으면서 孔鄕侯(傅晏, 傅태후의 從弟), 汝昌侯(傅商, 傅태후의 從弟)들은 하루아침에 몰락하였다. ○侍中駙馬都尉董賢 - 董賢(동현, 前 23-前 1)은 전각 아래에서 시각을 알려주는 일을 했는데 잘생긴 외모에 얼굴에 늘 웃음기가 있고 그 의표와 외모가 멋진 미남자로 애제의 同姓愛 파트너였다. 애제의 동현에 대한 총애와 출세는 상식 밖이었다. 나이 23세의 국가 최고의 지위인 大司馬가 되었는데 이를 본다면 哀帝가 정신질환자였을 것이다. 애제가 죽은 당일에 동현은 자살하

였다. 93권, 〈佞幸傳〉 입전.

〖國譯〗

(建平) 4년 봄, 큰 가뭄이 들었다. 關東의 백성들 사이에 西王母 점이 유행하여 각 군국을 거쳐 서쪽으로 함곡관을 지나 장안에서도 유행하였다. 또 백성들은 모여서 서왕모 제사를 지내고 혹은 밤에 횃불을 들고 지붕에 올라 북을 치며 소리를 질러 백성들을 놀라게 하거나 공포에 떨게 하였다.

2월, 帝太太后의 從弟로 侍中인 傅商(부상)을 汝昌侯에 봉했고, 太后의 同母弟의 아들인 侍中 鄭業(정업)을 陽信侯에 봉했다.

3월, 侍中인 駙馬都尉 董賢(동현), 光祿大夫인 息夫躬, 南陽太守인 孫寵(손총) 등이 함께 東平王을 밀고하여 列侯에 봉해졌는데, 이는 〈佞幸傳〉의 董賢傳에 있다.

여름 5월, 中二千石에서 6백 석까지 그리고 온 나라 남자에게 작위를 하사하였다.

6월, 帝太太后를 皇太太后로 높였다.

가을 8월, 恭皇園의 北門이 불탔다.

겨울, 조서로 將軍과 中二千石에게 兵法에도 밝고 大略를 지닌 인재를 천거하게 하였다.

原文

元壽元年春正月辛丑朔, 日有蝕之. 詔曰, "朕獲保宗廟, 不明不敏, 宿夜憂勞, 未皇寧息. 惟陰陽不調, 元元不贍, 未睹厥咎. 婁勅公卿, 庶幾有望. 至今有司執法, 未得其中, 或上暴虐, 假勢獲名, 溫良寬柔, 陷於亡滅. 是故殘賊彌長, 和睦日衰, 百姓愁怨, 靡所錯躬. 乃正月朔, 日有蝕之, 厥咎不遠, 在余一人. 公卿大夫其各悉心勉帥百寮, 敦任仁人, 黜遠殘賊, 期於安民. 陳朕之過失, 無有所諱. 其與將軍,列侯, 中二千石擧賢良方正能直言者各一人. 大赦天下."

丁巳, 皇太太后傅氏崩.

三月, 丞相嘉有罪, 下獄死.

秋九月, 大司馬票騎將軍丁明免.

孝元廟殿門銅龜蛇鋪首鳴.

| 註釋 | ○元壽 – 前 2년–前 1년. ○未皇寧息 – 편히 쉴 겨를이 없다. 未皇은 無暇. 皇은 遑(허둥거릴 황). ○婁勅~ – 자주 申飭(신칙)하다. 婁는 屢. ○或上暴虐 – 上은 崇尙하다. 暴虐(포학)은 사납고 잔혹하다. ○殘賊彌長 – 잔악한 무리는 더욱 날마다 많아진다. ○靡所錯躬 – 錯躬(조궁)은 安身하다. ○百寮 – 百僚. ○黜遠殘賊(출원잔적) – 잔악한 무리를 멀리 축출하다. 黜은 물리칠 출. ○丞相嘉 – 王嘉(왕가). '千人所指, 無病而死.'란 말을 남겼다. 애제가 하옥시키자 20여 일을 단식한 뒤 피를 토하고 죽었다. 86권, 〈何武王嘉師丹傳〉에 입전. ○丁明 – 애제의 외삼촌인 陽安侯 丁明. ○銅龜蛇鋪首 – 구리로 만든 거북과 뱀 모양의 대문 빗장걸이. 鋪는 鋪. 문고리를 거는 쇠. 펼 포, 가게 포.

〖國譯〗

元壽(원수) 원년 봄 정월 辛丑 초하루, 일식이 있었다. 조서를 내려 말했다.

"짐은 종묘를 지키면서 명민하지는 않지만 밤낮으로 걱정하며 편히 쉴 겨를이 없었다. 음양의 부조화와 백성의 빈곤을 생각하였지만 그 허물의 원인을 알 수가 없도다. 여러 번 공경을 신칙하여 거의 기대를 하고 있다. 지금 담당자가 법을 집행하면서 中正을 지키지 못하고, 혹은 포악을 숭상하거나 권세에 기대어 이름이나 얻으려 하니 온유하고 선량한 백성은 멸망의 구덩이에 빠지게 된다. 이 때문에 포악한 세력은 날마다 자라지만 화목한 자는 날마다 쇠락하고 백성은 걱정과 원한 속에 몸을 맡길 곳이 없다. 지난 정월 초하루에 일식이 있었는데 그 허물은 먼 곳에 있지 않고 짐에게 있도다. 공경대부는 각자 백관들에 솔선하고 힘써 인자한 인물을 찾아 등용하고, 잔악한 자는 멀리 축출하여 기필코 백성을 편안케 해야 한다. 짐의 과실을 꺼림 없이 진술하라. 장군이나 열후, 중이천석 고관은 현량방정하고 능히 직언할 수 있는 자를 1인씩 천거하라. 천하 죄인을 사면하라."

丁巳日, 皇太太后 傅氏(부씨)가 붕어했다.

3월, 승상 王嘉(왕가)가 죄를 지어 하옥되었다가 죽었다.

가을 9월, 대사마 票騎將軍 丁明을 면직시켰다.

孝元廟園 殿門의 거북과 뱀 모양의 구리 빗장걸이 장식이 소리를 내었다.

原文

二年春正月, 匈奴單于,烏孫大昆彌來朝. 二月, 歸國, 單于不說. 語在〈匈奴傳〉.

夏四月壬辰晦, 日有蝕之.

五月, 正三公官分職. 大司馬衛將軍董賢爲大司馬, 丞相孔光爲大司徒, 御史大夫彭宣爲大司空, 封長平侯. 正司直, 司隷, 造司寇職, 事未定.

六月戊午, 帝崩於未央宮. 秋九月壬寅, 葬義陵.

| 註釋 | ○(元壽) 二年 - 前 1년. ○烏孫大昆彌 - 大昆彌는 오손왕의 칭호. ○單于不說 - 哀帝는 太歲(태세)의 액운을 눌러 이기려고 선우를 上林苑 蒲陶宮(포도궁)에 머물게 하였다. 선우에게는 특별한 환대라고 말하였지만 선우는 사실을 알고 좋아하지는 않았다. ○正三公官公職 - 正은 개정하다. 성제 綏化 2년(전 7)에 三公部를 설치했다가, 애제 建平 3년(前 4) 폐지했다가 이번에 다시 설치하였다. 大司馬는 병권을, 大司徒(승상)은 民政을, 大司空은 감찰과 토목을 담당하는 체제였다. ○御史大夫彭宣(팽선) - 哀帝 때 御史大夫(前 2) 역임. 71권, 〈雋疏于薛平彭傳〉에 입전. ○正司直,司隷, 造司寇職 - 司直은 승상의 속관. 질록 比二千石, 승상을 도와 관리의 불법행위 감독 처리. 司隷(사예)는 사예교위를 폐지, 복구하는 과정에서 명칭을 司隷로 바꿈. 대사공의 속관. 질록은 사직과 같음. 造司寇職의 造는 신설하다. 司寇(사구)는 대사마의 속관으로 이전의 護軍都尉의 업무일 것임. 질록은 사직과 같음. 事未定은 논의만 했지 확정되지는 않았다. ○帝崩於~ - 애제는 25세에 붕어. ○秋九月壬寅 - 9월에 壬寅日이 없다는 주석도 있음. 일자를 60甲子로 기록하는 과정의 착오일 것임.

〖國譯〗

(元壽) 2년 봄 정월, 흉노 선우와 烏孫(오손)의 大昆彌(대곤미)가 입

조하였다. 2월, 귀국했는데 선우는 기분이 좋지 않았다. 이는 〈匈奴傳〉에 기록했다.

여름 4월 壬辰 그믐, 일식이 있었다.

5월, 三公官의 職分을 개정하였다. 大司馬 衛將軍 董賢(동현)이 大司馬가 되었고, 승상 孔光을 大司徒에, 어사대부 彭宣(팽선)을 大司空에 임명하며 長平侯에 봉했다. 司直과 司隷의 직무를 개정하고 司寇(사구) 職을 신설했으나 확정하지는 못했다.

6월 戊午日, 哀帝가 未央宮에서 붕어했다. 가을 9월 壬寅日, 義陵에 장례했다.

原文

贊曰, 孝哀自爲藩王及充太子之宮, 文辭博敏, 幼有令聞. 睹孝成世祿去王室, 權柄外移, 是故臨朝婁誅大臣, 欲强主威, 以則武,宣. 雅性不好聲色, 時覽卞射武戲. 卽位痿痺, 末年寖劇, 饗國不永, 哀哉!

| 註釋 | ○令聞 – 좋은 평판. 명성. ○世祿去王室 – 관리 임용 권한이 왕실에서 떠나가다. ○以則武,宣 – 則은 본받다. ○卞射武戲 – 卞은 맨손 겨루기. 角抵(각저). ○痿痺(위비) – 마비되다. 마음대로 움직이지 못하다. ○寖劇(침극) – 점점 심해지다.

〖國譯〗

班固의 論贊 ; 孝哀帝는 藩王(번왕)에서 태자가 되었는데 文辭에

博學하고 총명하여 어려서부터 좋은 평판이 있었다. 孝成帝 때 작록을 수여하는 권한이 황실에서 떠났고 권력이 외척에게 넘어간 것을 보았기에 조회에서 여러 번 대신을 주살하면서 군주 권한을 키워 武帝나 宣帝를 본받으려 했다. 평소 성격이 풍류나 여색을 좋아하지 않았고 가끔 맨손 겨루기나 활쏘기 놀이를 구경하였다. 즉위 후에 사지 마비가 왔고 말년에 더욱 심하여 재위가 길지 않았으니 애통할 뿐이다!

12 平帝紀
〔평제기〕

原文

孝平皇帝, 元帝庶孫, 中山孝王子也. 母曰衛姬. 年三歲嗣立爲王. 元壽二年六月, 哀帝崩, 太皇太后詔曰, "大司馬賢年少, 不合衆心. 其上印綬, 罷." 賢卽日自殺. 新都侯王莽爲大司馬, 領尙書事. 秋七月, 遣車騎將軍王舜,大鴻臚左咸使持節迎中山王. 辛卯, 貶皇太后趙氏爲孝成皇后, 退居北宮, 哀帝皇后傅氏退居桂宮. 孔鄕侯傅晏,少府董恭等皆免官爵, 徙合浦. 九月辛酉, 中山王卽皇帝位, 謁高廟, 大赦天下.

| 註釋 | ○孝平皇帝 – 名 衎(즐길 간), 서기 1년–5년 재위. 諡法에 '布綱治紀曰 平'. ○中山孝王 – 元帝와 馮昭儀(풍소의) 소생, 名 興. ○元壽二年

－前 1년. ㅇ太皇太后－元帝의 王皇后(名 政君, 前 71－서기 13년). ㅇ大司馬賢－董賢. ㅇ新都侯 王莽(왕망, 前 45－서기 23년) － 漢朝를 찬탈하여 '新' 건국. 서기 8－23년 재위. 中國 傳統 歷史學의 忠君 이념에서 볼 때 일반적으로 '僞君子'이며, '逆臣' 또는 '佞邪之材'라는 평가를 받는다. 莽은 풀 우거질 망. ㅇ大鴻臚 左咸(좌함) －인명. 뒷날 왕망 정권에서 요직 역임. ㅇ趙氏爲孝成皇后－趙飛燕, 北宮은 廢后 居所. 未央宮 밖, 장안성내. ㅇ孔鄕侯傅晏－哀帝 祖母인 元帝 傅昭儀 일족. ㅇ少府 董恭－董賢의 父親. ㅇ合浦－今 廣西壯族自治區 北海市 관할의 合浦縣. 廣東省과 경계. ㅇ中山王卽皇帝位－애제 붕어 후 64일.

〖國譯〗

孝平皇帝(名, 衎)는 元帝의 庶孫으로 中山孝王(名, 興)의 아들이다. 모친은 衛姬(위희)이었다. 나이 3세에 孝王의 뒤를 이어 왕이 되었다. 元壽 2년 6월, 哀帝가 붕어하자 太皇太后가 조서를 내려 말했다.

"大司馬 董賢(동현)은 나이가 어려 사람의 마음에 合一하지 못하니 인수를 반납하고 직임에서 물러나도록 하라."

동현은 그날로 자살하였다. 新都侯 王莽(왕망)을 大司馬에 임명하여 尙書事를 겸임하게 하였다.

가을 7월, 車騎將軍 王舜(왕순)과 大鴻臚(대홍려) 左咸(좌함)을 보내 지절을 가지고 가서 中山王을 영입케 하였다. 辛卯日, 皇太后인 趙氏를 孝成皇后로 강등하여 北宮에 퇴거하게 하였고, 哀帝皇后 傅氏(부씨)를 桂宮에 퇴거하게 하였다. 孔鄕侯 傅晏(부안), 少府 董恭(동공) 등은 모두 관작을 빼앗아 合浦縣로 이주시켰다. 9월 신유일에 中山王이 황제로 즉위하고 고조 묘당에 참배하고서 천하 죄인을 사면하였다.

原文

帝年九歲, 太皇太后臨朝, 大司馬莽秉政, 百官總己以聽於莽. 詔曰, "夫赦令者, 將與天下更始, 誠欲令百姓改行絜己, 全其性命也. 性者有司多擧奏赦前事, 累增罪過, 誅陷亡辜, 殆非重信愼刑, 洒心自新之意也. 及選擧者, 其歷職更事有名之士, 則以爲難保, 廢而弗擧, 甚謬於赦小過擧賢材之義. 諸有臧及內惡未發而薦擧者, 皆勿案驗. 令士厲精鄕進, 不以小疵妨大材. 自今以來, 有司無得陳赦前事置奏上. 有不如詔書爲虧恩, 以不道論. 定著令, 佈告天下, 使明知之."

| 註釋 | ○臨朝 - 조회에 나가 聽政하다. ○秉政 - 조정 대권을 장악하다. ○總己 - 總은 묶다. 전부. ○改行絜己 - 행실을 바꿔 자신을 깨끗하게 하다. 絜은 깨끗할 결(潔 同). 헤아릴 혈. ○性者 - 往者의 착오. 지난 날. ○洒心 - 灑心. 洒는 灑(물 뿌릴 쇄). 洗(씻을 세). ○難保 - 보증하기 어렵다. 혹 숨겨진 죄상이 있을지 몰라 천거하기 어렵다. ○諸有臧 - 臧은 贓. 숨겨진 것. 장물. ○厲精 - 厲는 勵. 격려하다. ○置奏上 - 문서를 작성하고(置). 啓奏하여(奏) 윗 사람에게 진술하다(上). 3자 모두 동사로 쓰였다. 덕행은 없더라도 유능한 인재라면 과거를 문제 삼지 말고 천거하라는 요지. 權柄을 장악한 왕망으로서는 새사람을 끌어 모을 필요가 있었다.

〖國譯〗

평제의 나이가 9세라서 太皇太后가 臨朝하고, 大司馬 왕망이 권력을 장악하자 百官은 모두 왕망의 명령에 따랐다. 태황태후가 조서를 내려 말했다.

"사면령이란 것은 온 천하가 새롭게 시작하는 것이니 백성이 자신의 과오를 고쳐 깨끗한 행실로 자신의 性命을 보전케 하려는 뜻이다. 과거에는 有司가 인재를 천거하면서 사면 이전의 일을 많이 상주하였는데 과오에 연루되어 무고한 사람조차 모함에 빠지게 되는데 이는 신의를 중시하며 신중한 형벌로 마음을 새롭게 한 인재를 찾아내려는 사면의 본뜻이 아니다. 뽑혀서 천거 받을 자가 여러 직책을 경험하고 이름이 있는 사람이라면 보증이 어렵다면서 제쳐두고 천거하지 않는데, 이는 사소한 잘못을 사면하여 현명한 인재를 등용하려는 大義와 크게 다른 것이다. 과거의 어떤 잘못이나 드러나지 않은 단점이 있어도 천거된 자에 대해서는 어떻든 조사하거나 검증하지 말라. 그리하여 인재로 하여금 정성을 다해 충성할 수 있도록 격려하고 작은 결점이 있다고 큰 능력을 가로막지 말라. 오늘 이후로 담당자는 사면 이전의 지난 일을 기록하고 진술하여 올린 것을 첨부하지 말라. 이 조서에 말한 바와 같은 은전을 훼손하는 자가 있다면 대역무도 죄로 판정할 것이다. 이를 법규로 확정하여 천하에 널리 알려 백성이 확실히 알게 하라."

原文

元始元年春正月, 越裳氏重譯獻白雉一, 黑雉二, 詔使三公以薦宗廟.

群臣奏言大司馬莽功德比周公, 賜號安漢公, 及太師孔光等皆益封. 語在〈莽傳〉. 賜天下民爵一級, 吏在位二百石以上, 一切滿秩如眞.

| 註釋 | ○元始 - 平帝의 연호. 서기 1년-5년. ○越裳氏(월상씨) - 남방의 국명. ○重譯 - 통역에 통역을 붙이다. 너무 먼 지역에 오가는 사자의 경우, 중역이 필요했을 것이다. ○安漢公 - 왕망의 칭호는 新都侯, 安漢公, 宰衡(재형)으로 왕망의 권력과 지위가 강화되면서 바뀌었다. ○語在〈莽傳〉 - 99권, 〈王莽傳〉(上, 中, 下). 평제 이후 孺子 嬰(영) 재위에서 왕망의 즉위와 몰락까지 상세한 기록을 남겼다. 여기에는 몰락 과정에서 교훈을 얻으려는 班固의 의중이 반영되었다. ○一切滿秩如眞 - 漢의 관리는 처음에는 어떤 직책의 守(代理)로 1년을 거쳐 眞(正式)이 된다. 守職일 때는 眞의 질록보다 크게 낮다. 이제 二百石 이상의 관리에게 眞의 질록을 주겠다는 뜻.

〖國譯〗

元始 元年(서기 1년) 봄 정월, 越裳氏(월상씨) 나라에서 重譯을 거쳐 白雉(백치, 흰 꿩) 1쌍과 黑雉 2쌍을 보내왔는데 조서로 三公을 보내 종묘에 바치게 했다.

群臣이 상주하여 대사마 왕망의 功德이 周公과 같으니 安漢公의 칭호를 내려야 한다고 말했다. 겸하여 太師 孔光 등의 식읍 호구 수를 모두 올려 주었다. 이는 〈王莽傳〉에 기록했다. 천하 백성에게 작위 1급을 하사하였다. 2백 석 이상의 관리 모두에게 眞(正式)의 질록을 지급하였다.

原文

立故東平王雲太子開明爲王, 故桃鄕頃侯子成都爲中山王. 封宣帝耳孫信等三十六人皆爲列侯. 太僕王惲等二十五人前議定陶傅太后尊號, 守經法, 不阿指從邪, 右將軍孫建爪牙大臣, 大鴻臚咸前正議不阿, 後奉節使迎中山王, 及宗正劉不惡,執金吾任岑,中郎將孔永,尙書令姚恂,沛郡太守石詡, 皆以前與建策, 東迎卽位, 奉事周密勤勞, 賜爵關內侯, 食邑各有差. 賜帝徵卽位所過縣邑吏二千石以下至佐史爵, 各有差. 又令諸侯王,公,列侯,關內侯亡子而有孫若子同產子者, 皆得以爲嗣. 公,列侯嗣子有罪, 耐以上先請. 宗室屬未盡而以罪絶者, 復其屬. 其爲吏擧廉佐史, 補四百石. 天下吏比二千石以上年老致仕者, 參分故祿, 以一與之, 終其身. 遣諫大夫行三輔, 擧籍吏民, 以元壽二年倉卒時橫賦斂者, 償其直. 義陵民塚不妨殿中者勿發. 天下吏民亡得置什器儲偫.

| 註釋 | ○立故東平王雲~ - 동평왕의 원한을 씻어주어 重望을 얻으려는 정치적 계산이었다는 주석이 있다. ○宣帝耳孫 - 耳孫(잉손)은 玄孫의 아들. 耳는 먼 손자(遠孫) 잉. ○爪牙(조아) - 武臣. 폄하의 뜻은 아님. 爪는 손톱 조. 牙는 어금니 아. 瓜(오이 과)가 아님. ○姚恂(요순) - 인명. 姚 예쁠 요. 성씨. ○石詡(석후) - 인명. 詡는 자랑할 후. ○子同產子 - 형제(同產)의 아들을 아들로 키우다. 앞의 子는 동사로 쓰였다. ○耐以上~ - 耐(견딜 내)는 형벌의 한 종류. 수염을 깎고 2년간 노역에 종사. 耏와 同. ○佐史(좌사)

- 최저 관등의 관리. 이들이 청렴하다고 천거를 받으면 질록 4백 석 관리에 補任하였다. ○致仕 - 退休(퇴휴). ○參分故祿, 以一與之 - 이전 봉록의 3분의 1을 받다. 그때도 연금과 비슷한 제도를 운영. ○元壽二年 - 애제가 죽고 평제가 즉위하던 서기 前 1년. ○勿發 - (백성 무덤을) 파서 옮기지 않게 하다. ○什器儲偫 - 군법에 5인을 1伍(오)라 하고 2伍을 什(십)이라 했는데, 이 10명은 모든 도구를 공용했다. 그래서 일상생활 용기를 什器(집기, 원음은 십기)라 한다. 儲偫(저치)는 비축된 물자나 용구. 儲는 쌓을 저. 偫는 갖출 치.

〖國譯〗

옛 東平王 雲(운)의 태자 開明(개명)을 동평왕에, 옛 桃鄕 頃侯의 아들 成都(성도)를 中山王에 책립하였다. 宣帝의 耳孫(잉손)인 信(신) 등 36인을 모두 列侯에 봉했다. 太僕인 王惲(왕운) 등 25인은 그전에 定陶 傅太后의 尊號를 논의하면서 정도를 지키며 지시에 아부하거나 邪道를 따르지 않았고, 右將軍 孫建(손건) 등 고위 武臣과 大鴻臚인 左咸(좌함)은 앞서 바른 의론으로 아부하지 않았고 나중에는 지절을 받은 사사로 中山王을 영입하였으며, 또 宗正인 劉不惡(유불오)와 執金吾인 任岑(임잠), 中郞將 孔永, 尙書令 姚恂(요순), 沛郡太守 石詡(석후) 등은 모두 이전부터 정책결정에 참여하면서 동쪽에서 중산왕을 황제로 영입하였고, 정확하게 업무를 처리하며 수고하였기에 관내후의 작위를 수여하였고, 식읍은 공적에 따라 차등을 두어 지급했다. 평제를 모셔 즉위하는 과정에서 지나온 현읍의 2천 석 이하 佐史(좌사, 최하급 직위)까지 관리에게는 작위를 차등을 두어 하사하였다. 또 諸侯王과 公, 그리고 열후와 관내후로 아들이 없거나 손자 또는 형제의 아들을 양자로 하는 자는 모두 작위를 계승케 하였다. 公이나 列侯의 嗣子로 죄를 지어 耐(내) 이상의 형벌을 받게 된 자는 먼저 주청하여 허가를 받게 하였다. 宗室로 친속관계가 아직 끝나지 않았는데 죄를 지어 단절된 자는 종실 관계를 회복시켰다. 종실 출신 관리로 청렴으로 천거되어 佐史 직위에 있는 자는 四百石 직위에 보임하였다. 관리로 比二千石 이상의 직위에서 연로하여 퇴임한 자는 그 질록의 3분의 1을 죽을 때까지 지급하였다. 諫大夫를 파견하여 三輔(삼보) 지역을 순행하면서 관리나 백성의 명부를 작성케 하면서 元壽 2년에 혼란을 틈타 부세를 횡령한 자는 그 가치만큼 배상케 하였다. 義陵(哀帝의 능)의 백성 무덤 중 능원의 전각을 막지만 않는다면 移葬하지 않게 하였다. 온 나라 백성에게 군사용 집기나 비축 물자를 가져가지 못하게 했다.

原文

二月, 置羲和官, 秩二千石, 外史,閭師, 秩六百石. 班教化, 禁淫祀, 放鄭聲.

乙未, 義陵寢神衣在柙中, 丙申旦, 衣在外床上, 寢令以急變聞. 用太牢祠.

夏五月丁巳朔, 日有蝕之. 大赦天下. 公卿,將軍,中二千石舉敦厚能直言者各一人.

六月, 使少傅左將軍豐賜帝母中山孝王姬璽書, 拜爲中山孝王后. 賜帝舅衛寶,寶弟玄爵關內侯. 賜帝女弟四人號皆曰君, 食邑各二千戶.

| 註釋 | ○置羲和官 - 帝堯는 羲氏(희씨)와 和氏를 天地와 四時를 관장하는 직책에 임명했는데 왕망은 羲和라는 새 직명을 만들고 劉向의 아들 劉歆(유흠)을 임명하였다. 왕망의 古制를 본뜬 擬古的 관직의 시작인 셈이다. 나중에는 大司農을 羲和로 개칭했다. ○外史,閭師 - 外史는 周代 春官 소속의 관직명. 황제의 명령 전달과 도서 수집 관리를 담당. 閭師(여사)는 周代 地官의 속관. 인구 및 가축 양육 노동력과 부세의 부과와 징발을 담당. ○班教化 - 班은 治理. ○禁淫祀 - 음사는 禮制의 한도를 넘어선 제사나 기도. ○放鄭聲 - 춘추시대 鄭의 남녀들은 그곳 溱水(진수)와 洧水(유수) 사이에 모여 놀며 노래하고 사랑하는 음란한 풍속이 있었다. 孔子도 顔淵問爲邦. 子曰, "~ 放鄭聲, 遠佞人. 鄭聲淫, 佞人殆."라고 하였다.《論語 衛靈公》. ○神衣在柙中 - 神衣는 생전에 입었던 옷. 柙(궤 합)는 櫃(함 궤). 황릉 곁에 寢殿을 지었는데, 이는 망자에게 궁녀가 음식을 공양하는 생활공간이다. 침전 옆에 묘당을 지어 매월 정해진 제사를 올린다. 매월 제사 때는 보관 중이던 망자의 의관을 침전에서 묘당으로 옮겨가는 절차가 있다(月一游衣冠). 寢令은 관직명. 聞은 보고하다. ○左將軍豐~ - 甄豐. ○賜帝女弟四人 - 평제의 여동생은 3명이었다. 기록 착오.

『國譯』

2월, 羲和官(희화관)을 설치하였는데 질록은 2천 석이었고, 外史와 閭師(여사)는 질록이 6백 석이었다. 教化를 강화하고 淫祀(음사)를 금했으며 鄭聲을 방축하였다. 乙未日에, 義陵 寢殿의 神衣가 궤짝에 들어 있었는데, 丙申日 새벽에는 신의가 침상 위에 놓여 있어서 寢令이 급히 변고를 보고하였다. 太牢로 제사하였다.

여름 5월 丁巳 초하루, 일식이 일어났다. 천하에 대사령을 내렸다. 公卿과 將軍, 中二千石 관리는 敦厚하고 직언을 할 수 있는 인재를 각 1명씩 천거하게 하였다.

6월, 少傅인 左將軍 甄豐(견풍)을 보내 평제의 모친 中山孝王의 衛姬(위희)에게 璽書(새서)로 中山孝王后에 봉했다. 평제의 외숙인 衛寶(위보), 그 동생인 玄(현)에게 關內侯의 작위를 하사하였다. 평제의 여동생 3명 모두에게 君이라는 칭호를 수여하고 식읍을 각각 2천 호씩 지급했다.

原文

封周公後公孫相如爲褒魯侯, 孔子後孔均爲褒成侯, 奉其祀. 追謚孔子曰褒成宣尼公.

罷明光宮及三輔馳道.

天下女徒已論, 歸家, 顧山錢月三百. 復貞婦, 鄉一人. 置少府海丞,果丞各一人, 大司農部丞十三人, 人部一州, 勸農桑.

太皇太后省所食湯沐邑十縣, 屬大司農, 常別計其租入, 以贍貧民.

秋九月, 赦天下徒. 以中山苦陘縣爲中山孝王后湯沐邑.

| **註釋** | ○封周公後~ - 〈外戚恩澤侯表〉와 내용이 相異하다는 주석이 있다. ○女徒已論 - 여자 형도의 판결이 나다(已定罪). ○顧山錢月三百 - 顧山錢(고산전)은 여자의 형벌을 대신하는 벌금. 예를 들어, 6개월 형을 받아 입산하여 숯을 굽는 노역 대신에 귀가하고서 月 3백 전 顧山錢을 납부한다

는 뜻. 顧는 雇(품살 고)와 通. ○復貞婦 - 復은 부역을 면제하다. ○少府海丞,果丞 - 海丞은 海稅 징수 담당, 果丞은 果實에 대한 징세 담당. 少府의 속관. ○人部一州 - 1인이 1주를 담당. 部는 分掌하다. ○別計 - 별도로 계산하다. ○以贍貧民 - 그것으로 빈민을 구제하다. ○中山苦陘縣 - 中山은 國名. 苦陘縣은 今 河北省 石家莊市 관할의 無極縣.

〖國譯〗

周公의 후손인 公孫相如를 褒魯侯(포노후)에, 孔子의 후손 孔均을 褒成侯에 봉하여 그 제사를 받들게 하였다. 공자에게 褒成宣尼公(포성선니공)이라는 시호를 추증하였다.

明光宮과 三輔의 馳道(치도)를 廢徹(폐철)하였다.

天下의 여자 죄수로 형이 확정된 자는 귀가 조치하되 顧山錢(고산전)을 월 3백 전씩 납부케 하였다.

鄕에 貞婦 1인을 두고 부역을 면제하였다. 少府에 海丞과 果丞 각 1인을 두었고, 大司農에 部丞 13인을 두고 1인 1州를 분담하여 農桑을 권장케 했다.

太皇太后가 湯沐邑 10현을 줄여 大司農에 귀속시키고 그 조세 수입을 따로 계산하여 빈민을 구제케 하였다.

가을 9월, 천하의 죄수를 사면하였다. 中山國 苦陘縣(고경현)을 中山孝王后(衛氏, 평제의 생모)의 湯沐邑으로 정했다.

原文

二年春, 黃支國獻犀牛.

詔曰, "皇帝二名, 通於器物, 今更名, 合於古制. 使太師光奉太牢告祠高廟."

夏四月, 立代孝王玄孫之子如意爲廣宗王, 江都易王孫盱台侯宮爲廣川王, 廣川惠王曾孫倫爲廣德王. 封故大司馬博陸侯霍光從父昆弟曾孫陽,宣平侯張敖玄孫慶忌,絳侯周勃玄孫共,舞陽侯樊噲玄孫之子章皆爲列侯, 復爵. 賜故曲周侯酈商等後玄孫酈明友等百一十三人爵關內侯, 食邑各有差.

| 註釋 | ○(元始) 二年 - 서기 2년. ○黃支國獻犀牛 - 黃支國은 日南郡 남쪽 海島. 犀는 무소 서. ○皇帝二名 - 황제의 두 글자 이름. 평제의 본명은 箕子(기자)였다. 이는 곡식에 들어 있는 오물을 없애는 살림기구 '키'이다. ○今更名 - 외 글자 이름으로 바꾸다. 衎(즐길 간)으로 바꿨다. ○玄孫 - 손자의 손자. 증손의 아들. 증손의 아들을 高孫이라 하는 것은 망발이다.

〖國譯〗

(元始) 2년 봄, 黃支國에서 犀牛(서우, 무소)를 헌상했다.

조서를 내려 말했다.

"皇帝의 2글자 이름은 器物의 뜻이나 이번에 이름을 바꿔 古制에 맞추었다. 太師 孔光을 보내 太牢(태뢰)로 고조 묘당에 제사하고 고하도록 하라."

여름 4월, 代 孝王 玄孫의 아들인 如意를 廣宗王에 봉하고, 江都易王(역왕)의 손자인 盱台侯(우이후) 宮(궁)을 廣川王에, 廣川惠王의 증손인 倫(륜)을 廣德王에 봉했다. 옛 大司馬 博陸侯 霍光(곽광)의 從

父 형제의 증손인 陽(양), 宣平侯 張敖(장오)의 玄孫인 慶忌(경기), 絳侯(강후) 周勃(주발)의 玄孫인 共(공), 舞陽侯 樊噲(번쾌)의 玄孫의 아들인 章(장)을 모두 列侯에 봉하고 작위를 회복시켰다. 옛 曲周侯 酈商(역상) 등의 후대 현손인 酈明友(역명우) 등 113인에게 관내후의 작위를 하사하고 식읍은 각각 차등을 두었다.

原文

郡國大旱,蝗, 青州尤甚, 民流亡. 安漢公,四輔,三公,卿大夫,吏民爲百姓困乏獻其田宅者二百三十人, 以口賦貧民. 遣使者捕蝗, 民捕蝗詣吏, 以石, 斗受錢. 天下民貲不滿二萬及被災之郡不滿十萬, 勿租稅. 民疾疫者, 舍空邸第, 爲置醫藥. 賜死者一家六屍以上葬錢五千, 四屍以上三千, 二屍以上二千. 罷安定呼池苑, 以爲安民縣, 起官寺市里, 募徙貧民, 縣次給食. 至徙所, 賜田宅什器, 假與犁,牛,種,食. 又起五里於長安城中, 宅二百區, 以居貧民.

| **註釋** | ○四輔 – 太師, 太傅, 太保, 少傅를 지칭. 三公보다 상위직. ○三公 – 丞相, 太尉, 御使大夫를 大司徒, 大司馬, 大司空으로 변경 지칭. ○以口賦貧民 – 인구로 계산하여 빈민에게 전택을 지급하다. ○遣使者捕蝗 – 사자를 보내 蝗蟲(황충) 박멸을 독려하다. ○舍空邸第 – 舍는 머물게 하다. ○安定呼池苑 – 中山國의 지명. ○安民縣 – 신설한 현 이름. 위치 미상. ○縣次給食 – 순서대로 급식하다. ○假與犁,牛,種,食 – 쟁기, 소, 종자와 식량을 대여하다.

〖國譯〗

郡國에 큰 가뭄이 들었고 蝗蟲(황충)까지 발생했는데 青州자사부 지역이 가장 심하여 백성은 유랑민이 되었다. 安漢公(王莽)을 포함하여 四輔(사보)와 三公, 그리고 卿大夫와 吏民이 궁핍한 백성을 구제하기 위하여 그 田宅을 헌납한 자가 230명이었는데 이들 전택과 자산은 유랑민에게 인구에 따라 지급되었다. 사자를 파견하여 황충을 잡게 하였는데 백성이 황충을 잡아 관청에 가져오면 石이나 斗에 따라 금전을 받았다. 천하의 백성으로 자산이 2만 전이 안 되는 자나 피해 지역에서는 자산이 10만 전이 안 되면 조세를 납부하지 않게 하였다. 질병에 걸린 백성을 빈 집에 머물게 하면서 의약으로 치료케 하였다. 1가구에 죽은 시신이 6구 이상이면 장례비 5천 전을, 4구 이상이면 3천 전, 2구 이상이면 2천 전을 지급하였다. 中山國 安定이란 곳의 呼池苑을 폐지하여 安民縣으로 만들었는데 관청을 마을에 지었고 빈민을 모아 이사시켜 순서대로 급식하였다. 유랑민이 모여든 곳에 田宅과 집기를 주고 농기구와 農牛, 종자와 식량을 대여해 주었다. 또 장안 성안에 5개 마을을 만들어 주택 2백 채를 빈민 거주용으로 지급하였다.

原文

秋, 擧勇武有節明兵法, 郡一人, 詣公車.

九月戊申晦, 日有蝕之. 赦天下徒. 使謁者大司馬掾四十四人持節行邊兵.

遣執金吾侯陳茂假以鉦鼓, 募汝南,南陽勇敢吏士三百人, 諭說江湖賊成重等二百餘人皆自出, 送家在所收事. 重徙雲陽, 賜公田宅.

冬, 中二千石擧治獄平, 歲一人.

| 註釋 | ○詣公車 – 公車(공거)에 보내다. 公車는 官署 명칭. 衛尉의 속관인 公車司馬令(간칭 公車令)의 근무처. 공거령은 궁궐 外門(司馬門)의 경비를 담당한다. 지방에서 황제에게 上奏할 사람이나 인재로 뽑혀 부름을 받아 장안에 도착한 자는 모두 公車에 가서 신고하고 대기해야 한다. 거기서 관직을 받거나 불려 들어가 알현하거나 상주문을 올렸다. ○謁者 – 謁者(알자)는 낭중령의 속관. 질록 6백 석. ○大司馬掾(연) – 대사마의 속관. 중간 간부. ○執金吾侯 – 집금오의 속관. 兩 丞과 候, 司馬를 두었다. ○假以鉦鼓 – 하급 무관인 候가 鉦(징 정)을 칠 수가 없는데 징을 내주어 권위를 높여 주었다. ○治獄平 – 治獄을 공평히 할 수 있는 사람.

〖國譯〗

가을, 용기와 무예가 뛰어나며 지조가 있고 병법에 밝은 인재를 郡에서 1명을 천거하여 公車에 보내도록 하였다.

9월 戊申 그믐, 日蝕이 있었다. 천하의 죄인을 사면하였다. 謁者인 大司馬의 속관 44인을 파견하여 부절을 가지고 변방의 군사를 시찰케 하였다.

執金吾의 속관인 陳茂(진무)를 파견하며 鉦鼓(정고)를 갖고 가서 汝南郡과 南陽郡에서 용감한 관리나 병사 3백 명을 모아서 이들이 江湖의 도적 무리인 成重(성중) 등 2백여 명을 설득시켜 자수케 하여 고향에 돌려보내 생업에 종사토록 하였다. 成重은 雲陽縣에 이주했고 公田과 주택을 하사받았다.

겨울, 中二千石 관리는 옥사를 공평히 처리할 수 있는 인재를 1년에 1인씩 천거케 하였다.

原文

三年春, 詔有司爲皇帝納采安漢公莽女. 語在〈莽傳〉. 又詔光祿大夫劉歆等雜定婚禮. 四輔,公卿,大夫,博士,郎,吏家屬皆以禮娶, 親迎立軺併馬.

夏, 安漢公奏車服制度, 吏民養生,送終,嫁娶,奴婢,田宅,器械之品. 立官稷及學官, 郡國曰學, 縣,道,邑,侯國曰校, 校,學置經師一人, 鄕曰庠, 聚曰序, 序庠置《孝經》師一人.

陽陵任橫等自稱將軍, 盜庫兵, 攻官寺, 出囚徒. 大司徒掾督逐, 皆伏辜.

安漢公世子宇與帝外家衛氏有謀. 宇下獄死, 誅衛氏.

| 註釋 | ○(元始) 三年 – 서기 2년. ○納采 – 결혼 六禮(納采, 問名, 納吉, 納徵, 請期, 親迎)의 하나. 신랑 댁에서 신부 댁에 求婚 禮物 보내기. ○親迎立軺併馬 – 작은 수레를 타다. 軺는 수레 초. 併馬는 말 2필. ○車服制度 – 등급의 차이에 따른 不同의 制度. ○官稷 – 국가에서 세운 稷神의 묘당. 稷은 五穀의 신. 周의 시조인 后稷. ○聚曰序 – 聚는 읍락의 이름. 鄕보다 작은 거주 구역. 聚는 모일 취. ○陽陵任橫 – 陽陵은 景帝의 陵. 陵縣. 今 陝西省

西安市 高陵縣. 任橫은 인명. ○世子宇與帝~ －왕망은 平帝를 옹립했지만 哀帝와 같은 외척의 발호를 염려하여 평제의 모후와 外家 衛氏들을 장안에 들어오지 못하게 하였다. 왕망의 장남 王宇(왕우)는 왕망이 위씨를 격리시키는 것이 옳지 않으며 나중에 평제가 성인이 되었을 때 미움을 받을 것이라고 걱정하였다. 이에 왕우는 정상적인 건의가 안 통하니 왕망을 놀라게 하려고 손위 처남인 呂寬(여관)을 시켜 돼지 피를 가지고 새벽에 왕망의 집 대문에 뿌리게 하였지만 발각되었다. 왕망이 아들 왕우를 옥에 가두자, 왕우는 약을 먹고 자살하였다. 〈外戚傳〉(下)와 〈王莽傳〉 참고.

〖國譯〗

(元始) 3년 봄, 조서로 有司가 황제를 위해 安漢公 王莽의 딸에게 納采의 예를 행하게 하였다. 이는 〈왕망전〉에 기록했다. 또 조서로 光祿大夫 劉歆(유흠) 등을 시켜 공동으로 婚禮를 제정케 하였다. 四輔와 公卿大夫, 博士, 郎官과 下吏의 가속까지 모두 혼례를 갖추게 하였고 親迎(친영)에는 말 두 마리가 끄는 작은 수레를 사용할 수 있게 하였다.

여름, 安漢公은 車服 制度를 상주하였는데 관리와 백성이 養生과 送終, 嫁娶(가취), 노비, 전택, 기계의 물품까지 규정하였다. 官稷(관직)과 學官을 건립하였는데 郡國에서는 學, 縣이나 道, 邑이나 侯國은 校라 하였다. 校와 學에는 經師 1인을 두었다. 鄕의 학교는 庠(상), 마을에서는 序(서)라고 하였는데, 序와 庠(상)에는 《孝經》을 교육하는 스승 1인을 두었다.

陽陵縣의 任橫(임횡) 등은 자칭 將軍이라며 武庫의 병기를 훔쳐 관청을 공격하고 죄수를 풀어 주었다. 大司徒의 掾(연)을 보내 체포를 독려하여 모두 법에 의거 처리하였다.

安漢公의 世子인 宇(우)와 平帝의 외가 사람 衛氏의 모의가 발각되었다. 왕우는 하옥되었다가 자살하였고 위씨들은 주살되었다.

原文

四年春正月, 郊祀高祖以配天, 宗祀孝文以配上帝.

改殷紹嘉公曰宋公, 周承休公曰鄭公.

詔曰, "蓋夫婦正則父子親, 人倫定矣. 前詔有司復貞婦, 歸女徒, 誠欲以防邪辟, 全貞信. 及眊悼之人刑罰所不加, 聖王之所以制也. 惟苛暴吏多拘繫犯法者親屬, 婦女老弱, 搆怨傷化, 百姓苦之. 其明敕百僚, 婦女非身犯法, 及男子年八十以上七歲以下, 家非坐不道, 詔所名捕, 它皆無得繫. 其當驗者, 卽驗問. 定著令."

| 註釋 | ○(元始) 四年 – 甲子年, 서기 4년. ○郊祀 – 하늘에 대한 제사. 교사에 고조를 같이 제사하여 天과 同格으로 모셨다. ○眊悼之人 – 80세 이상 노인과 7세 이하 어린이. 《禮記 曲禮 上》에는 80에서 90세 노인을 耄(늙은이 모)라 하였다. 眊는 눈 흐릿할 모. 7세 미만 어린아이가 죽으면 마음이 슬프기 때문. 悼는 슬퍼할 도. ○搆怨 – 構怨. 搆는 끌어당길 구. 일으키다. 얽어 만들다. ○坐不道 – 대역부도 죄를 범하다. ○詔所名捕 – 조서로 지명하여 체포하다. ○卽驗問 – 그 집에 가서 조사하다. 卽은 就. 가다.

〖國譯〗

(元始) 4년 봄 正月, 郊祀에서 高祖를 하늘과 함께 제사하였다. 종

묘 제사에서 孝文帝를 上帝와 같이 제사하였다.

殷紹嘉公을 宋公으로 고쳐 불렀고, 周承休公을 鄭公으로 고쳤다.

조서를 내려 말했다.

"夫婦가 단정해야 父子가 相親하는 것은 人倫의 定道이다. 有司에게 앞서 내린 조서에서 (縣의) 貞婦의 賦稅를 면제하고 여자 죄수를 (顧山錢을 납부케 하고) 귀가 조치토록 한 것은 진정으로 도리에서 벗어나는 일을 예방하여 貞操와 信義를 지켜주려는 뜻이었다. 그리고 80세 이상 노인과 7세 미만 어린아이에게 형벌을 가하지 않는 것은 聖王이 정한 제도이다. 그런데도 가혹하고 사나운 관리들은 범법자의 친속으로 부녀자와 노약자도 잡아가두는 일이 많은데, 이는 원한을 품게 하여 교화를 해치고 백성에게 고통을 주는 것이다. 모든 관원에게 분명하게 밝혀 부녀자는 그 자신이 죄를 지었거나, 남자로서 80세 이상이나 7세 미만에 대해서는 그 가정이 大逆不道 죄를 짓거나 지명하여 체포하라는 조서가 아니라면 구금하지 못하게 하라. 조사할 것이 있는 경우에는 그 집에 가서 조사하라. 이를 율령으로 정하라."

原文

二月丁未, 立皇后王氏, 大赦天下.

遣太僕王惲等八人置副, 假節, 分行天下, 覽觀風俗.

賜九卿已下至六百石,宗室有屬籍者爵, 自五大夫以上各有差. 賜天下民爵一級, 鰥寡孤獨高年帛.

夏, 皇后見于高廟. 加安漢公號曰宰衡. 賜公太夫人號曰功顯君. 封公子安,臨皆爲列侯.

安漢公奏立明堂,辟廱. 尊孝宣廟爲中宗, 孝元廟爲高宗, 天子世世獻祭. 置西海郡, 徙天下犯禁者處之. 梁王立有罪, 自殺. 分京師置前輝光,後丞烈二郡. 更公卿,大夫,八十一元士官名,位次及十二州名. 分界郡國所屬, 罷置改易, 天下多事, 吏不能紀.

冬, 大風吹長安城東門屋瓦且盡.

| **註釋** | ○立皇后王氏 - 왕망의 딸. ○置副 - 副使를 거느리다. ○假節 - 대신이 조서를 받고 임무를 수행할 때 황제의 대행이라는 뜻으로, 節杖(절장)을 수여하는데 이를 가절이라 하였다. 假는 빌리다. 빌려주다(借의 뜻). ○已下 - 以下. ○五大夫 - 작위 이름. ○宰衡 - 왕망의 공식 호칭. 西周의 周公은 太宰(태재), 殷의 伊尹(이윤)은 阿衡(아형)이라 불렸는데, 왕망은 두 칭호를 합쳐 재형이라 하였으니 자신의 공적이 이윤과 주공보다 훌륭하다는 뜻이고 제후의 왕보다 높다는 뜻이다. ○太夫人 - 왕망의 모친. 제후의 모친에게 君의 칭호를 사용한 것은 武帝 때 王 황후 모친 臧兒號를 平原君에 봉한 것이 그 시작이다. ○公子安,臨皆爲列侯 - 왕망의 아들 王安(왕안)은 褒新侯(포신후), 王臨(왕림)은 賞都侯(상도후)가 되었다. ○明堂,辟廱 - 明堂은 고대 天子가 政教를 행하고 朝會, 祭祀, 慶賞, 選士, 養老, 教學 등의 大典을 거행하는 건물. 辟廱(벽옹, 辟雍)은 周代의 중앙교육기관. 太學이 소재한 곳. 전체적으로 둥근 모양(하늘을 상징)을 물(教化가 물처럼 흘러 널리 퍼지라는 뜻)이 두르고 있는 형상. 廱은 화락할 옹. 보통 辟雍(벽옹)으로 표기. ○西海郡 - 今 青海省 海北藏族自治州 동남부의 海晏縣. 羌族(강족)의 세력자인 良願(양원) 등의 무리는 인구가 1만 2천 명 정도인데 漢의 內臣이 되겠다고

귀부하여 그곳에 西海郡을 설치하였다. ○梁王立有罪 - 왕망의 아들 王宇와 呂寬의 사건에 연루되었다고 추궁하자 자살하였다. ○前輝光,後丞烈二郡 - 종래의 三輔를 없애고 장안의 남쪽 여러 현을 前輝光(전휘광)으로, 북쪽 지역을 後丞烈로 개칭하였다.

〖國譯〗

2월 丁未日, 皇后 王氏를 책립하고 천하에 사면령을 내렸다.

太僕 王惲(왕운) 등 8명에게 副使를 거느리고 持節을 주어 천하를 나누어 순행하며 풍속을 관찰하게 시켰다.

九卿 이하 6백 석까지 宗室로 명부에 올라 있는 자에게 五大夫 이상의 작위를 차등을 두어 하사하였다. 천하의 백성들에게 작위를 1급씩 하사하고, 鰥寡孤獨의 빈민과 고령자에게 비단을 하사하였다.

여름, 皇后가 高祖 묘당에 참배하였다. 安漢公의 호칭을 宰衡(재형)으로 높였다. 안한공의 太夫人(母親)을 功顯君(공현군)이라 하였다. 아들 王安, 王臨이 모두 列侯가 되었다.

安漢公이 上奏하여 明堂과 辟廱(벽옹, 辟雍)을 건립하였다. 孝宣帝 廟號를 中宗으로, 孝元帝 廟號를 高宗으로 존칭하며 天子가 世世로 제사를 올리게 하였다. 西海郡을 설치하고 천하의 범법자들을 이사시켜 살게 하였다. 梁王 劉立이 죄를 짓고 자살하였다. 京師 지역을 나누어 前輝光과 後丞烈의 2郡을 설치하였다. 公卿과 大夫, 81 元士의 관직명과 지위와 서열, 12州의 이름을 바꾸었다. 행정구역 경계와 소속을 폐지, 증설, 개명, 교체하니 천하에 바뀌는 것이 너무 많아 관리들이 기억을 할 수 없었다.

겨울, 강풍에 장안성 東門의 기와가 모두 날아갔다.

原文

五年春正月, 祫祭明堂. 諸侯王二十八人,列侯百二十人, 宗室子九百餘人徵助祭. 禮畢, 皆益戶, 賜爵及金帛, 增秩補吏, 各有差.

詔曰, "蓋聞帝王以德撫民, 其次親親以相及也. 昔堯睦九族, 舜惇叙之. 朕以皇帝幼年, 且統國政, 惟宗室子皆太祖高皇帝子孫及兄弟吳頃,楚元之後, 漢元至今, 十有餘萬人, 雖有王侯這屬, 莫能相糾, 或陷入刑罪, 教訓不至之咎也. 傳不云乎? '君子篤於親, 則民興於仁.' 其爲宗室, 自太上皇以來族親, 各以世氏, 郡國置宗師以糾之, 致教訓焉. 二千石選有德義者以爲宗師. 考察不從教令有冤失職者, 宗師得因郵亭書言宗伯, 請以聞. 常以歲正月賜宗師帛各十匹."

| 註釋 | ○(元始) 五年 – 서기 5년. ○祫祭明堂 – 명당에서 祫祭(협제)를 지내다. 협제는 廟堂을 철거한 먼 조상의 神主와 아직 철거하지 않은 조상의 神主, 곧 遠近 선조에게 고조의 묘당에서 함께 올리는 제사. 협제는 3년마다 제사한다. 祫은 合祀할 협. ○堯睦九族 – 《尙書 虞書 堯典》에 '九族旣睦 平章百姓' 이란 말이 있다. ○舜惇叙之 – 《尙書 虞書 皐陶謨》에 '惇叙九族 庶明勵翼' 이란 말이 있다. ○朕 – 秦 始皇帝 이후 황제의 자칭이나 이 조서의 주체는 太皇太后이다. ○吳頃,楚元之後 – 고조의 둘째 형 劉仲, 代王이었다가 合陽侯로 강등. 劉仲의 아들 劉濞(유비)가 吳王이 되어 吳에서 頃王이라 추증. 楚元은 楚 元王 劉交, 비록 모친은 다르지만 학문을 좋아한 고조의 유일한 동생이었기에 고조가 특별하게 친애하였다. ○漢元至今 – 漢元은 漢의 건국. 漢의 紀元. ○君子篤於親, 則民興於仁 – 《論語 泰伯》. ○宗師 – 郡

단위 宗親의 감독관. 列卿級인 宗正은 宗伯으로 改名.

〖國譯〗

(元始) 5년 봄 정월, 明堂에서 祫祭(협제)를 지냈다. 諸侯王 28인과 列侯 120인, 宗室의 자제 9백여 명을 불러 제사를 돕게 하였다. 제례를 마친 뒤에 식읍을 늘려주고 작위와 황금, 비단을 하사하고 관리는 질록을 올려주었는데 각자 차등을 두었다.

(太皇太后가) 조서를 내려 말했다.

"대체로 帝王은 은덕으로 백성을 慰撫(위무)하고 다음에 친속을 친애하여 백성과 가까이 한다고 하였다. 예전에 堯(요)는 九族과 화목하였고, 舜(순)은 친족을 돈독하게 대하였다. 짐은 지금 황제가 어리기에 잠시 국정을 통할하지만 宗室 子弟는 모두 太祖 高皇帝의 자손이거나 형제인 吳 頃王(劉仲)이나 楚 元王(劉交)의 후손으로 漢 건국 이후 지금까지 10여만 명이 되는 왕후의 친속이 서로 잘못을 바로 잡아주지 못하여 혹자는 죄를 짓고 형벌을 받기도 하는데 이는 교훈이 미치지 못하기 때문이라 생각한다. 경전에서도 '군자는 친족에게 돈독하여야만 백성도 인애의 미덕이 생겨난다.' 고 하지 않았던가? 太上皇 이래 친족은 각각 세대에 따라 郡國에 宗師를 두고 서로 잘못을 바로 잡아 교훈을 실천하도록 하라. 二千石(太守)은 덕의가 있는 자를 선임하여 宗師로 임명하라. 종사는 敎令을 따르지 않거나 생업을 잃고 원한을 가진 자가 있는지 감찰토록 하고, 宗師는 郵亭(우정)을 통해 서신으로 宗伯에게 보고하도록 하라. 해마다 정월에는 종사에게 비단 10필을 하사하라."

原文

羲和劉歆等四人使治明堂,辟廱, 令漢與文王靈臺,周公作洛同符. 太僕王惲等八人使行風俗, 宣明德化, 萬國齊同. 皆封爲列侯.

徵天下通知逸經,古記,天文,歷算,鐘律,小學,史篇,方術,本草及以《五經》,《論語》,《孝經》,《爾雅》敎授者, 在所爲駕一封軺傳, 遣詣京師. 至者數千人.

閏月, 立梁孝王玄孫之耳孫音爲王.

| 註釋 | ○羲和劉歆等四人 – 劉歆, 平晏, 孔永, 孫遷 등 4인. ○使治 – 사자로 삼아 그 업무를 처리하게 하다. ○文王靈臺,周公作洛同符 – 靈臺는 누각 이름. 作洛은 낙읍을 축성하다. 同符는 상부하다. ○逸經 – 당시 博士가 교육하거나 공인된 경전 이외의 서적. ○古記 – 故事를 기록한 책. 鐘律은 음악. 小學은 文字學. 史篇은 史籀篇(사주편), 方術은 의술, 점복에 대한 책. 本草는 약학에 관한 책. 《爾雅(이아)》는 詞義를 해석한 책으로 辭典과 같은 뜻. 《漢書 藝文志》에는 《爾雅》를 유가 경전으로 분류, 爾는 近, 雅는 正의 의미. ○軺傳(초전) – 작은 수레. 어사대부의 직인이 찍힌 傳信이 있어야 이용할 수 있다.

〖國譯〗

羲和(희화, 職名)인 劉歆(유흠) 등 4인을 시켜 明堂과 辟廱(벽옹)을 건축하게 하였는데 漢에서는 이를 周 文王의 靈臺(영대)와 周公이 洛陽을 건설한 공적과 상응하다고 하였다. 太僕인 王惲(왕운) 등 8인을 보내 지방의 풍속을 살피며 德化의 치적을 宣明히 하여 萬國이 같이 나가도록 하였다. 8인이 모두 열후가 되었다.

천하에 逸經과 古記, 天文과 歷算, 鐘律(音樂)이나 小學, 또는 史篇이나 方術과 本草(약학)에 능통한 사람 및 《五經》과 《論語》, 《孝經》이나 《爾雅》 등을 교수할 사람을 초빙하자 소재지의 관청에서 발행한 傳信을 가지고 軺車(초거) 1량을 이용하여 장안에 오는 사람이 수천 명에 달했다.

윤달에, 梁 孝王 玄孫의 증손인 劉音을 왕으로 봉했다.

原文

冬十二月丙午, 帝崩於未央宮. 大赦天下. 有司議曰, "禮, 臣不殤君. 皇帝年十有四歲, 宜以禮斂, 加元服." 奏可. 葬康陵. 詔曰, "皇帝仁惠, 無不顧哀. 每疾一發, 氣輒上逆, 害於言語, 故不及有遺詔. 其出媵妾, 皆歸家得嫁, 如孝文時故事."

| 註釋 | ○帝崩於未央宮 - 9살에 즉위 14세 終生. 왕망의 독살설이 널리 퍼졌었다. 翟義(적의)는 왕망에 반기를 들며 왕망이 平帝를 독살했다고 하였다. 84권, 〈翟方進傳〉 참고. ○臣不殤君 - 殤은 일찍 죽을 상. ○加元服 - 관례를 치르다. ○媵妾(잉첩) - 황후를 맞이할 때 데려온 시녀. 媵은 따라 보낼 잉.

〖國譯〗

겨울 12월 丙午日, 평제가 미앙궁에서 붕어했다. 천하에 사면령을 내렸다. 有司가 의논하여 말했다. "禮에 臣은 주군이 미성년으로 죽게 할 수 없다고 하였습니다. 황제의 나이가 14세이니 예로 염을 하며 관례를 올려야 합니다."

上奏는 可하다고 하였다. 평제는 康陵에 묻혔다. 조서를 내려 말했다.

"皇帝는 인자하고 자혜로워 불쌍한 백성을 늘 걱정하였다. 발병할 때마다 숨이 차올라 말을 할 수가 없어 유조를 남기지 못하였다. 媵妾(잉첩)을 보내 출가시켜 孝文帝의 전례를 따르도록 하라."

原文

贊曰, 孝平之世, 政自莽出, 褒善顯功, 以自尊盛. 觀其文辭, 方外百蠻, 亡思不服, 休徵嘉應, 頌聲並作. 至乎變異見於上, 民怨於下, 莽亦不能文也.

| 註釋 | ○褒善顯功 – 善人을 포상하고 공적을 顯揚하다. ○亡思不服 – 복종하지 않는 자가 없다. 思는 語氣詞. 無義. ○休徵嘉應 – 休는 美也. 徵은 證也. ○頌聲並作 – 칭송이 곳곳에서 나오다. ○不能文也 – 원성을 粉飾(분식)할 수 없었다.

〖國譯〗

班固의 論贊 : 孝平帝 시대에 모든 政令은 왕망에서 나왔는데 善人을 포상하고 공적을 자랑하며 스스로를 존숭하고 높였다. 왕망의 文辭를 보면 주변 모든 蠻夷(만이)조차 불복하지 않는 자가 없었고,

훌륭하고 아름다운 吉祥과 곳곳에서 칭송이 그치지 않았다고 하였다. 그러나 하늘에서는 재해와 이변이 일어났고 백성의 원성이 일어났으니 왕망도 이를 어떻게 꾸며대지는 못했다.

부록

前漢 帝系
〔전한 제계〕

- ❶ 高祖 劉邦(유방) (前 206 — 前 195)
  - ❷ 惠帝 盈(영) (前 194 — 前 188)
  - ❸ 高后 呂雉(여치) (前 187 — 前 180)
  - ❹ 文帝 恒(항) (前 179 — 前 157)
    - ❺ 景帝 啓(계) (前 156 — 前 141) — ❻ 武帝 徹(철) (前 140 — 前 87)
      - ❼ 昭帝 弗陵(불능) (前 86 — 前 74)
      - (戾太子 據) — (史皇孫 進)
        - ❽ 宣帝 詢(순) (前 73 — 前 49)
          - ❾ 元帝 奭(석) (前 48 — 前 33)
            - ❿ 成帝 驁(오) (前 32 — 前 7)
            - (定陶王 康) — ⓫ 哀帝 欣(흔) (前 6 — 前 1)
            - (中山王 興) — ⓬ 平帝 衎(간) (1 — 5)
          - (楚王 囂) — (廣戚侯 勛) — (廣戚侯 顯)
            - ⓭ 孺子 嬰(영, 6 — 8) — 王莽(9 — 23)

前漢 年號
〔전한 연호〕

年號	帝位	順次	사용 기간	年號	帝位	順次	사용 기간
甘露	宣帝	⑥	前 53 – 50년	元狩	武帝	④	前 122 – 117년
居攝	孺子	①	서기 6 – 8년	元壽	哀帝	②	前 2 – 前 1년
建昭	元帝	③	前 38 – 34년	元始	平帝	①	서기 1 – 5년
建始	成帝	①	前 32 – 29년	元延	成帝	⑥	前 12 – 9년
建元	武帝	①	前 140 – 135년	元鼎	武帝	⑤	前 116 – 111년
建平	哀帝	①	前 6 – 3년	元平	昭帝	③	前 74 – 74년
竟寧	元帝	④	前 33 – 33년	征和	武帝	⑩	前 92 – 89년
本始	宣帝	①	前 73 – 70년	地節	宣帝	②	前 69 – 66년
綏和	成帝	⑦	前 8 – 7년	天漢	武帝	⑧	前 100 – 97년
始元	昭帝	①	前 86 – 81년	初元	元帝	①	前 48 – 44년
神爵	宣帝	④	前 61 – 58년	太始	武帝	⑨	前 96 – 93년
陽朔	成帝	③	前 24 – 21년	太初	武帝	⑦	前 104 – 101년
永光	元帝	②	前 43 – 39년	河平	成帝	②	前 28 – 25년
永始	成帝	⑤	前 16 – 13년	鴻嘉	成帝	④	前 20 – 17년
五鳳	宣帝	⑤	前 57 – 54년	黃龍	宣帝	⑦	前 49 – 49년
元康	宣帝	③	前 65 – 62년	後元	武帝	⑪	前 88 – 87년
元光	武帝	②	前 134 – 129년	始建國	王莽	①	서기 9 – 13년
元封	武帝	⑥	前 110 – 105년	天鳳	王莽	②	서기 14 – 19년
元鳳	昭帝	②	前 80 – 75년	地皇	王莽	③	서기 20 – 23년
元朔	武帝	③	前 128 – 123년	更始	劉玄	①	서기 23 – 25년

漢代 年表
〔한대 연표〕

紀元前	干支	漢 帝位. 年號		主要 事件	備考
206	乙未	高祖	元年	漢王 咸陽 진입. 秦 멸망.	
205	丙申	(劉邦)	2	楚漢戰(彭城).	
204	丁酉		3	韓信破趙.	
203	戊戌		4	楚漢 中分 天下.	
202	己亥		5	項羽 멸망. 高祖 즉위.	
201	庚子		6	楚王韓信 淮陰侯降等.	
200	辛丑		7	高祖 흉노에 포위(平城).	
199	壬寅		8		
198	癸卯		9		
197	甲辰		10	陳豨(진희)의 모반.	
196	乙巳		11	韓信 처형, 英布(영포) 反.	
195	丙午		12	高祖 病死.	
194	丁未	惠帝	元年		
193	戊申	(劉盈)	2		
192	己酉		3		
191	庚戌		4		
190	辛亥		5		
189	壬子		6		
188	癸丑		7		
187	甲寅	高后	元年	呂后 臨朝 稱帝.	
186	乙卯	(呂雉)	2		
185	丙辰		3		
184	丁巳		4		

紀元前	干支	漢 帝位. 年號		主要 事件	備考
183	戊午		5		
182	己未		6		
181	庚申		7		
180	辛酉		8	呂后 病死. 呂氏 몰락.	
179	壬戌	文帝	元年		
178	癸亥	(劉恒)	2	濟北王 劉興居 기병 반란.	
177	甲子		3		
176	乙丑		4		
175	丙寅		5	淮南王모반. 賈誼 上治安策.	
174	丁卯		6		
173	戊辰		7		
172	己巳		8		
171	庚午		9		
170	辛未		10		
169	壬申		11		
168	癸酉		12		
167	甲戌		13		
166	乙亥		14		
165	丙子		15		
164	丁丑		16		
163	戊寅	後元	元年		
162	己卯		2		
161	庚辰		3		
160	辛巳		4		
159	壬午		5		
158	癸未		6		
157	甲申		7		

紀元前	干支	漢 帝位. 年號		主要 事件	備考
156	乙酉	景帝	元年		
155	丙戌	(劉啓)	2		
154	丁亥		3	吳楚七國의 난.	
153	戊子		4		
152	己丑		5		
151	庚寅		6		
150	辛卯		7		
149	壬辰	中元	元年		
148	癸巳		2		
147	甲午		3		
146	乙未		4		
145	丙申		5		
144	丁酉		6		
143	戊戌	後元	元年		
142	己亥		2		
141	庚子		3		
140	辛丑	武帝 建元	元年	始建 年號.	
139	壬寅	(劉徹)	2	董仲舒 獨尊儒術 건의(140).	
138	癸卯		3	張騫(장건) 西域 出使.	
137	甲辰		4		
136	乙巳		5	五經博士 설치.	
135	丙午		6		
134	丁未	元光	元年		
133	戊申		2	匈奴 誘引策 실패(馬邑).	
132	己酉		3		
131	庚戌		4		
130	辛亥		5		

紀元前	干支	漢 帝位. 年號	主要 事件	備考
129	壬子	6		
128	癸丑	元朔 元年		
127	甲寅	2	衛青 흉노 격파, 朔方郡 설치.	
126	乙卯	3		
125	丙辰	4		
124	丁巳	5		
123	戊午	6		
122	己未	元狩 元年	淮南王 劉安 모반 실패.	
121	庚申	2	霍去病 흉노원정.	
120	辛酉	3		
119	壬戌	4	張騫(장건) 2차 서역 出使.	
118	癸亥	5		
117	甲子	6		
116	乙丑	元鼎 元年		
115	丙寅	2		
114	丁卯	3		
113	戊辰	4	上林苑, 五銖錢 독점 주조.	
112	己巳	5		
111	庚午	6		
110	辛未	元封 元年	泰山 封禪.	
109	壬申	2		
108	癸酉	3		
107	甲戌	4		
106	乙亥	5	13刺史部 설치. 郡國 순시.	
105	丙子	6		
104	丁丑	太初 元年	太初曆 반포 시행.	
103	戊寅	2	司馬遷《史記》저술.	

紀元前	干支	漢 帝位. 年號	主要 事件	備考
102	己卯	3	漢軍 大宛國 격파.	
101	庚辰	4	漢軍 輪臺 屯田.	
100	辛巳	天漢 元年	蘇武 出使 匈奴.	
99	壬午	2	李廣利 흉노원정. 李廣 패전투항.	
98	癸未	3		
97	甲申	4		
96	乙酉	太始 元年		
95	丙戌	2		
94	丁亥	3		
93	戊子	4		
92	己丑	征(延)和 元年	巫蠱(무고)의 禍.	
91	庚寅	2		
90	辛卯	3		
89	壬辰	4		
88	癸巳	後元 元年		
87	甲午	2	武帝 病死. 昭帝 卽位.	
86	乙未	昭帝 始元 元年		
85	丙申	(劉弗能) 2		
84	丁酉	3		
83	戊戌	4		
82	己亥	5		
81	庚子	6	鹽鐵회의 소집. 蘇武 귀국.	
80	辛丑	元封 元年		
79	壬寅	2		
78	癸卯	3		
77	甲辰	4		
76	乙巳	5		

紀元前	干支	漢 帝位. 年號	主要 事件	備考
75	丙午	6		
74	丁未	元平 元年	昌邑王 劉賀 폐위. 宣帝 즉위.	
73	戊申	宣帝 本始 元年		
72	己酉	(劉詢) 2		
71	庚戌	3		
70	辛亥	4		
69	壬子	地節 元年		
68	癸丑	2		
67	甲寅	3		
66	乙卯	4	霍禹 모반 발각. 상관걸 제거.	
65	丙辰	元康 元年		
64	丁巳	2		
63	戊午	3		
62	己未	4		
61	庚申	神爵 元年	趙充國 西羌 원정.	
60	辛酉	2	흉노 日逐王 투항.	
59	壬戌	3	西域都護府 설치(전60년).	
58	癸亥	4		
57	甲子	五鳳 元年		
56	乙丑	2	흉노 5單于 內紛.	
55	丙寅	3		
54	丁卯	4	邊郡에 常平倉 설치.	
53	戊辰	甘露 元年		
52	己巳	2		
51	庚午	3	石渠閣 經書 토론.	
50	辛未	4		
49	壬申	黃龍 元年	흉노 單于 入朝.	

紀元前	干支	漢 帝位. 年號	主要 事件	備考
48	癸酉	元帝 初元 元年	戊己校尉 설치. 西域 둔전.	
47	甲戌	(劉奭) 2	石顯 專權.	
46	乙亥	3		
45	丙子	4		
44	丁丑	5		
43	戊寅	永光 元年		
42	己卯	2		
41	庚辰	3		
40	辛巳	4		
39	壬午	5		
38	癸未	建昭 元年		
37	甲申	2		
36	乙酉	3	甘延壽, 郅支單于 사살.	
35	丙戌	4		
34	丁亥	5		
33	戊子	竟寧 元年	흉노 單于 入朝. 王昭君 出塞.	
32	己丑	成帝 建始 元年	王鳳 大司馬. 王氏 專權.	
31	庚寅	(劉驁) 2		
30	辛卯	3		
29	壬辰	4		
28	癸巳	河平 元年		
27	甲午	2		
26	乙未	3		
25	丙申	4		
24	丁酉	陽朔 元年		
23	戊戌	2		
22	己亥	3		

紀元前	干支	漢 帝位. 年號	主要 事件	備考
21	庚子	4		
20	辛丑	鴻嘉 元年		
19	壬寅	2		
18	癸卯	3		
17	甲辰	4		
16	乙巳	永始 元年	昌陵 工事 중단.	
15	丙午	2		
14	丁未	3		
13	戊申	4		
12	己酉	元延 元年		
11	庚戌	2		
10	辛亥	3		
9	壬子	4		
8	癸丑	綏和 元年	三公 개칭. 官府 설치	
7	甲寅	2		
6	乙卯	哀帝 建平 元年		
5	丙辰	(劉欣) 太初 元年		
4	丁巳	建平 3		
3	戊午	4		
2	己未	元壽 元年		
1	庚申	2		

西紀	干支	漢 帝位. 年號	主要 事件	備考
1	辛酉	平帝 元始 元年	太皇太后 王政君 臨朝.	
2	壬戌	〔劉衎(유간)〕 2	王莽 專權.	
3	癸亥	3		
4	甲子	4		
5	乙丑	5		

西紀	干支	漢 帝位. 年號	主要 事件	備考
6	丙寅	孺子 居攝 元年	王莽, 居攝, 稱 假皇帝.	
7	丁卯	2	翟義(적의) 거병.	
8	戊辰	3	왕망 칭제.	
		初始 元年		
新				
9	己巳	王莽 始建國 元年	王莽 復古 改制 시작.	
10	庚午	2		
11	辛未	3		
12	壬申	4		
13	癸酉	5		
14	甲戌	天鳳 元年		
15	乙亥	2	농민 起義 빈발.	
16	丙子	3		
17	丁丑	4		
18	戊寅	5	樊崇(후칭 赤眉軍) 起義.	
19	己卯	6		
20	庚辰	地皇 元年		
21	辛巳	2		
22	壬午	3	劉秀 起兵.	
23	癸未	4	왕망 피살.	
23	癸未	劉玄 更始 원년	劉玄(更始帝) 칭제.	
24	甲申	2	劉秀 세력 확장.	
25	乙酉	3	赤眉軍 長安 入城.	
			劉秀 稱帝. 後漢 건국.	

前漢 官職
〔전한 관직〕

加官(가관) 加官은 황제가 총애하는 신하에게 본 관직 외에 추가로 다른 업무를 담당할 수 있는 권한을 수여한 직함이다. 侍中, 左右曹, 諸吏, 散騎, 中常侍 給事中 등이 모두 加官이다. 列侯, 將軍, 卿大夫, 都尉, 尙書, 太醫, 太官令에서 郎中에 이르는 관직이라면 加官을 받을 수 있었다. 加官은 정원이 없고, 加官은 內朝官에 한했고 政事의 논의에 참여할 수 있으며 권한도 강대하였다. 侍中과 中常侍는 禁中에 출입할 수 있고, 諸曹는 尙書事를 담당하고, 諸吏는 위법자를 적발 탄핵할 수 있으며, 散騎는 황제의 수레를 호위한다. 給事中도 加官으로 '給事禁中'의 뜻. 將軍, 列卿, 大夫, 博士, 議郎이 이 가관을 받아 황제의 顧問에 應對할 수 있다.

京兆尹(경조윤) 內史를 分置. 개칭.

關都尉(관도위) 武帝 때 설치. 函谷關, 武關, 玉門關, 陽關 등에 배치한 武官, 관문 방어, 행인 통제, 관세 징수의 권한. 함곡관 도위는 특히 중요하여 關名을 쓰지 않은 관도위는 모두 함곡관 도위임. 대신의 자제나 황제의 신임이 두터운 자를 엄선하여 배치했다.

光祿勳(광록훈) 宮殿 경비 담당, 출입자 단속. 武帝 太初 원년 郎中令(낭중령)을 光祿勳(광록훈)으로 개명. 질록 中二千石. 屬官으로 大

夫, 郞, 謁者를 두었다. 大夫는 정사에 대한 의론을 담당하는데, 太中大夫, 中大夫, 諫大夫가 있는데 정원이 없고 많을 때는 수십 명이나 되었다. 太中大夫는 질록 比1천 석. 諫大夫는 武帝 元狩 5년에 처음 설치(질록 比8백 석), 太初 원년에 郞中令을 光祿勳으로 개칭하면서 中大夫를 光祿大夫로 개명(질록 比2천 석). 광록대부는 여러 대부 중 가장 존귀한 자리였다.

國邑(국읍) 列侯의 食縣을 보통 國이라 지칭. 皇太后, 皇后, 公主의 식읍은 보통 邑이라 지칭. 道는 蠻夷의 거주지. 전국에 縣, 道, 國, 邑이 1,587개소였다는 통계가 있다.

郡守(군수) 郡의 행정 책임자. 질록 2천 석. 부군수로 丞, 邊郡에는 長史가 있어 兵馬 감독. 丞과 長史는 질록 6백 석. 景帝 中元 2년 太守로 명칭 변경.

郡尉(군위) 郡의 군사 치안 담당. 질록 比二千石. 속관으로 丞을 두었다(질록 6백 석). 景帝 中元 2년 都尉로 명칭 변경.

郞官(낭관) 郞吏, 郞中令(光祿勳)의 屬官. 궁문 경비, 황제 호위를 담당, 곧 황제의 호위병에 대한 총칭. 議郞, 中郞, 侍郞, 郞中 등 여러 직명이 있었다. 질록은 議郞과 中郞은 질록 比6백 석, 侍郞은 比4백 석, 郞中은 比3백석으로 6백 석에서 3백 석까지 다양. 무 정원, 많을 때는 1천여 명이나 되었다. 선발 방법은 任子(고급 관리의 자제를 선발, 일종의 蔭敍), 貲選(재물로 관직을 얻음), 軍功, 孝廉(효렴), 또는 明經으로 천거받은 자 등 등용 통로가 다양하였다. 일정 기간 근무하면 타직으로 옮겨갈 수 있어 벼슬길에 들어가는 계단〔仕之通階〕으로 인식되었다. 제후국에 근무하는 낭관은 家郞 또는 王國郞이라 불렸다.

郎中令(낭중령) 光祿勳으로 개칭.

內史(내사) 京師 지역의 행정 담당. 질록 2천 석. 景帝 2년에 左,右內史로 分置. 右內史는 武帝 太初 원년에 京兆尹으로 개칭. 屬官으로 長安市令, 都水長, 鐵官長을 두었다. 左內史는 左馮翊(좌풍익)으로 개칭. 屬官으로 廩犧令(늠희령)이 있었다. 또 左都水長, 鐵官長, 雲壘長, 長安四市長도 있었다.

大司農(대사농) 국가의 穀物과 재화, 국가재정 담당. 질록 中二千石. 景帝 後元 원년 治粟內史(치속내사)를 大農令으로 개칭했다가 武帝 太初 원년 대농령을 大司農으로 개칭. 屬官으로 太倉令, 均輸令, 平準令, 都內令, 籍田令의 5令과 그 아래 丞을 두었다. 郡國의 모든 창고에 農監, 都水長 등 65명의 長과 丞이 있었다. 그 외에도 搜粟都尉(수속도위)라는 軍官이 있었으나 상설직은 아니었다. 王莽은 大司農을 羲和(희화)라 개칭했다가 다시 納言(납언)으로 개칭했다.

大長秋(대장추) 황후 근시. 궁중 제반사 관리. 질록 2천 석, 景帝 中元 6년, 將行(장행)을 大長秋로 개칭. 환관 또는 일반 士人이 담당.

大鴻臚(대홍려) 歸義하는 사방의 蠻夷(만이, 소수민족)와 관련한 업무 담당, 9卿의 하나. 질록 中二千石. 景帝中元 6년 典客(전객)을 大行

令으로 개칭, 武帝 太初 원년 大鴻臚(대홍려)로 개칭. 屬官으로 行人令(大行令으로 개칭), 譯官令, 別火令과 丞이 있었다. 왕망은 大鴻臚을 典樂(전악)으로 개칭했다. 장안에 두었던 각 군국의 저택(郡國邸)는 처음에 少府에 속했다가 다시 中尉 소속이었다가 나중에 大鴻臚 소속이 되었다.

都尉(도위) 郡尉.

斗食(두식) 1백 석 이하의 관리. 佐史도 1백 석 이하. 두식과 좌사는 少吏라 통칭.

戊己校尉(무기교위) 元帝 初元 원년에 설치, 서역도호의 속관으로 둔전 담당. 戊己는 十干의 중앙. 중앙은 土, 곧 황색. 이는 漢을 상징하고 흉노(北)를 제압한다는 뜻으로 택한 이름. 원제 원년(前 48)에 설치한 西域都尉의 속관. 둔전을 관장. 秩 6백 석. 車師前王庭에 위치. 今 新疆省의 吐魯番 서북쪽. 무기교위를 戊校尉와 己校尉의 합칭인지 아니면 하나의 직분이 나중에 분리된 것인지 확실하지 않다.

博士(박사) 太常(태상)의 속관, 掌通古今, 질록 比6백 석, 정원 무. 많을 때는 수십 명에 달했다. 무제 建元 5년 처음《五經》博士 설치. 弟子員(태학생)에게 교육 실시. 박사 1인이 곧 교육기관이었음.

奉常(봉상) 太常(태상).

奉車都尉(봉거도위) 황제의 乘輿(승여, 가마)와 수레 담당. 武帝初置, 질록 比2천 석.

駙馬都尉(부마도위) 황제의 駙馬를 관장. 武帝初置, 질록 比2천 석.

司隷校尉(사예교위) 武帝 征和 4년에 처음 설치. 질록 2천 석. 持節을 받아 군사 1,200명 지휘, 巫蠱(무고) 관련자 체포, 大姦猾을 감시, 뒤에 그 군사를 해체했다. 三輔와 三河, 弘農郡의 사찰과 치안 유지. 元帝 初元 4년 지절을 회수. 成帝 元延 4년에 사예교위 폐지.

相國(상국, 丞相) 天子를 도와 萬機를 다스림. 百官之長. 職權無所不通, 국사에 관한 것이라면 무엇이든지 관여할 수 있다는 뜻. 주요한 업무는 관리의 선발과 임용, 백관 탄핵, 郡國의 실적 보고 접수 및 실적 평가, 百官의 朝議와 奏事, 封駁(봉박)과 諫諍(간쟁) 담당. 金印紫綬. 秦에서는 좌우 승상이 있었으나 高祖가 즉위하며 丞相 1인. 相國을 孝惠, 高后 때는 左右 丞相制로 바꾸기도 했다. 文帝 때 1인 승상으로 환원. 哀帝 元壽 2년 大司徒로 개칭. 武帝 때 司直(질록 比2千石)을 두어 승상의 불법관리 단속업무를 지원. 2명의 長史 외 속관. 승상 질록은 1만 석. 열후에 봉함. 승상 집무처를 丞相府라 하였다. 丞相과 宰相을 혼용하는 경우도 있는데, 승상은 재상이 분명하지만 재상이라는 말이 꼭 승상은 아님. 哀帝 建平 2년에 丞相에서 최하 佐史까지 총 130,285명이라는 통계가 있다.

西域都護(서역도호) 宣帝 地節 2년 설치. 西域 36國 관련 업무 담당.

초기에는 加官이었으나 정식 관직이 되었고 副校尉를 두었다. 질록 二千石(比二千石). 도호부 소재지는 烏壘城(오루성, 今 新疆自治區 중앙부의 巴音郭楞蒙古自治州 庫爾勒市 輪臺 동쪽 小野云溝 부근.) 속관으로 副校尉, 丞, 司馬, 候, 千人 등이 있고 屯田 담당 校尉인 戊己校尉(무기교위)를 지휘했다. 최초 西域都護는 鄭吉.

城門校尉(성문교위) 京師의 城門에 주둔한 군사를 지휘. 司馬와 12명의 城門候를 두었다.

少府(소부) 山海池澤의 조세를 징수하여 황실 비용 공급을 담당, 질록 中二千石. 屬官으로 尙書, 符節, 太醫, 太官, 湯官, 導官, 樂府, 若盧, 考工室, 左弋, 居室, 甘泉居室, 左右司空, 東織, 西織, 東園匠 등 16부서의 令과 丞을 두었다. 또 胞人, 都水, 均官의 長과 丞이 있었고, 또 上林苑 10池에 監을 두었다. 그리고 中書謁者, 黃門, 鉤盾, 尙方, 御府, 永巷, 內者, 宦者의 8개 관서에 令과 丞이 있었다. 여러 僕射(복야)와 署長, 中黃門도 소부 소속이다. 武帝 太初 원년에 考工室을 考工, 左弋을 佽飛(차비), 居室을 保宮, 甘泉居室을 昆臺(곤대), 永巷을 掖廷(액정)으로 개칭하였다. 佽飛는 弋射(익사)를 담당하는데 9명의 丞과 2명의 尉가 있었다. 太官令 아래에 7丞, 昆臺令에 5丞, 樂府令에 3丞, 掖廷令에 8丞, 宦者令에 7丞을 두었다. 成帝 建始 4년에 中書謁者令을 中謁者令으로 개칭하며 처음으로 5명의 尙書를 두었다. 성제 綏和 2년에 애제가 즉위하며 樂府를 폐지하였다. 王莽은 少府를 共工으로 개칭.

水衡都尉(수형도위) 武帝 元鼎(원정) 2년에 처음 설치. 上林苑에 보관 중인 皇家의 재산을 관리. 鑄錢도 담당. 銀印青綬. 질록 2천 석. 水는 池苑, 衡은 山林之官, 都는 諸官을 主管하다. 尉는 卒徒가 武士라는 뜻. 水衡丞은 상림원 관리. 질록 6백 석. 上林令(상림원 내 禽獸 관리), 均輸, 御羞(어수, 食資材 담당), 禁圃(금포, 園藝 담당), 輯濯(집탁, 선박 관리), 鐘官(鑄錢 담당), 技巧〔전폐의 鎔范(틀) 담당〕, 六廐(養馬 담당), 辯銅(鑄錢 原料) 등 9관서에 각각 令과 丞이 있었다. 또 衡官(稅收 담당), 水司空(上林 詔獄의 죄수 관리), 都水(저수지 관리, 漁稅 담당), 農倉(식량 공급 및 비축)의 부서에 長과 그 아래 丞을 배치하였다. 成帝 建始 2년에 기구 축소를 단행. 王莽은 水衡都尉를 予虞(여우)라 개칭.

御史大夫(어사대부) 백관 감찰. 지위는 上卿, 金印이 아닌 銀印青綬. 副丞相, 승상 결위 시에 丞相의 업무 수행. 成帝 때 大司空으로 개칭, 金印 紫綬 패용, 질록은 丞相과 같았음. 哀帝 때 다시 御史大夫로 환원, 말년에 다시 大司空으로 호칭. 속관 중 御使中丞은 殿中의 蘭臺에서 圖籍와 秘書 관장, 13部 刺史감독, 侍御史 15명 지휘, 公卿의 상주업무를 담당. 질록 1천 석. 侍御史는 繡衣에 直指받음. 武帝 때 설치. 상설직은 아니었다.

丞相(승상) 相國.

衛尉(위위) 궁궐을 수비하는 군사 지휘관임. 질록 中二千石. 속관으로 公車司馬, 衛士, 旅賁을 두었다. 長樂宮, 建章宮, 甘泉宮의 衛尉

는 해당 궁궐의 수비를 담당하나 상설직은 아니었다.

印綬(인수) 印紱(인불). 印은 직인. 綬는 실로 만든 끈. 관인을 의미. 질록 比2천 석 이상은 銀印青綬, 光祿大夫無. 질록이 比6백 석 이상이면 銅印黑綬, 大夫, 博士, 御史, 謁者, 郎官은 인수 없음. 僕射(복야), 御史 治書尙符璽者, 有印綬. 比2백 석 이상은 銅印黃綬. 成帝 陽朔 2년에 8백 석, 5백 석 질록의 관직을 없앴다.

刺史(자사) 조서에 의거 6개항에 걸쳐 郡에 대한 행정 감독. 질록 6백 석, 成帝 綏和 원년에 牧(목)으로 개명, 질록 2천 석으로 대폭 상승. 哀帝 建平 2년 다시 刺史로 환원. 元壽 2년 다시 목으로 환원.

爵位(작위) 秦의 작위를 계속 적용. 공로를 보상하기 위한 방법. 1級曰公士(최하위), 2급 上造, 3급 簪裊(잠요), 4급 不更, 5급 大夫, 6급 官大夫, 7급 公大夫, 8급 公乘, 9급 五大夫, 10급 左庶長, 11급 右庶長, 12급 左更, 13급 中更, 14급 右更, 15급 少上造, 16급 大上造, 17급 駟車庶長, 18급 大庶長, 19급 關內侯, 20급 徹侯(철후, 列侯). 徹侯는 金印紫綬를 패용, 武帝 이름 徹를 諱(휘)하여 通侯 또는 列侯라 통칭. 철후는 相, 家丞, 門大夫, 庶子 등의 속관을 둘 수 있었다.

將軍(장군) 前, 後, 左, 右將軍, 上卿級, 金印 紫綬. 상설직은 아님. 前, 後장군 또는 左, 右장군을 두기도 했다. 속관으로 長史(질록 1천 석).

長吏(장리) 질록 6백 석 이상의 고급 관리를 일반적으로 長吏라 호칭.

長史(장사) 掌史, 三公, 將軍府에 長史를 두었다. 속관의 우두머리. 대개의 경우 질록 1천 석. 丞相府長史의 권한이 막강. 邊郡의 長史는 군사 지휘(질록 6백 석).

將作大匠(장작대장) 將作少府(장작소부).

將作少府(장작소부) 宮室 건축과 보수, 관리 담당. 질록 2천 석, 속관인 丞은 질록 6백 석. 2명의 丞과 左, 右中候를 두었다. 景帝 中元 6년 將作大匠(장작대장)으로 개칭. 부속 관서로 石庫, 東園主章, 左, 右, 前, 後, 中校의 7令과 丞이 있었다.

典客(전객) 大鴻臚(대홍려).

典屬國(전속국) 투항한 蠻夷(만이, 소수민족) 관련 업무 담당. 질록 2천 석, 武帝 元狩 3년에 흉노 昆邪王(혼야왕)이 귀항하자 屬國을 늘려 여러 군에 설치하며 都尉, 丞, 候, 千人 등을 두었다. 成帝 河平 원년에 大鴻臚(대홍려)에 합쳤다.

廷尉(정위) 관리의 범죄에 대한 조사와 재판과 집행을 담당. 9경의 하나. 질록 中二千石. 경제 때 大理로 개칭, 무제 때 다시 정위로 환원. 속관 廷尉正과 左, 右廷尉監은 질록 1천 석. 宣帝 地節 3년에 左, 右廷尉平 설치(질록 6백 석).

亭長(정장) 10리에 1亭. 정장을 배치. (前漢 말 哀帝 때) 亭은 전국에 29,635개소.

諸侯王(제후왕) 분봉된 國을 통치. 金璽盭綬(금새려수, 초록색 끈. 盭는 綟 연두색 려). 異姓제후왕(漢初 7개국, 가장 늦게까지 존속했던 것은 吳芮의 長沙王)과 동성제후왕으로 구분할 수 있다. 초기에는 독자적인 관리임용권을 갖고 있었으나 경제 때 吳楚七國亂과 무제 때 推恩令으로 제후왕의 세력은 급속히 약화된다. 太傅(태부)는 王을 보좌. 內史는 治國民하고, 中尉는 武職을 관장. 丞相은 국내 소속 관리를 통솔. 卿과 大夫 등의 官制는 漢朝와 동일. 景帝 中元 5년 諸侯王의 직접 통치를 금하고 天子가 후국의 주요 관리를 임명. 丞相을 相으로 개칭. 御史大夫, 廷尉, 少府, 宗正, 博士官을 폐지, 大夫, 謁者, 郎官 등 인원을 크게 축소했다. 武帝 때는 후국의 관직명을 강등했다. 成帝 綏和 원년에는 후국의 內史를 폐지하여 相이 治民하게 하여 郡의 太守와 동급이 되었고 후국의 中尉는 郡都尉와 동급. 결국에는 군현과 다를 바 없었다.

宗正(종정) 황족의 親屬을 관리, 질록 中二千石. 平帝 元始 4년 宗伯으로 개칭. 屬官으로 都司空令과 丞, 內官長과 丞이 있었다. 公主家令, 門尉 또한 종정의 속관이었다. 內官(환관)은 초기에는 少府 소속이었으나 나중에는 宗正 소속이었다.

左馮翊(좌풍익) 內史를 分置. 개칭.

主爵中尉(주작중위) 列侯에 관련한 업무 담당. 뒤에 열후 관련 업무는 大鴻臚(대홍려)에서 담당하였다. 질록 2천 석. 주작중위는 景帝 中元 6년 主爵都尉(주작도위)로 개칭. 武帝 太初 원년에 다시 右扶風으로 개칭하여 內史의 우측 지역을 관할하였다. 左馮翊, 京兆尹

과 함께 三輔라 하였다. 武帝 元鼎 4년에 三輔都尉를 설치, 都尉와 丞을 설치.

中壘校尉(중루교위) 北軍 壘門의 안과 장안성 서쪽을 담당. 屯騎校尉는 騎士를 관리. 步兵校尉는 上林苑門의 屯兵을 관장. 越騎校尉는 越人騎兵을 관할. 長水校尉는 長水에 주둔하는 교위로 宣曲의 흉노기병을 관장. 射聲校尉의 射聲은 야간에 소리만 듣고 활을 쏠 정도로 활 솜씨가 뛰어나다는 뜻, 待詔射聲士를 관장. 虎賁校尉는 輕車兵을 담당. 이상 北軍 8校尉는 武帝 때 처음 설치. 질록 2천 석. 도위 아래 丞과 司馬의 속관을 두었다.

中尉(중위) 執金吾(집금오)로 개칭.

執金吾(집금오) 궁궐 밖 京師에 대한 순찰과 치안 유지 담당. 황제 출행 시에 의장대 역할. 武帝 太初 원년에 중위를 執金吾(집금오)로 개칭했다. 吾는 禦의 뜻. 兵器를 들고 비상에 대비한다는 뜻. 銀印靑綬. 질록 中二千石. 속관으로 執金吾丞은 부서 내 실무처리 담당자, 그 아래 候, 司馬, 千人을 두었다. 屬官으로 中壘令(中壘門 관장), 寺互令(궁문 開閉 담당), 武庫令(兵器 담당), 都船令(治水 담당)의 4令과 그 아래 각 丞을 두었다. 都船, 武庫令은 3丞을 두었고 中壘에는 2명의 尉를 두었다.

詹事(첨사) 皇后와 太子家 관련 업무 담당. 질록 2천 석, 中二千石도 있었다. 속관인 丞은 질록 6백 석. 屬官으로 太子率更, 家令丞 등이 있었다. 皇后詹事의 속관으로는 中長秋, 私府, 永巷 등이 있었고 해당 궁의 宦官도 관리. 成帝 鴻嘉 3년 태자 詹事官을 생략. 大長秋에서 관리. 長信詹事는 皇太后宮을 관리했는데 景帝 中元 6년 長信少府로 개칭.

治粟內史(치속내사) 大司農(대사농).

太僕(태복) 황제의 수레와 마필 관장. 兩丞을 거느렸다. 질록 中二千石. 屬官으로 大廐令, 未央令, 家馬令을 두었고 그 아래 각각 5丞과 1尉를 두었다. 龍馬監 등 5監 이외에 다수의 속관을 거느림. 中太僕은 皇太后의 수레와 거마를 관장하나 상설직은 아니었다. 국가의 馬政도 태복의 중요한 소관업무였다.

太傅(태부) 高后 원년 설치, 뒤에 폐지. 哀帝 元壽 2년 다시 설치. 3公의 윗자리.

太師(태사), 太保(태보) 平帝 元始 원년, 王莽의 뜻에 의거 설치. 金印紫綬. 太師는 太傅(태부)보다 윗자리, 太保는 太傅의 하위직.

太常(태상) 泰常(태상). 宗廟祭禮 관장. 景帝 中元 6년 奉常(봉상)을 태상으로 개칭. 銀印青綬. 질록 中二千石. 직속 속관인 太常丞은 질록 1천 석. 太樂, 太祝, 太宰, 太史, 太卜, 太醫 등 6令, 均官長, 都水長의 속관. 교육을 담당하는 博士의 선발과 管理도 주요 업무. 皇陵이 있는 陵縣은 모두 太常에 속했다. '太常의 妻가 되지 말라'는 속언과 함께 '태상은 1년 360일 중 359일에 제사가 있고 제사 없는 하루는 술에 취해 떡이 된다.〔一日不齋醉似泥〕'라는 말도 있다.

太守(태수) 郡守.

太尉(태위) 나라의 武事 관장. 武帝 建元 2년 폐지. 元狩 4년 大司馬를 장군 호칭의 앞에 冠號로 사용. 宣帝 地節 3년 大司馬는 無印綬無官屬, 곧 군사적 실권 없었음. 成帝 때 大司馬는 官屬을 거느렸고 질록은 승상과 동일. 질록 1천 석의 長史을 속관으로 거느림.

太子太傅(태자태부), 少傅(소부) 태자 교육과 訓導 담당. 질록 2천 석. 屬官으로 太子門大夫, 庶子, 先馬, 舍人을 두었다.

鄕(향) 10亭 정도를 1鄕으로 통칭. 면적으로 사방 1백 리 정도, 전국에 鄕이 6,622개. 三老를 두어 敎化 담당. 지방관의 통치를 보조. 50세 이상으로 덕행이 있는 사람 중에서 선임. 嗇夫(색부)는 聽訟, 賦稅 징수. 游徼(유요)는 순찰. 도적 방지.

縣令(현령) 군 아래 縣의 행정 책임. 1萬戶 이상이면 현령. 질록 1천 석~6백 석. 부현령인 縣丞, 군사 담당인 縣尉는 질록 4백 석~2백 석.

縣長(현장) 1만 호 미만 현의 행정 책임. 질록 5백 석~3백 석. 부현령인 縣丞, 군사 담당인 縣尉는 질록 4백 석~2백 석, 현령, 縣長, 현승, 현위 등은 보통 長吏라 통칭.

護軍都尉(호군도위) 장군의 업무 보좌하는 중급 무관. 무관 감찰. 武帝 元狩 4년 大司馬의 속관. 護軍中尉도 있었음. 진평이 이 관직을 한때 수행.

〔더 자세한 내용은《漢書》19권, 〈百官公卿表〉(表 第七) 참고.〕

原文 註釋 國譯

漢書(一)
한 서

초판 인쇄 2016년 9월 7일
초판 발행 2016년 9월 14일

역 주 | 진기환
발행자 | 김동구
디자인 | 이명숙 · 양철민
발행처 | 명문당(1923. 10. 1 창립)
주 소 | 서울시 종로구 윤보선길 61(안국동)
우체국 010579-01-000682
전 화 | 02)733-3039, 734-4798(영), 733-4748(편)
팩 스 | 02)734-9209
Homepage | www.myungmundang.net
E-mail | mmdbook1@hanmail.net
등 록 | 1977. 11. 19. 제1~148호

ISBN 979-11-85704-79-1 (04820)
ISBN 979-11-85704-78-4 (세트)
30,000원